ACTION

BAND 57

JOHN HEUBUSCH

DAS BLUT DES MESSIAS

Aus dem Amerikanischen von Marc Tannous

FESTA

Die amerikanische Originalausgabe *The Shroud Conspiracy*
erschien 2017 im Verlag Howard Books.

1. Auflage Juni 2018

Lektorat: Marion Mergen
Titelbild: Arndt Drechsler

ISBN 978-3-86552-655-7
eBook 978-3-86552-656-4

Für die Liebe meines Lebens.
Für meine verrückte, wunderschöne
und gefühlvolle Sizilianerin.
Marcella, Sciatu miu.

Petrus aber stand auf und lief zum Grab und bückte sich hinein und sah nur die Leinentücher und ging davon und wunderte sich über das, was geschehen war.

Lukas 24:12

TEIL 1

1

Rom, Italien – Vatikan
Februar 2014

Pater Parenti hatte ein Problem mit dem Fluchen und heute Morgen im *Sanctum Sanctorum* der heiligen Bücher des Vatikans war es nicht anders.

»*Porco Diavolo!*«, murmelte er und verfluchte damit den Teufel. Dann blickte er sich verstohlen um, ob sich irgendjemand in Hörweite befand.

Der kleine katholische Priester war auf die antiken Dielenbretter geknallt und hatte sich dabei fast selbst bewusstlos geschlagen, als ein provisorisches Regal, auf dem er ein Nickerchen gemacht hatte, unter seinem Gewicht kollabiert war. Der stechende Schmerz, der sich von den Lenden bis in die Mitte seines Nackens erstreckte, war so stark, dass er Mühe hatte zu atmen. Er lag inmitten eines Haufens unbezahlbarer Bücher, der sich überall verteilt hatte. Kaum war sein Hochsitz ins Rutschen geraten, waren drei wuchtige, parallel dazu verlaufende Regalreihen wie Dominosteine umgefallen, und eine noch größere Lawine aus Folianten hatte sich in den Gang zwischen den Regalen ergossen. Er hatte Schmerzen und war halb unter zerborstenen Regalbrettern und Bergen aus mittelalterlichen Büchern begraben. Bei einigen von ihnen waren die Seiten irreparabel beschädigt. Ein Modergeruch aus unzähligen wiedererweckten Texten, die jahrhundertelang ungestört geruht hatten, wehte in die benachbarten Korridore.

»*Porco Diavolo!*«, fluchte er noch einmal, während er atemringend versuchte, wieder aufzustehen.

»*Porco Diavolo?*« Die dröhnende Stimme, die diese Frage stellte, erklang hinter einem Bücherregal, das zehn Meter von dem Trümmerhaufen entfernt immer noch aufrecht stand. »Jetzt reicht es aber! Es reicht, Pater Parenti! Das ist das zweite Mal in diesem Jahr!«

Parenti sah vom kalten Bibliotheksboden zu der geisterhaften Gestalt im Priestergewand auf, die ihn entrüstet anfunkelte. Er schloss die Augen und betete um ein Wunder, wohl wissend, dass ihm dieses Mal richtiger Ärger bevorstand. Von allen Bibliothekaren, die über seine selbst initiierte Katastrophe stolpern konnten, musste es ausgerechnet der Präfekt persönlich sein.

Knapp zwei Meter groß und kaum 70 Kilo schwer, war Pater Antonio Barsanti seit 42 Jahren ein Bruder des Wohlfahrtsordens, davon zehn als Präfekt der Vatikanbibliothek. Parenti fand jedoch, dass sich sein Verhalten gegenüber seinen überlasteten Archivaren als alles andere denn mildtätig erwiesen hatte.

»Ich glaube, ich habe mich verletzt. Bestimmt meine Wirbelsäule«, stöhnte er in dem inständigen Versuch, der dunklen Silhouette, die über ihm aufragte, etwas Mitgefühl zu entlocken.

»Steht auf, *Gobbo*«, befahl der Präfekt, während er sich bis auf wenige Zentimeter von Parentis Nase entfernt über ihn beugte. Der Geruch eines billigen Rasierwassers und ein Hauch des Messweins in seinem Atem hüllten sie ein und Parenti konnte nur noch erschaudern.

Barsantis Wortwahl verriet ihm, dass seine Strafe die Schwere des Verbrechens mit Sicherheit überstieg. Er war tatsächlich *il padre gobbo* – der buckelige Priester. Doch dies war das erste Mal, dass der Präfekt ihm diesen

Beinamen, der von den anderen nur geflüstert wurde, seit Parenti das Priesterseminar vor Jahren verlassen hatte, ins Gesicht schleuderte. Er ließ den Blick ein Stück weit über die Schulter des Präfekten wandern und richtete ihn auf ein entferntes, funkelnd leuchtendes Quadrat, um daraus Inspiration zu schöpfen. Dabei handelte es sich um eines der prachtvollen Buntglasfenster nahe der Bibliotheksdecke, das er bereits Tausende Male zuvor betrachtet hatte. Das Glas zeigte das Bild der dritten Station des Kreuzwegs, auf der Jesus zum ersten Mal gestürzt war, als er den Golgatha auf seinem Weg zu seiner Kreuzigung bestieg. Einen Moment lang sinnierte Parenti über die Parallelen zu seiner eigenen misslichen Lage und begann, seine Kräfte zu sammeln.

Herausfordernd wandte er den Kopf von dem Präfekten ab und ruderte mit den Armen, um sich aus dem Bücherberg zu befreien. Er bekam mit, dass Barsanti ihn amüsiert dabei beobachtete, wie er vergeblich versuchte, die Bücher abzuschütteln, die seinen missgestalteten Rücken bedeckten. Parenti ähnelte einer umgedrehten Schildkröte, die auf ihrem Panzer festsaß. Nach mehreren vergeblichen Versuchen wurde er von hinten gepackt und von den kräftigen Händen des Präfekten an seinem schlingenartigen Kragen in eine kniende Haltung gezerrt. Ihm war klar, was als Nächstes kam, und er wagte nicht aufzublicken. Er war schon zuvor wegen seiner Nickerchen bei der Arbeit verwarnt worden und seine Flüche verdoppelten den Ärger nur.

»Ihr werdet mehrere Archivare zusammentrommeln, die Euch dabei helfen, das hier zu reparieren, Parenti. Ihr werdet jedes Regal eigenhändig überprüfen. Jedes Buch. Jede Seite!«, sagte Barsanti mit eisig gebietender Stimme. »Und wenn Ihr damit fertig seid, kommt Ihr zu mir in

Kardinal Pontis Studierzimmer, um Euch Eure Strafe abzuholen. Ihr werdet um Vergebung betteln, *Gobbo.* Sie wird Euch aber nicht gewährt werden. Und noch vor der Abendmesse wird der Papstpalast nur mehr eine Erinnerung für Euch sein.«

Parenti hob den Kopf und beobachtete mit entsetztem Schweigen, wie sich der schlaksige Priester umdrehte und gemächlich in der Dunkelheit verschwand. Dann ließ sich Parenti zu Boden plumpsen, sinnierte schweigend über seine missliche Lage und verfluchte sein Pech. Während er sich die Überreste des Schlafs aus den Augen rieb, sah er sich um. *Welch wunderschönes, trübseliges Gefängnis,* dachte er dabei. *Wenigstens werde ich endlich davon befreit sein.*

Die Vatikanbibliothek, deren Eingang von den farbenfroh gekleideten Schweizer Gardisten des Papstes flankiert wurde, beherbergte über 80 Kilometer an Regalen, die in schmalen Reihen neun Meter hoch aufragten und die er wie eine Maus in einem Labyrinth durchquerte. Vom Boden bis zur Decke, unter einem Baldachin aus prächtigen Fresken, die jenen in der benachbarten Sixtinischen Kapelle in nichts nachstanden, bildeten sie ein endloses, verschachteltes Puzzle und waren mit unbezahlbarem Wissen gefüllt.

Oftmals wanderte Parenti auf einsamen Recherchegängen zwischen den Regalen umher, reckte den deformierten Hals, so gut er konnte, zu den prachtvollen Decken hinauf und verirrte sich dabei manchmal in dem Labyrinth unter den biblischen Szenen, die von oben auf ihn herabblickten. Aus den vielen himmlischen Darbietungen, die prachtvoll von einer Mauer zur anderen an die Decke gemalt waren, hatte er drei Lieblinge auserkoren. Da war der entsetzliche Anblick Josefs, der von seiner Familie den Ismaeliten ausgeliefert wurde. Er hatte die Frechheit besessen, Träume zu haben, und war deshalb von seinen Brüdern für 20 Silbermünzen in die Sklaverei verkauft worden. Der gnomenhafte Priester erkannte darin seine eigene Vergangenheit wieder. Dann war da Daniels wundersame Zähmung der Löwen. Die Hände in die Hüften gestemmt stand er da, während sie sich vor ihm verbeugten. Darin hoffte Parenti, seine Zukunft zu sehen. Doch die Szene, die ihn am meisten verzückte, die Erschaffung Evas, verlor sich beinahe in den Schatten der nördlichen Deckenecke. Frisch aus Adams Rippe geschnitten stand Eva nackt vor ihm, im Gesicht einen lüsternen Ausdruck, der den eigensinnigen Priester stundenlang in seinen Bann ziehen konnte.

Hier in der riesigen Bibliothek, die vor fünf Jahrhunderten für das römische Gericht erbaut worden war, siechte er dahin. Ein trostloser Ort, der nur über eine verborgene Wendeltreppe zu erreichen war, die bis in den Turm der Winde führte. Acht lange Jahre war Parenti ein auszubildender Archivar gewesen. Ein abhängiger Diener, begraben unter endlosen Rechercheaufgaben für Geistliche, Kardinäle und religiöse Gelehrte, denen er wahrscheinlich niemals begegnen würde. Nach seiner Schätzung würde er über ein Jahr brauchen, um seinen gegenwärtigen Arbeitsrückstand aufzuholen – umgeben von seinen stummen Gefährten: über fünf Millionen Bücher und eine halbe Million Manuskripte, die die Kirche in einem tausendjährigen Zeitraum für ihre Sammlung gekauft, geborgt und sogar gestohlen hatte. In den benachbarten Geheimarchiven wurden unzählige weitere päpstliche Manuskripte unter Verschluss gehalten. Sie waren tabu für alle außer jenen, denen der Pontifex persönlich speziellen Zugang gewährte. Wie antike

Wissenshüter ragten die Archive vor ihm in die Höhe und enthielten eine Sammlung, genau genommen *die* Sammlung einiger der seltensten Schriftstücke, die der Menschheit bekannt oder unbekannt waren.

Fast 900 Priester hatten das Glück, im Vatikan zu arbeiten, doch nur ein paar Auserwählte hatten sich das Privileg verdient, inmitten dieser außergewöhnlichen Sammlung zu arbeiten. Die Bibliotheksverwaltung hatte sie zu einem Zentrum der Wiederentdeckung klassischer Kultur gemacht, aus der die Renaissance hervorgegangen war. Hunderttausende unbezahlbarer Originale und Erstdrucke befanden sich hier. Darunter die vollständige Sammlung tadellos erhaltener griechischer und lateinischer Klassiker, altertümliche römische und chinesische Manuskripte, wie man sie in der Moderne selten sah; die ältesten bekannten Versionen der Evangelien, die je entdeckt worden waren und die bis in das Jahrhundert, in dem Jesus gelebt hatte, zurückdatierten; und die komplette Sammlung der gnostischen ›verschollenen Evangelien‹, inklusive Judasevangelium, dessen Verbrennung Bischof Irenäus im Jahre 191 n. Chr. angeordnet hatte.

Und dann gab es noch die ›moderneren‹ Texte. Alle bekannten Edikte des Herrschers Dschingis Khan; die Manuskripte der Tempelritterprozesse im Jahre 1308; jede existierende Aufzeichnung aus der Spanischen Inquisition; die Dokumente der Exkommunikation Martin Luthers im Jahre 1521; ein Brief der schottischen Königin Maria an Papst Sixtus, geschrieben in der Nacht vor ihrer Enthauptung; die Liebesbriefe Heinrichs VIII., zusammen mit den Dokumenten, die seine Ehe mit Katharina von Aragon annulliert hatten; Hunderte seltener Briefe mit Michelangelos Schriften und Zeichnungen, die nur dem Vatikan bekannt waren; dazu noch eine Sammlung unbekannter Werke von Voltaire. In jüngerer Zeit waren gewaltige verschließbare Schränke eingebaut worden, um umfangreiche Aufzeichnungen über den Holocaust unterzubringen, zu denen Briefwechsel zwischen Papst Pius XI. und Adolf Hitler gehörten.

Angesichts der Tatsache, dass er es mit seinem gekrümmten Buckel auf eine Größe von gerade 1,46 Metern brachte, war sich Parenti darüber im Klaren, dass es kaum gerechtfertigt war, dass Kardinal Ponti ihn der riesigen päpstlichen Bibliothek zugewiesen hatte, die mit solch prachtvollen Werken gefüllt war. Aufgrund seiner Größe und seines verkrüppelten Körpers reichten seine Finger kaum bis über das vierte der 20 kunstvoll handgeschnitzten Regale, die scheinbar bis in den Himmel reichten. Es bedurfte inständiger Gebete, um auf den Hunderten uralten Holzleitern, die bis zur Decke reichten, sicher zu balancieren. Seine Höhenangst machte jeden mühsamen Ausflug zu einem Buch in den oberen Regionen zu einem qualvollen Unterfangen. Wenn er auf einer besonders schwierigen Bergungsmission eines Buches in den höheren Regionen unterwegs war, geriet er oftmals nervös ins Wanken und klammerte sich stundenlang an die Leiter, während er furchtsam die Sprossen hinauf- und hinunterkletterte und dabei jeden angsteinflößenden Zentimeter der lebensgefährlichen Höhe verfluchte.

Seine Einkerkerung in die Bibliothek war beschlossen worden, nachdem er den schrecklichen Fehler begangen und dem Kardinal gegenüber geprahlt hatte, dass er eine Affinität für Bücher hegte. Er prahlte damit, sich in seiner Kindheit, die er in verschiedenen Waisenhäusern in Sizilien verbracht hatte, sogar selbst das Lesen beigebracht zu haben. Binnen eines Tages nach seiner rhetorischen Aufschneiderei hatte man ihn der Leitung von Präfekt

Barsanti unterstellt. Parenti wusste mit Sicherheit, dass es am vatikanischen Hofe andere gab, die weitaus besser qualifiziert waren, als Archivar zu dienen. Offensichtlich war dies eine Tätigkeit nur für die gelehrtesten Priester. Doch obwohl keine der Befehlsgewalten es jemals zugegeben hatte, war er davon überzeugt, dass ihm Seine Eminenz die Aufgabe aus einem anderen unausgesprochenen Grunde zugeteilt hatte. Eine geheime Bibliothek, weitab der öffentlich zugänglichen Bereiche des Vatikans, in die sich nur eine Handvoll Personen wagen durfte, war bestens dafür geeignet, den Anblick eines klapprigen, buckeligen Priesters zu verbergen. Dies hier war eine Gruft, in der er gut die restlichen Jahre seines Lebens verbringen konnte, genauso begraben wie die antiken Bücher um ihn herum.

So hatte er sich sein Leben nicht vorgestellt. Geboren als siebter Sohn eines siebten Sohnes hatte Parentis Familie – und das gesamte, am Fuße des Ätna gelegene sizilianische Dorf Nicolosi, in dem er geboren worden war – beinahe mythologische Erwartungen an ihn gestellt. Laut einem altertümlichen Glauben war ein solcher Sohn mit übernatürlichen Heilkräften und der Gabe der Prophezeiung ausgestattet. Was dem sechsjährigen Parenti-Jungen tragischerweise niemand vorhergesagt hatte, war der Ausbruch einer schweren Form der Scheuermann'schen Kyphose, eine krankhafte Rückgratverkrümmung. Eine der grausamsten Missbildungen, bei der der Buckel von einer Versteifung des Brustwirbels herrührte und zu einer schweren Verkrümmung der oberen Rückenpartie führte. Dies war derart entstellend, dass der bloße Atmungsvorgang oft schmerzhaft war. Noch vor dem achten Lebensjahr wurde der gut aussehende Junge, einst Quelle großer Verheißung für Nunzio und Maria Parenti, als *il gobbo* – ›der

Buckelige‹ – des bäuerlichen Bergdorfes gebrandmarkt. Ein Priester aus dem Ort hatte seine bettelarmen Eltern gewarnt, die Missbildung ihres siebten Sohnes sei ein Zeichen für Gottes Ungnade. Andere erachteten es als einen Fluch für das gesamte Dorf.

Bis Parenti das zehnte Lebensjahr erreicht hatte, waren die Anfeindungen gegen ihn unerträglich geworden. Von den anderen gemieden und auf dem tückischen Heimweg von der Schule häufig wie ein streunender Hund mit Steinen beworfen, war er gezwungen, den Schulbesuch vorzeitig zu beenden. Die einzige Nettigkeit, an die er sich aus dieser traurigen Zeit erinnern konnte, hatte er von einem jungen Mädchen in seinem Alter namens Pepina erfahren. Sie war eine Nachbarin, wohnte ein paar Häuser weiter, hatte Mitleid mit dem Jungen und schlich sich des Öfteren mit ihm zu einer nahe gelegenen Wiese, um ihm dort zu erzählen, was an jedem Tag in der Schule gelehrt worden war. Dort verbrachte er Stunden damit, Gedichte zu rezitieren und sich in der Erzählkunst zu üben, bis grausamerweise die Sonne unterging. Als ihre Eltern von ihrer Freundschaft erfuhren, kam es zu einem Ausbruch, der normalerweise dem uralten Berg Ätna vorbehalten war.

Für den jungen Luca Parenti führte der Weg in das erste von mehreren trostlosen Waisenhäusern, die über die bäuerliche Insel verteilt waren. Dort wuchs er auf, bis ihn ein Kloster in Palermo im Alter von 18 Jahren gnädig aufnahm. Dies waren einsame Zeiten für den entstellten Jungen, mit schmerzhaften Erinnerungen, die so eindringlich waren, dass er niemals mehr dorthin zurückkehrte, um die Familie, die ihn verstoßen hatte, oder die gütige Pepina wiederzusehen. Während die Kirche und schließlich der Vatikan dem verkrüppelten

Priester jahrelang Zuflucht gewährten, sorgten die niederen Arbeiten, die er oftmals zugewiesen bekam, für ein Leben aus Langeweile, Problemen und Missgeschicken, wie dem Debakel, das er gerade eben angerichtet hatte.

Von den Reparaturarbeiten an den Rand der Erschöpfung gebracht, warf Parenti einen Blick auf die Handvoll Bände, die noch einsortiert werden musste. Eine Mannschaft mürrischer Bibliothekare hatte sieben Stunden gebraucht, um in Schwerstarbeit die zerstörten Regale zu ersetzen und die Bücher wieder in ihre exakte Reihenfolge zu bringen. Dann waren sie gemeinsam wieder gegangen und hatten dabei über ihre Abendpläne gesprochen, während Parenti die Arbeit missmutig in der üblichen Einsamkeit zu Ende brachte. Jedes Mal, wenn er sich vorbeugte, um ein Buch zu bergen, reckte er dabei den Kopf in die Höhe. Dabei jagte der Schmerz wie geschmolzene Lava durch seine Wirbelsäule. Das Motiv, das von oben auf ihn herabstarrte, bot keinen Trost. Das einzige Fresko, von dem er den Blick gewohnheitsmäßig fernhielt, stellte die sagenumwobene Schlacht um das Himmelsreich dar. Verängstigt vom Anblick des Krieges zwischen Gottes Engeln und Luzifers gefallenen ›Wächtern‹ steigerte er sein Tempo. Er sehnte sich danach, dieses Martyrium zu beenden.

Er krümmte den Rücken, um an ein Buch zu gelangen, das die umfangreichen Schriften von Papst Alexander VI. enthielt. Dabei bemerkte er eine kleine dreieckige Wölbung, die unter dem Sockel eines Bücherregals hervorragte. Es schien sich um die Ecke eines verirrten Buches zu handeln, das während des Unglücks unter ein Regal in Bodennähe gerutscht war. Neugierig langte er in den winzigen Spalt zwischen Boden und Regal und zog vorsichtig an dem Folianten. Dieser ließ sich jedoch nicht bewegen. Er beugte sich ein weiteres Mal darüber und zerrte ungeduldig an dem Band. Wieder keine Bewegung.

»Porco diavolo!«, fluchte er. Augenblicklich schoss sein Blick nach oben und den Gang entlang, um nachzusehen, ob da jemand war, der möglicherweise in der Nähe die Ohren spitzte.

Wo auch immer das Buch hergekommen sein mochte, dachte er, man konnte mit Sicherheit davon ausgehen, dass es nicht einfach im Verlauf des Unfalls dorthin gefallen war. Das war unmöglich angesichts dessen, wie fest es unter dem Regal klemmte. Er sank auf die Knie, streckte den Hals, so gut sein verkrümmtes Rückgrat es zuließ, und spähte in den Spalt, in dem sich das Buch seit Jahrhunderten befunden haben mochte. Er war zutiefst erschöpft, sowohl körperlich als auch geistig, und kam zu der Erkenntnis, dass die einfachste Lösung darin bestand, das Buch wieder in seine jahrhundertealte Ruhestätte zurückzuschieben. *Was schert es mich? Ich werde bald von Seiner Eminenz gedemütigt und in eine ferne Gemeinde in Ungarn oder Albanien verbannt, um dort meine letzten Jahre abzuleisten. Soll sich der Tyrann Barsanti zu einem späteren Zeitpunkt damit beschäftigen.* Er drückte mit aller Kraft dagegen, doch das Buch bewegte sich nicht.

Geschlagen erhob er sich, um endlich die restlichen Bücher einzusammeln und ins Regal zurückzustellen. Doch dann zögerte er und beugte sich ein weiteres Mal über den Spalt. Er schloss die Augen und tastete mit seinen kindlichen Fingern den Einband ab. Seine Zeit in der päpstlichen Bibliothek hatte ihn die Gewissheit gelehrt, dass das widerspenstige Buch nicht einmal in die Nähe dieses Bereichs der Schriften gehörte. Es fühlte sich wie ein wahrhaft antikes Buch an – fürwahr, ein sehr viel älteres Manuskript. Noch seltsamer war, dass der Pergamentumschlag fehlte, in den beinahe jeder Band in der Bibliothek eingeschlagen war.

Erneut setzte er sich hin und stemmte seine Füße gegen die Unterseite des Bücherregals. Er spannte sich an, um seinen erbarmungswürdigen Rücken nach hinten zu biegen, und zog so fest, wie er nur konnte, an einer Ecke des Buches. Zu seiner Überraschung löste sich das Buch schließlich mit einem lauten Krachen. Er hatte sich so erbittert daran festgeklammert, dass er nun zurückgeschleudert wurde, bis sein Kopf direkt gegen ein Regal hinter ihm donnerte.

»Porco diavolo!«, schrie er unter dem zuckenden Schmerz. Diesmal war es ihm gleich, ob der Papst persönlich ihn in seinen benachbarten päpstlichen Gemächern hören konnte.

Nachdem er sekundenlang innegehalten hatte, damit die Benommenheit von ihm wich, setzte er sich auf. An seinem Hinterkopf war bereits eine Beule so breit wie sein Daumen gewachsen. Er ignorierte den Schmerz und griff nach dem geborgenen Manuskript, um den Einband zu inspizieren. *Wahrhaft antik,* dachte er. Mit prüfendem Blick hielt er es hoch und drehte es von einer Seite auf die andere, um es in dem schwachen Licht zu begutachten, als zu seiner Überraschung ein zerfetztes Stück Stoff aus dem Buch flatterte und ihm direkt in den Schoß fiel. Er hob es auf und betrachtete es sorgsam.

Es hatte die Größe eines Halstuchs, war fleckig und zerschlissen und mehrmals gefaltet zwischen die Seiten des Schriftstücks gepresst worden. Als Parenti den Stoff umdrehte, weiteten sich seine Augen vor Erstaunen. Das erhabene Abbild eines Gesichts, geschlagen und zerschunden, doch anscheinend besinnlich, hob sich als scharf konturiertes Relief von dem dünnen Tuch ab. Sein Herz machte bei dem Anblick einen Sprung, dann begann es zu rasen. Wenn nur die geringste Möglichkeit bestand, dass es sich bei dem Tuch, das so alt wirkte wie das Manuskript selbst, um das handelte, was es seiner Vermutung nach sein konnte, dann würde sich sein Schicksal gewiss zum Besseren wenden. Hier hatte er die Möglichkeit, seinem erbärmlichen Leben eine Wendung zu geben, doch dazu musste er seinen Fund verstecken und behüten – koste es, was es wolle. Er sah sich um, wollte sichergehen, dass ihn niemand beobachtete, faltete seinen zerbrechlichen Hauptgewinn vorsichtig zu einem Quadrat und steckte es in die Tasche seines Ornats. Er konnte es später noch inspizieren, wenn er vor den neugierigen Blicken der anderen sicher war.

Als er seine Aufmerksamkeit wieder dem Buch zuwandte, stellte er fest, dass der Einband von einem zerschlissenen Lederriemen mit einer Quaste grob zusammengehalten wurde. Die gestoßenen Ränder der Seiten zwischen dem empfindlichen Einband kamen ihm bekannt vor. *Definitiv Papyrus,* dachte er, wodurch sich das Werk spätestens im dritten Jahrhundert n. Chr. einordnen ließ.

Neugierig ließ er seine Finger über den glatten titellosen Einband gleiten, der aus uralter Tierhaut zu bestehen schien. Er hielt inne, tat einen langen Atemzug und fragte sich, welch seltenes Werk er da in den Händen hielt. Dann entfernte er den Lederverschluss vom Einband und öffnete dieses Buch, das die Welt für immer verändern würde.

2

Washington, D. C.
März 2014

Jon Bondurant ließ seinen Blick durch den hellen, sonnendurchfluteten Hörsaal schweifen. Das Frühlingssemester an der *Georgetown University* hatte erst vor zwei Wochen begonnen und schon jetzt war ein Drittel der zerkratzten Holzstühle in dem theaterähnlichen Klassenzimmer in der *Smith Hall* verwaist. *Die Herde hat sich ausgedünnt,* dachte er. Obwohl er seit Jahren vor keiner College-Klasse mehr doziert hatte, merkte er, dass der Stichtag für das ›Anmelden/Abmelden‹ – bei dem sich wankelmütige Studenten entscheiden mussten, in welchem Fach sie benotet werden wollten – näher rückte. Pater Pat Cleary, ein alter Kommilitone aus Princeton, der im hinteren Bereich des Raumes saß, hatte ihn monatelang bekniet, einen Gastvortrag in seinem beliebten Kurs über Weltreligionen an der renommierten Schule zu halten, und Bondurant hatte am Ende eingewilligt. Der Priester, ein couragierter Jesuit, bestand darauf, dass seine Studenten alle Sichtweisen vermittelt bekamen, einschließlich jener, die seinen eigenen widersprachen.

Cleary hatte ihn soeben als den ›am meisten fehlgeleiteten, aber einflussreichsten Atheisten‹, den er kannte, vorgestellt und Bondurant lächelte über das zweifelhafte Kompliment. Er sah zu den großen palladianischen Fenstern hinaus, die dem Potomac River zugewandt waren, der sich durch Washington, D. C. schlängelte, und beobachtete den langsam fortschreitenden Strom an Menschen, der die M-Street hinunter und durch die engen Kopfsteingassen des idyllischen Georgetown-Viertels sickerte. Die überfüllten Straßen waren mit Studenten bevölkert, die an diesem warmen Freitagabend in laute Kneipen huschten. Ein paar von ihnen waren zweifellos Clearys fehlende Studenten, die verfrüht ins Wochenende starteten.

Von seinem Aussichtspunkt konnte er außerdem erkennen, dass er ein echtes Problem hatte. Aus irgendeinem Grund hatte sein verbeulter Jaguar, der mehrere Straßen weiter den Hügel hinunter an der Ecke zur 31st Street parkte, allmählich eine kleine Menschenmenge angezogen. Rasch überprüfte er die Taschen seiner Jeans und stellte fest, dass seine Autoschlüssel nicht auffindbar waren. Er seufzte und schielte in die Richtung des Trubels. Schaulustige spähten durch das Fenster seines Autos und krümmten sich bei dem Anblick vor Lachen. Er hatte es schon wieder getan. Er hatte sein Auto verriegelt – mit den Schlüsseln im Wageninnern und bei laufendem Motor. Er war schon jetzt zu spät für den Vortrag und ihm war klar, dass dem Auto vor seiner Rückkehr entweder das Benzin ausgehen oder es heiß laufen würde.

Er verfluchte sein Pech, wandte seine Aufmerksamkeit von dem Debakel ab und ließ seinen Blick über die Klasse wandern. In den höheren Rängen der akademischen Welt hatte sich seit seinem öffentlich gemachten Rauswurf aus Princeton vor ein paar Jahren wenig verändert. Ein paar der Studenten, die vor ihm saßen, mochten in eine vielversprechende Zukunft auf dem Gebiet der kulturellen Anthropologie blicken, hatten dabei aber noch einen weiten Weg vor sich. Die Selbstbewussten unter ihnen würden seine Autorität mit respektlosen Fragen herausfordern. Er mochte diese Herausforderungen und bevorzugte diese Studenten gegenüber jenen, die lediglich eine Pflichtübung auf ihrem Terminplan abhakten. Die dritte Gruppe bestand aus ernsthaften Studenten, die für ihn auf der Kippe standen. So wie die lange Liste ihrer Vorgänger würden sie für eine irrsinnig lange Zeit lernen, ordentliche Noten ergattern und auf renommierte weiterführende Schulen an der Ostküste gehen. Dort, davon war er überzeugt, würden sie noch mehr vom Geld ihrer Eltern verpulvern, bevor sie herausfanden, dass sie doch nicht für Anthropologie geschaffen waren. Manche Dinge änderten sich nie, dachte er.

Aber genau in der Mitte saß einer der Gründe, warum er Clearys Einladung gefolgt war. Manchmal konnte man ihn erkennen, manchmal auch nicht. Dieser hier war ansehnlich genug: eine dünne Blondine in einem eng anliegenden Jeans-Minirock. Ihre langen wohlgeformten Beine waren in der fünften Reihe von unten in Augenhöhe auf ihn gerichtet wie eine doppelläufige Schrotflinte. Er hatte keine Ahnung, wer sie war, aber das spielte auch keine Rolle. Er merkte, dass sie ihn bereits ins Visier genommen hatte. Heute Abend, wie an vielen anderen Abenden, stellte sich nicht die Frage, was er tun würde, um die Leere in seinem Innern zu bekämpfen, sondern mit wem.

Obwohl er 40 Jahre alt war, zog er noch immer genügend weibliche Bewunderung auf sich. Physisch war bei ihm auch alles in Ordnung. Er war 1,82 Meter groß und hatte die schlanke Figur seines Vaters geerbt. Als Schwimmer und Turmspringer im Collegeverband von Stanford hatte er kantige, breite Schultern sowie ein annähernd lateinamerikanisches Aussehen, das er von seiner attraktiven argentinischen Mutter geerbt hatte, die schon lange verstorben war. Seine dicken, grau werdenden schwarzen

Haare und seine blauen Augen sorgten zusammen mit der markanten Form seiner Augenbrauen und den hohen Wangenknochen für ein reizvolles Aufeinandertreffen maskuliner und femininer Eigenschaften, die Blicke wie jenen anzuziehen vermochten, den er aus der fünften Reihe zugeworfen bekam. Aus der Entfernung war er ein guter Fang. Aus nächster Nähe, wenn eine Frau versuchte, ihn besser kennenzulernen, war das eine andere Sache. Er nahm den Blick von den Notizen auf seinem Pult, richtete ihn auf die Studenten, die vor ihm verstreut saßen, und beendete sein Schweigen.

»Pater Cleary erzählte mir, dass Sie auf das Gebiet der religiösen Reliquien vorgedrungen sind. Gratulation. Dann fangen wir am besten an.« Er umrundete den Tisch und blieb davor stehen. Er sprach mit einem unüberhörbar autoritären Klang in der Stimme, der nach Aufmerksamkeit verlangte. »Ob wir es nun mit den altertümlichen Zoroastriern zu tun haben oder mit fehlgeleiteten Christen der Neuzeit, von denen sich heute so viele hier versammelt haben«, sagte er mit tiefer Stimme, womit er ein paar der Studenten zum Kichern brachte, »der Glaube bleibt stets derselbe.« Er nahm hinter dem abgewetzten Pult Platz und wippte auf den beiden hinteren Stuhlbeinen vor und zurück. »Und vergessen wir nicht den des Islams, des Judentums, des Buddhismus und des Hinduismus. Der Hang von Religionen weltweit, Glaubwürdigkeit dafür zu beanspruchen, dass ihre alten Reliquien wundersame Eigenschaften besitzen, dass sie mehr sind als bloße Symbole ihres Glaubens, zieht sich wuchernd durch die Jahrhunderte. Diese Reliquien«, fuhr er fort, »erfüllten insbesondere für das Christentum einen nützlichen Zweck. Im Europa des Mittelalters bedeuteten sie ein Riesengeschäft. Dies war eine Zeit des

Aberglaubens, in der die Ausübung von Magie und mit Wundern in Verbindung gebrachte Reliquien gang und gäbe waren. Die Welt wurde von gefälschten Knochen geradezu überflutet. Es war eine Zeit, in der der Schwarze Tod über den Kontinent gekommen war. Die Kirche hatte alle Hände voll zu tun. Sie tat praktisch nichts, um die Flut falscher Ikonen einzudämmen. Christen, die oft sich selbst überlassen waren, begaben sich auf Pilgerreisen zu den Gräbern der Heiligen, wo diese Reliquien ausgestellt wurden. Das bedeutete nicht nur für die Pilger die Aussicht auf Vergebung ihrer Sünden, sondern außerdem lebhaften Handelsverkehr für aufkeimende Städte. Zugegebenermaßen ernährten die Reliquien die Gläubigen und füllten die Staatssäckel. Im Endeffekt waren sie damals jedoch dasselbe, was sie auch heute noch sind – bloße Requisiten für die Einfältigen.«

Pater Cleary, der in der hinteren Reihe saß, hatte den Ansatz eines amüsierten Lächelns im Gesicht, sagte aber nichts.

Für einen Studenten in der dritten Reihe war das jedoch offensichtlich zu viel.

»Finden Sie nicht, dass Sie ein bisschen zu weit gehen, wenn Sie sie als ›Requisiten‹ bezeichnen?«, platzte es aus ihm heraus. »Epsteins Studie über religiöse Reliquien fand heraus, dass sie in allen der meistverbreiteten Religionen genutzt werden. Wie können eine Milliarde Buddhisten, die die heilende Asche ihrer Meister verehren, allesamt irren?«

»Nun, wenn es nur um die Anzahl geht«, erwiderte Bondurant übertrieben gedehnt, »dann setze ich mehr auf die Christen und auf die Knochen ihrer Heiligen. Die übertreffen Ihre Buddhisten zahlenmäßig zwei zu eins, mein Freund.«

Bondurant fuhr fort: »Würde es Sie überraschen, wenn ich Ihnen verrate, dass die ärmsten Länder der Welt auch die religiösesten sind? Eine große Anzahl der Milliarden von Menschen, von denen wir hier sprechen, ob nun die zwei Milliarden Christen, die anderthalb Milliarden Islamgläubigen oder die Milliarde Buddhisten, die Sie verteidigt haben, sind praktisch Analphabeten. Können die alle recht haben? Sie leben und sterben im Glauben an diametral entgegengesetzte Dinge, in einer Welt zahlreicher Götter, sich widersprechender Dogmen und grundverschiedener Vorstellungen vom Leben nach dem Tod. Für die Mythologie von Artefakten und Glaubensritualen sind sie heute genauso anfällig wie ihre Vorfahren vor 1000 Jahren.«

Eine Brünette mit einer verspiegelten Pilotenbrille und einer roten Baskenmütze sah zum ersten Mal an diesem Nachmittag von ihrem *iPad* auf.

»Dr. Bondurant, angenommen, dass wir es mit dem Göttlichen zu tun haben, das jenseits der menschlichen Vorstellungskraft liegt, vielleicht sogar jenseits Ihrer eigenen«, sagte sie mit einem Lächeln, »wären Sie, auch als Atheist, bereit einzuräumen, dass zumindest ein paar der Reliquien, die von den Weltreligionen ausgestellt werden, unerklärte heilende Eigenschaften besitzen und den Blinden tatsächlich geholfen haben, wieder zu sehen, oder den Lahmen, zu gehen? In der Geschichte finden sich unzählige Zeugen von Wundern.«

»Die Worte einer wahren Christin«, sagte Bondurant. »Sie sind doch Christin, stimmt's?«

»Von Geburt an.«

»Nun gut«, gab er zurück. »Da Sie gefragt haben, fokussieren wir uns ein paar Minuten auf das Christentum und wenn wir damit fertig sind, dann sagen Sie mir, ob der Blinde wirklich wieder sieht.«

Zwei Studis, die in einen *Land's End*-Katalog gepasst hätten, hörten auf zu simsen und hoben interessiert die Köpfe.

»Wie viele hier haben von dem Schweißtuch der Veronika gehört?«, fragte Bondurant, während sein Blick durch den Raum wanderte.

Nur zwei Hände wurden gehoben.

Er deutete auf einen der beiden, die mutig genug gewesen waren, sich in die erste Reihe zu setzen. »Sie sind dran. Wie heißen Sie?«

»Tom Kelso«, sagte der Student verlegen. »Ich glaube, es hat etwas mit der Kreuzigung Jesu Christi zu tun. Da war etwas mit einem Schweißtuch, das Jesus überreicht bekam. Ich glaube, es ist auf einer der Stationen des Kreuzweges abgebildet.«

»Nah dran, Mr. Kelso.« Bondurant stand von seinem Stuhl auf, umrundete sein Pult bis zur Vorderseite und nahm darauf Platz.

Die Blondine in dem Minirock schoss leise mit ihrem Handy ein Foto von ihm und sah dann nervös zur Seite. Wenn sie dachte, dass er das nicht bemerkt hatte, täuschte sie sich. Und in diesem Moment wusste er, dass er ein weiteres glückloses Opfer gefunden hatte. Er würde wohl zwei, drei Nächte hintereinander mit ihr schlafen. Ohne ihr etwas zu geben, an dem sie sich festhalten konnte. Dann würde er sie tagelang ignorieren, bis sie die Botschaft verstand. Er wusste, dass er wegen der Art, wie er sie behandelte, Schuldgefühle haben würde, genau wie bei den anderen. Aber es gab nicht den Hauch einer Chance, dass sie ihn jemals kennenlernen würde. *Wie sollte sie?*, dachte er. Schließlich war er sich nach wie vor selbst ein Rätsel. Er richtete seine Gedanken wieder auf die Vorlesung.

»Das Schweißtuch der Veronika, auch bekannt als das Sudarium oder der Volto Santo, was ›Heiliges Gesicht‹ bedeutet, eine katholische Reliquie. Ein Lumpen, von dem es heißt, er trage das echte Abbild vom Antlitz Jesu Christi. Das, liebe Jungs und Mädchen, macht es zu einer Reliquie oberster Güte – ein Gegenstand, der unmittelbar mit dem Leben von Jesus zusammenhängt. Von oberster Güte wäre auch ein Körperteil eines Heiligen, wie etwa ein Knochen oder eine Haarsträhne.«

Er wandte sich seinem Laptop zu, der vor ihm auf dem Stuhl lag.

»Ich möchte, dass einer von Ihnen, der am Fenster sitzt, die Jalousien herunterlässt und das Licht ausmacht«, sagte er.

Als das fluoreszierende Licht über ihnen ausging, erschien auf der großen Leinwand hinter ihm ein Bild, bei dem es sich offenbar um das grobe Gemälde eines bärtigen Gesichts auf einem kleinen Lumpen handelte.

»Das ist eine Reliquie oberster Güte?«, fragte einer der Studenten, während er sich zu der Leinwand vorbeugte. »Das gilt nicht. Das ist nur ein Gemälde auf einem Taschentuch.«

»Gemälde oder nicht«, ermahnte Bondurant ihn, während er auf das Bild deutete, »dieses Tuch – das ›Schweißtuch der Veronika‹ – soll das Gesicht Jesu Christi berührt haben. Genau genommen soll es sich bei seiner Erscheinung, kraft eines Wunders, um das tatsächliche Abbild des Antlitzes von Jesus handeln. Und was Reliquien angeht, gibt es keine bessere Güte als das.«

»Nun«, merkte ein anderer Student an, »wenn das schon oberste Güte ist, dann ist das, was auch immer auf dem zweiten oder dritten Platz landet, definitiv fragwürdig.«

»In der zweiten Reliquienkategorie«, sagte Bondurant eilig, »befindet sich etwas – alles –, was einem Heiligen gehört oder mit ihm in Verbindung steht, so wie ein Hemd, ein Kreuz, ein Buch oder, interessanterweise, auch Folterinstrumente, die gegen einen Märtyrer eingesetzt wurden. Nach neuesten Schätzungen liegt die Anzahl der Heiligen zwischen 20.000 und 30.000. Sie können sich also vorstellen, welche Anzahl an Reliquien zweiter Güte mit ihnen in Verbindung gebracht werden. Die dritte Güte – nun, die sind absurd. Davon wollen Sie gar nichts hören.«

»Vielleicht doch«, rief die Blondine in dem Jeans-Minirock selbstbewusst.

»Okay«, sagte er. »Willkommen an Bord. Sind Sie heute mit dem Auto zur Vorlesung gefahren?«

»Ja«, gab sie zurück, besorgt, dass sie wegen ihrer Zwischenmeldung gleich eine unangenehme Überraschung erleben würde.

»Werfen Sie mir Ihre Wagenschlüssel zu.«

Sie griff in ihre Handtasche und warf die Schlüssel nach vorn. Er hielt sie in die Höhe, damit die Klasse sie sehen konnte.

»Wenn dieser Schlüssel oder gar der … Ein Porsche, nicht wahr?«, fragte er.

»Genau«, sagte sie.

»Nun, wenn dieser Schlüssel oder der Porsche, den sie offensichtlich fährt, jemals mit dem Tuch, das Sie hier sehen, in Berührung kommt – sagen wir, sie fährt drüber – oder wenn sie jemals die Knochen eines Heiligen berühren, dann würden sie als Reliquie dritter Güte eingestuft werden.«

»Wie steht's denn mit Ihnen? Sie scheinen alt genug zu sein, um mit den Heiligen gelebt zu haben«, sagte ein anderer. »Würde Sie das nicht auch zu einer Reliquie dritter Güte machen, Dr. Bondurant?«

Der Saal kicherte.

»Clever. Jetzt aber zurück zum Tuch«, sagte er. Jetzt, da er sich seine Heimfahrt gesichert hatte, legte er ihre Schlüssel auf sein Pult und wollte sich gerade wieder der Leinwand zuwenden.

Sie schlug die Beine übereinander, warf ihm einen bereitwilligen Blick zu und lächelte.

»Gemäß der Kirchenlegende«, sagte er, »trat die heilige Veronika während der Passion, das qualvolle Tragen des Kreuzes auf den Berg Golgatha, an Jesus heran. Als sie Christi Gesicht mit ihrem Tuch trocken wischte, blieb auf wundersame Weise dieses Abbild vom Antlitz des Heilands unauslöschlich auf dem Tuch zurück. Ein Wunder! Nun«, fuhr er fort, während er erneut auf das kräftige Bild auf der Leinwand deutete, »glaubt man seit 20 Jahrhunderten daran, dass dieses Tuch die Macht besitzt, Blindheit zu heilen, den Durst zu löschen und, genau wie Christus, die Toten wiederzuerwecken. Seit dem 14. Jahrhundert gehört das Tuch zu den am meisten verehrten Kirchenreliquien, nicht wahr, Pater Cleary?«

»Bis zum heutigen Tag, mein fehlgeleiteter Freund«, gab der Priester zurück.

»Wer von Ihnen war jemals in Jerusalem?«, fragte Bondurant.

Niemand hob die Hand.

»Nun, ich kann es nur empfehlen. Neben den Hunderten Souvenirständen, durch die Sie auf der Via Dolorosa waten – den ›Weg der Trauer‹, wo Straßenhändler Kruzifixe und anderen Passions-Nippes verkaufen –, werden Sie auf eine kleine Kirche stoßen, die als die Kapelle des Heiligen Gesichtes bekannt ist. Sie ist der angebliche

Schauplatz des Wunders, das uns das Abbild vom Antlitz Jesu Christi auf dem Schleier der Veronika beschert hat.

Das Neue Testament behandelt die Passion Christi und das Tragen seines Kreuzes auf den Berg Golgotha, und dennoch wird das Schweißtuch der Veronika in keinem der Evangelien auch nur einmal erwähnt«, sagte Bondurant. »Und dann verschwindet das Tuch auf einmal über 1000 Jahre lang aus den Geschichtsbüchern, bis es irgendwann im 12. oder 13. Jahrhundert auf wundersame Weise im Petersdom in Rom wieder auftaucht. Hier wird die Sache langsam interessant«, sagte er grinsend. »Im Jahre 1600 verschwindet das Tuch auf mysteriöse Weise. Dann, wie die Brotlaibe und die Fische aus den Evangelien, erscheint auf einmal eine Vielzahl von Tüchern wie aus dem Nichts«, sagte er, während er die Hände aneinander rieb. »Ein weiteres Wunder? Könnte man annehmen. Heute existieren mindestens sechs Schweißtücher der Veronika, und von allen wird behauptet, sie seien das Original. All diese Tücher werden von der Kirche als wundersame Originale verehrt. Und jedes von ihnen trägt ein vollkommen anderes Abbild von Jesu Gesicht.«

Er ließ die Bildfolge weiterlaufen … Klick … Klick … Klick … Klick … Klick …, um weitere Abbilder von Christi Antlitz auf Stoff zu offenbaren, jedes noch ungeschliffener als das davor, und alle unterschieden sich deutlich voneinander.

»Man findet sie über den ganzen europäischen Kontinent verteilt in Kapellen und Klöstern. Vom Petersdom in Rom …«

Klick.

»… über die Hofburg in Wien …«

Klick.

»… bis zum Kloster des Heiligen Gesichts in Spanien. Es ist über 100 Jahre her, dass die Kirche zuletzt die Untersuchung eines der Tücher genehmigt hat, und der Bericht über das Abbild, das man auf dem Tuch sieht, klingt nicht ganz so wundersam. Um aus der Zusammenfassung des Berichts zu zitieren: ›Zwei miteinander verbundene braune Punkte auf einem verblichenen Stoff.‹ Ähnelt einem Rorschachtest, nicht wahr?«

Kelso in der ersten Reihe unterbrach.

»Gibt es irgendwelche dokumentierten Wunder, die mit den Tüchern in Verbindung gebracht werden?«, fragte er mit einer Spur von Hoffnung in der Stimme.

»Wissenschaftlich dokumentiert? Keine«, gab Bondurant zurück. »Nicht ein einziges. Und jetzt fragt mich bitte jemand nach dem Wahren Kreuz.«

»Ist das eine Fangfrage?«, warf ein Bärtiger, Typ Bergwanderer, mit einem Pferdeschwanz aus den hinteren Reihen ein.

»Das hängt von Ihrem Blickwinkel ab«, gab Bondurant zurück.

»Okay, Sie haben mich. Was hat es mit dem Wahren Kreuz auf sich?«, fragte der Wandersmann. »Es ist eine Fälschung«, sagte Bondurant ausdruckslos.

Klick.

Ein kleines Stück Holz und daneben ein zerbrochenes Teilstück einer Steintafel erschienen auf der Leinwand.

»Wir reden hier natürlich von dem Kreuz, an dem Jesus Christus angeblich gekreuzigt wurde«, sagte Bondurant. »Gefunden von der heiligen Helena, Mutter von Konstantin dem Großen, der im 4. Jahrhundert auf der Suche nach Reliquien nach Palästina gereist ist. Teile des Wahren Kreuzes werden heute in buchstäblich Hunderten von Kirchen in ganz Europa aufbewahrt. Dieses ganz bestimmte Stück, zusammen mit dem Teil einer Tafel, die die Hälfte des Wortes INRI – was ›Jesus von Nazareth, König der Juden‹ bedeutet – eingraviert hat, befindet sich in der historischen Basilika Santa Croce in Rom.«

»Warum ist das so weit hergeholt?«, fragte eine hübsche Rothaarige mit dazu passender Brille von der Seite her.

»Nun, wie ich schon sagte, gibt es so viele Kirchen, die behaupten, ein Stück des Wahren Kreuzes zu besitzen, dass der berühmte Theologe Johannes Calvin im Mittelalter berechnet hat, dass man, würde man alle Holzstücke, die vom Kreuz stammen sollen, zusammentragen, ein ganzes Schiff daraus bauen könnte. Soweit ich mich an die Geschichte aus den Evangelien erinnere, hat Ihr Erlöser Jesus Christus das Kreuz den Golgotha allein hinaufgetragen, zugegebenermaßen mit etwas Hilfe von Simon von Kyrene zwischendurch. Nun, ihr guten Katholiken«, fragte er, seinen Zynismus offen zur Schau tragend, »was ist das?«

Klick.

Ein rostiger, verbogener Dorn erschien auf der Leinwand.

»Das ist offensichtlich irgendein alter Nagel«, antwortete jemand aus den hinteren Reihen.

»Nicht nur irgendein Nagel«, berichtigte Bondurant. »Berichten zufolge ist das einer der drei oder vier Nägel, von denen die Kirche glaubt, dass sie bei Jesu Kreuzigung verwendet wurden. Er wird in derselben Basilika in Rom aufbewahrt, zusammen mit einem Stück des Wahren Kreuzes. Da er angeblich den Körper von Jesus durchbohrt hat, werden Sie keine Reliquie finden, die von höherer Güte ist als diese hier.«

»Und was ist das Problem?«, fragte ein Student mit einem starken Bostoner Akzent.

»Das Problem«, erwiderte Bondurant, »ist, dass wenigstens 30 oder noch mehr dieser heiligen Nägel in Kirchen von Venedig über Nürnberg bis Prag ausgestellt werden. Soweit ich die Evangelien richtig im Kopf habe, soll Jesus zwar ein Zimmermann gewesen sein, aber die römischen Soldaten haben ihm nicht dabei geholfen, ein Haus auf dem Golgatha zu bauen. Es heißt, sie hätten ihn an ein Kreuz genagelt.«

Bondurant klickte seine Bildersammlung nun in einer stakkatoartigen Weise durch.

Klick.

»Hier haben wir eine von mehreren Dutzend Dornenkronen, wie sie Jesus vor der Kreuzigung auf den Kopf gesetzt wurde«, sagte er. »Die Lektüre des Neuen Testaments wird Ihnen offenbaren, dass es nur eine solche Krone gegeben hat. Sie ist eine der meistverehrten Reliquien in der Geschichte des Christentums. Trotz enormer wissenschaftlicher Anstrengungen wurde keine der vielen existierenden jemals für echt befunden.«

Klick.

»Hier haben wir die eiserne Krone der Langobarden und die Zügel von Konstantin, die aus weiteren heiligen Nägeln der Kreuzigung gefertigt sein sollen.«

Klick.

»Hier haben wir angeblich die heilige Lanze, einen Speer, mit dem Jesus in die Seite gestochen wurde, als er am Kreuz hing, um sicherzustellen, dass er tot war.«

Klick.

»Hier haben wir den angeblichen heiligen Schwamm, der, wie in der Bibel beschrieben wird, in Essig getunkt und Jesus am Kreuz gereicht wurde. Wie viele von Ihnen bewahren einen Schwamm länger als ein paar Monate auf?«

Klick.

»Ohne darauf herumreiten zu wollen, aber hier haben wir die angebliche Geißelsäule«, sagte er. »Der Pfahl, an dem Jesus während der Geißelung, seiner Folter, festgebunden war. Dieser wird in der Basilika Santa Prassede in Rom aufbewahrt.«

Klick.

»Hier sehen wir die angeblichen Geschenke der drei Weisen an das Jesuskind, die im Kloster St. Paul auf dem Berg Athos in Griechenland aufbewahrt werden.«

Klick.

»Das hier sind die angeblichen Kleidungsstücke des Jesuskindes in der Kathedrale von Dubrovnik in Kroatien.«

Klick.

»Und dieser unkenntliche Gegenstand ist ...« Er machte eine Pause und zuckte theatralisch zusammen. »Nun, mehrere Kirchen in Europa haben zu irgendeinem Zeitpunkt – wohlgemerkt zeitgleich – behauptet, das heilige Präputium zu besitzen: die Vorhaut von Jesu Beschneidung.

Die Blondine stellte ihre Limonade beiseite und beugte sich vor. »Grundgütiger«, stöhnte sie.

»Das kann man wohl sagen«, flüsterte Bondurant. »Und das bringt uns zu dem außergewöhnlichsten und umstrittensten religiösen Artefakt der Menschheitsgeschichte.« Er ging zur Seite, um sich der Wirkung halber direkt neben die Leinwand zu stellen.

Klick.

»Das heilige Grabtuch«, sagte er mit übertriebener Ehrfurcht.

Die Umrisse eines Körpers waren auf der Leinwand zu sehen und leuchteten in dem gedämpften Licht wie ein Phantom. Das war das verblüffende, lebensechte und erhabene Abbild, von dem behauptet wurde, dass es den Körper von Jesus Christus, dem Sohn Gottes, darstellt.

Einige der Studenten rutschten unbehaglich auf ihren Stühlen herum.

»Für jene von Ihnen, die wissen wollen, ob das bei der Zwischenprüfung gefragt wird«, sagte er, »lautet die Antwort Ja, wie Pater Cleary mir gesagt hat.«

Das Geräusch von Laptops und Notebooks, die geöffnet wurden, erfüllte den Saal. Jeder Einzelne der Studenten beugte sich vor und starrte auf die Leinwand.

»Was Sie hier sehen, ist das Negativ eines Fotos des Grabtuchs von Turin – die Sacra Sindone –, das 1898 von dem Amateurfotografen Secondo Pia gemacht wurde. ›Sindone‹ ist ein Begriff aus dem Alten Testament. Es bezeichnet ein feines Leinentuch, in das die Toten eingewickelt wurden. Seit dem 14. Jahrhundert ist es allgemein als Grabtuch bekannt. Das Grabtuch, das Sie hier vor sich sehen, ist das am ausgiebigsten untersuchte und kontroverseste religiöse Artefakt auf der Welt«, sagte Bondurant, dieses Mal mit tatsächlicher Ehrfurcht. »Genau genommen hat allein die Untersuchung dieser Reliquie im letzten Jahrhundert für so viel Aufmerksamkeit gesorgt, dass ein Wissenschaftszweig – die Sindonologie – danach benannt wurde.«

Er fuhr fort. »Gläubigen zufolge handelt es sich bei dem Grabtuch um das Sterbehemd, in das der Körper von Jesus von Nazareth gewickelt wurde, als er in seinem Grabmal beigesetzt wurde. Erwähnt wird es in allen vier Evangelien – Matthäus, Markus, Lukas und Johannes. Sehen Sie genau hin«, sagte er dann. »Bei dem außergewöhnlichen Abbild, das Sie im mittleren Bereich des Leintuchs erkennen können, handelt es sich angeblich um das Gesicht des Gottessohnes. Während die Katholische Kirche das Grabtuch nie offiziell als das Totenhemd Christi anerkannt oder abgelehnt hat, sind zahlreiche Päpste von seiner Echtheit ausgegangen. Im Jahre 1958 gab Papst Pius XII. seinen Segen, dass es sich bei dem Abbild des hier gezeigten Gesichts um das von Jesus Christus handelt. Sie werden das Gesicht in der gesamten christlichen Welt auf Medaillen und Schmuckstücken wiederfinden. Einige von Ihnen tragen es vielleicht sogar gerade am Körper. Seit über 400 Jahren wird dieses Grabtuch in der Königlichen Kapelle des Turiner Doms aufbewahrt. Millionen von Besuchern, darunter auch Papst Johannes Paul II. und Ihr Papst Augustinus, haben Pilgerreisen nach Turin unternommen, um mit eigenen Augen zu sehen, was ihre Vorgänger für das tatsächliche Abbild des Gesichts von Jesus Christus gehalten haben.«

»Dr. Bondurant«, sagte Kelso aus der hinteren Reihe, »ich bin mir sicher, dass Sie an dieser Stelle erklären werden, warum Sie es für eine Fälschung halten. Ich muss allerdings sagen, dass dieses Bild, das Gesicht, das man da sieht, schon sehr wie das von Christus aussieht.«

»Ja«, entgegnete Bondurant. »Ihre eigene, vorgefasste Vorstellung Christi. Genau das wollte der Künstler aus dem Mittelalter, der es gefälscht hat, Sie glauben machen. Aber glauben Sie mir, wenn ich Ihnen sage, dass vor dem 14. Jahrhundert keine eindeutigen Aufzeichnungen existieren, in denen das Grabtuch erwähnt wird. Keine einzige. Heute gibt es zwischen Italien und Frankreich sieben verschiedene Kirchen, die alle behaupten, sie hätten ein Stück des Tuchs. Nun«, sagte er, während er vor- und zurückschritt, »wie ist das möglich? Ich kann es nicht besser ausdrücken als der französische Theologe Calvin, ein Liebling von Pater Cleary, mit dem Sie sich mit

Sicherheit noch beschäftigen werden. In seinem *Traktat über Reliquien* von 1542 schreibt er, und ich zitiere: ›Wie kann es sein, dass diese heiligen Historiker, die sorgsam all die Wunder weitergaben, die sich bei Christi Tod ereigneten, es versäumten, ein so außergewöhnliches wie das auf dem Leichentuch zurückgebliebene Abbild unseres Herrn zu erwähnen?‹ Calvin schrieb auch«, fuhr Bondurant fort, »dass jeder, der behauptet, das Grabtuch sei echt, wegen ›Täuschung und Betrug‹ verurteilt werden sollte.«

Er ging leise zu seinem Stuhl zurück, verschränkte die Arme und heftete seinen Blick auf die Studenten, die das leuchtende, geisterhafte Abbild mit gespannter Aufmerksamkeit begutachteten.

Erst nach einer geschlagenen Minute wurde die Stille gebrochen. Die Studentin mit der Baskenmütze nahm diese ab, warf ihre Haare nach hinten und sprach.

»Dr. Bondurant, das sieht so echt aus, wie es nur geht«, sagte sie. »Als wäre es von einem Engel oder dergleichen gemalt worden.«

»Ja«, gab er zurück. »Ich muss einräumen, dass dem so ist. Was ist seine wahre Herkunft? Wir wissen, dass es zum ersten Mal im Jahre 1356 in dem kleinen französischen Dorf Lirey ausgestellt wurde. Einige behaupten, es handele sich dabei in Wahrheit um das Werk Leonardo da Vincis. Das würde es zu einem Meisterwerk machen, nicht wahr?«

»Wollen Sie damit sagen, dass das ein Gemälde sein könnte?«, fragte ein Student.

»Möglich«, gab er zurück. »Einige Historiker sagen auch, es sei das Werk eines talentierten, aber überführten Fälschers und Mörders. Kirchendokumente aus dem Jahr 1390 belegen, dass Bischof Pierre d'Acris ein

Memorandum an den Gegenpapst Clemens VII. schrieb, in dem er behauptete, das Grabtuch sei eine Fälschung und der Künstler habe gestanden.«

»Was glauben Sie?«, fragte Kelso.

»Für mich«, gab Bondurant trocken zurück, »ist das keine Glaubensfrage. Mit dem Glauben hat das nichts zu tun. Besser ausgedrückt könnte man wohl sagen, dass ich meinen Glauben dorthin lege, wohin er gehört – in die Wissenschaft. Sie kennen mich vielleicht als Autor, aber meine erste Liebe ist die Wissenschaft. Ich weiß, dass vor über 30 Jahren ein Expertenteam die Erlaubnis bekam, das Grabtuch aus nächster Nähe zu untersuchen. Sie waren in der Lage, kleine Leinenproben mitzunehmen, die sie aus dem Tuch schnitten. Und die Kohlenstoffdatierung, die sie an diesen Proben durchführten, ergab zweifelsfrei, dass das Tuch irgendwann zwischen den Jahren 1260 und 1390 hergestellt wurde.«

»Was für ein Pech«, bemerkte ein Student. »Es ist wirklich beeindruckend.«

»Ja«, erwiderte Bondurant, während er konzentriert auf das Abbild des Gesichts starrte, das leuchtend auf ihn herabblickte. »Eine beeindruckende Fälschung.«

3

Rom, Italien – Vatikan
März 2014

Domenika Jozef sprach mit dem üblichen Selbstvertrauen, aber mit exakt dem Maß an angemessenem Respekt, das von einem Chefberater erwartet wurde, der anderer Meinung war als der Papst.

»Heiliger Vater, ich halte das für einen schweren Fehler«, sagte sie und versuchte dabei, ihre Verdrossenheit zu verbergen. Sie faltete ihre Hände auf dem Tisch und starrte zu den großen Kristalllüstern im eindrucksvollen Arbeitszimmer des Pontifex hinauf. Jede Wand war mit unschätzbaren Gemälden geschmückt, die so alt waren wie die Renaissance. Sie versuchte, den eiskalten Blick des Kardinals in der roten Soutane neben dem Heiligen Vater zu ignorieren.

»Miss Jozef, wie es Ihnen bereits heute Morgen erklärt wurde«, unterbrach Kardinal Ponti barsch, »ist Seine Heiligkeit in dieser Angelegenheit zu einer Entscheidung gelangt, und es ist der Zeitpunkt gekommen, um …«

»Eure Eminenz, mir ist bewusst, dass Ihre Meinung als Sekretär Seiner Heiligkeit von großem Gewicht ist«, fuhr sie dazwischen. »Doch als diese Empfehlung im Anschluss an Ihr Treffen der Kardinäle vergangene Woche an den Heiligen Vater herangetragen wurde, war kein einziger Berater mit Erfahrung in Öffentlichkeitsarbeit präsent. Ich berate den Vatikan nun seit mehreren Jahren in Grundsatzangelegenheiten, die für die Medien von außergewöhnlicher Sensibilität sind, und habe noch nie …«

»Miss Jozef!« Kardinal Pontis Stimme nahm schneller an Lautstärke zu, als er sich aus dem kunstvollen goldenen Stuhl erhob, auf dem er gesessen hatte. »Ihre Beratungstätigkeit in dieser Angelegenheit wurde dankend angenommen, aber der Heilige Vater hat gesprochen«, sagte er mit einer gewissen Endgültigkeit. *»Domine, haec mulier patientia mea experit!«*

Mein Gott, diese Frau stellt meine Geduld auf die Probe, übersetzte Domenika rasch in Gedanken. Ponti hatte offensichtlich vergessen, dass sie fließend acht Sprachen beherrschte, Latein und Altaramäisch eingeschlossen.

Papst Augustin seufzte schwer und schloss für einen Moment lang die erschöpften Augen. Er presste die großen alternden Hände zusammen und stellte damit den bekannten goldenen Fischerring zur Schau, der seine Nachfolge des heiligen Petrus, Kirchengründer und von Beruf Fischer, symbolisierte. Der Papst beugte sich langsam vor und lehnte sich an den großen antiken Mahagonitisch, der so alt zu sein schien wie das alte Rom.

»Domenika«, sagte er und seine kräftige Stimme erfüllte das prachtvolle Zimmer, »ich habe diese Entscheidung nicht leichtfertig getroffen. Ich habe einige Tage über die Frage nachgedacht und in der Angelegenheit viel gebetet. Ich gestehe, dass dieser Weg unkonventionell ist. Ich glaube jedoch, dass mit dem Geschenk, das uns durch Gottes Gnade von den heroischen Händen Pater Parentis überreicht wurde, auf diese Weise umgegangen werden muss.«

Domenika entnahm Pater Parentis Gesichtsausdruck, dass der Priester seinen eigenen Ohren nicht traute. Sie beobachtete, wie sich die Blicke des kleinen Geistlichen an die vergoldeten Porträts früherer Pontifizes heftete, die sie umringten, um Pater Barsantis wütend hervortretenden Augen zu entgehen. Der Präfekt, der von der Basedowkrankheit befallen war, konnte seine Entrüstung über Parentis Glück kaum verbergen. Er war zusammengezuckt, als der Heilige Vater den Namen des kleinen Priesters erwähnte.

Der Papst griff nach dem uralten Edikt, das vor ihm auf dem Tisch lag, sah Parenti in die Augen und hielt sich das Edikt ans Herz.

»Noch nie bot ein Geschenk größere Erlösung für so viele«, erklärte er, während er mit dem Buch, das er nun mit ausgestreckten Armen hielt, das Kreuzzeichen machte. »Doch zunächst muss die Welt darauf vorbereitet werden.«

Das war keine Übertreibung, dachte Domenika. Warum das Edikt von dem erbarmungswürdigen Priester gefunden worden war, würde für immer ein Geheimnis bleiben. Ohne seinen Unfall wäre es womöglich jahrhundertelang in Vergessenheit geblieben. Dennoch musste sie sich fragen, ob tatsächlich die Hand Gottes an seinem Fund beteiligt gewesen war. Es war ein zu großer Zufall und zu verwunderlich, dass von all den vergessenen Büchern in der Bibliothek, die seit Hunderten von Jahren keine menschliche Hand mehr berührt hatte, ausgerechnet dieses entdeckt wurde. Geradezu übernatürlich, dachte sie.

Nach Meinung der Experten des Vatikans war der Inhalt des Buches wertvoller als jede heilige Reliquie, die jemals entdeckt worden war. Der Titel des 64 empfindliche Papyrusseiten umfassenden, altgriechischen Textes war mit den atemberaubenden Worten *Offenbarung des Grabtuchs* mit Blattgold eingraviert. Domenika konnte kaum glauben, dass es dieses einzig existierende Buch seiner Art gab. Es stammte aus dem Jahre 49 n. Chr., sein Inhalt war aus dem Griechischen übersetzt und seit seiner Entdeckung durch Parenti vor einigen Wochen von den zuverlässigsten Historikern des Papstes akribisch untersucht worden. Nach ihrer intensiven Untersuchung stand außer Frage, dass das Buch, das der Pontifex da vor ihnen hochhielt, zweifelsfrei die Echtheit des Leichentuchs, des heiligen Grabtuchs Jesu Christi, bewies. Jetzt, da die Rechtmäßigkeit des Grabtuchs durch die *Offenbarung des Grabtuchs* – ein außergewöhnlicher Text und der erste seiner Art – bestätigt wurde, rückte das Turiner Grabtuch auf den Rang des ältesten und glaubwürdigsten historischen Beweisstücks vor, das Zeugnis über die letzten qualvollen Stunden Jesu Christi ablegte.

»Jede kostbare Seite dieses Dokuments, jedes Wort, das hier kundgetan wird, bietet allen Gläubigen eine neuerliche Glaubensgrundlage. Eine Brücke zwischen dem Geistigen und dem Weltlichen, großartiger als es die Menschheit je erfahren hat«, erklärte der Papst und seine Hände zitterten sichtlich, während er ihnen das Buch entgegenhielt.

Das Turiner Grabtuch, das Sterbehemd, das im Markusevangelium erwähnt wurde, war von früheren Päpsten wie von den Gläubigen als heiligste aller Reliquien verehrt worden, seit es im späten 14. Jahrhundert zum ersten Mal entdeckt und der Katholischen Kirche übergeben worden war. 600 Jahre lang war es unter ständiger Bewachung in der Königskapelle im Turiner Dom in Italien aufbewahrt worden. Obwohl von wissenschaftlichen Experten und Ungläubigen jahrzehntelang als Fälschung verspottet, hatte es unzähligen Christen seit Jahrhunderten als Inspirationsquelle gedient. Ein schlichtes, im Fischgrätenstich genähtes Twill-Tuch von 4,36 Metern Länge und 1,10 Metern Breite, das von oben bis unten das blasse, auf mysteriöse Weise lebensechte Abbild eines nackten Mannes offenbarte. Der Körper warf Spuren auf wie bei jemandem, der eines brutalen Todes gestorben war. Genau genommen nicht irgendein Tod, sondern eine Kreuzigung, die exakt jene Folter und Qual – die Passion – beinhaltete, die Jesus von Nazareth erfahren hatte, so wie es in der Heiligen Schrift dokumentiert war.

Es hieß, das Grabtuch sei der wahre Beweis für das höchste Opfer des Gottessohnes, der gesandt worden war, um die Menschen von ihren Sünden zu befreien, sowie ein Mahnmal für den späteren Tod und die Auferstehung der Menschheit.

Die in der *Offenbarung des Grabtuchs* enthaltene angebliche Dokumentation der Echtheit des Grabtuches Jesu war umfassend und vollständig. So wie sie geschrieben war, stellte sie eine unmissverständliche Anleitung für das Artefakt dar, das jahrhundertelang in Turin aufbewahrt worden war. Ein Großteil davon las sich wie der altertümliche Bericht eines Rechtsmediziners. Es wurde enthüllt, dass das Tuch zunächst von Judas Thaddäus nach Edessa verbracht und dort versteckt wurde – eines der ersten christlichen Dörfer, die entlang der Seidenstraße zwischen den Flüssen Tigris und Euphrat gegründet worden waren. Darüber hinaus gab es ausführliche Texte, in denen das Sterbehemd seitenlang so detailliert beschrieben wurde, wie es nur eine intensive Untersuchung des Grabtuchs aufzuzeigen vermochte. Da war die exakte Übereinstimmung zwischen dem Text und den tatsächlichen Maßen der Reliquie, wie sie in der Neuzeit bestimmt worden waren. Eine detaillierte Beschreibung der Spuren, die sich auf dem Tuch befanden, angefangen bei den kleinen Schnitten, die die Stirn des Abbilds umgaben und mutmaßlich von einer Dornenkrone stammten, bis hin zu den an den Handgelenken und an den Füßen deutlich zu erkennenden Stichwunden, offenbarte die sicheren Anzeichen einer brutalen und blutigen Kreuzigung. Bemerkenswerterweise beinhaltete der Text auch eine Seite mit einem Augenzeugenbericht, der anscheinend direkt von Josef von Arimathäa diktiert worden war. In dem Bericht beschrieb er, wie er den Körper von Jesus akribisch in ›große Streifen aus Leintuch‹ einwickelte, ehe er ihn in seinem Grab in Jerusalem bestattete.

Und dann waren da noch die außergewöhnlichen Illustrationen, die grobe, aber korrekte Parallelen zu den Spuren auf dem Tuch aufwiesen. Darunter befanden sich Skizzen eines aufgebahrten Körpers mit Anzeichen, die auf Einstichstellen im Torso hindeuteten. Diese deckten sich perfekt mit dem Abbild auf dem Tuch, das Spuren einer Stichwunde in der Seite des Heilands aufwies, die ihm, laut Bibel, durch den Speer eines römischen Soldaten zugefügt worden war, um seinen Tod zu beschleunigen. Beigefügt waren Anmerkungen zu den zahlreichen Wunden auf Rücken und Beinen des Abbildes, die die Wunden einem römischen Flagrum, einem mit mehreren Troddeln versehenen, peitschenartigen Folterinstrument, zuordneten. Und auf den Armen des Abbildes waren dunkle aderartige Striemen zu sehen, die wie Spuren von Blut aussahen, das aus den zerstochenen Handgelenken gesickert war.

Sogar ein Datum war vermerkt – extrem selten für einen Text dieses Alters: Die Titelseite enthielt unten deutlich erkennbar die Inschrift ›8 Claudius‹. Dies war ein Hinweis auf das altkoptische ›Jahr der Indikation‹, was sich auf das achte Herrschaftsjahr des römischen Kaisers

Claudius bezog, der zwischen 42 n. Chr. und 54 n. Chr. regiert hatte. Demnach war die *Offenbarung des Grabtuchs* exakt im Jahre 49 n. Chr., ungefähr 15 Jahre nach dem historisch geschätzten Todesdatum von Jesus Christus, geschrieben worden.

Die einzige offene Frage, welche die Experten des Papstes bei ihrer akribischen Untersuchung des Edikts noch klären mussten, war der Verbleib eines Gegenstands, der in die *tie'pie* zu gehören schien, das griechische Wort für Tasche. Anscheinend war ein kleines Fach sorgsam in das Innencover des Edikts genäht und nur mit zwei Wörtern gekennzeichnet worden – *hagios kalumma,* was ›heiliger Schleier‹ bedeutete. Bei der Untersuchung der Tasche durch die päpstlichen Experten war jedoch kein solcher Schleier darin gefunden worden. Domenika war zu Ohren gekommen, dass dieses verschollene Teilstück des Edikts den Papst tagelang beschäftigt hatte. Handelte es sich bei dem Tuch, das im Innern des heiligen Buches aufbewahrt worden war, um den echten ›Schleier der Veronika‹, ebenjenes Tuch, das Christi Gesicht berührt hatte? Wie sie wusste, behaupteten mehrere Kirchen in ganz Europa, dass sich die verehrte Reliquie in ihrem Besitz befand. Das allein war ihr Beweis genug, dass der echte Schleier vermutlich vor Jahrhunderten verschwunden war.

»Pater Parenti, unser Held, unser Entdecker!«, rief der Papst aus, als er das Edikt vor ihnen auf den Tisch legte und behutsam den Buchdeckel öffnete, um das leere Fach zu offenbaren, in dem der Schleier wahrscheinlich einst verwahrt worden war. Der Pontifex schüttelte den Kopf. »Ich nehme an, Ihr habt während eures Missgeschicks keine weiteren Objekte gefunden, die mit unserem großartigen Edikt in Verbindung stehen? Keine weiteren Gegenstände dieser Art?«

Parenti schloss fest die Augen und schüttelte nur den Kopf, um ein entschiedenes Nein zum Ausdruck zu bringen.

»So reden Sie doch! Reden Sie!«, platzte Barsanti heraus. Der Präfekt erhob sich rasch. »Sie haben dem Heiligen Vater mit demutsvoller Verehrung zu begegnen!«

Domenika sah auf den kleinen Priester hinab, der regungslos dasaß und es lediglich fertigbrachte, den Kopf erneut verneinend zu schütteln. Die ganze Zeit über schien Parenti an etwas herumzuspielen, das tief in seinen Hosentaschen vergraben war. Der Präfekt schien kurz davor, über den Tisch zu springen, um für dessen Unverfrorenheit auf den kleinen Priester einzuschlagen und ihn sogar einer Leibesvisitation zu unterziehen, aber ihr war klar, dass der Papst das nicht zulassen würde. Der Pontifex hob die Hand, um den erröteten Barsanti zum Schweigen zu bringen. Dieser sah aus, als würde ihm das Blut gleich bis auf den letzten Tropfen aus den hervorquellenden Augen schießen.

»Nicht einmal der kleinste Fetzen eines wie auch immer beschaffenen Stoffs, der möglicherweise herausgefallen ist? Und nicht der geringste Hinweis darauf, wo sich der verschollene Schleier befindet?«, fragte der Papst noch einmal.

Parenti atmete tief und lange ein, was, wie Domenika glaubte, möglicherweise das letzte Mal war, angesichts dessen, wie ängstlich er schien.

»Kein Fetzen«, krächzte Parenti irgendwo aus den Tiefen seiner zierlichen Brust hervor.

Auch ohne den heiligen Schleier würde die historische und religiöse Bedeutung von Pater Parentis zufälliger Entdeckung des Edikts die Welt mit Sicherheit zum Staunen bringen. Die Bekanntgabe der Existenz dieses

Textes würde den Glauben von Milliarden von Christen bekräftigen. Historiker würden über den ersten echten Augenzeugenbericht über das Leben und den Tod von Jesus frohlocken. Skeptiker, die mit der durch Hörensagen überlieferten Natur der Evangelien haderten, würden ihre Voreingenommenheit auf den Prüfstand stellen und viele von ihnen würden ihre Meinung ändern.

Für Domenika, von Geburt an eine fromme Katholikin, war der Fund von monumentaler Bedeutung. Die Nachricht von der Entdeckung war womöglich das Wunder, das sie benötigte, um das aus dem öffentlichen Bewusstsein zu streichen, was hinter den Mauern des Vatikans als ›Der Albtraum‹ ruchbar geworden war. Das grauenhafte öffentliche Bekanntwerden von Kinderschändern inmitten ihrer Priesterschaft warf seit einem Jahrzehnt einen dunklen, länger werdenden Schatten auf die Katholische Kirche. Tausende Strafanzeigen und Zivilklagen, die bei Gerichten weltweit, von Los Angeles bis Warschau, eingereicht worden waren. Titelseiten mit Priestern und Bischöfen in Handschellen zerrten weiter am Gesamtgefüge der Kirche, was fast zu einem Stopp bei den Neuberufungen und zu einem gewaltigen Exodus bei den Gemeindemitgliedern geführt hatte. Auch wenn keine Offenbarung, kein Dokument, keine Reliquie und auch kein Wunder die verheerenden Folgen der Tolerierung und der Vertuschung von Pädophilie durch die Kirche jemals vollständig beseitigen konnte, war ein solch geartetes Wunder zumindest in der Lage, die dem Thema unablässig entgegengebrachte Aufmerksamkeit umzulenken. Sie betete, dass die Geschichte über die Entdeckung und die Echtheit des Grabtuchs sowie seine sichere, allgemeine Anerkennung als eine der heiligsten christlichen Reliquien auf Erden einen wirklichen

Anlass für christliche Jubelfeiern bieten und der Kirche und ihren Missionen auf der ganzen Welt einen dringend benötigten Imagewandel bescheren würden. Sogar der Vatikan verstand die politischen Konsequenzen. Er stand in der langen Tradition, lieber das Thema zu wechseln, als sich harten Fragen zu stellen. Zum Pech der Kirche hatte diese Strategie aufgrund der Ausweitung des Skandals ihre Wirkung verloren. Ihre leerer werdenden Kassen waren der Beweis, dass die Kirche umgehend ein strahlendes neues Wunder benötigte. Domenika war sowohl gläubig als auch professionell genug, um die Gelegenheit zu erkennen. Die letzten fünf Jahre, in denen sie sich für den Vatikan um die Schadenskontrolle des Pädophilie-Skandals gekümmert hatte, waren für sie herzzerreißend gewesen. Ihr Vertrauen in die Kirchenführung und, nach einer intensiven Gewissensprüfung, auch ihr eigener Glaube waren dadurch erschüttert worden. Nun, mit der Entdeckung dieses uralten Edikts, hatte die Kirche eine einmalige Chance, die zu verspielen sie sich nicht leisten konnte.

Und genau das war der Grund, warum sie über die Entscheidung des Heiligen Vaters, die Nachricht von der Existenz des Textes zurückzuhalten, so bestürzt war. Die letzten beiden Wochen hatte sie damit verbracht, eine weltumspannende Medienstrategie für die Bekanntgabe dessen zu entwickeln, was Papst Augustin die ›Glorreiche Entdeckung‹ genannt hatte. Ihr Team aus sorgsam ausgewählten, verschwiegenen Experten hatte eine hochwirksame multimediale Kampagne entwickelt, die mit keinem der Vorgehen, die der Vatikan bisher angedacht hatte, zu vergleichen war. Der Papst hatte den Plan jedoch abgelehnt und sich auf die Seite eines Spezialkomitees aus Kardinälen geschlagen, das zusammengestellt worden war, um zu beten und über eine ›göttliche Herangehensweise‹ nachzusinnen. Sie war überzeugt, dass diese ›göttliche Herangehensweise‹ rückschrittlicher kaum sein konnte.

»Eure Heiligkeit, mit Eurer Erlaubnis«, sagte Kardinal Ponti, »werde ich unseren Plan zusammenfassen, damit Ihr ihn endgültig absegnen könnt.«

Der Heilige Vater faltete noch einmal die Hände, als würde er beten, und nickte.

»Einstweilen bleibt die Offenbarung des Grabtuchs geheim. Es wird keinerlei Bekanntgabe geben«, sagte Ponti bestimmt. Er warf Domenika einen eisigen Blick zu, um jede weitere Unterbrechung zu unterbinden. »Obgleich kein Zweifel besteht, dass die Nachricht über das Edikt zu einem späteren Zeitpunkt herausgegeben und vielen eine Bestätigung sein wird, so haben die Gläubigen in ihrem Glauben an die Leiden und an die Auferstehung Christi 2000 Jahre lang keines solch eindeutigen Beweises bedurft. Die Echtheit des Tuchs hat nichts mit den göttlich inspirierten Worten Jesu Christi und seinen Lehren zu tun. Unser Glaube, nicht die Geheimnisse unserer Bibliothek, dient der Kirche als tragende Säule. Sehen Sie das nicht auch so, Pater Parenti?«

Parenti, der die zweite Hälfte des Treffens damit verbracht hatte, sich auf seinem Stuhl zu verrenken, um sich hinter dem riesigen silbernen Armleuchter zwischen ihm und Pater Barsantis stechendem Blick zu verstecken, setzte sich nun aufrecht hin, so gut er konnte. »Ja, Eure Eminenz. Es ist der Glaube, der uns alle trägt.«

Kardinal Ponti fuhr fort. »Allerdings bietet sich hier eine Gelegenheit, die Debatte über das Tuch zu beenden, deretwegen die Kirche sich seit vielen Jahren mit der Wissenschaft augenscheinlich bekriegt«, stellte er fest.

»Nun, da wir mit absoluter Sicherheit um die Echtheit des Turiner Grabtuchs wissen, wird die Kirche es noch einmal für eine intensive wissenschaftliche Untersuchung zur Verfügung stellen. Seine Echtheit wird bewiesen werden. Wir laden ein Team aus Wissenschaftlern aus der ganzen Welt ein, darunter einige, die man als die glaubwürdigsten Skeptiker kennt, sich uns bei einer beispiellosen Untersuchung dieser heiligsten aller Reliquien anzuschließen. Wir haben nichts zu verlieren und viel zu gewinnen. Und mit Sicherheit ist dies der Moment, in dem die Ungläubigen selbst unter Zuhilfenahme aller ihnen zur Verfügung stehenden modernen Instrumente uns die Argumente liefern.«

Der Papst strahlte und nickte zustimmend.

»Erinnert mich bitte«, sagte der Pontifex, »wer der Wissensgelehrte ist, den Ihr als Leiter dieses Vorhabens vorschlagt.«

»Dr. Bondurant vom *Enlightenment Institute* in Amerika, Heiliger Vater«, erwiderte der Kardinal. »Er ist ein führender Anthropologe und ein wohlbekannter Skeptiker auf dem Gebiet der heiligen Reliquien. Genau das, wonach wir suchen. Ich habe gehört, dass er …«

»Verzeiht, Eure Eminenz«, fuhr Barsanti erstaunt dazwischen. »Ist das nicht derselbe, den Parenti auf mein Ansinnen hin ausgiebig überprüft hat? Er fiel in Ungnade, nicht wahr? Außerdem ist er ein erklärter Atheist, der als Feind der Kirche eingestuft wird.«

»Umso mehr ein Grund, sich seiner zu bedienen. Wahrhaft zu *bedienen*«, erklärte Ponti mit offensichtlicher Genugtuung.

Dr. Jon Bondurant. Domenika zuckte beim Klang des Namens zusammen. Vor drei Jahren hatte sie sich auf der

Bühne vor der *Cambridge Union Society,* dem ältesten und angesehensten Debattierclub der Welt, ein Rededuell geliefert. Zu ihrer tiefen Bestürzung war sie ein kurzfristiger Ersatz für Bischof Robert Dorn gewesen. Einen Tag vor seiner lang erwarteten Debatte mit Bondurant über die Existenz Gottes war Dorn krank geworden. Sie erinnerte sich daran, wie Bondurant abschätzig zu ihr hinübergesehen hatte. 40 Minuten lang hatten sie diskutiert, und während zwischen ihren jeweiligen Pulten kaum anderthalb Meter lagen, waren ihre Standpunkte zu Gott und dem Ursprung des Universums Lichtjahre voneinander entfernt.

»Sie stellen sich also hierhin und wollen mir erzählen«, hatte Bondurant damals gesagt, »dass im gesamten Universum – diesem stetig wachsenden, grenzenlosen Universum mit über einer Milliarde potenziell bewohnbarer Planeten allein in unserer winzigen Milchstraße –, dass Ihr Gott *uns* auserwählt, ausschließlich uns, über uns zu wachen? Dass *wir* der Mittelpunkt *seiner* Welt sind?«

»Ja, genau das will ich«, gab Domenika gelassen zurück. »Und der Beweis, den Sie haben, dass Gott Leben auf anderen Planeten erschaffen hat – verraten Sie mir, Dr. Bondurant, welchem Buch kann ich entnehmen, dass das wissenschaftlich bewiesen ist?«

Sie umfasste das Pult mit beiden Händen, wie um das Streitgespräch weg vom Kosmos und hin zu einer freundlicheren, theologischeren Grundlage zu lenken. Sie beneidete ihn um seine entspannte Haltung, auch wenn sie vermutete, dass sie aus seinem Sich-Mut-Antrinken mit den vier Gläsern Scotch resultierte, die er, kurz bevor sie die Bühne betreten hatten, unter ihrer Beobachtung gekippt hatte. Wenn er ein Säufer war, dann ein verdammt guter, dachte sie. Obwohl sie seine Ansichten entschieden ablehnte, so war sie doch widerwillig beeindruckt von seinem Selbstvertrauen und seiner offensichtlichen Intelligenz, die beide der Wirkung des Alkohols zu widerstehen schienen.

Sein unbeholfener Versuch, mit ihr im Vorfeld zu flirten, sowie das Statement, das er bei einem solch formellen Anlass mit seinem Zweitagebart und seiner legeren Kleidung abgab, erweckten bei ihr den Eindruck, dass er gleichermaßen Schelm war wie Genie. Sie wusste jedoch auch, dass Äußerlichkeiten in die Irre führen konnten. Sie war froh, dass sie ihm während der angesetzten einstündigen Debatte so wacker standgehalten hatte, besonders in Anbetracht dessen, dass sie so wenig Zeit für die Vorbereitung gehabt hatte. Jahrelang im Vatikan von den hochrangigsten Theologen des Papstes geschult, spürte sie, dass sie das Publikum auf ihrer Seite hatte. Ihr Gott als kreativer Schöpfer, nicht Bondurants zufällige, durch den Urknall ausgelöste Selektion, war der strahlende Sieger. Sie ging davon aus, dass er erneut angreifen würde, was er auch tat.

Bondurant griff in die Tasche seiner Jeans und zog ein Feuerzeug heraus. »Ich fühle mich an unseren Freund Galileo erinnert«, sagte er. »Ja, wenn ich mich recht erinnere – und das tue ich –, dann war es die Kirche, die sich entgegen allen Beweisen an den Glauben geklammert hat, dass sich die Sonne um die Erde dreht. Nachdem sie diesen Streit verloren hat, erwartet die Kirche weiterhin von uns, die Auffassung zu glauben, dass sich die Sonne vielleicht zwar nicht um die Erde dreht, ein Gott aber schon? Wie lächerlich egoistisch von der Menschheit, finden Sie nicht?«

Er kramte in den Taschen seines Sakkos und förderte eine zerbeulte, beinahe leere Schachtel Zigaretten zutage.

Im Nu hatte er eine davon angezündet und begann, wie mit einem Zauberstab, damit herumzufuchteln, während er fortfuhr.

»Verzeihung, Dr. Bondurant«, unterbrach der überraschte Moderator des Abends von seinem Stuhl aus, der hinter ihnen auf der Mitte eines Podests stand. Der distinguierte grauhaarige Gentleman war der Dekan der *Cambridge School of Anthropology* und wirkte zutiefst empört. »Das Rauchen ist in diesem Saal strikt verboten, deshalb muss ich Sie bitten, die Zigarette auszumachen.«

»Bevor oder nachdem ich Ihre Logikkette unterbrochen habe?«, wollte Bondurant wissen. Er nahm einen einzigen, tiefen Zug von der Zigarette und sah Domenika direkt in die Augen. »Ernsthaft, würde Ihr Verstand doch nur zu diesem Körper passen«, sagte er, während er sein Mikrofon zuhielt. Er flüsterte gerade laut genug, dass sie die Beleidigung verstand. »Warum schickt man ein Mädchen, um den Job eines Mannes zu tun?«

»Sie sind ein, ein …«, stammelte Domenika, während die Wut ihr die Sprache verschlug.

»Ein was, Madam?«, sagte Bondurant ins Mikrofon, um sie anzustacheln.

»Ein völliger Dummkopf«, platzte es aus ihr heraus. Sofort wurde ihr klar, dass ihre Entgleisung deplatziert war, sie genoss aber den Umstand, dass das Publikum hinter ihr zustimmend keuchte. Einige begannen sogar zu applaudieren. Ein breites Lächeln erschien auf Bondurants Gesicht.

Ihr schauderte beim Gedanken an diesen peinlichen, wenn auch erfolgreichen Moment, den sie seit Jahren zu vergessen versuchte. Erst die Erklärung des Papstes holte sie in die Gegenwart zurück.

»Dann soll es so sein«, sagte er, während er langsam von seinem Stuhl aufstand, um das Ende des Treffens anzudeuten.

»Hol ihn der Teufel«, murmelte Barsanti absichtlich laut genug, damit Domenika es verstand, während er sich zum Gehen erhob. Ihr war klar, dass er damit Parenti meinte, der rasch gegangen war, aber offensichtlich die Gunst des Papstes gewonnen hatte.

Gott stehe uns bei, dachte Domenika, während sie an die Aussicht einer Zusammenarbeit mit Jon Bondurant dachte. *Gott stehe uns allen bei.*

4

Mumbai, Indien
April 2014

Dr. Ravi Sehgal ließ sich in dem abgedunkelten Fernsehstudio in seinen Lederstuhl gleiten. Er saß mit dem Rücken zu einer Ansammlung aus Monitoren, auf denen Nachrichtenbilder aus der ganzen Welt zu sehen waren. Sehgal, mittlerweile 45 Jahre alt und stets tadellos gekleidet, hatte eine schlanke Figur, eine dunkle Hautfarbe und pechschwarze Haare. Außerdem gehörte er zu den wenigen Glücklichen mit einem jungenhaften Gesicht, das ihn zehn Jahre jünger wirken ließ.

Das Stimmengewirr beschäftigter Reporter, die das Hightech-Set hinter ihm umschwirrten wie Drohnen einen Bienenstock, verstärkte die Ablenkung noch. Tontechniker flüsterten einander zu, während sie in Erwartung des großen Moments Mischpulte überwachten, die sich hinter blank polierten Glaswänden befanden. Das Studio war vom Boden bis zur Decke schwarz und schien ungewöhnlich kalt. Vielleicht um angesichts der grellen Scheinwerfer am Set die Raumtemperatur zu regulieren, dachte Sehgal. Er atmete langsam aus. Den Tumult hinter der Fernsehkamera zu ignorieren, die wie eine Pistole auf ihn gerichtet war, verlangte nach eiserner Konzentration.

»Sehen Sie während des Interviews bitte nur mich an, nicht die Kamera, Dr. Sehgal«, sagte die Nachrichtensprecherin. Sie warf sich die dunklen seidigen Haare über die Schulter und regulierte das winzige Knopflochmikrofon, das an ihr rotes Chanel-Kostüm angesteckt war.

Das würde ich liebend gern, dachte er. Annapurna Shankar war Indiens bekannteste Nachrichtenjournalistin und so ablenkend wie talentiert. Als Chefmoderatorin von CNN-IBN TV in Mumbai hatte sie sich das erste Interview mit Sehgal bereits einen Tag vor der Bekanntgabe seines Nobelpreises für Biologie gesichert. Sein bisher ruhiges Leben war seit 24 Stunden ein Kaleidoskop aus Medienanfragen sowie Nachrichten von seiner Familie und weiteren Gratulanten. Von vielen hatte er schon seit Jahren nichts mehr gehört. Ein Anruf hatte ihn ganz besonders fasziniert, genauer gesagt eine Sprachmitteilung, in der dieser berühmte amerikanische Anthropologe Jon Bondurant beharrlich ein Treffen wegen eines Projektes vorschlug, von dem er überzeugt war, dass es Sehgal am Herzen liegen würde. Sehgal speicherte in Gedanken ab, dass er ihn zurückrufen würde, sobald das Interview beendet war.

»Sind wir bereit? Brauchst du eine Ausrichtung?«, fragte Anna den Kameramann, während sie etwas ungeduldig in seine Richtung sah. »Eins …, zwei …, drei … eins …, zwei …, drei …«, wiederholte sie mechanisch.

»Alles bereit, Anna«, sagte der Kameramann.

»Gut, dann fangen wir an«, erwiderte Anna, während sie ein geübtes Lächeln aufsetzte, das sie, wie Sehgal annahm, schon vor Jahren perfektioniert hatte. Die Moderatorin begann mit einer einfachen Frage: »Dr. Sehgal, verraten Sie uns, wie es sich anfühlt, der erste indische Wissenschaftler der Geschichte zu sein, dem der Nobelpreis in Biologie verliehen wurde? Bestimmt sind Sie begeistert.«

»Es ist eine große Ehre, Anna«, sagte er und räusperte sich nervös. »Wenn Preise wie dieser verliehen werden, dann ist das selten das Ergebnis der Arbeit einer Einzelperson, und das ist auch hier der Fall. Viele meiner Kollegen haben mir auf dem Weg dorthin geholfen. Ihnen gebührt ein hohes Maß Anerkennung und Teilhabe an dieser Auszeichnung.« *Das hat sich ganz gut angehört,* fand er und lehnte sich bequemer in seinem Stuhl zurück.

»Ihre Bescheidenheit in Ehren, Dr. Sehgal. Ich bin mir allerdings sicher, dass ein Preis wie dieser nur für wirklich bahnbrechende wissenschaftliche Errungenschaften vergeben wird«, entgegnete sie. Er merkte, dass sie bei diesem Interview die üblichen Höflichkeitsfloskeln schnell hinter sich lassen wollte, da sie nur ein paar Minuten hatten, bevor ihre Unterhaltung für die Satellitenübertragung in ganz Indien und auf der ganzen Welt eingetütet werden musste.

»Ich habe mir die Erklärung des Nobelpreiskomitees genau angesehen und finde das Gebiet, auf dem Sie Ihre Entdeckung gemacht haben, faszinierend. Könnten Sie unserem Publikum Ihre Errungenschaft so erklären, dass es auch Laien verstehen?«

»Ich werde mich bemühen«, sagte er zuversichtlich. »In den letzten 20 Jahren habe ich mich in Cambridge, auf der MIT und in meinen eigenen Laboren auf die Weiterentwicklung eines Gebietes der Wissenschaft konzentriert, das sich mit alter DNA – oder ›aDNA‹, wie wir sie nennen – beschäftigt. Mit ›alt‹ meinen wir wirklich alt, so wie in Lebensformen und genetischen Strukturen von vor einigen Millionen Jahren. Vor ein paar Jahrzehnten war es so, dass Biomoleküle mit wichtigen Informationen über uralte Pflanzen und Tiere für weitergehende Untersuchungen der Natur entnommen werden konnten. Der Entschlüsselungsvorgang der damaligen Zeit konnte diesen Proben jedoch meist nur sehr wenige brauchbare

Informationen entlocken. In den meisten Fällen war die alte DNA durch Kälte, durch eine Verwässerung oder durch Kontamination aufgrund alter oder neu hinzugekommener Bakterien stark abgebaut. Oft erwies sie sich für wissenschaftliche Zwecke als wertlos.«

»Okay, so weit kann ich Ihnen folgen«, sagte Anna, während sie ihm gespannt in die Augen blickte. Vor dem Interview hatte sie ihn eindringlich gebeten, seine Antworten kurz zu halten und technische Termini zu vermeiden. Er sah ihr an, dass er bereits gescheitert war.

»Springen wir zur Entwicklung des Hochdurchsatzgerätes zur DNA-Sequenzierung, das beim Humangenomprojekt verwendet wird«, fuhr er fort. »Meine Arbeit konzentriert sich sehr gezielt auf chemische Prozesse, die es diesen Geräten durch Polymerasekettenreaktion-Techniken, auch PKR genannt, ermöglichen, noch geringste Mengen an abgebauter DNA analysieren zu können. Etwas, mit dem wir bei unseren Untersuchungen von alter DNA andauernd zu tun haben.«

»Jetzt kann ich Ihnen nicht mehr folgen, Doktor«, beschwerte sie sich.

Sehgal merkte das. Er hatte noch nie einen Wissenschaftler getroffen, sich selbst eingeschlossen, der ein für das Fernsehen brauchbares Zitat zustande brachte.

»An dieser Stelle ist es wichtig, zu verstehen, Anna«, sagte er geduldig, »dass es uns mit diesem Potenzial in den Händen möglich wurde, die Spreu vom Weizen zu trennen. Ich rede hier allerdings von mikroskopisch kleinem Weizen und mikroskopisch kleiner Spreu. Wir haben die Fähigkeit entwickelt, die kontaminierte DNA zuverlässig von der ursprünglichen alten DNA zu trennen, was uns wiederum mit enormem Arbeitsaufwand erlaubt, komplette DNA-Sequenzen sehr schnell vollständig und akkurat zu erzeugen. Ab hier können wir uns auf alte Gene konzentrieren, die wirklich von Interesse sind.«

»Und inwiefern ist das von Nutzen?«, fragte sie.

»Nun, mit diesen neuen Möglichkeiten«, fuhr er fort – absolut sicher, dass sie ihm nicht mehr folgen konnte –, »ist es möglich, ganze Genomstrukturen von Pflanzen und Tieren in hoher Geschwindigkeit zu sequenzieren, auch wenn nur mikroskopisch kleine Bestandteile ihres ursprünglichen Genmaterials gefunden werden. Das ist ein gewaltiger Schritt nach vorn. Es ist nun möglich, die Entstehung und die Struktur des Aussehens und Anfühlens von Pflanzen und Tieren zu verstehen, die lange ausgestorben sind.«

Sie beugte sich vor und starrte ihn mit ungerührter Eindringlichkeit an. »Dr. Sehgal, meinen Sie damit zum Beispiel ausgestorbene Kreaturen, die so alt wie die Dinosaurier sind?«

»Ja, so alt wie Dinosaurier«, grinste Sehgal, froh darüber, dass sie wieder ganz bei ihm war.

»Zum gegenwärtigen Zeitpunkt ist zum Beispiel die vollständige Gensequenz des urzeitlichen Wollhaarmammuts bekannt.«

Ihr Blick wurde zweifelnd.

»Doktor, wollen Sie damit sagen«, drängte sie nun zuversichtlicher, »und entschuldigen Sie, wenn das naiv klingt, aber heißt das, dass die Welt von *Jurassic Park* vor der Tür steht? Dass Sie die genetischen Informationen bergen können, um Dinosaurier zu züchten und zu klonen? Das erscheint mir unmöglich.«

»Stimmt, momentan ist das unmöglich«, sagte er. »In der Tat gibt es zwei gewaltige Hürden zu überwinden, bevor wir Dinosaurier reproduzieren können. Zum einen muss Ihnen der vollständige Gencode der ausgestorbenen

Kreatur vorliegen. Das ist heutzutage möglich.« Er verschränkte die Arme. »Die Kreatur wiederherzustellen ist aber ein völlig anderes Thema. Sie zum Leben zu erwecken, solange keine lebenden Versorgertiere mit derselben spezifischen DNA auf der Erde existieren, die sie großziehen können. Verstehen Sie, was ich meine?«

»Jaja. Bitte reden Sie weiter!« Er merkte, dass dem tatsächlich so war.

»Heute sind wir in der Situation, dass wir, wenn wir auch nur eine verschwindend geringe Menge abgebauter DNA einer ausgestorbenen Art finden, in der Lage sind, ihren Gencode zu entschlüsseln. Wohlgemerkt ist das ein äußerst komplizierter Prozess. Dennoch können wir, angefangen bei der Hautfarbe über die Länge der Federn bis hin zum Gewicht oder der Größe des Gehirns, alles genau bestimmen. Wir können ihre äußere Erscheinung bestimmen und kennen ihren Körperbau, aber wir können sie nicht klonen. Jedenfalls jetzt noch nicht. Mit einer ausreichenden Menge DNA-Material und biologischer Synthese können wir es aber irgendwann.«

»Faszinierend«, sagte sie und wechselte rasch das Thema. »Wenn Sie erlauben, würde ich mich nun gern einem erstaunlichen menschlichen Aspekt zuwenden. Es kursiert das Gerücht, dass Sie sich bereits dazu entschieden haben, das gesamte Preisgeld von eins Komma fünf Millionen Dollar der Wohlfahrt zu spenden. Stimmt das?«

»Ja, das stimmt«, sagte Sehgal, sichtlich verwundert darüber, dass sie das herausgefunden hatte. Zum ersten Mal während dieses Interviews änderte er unbehaglich die Sitzhaltung.

»Würden Sie uns verraten, wer der glückliche Nutznießer Ihrer Großzügigkeit ist und warum Sie sich dazu entschieden haben, ausgerechnet ihn zu unterstützen?«, fragte sie.

»Ich fürchte, das bringt uns zu einem völlig anderen Thema«, entgegnete er. »Ich bin mir nicht sicher, ob Ihr Publikum will, dass ich hier eine Volksrede halte.«

»Lassen Sie es doch selbst entscheiden, Dr. Sehgal«, drängte sie.

Er verschränkte erneut die Arme, dieses Mal so, als wollte er sich darauf vorbereiten, ihrer Frage auszuweichen. Sie war jedoch gut genug, dass ihm das wohl nicht gelingen würde, so viel stand für ihn fest.

»Nun, wie gesagt bin ich davon überzeugt, dass sich Ihr Publikum nicht wirklich für die Wohltätigkeiten eines Wissenschaftlers interessiert«, entgegnete er zaghaft. »Ich kann von Glück sagen, dass es so viele gibt, die mich die ganzen Jahre unterstützt haben. Viele haben weniger Glück.«

Er hielt inne und überlegte, wo er anfangen sollte. Plötzlich schien sich die auf ihn gerichtete Kameralinse zu vervierfachen und zur Größe einer Kanonenkugel anzuschwellen. Seine Erfolge in den letzten Jahren verdankte er einer lebenslangen Selbstdisziplin und seinem Hang, nach vorn und nicht zurückzublicken. Und jetzt wurde er vor einem landesweiten Fernsehpublikum gebeten, sein Herz auszuschütten und seine Vergangenheit zu entblößen.

»Ich bin in den Straßen von Kalkutta aufgewachsen und ein Kind Mutter Teresas«, sagte er. Ein Tontechniker regulierte hastig das Equipment, um seine Stimme einzufangen, die er zu einem Flüstern gesenkt hatte. »Ich habe es im Leben weit gebracht, Anna. Ich bin einer von denen, die Glück gehabt haben.«

»Ich glaube, ich habe Sie nicht richtig gehört oder verstanden, Doktor«, sagte sie. Dabei rutschte sie bis zur

Stuhlkante vor, sodass ihre Knie fast seine berührten, als könnte sie ihn auf diese Weise ermutigen.

»Ich will damit sagen, dass bei all dem Fortschritt, den die Welt im Bereich der Wissenschaft, der Technologie und der Medizin gemacht hat, viel zu viele noch immer ihrem Unglück überlassen werden. Auf unserem Planeten werden menschliche Grundbedürfnisse nicht erfüllt. Unsere eigene indische Nation beherbergt ein Drittel der Armen dieser Welt und beinahe die Hälfte unseres Volkes lebt unter der Armutsgrenze. Sie sind Reporterin. Für Sie ist das kein Geheimnis.«

»Stimmt«, reagierte sie mit einer leichten Abwehrhaltung in der Stimme. »Leider sind sie Teil unserer Lebensrealität. Ein paar von ihnen leben direkt vor diesen Studios auf dem Bürgersteig.«

»Ich habe mich mit den Zahlen beschäftigt, Anna. Und ich glaube, dass das Ausmaß dieses Problems unsere Fähigkeit, es zu lösen, noch nicht übersteigt. Damit meine ich die Fähigkeit der Menschheit. Verstehen Sie, was ich damit sagen will?«, fragte er mit schwankender Stimme.

»Da bin ich mir nicht so ganz sicher«, entgegnete sie. »Meinen Sie damit, dass unsere Regierung nicht in der Lage ist, sich um die Versorgung unserer ärmsten Bürger zu kümmern?«

»Regierungen haben sich als unfähig erwiesen, darauf zu reagieren«, konstatierte er mit einem nicht zu unterdrückenden Anflug von Wut. »Sie bestehen aus Bürokraten, die entweder zu korrupt oder zu inkompetent sind, um Hilfe zu leisten. Ausländische Hilfsgelder werden verschwendet oder gestohlen. Die Wohlhabenden verstecken oder unterschlagen ihre Profite, um Steuern zu vermeiden. Bei den Armen kommt nur ein Tropfen des Reichtums dieser Nation an.«

»Das ist ein ziemlich heftiger Vorwurf an das System, finden Sie nicht, Doktor?«

»Das weiß ich so sicher, wie ich hier sitze«, sagte er herausfordernd. »Der Menschheit war dieses Elend nicht bestimmt. Ich glaube, dass die Lösung von oben kommt, durch Christus unseren Herrn, vielleicht indem er unsere Herzen und unseren Verstand führt. Ich habe den Terror der Armut überlebt, und zwar durch die Hände derer, die sein gutes Werk verrichten. Ich bin ein Ausnahmefall, aber das muss nicht so bleiben. Ich würde gern auf meine Weise, als Wissenschaftler, etwas gegen dieses Elend unternehmen.« Er bereute, es zugelassen zu haben, dass dieses Interview so persönlich geworden war, aber ihm fiel auf die Schnelle nicht ein, wie er das Thema elegant wechseln konnte.

»Sie sprechen also aus persönlicher Erfahrung, Dr. Sehgal«, sagte Anna und drängte ihn damit, weiterzureden.

»Nun, eine meine Kindheitserinnerungen ist, wie ich mit meinem Vater in den Kalighat-Tempel in Kalkutta gegangen bin, der als *Stätte des reinen Herzens* bekannt ist«, sagte er. »Kennen Sie ihn?«

Sie nickte. Die Fernsehscheinwerfer forderten ihren Tribut. Auf Sehgals Stirn bildeten sich die ersten Schweißtropfen. Schnell wischte er sie mit seinem Taschentuch weg.

»Dort wurde ein Dokumentarfilm gedreht. Das ist eine bekannte Geschichte. Als dort gefilmt wurde, gab es keinen Strom, kein Licht. Es war in vielerlei Hinsicht ein sehr dunkler Ort. Als der Film jedoch fertig war, wurde der Tempel von Licht durchflutet. Dies sei ein Wunder göttlichen Lichts von Mutter Teresa, hieß es.« Er lächelte verlegen. »Ich schweife ab, nicht wahr?«

»Nein, Doktor, fahren Sie bitte fort«, drängte sie weiter.

»Genau genommen war es ein äußerst bescheidenes Hospiz. Ein Heim für Sterbende, das von den Missionarinnen der Nächstenliebe gegründet wurde. Ihre Barmherzigen Schwestern bekommen mein Preisgeld«, gab er bekannt.

»Sie sind also die Begünstigten?«, fragte sie.

»Ja«, fuhr er fort. »Schon im zarten Alter von sieben verstand ich, dass mein Vater sterben würde. Mutter Teresa persönlich nahm ihn bei sich auf. Sie war ein Engel der Barmherzigkeit. Sie pflegte zu sagen, dass es wundervoll ist, am Leiden Christi teilzuhaben. Ich kann Ihnen versichern, Anna, dass mein Vater in den zwei Monaten vor seinem Tod, in denen ich ihm an seinem Bett die Hand gehalten habe, in vollstem Umfang an diesem Leiden teilgehabt hat. Für mich war es nicht wundervoll.«

»Verstehe«, sagte sie leise.

»Viele«, sprach er weiter und blickte auf seine Hände, die nun in seinem Schoß gefaltet lagen, »haben diesen Ort also nicht aufgesucht, um medizinisch versorgt zu werden, sondern schlicht und ergreifend, um in Würde zu sterben.«

»Wurden Sie dadurch zum Waisenkind?«

»In so vielerlei Hinsicht«, antwortete er. »Meine Mutter verschied bereits Jahre zuvor. Sie starb an einer Krankheit, die mit Antibiotika im Wert von nur 100 Rupien hätte geheilt werden können. Mutter Teresa nahm mich zusammen mit anderen Waisenkindern und den obdachlosen Kindern von den Straßen Kalkuttas bei sich auf. Ich wurde im christlichen Glauben erzogen. Den Rest meiner Kindheit habe ich in ihrem *Nirmala Shishu Bhavan,* dem Kinderheim des reinen Herzens, verbracht. Ich pflege zu sagen, dass *sie* meine Mutter war.«

»Verstehe.« Anna nickte.

»Tagsüber gingen wir zur Schule und nachts gingen wir für die Barmherzigen Schwestern betteln«, erinnerte er sich. »Einige hatten mehr Glück als andere. Viele Male bin ich morgens neben Kindern aufgewacht, die für immer schliefen. Es gab viele Krankheiten und schwere Fälle von Unterernährung. Zu meinem Glück erhielten ein paar von uns, die einen vielversprechenden Eindruck auf eine Gruppe katholischer Laien machten, die aus Amerika zu Besuch waren, eine Sonderbehandlung. Wir bekamen Kleidung und Bücher, sogar Schulgeld für einen speziellen mehrjährigen Nachhilfeunterricht. Schließlich konnte ich mich für die Schule qualifizieren und wurde dann am *Indian Institute of Technology* in Madras angenommen. Dort begann ich, Naturwissenschaft zu studieren.«

»Ich bin mir sicher, Mutter Teresa wäre stolz auf Sie, Dr. Sehgal«, bemerkte Anna. Er spürte, dass sie bestrebt war, das Interview zu beenden. Ihnen ging die Zeit aus. »Eins von Mutter Teresas einst bettelarmen Kindern bekommt 35 Jahre nach ihr einen Nobelpreis verliehen.«

»Ich merke, dass Sie sich in der Geschichte auskennen«, erwiderte Sehgal anerkennend. »Ich erinnere mich an diesen glorreichen Tag. Zu der Zeit als Mutter Teresa mit dem Friedensnobelpreis ausgezeichnet wurde, war ich Professor an der Universität«, sagte er nun nachdenklich. »Und ich hoffe, dass es mich noch gibt, wenn sie darüber hinaus heiliggesprochen wird.«

»Ich bin zwar keine Katholikin, aber die Geschichte von Mutter Teresa kennt jeder, Doktor. Soviel ich weiß, braucht es für die Heiligsprechung in der Katholischen Kirche zwei nachgewiesene Wunder, nicht wahr?«, fragte sie.

»In der Tat«, antwortete er enthusiastisch. »Eines wurde bereits nachgewiesen. Eine Sterbende mit einem inoperablen Tumor ist vollständig genesen, nachdem ihr ein Medaillon mit einem Bild von Mutter Teresa auf die Brust gelegt worden war. Der Tumor wurde geheilt und ein Ärzteteam bestätigte das Unmögliche. Mit diesem Wunder, das ein paar Jahre nach ihrem Tod dokumentiert wurde, ist ihre Seligsprechung durch die Kirche nun besiegelt.«

»Für die Heiligsprechung ist aber ein zweites Wunder erforderlich. Und das hat es noch nicht gegeben? Korrekt?«

»Technisch gesehen stimmt das«, sagte er.

Plötzlich erinnerte sich Sehgal an die Handynachricht von Jon Bondurant in seiner Tasche. Er nahm sich vor, ihn unverzüglich zurückzurufen.

»Aber wissen Sie, Anna, ich glaube, dieses Wunder bin *ich*.«

5

Rom, Italien – Vatikan
April 2014

Es gab tausend Gründe, Pater Barsanti zu verabscheuen, und für Parenti stand außer Frage, dass er und sein kleiner Freund bisher auf wundersame Weise einen weiteren überlebt hatten.

Es war schlimm genug, dass Parenti für den Präfekten tagsüber in der päpstlichen Bibliothek arbeiten musste. Dass er nun aber im selben heruntergekommenen Wohnkomplex auf der Via Germanico direkt vor dem Vatikan nur ein paar Türen weiter wohnte, war zu viel. Das braune Gebäude aus der Zeit der Jahrhundertwende, dessen Fassade keine Besonderheiten aufwies, die es hervorgehoben hätten, lag auf einer direkten Linie zum Petersplatz. Dementsprechend hatten die Bewohner keine andere Wahl, als jeden Sonntag hellwach zu sein. Das war nämlich der Tag, an dem Feiernde aus der ganzen Welt in ausgelassener Stimmung an dem Gebäude vorbeizogen, um ein für viele von ihnen einmaliges religiöses Erlebnis zu zelebrieren.

Parentis Apartment, eine kleine Einzimmerwohnung mit gerade genug Platz für ein durchgelegenes Bett, eine Dusche, eine Kommode und eine Kochstelle, war sogar für priesterliche Verhältnisse bescheiden, trotzdem fand er es bequem und behaglich. Die kurze Entfernung zum Vatikan erleichterte ihm nach einem langen Arbeitstag den Nachhauseweg auf seinen müden Beinen und er schätzte sich glücklich, die spartanische Unterkunft sein Zuhause nennen zu können.

Er teilte sich das bequeme Zimmer mit einem ›Mitbewohner‹, einem streunenden Hund, den er von der Straße gerettet und Aldo genannt hatte. Er war ein kleiner langhaariger Chihuahua mit großen traurigen Augen und einem ständigen nervösen Zittern, das Parenti nachempfinden konnte. Da der Hund stets mucksmäuschenstill war, konnte Parenti ihn in der Tasche seiner Robe verstecken, um ihn nach Belieben zur Arbeit und wieder nach Hause mitzunehmen. Dass es ihm gelungen war, das teetassengroße Hündchen mithilfe eines kleinen Katzenklos, das er genau vor seinem Fenster auf dem Balkon der Wohnung versteckte, stubenrein zu bekommen, betrachtete der Priester als Gottesgeschenk. Haustiere, die Barsanti verabscheute, waren in dem Gebäude strengstens verboten. Aber da der Hund die meiste Zeit in einem winzigen Transportkäfig blieb, der so bescheiden war wie die Wohnung, die ihn beherbergte, war er der Aufmerksamkeit des Präfekten entgangen. Er leistete Parenti Gesellschaft und ruhte abends auf seiner Brust, während der kleine Priester las. Aufmerksam beobachtete der Hund ihn dabei, wie er eine Seite nach der anderen umblätterte, als würde auch er Gefallen an dieser Handlung finden. Es war verblüffend, wie das Tier Parentis Laune spürte und seine Bedürfnisse voraussah. Zum ersten Mal in seinem elenden Leben hatte der Priester das Gefühl, dass er einen Freund hatte, der ihn bedingungslos liebte.

Bereit, sich mit einem Buch in der Hand ins Bett zu begeben, streckte Parenti die Hand nach dem winzigen Käfig neben der Kommode aus, um Aldo herauszuholen, und stellte fest, dass er verschwunden war. Der Priester sah sich kopfschüttelnd um. Er bemerkte, dass er seine Wohnungstür einen Spaltbreit offen gelassen hatte. Der Spalt war groß genug, dass sogar ein alles andere als experimentierfreudiges Wesen hindurchhuschen konnte. Aldo hatte die Käfigtür nicht zum ersten Mal selbst geöffnet, aber es war das erste Mal, dass er sich aus der Wohnung gewagt hatte.

Parenti stand vom Bett auf und schlüpfte in seine roten Hausschuhe. Zuerst durchsuchte er sein Zimmer von oben bis unten, dann ging er leise in den schwach beleuchteten Gang, um dort nach einer Spur seines Freundes zu suchen. Als er an Barsantis Tür vorbeikam, raste sein Herz, als er daran dachte, welche Konsequenzen ihn erwarten würden, wenn ihn der Präfekt bei seiner spätabendlichen Mission erwischte.

Als Parenti in unmittelbarer Nähe seines Zimmers keine Spur des Hundes entdeckte, ging er mit gesenktem Kopf um die Ecke, weil er hier im angrenzenden Gang weitersuchen wollte, und stieß direkt mit Barsantis Hintern zusammen. Der Präfekt, der sich mit zwei anderen Priestern unterhielt, war gerade mitten in einer lebhaften Geschichte, die nun durch Parentis Unterbrechung ruiniert war. Mit Verachtung sah er auf den buckeligen Priester hinab.

»Wie ich gerade sagte, Pater Giordano«, sagte Barsanti lautstark, »war ich auf halbem Weg zu Eurem Apartment, als ich über *das* hier gestolpert bin.« Er hielt Aldo an seinem winzigen Halsband in die Höhe, ließ ihn vergnügt vor und zurück baumeln und genoss sichtlich das Entsetzen von Hund und Herrchen. »Eine ziemlich große Ratte, finden Sie nicht, Pater Marino?«

»Eine Ratte oder ein anderes Nagetier«, bemerkte Pater Marino.

»Eine Ratte!«, tönte Barsanti, während er zuerst Parenti und dann den armen Hund finster beäugte. »Von denen haben wir in Rom genügend, nicht wahr?«

»Sie sind ein ziemliches Ärgernis«, meinte Pater Giordano. »Wisst Ihr, sie haben bereits Seuchen ausgelöst.«

»Kennt Ihr diesen Schädling, Parenti?«, fragte Barsanti. »Haustiere sind im Gebäude strengstens verboten. Wisst Ihr, wo er vielleicht hergekommen sein könnte?«

Parenti sah auf den Boden. »Nein, das weiß ich nicht«, antwortete er kleinlaut.

»Seid Ihr Euch sicher?«, fragte der Präfekt. »Nie irgendwo gesehen?«

»Nein«, wiederholte der kleine Priester. »Ich schwöre, dass ich ihn nicht kenne, aber wenn Ihr ihn loswerden wollt, nehme ich ihn Euch gern ab.«

»Letzte Chance!«, forderte Barsanti. »Der Eigentümer kann Anspruch auf ihn erheben, aber dann könnte er wegen Regelverstoßes aufgefordert werden, hier auszuziehen.«

Parenti dachte an seine gemütliche Wohnung und an den kurzen Weg zur Arbeit. Aldo hielt in seinem Kampf inne und schien auf Parentis Antwort zu warten. *Ich bin ein Feigling,* dachte der Priester.

»Ich habe kein solches Haustier«, sagte er dann. Aldo starrte ihm in die Augen und Parenti kam es so vor, als würde der Hund ihm seinen Verrat verzeihen.

»Dann ist es also eine Ratte. Denen ist nicht zu trauen, nicht wahr?«, sagte Barsanti noch einmal, während er Parenti ansah und seinen Fang freudig baumeln ließ. »Wir halten hier gerade eine Versammlung ab. Dann treffen wir doch auch eine Entscheidung. Sollen wir sie draußen den streunenden Katzen zum Fraß vorwerfen? Damit würden wir der Allgemeinheit einen Dienst erweisen.«

Parenti blieb bedrückt stumm, nun nicht mehr in der Lage, seinen hilflosen Freund für sich zu beanspruchen. Zu nichts anderem mehr in der Lage, als kläglich danebenzustehen, wich er dem Blick des zitternden Hundes aus.

»Dann also ab mit ihm in den Schacht?«, fragte Barsanti und blickte dabei zur Tür des Müllschluckers, der acht Stockwerke in die Tiefe ging.

Von der Dramatik dieses Moments angewidert, wandte Parenti sich von der Gruppe ab.

»Oder bereiten wir ihm ein schnelles Ende, hier und sofort?«, fragte Barsanti. Er packte den Hund am Genick und setzte ihn sachte zu Boden. Dann holte er mit dem Bein aus und trat den winzigen Hund mit einer einzigen schnellen Bewegung, so fest er nur konnte, wie einen Fußball den Gang hinunter. Mit einem unerträglichen Jaulen krachte der Kopf des Hundes wie eine reife Tomate gegen die Wand und sein Blut spritzte über den ganzen Gang.

Parenti drängte seinen Mageninhalt zurück und steckte sich die Faust in den Mund, um ein Würgen zu unterdrücken. Sein kleiner Freund lag leblos auf dem Boden und um seinen zerschmetterten Kopf herum bildete sich eine Pfütze aus dunklem Blut.

Die anderen Priester, die von Barsantis plötzlichem Wutausbruch und seiner unsäglichen Gewalt schockiert waren, sagten nichts. Parenti wurde schlecht, als er dabei zusah, wie Barsanti diesen Moment genoss.

»Pater Parenti, Ihr habt doch Erfahrung mit Ratten«, stellte der Präfekt fest. »Entsorgt diese so bald wie möglich.« Damit drehte sich Barsanti um, nahm seine Begleiter am Arm und ging mit ihnen den Gang hinunter Richtung Treppenhaus.

Von Schuldgefühlen und Trauer überwältigt bückte Parenti sich, um seinen bedauernswerten Gefährten aufzuheben, der seit über zwei Jahren treu an seiner Seite gewesen war, und verfluchte sich selbst für seinen feigen Verrat. Behutsam wickelte er den Hund in ein Taschentuch, ging dann eilig zurück in sein Zimmer und schloss die Tür hinter sich. Dort legte er den Hund aufs Bett, ging auf die Knie, faltete das Taschentuch auseinander und fing an, das Wesen mit zitternden Händen zu streicheln. Er schloss die Augen und betete einige Minuten lang stumm um Vergebung. Dann kam ihm eine weit hergeholte Idee, von der er wusste, dass er nicht anders konnte, als sie auszuprobieren. Er hatte nichts zu verlieren.

Er öffnete die untere Schublade seiner Kommode und schob mehrere Sockenpaare und einige Unterhosen beiseite. Dann zog er eine Plastiktüte heraus und daraus wiederum ein kleines zerschlissenes Stück uralten Tuchs. Es war das Stoffstück mit dem undeutlichen, aber erkennbaren Abbild eines Gesichts – ebenjenes Tuch, das er heimlich entwendet hatte, nachdem es aus dem Edikt gefallen war, das er vor einigen Wochen in der päpstlichen Bibliothek entdeckt hatte. Was diesen Regelverstoß betraf, war er sich über das Strafmaß unsicher. Darauf, den Papst zu belügen, stand vermutlich ewiges Leiden in Malebolge, dem achten Höllenkreis. Doch angesichts der Recherchen, die er seit der Entdeckung des Schleiers insgeheim angestellt hatte, nahm er schwer an, dass er ganz genau wusste, was er da in Händen hielt. Möglicherweise half es nicht nur Aldo in diesem Moment, sondern konnte vielleicht sogar ihn eines Tages vor dem Höllenfeuer bewahren.

Seine Hände begannen zu zittern. Er hielt den Atem an und lauschte aufmerksam, ob sich jemand im Gang befand. Er hörte nichts. Dann, ganz vorsichtig, um das Bild auf dem Tuch zu schonen, legte er es wie eine schützende Decke über den Hund, strich es behutsam glatt und schloss die Augen, um ein weiteres Mal zu beten.

Eine Minute verging, dann spürte er ein Kribbeln in den Fingerspitzen. Unglaublicherweise hatte sich unter seinen Händen etwas bewegt. Er erschauderte von Kopf bis Fuß, während sich die Welt um ihn herum zusammen mit der Bewegung zu drehen schien. Die Luft wurde eisig. Als er die Augen öffnete, um hinunterzusehen, schien sich der Schleier zu regen. Unter dem Tuch befand sich etwas Lebendiges. Würde es ihn beißen? Er überlegte, ob er das raschelnde Bündel packen und quer durch den Raum schleudern sollte.

Vorsichtig hob er den Rand des Schleiers an. Verblüfft beobachtete er, wie der Hund, der noch immer blutverschmiert, aber nun völlig unversehrt war, glücklich unter dem wundersamen Schleier hervorkroch und in seine Armbeuge kletterte.

»Mein Freund, du bist zurückgekehrt!«, schrie Parenti von Glück übermannt auf. Er hielt sich Aldo nah genug vor die Nase, um ihn küssen zu können. »*Bitte* vergib mir.«

Aldo erwiderte den Blick mit einem Ausdruck großer Güte. Die Wärme und Tiefe der Liebe und der Vergebung des Hundes machten Parenti schwach vor Erleichterung. Er hielt sich den Hund nah ans Herz. Aldo wedelte mit dem Schwanz und schmiegte sich noch näher an seine Brust. »Was hier passiert ist, übertrifft meine kühnsten Träume. Davon darf niemand erfahren«, flüsterte Parenti, während er das verwaschene Abbild auf dem Tuch anstarrte. »Weder heute noch irgendwann sonst.«

6

St. Michaels, Maryland
April 2014

Bondurant war erschöpft. 24 Stunden Flugzeit von Mumbai nach Baltimore mit vier Zwischenstopps forderten ihren Tribut. Er blickte auf den sattgrünen Rasen hinaus, der sich vom *Enlightenment Institute* am Perry-Cabin-Drive fast 45 Meter weit bis zum Miles River erstreckte. Die Zeichen eines späten Frühlings in St. Michaels, Maryland, flirteten mit dem anbrechenden Sommer und füllten den großen Rahmen seines Fensters aus. Strahlend weiße Blütenblätter von den Hartriegel-Bäumen vor seinem Bürofenster trudelten bei der geringsten Brise wie Schneeflocken zur Erde. In der Ferne erblickte er eine rot-weiße Nachmittagsfähre voller Touristen auf ihrer gemächlichen Fahrt über die East Bay Richtung Annapolis.

Er zog noch einmal an seiner Zigarette, dann drückte er den Stummel zu den Dutzend anderen, die tot im Aschenbecher neben ihm lagen. Er verfluchte diese Sucht, die er nicht abschütteln konnte. Er hatte sich diese Angewohnheit schon vor Jahren zugelegt, als Mittel, um andere auf Distanz zu halten oder um sie in den Momenten, in denen er allein sein wollte, mit dem widerlichen Rauch in die Flucht zu schlagen. Inzwischen hatte sich die Schwäche seiner Sucht gegen ihn selbst gewendet und es gab kaum etwas, das er dagegen tun konnte.

Er griff nach dem Glas mit dem *Macallan* Single-Malt-Whisky, das er sich eingeschenkt hatte – seine einzige Gesellschaft auf der Veranda vor seinem Büro. Er schwenkte den Scotch in der einen und den Vertrag, den er soeben vom Vatikan erhalten hatte, in der anderen Hand. Dann kickte er die abgenutzte Fliegengittertür auf der Rückseite des großen viktorianischen Farmhauses auf, das er vor Jahren zum Verwaltungsgebäude seines Instituts umfunktioniert hatte. Die Veranda war groß und überdacht und beherbergte ein halbes Dutzend Schaukelstühle sowie einen antiken Esstisch. An dem Tisch waren ebenso viele Debatten geführt wie Mahlzeiten serviert worden, genau wie Bondurant es mochte. Er warf einen Blick zum Horizont zu seiner Rechten und sah den vertrauten Anblick von Schiffsmasten, die gerade eben über die ferne Baumgrenze reichten. Dort beim Meeresmuseum, eine halbe Meile flussaufwärts, ankerten die Baltimoreschoner.

Er nahm einen Schluck. Seit 20 Jahren trank er denselben Whisky und staunte noch immer über seine Geschmeidigkeit. Es war der gleiche Scotch, den sein Vater immer getrunken hatte, und Bondurant war überzeugt, dass seine eigene Vorliebe dafür eine der wenigen anständigen Eigenschaften war, die er von dem Alten geerbt hatte.

Er beobachtete ein weißes Skipjack-Segelboot aus einer *Oyster*-Flotte, das müde auf dem grünen Fluss vorbeituckerte, und direkt dahinter einen schnittigen neuen Segler auf dem Weg zur Bucht, gefüllt mit Vergnügungssüchtigen, die wahrscheinlich für einen Wochenendtrip aus dem nahe gelegenen Washington, D.C. hochgekommen waren.

Am Bug des Segelbootes standen drei sonnengebräunte Girls in den Zwanzigern, die ausschließlich mit Bikinis bekleidet waren. Sie lachten, winkten und zeigten in seine

Richtung. Er beobachtete, wie sie sich zuprosteten, die Drinks hoch in die Luft hoben und etwas in seine Richtung riefen. Er winkte und prostete halbherzig zurück. Durch das Brummen des Motors und aufgrund der Entfernung verstand er kein einziges Wort von dem, was sie riefen. Beinahe zehn Minuten lang blieb er völlig gedankenverloren stehen, während die jungen Frauen hinter der Flussbiegung und aus seinem Blickfeld verschwanden.

Das war wieder einer dieser ›Bondurant-Momente‹. Einige hatten gemutmaßt, dass es sich bei seinen willkürlichen geistigen Aussetzern um das klassische Merkmal eines zerstreuten Professors handelte. Sein gewaltiger Intellekt neigte tatsächlich dazu, Triviales zugunsten wichtigerer Dinge auszublenden, aber das war nur zum Teil die Ursache. Andere zeigten weniger Nachsicht und glaubten, dass seine Momente der Abwesenheit auf starken Alkoholkonsum zurückzuführen waren.

Doch für die wenigen, die ihn seit seiner Kindheit kannten, waren sein letztendlicher Erfolg sowie seine Momente der Abwesenheit keine Überraschung. Mit einem IQ von 164 bewegte er sich in der Hochbegabten-Kategorie. Aufgewachsen in Baltimore, direkt gegenüber einer katholischen Kirche und in Sichtweite einer heruntergekommenen Pferderennbahn als einer von zwei Söhnen von Big Jack Bondurant – geselliger Alkoholiker, professioneller Spieler und ständig abwesender Elternteil in einer Person. Regelmäßig wurde er mit seinem drei Jahre jüngeren Bruder allein gelassen. Üblicherweise mussten sie sich selbst durchschlagen, ohne einen Hinweis auf den Verbleib ihres Vaters. Seit seinem zehnten Lebensjahr hatte Bondurant sich und seinen Bruder in ihrer verwahrlosten Wohnung unterrichtet. Mit 16 bewarb er sich um ein Vollstipendium an der Stanford-University, das er auch bekam. Seinen ihn bewundernden Bruder und einzigen ›Klassenkameraden‹ ereilte ein anderes Schicksal.

»Mit jedem Segen kommt ein Fluch«, hatte sein Vater immer gesagt. Tatsächlich behielt er recht. Erst im Erwachsenenalter hatte er alles verstanden. Seinen jüngeren Bruder, damals zehn Jahre alt, schmächtig und sein einziger Freund, hatte er an der Garderobenstange ihres Schlafzimmerschranks baumelnd gefunden. Er erinnerte sich noch gut an die Schreie seines Vaters, an all die Tränen und auch an die Beerdigung. Er erinnerte sich an die Besuche der Priester von der gegenüberliegenden Straßenseite, wenn auch nur sehr verschwommen.

Beim Älterwerden wurden bestimmte Funktionen von Bondurants Gehirn so dominant, dass sie ihm erlaubten, sich auf einem Niveau zu konzentrieren, das nur wenige je erreichten. Seine Fähigkeit, sich auf jedes Detail zu fokussieren, gemeinsam mit einem zwanghaften Interesse an jedem Objekt, das ihm ins Auge sprang, machte ihn zu einem stillen intellektuellen Phänomen. Sein Selbststudium zog ihn zu einem halben Dutzend verschiedener akademischer Disziplinen, von Anatomie über Geschichte bis hin zur Anthropologie, doch angesichts mangelnder Orientierung blieb er bei keiner bestimmten hängen. Stattdessen vertiefte er sich in alle, was ihn Jahre später an die Spitze im Bereich der forensischen Anthropologie katapultierte.

Oft war er nicht gesellschaftsfähig, und das wusste er auch. Zwischenmenschliche Beziehungen waren ihm wie Zeitverschwendung vorgekommen, da das kindliche Genie seine Gedanken stets wichtiger fand als die Menschen in seiner Umgebung. Schließlich wurde er von einer akuten Schüchternheit gehemmt, besonders in

Gesellschaft der zahlreichen Freundinnen seines Vaters, die bei ihnen ein und aus gingen, wie es ihnen beliebte. Je mehr sie auf den gut aussehenden, aber scheuen Jungen einredeten und ihn dazu drängten, seinen Kokon zu verlassen, desto akuter wurden seine Symptome.

Ein Sozialarbeiter schleppte ihn zu einem Kinderpsychologen, der das Problem als ›geschlechtsspezifischen Mutismus‹ diagnostizierte, der, wie er sagte, von der völligen Abwesenheit einer Mutter oder einer dauerhaften weiblichen Person in seinem Leben herrührte. Wie Bondurant sich erinnerte, hatte er dem Psychologen gesagt, dass er seine Mutter nie kennengelernt hatte und gut ohne sie zurechtgekommen war. Mit 14 knöpfte er sich den Doktor dann vor, indem er ihm sagte, dass er keine Ahnung habe und dies mit Zitaten aus dem *Diagnostischen und Statistischen Handbuch für psychische Störungen* der *American Psychiatric Association* belegte. Wenn wirklich etwas mit ihm nicht stimmte, dann war es in keinem der zahlreichen Leitfäden zu finden, die er gelesen hatte.

Dennoch ließ er keine Menschen näher an sich herankommen und ließ sich auch nicht auf sie ein. Als er älter wurde, sein Studium beendete und anfing, seinem Beruf nachzugehen, ließ seine unnatürliche Schüchternheit anderen gegenüber, Frauen eingeschlossen, etwas nach. Er fühlte sich in ihrer Gesellschaft weniger unbehaglich. Und genau wie sein Vater fand er mit der Zeit heraus, dass sie dem nützlichen Zweck dienten, die unaufhörliche Einsamkeit zu vertreiben, die er oftmals verspürte. Und während er als Erwachsener manchmal an unberechenbaren und schweren Entzugserscheinungen litt, kamen und gingen seine Aussetzer. Wenn sie kamen, waren sie verheerend. Für einen Heranwachsenden war es normal, extrem schüchtern zu wirken. Die meisten fanden das sympathisch. Bei einem erwachsenen Mann wirkt ein plötzlicher oder unerwarteter akuter Schüchternheitsanfall oder ein Aussetzer in der Öffentlichkeit hingegen seltsam oder geradezu unhöflich.

Er musste einräumen, dass ihn wahrscheinlich die eigenartige Leere, die er in seinem Innern verspürte, am Ende zu seiner Professur in Princeton geführt hatte. Für Lehrkräfte war es strengstens verboten, Beziehungen zu ihren Studenten zu haben, was er auch in Ordnung fand. Während er nach Gesellschaft gierte, um die nächtliche Einsamkeit zu bekämpfen, war er kein Freund von Beziehungen. Verhältnisse, ja. Beziehungen, nein. Er hatte diskret die spätabendliche Gesellschaft einer langen Reihe hübscher und kluger Studentinnen genossen, die die beiden Begriffe bedauerlicherweise nicht genauso gut unterschieden wie er.

In seinem letzten Jahr an der Universität hatte er den Zorn einer Studentin ganz besonders unterschätzt. Eine 22-Jährige im späteren Semester, die in seine Anthropologievorlesung eingeschrieben war und mit der er lediglich einmal geschlafen hatte. Sie war mehr als nur verblüfft, als sie für ihre Halbjahresarbeit eine Note bekam, mit der sie gerade eben durchkam. Er hatte sich nichts dabei gedacht, als er ihr das D gegeben hatte, das sie nach seiner Meinung verdiente. Sie war jedoch außer sich und drohte damit, sich bei ihrem Vater zu beschweren. Bondurant war irritiert und meinte, dass sie das gern tun könne. Eltern, auch Ehemalige, hatten auf die Notengebung keinen Einfluss. Dummerweise war ihm nicht klar, dass sie die Tochter von Dekan Thomas Armstrong war, dem Leiter seiner Abteilung, und der war gar nicht amüsiert. Kollegen gegenüber beschrieb Bondurant das streitlustige Treffen mit dem Dekan und seiner Tochter später als einen ›Akt der Unterwerfung‹. Bevor das Treffen beendet war, hatte sie ihrem Vater gegenüber zugegeben, dass sie mit Bondurant geschlafen hatte, und dieser hatte seine Kündigung eingereicht.

Trotz der Bemühungen des Dekans, die Angelegenheit diskret zu behandeln, klatschten die Campus- und Lokalzeitungen Bondurants Kündigung auf die Titelseiten und nannten auch den Grund dafür. Wie alle guten Skandale machte die Geschichte in akademischen Kreisen die Runde, was die katastrophale Vernichtung seiner Reputation und seiner professionellen akademischen Karriere zur Folge hatte. Da er keine andere Wahl hatte, schlug er sich fortan allein durch. Er ging nach Süden, Richtung Maryland, kaufte ein baufälliges viktorianisches Bauernhaus am Rande der Stadt im ländlichen St. Michaels, holte eine Handvoll der vielversprechendsten Doktoranden, die er finden konnte, an Bord und gründete das *Enlightenment Institute:* eine gemeinnützige Organisation, benannt nach der berühmten Bewegung des 18. Jahrhunderts, die die menschliche Vernunft über blinden Glauben und religiöse Doktrin stellte. Ihre Mission war die Unterstützung der Wissenschaft im Kampf gegen religiöse und historische Mysterien.

Bondurants akademische Laufbahn war zwar zerstört worden, nicht aber sein Ruf als führender forensischer Anthropologe, der in der Lage war, Geheimnisse auf dem Gebiet historischer Entdeckungen zu lösen. Die Vielzahl an Projekten, die er und sein junges Team in den ersten Forschungsjahren des Instituts in Angriff nahmen, war spannend genug, um einen Thrillerautor über mehrere Jahre zu beschäftigen. Was bei Bondurant tatsächlich der Fall war. Für jedes verzwickte historische Rätsel, mit dem sich sein Institut beschäftigte, gab es eine Vereinbarung, die ihm erlaubte, Begleitbücher zu schreiben, in denen er seine Arbeit darlegte. Seine Artikel für den *National Geographic* erregten sehr schnell die Aufmerksamkeit der größten New Yorker Verlage, die ihm einen Buchvertrag nach dem anderen bescherten. Seine Veröffentlichungen, die laufend auf der *New York Times*-Bestsellerliste zu finden waren, machten ihn zu einem bekannten Autor und Dozenten.

Sein erstes Buch *Noch immer vermisst* beschäftigte sich mit dem Verschwinden von Amelia Earhart, der berühmten Pilotin, die 1937 bei ihrem Versuch, die Welt zu umfliegen, auf hoher See verscholl. Dies war eines der ungeklärten Rätsel. Über ihr Schicksal und den Ort ihrer letzten Ruhestätte kursierten seit Jahren die gegensätzlichsten Theorien. Eine besonders bekannte Forschungsmission – ISOA *(In Search of Amelia)* – hatte wiederholt Reisen zu der winzigen Insel Nikumaroro unternommen, die ungefähr 3200 Kilometer südlich von Hawaii lag, sowie auf dem direkten Kurs ihrer geplanten Flugroute von Neuguinea nach Howland Island, wo sie damals auftanken sollte. Überzeugt davon, dass die Indizien auf einen wahrscheinlichen Absturz ihres Flugzeugs am Riff an der Spitze von Nikumaroro hindeuteten, unternahm ISOA unermüdlich neue Versuche, diese Theorie zu beweisen. Nach zehn Exkursionen auf die abgelegene Insel im Südpazifik innerhalb mehrerer Jahre und einer Investition von fünf Millionen Dollar hatte ISOA eine Handvoll vielversprechender Gegenstände gefunden, zu denen der Absatz eines Frauenschuhs, eine Puderdose sowie Knöpfe und der Reißverschluss einer Pilotenjacke gehörten, die alle aus Earharts Zeit zu stammen schienen.

Als keine weiteren Beweisstücke auftauchten, zweifelten die Medien zunehmend an ISOAs Theorie, doch die elfte

Expedition förderte den Jackpot zutage – so glaubten sie zumindest. Mit großem Trara und dem ›unwiderlegbaren‹ Beweis in Händen kehrten sie in die Vereinigten Staaten zurück. In Washington, D.C. hielten sie eine Pressekonferenz ab, auf der sie die Entdeckung dreier Knochenfragmente bekannt gaben, die angeblich zum Finger einer Frau nordeuropäischer Abstammung gehörten.

Die *Smithsonian Institution,* welche den Fund mit Skepsis betrachtete, erhielt von ISOA die Erlaubnis, die Knochen zu untersuchen, und beauftragte prompt Bondurant. Sein Team im *Institute* und die *Molecular Anthropology Laboratories* in Oxford benötigten drei Wochen, um den Fall aufzuklären. Mit steigender Spannung und großer Erwartung wurde Bondurant gefragt, ob es wohl angebracht war, Earharts Großnichte für eine Pressekonferenz nach Washington, D.C. einzufliegen, auf der die außergewöhnliche Entdeckung bestätigt wurde. Die DNA dieser Nichte hatte Bondurant mit den Erbinformationen der gefundenen Knochenfragmente verglichen.

»Nur wenn sie von einer Meeresschildkröte abstammt«, hatte Bondurant erwidert. »Das Rätsel bleibt bestehen.«

Sein zweites Buch *Kinder des Zaren* beschäftigte sich mit der intensiven Erforschung der menschlichen Überreste, die 2007 in Gräbern vor dem russischen Jekaterinburg gefunden worden waren – durchgeführt vom *Enlightenment Institute* im Auftrag des *National Geographic.* Für die Organisation und ihre Zeitschrift stand viel auf dem Spiel, da sie eine Titelstory vorbereitete, die die erstaunliche Behauptung aufstellte, dass Zar Nikolaus' Tochter, die lange tot geglaubte Großherzogin Anastasia, in Wahrheit noch lebte und in einem Altersheim, ausgerechnet in Ohio, ein angenehmes Leben führte. Vom Zaren, dem letzten russischen Monarchen, von seiner Frau Alexandria sowie von ihren beiden Kindern hatte man geglaubt, dass sie während der Revolution von 1918 in einem Keller in Jekaterinburg von Bolschewiken ermordet worden waren. Jahrelang hatten sich Gerüchte gehalten, die besagten, dass ein oder mehrere Kinder des Zaren, darunter auch Prinz Alexej und die Großherzoginnen Maria und Anastasia, möglicherweise den Kugeln der Mörder entkommen waren. Frühere Ausgrabungen irgendwo im ländlichen Russland hatten unwiderlegbare Hinweise auf die Knochen des Zaren, seiner Frau und einer nicht näher bestimmten Zahl an Kindern zutage gefördert.

Bondurant, überzeugt davon, dass die Sammlung verbrannter Überreste, die man ihm gezeigt hatte, tatsächlich unvollständig war, reiste nach Russland, um weitere Nachforschungen anzustellen. 37 Meter vom eigentlichen Fundort entfernt fand er ein weiteres provisorisches Grab, welches weitere 44 Knochen enthielt, die bisher nicht entdeckt worden waren. Akribisch verglich er das neue Material mit Fotografien der Kinder, und unter Zuhilfenahme von DNA-Fragmenten eines blutbefleckten Hemdes ihres Vaters, das mehr als ein Jahrhundert lang in Russland konserviert gewesen war, konnte das Bondurant-Team dem *National Geographic* unermesslichen Kummer ersparen. Nur einen Tag bevor die Titelstory des Magazins in Druck gehen sollte, konnte Bondurant überzeugend darlegen, dass alle Kinder des Zaren, einschließlich Anastasia, vor beinahe einem Jahrhundert erschossen oder auf brutale Weise erstochen worden waren.

Bondurants neuestes Buch *Der kindliche König* handelte von der umfangreichsten und historisch wichtigen Obduktion des berühmten ägyptischen Pharaos Tutanchamun. Frühere Untersuchungen der Mumie hatten die Theorie bestärkt, dass König Tut im Alter von 18 oder 19 Jahren einen schrecklichen Unfall gehabt hatte oder einem Mord zum Opfer gefallen war. Bei dem Beweis, der diese These unterstützte, handelte es sich um ein Loch, das man in seinem Hinterkopf gefunden hatte und von dem man annahm, dass es von einem Trauma durch einen Sturz oder einen stumpfen Gegenstand herrührte. Bondurant, der bändeweise Informationsmaterial über König Tut gelesen hatte, zweifelte daran. Es gab Hinweise auf einen anderen Übeltäter, den Bondurant im Auge hatte. Eine Ursache, die harmloser war als ein Mord. Bondurant bekam die einmalige Gelegenheit, ein Wissenschaftsteam anzuleiten, dem die Ägypter uneingeschränkten Zugriff gaben, um die wahre Ursache für den Tod König Tuts zu bestimmen.

Aufgrund früherer DNA-Untersuchungen, die das Vorkommen von Parasiten aufgedeckt hatten, war Bondurant davon überzeugt, dass König Tut während seiner Kindheit an chronischer Malaria gelitten hatte. Doch erst als Bondurant selbst in der Lage war, die sterblichen Überreste von König Tut zu untersuchen, konnte er mehrere Indizienketten zusammensetzen und so die Wahrheit ableiten. Angesichts offensichtlicher Hinweise auf eine Knochenerkrankung und eine daraus resultierende Beinfraktur fand das Team heraus, dass wahrscheinlich durch einen Malariaanfall sein Immunsystem so sehr geschwächt war, dass ihn eine schwere Infektion das Leben gekostet hatte. Die Ursache des Lochs in seinem Hinterkopf war offensichtlich, wie Bondurant fand. Es war zu perfekt geformt, um von einem Sturz oder einem Mordinstrument herzurühren. Stattdessen deutete es auf das Verfahren hin, welches antike Balsamierer seinerzeit anwandten, um Zugang zum Gehirn zu bekommen und es in Vorbereitung auf die Mumifizierung zu verflüssigen. Bondurants Beitrag hatte seinen erstklassigen Ruf in der Wissenschaftsgemeinde gefestigt.

Und soeben hatte er eine Vereinbarung unterschrieben, die von ihm verlangte, dass er seine nächste Entdeckung in Angriff nahm. Eine, die er nie für möglich gehalten hätte. Er stellte seinen Scotch ab und griff nach einem Notizzettel, auf den er zum ersten Mal den Titel seines nächsten Buches kritzelte: *Das falsche Grabtuch.*

7

Alitalia Flug 643
Juni 2014

In der Kabine der ersten Klasse war es dunkel genug, dass Bondurant dösen konnte. Einschlafen konnte er aber nicht. Die Schlaftablette, die er mit Scotch hinuntergespült hatte, zeigte offensichtlich keine Wirkung. Zu vieles, das ihm im Kopf herumging. Der Alitalia-Flug Nummer 643, auf dem Weg nach Mailand, hatte bis zur Landung noch eine Flugzeit von etwa fünf Stunden vor sich. Rechnete man die zweistündige Zugfahrt nach Turin und den Verlust von sechs Stunden aufgrund des Zeitunterschiedes zu Baltimore dazu, würde es ein langer Tag werden. Er beneidete die friedlich schlummernden Passagiere in ihren bequemen Trainingsanzügen auf den Komfortsitzen um ihn herum. Warum fiel ihm eine solch einfache Flucht nur so schwer?

Eine attraktive Flugbegleiterin mit langen Beinen und braunen Haaren bemerkte, dass er als einziger Passagier noch wach war, und beugte sich von hinten über ihn. Sanft berührte sie seinen Unterarm.

»Soll ich Ihnen noch einen *Macallan* bringen, Dr. Bondurant?«, fragte sie leise. Von ihrer Berührung aufgeschreckt, änderte er schnell die Sitzhaltung und starrte einen Moment lang stumm vor sich hin, bevor er eine Antwort gab.

»Dr. Bondurant?«, fragte sie.

»Ich brauche nichts. Alles in Ordnung, danke«, entgegnete er schließlich.

Er zog einen Brief aus seinem Aktenordner hervor und kniff die Augen zusammen, um ihn in der Dunkelheit zu lesen. Er hatte ihn bereits mehrere Male zuvor gelesen und ihn schon beinahe auswendig gelernt. Er fand es noch immer erstaunlich, dass nach zwei Monaten intensiver Verhandlungen tatsächlich eine Vereinbarung mit der Kirche zustande gekommen war. Der Brief, dessen Kopf mit dem Siegel des Vatikans in Blattgold versehen war, brachte es auf den Punkt:

Lieber Dr. Bondurant,
mit großer Zufriedenheit lege ich die gegengezeichnete Vereinbarung bei, in der das Verhaltensprotokoll festgehalten ist, nach dem sich das Forscherteam, das Sie zusammenstellen wollen, bei der Untersuchung des Turiner Grabtuchs richten wird. Obwohl, wie Sie wissen, die Katholische Kirche die Echtheit der Reliquie, die seit vielen Jahrhunderten von den Gläubigen verehrt wird, nie offiziell anerkannt oder zurückgewiesen hat, glaubt der Heilige Vater, dass eine weitere und umfangreichere Untersuchung durch verantwortungsvolle Wissenschaftler erforderlich ist, um das Geheimnis zu lüften. Wie sein Vorgänger, der selige Johannes Paul II., im Jahre 1998 erklärt hat: »Da es aber keine Glaubensangelegenheit ist, hat die Kirche keine besondere Befugnis, zu diesen Fragen Stellung zu beziehen.« Sie betraut die Wissenschaft mit der Aufgabe, weitere Untersuchungen anzustellen, auf dass die Fragen, die sich im Zusammenhang mit dem Tuch ergeben, zufriedenstellend beantwortet werden. Diese Haltung der Kirche bleibt unverändert.
Wie vereinbart, wurden alle erforderlichen Vorkehrungen getroffen, um die Reliquie zur Verfügung Ihres Teams in

den vereinbarten Laboren im italienischen Turin für eine zweiwöchige Zeitspanne zu hinterlegen, die am 7. Juni 2014 beginnt und spätestens am 21. Juni 2014 endet. Dies unterliegt der angemessenen Beaufsichtigung und der Sicherung des Artefakts durch die damit betrauten Kirchenvertreter in diesem Zeitraum. Angesichts des Spektrums fortschrittlicher wissenschaftlicher Methoden und der Ausstattung, die Ihrem Team zur Verfügung stehen und die bei früheren Untersuchungen der Reliquie noch nicht existiert haben, hoffen wir, dass diese Forschungsbemühung gemäß den Vorgaben unserer Vereinbarung und unter Ihrer Führung ein abschließendes und glaubwürdiges Ergebnis einer langwierigen Debatte hervorbringen wird. Bitte kontaktieren Sie nach Ihrer Ankunft in Turin Miss Jozef, die offizielle Betreuerin dieser Untersuchung, unter der Adresse, die in der Anlage aufgeführt ist. Sie wird alle erforderlichen Vorkehrungen treffen, um sicherzustellen, dass Ihre Forschungsbemühungen und Ihre Anforderungen unverzüglich erfüllt werden, während Sie Ihre Arbeit fortsetzen.

Im Namen Christi,
Giovanni Orsini
Präsident
Päpstliche Akademie der Wissenschaften

Ein Brief aus dem Himmelsreich, dachte Bondurant. *Wer aber ist Miss Jozef?* Er war sicher, den Namen schon einmal gehört zu haben, konnte ihn aber nicht einordnen. Seiner Meinung nach war sie nicht an den endlosen Konferenzschaltungen mit Vertretern des Vatikans in den letzten Wochen beteiligt gewesen. Dass die Kirche jemand Neues mit ins Spiel brachte, war das Letzte, was er jetzt brauchte. Irgendeinen möglicherweise lästigen Betreuer, gerade jetzt, als die Sache endlich ins Rollen kam.

Er hatte hier 38 Seiten mit detaillierten Vorgaben bezüglich der Untersuchung des Grabtuchs. Interessanterweise waren diese freizügiger als bei jeder früheren Erforschung der Reliquie. So freizügig, dass er sich fragte, ob der Vatikan mit dieser Untersuchung versuchte, sich nach all den Jahren der Wissenschaft zu unterwerfen. Bevor er nach Turin aufgebrochen war, hatte er mit mehreren seiner Kollegen im Institut sowie mit seinem Verleger darüber diskutiert, ob Papst Augustin entschieden hatte, dass die Reliquie ein Relikt der Vergangenheit war. Dass für die Kirche die Zeit gekommen war, mit einem neuen Ansatz der Aufgeschlossenheit wissenschaftlichen Untersuchungen gegenüber den Schritt ins 21. Jahrhundert zu wagen. Zumindest war das seine Theorie. Wie sonst war die Bereitschaft der Kirche zu einer solch tief greifenden Untersuchung ihrer heiligsten Reliquie zu begründen?

Und wie erklärte sich die Bereitschaft des Vatikans, ausgerechnet ihn auszuwählen? Er war als entschiedener Skeptiker bezüglich der Echtheit der Reliquie bekannt. Auf Religionstagungen und in Kommentaren, die für christliche Zeitschriften verfasst wurden, war er zur Zielscheibe der Kritik durch die Katholische Kirche geworden. Wegen seiner unverblümten Ansichten hatte er von führenden Evangelikalen sogar etwas erhalten, das gemeinhin als Drohbrief bekannt war. Auf einer Konferenz in Brüssel hatte er im letzten Jahr an einem Panel teilgenommen, um über die *Intelligent Design*-Theorie zu diskutieren, und war dort von der Bühne gebrüllt worden. Ihm ungehinderten Zugang zur heiligsten katholischen Reliquie zu gewähren, das war, als würde man ihm die

Schlüssel zum Himmelreich übergeben. Wenn der Papst vorhatte, einen Pfahl ins Herz der Authentizität des Grabtuchs zu treiben, hätte er seiner Ansicht nach keine verlässlichere Vorgehensweise wählen können. Dennoch fragte sich Bondurant, ob hier nicht irgendetwas faul war. Das alles war viel zu einfach. Er fragte sich, was der Vatikan wusste, das er nicht wusste. Wenn sie in irgendeiner Weise über einen glaubwürdigen Beweis verfügten, dass das Grabtuch von Turin keine mittelalterliche Fälschung war – und die Chance dafür lag bei eins zu einer Million –, würde Bondurants gesamte Karriere hinterfragt werden und er würde sich einer Gewissensprüfung unterziehen und sehr viele Erklärungen abgeben müssen.

Was auch immer die Beweggründe des Papstes waren, Bondurant hätte liebend gern mitgespielt. Zwei Wochen reichten definitiv nicht aus, um das Tuch eingehend zu untersuchen, und sein Team würde seine Versuche rund um die Uhr in rasender Geschwindigkeit durchführen müssen. Mit der richtigen Planung und den besten Talenten, die er auftreiben konnte, war jedoch genug Zeit, um die Reliquie einer verlässlichen Untersuchung zu unterziehen und die von der Kirche genehmigten Proben zu entnehmen, die in den kommenden Wochen in bestens ausgestatteten Laboratorien untersucht werden konnten.

Bondurant hatte ein Team renommierter Wissenschaftler zusammengestellt, von denen jeder eine einzigartige Fachkenntnis auf seinem oder ihrem Gebiet in das Projekt mit einbrachte. Deshalb war er davon überzeugt, dass ihre professionelle Zusammenarbeit dazu beitragen würde, die Bedeutung der ›Sindonologie‹ neu zu definieren.

Sein Ziel war es, dass sich ihr wissenschaftliches Fazit jeder Kritik entziehen und das Geheimnis des Grabtuchs ein für alle Mal lüften würde.

Sein Team entstammte drei Disziplinen von fundamentaler Bedeutung: der biologischen und medizinischen Forensik, der historischen Materialanalyse sowie der chemischen Materialanalyse. Bondurant als Teamleiter eingeschlossen bestand die Gruppe aus sieben Wissenschaftlern, mit einigen hatte er früher bereits zusammengearbeitet. Jeder Einzelne von ihnen hatte sich auf die einmalige Gelegenheit gestürzt, sich der bedeutendsten Untersuchung eines religiösen Artefakts der letzten Jahre anzuschließen. Noch vor Beginn der Untersuchung hatten Hunderte Medienorganisationen über die Bekanntgabe des Vatikans berichtet, eine intensive Erforschung des Grabtuchs zu erlauben. Die Chatrooms liefen heiß, Dutzende themenbezogener Blogs wurden ins Leben gerufen und über eine Million Tweets über die Entscheidung der Kirche waren registriert worden. Weltweit wurde darüber spekuliert, was Bondurants Team wohl herausfinden würde. In Las Vegas gab es sogar ein Wettangebot, bei dem die Chancen zwei zu eins standen, dass sich das Tuch als Fälschung erwies.

Aus dem Fachbereich der biologischen und medizinischen Forensik – ein Gebiet, in dem Bondurant als Koryphäe angesehen wurde – hatte er zwei weitere Wissenschaftler auserwählt. Bondurants Aufgabe bestand darin, die Überprüfung der anatomischen Forensik zu leiten. In gewisser Weise fiel ihm die Rolle eines ›Leichenbeschauers‹ zu, nur eben ohne Leiche. Seine Untersuchung würde bis ins letzte Detail die ›anatomische Genauigkeit‹ des Körperabbildes auf dem Tuch bewerten. Waren die Körperteile, so wie sie dargestellt waren, natürlich und standen sie in korrekter Proportion zum Rest des Körpers, oder gab es dezente Verzerrungen, die vermuten ließen, dass das Bild mit etwas anderem als mit menschlichen Überresten entstanden war? Stellten die verschiedenen Blessuren auf dem Bild, die auf Folter und Kreuzigung hindeuteten, derartige Gewalteinwirkungen an den entsprechenden Körperstellen wirklichkeitsgetreu dar? Bondurants Arbeit würde die penibelste Untersuchung des Körperabbildes auf dem Tuch sein, die möglich war, ohne eine tatsächliche Autopsie durchzuführen. Auf dem Gebiet der Bildanalyse war seine Wahl auf Dr. Haruki Sato gefallen, eine führende Kraft in der Bildbearbeitungsforschung bei *Sony Labs*. Der Japaner besaß 37 Patente, was sein Vermögen auf über 400 Millionen US-Dollar bezifferte. Am besten bekannt war er für seine Arbeiten, bei denen er mithilfe von Computerbildanalysen Farbschattierungen so präzise voneinander unterschied, dass man bestimmen konnte, ob ein Bild ursprünglich auf zwei- oder dreidimensionale Weise entstanden war. Dreidimensionale Bilder, solche mit einer ›Tiefe‹, die möglicherweise von einem Objekt wie dem menschlichen Körper auf natürliche Weise gebildet worden waren, konnten so von zweidimensionalen Bildern unterschieden werden, die auf eine Fläche wie etwa eine Leinwand oder ein Tuch gemalt worden waren. Mit dieser Technologie war Sato in letzter Zeit an der Lösung mehrerer bekannter Fälle beteiligt gewesen. Unter vermeintlich unbezahlbaren Meisterwerken waren Fälschungen entdeckt worden, weil er bei der mikroskopischen Bildanalyse äußerst ungewöhnliche beziehungsweise computergenerierte Pinselstriche vorgefunden hatte.

Bondurant war dem exzentrischen Sato von einem gemeinsamen Bekannten während einer Oldtimer-Auktion in Philadelphia vorgestellt worden. Bei der Auktion hatte sich Bondurant für ein einziges Auto interessiert. Seit drei Jahren hatte er es auf dem Markt beobachtet – einen 1965er Jaguar XKE 4.2, Seriennummer 00001. Unglücklicherweise hatte sich herausgestellt, dass Sato in seinem Privatjet aus Kyoto eingeflogen war, um dasselbe Auto zu kaufen, und fest entschlossen war, alle anderen Interessenten zu überbieten. Die beiden hatten schnell Freundschaft geschlossen.

Bei der Vervollständigung des Gebiets der biologischen und medizinischen Forensik war Bondurant seiner Meinung nach ein regelrechter Coup gelungen. Obwohl er ihm nie zuvor persönlich begegnet war, hatte er beschlossen, von Baltimore aus für ein verlängertes Wochenende nach Indien zu fliegen, um dort Dr. Ravi Sehgal zu treffen, und hatte den indischen Biologen, der erst kürzlich den Nobelpreis gewonnen hatte, überredet, sich seinem Team anzuschließen. Neben den durch die Radiokohlenstoffdatierung gewonnenen Daten konnten Sehgals Erkenntnisse wahrscheinlich einen endgültigeren Beweis über die Echtheit des Grabtuchs liefern als jede andere Disziplin. Ihm war es gelungen, sich weltweit einen Namen auf dem Gebiet der Analyse alter DNA zu machen, weshalb seine Teilnahme dem Projekt eine unmittelbare Glaubwürdigkeit verschaffte. Seine Arbeit würde entscheidend dabei helfen, zu bestimmen, ob die angeblichen Blutspuren, die sich auf dem Grabtuch befanden, sowie alle anderen auffindbaren, mikroskopisch kleinen DNA-Rückstände wirklich echt waren. Und falls sie echt waren, konnte durch seine Untersuchung präzise bestimmt werden, ob sie tierischen oder menschlichen Ursprungs waren, außerdem ihr Herkunftsdatum, die Blutgruppe und die konkrete Zusammensetzung.

Um das Gebiet der historischen Materialanalyse abzudecken, hatte er zwei anerkannte Experten angeheuert. Einen aus dem Fachbereich antiker Stoffe, den anderen aus dem der Erdpartikelanalyse. Und obwohl dieser Teil der Wissenschaft kaum bekannt war, stand außer Frage, dass Dr. Jean Boudreau eine umfassende Kenntnis über die Textilanalyse besaß wie kein anderer. Er war Mitte 50, ruhig, hatte den Ansatz einer Glatze und war der einzige stark übergewichtige Franzose, den Bondurant jemals kennengelernt hatte. Bei ihrem ersten Treffen hatte er über Boudreaus Übergewicht gestaunt, bis er Jahre später herausfand, dass es sich bei Dr. Jean Boudreau um denselben Jean Boudreau handelte, der drei der bestverkauften französischen Kochbücher des letzten Jahrzehnts verfasst hatte.

Sein Pariser Labor, direkt gegenüber von seinem berühmten Restaurant, beherbergte die weltgrößte Sammlung altertümlicher Stoffe. Boudreau war in der Lage, ortsspezifische nahöstliche Twill-Muster von Nähtechniken zu unterscheiden, die seit dem alten Ägypten in jedem Jahrhundert zu finden waren. Wenn sich herausstellte, dass das Laken, welches als Grabtuch Jesu präsentiert wurde, aus einem Material bestand, das nicht aus dem Nahen Osten der Zeit des ersten Jahrhunderts nach Christus stammte, oder wenn es ein Nähmuster aufwies, das vor dem Mittelalter nicht existiert hatte, würde Boudreau es bemerken.

Boudreau war nicht das einzige Teammitglied, das aus einem unbekannten Forschungsgebiet kam. Dr. Michael Lessel von der Universität New Mexico war weltweit eine Kapazität im Bereich der Erdpartikelanalyse. Mit Dreck kannte er sich aus wie kein Zweiter.

Als waschechter Redneck aus Alabama mit einem Südstaatenakzent, der so stark war, dass er viele Beobachter fälschlicherweise dazu verleitete, seinen IQ zu unterschätzen, war er gleichermaßen brillant wie unglaublich kräftig. Obwohl er auf die 75 zuging und halb so groß wie Bondurant war, hatte er ihn einmal in einer Biker-Bar unweit seines Hauses in St. Michaels nach einer akademischen Konferenz zu einem Armdrückwettbewerb herausgefordert. Mit fünf Niederlagen in Folge hatte sich Bondurant vor einem Trupp Biker und ein paar rauflustigen Kadetten der *US Naval Academy* in Annapolis zur Lachnummer gemacht.

Lessel wusste, dass das Grabtuch, so wie jedes andere Material seiner Art und seiner Zeit, sehr wahrscheinlich Spurenelemente verschiedener Böden enthielt, die isoliert und anhand ihrer Zusammensetzung identifiziert werden konnten. Indem er mithilfe hochauflösender Gerätschaften mikroskopisch kleine Schmutzpartikel untersuchte, konnte er bestimmen, ob auf Objekten gefundene Erdproben auf einem bestimmten Erdteil oder sogar in einer konkreten Region beheimatet waren. Wenn dem Grabtuch entnommene Partikelproben nicht mit den bekannten Eigenschaften nahöstlicher Böden in der Gegend um Jerusalem übereinstimmten, wäre dies ein sicherer Hinweis darauf, dass die Reliquie eine Fälschung war. Lessel hatte bereits einen Verdacht.

Für das Fachgebiet der chemischen Materialanalyse hatte Bondurant zu guter Letzt seinen guten Freund und Kollegen Dr. Terry O'Neil, einen der weltweit führenden Experten auf dem Gebiet der Kohlenstoffdatierung, verpflichtet. O'Neil, Dekan der Chemieabteilung der *University of Oxford,* hatte zusammen mit Bondurant bereits an früheren Untersuchungen von Überresten gearbeitet, auch an denen zu Amelia Earhart. Beide hatten in Stanford studiert, wenn auch fast eine Generation voneinander getrennt, und waren gute Freunde geworden. O'Neil wusste, wie wichtig diese Untersuchung für

Bondurant und dessen Reputation war. Und Bondurant wusste, dass O'Neil sicherstellen würde, dass die von ihm zusammengetragenen Informationen über jeden Zweifel erhaben waren.

Dank eines Verfahrens, das in den späten 40er-Jahren des 20. Jahrhunderts von Wissenschaftlern der *University of Chicago* entwickelt worden war, verfügte O'Neil über eine erwiesene Erfolgsbilanz bei der Altersbestimmung uralter Substanzen durch Messung ihres Anteils an radioisotopischem Karbon-14. Über zwei Dinge waren sich Bondurant und O'Neil bereits vor Beginn der Untersuchung sicher: zum einen, dass es sich bei dem Grabtuch, sofern es nicht aus einem anderen Universum stammte, um eine kohlenstoffhaltige Substanz handelte. Und zweitens, dass unter dieser Voraussetzung seine zeitliche Herkunft bestimmt werden konnte. Nicht auf ein oder zwei Jahre oder gar auf ein Jahrzehnt genau, aber Bondurant war davon überzeugt, dass dank O'Neils Mitwirkung das Alter des Grabtuchs mit einer Abweichung von gerade einmal 50 Jahren festgelegt werden konnte. Es gab keinen relevanteren Test zur zeitlichen Bestimmung einer Reliquie als den der Kohlenstoffdatierung und Bondurant war davon überzeugt, dass er mit O'Neil über die weltgrößte Kapazität auf diesem Gebiet verfügte.

Die letzte Wissenschaftlerin, die das Team ergänzte, war Dr. Lisa Montrose, eine Expertin in der Erforschung der Material-Pigment-Analyse an der *Duke University*. Bondurant kannte nur ihren guten Ruf. Sie war ruhig, sprach sehr leise und war eine Koryphäe, die oft von der *National Geographic Society* beauftragt wurde, wenn eine hoch komplizierte Analyse ungewöhnlicher Artefakte benötigt wurde. Ihr Spezialgebiet war die Mikrofaseranalyse, bei der mithilfe von Elektronenmikroskopen die chemische Zusammensetzung uralter Materialien bestimmt werden konnte. Herauszufinden, welche Substanz genau das geisterhafte Abbild auf dem Grabtuch hinterlassen hatte, würde angesichts seines Alters nicht einfach sein. Fest stand jedoch, dass sie die verlässlichsten Ergebnisse liefern konnte. Sollte das Abbild auf dem Tuch mit irgendeiner der Menschheit bekannten chemischen Verbindung auf die Leinenoberfläche der Reliquie gebracht worden sein, dann war sie in der Lage, die Quelle zu bestimmen.

Bondurant starrte den Brief aus dem Vatikan ein weiteres Mal an. *Müsste man sich irgendwann einmal einrahmen,* dachte er. Schließlich faltete er ihn sorgsam zusammen und steckte ihn wieder ein. Dann sah er auf seine Uhr. Auf der blauen Digitalanzeige in der Mitte blinkte ein Nummernpaar: 11:07.

Elf Jahre. Sieben Monate.

8

Genf, Schweiz
Juni 2014

Genf hatte den Ruf, eine friedliche und schöne Stadt zu sein, doch der kahle und moderne zweistöckige Zementklotz, der sich ihnen präsentierte, als der Fahrer langsam an das Pförtnerhaus heranfuhr, ähnelte einem Bunker aus der Zeit des Kalten Krieges. Dies war ein freudloser Ort. Der Regen eines frühsommerlichen Gewitters goss in Strömen und der stahlgraue Himmel über ihnen hüllte die Welt um ihn herum in gedeckte Grautöne. Der Wachmann, der ihre schwarze Limousine in Empfang nahm, spähte durch den Spalt des Rückfensters auf der Beifahrerseite, um sie dem Aussehen nach zu identifizieren. Seine Laune passte eindeutig zum Wetter.

Dr. François Laurent verfolgte bei dem Treffen, zu dem er sich sogleich ins Hauptquartier der Demanianerkirche begeben würde, nur ein einfaches Ziel. Er wollte, dass es mit einer Vereinbarung endete, damit sie einen Plan schmieden konnten, bevor es zu spät war. Von den beiden Männern, die er zusammengetrommelt hatte, war er nur mit einem bestens vertraut. Seit knapp über zwei Jahren stand er im Dienste von Hans Meyer, dem Kopf des Ältestenrats der Demanianerkirche. Das waren zwei Jahre mehr, als ihm lieb waren.

Mit etwas Glück endete seine Verpflichtung gegenüber Meyer und seiner abstrusen Sekte binnen eines Jahres und er konnte mit seiner Familie nach Paris zurückkehren, seine Arztpraxis wiedereröffnen und sein Leben fortsetzen.

Die dritte Person, die ihn an diesem Morgen auf der eintönigen Fahrt zum Stützpunkt der Sekte begleitete, war Ravi Sehgal. Laurent hatte ihn erst vor einer Stunde auf dem Genfer Flughafen zum ersten Mal persönlich begrüßt. Der Nobelpreisträger hatte auf seinem Weg nach Turin einen Zwischenstopp eingelegt. Ihre Unterhaltung während der verregneten Autofahrt zu Meyers festungsartigem Bürokomplex im Carouge-Viertel entlang des Ufers der Rue de Rhône war vielversprechend verlaufen. Laurent fand Sehgal sympathisch, wenn auch ein wenig naiv. Laurent kannte seinen Ruf, etwas eitel zu sein, aber ihre mehrfachen Telefonkonferenzen während der letzten Woche hatten ihn zu der Überzeugung gebracht, dass Sehgal und Meyer eventuell genügend Gemeinsamkeiten hatten, um eine Vereinbarung zu ermöglichen.

Laurent wusste, dass Sehgal seinerseits einfach nur die Welt retten wollte. *Lächerlich,* dachte Laurent. Sehgal hatte ihm von irgendeinem altruistischen Traum erzählt, der daraus bestand, mit seinem Wissen über DNA ein Kind mit christusgleichen Fähigkeiten zu erschaffen – gewissermaßen eine wissenschaftliche Version der ›Wiederkunft‹. Sehgal dachte dabei an ein Kind, das unter seiner Aufsicht heranwachsen und dabei lernen würde, die Welt mit Wundern zu überschütten und die Armen – vor allem die Kinder – vor ihrem Schicksal zu bewahren.

Wie Laurent wusste, war Meyers Vision ihrer Schöpfung nicht annähernd so altruistisch wie die von Sehgal. Für Meyer ging es bei der Erschaffung eines solchen Kindes einzig und allein um Macht. Macht für seine Kirche und für sich selbst. Laurent hatte das Gefühl, Sehgal während ihres Treffens im Zaum halten zu können, bis es zu einer Vereinbarung kam. Was seinen Einfluss auf Meyer anging, war er jedoch weniger zuversichtlich.

»Also, was sagen Sie dazu, Dr. Sehgal?«, fragte Meyer, während er ihn direkt ansah.

Das Oberhaupt der Demanianer war eine unattraktive Gestalt mittleren Alters, finster, mit lichter werdenden Haaren und von einer abscheulichen Form der Spätakne befallen. Vor ihm auf dem Tisch lag ein Electrolarynx, ein kleiner Apparat von der Größe eines Toasters, ohne den ihre Unterhaltung unmöglich gewesen wäre. Meyer hatte seine Stimmbänder vor einem Jahrzehnt aufgrund einer Laryngektomie verloren. Eine Operation, die durch den Kehlkopfkrebs, den er mehreren Schachteln Zigaretten am Tag verdankte, nötig geworden war. Seine Stimme wurde mithilfe eines Mikrofons verstärkt, das an die Stelle gedrückt wurde, wo sich seine Stimmbänder befunden hatten, und Wörter von widerlicher elektronischer Monotonie erzeugte. Ihr Verhandlungsgespräch dauerte schon 30 Minuten und die Zeit wurde allmählich knapp. Sehgals Flug nach Italien, wo er Bondurant treffen sollte, ging in wenigen Stunden. Meyer drückte sich das Mikrofonpolster seitlich an den Hals und wiederholte die Frage: »Was Sie dazu sagen, wollte ich wissen.«

Sehgal erschauderte beim Dröhnen der nervenaufreibenden roboterhaften Stimme. »Ich sage, dass das sehr schwer wird«, entgegnete Sehgal. »Es hängt davon ab, wie viele Blutproben ich bekommen kann. Es kann sein, dass Dr. Bondurant aufgrund seiner Vereinbarung mit dem Vatikan nicht in der Lage ist, eine ausreichende Menge zu sichern, um die Aufgabe durchführen zu können. Er wird mir wahrscheinlich nur einen Bruchteil des Materials zur Verfügung stellen, aber eventuell brauche ich alles. Bis auf den letzten Rest. Das müssen wir einfach mal abwarten.«

»Ich dachte, für Sie sei das ein Leichtes, mit Ihrem Nobelpreis und so«, krächzte Meyer. »Sie wollen Ihre Behauptung doch wohl nicht zurückziehen?«

Sehgal errötete.

»Manchmal wäre mir lieber, ich könnte diesen Preis einfach loswerden«, sagte Sehgal. »Er wird zu einer Belastung.«

Laurent wirkte erstaunt.

»Wie können Sie das sagen?«, fragte Laurent. »Er ist über eine Million Dollar wert und verschafft Ihnen weltweite Anerkennung.«

»Allerdings erschwert er es auch, zu den Ergebnissen zu gelangen, die die Menschen gern sehen würden«, konstatierte Sehgal. »Ja, wir sind in der Lage, DNA zu bereinigen. Ja, wir können mit bestimmter DNA mehr anfangen als jemals zuvor. Wenn die DNA aber schwer verunreinigt ist, und das schon seit Tausenden von Jahren, dann brauchen wir gegebenenfalls alles Blut, das wir kriegen können, damit es funktioniert. Das wird kein leichtes Unterfangen, so viel kann ich Ihnen sagen.«

»Sie werden schon Ihr Bestes tun, um alles zu bekommen, Doktor«, erwiderte Meyer mit ausdrucksloser Stimme. »Und falls nicht, warte ich nicht auf Sie. Meine Leute sind vor Ort, um mit allen erforderlichen Mitteln jeden einzelnen Tropfen zu erbeuten. Die Zeit drängt. Laurent, wer, sagten Sie, beaufsichtigt das Ganze aufseiten der Kirche?«

»Einer meiner Informanten hat sie ausfindig gemacht«, antwortete Laurent. »Offensichtlich steht sie dem Papst sehr nahe.«

»Dann notieren Sie sich das«, forderte Meyer. »Ich will, dass sie beschattet wird. Wohin auch immer sie geht.

Wenn die Kirche aus irgendeinem Grund kalte Füße bekommt und *meine* Blutproben zurückhält, müssen wir sie uns eben nehmen. So einfach ist das.«

»Ich werde mit den Ergebnissen auch ein wenig herumwerkeln müssen«, bemerkte Sehgal. »Genug um mir die Wissenschaftsgemeinde für eine Weile vom Leib zu halten.«

»Was soll das heißen, Ravi?«, wollte Laurent wissen. Darüber hatten sie noch nicht gesprochen.

»Sie müssen mir jetzt sehr genau zuhören«, sagte Sehgal. »Weiß der Himmel, was wir auf dem Grabtuch möglicherweise finden. Einen Schmutzfleck. Das Blut einer römischen Schildwache? Das kostbare Blut Christi, unseres Erlösers? Ich weiß es nicht. Aber eins weiß ich: Wenn ich bekannt gebe, dass sich das Blut Christi unter uns befindet, und es nur den kleinsten Hinweis darauf gibt, dass die Demanianer ihre Finger im Spiel haben, wissen wir alle, wohin das führt.«

»Ich weiß, worauf Sie hinauswollen«, kommentierte Meyer, bevor Sehgal weitersprach.

»Die Welt würde annehmen, wir stünden kurz vor der Erschaffung eines geklonten Christus. Ich kann meine Arbeit nicht mit einem Riesenzirkus um mich herum in Angriff nehmen. Und ich denke nicht, dass wir Millionen Menschen den Glauben an das Unmögliche geben wollen, bevor wir es in die Realität umsetzen können. Es wird viele geben, die uns aufhalten wollen. Das wäre eine furchtbare Ablenkung, wie ich finde.«

»Er hat nicht ganz unrecht, Laurent«, stellte Meyer fest und fragte: »Was machen wir also?«

»Für Ablenkung sorgen, wenn das geht. Wenn es sein muss, werde ich die Ergebnisse einfach frisieren. Das will ich nicht. Es gefällt mir auch nicht. Wir müssen aber die

Allgemeinheit von uns ablenken und ihre Aufmerksamkeit auf etwas anderes richten. Ich weiß zwar noch nicht genau, was ich zum gegebenen Zeitpunkt tun werde, aber ich habe schon ein paar Ideen. Angefangen damit, dass ich ein Dokument durchsickern lasse, das …«

»Gut, gut, gut«, ging Meyer dazwischen. »Ersparen Sie uns die Details. Nun, was höre ich da von Laurent, dass Sie auf der Überlegung beharren, sich einer Jungfrau zu bedienen? Gibt es auf dieser Welt denn überhaupt noch welche? Das ist doch ein Scherz, nicht wahr?«

Laurent bemerkte, wie Sehgal bei Meyers Frage zusammenzuckte. Sosehr er sich auch bemüht hatte, es war ihm nicht gelungen, Meyer dazu zu überreden, einer von Sehgals seltsameren Bedingungen zuzustimmen. Es war nun an Sehgal, seine Argumente selbst vorzubringen.

»Dafür gibt es ein naheliegendes biblisches Vorbild. Das Kind wird so in die Welt treten, wie es sollte, nämlich unter den tugendhaftesten Umständen«, erklärte Sehgal unumwunden. »Einen anderen Weg gibt es nicht. Sie wollen meine Hilfe? Das ist meine Bedingung.« Da war die Eitelkeit, die Laurent zuvor schon bemerkt hatte. Er war nur wenigen Männern begegnet, die sich dem Kopf des Ältestenrates gegenüber behaupteten, weshalb er sich nun für Meyers Antwort wappnete.

»Haben Sie schon ein paar meiner Leibeigenen gesehen, Dr. Sehgal?«, fragte Meyer, während er auf zwei attraktive Frauen deutete, die an dem gläsernen Konferenzraum vorbeikamen, in dem sie saßen. Die Frauen liefen den Gang mit strikt nach vorn gerichteten Blicken entlang. In der letzten halben Stunde war ein permanenter Strom an Frauen in dieselbe Richtung gegangen. »Sie wissen, wohin sie gehen, nehme ich an?«

»In Ihr Eier-Depot, schätze ich«, antwortete Sehgal.

»Das größte der Welt, mein Freund. Wir haben fünf davon auf drei Kontinenten. Verraten Sie es ihm, Dr. Laurent. Verraten Sie ihm, wie viele derzeit dort aufbewahrt werden.«

»Nach der letzten Zählung über 100.000 Eier, Hans«, gab Laurent zurück.

»Sie brauchen unser immenses Eier-Depot und wir brauchen Sie, Dr. Sehgal. Verraten Sie es ihm nun?«, beharrte Meyer. »Verraten Sie ihm, wie viele engagierte Demanianer-Frauen in unseren Reihen dies möglich gemacht haben. Verraten Sie es ihm!«

»Nun, über 10.000, denke ich«, sagte Laurent, als würde er von einem Manuskript ablesen. »Sie kommen aus der ganzen Welt. Und Sie wissen, Dr. Sehgal, dass wir angesichts der Fehlerrate bei der Klon-Befruchtung eine solch große Anzahl an Eiern benötigen.«

»So viele Opfer und trotzdem ist eine Demanianer-Frau nicht gut genug für die Aufgabe?« Meyers Gesicht wurde rot vor Zorn.

»Ich habe nichts gegen Ihre Frauen«, sagte Sehgal. »Wenn ich aber die demanianischen Gebräuche richtig verstehe, dann wurden sie alle geschändet, nicht wahr? Technisch gesehen sind sie keine Jungfrauen.«

»Wie es ihre Bestimmung verlangt, Doktor«, entgegnete Meyer, während er die Lautstärke an seinem Verstärker aufdrehte, um sich den Nachdruck zu verschaffen, den seine Stimme nicht vermitteln konnte. »Belehren Sie mich nicht. Sagen Sie einfach, wen Sie als christlich-jungfräuliche Ersatzmutter vorschlagen, wenn Sie auf dieser Welt überhaupt eine finden, die volljährig ist. Das ist ein aussichtsloses Unterfangen und das wissen Sie auch. Sie kommen noch zu mir zurückgekrochen.«

»Überlassen Sie das nur mir, Mr. Meyer«, sagte Sehgal. »Ich bin überzeugt, dass es gläubige Jungfrauen gibt, die sich auf eine solche Gelegenheit stürzen, wenn klar wird, welche Rolle ihnen dabei zukommt.«

Laurent hatte das Gefühl, dass Sehgal keine Ahnung hatte, wer für die Rolle dieser speziellen Leihmutter infrage kam, war aber von der Sturheit, die er Meyer gegenüber an den Tag legte, beeindruckt.

»Also gut«, sagte Meyer und schwenkte seinen Arm in der Luft, als würde er Häkchen auf einer imaginären Liste setzen. »Wenn Sie auf der Märchenvariante der Jungfrauengeburt und so weiter beharren, meinetwegen. Wie gesagt, wenn Sie scheitern, kommen Sie hierher zurück, um einen willigen Wirtskörper zu finden. Wenden wir uns jetzt dem wichtigeren Thema zu, das Sie laut unserem Partner Laurent angesprochen haben. Was ist mit dem Kind? Wer soll sich um das Kind kümmern?«

»Ich stimme schweren Herzens einem gemeinsamen Sorgerecht zu«, antwortete Sehgal. »Ich möchte aber, dass er mindestens bis zu seinem 18. Lebensjahr in Indien aufwächst, wo er möglichst viel Gutes für möglichst viele Menschen bewirken kann. So lauten meine Bedingungen. Akzeptieren Sie sie oder lassen Sie es bleiben.«

»Ich lasse es bleiben!«, sagte Meyer und drehte den Knopf des Lautstärkereglers bis zum Anschlag auf. Seine synthetische Stimme war ohrenbetäubend und brachte die gläsernen Wände um sie herum zum Vibrieren.

»Na schön!«, rief Sehgal, während er von seinem Stuhl aufstand. »Viel Glück bei Ihrem Vorhaben, Mr. Meyer.«

»Warten Sie, warten Sie!«, protestierte Laurent. »Wir sind so weit gekommen. Wir sind so nah dran.« Das Ende seiner Verpflichtung Meyer gegenüber war in Sichtweite – ein Moment, der sich wahrscheinlich nie wieder ergeben würde. Wenn es sein musste, würde er die Tür abschließen, um Sehgal am Gehen zu hindern.

»Sie haben leicht reden, Laurent«, konterte Meyer. »Sie haben einen Sohn. Das habe *ich* Ihnen ermöglicht. Jetzt kommt dieser Mann mit einem Plan hierher, um mir den meinen zu verweigern?«

»Er sagte ›gemeinsames Sorgerecht‹, Hans. Gemeinsam. Damit können Sie doch bestimmt leben, oder?«, plädierte Laurent.

Meyer verschränkte die Arme und hielt für eine scheinbare Ewigkeit inne, offensichtlich verärgert über das Ultimatum. Sehgal ging zur Tür und machte sich zum Gehen bereit. Laurent stand auf, um ihm den Weg zu versperren.

»Also gut«, sagte Meyer widerwillig. Die Resignation in seiner Stimme war sogar in deren Monotonie unverkennbar. »Gemeinsames Sorgerecht.«

»Dann haben wir also eine Abmachung?«, fragte Sehgal, während er sich umdrehte und zum Tisch ging, wo er Meyer seine Hand entgegenstreckte.

Laurent sah Meyer an und musterte sorgfältig dessen Augen. Dieselben leblosen Augen, deren Laurent nach zwei Jahren überdrüssig geworden war. Er wusste, dass es Momente wie diese waren, in denen die Sprechmaschine auf dem Tisch einen Zuhörer wie Sehgal der Fähigkeit beraubte, Nuancen oder wahre Absichten zu erkennen. Sie verschaffte Meyer einen entscheidenden Vorteil. Laurent war überzeugt, dass Meyer die Maschine benutzte, um nach Strich und Faden zu lügen, aber es gab nichts, was Laurent in diesem Moment dagegen tun konnte oder wollte. Seine Verpflichtung Meyer gegenüber war beinahe beendet und keine Macht der Welt konnte ihnen auf ihrem weiteren Weg Einhalt gebieten.

»Wir haben eine Abmachung«, sagte Meyer lächelnd. »Lassen Sie uns also die Welt verändern.«

9

Turin, Italien
Juni 2014

Normalerweise erinnerte sich Sehgal nach dem Aufwachen nie an seine Träume, aber in der ersten Nacht in seinem Hotelzimmer in Turin hatte er denselben merkwürdigen Traum, den er immer wieder gehabt hatte. Und dieser blieb ihm im Gedächtnis.

Er begann stets in einem Kirchenbeichtstuhl, der ihm nicht bekannt vorkam. Er war ein kleiner Junge und kniete auf der einen Seite der Kabine im Dunkeln. Das einzige Licht fiel durch ein kleines abgenutztes, gelbes Plastikgitter, das nur Zentimeter von seinem Gesicht entfernt war. Auf der anderen Seite der Kabine saß sein Vater in der Rolle des Priesters und Beichtvaters. Das Gitter zwischen ihnen verbarg ihre Identität, aber die Stimme seines Vaters verriet ihm, dass er da war.

»Vergib mir, Vater, denn ich habe gesündigt«, beeilte er sich zu sagen. »Meine letzte Beichte ist sehr lange her.«

Der junge Ravi, froh darüber, dass sein Vater von den Toten zurückgekehrt war, wartete unruhig auf seinen Segen. Er konnte es kaum erwarten, das Versteckspiel zu beenden. Er wollte sich nur auf die andere Seite der Trennwand begeben, um seinen Vater zu umarmen und nach Hause gebracht zu werden. Doch die Stimme seines Vaters war streng.

»Ravi, hast du dein Gewissen geprüft? Wozu hast du es bis heute gebracht?«, wollte sein Vater wissen.

»Ich habe einen Preis gewonnen, Vater«, sagte Ravi stolz.

»Ja, Ravi. Doch dies ist ein Ort der Beichte. Du lebst und ich bin tot. Warum bin ich tot, Ravi?«

Ravi begann zu weinen.

»Das tut mir ehrlich leid, Vater.«

»Wozu bist du eigentlich gut? Weißt du, dass auch deine Mutter tot ist?«

Verzweifelt versuchte er seinen Vater zu berühren, indem er seine kleinen Finger durch die Löcher im Gitter der Trennwand steckte. Es war unmöglich.

»Es gibt viele hier bei uns, Ravi. Und es wird noch viele weitere geben. Was willst du also mit deinem Preis anfangen?«

»Ich werde das Jesuskind erschaffen, Vater. Ich werde es ins Leben zurückholen.«

»Und wirst du uns erlösen? Uns alle, Ravi?«

»Ja, euch alle«, schluchzte Ravi.

Ravi erwachte aus seinem Traum, unfähig, sich zu bewegen. Er hatte das Gefühl, als wäre noch jemand im Raum. Als würde ihn jemand beobachten und seinen Körper tief in die Matratze seines Bettes drücken. Mucksmäuschenstill blieb er liegen und betete für einen traumlosen Schlaf und dafür, dass der Morgen anbrach.

10

Krakau, Polen
Juni 2014

Domenika hatte geplant, auf dem Weg zu ihrem Auftrag in Turin für drei Tage ihre Eltern in Krakau zu besuchen, und sie war davon überzeugt, dass ihr Besuch wie immer einen Tag zu lange dauern würde. Sie liebte ihre Eltern aufrichtig, aber ihre Besuche bei ihnen waren wie die Reise in einer Zeitmaschine. Obwohl Domenika gerade 31 geworden war, hatte ihr Vater eine Art, sie zu behandeln, als wäre sie wieder 15. Und dann waren da noch die ständigen Vergleiche mit ihrer jüngeren Schwester, seinem Liebling, die ins Ausland gegangen, aber seit Jahren nicht zurückgekehrt war.

»Domenika«, sagte er verdrossen. »Ich habe dir und deiner Mutter schon tausendmal gesagt, dass deine Schwester Joanna dich in New York unterbringen wird. Du siechst in diesem Museum dahin.«

»Du bist der einzige Mensch, den ich kenne, der die Vatikanstadt als Museum bezeichnet«, gab Domenika zurück. »Ich bitte dich. Das ist die heilige Stadt, die Heimstätte unseres Heiligen Vaters.« Die Kuckucksuhr hinter ihnen an der Wand tickte unaufhörlich, und zwar lauter, als sie es aus ihrer Kindheit in Erinnerung hatte. Es schien, als würde sie für ihr Gespräch den Takt angeben.

Er donnerte seine riesigen Fäuste auf den Esstisch und brachte damit das Porzellan zum Klirren, das seine Frau

Julianna so sorgsam für ihr Sonntagsessen hergerichtet hatte.

»Wie wäre es, wenn du nur einmal auf *diesen* Vater, *deinen* Vater, hörst, Domenika?«, drängte er, während er nach seinem Wodka-Glas griff. »Deine Schwester verdient jedes Mal 1000 Dollar, wenn sie für diese Magazine fotografiert wird, und du bist genauso eine Schönheit wie sie!«

»*Dość!* Das reicht!«, meinte Domenikas Mutter. »Können wir nicht für diesen einen Moment friedlich bleiben? Sie hat ihr Leben im Vatikan, wo sie auch hingehört. Und sie fliegt morgen weiter nach Turin. Genießen wir unser Essen, bevor sie sich wieder auf den Weg macht.«

Domenika wandte sich von ihrem Vater ab und blickte auf die Szenerie hinaus, die von einem großen Eckfenster in der bescheidenen Wohnung ihrer Eltern im fünften Stock eingerahmt wurde. Das Rechteck bildete ein prächtiges Postkartenmotiv des Hauptmarkts der alten polnischen Stadt Krakau. Jetzt war ihre liebste Zeit des Tages. Die sommerliche Sonne war kurz davor, über der Marienkirche unterzugehen, und tauchte die märchenhafte Skyline in matte Orange- und Pinktöne. Die Schatten der benachbarten Gebäude waren gerade dabei, über die belebten Straßencafés unter ihr zu kriechen. In der Ferne hörte sie, wie die Glocken der Kathedrale 20 Uhr schlugen. Der Klang der Trompeten, der seit Jahrhunderten vom größeren der beiden Türme der Marienkirche erschallte, folgte als Nächstes. Sie zählte leise mit und ganz wie sie es erwartet hatte, begann die berühmte Trompete genau in dem Moment zu plärren, als sie bis acht gezählt hatte. Ihr kam es so vor, als hätte sie die Zeitspanne zwischen den Glocken der fernen Kathedrale und der Trompete der Marienkirche, seit sie ein kleines Mädchen gewesen war, 10.000 Mal gemessen.

Domenika war in Krakau aufgewachsen und kannte die Stadt als gemütliches Dorf mit schmalen kopfsteingepflasterten Straßen und großen offenen Plätzen. Nachts ein romantischer, von Kerzen beleuchteter Ort, war Krakau groß genug, um endlos erforscht werden zu können, aber klein genug, dass man sich sogar als Kind selten verirrte. Nur gelegentlich begegnete sie jemandem, dessen Namen oder dessen Cousin sie nicht schon seit Jahren kannte. Lächelnd wandte sich Domenika ihrem Vater zu.

»Papa«, sagte sie leise, während sie zu dem Titelblatt eines *Cosmopolitan*-Magazins blickte, das ihre Mutter gerahmt und auf dem Buffet in dem behaglichen Wohnzimmer der Wohnung aufgestellt hatte. »Joanna ist wunderschön. Sie verdient das viele Geld, weil es ihr gefällt, ein Model zu sein. Ich habe nicht ihr Aussehen und bin mit meiner Arbeit in Rom vollkommen glücklich.«

Domenika war im Universitätskrankenhaus von Krakau geboren, in Sichtweite der Marienkirche. Ihr Vater hatte ihr ihren Namen gegeben, weil er ›dem Herrn gehörig‹ bedeutete, und hatte sie dazu erzogen, Gott und die Kirche von ganzem Herzen zu lieben. Ihren zweiten Vornamen, Maria, trug sie zu Ehren der Jungfrau Maria, und ihr Familienname ›Jozef‹, was ›Gott möge noch einen Sohn hinzufügen‹ bedeutete, wurde von der Familie als Omen betrachtet. Zum Bedauern ihres Vaters wurde die Prophezeiung eines Sohnes nie Wirklichkeit. Von beiden Töchtern trug Domenika die Hauptlast der Kritik ihres Vaters.

Von klein auf war sie eine herausragende Schülerin, besuchte als Erste in ihrer Familie eine weiterführende Schule und war die allererste Frau, die ein prestigeträchtiges Stipendium der Gregorianischen Universität bekam. Gerüchteweise hieß es, dass der Papst persönlich sie aus tausend qualifizierten Bewerbern ausgesucht hatte. Zweifellos verfügte sie über eine hohe Intelligenz. Aber als langjähriger Gemeindekardinal der Marienkirche hatte der Papst sie bereits als junge Frau gekannt und war von ihr zutiefst beeindruckt gewesen. Natürlich war sie gebildet, aber selten hatte er ein Kind gehört, das sich so wortgewandt, so aus tiefstem Herzen und mit solch einem Mut der Überzeugung für seinen Glauben eingesetzt hatte.

Als Nächstes machte sie ihren Master in Theologie und Kommunikationswissenschaft und schloss das Studium als Beste ihres Jahrgangs ab. Ihre akademischen Fähigkeiten wurden nur von ihren musikalischen übertroffen, und sie bekam das Angebot, im Römischen Symphonieorchester die Violine zu spielen. Nach ihrem Abschluss waren ihre beruflichen Möglichkeiten unbegrenzt und die meisten nahmen an, sie würde eine Musikkarriere anstreben. Sie war jedoch fasziniert von dem Praktikum, das sie bei einer PR-Firma gemacht hatte, die dabei half, das Schicksal der AIDS-Toten in Rom öffentlich zu machen. Voller Selbstbewusstsein nach einer erfolgreichen Wohltätigkeitsveranstaltung, die sie geplant und betreut hatte, nahm sie ein Praktikum bei der *Edelman Italia PR* an.

Edelman, die größte PR-Agentur auf der Welt, war vor Jahren vom Vatikan beauftragt worden, sich um die multinationalen Medien und um die juristischen Konsequenzen der Fälle von Kindesmissbrauch zu kümmern, die in den Vereinigten Staaten und in Europa ans Licht kamen. Domenika war gleichermaßen fasziniert wie abgestoßen von ihrer Aufgabe, den Schaden klein zu halten. Als ihr eine Vollzeitstelle im Team für Schadensbegrenzung angeboten wurde, war sie hin- und hergerissen. Einerseits wollte sie den Job, tat sich aber schwer mit den schrecklichen Taten, die sie verteidigen wollten. Einerseits erkannte sie die Notwendigkeit, die Kirche von den menschlichen Sünden einer bösartigen Minderheit abzuschotten. Andererseits fiel es ihr schwer, der Amtskirche ihre Kultur der Vertuschung und der Unterlassung sowie ihre Missachtung der Opfer zu vergeben.

Nach mehreren Wochen der inneren Einkehr sowie einigem Drängen ihrer Mutter entschied sie sich dafür, den Job anzunehmen. Stolz war zum Teil der Grund ihrer Entscheidung. Sie war die einzige Frau auf einer Liste mit über einem Dutzend anderer, die als qualifiziert für die Stelle befunden wurden – alles Männer. Sie glaubte von Herzen, dass kein anderer besser geeignet sei, der Kirche beizustehen und sie zu verteidigen, unabhängig vom Geschlecht. Sie warf sich förmlich in die ihr angebotene Position als Leiterin der Kommunikationsabteilung des vatikanischen Krisenstabs. Kardinal Luca Ponti, der vom Heiligen Vater beauftragt wurde, die weltweite Krise zu managen, ließ mehrere Strategiepräsentationen über sich ergehen, die sie für den Umgang mit der Krise entwickelt hatte. Auch er sah, was der Heilige Vater bemerkt hatte. Er bewunderte ihre leidenschaftliche Verteidigung nicht nur der Kirche, sondern auch der eindeutigen Position des Papstes, all jene bestrafen zu wollen, die sich der Vertuschung dieser abscheulichen Fälle von Kindesmissbrauch schuldig machten. Das wiederum führte letztendlich zu ihrer beispiellosen Einstellung als Besondere Assistentin für Öffentlichkeitsarbeit des Vatikans. Und sie eignete sich gut für diese Aufgabe.

Domenika sah zu der Sammlung ihrer Leichtathletikmedaillen aus dem Gymnasium. Neben dem Bild von Joanna auf dem Titelblatt eines Modemagazins hatte ihre Mutter ein Bild von Domenika aufgehängt, auf dem sie in der römischen *Oratorio del Gonfalone*-Konzerthalle ein Solo spielte. Domenika erinnerte sich noch gut an diesen Moment. Ihre Mutter hatte das Foto gemacht, bevor sie sich von der Linse abwenden konnte, was von Natur aus ihr instinktives Verhalten in der Nähe von Kameras war. Aber obwohl Joanna sicherlich ein atemberaubendes Model war, hatte Domenika schon oft zu hören bekommen, dass ihr Vater recht hatte. In ganz Krakau hieß es oft, dass Domenikas Schönheit die ihrer Schwester noch übertraf. Man sprach von ihren mandelförmigen smaragdgrünen Augen, ihren scharf konturierten Wangenknochen und ihrer edlen Nase. Die Pracht ihrer kastanienbraunen Haare leuchte wie ein Heiligenschein in der Sonne und fiel ihr lockig auf die Schultern.

Domenika selbst erkannte das nicht, weshalb ihre Liebesbeziehungen dünn gesät waren. Sie machte sich wenig aus denen, für die nur das Äußere zählte. Aussehen war etwas Vergängliches und die Bemerkungen über ihre Schönheit machten sie nur verlegen. Sie interessierte sich für Bücher, für Geschichten und fremde Sprachen, die von weit entlegenen Orten erzählten. Orte, die sie eines Tages besuchen und von denen sie ihren Eltern erzählen würde. Vor allem aber hatte Domenika gelernt, Gott zu lieben und die Geheimnisse, die sich um ihren Glauben rankten. Katholizismus war der eigentliche Kern von Krakau, jener Stadt, in der der heilige Johannes Paul II. zu Hause gewesen war.

»Was für eine Verschwendung«, sagte ihr Vater und stellte sein Glas wieder ab.

»Oh, und eins noch«, sagte Domenika, während sie ihren Tee umrührte und den Blick senkte, um seinem Blick auszuweichen. »Du wirst nie erleben, dass ich in New York City lebe, weil ich Amerikaner nicht ausstehen kann!«

»Und was, Domenika, haben sie dir jemals getan?«, fragte ihr Vater. »Gesegnet seien sie, sage ich. Gesegnet sei ihr Präsident Ronald Reagan. Gesegnet sei New York City. Gesegnet seien sie alle.«

»Papa«, gab sie geduldig zurück. »Ronald Reagan ist tot. Seit Jahren schon.«

»Nun, trotzdem sei er gesegnet. Er war ein Heiliger, auch wenn er kein Katholik war. Was hast du nur mit den Amerikanern? Die haben mit uns gegen die Deutschen gekämpft. Die haben uns dabei geholfen, die Russen zu schlagen.«

Domenikas Mutter ging erneut dazwischen. Sie kam zum Tisch und drückte ihm einen Teller mit Hering in Essig, die Lieblingsvorspeise ihres Mannes, vor die Brust.

»Franko, lass das Mädchen zu Wort kommen, ja?«, bat sie, während sie eine Serviette auf seinem Schoß ausbreitete.

»Papa, ich habe Joanna zweimal in New York besucht«, sagte Domenika. »Mein Bedarf ist gedeckt. Und dann sind da jeden Frühling die üblichen Massen amerikanischer Austauschstudenten, die glauben, dass ihnen die Straßen von Krakau gehören. Ihre Anspruchshaltung ist es, die ich nicht ausstehen kann.«

»Genau dieselbe Haltung, die uns beim Sieg über die Nazis geholfen hat, die die Russen rausgeworfen hat, die dazu beigetragen hat, unsere Freiheit zu sichern, Domenika«, argumentierte ihr Vater.

»Das ist Arroganz, Vater«, sagte sie. »Die stolzieren mit einem solchen Selbstvertrauen durch die Welt, als würde sie ihnen gehören. Wenn sie etwas haben möchten, dann kaufen sie es, egal wie teuer es ist. Sie wissen über ein Thema wenig Bescheid? Egal, du wirst ihre Meinung trotzdem zu hören bekommen. Das Leben ist kompliziert? Sie erfinden eine Technologie, um es zu erleichtern. Du hast genug von deiner Familie? Besorge dir eine neue. Am Sonntag bist du den einen Glauben leid? Dann suche dir am Montag einen, der dir mehr zusagt. Ganz ehrlich, ich kann mit ihnen nichts anfangen.«

»O bitte, Domenika«, ließ ihre Mutter vernehmen. »Tu, was du willst, aber bring deinen Vater nicht schon wieder auf die Palme!«

Domenika sah dabei zu, wie sich ihre Mutter in die Küche zurückzog, um dem zu entgehen, was sie als Nächstes erwartete. *Jetzt kommt der Sturm,* dachte sie erschöpft.

»Lass mich dir etwas über den Glauben erzählen. Über unseren katholischen Glauben«, sagte ihr Vater. Er zischte die Worte, während sein Gesicht zunehmend rot und sein Verhalten erregter wurde. »Also, ich glaube an den allmächtigen Vater, den Schöpfer von Himmel und Erde. Ich glaube an Jesus Christus, seinen eingeborenen Sohn …«

»Papa«, unterbrach sie ihn. »Ich kenne das Glaubensbekenntnis. Wir alle kennen dieses Bekenntnis. Du musst es hier nicht aufsagen. Ich weiß, worauf du hinauswillst. Auf dasselbe wie immer.«

»Was?«, sagte er flüsternd. »Befürchtest du, dass ich die heutige moderne Kirche kritisiere? Dieselbe moderne Kirche, die meiner Tochter eingeredet hat, dass die Schande, die sie über sich gebracht hat, ihre Faszination für kleine Jungs, etwas sei, das von ihr oder von irgendjemand entschuldigt werden kann? Es ist sündhaft, Domenika. Sündhaft, dass die Kirche dich dafür bezahlt, ihre Sünden zu beschönigen.«

Domenika wusste, dass der Wodka seine Wut noch anfachte, während er seine Argumente vorbrachte. Nichts hasste er mehr als die Selbstgefälligkeit der Kirche bezüglich ihres systematischen Missbrauchs unschuldiger Kinder. Ihre Weigerung, angesichts der schlimmen Vorwürfe Demut zu zeigen, quälte ihn. Und dass seine Tochter ihr als bezahlte Wortverdreherin diente, erschütterte ihn bis ins Mark. Sosehr er seine Kirche auch liebte, so schockiert war er über die Art, wie sie Gottes Gebote entehrte. Domenika hatte das viele Male gehört und dabei stets das vertraute Gefühl verspürt, ihren Vater zu enttäuschen. Er rührte damit an ihren eigenen Bedenken bezüglich ihrer Rolle bei der Beschönigung dieser Tragödie.

»Papa, glaube mir bitte! Ich verstehe, dass meine Arbeit für die Kirche und das, was du in der Zeitung über meine Verteidigung gelesen hast, dich wütend macht«, sagte sie und kämpfte gegen ihre aufsteigenden Tränen an. »Wir müssen der Kirche aber beistehen. Das hast du immer zu mir gesagt, seit du mich auf deinen Schultern zur Marienkirche getragen hast. Sie hat ein paar schlimme Fehler gemacht, aber jetzt braucht sie unsere Hingabe mehr denn je.« Ihr war klar, dass ihre Worte einstudiert klangen, aber sie meinte sie ernst.

Ihre Mutter kam mit einer großen dampfenden Platte mit Schweinefleisch und Kartoffeln zurück und sah ihre Tochter den Tränen nahe.

»Um Himmels willen, Franko«, rief sie und sah dabei aus, als wäre sie versucht, ihrem Mann die Servierplatte direkt in den Schoß fallen zu lassen. »Lass das arme Mädchen in Ruhe.«

»Julianna, es ist alles in Ordnung. Sie hat mir nur eine sehr traurige Geschichte über Angriffe auf die Kirche erzählt, und ich freue mich schon darauf, wie unsere Tochter sie verteidigt.«

Domenika entschied, dass es hoffnungslos war, und wechselte das Thema.

»Mutter, du hast mich gefragt, warum ich nach Turin zurückmuss. Der Grund ist, dass der Heilige Vater mich gebeten hat, einen unausstehlichen Amerikaner und sein Team von Wissenschaftlern zu betreuen. Sie kommen aus der ganzen Welt und bringen die modernste wissenschaftliche Ausrüstung mit. Ihr Ziel ist es, zu beweisen, dass die Wiederauferstehung Christi eine Lüge ist.«

Ihr Vater schlug noch einmal mit der Faust auf den Tisch. Dieses Mal so fest, dass einer der Messingkerzenhalter umfiel. Heißes Wachs ergoss sich über die Tischdecke und auf Domenikas Handrücken. Schnell streckte er die Hand nach ihr aus, doch sie wischte stumm mit einem Taschentuch über ihre Haut. Seine Besorgnis wiegelte sie ab.

»Was willst du damit sagen, Domenika? Bringen diese sogenannten Leute der Wissenschaft irgendeine lächerliche Erfindung mit, die unseren Glauben widerlegen soll?«

»Papa, die bringen viele Gerätschaften mit«, sagte sie, während sie die umgefallene Kerze mit einer zweiten, die sie von der anderen Seite des Tisches holte, wieder anzündete.

»Diese verrückten Amerikaner! Diese verrückten Amerikaner!«, rief er.

»Papa«, sagte sie und lachte dabei zum ersten Mal an diesem Abend. »Ich meine damit, dass diese Wissenschaftler vom Papst persönlich nach Turin eingeladen wurden, um das Grabtuch Christi zu untersuchen.«

»Was gibt es da zu untersuchen? Jeder kann es sich

ansehen. Wir sind nach deiner Erstkommunion mit dir dorthin gegangen, als du zehn warst. Erinnerst du dich?«

»Natürlich erinnere ich mich. Das werde ich nie vergessen.« Im Glauben, dass die vorübergehende Ausstellung des Grabtuchs vor gut 20 Jahren vielleicht ihre einzige Möglichkeit war, die heilige Reliquie zu Lebzeiten zu Gesicht zu bekommen, hatten ihre Eltern lange Zeit für eine Wallfahrt nach Turin gespart. Stundenlang waren sie mit dem Zug gefahren und hatten einen Tag und eine Nacht Schlange gestanden, um sich die Reliquie anzusehen und eine Segnung zu empfangen.

»Wo liegt also das Problem? Kommen Sie, um es zu kaufen? Ist das derselbe Mann, der das Notizbuch von da Vinci gekauft hat? Wie heißt er?«

»Papa«, erwiderte sie geduldig, »niemand wird es kaufen. Der Wissenschaftler heißt Jon Bondurant und er kommt, um die Untersuchungen zu leiten, die sie an der heiligen Reliquie durchführen werden. Ich bedaure ihn, denn wenn er wüsste, was ich weiß, dann würde er sich den Aufwand sparen. Er vergeudet seine Zeit und wird eine unglaubliche Blamage erleben.

»Was weißt du denn, Domenika?«, fragte ihre Mutter.

»Das darf ich nicht verraten. Ich habe mich strengstens verpflichtet, nicht darüber zu sprechen. Aber euch beiden kann ich verraten, dass für die Kirche eine neue Ära beginnt, wenn Dr. Bondurant seine Aufgabe beendet hat und das letzte Wort gesprochen ist. Eine neue Ära des Glaubens für uns alle. Und ich bin mir ziemlich sicher, dass es eine berufliche und persönliche Blamage für diesen Mann wird, den ich als Stachel im Fleisch der Kirche betrachte.« Als sie daran dachte, wie er am Ende möglicherweise von seinem hohen Ross stürzte, konnte sie sich ein Lächeln nicht verkneifen.

Ihre Mutter sah sie besorgt an. »Dieser Mann, von dem du sprichst … dieser Dr. Bondurant«, sagte sie. »Es hört sich an, als hättest du eine Falle für ihn aufgestellt, Domenika. Ist das denn besonders christlich?«

»Er ist kein Christ, Mutter«, sagte Domenika. »Nicht im Entferntesten.«

»Liebe deine Feinde und bete für die, die dir schaden wollen, Domenika«, entgegnete ihre Mutter. »Das haben wir dir beigebracht.«

Domenika wandte sich von ihr ab und sah nachdenklich zu den Türmen der Marienkirche. Ihr Vater hatte Mühe, vom Tisch aufzustehen, schwankte leicht und ging in die Küche, um sich noch ein Glas Wodka einzuschenken.

»Ich bemühe mich, Mutter.«

»Das ist wundervoll«, sagte ihre Mutter, als sie zu ihr hinübergriff und Domenikas Hand streichelte. »Dich beunruhigt bei dieser Sache aber noch etwas anderes, das spüre ich. Was ist es?«

Domenika konnte es nicht genau festmachen, aber ihre Mutter hatte recht. Angesichts der Geheimnisse, die das neu entdeckte Buch gelüftet hatte, sah sie ihrem Auftrag der kommenden Wochen mit nervöser Spannung entgegen. Sie stand kurz davor, für die Kirche einen Kraftakt zu bewältigen, der die Welt elektrisieren und Millionen von Menschen den Glauben zurückgeben würde. Dennoch hatte sie eine seltsam schreckliche Vorahnung, die keinerlei Sinn ergab. Sie wusste nicht, ob es ihre persönliche Abneigung gegenüber Bondurant war oder ihre dumpfe Furcht, die Jägerin könne zur Gejagten werden. Sie schüttelte den Kopf über ihre eigenen abstrusen Gedanken. Ganz bestimmt und ohne jeden Zweifel war dies ein risikoloses Unterfangen. Sie hatten die außergewöhnlichen Dokumente als Beweis.

Sie nahm die ausgestreckte Hand ihrer Mutter in die Höhe und drückte sie sich an die Wange.

»Mutter«, flüsterte sie. »Zum ersten Mal in meinem Leben habe ich Angst und ich fürchte, ich weiß nicht einmal, warum.«

11

Turin, Italien
Juni 2014

»Was geht, *dawg?*«, rief eine Stimme durch das Rauschen des Handys.

Sehgal zuckte zusammen und hielt das Telefon von seinem Ohr weg. Er stand an der Ecke einer belebten Kreuzung in der Turiner Altstadt, als er endlich mit seinem Adoptivsohn verbunden wurde, der gleichzeitig sein jüngster Laborassistent in Mumbai war. Er hatte sich noch immer nicht an Kishans oft gebrauchten seltsamen Slang gewöhnt.

»Kishan, bitte. Musst du so mit mir reden? Findest du nicht, dass es jetzt, da ich es bis zum Nobelpreis gebracht habe, an der Zeit sein könnte, dass du aufhörst, mich einen Hund zu nennen?« Er liebte seinen Sohn und sein Sohn liebte ihn, aber Sehgal wusste, dass er ihn zu sehr verwöhnt hatte.

»Pass auf, dass dir dieser Preis nicht zu Kopf steigt, *dawg*«, spottete Kishan liebevoll. »Du hast dieselbe Hautfarbe wie ich. Du bist schwarz. Wir alle sind Brüder.«

Sehgal hatte Mühe, Kishan durch den Verkehrslärm zu verstehen. Langsame rote und grüne Trams, die Stau verursachten, und Autos, die permanent hupten, mischten sich mit den Rufen der Straßenverkäufer, die ihre Stände in der Nähe hatten.

»Tausend Mal habe ich dir gesagt, Kishan, dass du kein Schwarzer bist«, sagte Sehgal mit wachsendem Unmut.

»Wie heiße ich? Wie heiße ich, Doc?«

»Kishan. Du heißt Kishan«, antwortete Sehgal gereizt. »Ich habe dich so genannt.«

»Und was bedeutet mein Name? Was bedeutet er, Doc?«

»Okay, okay. Es ist Hindi und bedeutet ›schwarz‹. Du bist aber kein Afroamerikaner, sosehr du ihre bunte Sprache bewunderst.« Andere, die sich besser auskannten, meinten, dass der selbst erlernte Slang seines Sohnes eine schlechte Imitation des amerikanischen Originals war. Sehgal brachte es jedoch nicht übers Herz, ihm das zu sagen. »Du bist Inder, Kishan. Du bist Hindu.«

»Ich bin ein *dawg*, du bist ein *dawg*. Was kann ich für dich tun, Mann?«

Sehgal nahm das Handy vom Ohr und drückte es sich an die Brust, als wollte er das Gespräch ersticken und noch einmal neu anfangen. Er tolerierte Kishans Gehabe, seit er den liebenswerten Jungen vor Jahren aus den Gassen Dharavis, des größten Slums in den Vororten von Mumbai, gerettet und adoptiert hatte. Sehgal kannte diese Gegend nur zu gut. Dharavi, das sich zwischen den beiden wichtigsten Bahnstrecken der Stadt befand, hatte mehrere Millionen Einwohner – zu denen jeden Tag Hunderte verarmte Familien dazukamen. Diese bewohnten Zehntausende winzige, illegale Hütten, die sich entlang des Mahim erstreckten. Der kleine Fluss wurde von Jung und Alt benutzt, um darin zu urinieren, den Darm zu entleeren und sogar, um darin zu baden. Seine tiefe Lage, früher einmal ideal für seit Langem aufgegebene Obstgärten, war in doppelter Hinsicht ein Fluch. Ein schlechtes Entwässerungssystem sorgte in der Regenzeit für regelmäßige Verwüstungen durch Überschwemmung.

Ein enger Kollege aus Harvard hatte Sehgal vor einem Jahrzehnt bei einem Besuch dazu überredet, ihn auf eine ›Reality-Tour‹ durch Dharavi zu begleiten. Die Tour wurde von einem Veranstalter aus der Peripherie der Stadt durchgeführt und richtete sich an Touristen, die einen Blick auf das Leben in den Slums werfen wollten, die die wachsende, einst unter dem Namen Bombay bekannte Stadt umgaben. Sehgal hatte sich zunächst dagegen gesträubt, denn er fand es absurd, dass Touristen Scouts dafür bezahlten, sie durch einige der ärmsten und dreckigsten Lebensräume der Welt zu führen. Für ihn waren die Bedingungen der ›Gefangenen‹ von Dharavi, die den weltgrößten Slum bevölkerten, eine brutale Erinnerung an seine eigene trostlose Kindheit und an die Hoffnungslosigkeit, mit der er jeden Tag zu kämpfen gehabt hatte.

Auf dieser Tour hatte er den zwölfjährigen Kishan gefunden, der fast nackt und mutterseelenallein auf einem gewaltigen Müllberg gestanden und in der glühend heißen Sonne in einem Abfallhaufen herumgestochert hatte. Sehgal war überwältigt gewesen von der Tatkraft, mit der das Kind seine Suche gestaltete, und von den Freudenschreien, wenn es etwas Verwertbares gefunden hatte. Als Sehgal an den Burschen herantrat, lächelte Kishan ihn an und fragte ihn, ob er einen Schuh kaufen wolle. Kein Paar Schuhe, sondern einen einzelnen ausgeleierten Tennisschuh. Als Sehgal Ja sagte, grinste der Junge vor Entzücken. Die freudige Erwartung ließ sein Gesicht von innen heraus strahlen und seine dunkelbraunen Augen blitzten vergnügt. Die Tatkraft des Waisenjungen war so unwiderstehlich, dass Sehgal sofort eine innere Verbundenheit spürte.

Als selbst ernannter ›Workaholic‹ war Sehgal sein ganzes Erwachsenenleben lang mit seinem Beruf verheiratet gewesen. Aber der Junge hatte etwas an sich, das Sehgal an seine eigene Kindheit erinnerte. Dass er in dessen Elend Mitgefühl für ihn empfand, war nur natürlich. Sehgal war aus ganz ähnlichen Bedingungen gerettet worden. Ohne große Mühe beantragte er deshalb Kishans Adoption und hatte Erfolg. Bevor er den Jungen gefunden hatte, konnte er mit dauerhaften Beziehungen nichts anfangen. Abseits der Arbeit kümmerte er sich sorgsam um Kishan und behielt ihn immer in seiner Nähe. Oft empfand er die Aufgabe, den Jungen ganz allein aufzuziehen, als überaus anstrengend. Mehr Familienleben auf einmal konnte er gar nicht bewältigen. Heute, zehn Jahre nach der Adoption, fühlte sich Sehgal seinem Sohn so nahe, als wäre er sein leiblicher Vater.

Die Herausforderung, einen rauflustigen Straßenjungen in eine materialistisch geprägte Kultur einzuführen, die eine regelmäßige Dosis amerikanisches Satellitenfernsehen beinhaltete, forderte ihren kulturellen Tribut von Kishan. Das und die Tatsache, dass er ständig eines seiner wertvollen Besitztümer, eine Schachtel mit alten Chris-Rock-Kassetten, abspielte, die er beim Herumstöbern in einem besonders ertragreichen Müllhaufen gefunden hatte, half Kishan dabei, sein eigenes *Hindi-Black-English* zu entwickeln. Seine Kollegen im Labor amüsierten sich darüber, doch Sehgal trieb es nicht selten in den Wahnsinn.

Bei seinen jüngeren Kollegen war Kishans Jargon beliebt. Mit ihrem zustimmenden Gelächter ermutigten sie ihn noch. Sehgal hatte vor ein paar Jahren sein Lehrgeld bezahlt, als er, entgegen besserem Wissen, den leicht zu beeindruckenden 18-Jährigen zu einer Konferenz in Chicago mitgenommen hatte, die vom *New England Journal of Medicine* gefördert worden war. Sehgal war der

Einladung gefolgt, eine Studie über Techniken zur Bergung prähistorischer DNA vorzustellen. Acht Monate lang hatte sein Adoptivsohn und jetziger Assistent unermüdlich für ihn an diesem Projekt gearbeitet und war begeistert darüber, endlich Amerika zu besuchen und damit einen lang gehegten Traum zu verwirklichen. Sehgal betrachtete diese Reise als Belohnung für Kishans gewissenhafte Arbeit im Labor, war aber wegen seines Verhaltens besorgt. Nach ihrer Ankunft in Chicago verfuhren sie sich hoffnungslos auf dem Weg vom O'Hare-Airport zu der Konferenz in der *University of Chicago*. Sehgal machte den Fehler, Kishan zu bitten, das Fenster herunterzukurbeln und zwei Schwarze, die im Auto neben ihnen in der South Side von Englewood vor einer Ampel stehen geblieben waren, nach dem Weg zu fragen.

»Was geht, *Gangstas?*«, hatte Kishan gerufen. »Könnt ihr Brüder uns verklickern, wie wir zur I-90 East kommen?«

Nach einer fünfminütigen Verfolgungsjagd, 20 Blocks blanken Entsetzens und einem schwer beschädigten Mietwagen waren sie überglücklich gewesen, als sie von der Polizei gestoppt wurden. Diese hatte der Jagd ein gnädiges Ende gesetzt, ihr Auto beschlagnahmt und ihnen wahrscheinlich das Leben gerettet.

»Kishan, hör bitte zu!«, schrie Sehgal nun, um den Lärm einer Autoalarmanlage zu übertönen, die hinter ihm jaulte. »Ich habe den ganzen Tag versucht, dich zu erreichen. Du musst mir bei etwas helfen.«

»Sprich mit mir, Bruder. *Walk and talk. Walk and talk, my man.*«

»Ich will, dass du das Labor für eine intensive Analyse vorbereitest, die nach meiner Rückkehr in zwei Wochen beginnt«, rief Sehgal. »Gehe einfach die übliche Routine durch. Checke alles. Achte besonders auf die Kalibrierung. Und überprüfe den Lagerraum, damit wir alle Reagenzstoffe haben, die wir für eine vollständige Spektralanalyse brauchen.«

»Mach ich, Mann. Worum geht's denn? Tiere? Pflanzen? Mineralien? Sprich mit mir.«

Sehgal war genervt und hielt inne, um sich zu beruhigen, bevor er antwortete.

»Menschen. Um Menschen geht's, glaube ich, Kishan«, sagte er mit einer gewissen Unsicherheit in der Stimme.

»Reden wir hier von Blut?«

»Wir reden von ›kein Schimmer‹, Kishan. Es könnte Blut sein, Haare, Haut, Gewebe. Das weiß ich nicht, bevor wir die Proben haben.«

»Wie alt ist das Ganze, Doc?«

»Gute Frage, nicht wahr, Kishan?«

»*My man!* Ist das der Test an dem dicken Brummer? Die Todesklamotten von Jesus, richtig? Der eine, über den alle sprechen. König der Juden, stimmt's?«

Sehgal zog sich in eine ruhigere Gasse zurück und schnalzte frustriert mit der Zunge, bevor er weitersprach.

»Kishan. Hör mir genau zu. Ich mach mich hier gleich an die Arbeit. Sorge nur dafür, dass bei meiner Rückkehr alles vorbereitet ist. Ich will diese Proben sehr schnell überprüfen. Ich werde die Arbeit persönlich übernehmen.«

»Du bist der *man*. Du bist der *man*. Du bist jetzt der Nobel-*man*, Doc.«

»Kishan, eines noch«, sagte Sehgal und senkte die Stimme. »Nächste Woche kommen ein paar Kisten mit neuer Laborausrüstung für ein anderes Projekt an. Sie sind von den Barmherzigen Schwestern. Ich will, dass du die Kisten einfach im Lager verstaust, sie aber unter keinen Umständen öffnest. Hast du verstanden?«

»Du meinst die Nonnen, die das Kloster am Ende der Straße leiten? Was haben die mit dem König der Juden zu tun? Ich frage nur.«

»Kishan, mein Sohn. Sprich mir nach«, sagte Sehgal. Seine Stimme klang jetzt sogar noch genervter.

»Sprich mir nach.«

»Es kommen ein paar Kisten.«

»Es kommen ein paar Kisten, Doc.«

»Ich bringe sie ungeöffnet ins Lager.«

»Ich bringe sie ins Lager.«

»UNGEÖFFNET, Kishan!«

»*Ungeöffnet,* Doc.«

»Danke, Kishan. Ich ruf dich später zurück.«

»Du bist mein *dawg,* Doc. Du bist mein *dawg.*«

TEIL 2

12

Turin, Italien
Juni 2014

Zum fünften Mal öffnete Domenika die Speisekarte, klappte sie wieder zu und sah sich in dem gemütlichen, betriebsamen Restaurant nach irgendeinem Hinweis auf Bondurants Anwesenheit um. Ein Kellner eilte mit einem Tablett vorbei, auf dem sich eine Platte mit dampfender Pasta, garniert mit einer grellbunten Mischung orangefarbener und weißer Meeresfrüchte, befand. Er zog einen einladenden Duft hinter sich her.

»Genau das ist mein Problem mit Amerikanern«, beschwerte sie sich. »30 Minuten zu spät! Weiß er denn nicht, dass wir uns nach einem Zeitplan richten müssen?«

Die *Trattoria Torrecelli,* das winzige Restaurant, das sie sich als Treffpunkt ausgesucht hatten, war in Turin bei den Einheimischen beliebt. Es lag in einer schmalen Gasse nahe dem belebten Stadtzentrum, die in die *Via San Domenico* mündete. Da es vor lauten Mittagsgästen fast aus allen Nähten platzte, nahm der Oberkellner bereits den Tisch ins Visier, den sie schon so lange in Beschlag hielten, ohne etwas zu bestellen.

Pater Parenti zappelte nervös herum und versuchte, die Anspannung zu lockern. Er hatte den Vormittag damit verbracht, seinen Hund am Ufer des Po, der durch die sonnige Stadt floss, Gassi zu führen. Aldo war sein ständiger Begleiter und erntete, wohin sie auch gingen, herzliche Begrüßungen und überschwängliche Komplimente.

Die beiden bewegten sich wie interessierte Touristen durch die Straßen Turins und sahen sich einige der charmantesten Piazze, Museen und Kirchen an, die es außerhalb von Rom gab. Turin war einst die erste Hauptstadt Italiens gewesen und hatte Dutzende Gärten, Orangerien und einige der angesehensten Universitäten Italiens beherbergt. Der Turiner Dom, Heimstätte des Turiner Grabtuchs, befand sich im Zentrum der Stadt.

Parentis kurze, von seinen morgendlichen Abenteuern müde Beine baumelten ein paar Zentimeter über den hellen, karierten Bodenfliesen. Er schwang sie vor und zurück wie ein Kind, das Spaß an einem Hochstuhl hatte. Sein Strahlen, das eingesetzt hatte, als Kardinal Ponti ihm vor einigen Wochen die Rolle des ›Projekt-Schriftführers‹ der Grabtuch-Untersuchung angetragen hatte, war noch immer nicht verblasst. Der kleine Priester war froh darüber, der vatikanischen Bibliothek und dem Einfluss von Pater Barsanti zu entfliehen.

»Wir haben lange genug gewartet«, erklärte Domenika und rückte vom Tisch zurück.

Der Oberkellner, der sich in der Nähe aufhielt, beeilte sich, ihr zu helfen. Blitzschnell kam er zu ihnen, um die Speisekarten einzusammeln und den Tisch zurückzuerobern. Parenti, bestürzt darüber, dass ihm die erwartete Mahlzeit entging, machte sich widerwillig daran, von seinem Stuhl herunterzuklettern. Noch während er das tat, kam ein großer Mann in einem dunkelblauen Anzug und mit offenem Hemdkragen auf sie zu und wich dabei galant einigen Tischen mit den typisch rot-weiß karierten Tafeldecken aus. Eilig bahnte er sich vom Eingangsbereich des überfüllten Restaurants seinen Weg.

»Tut mir leid, dass ich so spät komme«, sagte er und stellte zügig seinen Handkoffer auf den Tisch, um zu verhindern, dass der Oberkellner ebenjenen in Beschlag nahm. Er wandte sich Domenika zu, die sich weit vornübergebeugt hatte, um nach ihrer auf dem Boden liegenden Handtasche zu greifen. Ihr Hintern, der nun markant in der Luft hing, war direkt auf ihn gerichtet. »Miss Jozef, nehme ich an?«

Schnell drehte sie sich um, stand auf, warf die Haare über die Schultern und bedachte Bondurant mit einem unterkühlten Blick. »Ist Ihnen klar, dass wir seit einer halben Stunde hier warten?«, fragte sie entrüstet.

»Um Himmels willen!«, platzte Bondurant heraus, als er ihr Gesicht zu sehen bekam. Er sah aus, als wäre er einem Geist begegnet. Die Gäste am Nebentisch unterbrachen ihr Gespräch, um das Schauspiel zu beobachten. »*Sie* sind Miss Jozef?«

»Ja, Herrgott noch mal, das bin ich.« Sie konnte nicht anders, als über die Ironie seiner Worte und über seine missliche Lage zu schmunzeln.

»Sie sind das Mädchen, das die entsandt haben, um …«, presste er hervor.

»… um den Job eines Mannes zu erledigen?«, fragte sie und beendete damit seine Beleidigung. Ein gerissenes Lächeln ersetzte die Wut in ihrem Gesicht. Sie reichte ihm die Hand und fuhr fort. »Ich bin die Repräsentantin des Vatikans für dieses Projekt. Ich denke, Sie wurden bereits darüber informiert. Und das ist mein Assistent, Pater Parenti. Willkommen in Turin.«

Bondurant warf ihr einen weiteren verblüfften Blick zu. Sie sah, wie ihm das Blut ins Gesicht schoss.

»Ich bin ein … Ich bin ein … Ich bin ein …«, stotterte er. Sie beobachtete, wie Bondurant sich fest an die Tischkante drückte, um sich nach dieser Neuigkeit Halt zu verschaffen.

»Ich weiß, dass Sie kein Fan meiner Arbeit sind«, sagte Bondurant, als sie sich setzten. »Und offensichtlich erwischen wir uns wieder nicht auf dem rechten Fuß.«

Er vermied es, Domenika in die Augen zu sehen. Offensichtlich verstört nahm er seine Speisekarte und starrte lange hinein, ohne etwas zu sagen. Gnädigerweise kam eine Kellnerin an den Tisch und unterbrach das betretene Schweigen.

»*Buongiorno.* Wasser für den Tisch, bitte?«, fragte sie. Die Kellnerin war attraktiv, kaum dem Teenageralter entwachsen und hatte einen liebenswerten Akzent.

»Ja, mit Kohlensäure«, meinte Parenti.

»Dasselbe für mich«, sagte Domenika.

»Einen Macallan, pur. Machen Sie einen Doppelten draus«, brummte Bondurant.

Domenika sah auf die Uhr. »Sie wissen, dass es noch nicht einmal eins ist.« Sie konnte den Whiskey in seinem Atem über den ganzen Tisch riechen.

»Tut mir leid, Sir«, unterbrach die Kellnerin entschuldigend, während sie die Hand auf Bondurants Schulter legte. »Wir haben hier nur Wein und Bier. Ich würde Ihnen sehr gern …«

»Versuchen wir es in einem anderen Restaurant«, sagte Bondurant. Er wollte vom Tisch aufstehen, um zu gehen.

»Für ihn auch ein Wasser«, sagte Domenika mit so strenger Stimme, dass sich die Kellnerin hastig entfernte. »Dr. Bondurant, ich weiß nicht, wie viel Sie schon getrunken haben oder auf welchem Trip Sie gerade sind, aber ich will, dass Sie mir einen Moment lang zuhören, und zwar sehr genau. Sind Sie dazu in der Lage oder müssen wir das erst ausdiskutieren?«

Bondurant wandte den Blick von ihr ab und zwang sich zu einem Lächeln. Sie wusste, dass sie in der Lage war, dem wichtigsten Unterfangen seines Lebens ein Ende zu setzen oder es zu seiner ganz persönlichen Hölle zu machen, wenn sie es darauf anlegte. Und es gab kaum etwas, das er dagegen tun konnte. »Ich bin dazu in der Lage, Dominique.«

»Domenik*a*«, sagte sie standhaft.

»Domenik*a*«, wiederholte er entschuldigend.

Als er den Blick abwandte, nutzte sie die Gelegenheit, um ihn einer ehrlichen Einschätzung zu unterziehen. So schrullig er auch war, strahlte er etwas aus, das ihr während des Cambridge-Debakels entgangen war. Sie konnte es nicht erklären, hatte aber das Gefühl, es noch nie zuvor bei *irgendeinem* Mann gesehen zu haben. Sie fühlte sich von der Energie, die er sogar in einer Notlage ausstrahlte, gleichermaßen angezogen wie abgestoßen. Dennoch bemerkte sie, wie schnell er die Fassung wiedererlangte, und war fest entschlossen, die Oberhand zu behalten.

Sie fuhr fort. »Sie werden sich daran erinnern, dass wir eine Moralklausel in die Vereinbarung aufgenommen haben.«

»Seite 29, Paragraf 4«, kommentierte Parenti aus dem Gedächtnis. »Die Vertragsparteien vereinbaren, sich gemäß allgemeinen Gepflogenheiten und Moralvorstellungen zu verhalten, und geloben, während des Verlaufs der Studie jede Handlung zu unterlassen, die sie nach Meinung der Öffentlichkeit herabwürdigt oder sie der Lächerlichkeit preisgibt.«

»Das habe ich nicht so interpretiert, dass es einen Single-Malt-Whisky verbietet, *Miss Jozef*«, sagte Bondurant, während seine Wut allmählich an die Oberfläche kam.

»Interpretieren Sie es, wie Sie wollen, Dr. Bondurant. Meine Aufgabe ist es, sicherzustellen, dass sich die heiligste Reliquie der Kirche in vollkommen nüchterner

Obhut befindet. Und wir können und werden sie nicht den Händen eines … eines …«

»Eines kompletten Idioten?«, fragte er.

Sie lächelte. Vielleicht war es an der Zeit, ihm ein wenig von der Pelle zu rücken.

»Ich suche noch nach dem richtigen Wort«, meinte sie.

»Eines Betrunkenen«, bot Parenti ihr an.

Sie warf dem Priester einen verärgerten Blick zu. Sie wollte Bondurant in seine Schranken weisen, war aber nicht darauf aus, ihn zu beleidigen. »Ich will damit sagen, dass unsere Recherchen ergaben, dass es da ein Alkoholproblem gibt, Doktor.«

»Ihre Recherchen«, brummte Bondurant ungläubig. Offenbar hatte er sein Selbstbewusstsein vollends wiedererlangt.

Die Kellnerin kam mit einer großen Flasche Sprudelwasser zurück und schenkte allen dreien ein.

Parenti beugte sich über den Tisch und streckte seinen kurzen Arm aus, um an sein Wasser zu gelangen, das sich knapp außerhalb seiner Reichweite befand. Er kippte in seinem Stuhl nach vorn, um nach dem Glas zu greifen, stieß dabei jedoch so fest gegen den Tisch, dass er eine Karaffe mit Olivenöl umstieß. Bondurant griff noch nach der filigranen Flasche, doch da rollte sie bereits vom Tisch und zerschellte auf dem Boden. Neben den Glassplittern, die im Gang verteilt lagen, war der Inhalt weit gespritzt und hatte es bis zum Rock einer älteren Frau geschafft, die am Nebentisch saß. Sie war offensichtlich erschrocken und beim Anblick der Bescherung nicht gerade amüsiert.

Der Oberkellner, der neben dem Tisch Wache gestanden hatte, warf seine Arme in die Höhe. »*Bastardi!*«, rief er so laut, dass es im gesamten Lokal zu hören war.

Parenti verbarg das Gesicht in den Händen wie ein verlegenes Kind.

Bondurant, der den Oberkellner um gut 30 Zentimeter überragte, stand sofort von seinem Stuhl auf und hielt ihn mit ausgestrecktem Arm davon ab, sich dem Tisch weiter zu nähern.

»Es tut mir leid«, flüsterte Bondurant und sah dem Mann drohend in die Augen. »Das war *meine* Schuld. Ich habe hier wohl etwas verschüttet. Wenn Sie sich um den Boden kümmern, kümmere ich mich um die freundliche Dame.«

Domenika und jene, die neben ihnen dinierten, sahen stumm dabei zu, wie sich Bondurant zu der Frau am Nachbartisch lehnte, ihr etwas ins Ohr wisperte, während er seine Brieftasche zückte und ihr einen 100-Euro-Schein in die Hand drückte. Behutsam tupfte er ihren Rock mit einem Taschentuch ab und entfernte den Großteil des Öls. Sie genoss die Aufmerksamkeit, die ihr der gut aussehende Fremde vor den Augen ihrer Freunde schenkte.

Domenika schaute in ihre Speisekarte und tat so, als würde es sie nicht interessieren. Sie wollte sich nicht anmerken lassen, dass sie sein galantes Verhalten dem kleinen Priester gegenüber sympathisch fand. Sie war überzeugt, dass Parenti eigentlich als Spion nach Turin entsandt worden war. Ein weiteres Augen- und Ohrenpaar, das dem Vatikan täglich Bericht über die Ergebnisse des Projekts erstatten würde. Dennoch mochte sie ihn.

Nachdem er sich um die Frau gekümmert hatte, nahm Bondurant Platz und stellte Parentis Wasserglas dort ab, wo dieser es erreichen konnte. Dann fuhr er an der Stelle fort, an der das Gespräch unterbrochen worden war.

»Dann erzählen Sie mir doch noch einmal von dieser Untersuchung«, sagte er mit sanfter Stimme, um den Priester zu beruhigen.

Domenika dachte daran, kurz einzuhaken und ihm für seine Freundlichkeit zu danken, entschied sich dann aber dagegen.

»Wie schon gesagt«, sagte sie, entschlossen, die Kontrolle über das Gespräch zurückzuerobern, »werden Sie verstehen, dass die Kirche ihren wertvollsten Besitz niemandem anvertrauen würde, von dem wir nicht gänzlich überzeugt sind, dass er gut darauf achtet. Während der Studie darf deshalb kein Alkohol getrunken werden. Übertretungen werden nicht akzeptiert. Ich kann den Startschuss geben – ich kann das Projekt aber auch wieder abblasen.«

»Verstehe«, erwiderte Bondurant. »Und was sagen Ihnen Ihre *Recherchen* sonst noch? Gehen sie so weit, dass Sie die Größe meiner Unterwäsche kennen?«

Parenti starrte einen Moment lang zur Decke, als versuchte er sich zu erinnern, ob er während seiner Recherche auf das Thema gestoßen war.

»Machen Sie sich nicht lächerlich«, sagte Domenika.

»Nun, Sie werden sich noch wünschen, dass dem so wäre«, gab Bondurant nach einer Weile zurück. »Ich habe anscheinend meinen Koffer mit all meinen Kleidungsstücken verlegt.«

»Verlegt? Sie meinen, die Fluggesellschaft hat ihn verloren?«, fragte sie. »Unsere Leute können sie kontaktieren und dafür sorgen, dass er nachgeschickt wird.« Sie wollte bereits ihr Telefon zücken.

»›Verlegt‹ ist vielleicht das falsche Wort«, raunte Bondurant. »Ich habe das Gefühl, dass ich ihn im Kofferraum meines Wagens gelassen habe.«

»Hier in Turin?«

»Nein, in Baltimore. Am Flughafen«, antwortete Bondurant seufzend.

Domenika und Parenti sahen sich an, dann brachen sie in schallendes Gelächter aus. Domenika versuchte noch, Bondurant zuliebe ihren Lachausbruch zu unterdrücken, was ihr aber nicht gelang. Das war genau die Art von Zerstreutheit, vor der man sie gewarnt hatte. Bondurant erfüllte das Muster, das man ihm nachsagte, bis aufs i-Tüpfelchen, und zum ersten Mal hatte sie in seiner Gesellschaft das Gefühl, die Oberhand zu haben.

»Gehen Ihre Recherchen so weit, dass sie Ihnen die Ergebnisse meiner Untersuchung verraten, bevor ich überhaupt damit begonnen habe? Vielleicht hätte ich mir die Mühen dieser Reise sparen können«, brummte er beleidigt.

»Tatsächlich«, sagte Parenti, »verfügen wir über einzigartige Dokumente. Entgegen Ihren früheren Artikeln und Behauptungen sind wir absolut sicher, dass Sie die Echtheit des Grabtuchs unseres Herrn und Erlösers feststellen werden.«

»Und was gibt Ihnen diese Zuversicht, Pater?«, fragte Bondurant.

»Nun, das ist doch klar. Das Buch natürlich. Sobald wir herausgefunden haben, dass …« Parenti stoppte in der Mitte des Satzes und schluckte seine restlichen Worte hinunter. Dann bückte er sich und rieb, nach dem schnellen Tritt, den Domenika ihm unter dem Tisch versetzt hatte, sein Schienbein.

Domenika hatte zwar begonnen, Bondurant zu bemitleiden, war aber nicht daran interessiert, ihm Tipps zu geben, die vom Vatikan nicht autorisiert waren und die er auch nicht verdiente.

»Pater Parenti will ausdrücken, Dr. Bondurant«, ergriff Domenika das Wort, »dass das Buch *Gottes*, die Bibel, den Tod und die Auferstehung Jesu Christi sehr eindeutig beschreibt und dass die Kirche voller Zuversicht ist, dass Ihre Untersuchung des Grabtuchs dies bestätigen wird.«

»Darf ich dann eine grundlegendere Frage stellen?«, fragte Bondurant. »Das beschäftigt mich schon seit Wochen.«

»Bitte, tun Sie das, Dr. Bondurant«, entgegnete sie.

»Warum ich? Warum hat der Vatikan aus allen forensischen Anthropologen auf der Welt mich für die Leitung dieses Vorhabens auserwählt? Ich finde einfach keine Antwort darauf.«

»Wollen Sie damit sagen, dass Sie das Interesse an dem Projekt verlieren?«, fragte Domenika mit einer Spur von Hoffnung in der Stimme.

»Nein, nein, nein. Verstehen Sie mich nicht falsch. Das ist eine einmalige Gelegenheit, die ich mir nicht entgehen lassen werde. Warum aber fällt die Wahl auf einen prominenten Kirchenskeptiker?«

»Einfach ausgedrückt, Dr. Bondurant«, antwortete Domenika, »sind Sie vielleicht ein Skeptiker, aber Sie sind der Beste auf Ihrem Gebiet. Wir sind davon ausgegangen, dass Sie ein Team zusammenstellen, dessen Erkenntnisse in der Welt allgemein akzeptiert werden. Und genau das haben Sie getan.« Das musste sie ihm lassen.

Bondurant warf einen interessierten Blick über den Tisch, veränderte seine Sitzhaltung und starrte ihr zum ersten Mal direkt in die Augen. Sie erkannte, dass er die Fassung komplett wiedererlangt hatte, und bemerkte den Blick, den er ihr zuwarf. Es war derselbe, den sie schon bei anderen Männern gesehen hatte, die sie zurückweisen musste. *Aber das Thema lassen wir besser,* dachte sie. *Von allen Menschen nicht gerade du.* So wie er ihrem Blick standhielt, war sie sich außerdem sicher, dass er wusste, dass ihre Erklärung nicht die ganze Wahrheit war.

»Ich freue mich darauf, mit Ihnen zu arbeiten«, sagte Domenika schließlich. »Ich will aber noch einmal wiederholen, Dr. Bondurant …«

»Ich weiß. Ich weiß«, unterbrach er sie. »Sie können den Startschuss geben. Sie können das Projekt aber auch wieder abblasen. Schon verstanden«, sagte er.

Domenika spürte, dass die in seiner Stimme anschwellende Wut aus seinem Dilemma resultierte, einer Frau ausgeliefert zu sein.

Ganz plötzlich stand Bondurant von seinem Stuhl auf. »Das werden zwei sehr lange Wochen, Miss Jozef.«

»Wo gehen Sie hin?«, fragte Parenti. »Wir haben noch nicht mal bestellt.«

»Ich glaube, ich habe den Appetit verloren, Pater«, sagte Bondurant, während er noch einmal Domenika ansah. »Und ich würde das Grabtuch gern an seinem Aufbewahrungsort im Turiner Dom sehen, bevor es in unsere Labore verbracht wird. Ich sehe Sie beide bestimmt im Hotel, wenn wir heute Abend loslegen.«

Als sich die Tür des Restaurants hinter Bondurant schloss, ergriff Parenti als Erster das Wort. »Denken Sie, dass wir vielleicht ein wenig zu streng mit ihm waren?«, fragte er.

»Er ist ein großer Junge, Pater«, gab sie zurück. »Wir mussten einen guten Start erwischen. Er gehört zu den Besten der Welt. Und sowohl um seinetwillen als auch um unsertwillen muss er sich auch so benehmen.« Sie sagte das mit großer Entschlossenheit, aber der Blick, den er ihr zugeworfen hatte, und was das für die nächsten beiden Wochen bedeuten könnte, beunruhigte sie.

»Er ist aber ein guter Mann. Warum erzählen wir nicht wenigstens ihm von der Existenz des Edikts?«, beschwerte sich Parenti, während er seine schmerzenden Knöchel massierte.

»Anweisung des Vatikans, nicht von mir«, erwiderte sie. Es gefiel ihr auch nicht, so kurz angebunden zu sein oder die Existenz des Edikts zu verheimlichen, aber sie wusste, dass sie angesichts ihres Plans keine andere Wahl hatte.

»Es würde ihm bei seiner Arbeit helfen und die Wahrheitsfindung vorantreiben«, beschwerte sich Parenti. »Es erscheint mir nicht fair. Er hat sich als ein solch freundlicher Bursche erwiesen und wird nun gedemütigt. Das habe ich nicht gewollt.«

»Glauben Sie mir«, sagte sie. »Ich auch nicht. Das war Kardinal Pontis Plan. Seine Entscheidung.«

»Lassen Sie sich eines gesagt sein, Domenika«, sagte der Priester und senkte seine Stimme, damit niemand außer ihr ihn hören konnte. »Ich glaube, wir beschwören Ärger herauf.«

Schließlich kehrte die Kellnerin zu ihrem Tisch zurück, um ihre Bestellung aufzunehmen. Sie wirkte enttäuscht. »Ist der Gentleman denn gegangen?«, fragte sie. »Ist er schon fertig, bevor er überhaupt angefangen hat?«

»Ja, das ist er«, sagte Domenika, während sie beobachtete, wie sich das anfangs noch überfüllte Restaurant zu leeren begann. »Ja, das ist er.«

13

Turin, Italien
Juni 2014

Bondurant war positiv überrascht.

Als er außerhalb der Öffnungszeit durch eine unverschlossene Seitentür des Turiner Doms kam, um einen ersten Blick auf das Turiner Grabtuch zu werfen, rechnete er damit, dass die berühmteste religiöse Reliquie der Welt von einem offiziellen Aufseher bewacht und mit jeder Menge Sicherheitsvorkehrungen beschützt wurde. Bald würden Maßnahmen getroffen werden, um das Grabtuch aus der Kathedrale zu bringen und es in einem abgesicherten nahe gelegenen Labor in Bondurants Obhut zu übergeben. Doch nichts deutete darauf hin. Was er stattdessen fand, als er durch die lange dunkle Kathedrale zur Grabtuchkapelle ging, war ein in die Jahre gekommener Hausmeister bei der Arbeit, der den kunstvollen Marmorboden genau vor der Stelle wischte, an der die berühmte, aber verborgene Reliquie stand.

»Sind Sie der Amerikaner? Man hat mir gesagt, dass Sie kommen«, meinte der alte Mann zu Bondurant. Der Hausmeister hatte mehr Haare an den buschigen Augenbrauen als auf dem Kopf und eine gebeugte Haltung, die auf die vielen Arbeitsjahre am Wischmopp hindeutete.

»Der bin ich«, antwortete Bondurant. Er war froh, hier keine Schar an Kirchenvertretern anzutreffen, der er die Hand schütteln musste, während er einen guten Blick auf das Grabtuch zu erhaschen versuchte. Im Laufe der

Jahre hatte er Tausende Fotos der Reliquie gesehen, doch jetzt würde er das kontroverse Artefakt zum ersten Mal persönlich begutachten.

»Hier in der Nähe gibt es wohl nicht zufällig eine Sehenswürdigkeit? Eine, für die die Leute Schlange stehen?«

Der Hausmeister deutete zu einem langen vergoldeten Seil, das von einem verzierten Rahmen herabhing. Der Rahmen beinhaltete einen dicken roten Samtvorhang von knapp zehn Metern Länge.

»Würde es Ihnen etwas ausmachen, mir eben zu helfen?«, fragte der Hausmeister. »Man sagte mir, Sie wollen es sehen.«

Bondurant ging ihm gern zur Hand. Er ging zu dem geflochtenen Seil und zog zusammen mit seinem neuen Fremdenführer fest daran, um die gewaltige samtene Wand zwischen ihm und dem Grabtuch zu öffnen. Mit jedem Ruck an dem Seil teilte sich der königlich rote Stoff ein weiteres Stück und glitt von der Mitte aus in beide Richtungen auseinander. Nachdem sie etwa zehnmal kräftig gezogen hatten, stand der Vorhang vollständig offen und offenbarte etwas, das wie ein großer Messingschaukasten aussah. Grob sechs Meter lang und auf beiden Seiten mit Glas getäfelt. Die Kapelle, in der sich der Kasten befand, war so dunkel, dass es für Bondurant fast unmöglich war, den Inhalt des quadratischen Behälters zu erkennen. Er war jedoch sicher, dass er mit etwas Licht genau das vorfinden würde, weswegen er gekommen war.

»Haben Sie Licht?«, fragte Bondurant den Hausmeister.

»Wir haben eine Lampe«, gab dieser zurück. Gemächlich schlurfte der alte Mann zur Wand auf der einen Seite des Behälters und knipste den schlicht wirkenden Lichtschalter an. Im Innern des Messingbehälters flackerte einen Moment lang eine Lampe auf und ging sofort wieder aus. Ein paar ordentliche Schläge mit dem hölzernen Griff des Wischmopps gegen den Kasten mit dem Lichtschalter lösten das Problem umgehend. Das Bild im Innern des Schaukastens war nun in goldenes Licht getaucht.

»Sir, Sie sehen hier das heilige Grabtuch von Turin«, sagte der Hausmeister in einem römischen Dialekt, der Bondurant vertraut war. Er sprach mit einstudierter und eindeutig übertriebener Begeisterung. Dann machte er sich wieder mit dem Mopp an die Arbeit und schob das seifige Wasser träge durch die Kathedrale.

Bondurant lächelte, als er sich mit dem Artefakt auf Augenhöhe befand. Anderthalb Meter stand er von dem Schaukasten entfernt und betrachtete das Grabtuch etwa zehn Sekunden lang.

»Es ist eine Fälschung«, sagte Bondurant. Jetzt war sein Lächeln sogar noch breiter. »Es ist ein Gemälde.«

»Die haben gesagt, dass Sie das sagen werden«, meinte der Hausmeister.

»Wer sind ›die‹?«, fragte Bondurant, schritt vom einen Ende des Bildes zum anderen und betrachtete die Reliquie nun etwas aufmerksamer. Was er da sah, wirkte wie der Schatten zweier Hälften eines ausgestreckt daliegenden männlichen Körpers, der auf einem stark verkohlten und beschädigten Leintuch zurückgeblieben war.

»›Die‹ sind die ›Herrscher‹«, gab der alte Mann zurück. »Ein paar Kardinäle. Mehrere Bischöfe. Sind aus Rom angereist. Die haben gesagt, dass Sie das sagen werden. Habe ich zufällig gehört.«

Bondurant blickte konzentriert auf das Gesicht des Abbildes. Das geisterhafte Antlitz erinnerte ihn stark an den Jesus, den so viele Christen auf Broschen trugen oder den er weltweit auf Gemälden und in Büchern gesehen hatte. Es war ein attraktives Gesicht mit markanten Zügen.

»Wollen Sie die Audio-Tour?«, fragte der Hausmeister. »Wir haben sie in drei Sprachen. Kostet nur einen Euro.«

»Gern«, bestätigte Bondurant, der neugierig war, wie die Kirche die Geschichte ihres berühmten Schatzes promotete. »Gibt es Kopfhörer? Und wo bekomme ich das Gerät?«

»Keine Kopfhörer. Die sind nur für Tagesbesucher«, sagte sein Begleiter. »Ich fürchte, Sie müssen mit mir vorliebnehmen.«

Bondurant lachte über den Unternehmergeist seines neu gewonnenen Freundes.

»Dann fangen Sie an, mein Freund«, sagte Bondurant, während er ihm zwei Euromünzen in die Hand drückte. »Ich bin ganz Ohr.«

»Ladys und Gentlemen, Jungen und Mädchen«, rief der Hausmeister. »Willkommen beim weltberühmten heiligen Grabtuch von Turin, dem einzig echten Sterbehemd unseres Erlösers, des Herrn Jesus Christus.« Der einstudierte Vortrag des alten Mannes begann als monotone Leier, von der Bondurant befürchtete, dass sie womöglich lange dauern würde.

»Warten Sie«, sagte Bondurant. »Ich will mein Geld zurück.«

»Warum das?«

Bondurant lachte noch einmal leise. »Weil das nicht wahr ist. Sie behaupten, es sei echt, aber das wissen Sie nicht.«

»Genauso wenig wie Sie. Hören Sie«, sagte der Hausmeister. »Das ist eine tolle Geschichte. Und ich brauche das Geld. Lassen Sie mich erzählen.«

»Sie waren bei Ladys und Gentlemen, glaube ich.«

»Jaja«, sagte der Hausmeister. »Das Grabtuch hat eine lange Reise hinter sich.«

»Kann ich wenigstens die Kurzfassung hören?«, unterbrach Bondurant.

Sein neuer Freund wirkte perplex, fuhr aber fort.

»Die Legende besagt, dass Josef von Arimathäa, ein Jünger Christi, die Reliquie, die Sie hier sehen, nach Jesu Kreuzigung gekauft hat. Steht alles in den Büchern: Matthäus, Markus, Lukas und Johannes. Sie können es nachlesen.«

»Ja, fahren Sie bitte fort.«

»Dann findet der heilige Petrus den Lumpen im Grab von Jesus, nachdem er von einem Engel darauf hingewiesen wurde, dass das Tuch dort sei. Wir wissen, dass das wahr ist, weil es mehrere Hundert Jahre später, als die Bibel geschrieben wurde, so festgehalten wurde.«

»Verstehe«, sagte Bondurant. »400 Jahre lang ist das Tuch also sonst wo. Niemand hat eine Ahnung, bis irgendjemand einfach darüber geschrieben hat, richtig?«

»Nun, ja, aber die allgemein bekannte Legende besagt, dass Judas Thaddäus das Tuch nach Edessa, irgendwo in der Türkei, gebracht hat. Wir reden hier von 2000 Jahren in der Vergangenheit.«

»Reden Sie weiter«, forderte Bondurant den Hausmeister auf.

»Dort versteckte er es im Innern einer Stadtmauer, wo es mehrere Hundert Jahre lang ruhte.«

»Verstehe. Es hat also mehr als 500 Jahre lang in der Mauer gelegen. Niemand hat sich damit beschäftigt?«

»Dann landet es auf mysteriösen Wegen in Konstantinopel. Unglücklicherweise wurde die Stadt überfallen. Bis auf die Grundmauern niedergebrannt. Die Venezianer fanden und stahlen es.«

»Und wohin brachten sie es?«, fragte Bondurant.

»Das weiß niemand.«

»Stimmt. Und dann?«

»50 Jahre später taucht es im Besitz von Geoffroy de Charnay wieder auf. Dem edelsten, frommsten und großartigsten der Tempelritter. Ich weiß nicht, was die Tempelritter sind, aber das ist so auf der Tonaufnahme zu hören und offensichtlich ein großes Ding.«

»Ja. Und wie hat er es gefunden?«, hakte Bondurant nach.

»Das weiß niemand. Wir wissen aber, dass er bei seiner Verteidigung heldenhaft gestorben ist und es seiner Frau, Jeanne de Vergy, hinterlassen hat. Obwohl die Kirche zunächst darauf beharrte, dass das Grabtuch nur eine Fälschung ist, übergab Vergy es in deren Obhut. Sie haben es hierhergebracht, wo es seit über 500 Jahren ausgestellt wird.«

»Haben Sie nicht den einen oder anderen Teil ausgelassen?«, fragte Bondurant.

»Sie sagten, die Kurzfassung.«

»Stimmt, aber sogar die Kurzfassung hat …«

»Feuer und Wasser«, sagte der Hausmeister. »Ja, Feuer und Wasser. Es wurde durch Feuer und durch Wasser beinahe zerstört. Einmal wurde es gegen ein Schloss eingetauscht, dann wurde es weggebracht …«

»Wohin?«

»Das weiß keiner.«

»Aha. Und wohin dann?«

»Das weiß keiner. Wir wissen nur, dass es vor 500 Jahren quer über den Kontinent von einer Kirche zur anderen gereist ist. Und dann verschwand es mehrmals, wurde aber immer wieder gefunden. Wie gesagt, hier ist es vor über 500 Jahren angekommen. Das weiß ich nun mit Sicherheit, da das Grabtuch vor Ihnen liegt, und auch die Dokumente, die das beweisen, sind hier. Seitdem hat es uns nicht wieder verlassen.«

»Bravo«, raunte Bondurant, während er dem Abbild vor sich intensiv in die Augen blickte. Er war von der Gestaltung des Gesichts auf dem Tuch so fasziniert, dass er die letzte Bemerkung seines neu gewonnenen Freundes mit keiner Silbe vernahm. Er wünschte jedoch, er hätte. Als Bondurant sich nämlich umdrehte, um sich noch einmal an seinen Begleiter zu wenden, war sein Freund verschwunden.

14

Turin, Italien
Juni 2014

Nachdem sie zwei Tage lang in einem fensterlosen Konferenzraum im *Hotel Victoria* mit Bondurant und seinem Wissenschaftsteam eingesperrt gewesen waren und scheinbar endlose Protokolle für die Untersuchung des Grabtuchs durchgesprochen hatten, waren Domenika und ihre Handvoll Kollegen aus dem Vatikan überzeugt, dass sie nun genug über Bondurants Pläne wussten. Bondurant blieben nur noch zwölf Tage für seine Untersuchung. Am Ende des Meetings hatte Bondurant Domenika gefragt, ob sie den Weg zum nächstgelegenen Kaufhaus kannte, damit er eventuell ein paar Klamotten besorgen konnte. Er war so auf die vor ihm liegende Aufgabe fokussiert, dass er noch gar nicht dazu gekommen war, über seine Garderobe nachzudenken. Sein Koffer lag noch immer im Kofferraum seines Mietwagens in Baltimore und die Ersatzkleidung, die er in seinem Handgepäck hatte, würde nur noch für einen weiteren Tag reichen.

Domenika hatte vor einigen Tagen ein wunderschönes Paar italienischer Schuhe im Schaufenster eines Kaufhauses gesehen, das sich gleich ein paar Häuser weiter befand. Sie bot an, mit ihm dorthin zu gehen.

Kaum waren sie angekommen, trat sie von der Rolltreppe, wies ihm die Richtung und wandte sich dann um. Sie wollte die Schuhe finden, die ihr so gut gefielen. Bondurant überraschte sie jedoch, indem er darauf beharrte, dass sie bei ihm blieb und ihm dabei half, ein paar Dinge auszusuchen. Widerwillig fügte sie sich.

Eine kurze Weile lang ging sie hinter ihm her, während er scheinbar ziellos durch den Laden streifte. Sie fand, dass eine Shoppingbegleitung das Mindeste war, was sie tun konnte. Irgendwie fühlte sie sich schuldig wegen der Art, wie sie ihn vor einigen Tagen während ihrer verheerenden Begegnung im Restaurant behandelt hatte, und wollte es wiedergutmachen.

Sie waren von ordentlich angeordneten Regalen mit edlen Kleidungsstücken mit Designeretiketten umgeben, die direkt aus Mailand stammten, dennoch führte seine Suche zu nichts. Amüsiert beobachtete sie, wie er ein paar halbherzige Versuche unternahm, ein Kleidungsstück herauszusuchen, das seine Aufmerksamkeit erregt hatte. Sie merkte jedoch, dass er keinen Plan hatte. Nachdem er nur wenige Minuten ziellos herumgeirrt war, trat sie vor ihn und übernahm die Führung. Wie ein Kind folgte er ihr von einem Gang in den anderen, während sie sich umsah. Sie konnte es sich nicht verkneifen, einen Preis für ihre Dienste einzufordern, und beschloss, sich einen Spaß mit ihm zu erlauben.

»Was ist denn mit Ihnen?«, fragte sie, während sie sich zu ihm umdrehte. Er sah aus wie ein verirrter Welpe. »Erledigt zu Hause Ihre Frau die Einkäufe für Sie?«

»O nein. War nie verheiratet«, entgegnete Bondurant wortkarg.

Kein Wunder, dachte sie. Obwohl die Sachen, die er trug, zerknittert waren, erkannte sie die Hochwertigkeit und den perfekten Schnitt. Jemand hatte ihm bei seinem Look geholfen.

»Dann Ihre Freundin?« Sie war erpicht darauf, seine Hintergrundgeschichte zu erfahren, versuchte dabei aber, desinteressiert zu klingen. Sie drehte ihn herum, sodass er ihr den Rücken kehrte, begutachtete die Breite seiner Schultern und hielt ein Oxford-Hemd mit Nadelstreifen daran, um die Größe zu messen. Seine athletische Schwimmerfigur bildete von den Schultern bis zur Hüfte eine beeindruckende V-Form. Auf einem höheren Regal griff sie nach einer anderen Größe desselben Hemds. Das erste, das sie ausgesucht hatte, war mehrere Größen zu klein.

»Nein, keine Freundin«, sagte er und klang dabei distanziert. »Sie bleiben selten lange genug, um es bis zur Shopping-Phase zu schaffen.«

»Oh! Und woran liegt das?«, fragte Domenika ungezwungen. Sie hielt ihm ein weiteres Hemd an die Schultern und überprüfte auch hier die Größe. Ihre Wahl war noch immer zu klein. Sie sah, dass zwei Verkäuferinnen sie beäugten, bereit, zu ihnen zu kommen und ihre Hilfe anzubieten. Domenika gebot den beiden Frauen Einhalt, als sie entschieden die Hand hob.

»Ich denke, es liegt daran, dass meine Arbeit Vorrang hat«, sagte er und legte sich das Hemd, das sie ausgesucht hatte, über den Arm. Zusammen mit einem braunen Polohemd, das er zuvor hastig herausgesucht hatte. »Zumindest sagen das die meisten.«

»Verstehe.« Sie nahm das Polohemd, das er ausgesucht hatte, und betrachtete es amüsiert. »Nicht Ihre Farbe«, stellte sie fest und legte es beiseite. »Und was sagt der Rest von ihnen?«

»Was meinen Sie mit ›der Rest von ihnen‹?«

»Sie sagten, ›die meisten‹ verlieren Sie an die Arbeit«, entgegnete sie. »Was ist mit den anderen?«

Sie nahm ein tiefblaues Chambray-Hemd von einem Tisch und hielt es einen Moment lang neben sein Gesicht, um es mit der Farbe seiner Augen abzugleichen. Sie waren sehr anziehend. »Das hier behalten wir«, sagte sie und wandte sich schnell von seinem Blick ab.

Bondurant zögerte einen Moment, bevor er antwortete.

»Die anderen? Keine Ahnung. Es waren sehr viele. Aber ich versuche immer, nicht lange genug zu warten, dass sich bei den ernsteren Fällen Liebe einstellen kann«, gab er zu. »Das langweilt mich. Die langweilen mich.«

»Verstehe«, sagte Domenika. Sie wandte ihm den Rücken zu, verdrehte die Augen und winkte ihn hinter sich her. Die unschuldige Flirterei hatte ihr gefallen, aber er hatte sich als vorhersehbar erwiesen, und jetzt war es an der Zeit, weiterzugehen. »Gehen wir rüber zu den Hosen, in Ordnung?«

Sie hielt eine schwarze Hose hoch, die aussah, als würde sie zu dem Hemd passen, das sie für ihn ausgesucht hatte. »Hier, probieren Sie die mal an.«

Er warf die Hose über seine Schulter und sah sich nach einer Umkleidekabine um. Domenika entnahm seinem Blick, dass er dabei auch nach einem eleganten Ende ihrer Unterhaltung suchte. Sie konnte es sich nicht verkneifen. »Nur mal aus Flachs, Doktor«, rief sie ihm nach. »Wie kann jemand, der nicht an Gott glaubt, einen anderen jemals wirklich lieben?«

»Was soll das denn heißen? Ich glaube nicht, dass man an Gott glauben muss, bevor man sich zu einem anderen Menschen hingezogen fühlen kann«, sagte er.

»Das ist keine Liebe. Das ist Sex«, erwiderte sie, während sie ihm eine weitere Hose, die ihrer Ansicht nach passen konnte, in die Arme drückte. Er trat einen Schritt zurück und ihr wurde klar, dass sie einen Nerv getroffen hatte.

»Also gut«, sagte er. »Definieren Sie Liebe.«

Domenika holte tief Luft, griff nach dem Kleiderstapel, den er in der Hand hielt, und legte alles auf einen Tisch, auf dem bereits eine Auswahl grellbunter Krawatten lag. *Warum nicht?*, dachte sie, streckte die Arme aus, legte ihre Hände auf sein Gesicht und sah ihm aus wenigen Zentimetern Abstand direkt in die Augen. Seine Selbstsicherheit schien sich sofort aufzulösen.

»Ich bin überzeugt, dass ich ebenso gut gegen eine Wand reden könnte, und werde deshalb nicht noch einmal mit Ihnen diskutieren. Nicht hier, mitten im Laden«, sagte sie. »Aber *Gott* ist Liebe, Dr. Bondurant. Liebe kommt *von* Gott. Um Liebe zu kennen, um einander zu lieben, muss man zuerst Gott aus ganzem Herzen lieben.«

Sie beobachtete, wie er ihre Worte verarbeitete, sorgsam jedes einzelne überdachte. Einen kurzen Moment lang hegte sie die Hoffnung, dass sie vielleicht zu ihm durchgedrungen war.

»Das ist allerdings *tiefgründig*«, sagte er abschätzig. »Wie oft haben Sie das geübt?«

Sie sah ihm weiter direkt in die Augen, jetzt aber mit leichtem Bedauern. »Drei Jahre später wären Sie immer noch ein verdammter Idiot«, sagte sie.

Als sie sein Gesicht fester drückte, um ihren Worten Nachdruck zu verleihen, griff er nach ihren Handgelenken und drückte sie nach unten. »Kindische Beleidigungen sollen mir beibringen, wie ich ein besserer Liebhaber werde?«, brummte er und starrte ihr dabei unnachgiebig in die Augen.

Sie errötete und bemühte sich, seine Hände abzuschütteln. Er ließ los und sie rieb ihre Handgelenke.

»Sie bringen das in mir zum Vorschein«, sagte sie, erschrocken darüber, wie leicht er sie in Rage bringen konnte. Der Mann war zum Aus-der-Haut-Fahren.

Er lächelte über ihr Unbehagen, doch sie stellte überrascht fest, dass keine Spur von Spott darin zu erkennen war.

»Sie bringen es in mir auch zum Vorschein«, erwiderte er.

»Flirten Sie mit mir, Dr. Bondurant?«

»Nicht mehr als Sie mit mir.« Er lächelte, dann deutete er zu der Umkleidekabine, die er entdeckt hatte.

»Begleiten Sie mich oder muss ich mich allein abmühen?«

»Ich warte hier draußen«, gab sie zurück. Ihr Gesicht glühte.

Während sie vor der Umkleidekabine saß und darauf wartete, dass Bondurant wieder herauskam, kochte sie innerlich. *Es war von vornherein ein Fehler gewesen, ihm meine Hilfe anzubieten,* ging es ihr durch den Kopf. *Ich sollte besser auf meine Instinkte vertrauen.*

Mit ihm gemeinsam den Laden zu betreten, war sogar noch ein größerer Fehler gewesen. Sie hätte ihm auch einfach nur den Eingang zeigen können. Und es war definitiv ein Fehler gewesen, weiter über Liebe und Gott oder irgendein anderes bedeutsames Thema zu reden, wenn sie doch wusste, dass sie bei relevanten Dingen Welten trennten.

Und trotzdem hatte sie es getan. Sie wusste selbst nicht, wieso. Sie musste sich vergegenwärtigen, dass das Projekt in weniger als zwei Wochen vollendet und er verschwunden sein würde. *Bleibe beim Plan,* dachte sie. Bald würde er mit eingezogenem Schwanz dastehen, wenn er der Welt mitteilen musste, dass er sich geirrt hatte und dass das Grabtuch echt war. Er würde ernsthaft in sich gehen müssen, und danach würde sie sich liebend gern mit ihm unterhalten.

Als Bondurant hinter dem Vorhang der Umkleidekabine hervorkam, blickte sie von den Anmerkungen auf, die sie vorbereitet hatte, um sie nach Rom zu übermitteln. Er hatte *drei* junge Verkäuferinnen im Schlepptau, darunter die beiden Frauen, die ihn seit ihrer Ankunft beäugt hatten. Ohne Hemd, braun gebrannt, barfuß und nur mit der schwarzen Hose, die sie für ihn ausgesucht hatte, kam er zu ihr herüber.

»Was denken Sie?«, fragte er. »Ist die in Ordnung?«

Sie schluckte. Der Mann war einfach wunderschön, ihn anzusehen tat beinahe weh. *Die Hose sitzt wie maßgeschneidert,* war der einzig klare Gedanke, den sie fassen konnte.

Nur mit Mühe gelang es ihr, dem Drang zu widerstehen, ihm wieder ihre Hände aufs Gesicht zu legen und ihn zu sich heranzuziehen.

Das ist lächerlich, dachte sie. Sie verachtete ihre Freundinnen für ihre oberflächlichen Schwärmereien für gut aussehende Männer. Bei ihm aber war es das Gesamtpaket. Klug und umwerfend attraktiv, und das wusste er auch. Er musste ein Idiot sein, wenn er nicht bemerkte, wie die Verkäuferinnen und sogar einige Kundinnen ihn anstarrten. Es war, als hätte jemand Alarm geschlagen, sodass sich eine kleine Menschenmenge versammelt hatte. Grinsend beobachtete sie, wie schnell er das Lächeln seiner Bewunderer erwiderte.

»Halte ich einer Begutachtung stand?«, fragte er.

»Ich denke, die tut es«, entgegnete sie und wandte sich von ihm ab.

»Bellissimo«, sagte eine der Verkäuferinnen. Offensichtlich fand sie Gefallen daran, Bondurant bis ins Detail zu begutachten, einschließlich seiner Hose.

»Magnifico«, wisperte eine andere.

Eine ältere Frau sagte gar nichts. Sie gaffte einfach nur, als würde sie ein Gemälde bewundern.

»Hatten Sie genügend *Liebe* für einen Tag?«, fragte Domenika aufgebracht. »Wie wär's, wenn Sie sich ein Hemd anziehen und wir rausgehen?«

Bondurant lächelte über ihre Reaktion und zog sich hinter den Vorhang der Umkleidekabine zurück, wobei er ein weiteres Mal von den Verkäuferinnen verfolgt wurde. Domenika blieb allein zurück und schüttelte den Kopf.

Auf dem Rückweg zum Hotel verfluchte sie sich leise dafür, dass sie sich für das dämliche Shopping-Abenteuer zur Verfügung gestellt hatte. Trost fand sie in der Tatsache, dass sich ihre Wege in wenigen Tagen trennen würden.

Als sie die Lobby erreichten, dankte Bondurant ihr unbeholfen für ihre Hilfe und machte sich direkt auf den Weg zu seinem Zimmer. Domenika erwartete mehrere Nachrichten aus dem Vatikan und ging zur Rezeption, um sie dort abzuholen. Kurz darauf spürte sie, wie ihr jemand auf die Schulter tippte, und drehte sich um. Die Frau, die vor ihr stand, war die attraktive Kellnerin, die sie am Tag ihrer Ankunft in der *Trattoria Torrecelli* bedient hatte. Domenika musterte sie erstaunt von oben bis unten.

»Verzeihen Sie, Signora«, sagte die Kellnerin entschuldigend. »Es tut mir leid, Sie zu stören.«

»O nein, das ist in Ordnung«, erwiderte Domenika ein wenig verwirrt. »Schön, Sie wiederzusehen.«

»*Sì*, Signora. Ist das hier der richtige Ort, um ihn zu treffen?« Sie war tadellos für einen Ausgehabend gekleidet und sah nun gar nicht mehr wie eine Kellnerin aus.

Domenika wirkte noch verwirrter. »Ich bin mir nicht sicher, was Sie meinen. Was meinen Sie mit ›der richtige Ort‹?«

»Er hat mich gebeten, ihn hier im Hotel zu treffen. Vielleicht wissen Sie, welches Zimmer er hat?«

»Dr. Bondurant? Meinen Sie etwa ihn?«, fragte Domenika. »Sie sollen ihn hier treffen?«

»*Sì, sì*«, sagte sie aufgeregt. »Er sagte, ich finde ihn vielleicht hier.«

Domenika hielt inne und starrte das wunderhübsche Mädchen an, überzeugt, dass sie halb so alt war wie Bondurant. Aus irgendeinem seltsamen Grund hatte sie sich seit Jahren nicht so unbehaglich gefühlt. Nachdenklich biss sie sich auf die Unterlippe und verletzte sich fast dabei. Es hatte seinen Grund, warum sie so selten ihr Herz öffnete.

»Ich muss Ihnen leider sagen, dass ich seine Zimmernummer nicht kenne. Ich habe ihn den ganzen Tag nicht gesehen«, sagte sie, während sie ihren Blick durch die Lobby schweifen ließ, als würde sie nach ihm suchen.

»*Va bene*«, sagte die Kellnerin. »Okay.«

»Oh, wenn ich ihn sehe, dann sage ich ihm natürlich, dass Sie nach ihm suchen«, schlug Domenika vor. Sie wusste, dass der hübschen Brünetten der Sarkasmus entgehen würde. »Sie können sich darauf verlassen. In derselben Minute, in der ich ihn sehe. Ich bin mir sicher, er würde Sie liebend gern treffen.«

Die Kellnerin zwinkerte dankbar, dann wandte sie sich ab. Als sie auf den Fahrstuhl zuging und außer Sichtweite war, verließ Domenika schnell das Hotel für einen Spaziergang, damit sie nicht dort war, falls die Brünette Bondurant doch noch fand.

Zum ersten Mal seit Jahren hatte sie sich wie ein Kind gefühlt – ein Mädchen genau genommen. So wie das, von dem Bondurant behauptet hatte, ihm erst vor ein paar Jahren begegnet zu sein.

15

Mumbai, Indien
Juni 2014

Kishans Motorroller stotterte seit fast einem Kilometer, was bedeutete, dass ihm bald das Benzin ausgehen würde, wie es auf seinem zweiwöchentlichen Trip nach Dharavi bereits unzählige Male zuvor passiert war. Die Slums von Dharavi, die bis zu seinem zwölften Lebensjahr seine Heimat gewesen waren, steuerte man am besten von der stark geschäftlich geprägten Sion-Mahim-Road aus an. Dort konnte er seinen Roller an einen Laternenpfahl oder an eine Leitplanke ketten und hatte dennoch eine gute Chance, dass er noch da war, wenn er mit einer kleinen Flasche Benzin zurückkehrte, um ihn noch einmal aufzutanken und dann nach Hause zu fahren.

Heute würde er den Rest der Strecke zu Fuß gehen müssen. Den steilen und schlammigen Hang hinauf, vorbei an vereinzelten kleinen Tempeln des Slums sowie an mehreren provisorischen Fabriken. Die winzigen Hütten waren mit glänzender, gerade erst gebrannter Töpferware und dem Geruch billiger Lederwaren gefüllt, die für den weltweiten Verkauf bestimmt waren.

Die beiden Plastiktüten an Kishans Schultern waren schwer und er bewegte sich vorsichtig über glitschige Holzbohlen, die seine Füße vor dem Abwasser schützen sollten, das ungehindert in den Mahim floss. Er hatte versucht, sich an den Gestank des Wassers und des fauligen Abfalls zu gewöhnen, der ihn auf seinem Weg die

Straße hinauf begleitete, doch gelungen war ihm das nie. Seine Tüten waren voll mit lokal angebautem Gemüse und Früchten, ein paar Kartoffeln, Reis, Linsen, Wasserflaschen und zum Nachtisch sogar ein Glas Milchpudding mit Cashews und Rosinen. Das alles, zuzüglich einiger Rupien, war für jemanden bestimmt, von dem sein Adoptivvater Ravi Sehgal nichts wusste: Kishans Schwester Saanvi.

Saanvi, 14 und zum ersten Mal schwanger, wies eine erstaunliche Ähnlichkeit mit ihrem Bruder Kishan auf. Sie war eine Naturschönheit mit langen, dunkel glänzenden Haaren und fast schon smaragdgrünen Augen, hatte aber irgendwie das finstere und verhärmte Aussehen einer Frau, die mindestens doppelt so alt war. Ein jahrelanger Überlebenskampf, Leid und sehr wenig Freude hatten tiefe Falten in ihr junges Gesicht gegraben. Ein Leben in Armut konnte sogar den vielversprechendsten und zauberhaftesten Mädchen die Jugend rauben.

Ihrem Ehemann Parth, mit dem sie seit einem Jahr verheiratet war, gehörte eine heruntergekommene Werkstatt für Lederwaren, ein paar Gassen von ihrer Blechhütte entfernt. Das Haus wurde von dicken Schnüren zusammengehalten und bestand aus einem einzigen, vier mal fünf Meter großen Zimmer. Parths Ledergerberei produzierte täglich 20 bis 30 Gürtel, Ketten und Armbänder. Dazu kam hin und wieder ein Portemonnaie, wenn Saanvi der Sinn danach stand. Oftmals benötigten sie am Ende des Monats zusätzliches Bargeld, um die Geldeintreiber in Schach zu halten. So schwer es auch war, über die Runden zu kommen, war Parth doch ein intelligenter und glücklicher Mann. Nachdem er monatelang neben ihrer Bruchbude gegraben hatte, fand er wie so viele andere eine Möglichkeit, die städtischen Wasser- und Gasleitungen kostenlos anzuzapfen. Das war gefährlich und illegal, doch allein diese Ersparnis erhöhte die Wahrscheinlichkeit enorm, dass ihr Erstgeborenes vielleicht überleben würde.

Seit seiner Adoption durch Sehgal vor zehn Jahren hatten Kishan und Saanvi viele Worte gewechselt und viele Geschichten ausgetauscht. Aber nie – kein einziges Mal – hatten sie darüber gesprochen, dass ihr dieses elendige Leben erspart bleiben könnte, würde Kishan nur folgende Worte zu Sehgal sagen: *»Ich habe eine Schwester. Sie steckt in Schwierigkeiten. Kannst du sie bei dir aufnehmen?«* An dem Tag, an dem Ravi Sehgal dem jungen Kishan begegnet war, als dieser seine Waren auf einem Müllberg verkauft hatte, war Saanvi, die acht Jahre jünger war als ihr Bruder, nirgends zu sehen gewesen. Genau genommen hatte Kishan seine Schwester zu diesem Zeitpunkt eine Woche lang nicht gesehen. Und obwohl Kishan sich an unzählige Augenblicke erinnern konnte, in denen er die Gelegenheit gehabt hätte, mit seinem Adoptivvater über seine Schwester zu sprechen, hatten ihm dafür seltsamerweise stets die Worte gefehlt. Kishan redete sich ein, dass es nach allem, was Ravi für seinen Adoptivsohn getan hatte, eine entsetzliche und gierige Anmaßung wäre, ihn zu bitten, sie auch noch bei sich aufzunehmen. Das hätte seine eigene Lage und sein komfortables Leben gefährden können. Dann, als die Jahre langsam ins Land zogen, war Kishan besorgt, Ravi könne ihn für egoistisch und grausam halten, weil er ihre Existenz immer noch verschwieg. Wie konnte er sie zu einem Leben im Elend verdammen, das sich schon vor so langer Zeit so deutlich hätte verbessern können? Was auch immer der Grund dafür war, Kishan fand, dass die beste und einzige Möglichkeit, die Angelegenheit wiedergutzumachen, darin bestand, sie nach besten Kräften zu unterstützen. Und so verwendete er einen guten Teil seines eigenen Gehalts, gelegentliche Wettgewinne und, wenn nötig, sogar etwas aus Sehgals Portokasse, um ihr Elend zu lindern. Manchmal waren die Schuldgefühle ihr gegenüber, weil er sie als Kind im Stich gelassen hatte, kaum zu ertragen. Seine zweiwöchentlichen Gnadenmissionen waren das Mindeste, was er tun konnte.

Kishan zog den Teppich zur Seite, der als provisorische Haustür diente, und spähte in die Hütte. Er hörte bereits die beruhigende Stimme seiner Schwester, noch bevor sich seine Augen an die Dunkelheit im Innern gewöhnt hatten. Aber erst bei Saanvis sanfter Umarmung und dem Kuss auf die Wange erkannte er ihr vertrautes Profil.

»Setz dich, Kishan! Gib mir die Tüten!«, sagte Saanvi. »Geschenke der Götter, nicht wahr?«

Das sagt sie immer, dachte Kishan. Wenn sie nur wüsste – und vielleicht wusste sie es sogar –, welche Opfer er all die Jahre gebracht hatte, um ihr zu helfen. Doch ihretwegen schwieg er darüber. Der Gedanke an seine eigene Feigheit widerte ihn an.

»Wie geht's dem Baby?«, wollte Kishan wissen. »Hat es sich wieder bewegt? Spürst du es?«

»Ich habe es über eine Woche nicht treten gespürt«, sagte sie und klang dabei ein wenig besorgt. »Aber uns geht es gut. Es ist alles in Ordnung. Vor ein paar Tagen habe ich mit dem Schamanen gesprochen. Er hat uns beide gesegnet. Er sagt, dass alles in Ordnung ist.«

Kishan schüttelte den Kopf, als er hörte, dass sie einen Schamanen aufgesucht hatte. Er wusste, dass Saanvi zu einem Arzt gehen musste, um sicherzustellen, dass ihr Erstgeborenes gesund war. Doch ärztliche Versorgung war teuer. Um das zu ermöglichen, bedurfte es eines kompletten Monatsgehalts. Es gab Zeiten, in denen er Ravi *brauchte.* Kishan bat seine Schwester, sich auf den Boden zu setzen. Er legte ihr die Hände auf den Bauch, in der Hoffnung, wenigstens ein ganz leichtes Treten des Kindes zu spüren. 20 Minuten lang saßen sie so zusammen. Während ihrer Unterhaltung spürte Kishan jedoch nichts.

Kishans Augen hatten sich jetzt vollends an die Dunkelheit gewöhnt, aber nur, um jetzt von dem Rauch angegriffen zu werden. Er dampfte aus den großen Kaffeekannen in der Ecke des Zimmers, die als provisorischer Herd diente. Als er durch den Rauch spähte, sah er, dass sich neben dem Herd etwas bewegte. Kishan wurde bewusst, dass sich Parth in der Dunkelheit über die Kannen gebeugt hatte, um seine Hände zu wärmen. Er hatte sich nicht die Mühe gemacht, seinen Hausgast zu begrüßen. Kishan musste sich nicht fragen, warum. Beim letzten Besuch bei seiner Schwester hatte er blaue Flecken an den Armen und am Hals seiner Schwester entdeckt. Saanvi hatte zwar behauptet, dass sie einen Unfall gehabt habe, doch Kishan wusste es besser. Mit seinen 16 Jahren musste Parth noch so einiges lernen.

Aber wo soll er lernen?, dachte Kishan. Er war einer der sehr wenigen Glücklichen gewesen – im Grunde ein Projekt von Sehgal. Ravi hatte dafür gesorgt, dass der Waisenjunge alles bekam, was ein Junge benötigte: eine erstklassige Privatschule, Lehrer, die ihm stets zur Verfügung standen, Schulgeld für das College und, was am wertvollsten war, ein Masterstudium in Chemie und Genetik, in Laboren, die von keinem geringeren als einem Nobelpreisgewinner geleitet wurden.

»Hat er dich wieder angefasst? Hat er dir wehgetan?«, flüsterte Kishan.

»Nein, Kishan. Kein einziges Mal. Nicht mehr, seit du ihm gedroht hast«, entgegnete Saanvi.

»Dann ist es gut«, meinte Kishan. Er betrachtete seine Schwester, so gut es in diesem dunklen Raum möglich war, ohne dabei eine Szene zu machen, entdeckte aber nichts Besorgniserregendes. »Denke an das, was ich dir gesagt habe. Daran, dich selbst und das Baby zu schützen. Denk daran, es notfalls zu benutzen.«

Kishan war klar, dass Saanvi ganz genau wusste, wovon er sprach. Sie warf einen schüchternen Blick zu dem kleinen Loch in der Blechwand, in dem Kishan ein schlichtes Messer zur Selbstverteidigung hinterlegt hatte. Er hasste den Gedanken, seine Schwester nach einem solch kurzen Besuch schon wieder zu verlassen, aber er hatte Ravi versprochen, bis zu seiner Rückkehr das Labor wie angewiesen für die Tests vorzubereiten.

Bevor er ging, half er Saanvi dabei, die Tüten mit dem Gemüse und den Früchten in verschiedenen Pappschachteln zu verstauen, die aufgestapelt als provisorische Regale dienten. Dann nahm er ihre Hände und legte alle Rupien hinein, die er erübrigen konnte. Er selbst brauchte genug für eine kleine Menge Benzin für die Heimfahrt, aber den Rest sollte sie bekommen.

Früher hatte Kishan immer geweint, wenn er seine Schwester so zurückließ. Aber die vielen Ausflüge in all den Jahren hatten ihn abgehärtet. Er wusste, solange seine Schwester in diesen Slums gefangen blieb, war auch er ein Gefangener von Dharavi.

16

Turin, Italien
Juni 2014

In dem schwach beleuchteten Labor des *Politecnico di Torino* war es 20 Uhr und für Bondurant war die Stunde der Wahrheit gekommen. Mit dem üblichen Auflauf der ›vatikanischen Aasgeier‹, wie er sie nannte, war nicht in den nächsten zwei Stunden zu rechnen. Noch immer genervt davon, dass sie ihm scheinbar jede Minute seiner Untersuchung über die Schulter linsten, hatte Bondurant ihnen für die heutigen Laborarbeiten absichtlich einen veralteten Zeitplan zukommen lassen. Bei ihrer Ankunft – nach getaner Arbeit – würde er sich überschwänglich entschuldigen.

Er versuchte, die durch die erzwungene Abstinenz entstandenen rasenden Kopfschmerzen zu ignorieren, die ihn seit Tagen verfolgten. Dass er jede Nacht nur vier oder fünf Stunden Schlaf bekam, hatte ihn ausgelaugt, doch das Adrenalin, das in Erwartung des großen Moments – der ersten virtuellen Autopsie der Welt – durch seine Adern floss, hielt ihn vollständig wach.

Das berühmte Turiner Grabtuch lag in Hüfthöhe vor ihm, mit beiden Enden auf einen langen erhöhten Leuchttisch gespannt, wie ihn Fotografen benutzten, um Bildnegative zu untersuchen. Bei allen Untersuchungen lag das Grabtuch in einem speziell eingerichteten ›Clean Room‹, um sicherzustellen, dass nicht einmal mikroskopisch kleine Staubspuren oder Mikroben in der

Luft die ungeschützte Reliquie kontaminieren konnten. Kirchenvertreter hatten sie, bewacht von bewaffneten Carabinieri, behutsam hierhertransportiert. Die Vertreter des Vatikans hatten sie gewissenhaft von ihrem Aufbewahrungsort, dem vakuumversiegelten, schusssicheren Glaskasten im Turiner Dom, geholt, wo Bondurant bereits einen ersten Blick auf die Reliquie geworfen hatte.

Er setzte seinen Kopfhörer auf und trat an den Tisch mit dem kostbaren Tuch, um die historische Untersuchung wiederaufzunehmen. Bevor er anfangen konnte, ertönte hinter ihm das vertraute Geräusch der Luftschleuse an der Tür zu dem schwach beleuchteten Beobachtungsraum. Eine große rote Lampe leuchtete auf und signalisierte, dass jemand eingetreten war. Gerade als er seine Privatsphäre am dringendsten brauchte, hatte er sie eingebüßt. Er drehte sich um und wollte nachsehen, wer ihn da so unerwartet störte. Domenika stand im Beobachtungsraum und drohte ihm mit dem Finger, als hätte sie ihn auf frischer Tat ertappt. Ehrlicherweise hatte sie das auch.

Widerwillig winkte er sie zu sich in den ›Clean Room‹, wohl wissend, dass er kaum etwas tun konnte, um sie am Eindringen zu hindern. Die Luftversiegelung an der Tür, die zur Observationsplattform führte, war zu hören, und die grüne Lampe darüber leuchtete auf und gab bekannt, dass der Raum nun versiegelt war. Domenika, die einen Laborkittel und sterile Stiefel trug, war jetzt im Innern. Er kam nicht umhin zu bemerken, wie gleichgültig dieser Frau ihr Aussehen war, und er spürte, wie sich sein Herz zusammenzog, während sie näher kam. Obwohl sie in dem übergroßen Laborkittel beinahe ertrank wie in einer sterilen weißen Tüte, die sie von Kopf bis Fuß komplett verhüllte, war sie eine der atemberaubendsten Schönheiten, die er jemals gesehen hatte.

»Ich dachte, Ihre Untersuchung sollte laut Plan erst in ein paar Stunden beginnen?« Das Misstrauen in ihrer Stimme war kaum zu überhören und Bondurant genoss seine Fähigkeit, sie zu verwirren.

»Das sollte sie nicht«, entgegnete Bondurant. »Sieht so aus, als hätte ich jeden reingelegt, mit Ausnahme von Ihnen. Ich nehme an, Sie bitten mich nun um eine Verschiebung, bis alle anderen eingetroffen sind, damit sie von ihren üblichen Aussichtspunkten gaffen können?« Er bemerkte, dass es ihr schwerfiel, die Ruhe zu bewahren.

»Nein, fahren Sie fort«, sagte sie. »Ich habe über Ihre Maschine gelesen. Ich glaube, Sie versuchen das Unmögliche. Wenn Sie eine Bauchlandung hinlegen, sollte jemand dabei sein, um es zu beobachten.«

»O ihr Kleingläubigen«, erwiderte er und drohte nun selbst mit dem Finger. Er deutete auf einen Stuhl und bat sie, sich zu setzen. Dann sah er auf seine Notizen, die auf einem Nebentisch lagen, und starrte sie über eine Minute lang an, ohne sie zu verstehen. Er konnte sich nicht konzentrieren. Nervös blickte er zu ihr auf und beschloss, es ihr einfach zu sagen.

»Hey, wegen letzter Nacht … Ich habe gehört, dass Sie im Hotel meiner Verabredung begegnet sind …«

Domenika wollte nicht zulassen, dass er seinen Gedanken zu Ende führte.

»Stimmt, Ihre hübsche Kellnerin«, bemerkte sie betont beiläufig. »Mir war nicht klar, dass Sie so schnell Freunde gefunden haben. Wie alt ist sie? 17? 18?«

Bondurant schaute zur Decke, um Domenikas Blick zu entgehen.

»Ich wollte nur sagen, dass es mir leidtut. Ich hätte Ihnen von ihr erzählen sollen«, versuchte er, sich zu erklären.

»Mir erzählen?«, fragte Domenika. »Was geht mich das denn an? Es gibt nichts, wofür Sie sich entschuldigen müssen.«

»Das meine ich nicht. Sie waren so freundlich, mir Ihre Hilfe anzubieten. Ich hätte …«

»Wie schaltet man diesen lächerlichen Apparat ein?«, fragte Domenika.

Bondurant verstand den Wink. Das Gespräch war beendet. Er wandte sich dem glatten metallischen Armaturenbrett neben sich zu und deutete auf den kleinen roten Knopf in der Mitte der Konsole.

»Einfach drücken«, sagte er.

Ihre Augen begannen zu leuchten, als sie an ihm vorbeifasste und den Knopf drückte. Nichts geschah. Verwundert blickte er auf das Armaturenbrett und drückte den Hauptschalter sowie den Einschaltknopf mehrere Male. Dann lehnte er sich verwirrt zurück.

»Ich weiß was«, sagte sie. »Versuchen wir mal, den da reinzustecken.« Sie deutete auf einen Stecker, der neben ihnen an der Wand vor der Steckdose auf dem Boden lag.

In seiner Eile, die Ausrüstung aufzubauen und mit seiner Untersuchung zu beginnen, bevor irgendjemand hier eintraf, hatte er das Grundlegendste vergessen. Er spürte, wie er puterrot anlief. Hastig bückte er sich und steckte kommentarlos den Stecker in die Steckdose – in der Hoffnung, sich eine weitere Blamage zu ersparen. Dann gab er ihr nickend zu verstehen, sie solle es erneut versuchen.

Das tat sie und wirkte erfreut, als das Netzwerk aus Minikameras und Laserprojektoren, das er mit akribischer Präzision über dem Grabtuch montiert hatte, zu summen begann und schnell hintereinander blinkend zum Leben erwachte.

Die Apparatur, die Bondurant mit zwei seiner genialen Studenten im *Enlightenment Institute* konstruiert hatte, konnte nur als experimentell beschrieben werden. In den Tests, die er in den Wochen vor diesem Trip durchgeführt hatte, hatte es *meistens* funktioniert. Jetzt aber war er darauf angewiesen, dass sein Aufbau brillierte. Nervös beobachtete er, wie sich erwartungsgemäß ein großer, verschwommener blauer Lichtfleck von etwa der Größe eines Sargs aus den Projektoren materialisierte und sich knapp über der heiligen Reliquie zu formen begann. Domenikas Gesicht, vor allem ihre Augen, leuchtete in dem seltsamen Farbton. Innerhalb weniger Sekunden fanden die hochauflösenden Kameras des Systems ihr Ziel und zoomten das bekannte Bild auf dem Grabtuch heran. Als sie es fokussiert hatten, begann sich die zuvor verschwommene Lichtaura langsam zu einem präziseren, schärferen Lichtviereck zu verdichten, das nun in der Luft schwebte.

Dann schrumpfte das Licht wie durch Zauberei noch weiter und begann, etwas Großartiges auszuformen: ein Hologramm in der deutlich zu erkennenden Gestalt eines menschlichen Wesens. Das geisterhafte, dreidimensionale Bild eines lebensechten Körpers schwankte vor und zurück, flackerte und verschwand einen Moment lang komplett. Dann tauchte es, so schnell wie es verschwunden war, wieder auf, allerdings schwebte es jetzt auf dem Rücken. Domenika trat einen Schritt zurück und sah Bondurant an wie einen Geist. Das Objekt schwebte jetzt knapp zweieinhalb Zentimeter über dem Tisch, als hätte es sich aus dem Stoff des Grabtuchs erhoben.

»Tretet vor!«, sagte Bondurant und wiederholte damit absichtlich den Befehl Jesu, als er Lazarus von den Toten erweckte. Er sah sich schnell um und vergewisserte sich, dass ihn niemand in dem gläsernen Observationszimmer nebenan sehen oder hören konnte.

»Großer Gott im Himmel!«, flüsterte Domenika. »Das ist unmöglich. Das ist nahezu genial!«

»Ich weiß«, entgegnete Bondurant. »Danke schön.«

Jetzt war er sogar froh darüber, dass Domenika seinen besonderen Moment gestört hatte, da dies eine Erfahrung war, die man teilen musste, um sie zu glauben.

Er griff nach dem Mikrofon an seinem Headset, das mit dem Aufnahmegerät in seiner Tasche verbunden war. Er merkte, dass sie noch etwas sagen wollte, legte aber den Zeigefinger auf die Lippen, um sie zum Schweigen zu bringen. Dann sah er auf die Uhr an der Wand.

»Mittwoch, 11. Juni, 20:03 Uhr«, sagte er. Sein Ton war nichtssagend. »Forensisch-anthropologische Untersuchung des Grabtuchs von Turin. Begutachtung durch Dr. Jon Bondurant. Untersuchung des Objekts durch Holografie.«

Sogar Bondurant war verblüfft von dem, was er da vor sich sah. So wie Secondo Pia das Bild auf dem Grabtuch der Welt vor 100 Jahren durch seine fotografischen Negative greifbarer gemacht hatte, konnte Bondurant nun demselben Bild mithilfe moderner holografischer Technologie ein dreidimensionales Leben einhauchen. Obwohl das Hologramm nur eine Lichtillusion war, ermöglicht durch Präzisionslaser-Projektoren und mehrlagige empfindliche Polyesterfolien, stellte es das lebensechteste Abbild des Mannes auf dem Grabtuch dar, das die Menschheit jemals gesehen hatte.

Bondurant schob seine Hand mitten durch das glühende blaugrüne Licht und justierte die Farbkontrolle an dem Gerät. Behutsam griff er nach Domenikas Hand und brachte sie dazu, sie neben das Bild zu legen. Er bat, sie dort liegen zu lassen. Dann ging er zum Armaturenbrett zurück und glich sorgsam die Hautfarbe der frei im Raum schwebenden Erscheinung mit ihrer eigenen ab. So lange, bis sie auf unheimliche Weise menschlich aussah.

»Sie können sie jetzt bewegen«, sagte er und deutete auf ihre Hand.

Hastig machte sie das Kreuzzeichen und starrte auf das, was da vor ihr schwebte.

»Das Subjekt ist männlich, ungefähr 1,73 Meter groß, geschätztes Gewicht 68 bis 72 Kilogramm«, sprach Bondurant in sein Mikrofon.

Er brauchte nur einen Moment, um zu der Erkenntnis zu gelangen, dass die vor ihnen schwebende, dreidimensionale Leuchtgestalt Einzelheiten auf dem Abbild des berühmten Grabtuchs offenbarte, die nie zuvor entdeckt worden waren. *Das wird tatsächlich funktionieren,* dachte er zufrieden. Was zuvor eine flache geisterhafte Gestalt eines Mannes auf einem Laken gewesen war, hob sich nun als deutlich erkennbares Relief hervor und brachte Bondurants Vorhaben, eine anthropologische Autopsie an projiziertem Licht durchzuführen, in greifbare Nähe.

Er kniete nieder und starrte gespannt zu dem aus Licht bestehenden Körper, nur wenige Zentimeter von seinem Gesicht entfernt. Er scannte die Gestalt von Kopf bis Fuß.

»Das vorliegende Bild erscheint in allen drei Dimensionen anatomisch korrekt«, stellte Bondurant fest und versuchte, seine Überraschung zu verbergen. Er zog ein kleines Maßband aus seinem Laborkittel und beugte sich über den Körper aus Licht.

»Halten Sie das für mich, ja?«, bat er Domenika, während er ihr ein Ende des Maßbands übergab. Er maß mehrere Elemente der leuchtenden Gestalt, von einem Ende und von einer Seite zur anderen. »Die Länge der

Extremitäten, Arme wie Beine, steht in korrekter Proportion zueinander. Dasselbe gilt für die Breite der Schultern und des Brustkorbs. Die Muskeln und die Skelettteile der Person scheinen auf ein Alter in den mittleren bis späten Dreißigern hinzudeuten.«

Er beugte sich noch näher heran und begutachtete den zentimetergroßen Abstand zwischen dem Leuchttisch und der vor ihm schwebenden Erscheinung, dann schüttelte er ungläubig den Kopf. »Das Subjekt weist am gesamten Körper Narben auf, die auf eine Geißelung hindeuten. Auf dem Nacken, dem Rücken, dem Gesäß und auf der Rückseite der Beine finden sich Hinweise auf Striemen und kleine Schnitte.«

Domenika sank neben Bondurant auf die Knie, um nachzusehen, was er damit genau meinte. Dann hielt sie sich die Hand aufs Herz und begann leise zu weinen. Er sah, wie die Tränen ihr Gesicht hinunterliefen, und hatte in seiner Hilflosigkeit keine Ahnung, was er tun konnte, um sie zu trösten. Er legte ihr eine Hand auf die Schulter und drückte sie sanft. Bei dem Versuch, sie zu beruhigen, fühlte er sich jedoch sofort unbehaglich. Schnell nahm er die Hand wieder weg. Zögernd ließ er Domenika kniend zurück, stand auf und warf einen genauen Blick auf die Hände des Hologramms, die auf dem Bauch lagen. Dann wandte er sich den Füßen des Abbildes zu. Mehrere Minuten lang untersuchte er sie stumm aus nächster Nähe. Sowohl an den Händen als auch an den Füßen des Abbildes befanden sich augenscheinlich große kreisförmige Verletzungen. Er trat einen Schritt von der Gestalt zurück und verschränkte nachdenklich die Arme.

Dann griff er wieder nach seinem Mikrofon. »Die Person wurde gekreuzigt«, schlussfolgerte Bondurant zaghaft.

Ihm gegenüber, auf der anderen Seite des Leuchttisches, sagte Domenika flüsternd das Vaterunser auf.

»Die Einstichlöcher in den Händen«, fuhr Bondurant fort, »sind etwa zwei Zentimeter breit und scheinen von quadratisch geformten Nägeln herzurühren. Der Größe der Einkerbungen nach zu urteilen, die an der linken Hand stärker ausgeprägt sind, würde ich eine Breite von zwei Zentimetern mit Nägeln in Verbindung bringen, die schätzungsweise zwölf bis 17 Zentimeter lang waren.«

Er schnitt eine Grimasse und sagte: »Clever.« Er sah zu Domenika und zog sie an der Hand zu sich heran. »Diese Löcher in den Händen vermitteln ganz den Anschein, als wären die Nägel direkt in den Destoteschen Punkt getrieben worden. Wissen Sie, was das ist?«

Sie schüttelte langsam den Kopf, war jedoch nicht in der Lage zu antworten. Bondurant begann sich wegen des tranceartigen Zustands, den sie beinahe erreicht hatte, Sorgen zu machen. Er wollte ihr Interesse wecken, damit sie hier in der Gegenwart blieb.

»Er befindet sich zwischen dem Handwurzelknochen und der Speiche und teilt den Mittelarmnerv. Sie haben versucht, Hauptarterien zu umgehen und Knochenbrüche zu vermeiden«, sagte Bondurant. »Sie hatten kein Interesse daran, diese Person schnell verbluten zu lassen. Sie sollte absichtlich leiden. Diese Hinweise deuten auf Experten hin, die eine langsame Folter durchgeführt haben.«

Eine weitere Träne rann ihre Wange hinunter.

Bondurant merkte, dass seine stoische Art der Tatsachenfeststellung sie nur noch unglücklicher machte.

»Sind Sie sicher, dass Sie für den Rest der Untersuchung hierbleiben möchten?«, fragte er. Es war lange her, seit er mit jemandem so sehr mitgefühlt hatte. Eigentlich war er sogar sicher, dass er noch nie ein derartiges Gefühl verspürt hatte. Er versuchte, diese Emotion wie ein lästiges Spinnennetz aus seinem Bewusstsein zu wischen. Aber er machte sich ernsthaft Sorgen um sie, und seine Untersuchung war erst zur Hälfte abgeschlossen.

»Jaja. Bringen Sie es bitte zu Ende«, forderte sie ihn auf. »Ich komme schon klar.«

Er wandte sich von ihr ab und starrte noch einmal auf die Löcher, die in beiden Füßen des Abbildes deutlich zu erkennen waren. Angesichts dessen, was er vermutete, wurde ihm etwas übel dabei. Um Domenika zu schonen und um die Untersuchung zu beschleunigen, gab er seine Befunde rasch zu Protokoll.

Dabei sah er auf die Uhr an der Wand und befürchtete, Domenikas Kollegen könnten vom Abendessen zurückkehren, bevor er fertig war.

»Ein Nagel. Ein großer Nagel«, sagte er eilig. »Beide Füße wurden zusammengenagelt, übereinanderliegend, von einem einzigen Nagel, wie es das drei Zentimeter breite Loch im Intermetatarsalwinkel des rechten Fußes beweist. Es bestehen kaum Zweifel, dass er die Endabzweigungen des *nervus peroneus* durchbohrt hat. Ein kleineres Loch im linken Fuß, genau genommen im hinteren Bereich, schätzungsweise zwei Zentimeter breit, hat das dünnere, schärfere Ende des oben genannten Nagels abbekommen.«

Bondurant hielt einen Moment lang erschrocken inne. Er bemerkte, dass seine eigene Brust begonnen hatte, sich vor und zurück zu bewegen. Er nahm an, dass seine Symptome einer überdurchschnittlichen Besorgnis aufgrund dieser erstaunlichen Entdeckung ausgelöst wurden. Angesichts des qualvollen Todes, den das vor ihnen liegende Opfer offensichtlich erlitten hatte, war es unmöglich, kein Mitgefühl zu empfinden. Nachdem er einen

Moment lang durchgeatmet hatte, nahm er seine akribische Untersuchung des Abbildes wieder auf, von den Oberschenkeln bis zu den Füßen. Etwas störte ihn jedoch.

Er zog sich einen Stuhl heran, setzte sich darauf, lehnte sich zurück und betrachtete das holografische Bild verwirrt von der Seite. Er rief sich die Evangelien ins Gedächtnis und erinnerte sich daran, dass es laut christlicher Überlieferung die beiden Verbrecher links und rechts von Jesus waren, denen römische Soldaten die ›Gnade‹ erwiesen hatten, ihnen die Beine zu brechen. Gemäß den Evangelien war dies ein ›Gefallen‹, der Jesus versagt blieb. Da sie nicht mehr in der Lage waren, sich mithilfe der zertrümmerten Oberschenkel am Kreuz hängend nach oben zu drücken, erlitten die Diebe aufgrund der Knochenbrüche einen massiven Blutverlust und hatten während der Kreuzigung das gesamte Gewicht ihres Körpers zu tragen. Der biblischen Überlieferung nach erlitten sie gnädigerweise einen schnelleren Tod. Was man über dieses Opfer hier nicht sagen konnte.

»Keine Anzeichen eines Crurifragiums des Subjekts. Keine gebrochenen Beine, um den Tod zu beschleunigen, der vermutlich an einem Holzkreuz erfolgt ist.«

Domenika blickte betroffen auf. »Warum bestehen Sie darauf, dieses Wunder, das Sie vor unseren Augen erschaffen haben, als bloßes ›Subjekt‹ zu bezeichnen? Es ist künstlich, ein Lichtobjekt, ich weiß. Es gehört in die Welt der Kameras, des Films und der wundersamen Maschinen. Trotzdem ist es das Bild von Jesus Christus, meinem Herrn und Erlöser. Das muss Ihnen doch mittlerweile klar geworden sein.«

Bondurant war erschüttert von dem, was sie gesehen hatte, versuchte aber, die Fassung zu bewahren. Er wusste, dass das Bild vor ihnen Tausende von Männern darstellen konnte, die seit Beginn dieser Gepflogenheit gekreuzigt worden waren. Aber er wollte sich nicht weiter mit Domenika streiten, vor allem nicht jetzt. Im Vorfeld seiner Untersuchung des Grabtuchs hatte er sich Dutzende Beispiele alter und sogar seltener moderner Kreuzigungen in der Dritten Welt angesehen und wusste daher, dass das gekreuzigte Individuum vor ihnen jeder x-Beliebige sein konnte. Und dennoch hatte sich Bondurant bis zu diesem Moment nicht die offensichtliche Frage gestellt: War es möglich, sich einzugestehen, dass er tatsächlich eine Person untersuchte, die so vielen unter dem Namen ›Jesus‹ bekannt war? Die Gemeinsamkeiten des Lichtkörpers und der biblischen Beschreibung des gekreuzigten Jesus waren erstaunlich. Wenn es stimmte, dann waren die Folgen für Bondurant lebensverändernd. Doch er wischte den absurden Gedanken so schnell beiseite, wie er gekommen war.

»Angesichts dieser Wunden und der offensichtlichen Hinweise auf massive Gewalteinwirkung aufgrund einer Kreuzigung«, sprach er in sein Mikrofon, »handelt es sich bei der Todesursache dieses Individuums höchstwahrscheinlich um eine erschöpfende Asphyxie. Ein angestrengtes Atmen über mehrere Stunden hinweg, in Verbindung mit einem Kollaps der Herzkranzgefäße.«

Domenika wirkte müde. Sie sagte nichts.

Bondurant stand langsam von seinem Stuhl auf und kam mit der Nase bis auf zweieinhalb Zentimeter an das erhabene Gesicht des Abbildes heran, das die Anhänger des Christentums weltweit für das von Jesus Christus hielten.

»Wer bist du?«, flüsterte Bondurant dem Lichtbild zu, das sich direkt vor ihm befand.

Er räusperte sich, dann starrte er erneut genau auf das Gesicht des Hologramms.

»Ich finde keinen Hinweis auf Insekten, Vögel oder Tiere, die sich in die Augenhöhlen, Nase und Mund des Subjekts vergraben haben. Alle Körperöffnungen wirken intakt. Anders als bei den meisten Kreuzigungen, die mir bekannt sind, wurde dieses Individuum nicht hängen gelassen und nicht tagelang zur Schau gestellt.«

Nachdem er die linke Brustseite des Abbildes vorsichtig untersucht und keinen Hinweis auf tiefe oder schwere Stichwunden gefunden hatte, zog er seine Notizen hinzu und umrundete den Leuchttisch in der Absicht, auch die gegenüberliegende Seite des Abbildes zu untersuchen.

Domenika blickte auf. »Ich weiß, wonach Sie suchen«, sagte sie.

Bondurant antwortete nicht, suchte den leuchtenden Brustkorb aber von oben bis unten konzentriert nach Anzeichen von Narben oder Einkerbungen ab. Er dachte dabei an die Bibelgeschichte, in der Longinus, ein römischer Wachposten, Jesus später mit einem Speer in die Seite gestochen hatte, um ihm weitere Leiden zu ersparen. Erstaunlicherweise entdeckte er auf der Brust eine schwache faustbreite Linie, genau oberhalb der Stelle, an der sich die rechte Herzkammer des Abbildes befinden musste. In völliger Fassungslosigkeit sank er auf die Knie und besah sich die Narbe sorgfältig mehrere Minuten lang mit einem Vergrößerungsglas.

Domenika kam an seine Seite und kniete ebenfalls nieder.

»Nicht möglich«, sagte er. Dies war einer der wenigen Momente in seinem Leben, in denen Bondurant vollkommen überwältigt war.

»Mehr als möglich«, gab sie zurück. »Göttlich!«

Mit zitternder Hand griff Bondurant nach dem Armaturenbrett und versuchte, den Kontrast besser einzustellen, um die Umrisse des Bildes schärfer zu bekommen. Es hatte keinen Zweck. Sein Blick begann aufgrund des Schlafmangels zu verschwimmen, ganz abgesehen von einem unverkennbaren Kloß, der sich in seiner Kehle bildete. Er schloss die Augen und nahm seine Kräfte zusammen, um die Fassung wiederzuerlangen. »Streichen Sie das«, sagte er, als er die Augen wieder öffnete. »Das scheint eine Narbe unbestimmbarer Herkunft widerzuspiegeln. Auf der rechten Seite des Brustkorbs, unter dem Brustmuskel. Verlangt nach eingehender Studie durch die morgige Bilderfassung. Tag drei der Untersuchung.«

Damit wandte er sich schweigend der Gerätschaft zu und drückte den Aus-Knopf auf der Unterseite der Konsole. Er sah dabei zu, wie das Bild des Gekreuzigten sich langsam auflöste und nur noch ihre beiden Seelen, die mysteriöse Reliquie und seine neu gewonnenen Fragen in der Dunkelheit zurückließ.

17

Turin, Italien
Juni 2014

»Wohin? Wohin, ihr Turteltäubchen?«, fragte der junge afrikanische Taxifahrer mit breitem Grinsen. Er sprach mit französisch-algerischem Akzent.

»Hotel Victoria. Und geben Sie Gas!«, sagte Pater Parenti und offenbarte ein Lächeln. Dann begann er zu lachen und der Taxifahrer tat es ihm gleich. »Das wollte ich schon immer mal sagen. Das ist meine allererste Taxifahrt, wissen Sie?«, sagte der Priester begeistert. Aldo sprang aus Parentis kleiner Umhängetasche und hüpfte hastig vom Rücksitz zur Ablage des Heckfensters, damit er die Aussicht hinter ihnen genießen konnte.

»*Félicitations, mon père!*«, sagte der Fahrer, während er das Taxi langsam vom Bordstein in den dichten Verkehr lenkte. »Jeder hat mal sein erstes Mal!«

Es war Tag sieben der Untersuchung und sie waren mit einem entspannten freien Sonntag gesegnet – ihre einzige Pause in ihrem zweiwöchigen Arbeitsplan. Parenti und Domenika waren auf dem Rückweg vom *Ristorante Barolo,* wo sie nach einem langen angenehmen Spaziergang im Anschluss an die Messe zu Mittag gegessen hatten. Auch Domenika war ausgesprochen gut gelaunt angesichts der Tatsache, dass die Untersuchung des Grabtuchs bisher vielversprechende Ergebnisse geliefert hatte. Und nach allem, was man hörte, war man auch in Rom zufrieden. Sie wandte sich an Parenti und hob die Augenbrauen.

»Ich bin neugierig. Was konnten Sie sonst noch über Bondurant herausfinden? Wurde der Zusatzbericht geschickt, den ich angefordert habe?«

Parenti hatte die Frage erwartet. Selbstverständlich hatte er das vertrauliche Dossier gelesen, das gestern vom Archiv des Vatikans eingetroffen war. Ihr Taxi steckte im Stau und ihm wurde klar, dass die Fahrt zurück zum Hotel genügend Zeit bot, um Domenikas Fragen zu beantworten. Er hatte auch einige unerwartete Neuigkeiten für sie. Aber gerade als er den Mund öffnete, um ihr zu antworten, meldete sich der Taxifahrer zu Wort.

»*Pardonnez-moi,* meine Freunde«, sagte er. »Reisen Sie mit anderen zusammen?«

»Nein«, antwortete Domenika. Sie sah sich um. »Wie meinen Sie das?«

»Hinter uns ist ein Auto, sehr nahe«, murmelte der Taxifahrer. »Der schwarze Mercedes. Er wechselt mit mir zusammen die Spur. Mehrmals schon.«

Domenika und der Priester drehten sich beide um, schauten nach hinten und entdeckten eine dunkle viertürige Limousine, die ihnen folgte. Aldo begann auf der Ablage vor und zurück zu tänzeln. Der Fahrer des Mercedes war durch das Sonnenlicht, das von der Windschutzscheibe des Wagens reflektiert wurde, nicht zu erkennen. Domenika zuckte die Achseln.

»Gehört nicht zu uns«, sagte sie.

»Mein Fehler«, meinte der Taxifahrer. »Dummer Gedanke.«

Parenti drehte sich wieder zu ihr um.

»Wo waren wir? Ach ja, Bondurant. Das Grundlegende wissen Sie bereits«, stellte er fest und fuhr fort: »Das meiste von dem, was unsere Rechercheure den zusätzlichen Dokumenten und den Gesprächen mit denen, die bereit waren zu reden, entnommen haben, ist im Grunde banal. Persönliche Angelegenheiten, die Sie wohl nicht sonderlich interessieren dürften.«

»Sparen Sie das Alltägliche nicht aus, Pater«, kommentierte sie.

Er war froh, dass sie ein ehrliches Interesse an Bondurant zeigte, auch wenn er merkte, dass sie die Letzte war, die das zugeben würde. Bondurant war bei Weitem nicht perfekt. Er hatte seine Laster. Aber bei ihrem ersten Treffen hatte Bondurants einzige Gefälligkeit dem kleinen Priester gegenüber gereicht, um Parenti für sich zu gewinnen. Damit hatte der Mann ein Herz jenen gegenüber bewiesen, die weniger begünstigt waren als er selbst. Und dem Priester bedeutete das sehr viel. Parenti hatte kein Problem damit, den Kuppler zu spielen, so unwahrscheinlich die Aussicht, dass die beiden zusammenkamen, auch schien. Obwohl sie sich auf ihrem Sitz zurücklehnte, spürte er, dass sie es vor Spannung kaum aushielt, wenn es um tiefer gehende Erkenntnisse über Bondurant ging.

»Eine Suchtpersönlichkeit, so viel ist sicher«, sagte Parenti kopfschüttelnd.

»Ja, das Trinken. Erzählen Sie mir etwas, das ich noch nicht weiß.«

»Nun, unsere Nachforschung hat ergeben, dass es darüber hinausgeht. Er ist zweifellos intelligent. Der Beste seines Jahrgangs und so weiter. Aber seine Erfolge sind ihm oft zu sehr in den Schoß gefallen. Man könnte sagen, dass er das Leben als langweilig empfindet. Typ A, immer ein Ziel vor Augen. Alles, was ihn lange genug fasziniert, um sein Interesse zu bannen. Und danach wendet er sich wieder etwas Neuem zu. Sein Suchtverhalten dient mehr dem Zeitvertreib, denke ich. Das Trinken, das Rauchen, die Eroberungen, die …«

»Die was?«, fragte Domenika.

»Die Eroberungen. Die Eroberungen von Frauen. Bestimmt haben Sie das bemerkt.«

»Nein, Pater, das habe ich ehrlich gesagt nicht«, erwiderte sie und täuschte erneut Desinteresse vor.

»Nun, er hat jedenfalls Sie bemerkt. Seit wir hier angekommen sind und Sie ihn von den Füßen gerissen haben, hat er nicht mehr aufgehört, von Ihnen zu reden.«

»Das kann nicht Ihr Ernst sein, Pater«, reagierte sie abweisend. »Wann hätte er dafür denn überhaupt Zeit gehabt?«

Parenti war klar, dass er etwas übertrieb. Aber er war begeistert von der Aussicht, dass Domenika und Bondurant einander näherkamen. Seltsamerweise kam es ihm vor, als wären die beiden wie füreinander geschaffen. Seit dem Moment, in dem sie sich in Turin begegnet waren, hatte er die unausgesprochene Anziehung zwischen ihnen gespürt, und das freute ihn für sie. Parenti verehrte Domenika. Ganz besonders mochte er ihre Güte, die sie ihm, einem entstellten, verkrüppelten Priester gegenüber, an den Tag legte. Der Vatikan war für ihn ein Gefängnis und nur in die Jahre gekommene Priester sollten dazu verdammt sein, ihre restliche Zeit dort zu verbringen. Er war kein Ort für eine Frau ihres Temperaments, die ein so vielversprechendes Leben vor sich hatte. Er griff in seine Tasche, holte ein Leckerli für Aldo heraus und fuhr fort.

»Ich mag unseren Dr. Bondurant, aber sehen Sie sich vor, Domenika«, sagte Parenti. Er sah aus dem Fenster, während der Taxifahrer an einem von Turins herrlichen Gärten vorbeiraste. »Sie kennen Pater Alfeo, den Spezialisten aus der Abteilung für moderne Literatur?«

»Nein, tut mir leid. Sagt mir nichts.«

»Er ist ein ausgebildeter Psychologe. Er hat Bondurants Akte für mich beurteilt. Und er hat dafür einen sehr amerikanischen Ausdruck gewählt. Sehr clever, das muss ich sagen.«

»Und der wäre?«, fragte Domenika.

»Er sagte, Dr. Bondurant interessiert sich nicht für ›Mrs. Right‹. Er will ›Mrs. Right Now‹.« Parenti klopfte sich auf die Schenkel und begann zu lachen. »Nur eine bezaubernde Frau wie Sie kann das kurieren.«

Domenikas umgehendes Stirnrunzeln würgte Parentis Heiterkeit ab.

»Lassen Sie mich Alfeos Bericht umformulieren«, sagte der Priester, während er in seine Dokumente starrte und Domenikas Blick auswich. Er begann, die Liste der Charaktereigenschaften abzuhaken, mit denen das Dossier Bondurant beschrieb: »Hochgradig promiskuitiv, Mangel an Empfindsamkeit oder der Fähigkeit, romantische Gefühle zu entwickeln. Gleichgültig den Gefühlen von Frauen gegenüber, betrachtet sie als Objekte der Geborgenheit, liebt …«

»Das reicht!«, protestierte Domenika.

»Aber hier steht noch so viel mehr, Domenika«, entgegnete Parenti. »Frauenfeindlich, Bereitschaft für …«

»Was steht da *sonst* noch, abgesehen von seinen Beziehungsproblemen, Pater?«

»Eine amerikanische Geschichte«, fuhr Parenti fort. Sorgsam faltete er seine Notizen zusammen und referierte aus dem Gedächtnis. »Ein kluger Mann. Wurde offensichtlich schnell erwachsen. Autodidakt. Ungeduldig. Erträgt Dummköpfe nicht so leicht.«

»Sonst noch etwas?«

»Nun, er ist reich. So viel kann ich Ihnen sagen. Aber die, die ihn gut kennen, behaupten, er sei übertrieben großzügig. Er ist dafür bekannt, dass er sein Geld Freunden, ja sogar Fremden schenkt, und zwar schneller, als er es verdienen kann. Gier ist ein Laster, das ihm erspart geblieben ist. Und dann ist da noch diese erstaunlich seltsame Uhr. Ich denke, auch sie sagt etwas über ihn aus.«

»Was meinen Sie? Was stimmt mit seiner Uhr nicht?«, fragte sie nun doch offensichtlich interessiert.

»Haben Sie diese Uhr denn nicht gesehen? Er trägt sie. Jeden Tag.«

»Nein. Was ist daran so besonders?«

»Sie zeigt nicht die Zeit an – zumindest nicht die Zeit, wie Sie und ich sie kennen. Sie zeigt *seine* Zeit an – die, die ihm noch bleibt.«

»Ich verstehe nicht, was Sie meinen.«

»Er hat es mir erklärt. Er hat sie sich patentieren lassen. Hat sie selbst entwickelt. Er glaubt, dass er weiß, wie viel Zeit ihm auf Erden noch bleibt, bis auf das Jahr und den Monat genau. Ich kann Ihnen nicht sagen, wie er das im Einzelnen berechnet hat, aber er hat jeden Aspekt seines Lebenswandels festgehalten – seine genetische Veranlagung, seine Familiengeschichte, seine Risikofaktoren, Cholesterinspiegel, Blutdruck, das Trinken, das Rauchen, nächtliche Schlafdauer, Vitaminpräparate. Anscheinend ist das alles in einer Formel, die das Ende vorhersagt.«

»Das Ende?«

»Sein Ende.«

»Das ist einfach nur morbide«, meinte sie.

»Vielleicht«, erwiderte Parenti nachdenklich. »Aber er sagt, dass ihn das nicht um den Schlaf bringt. Er sagt, dass es ihn jeden Tag daran erinnert, wie schnell seine Zeit abläuft und dass er lieber das Beste daraus machen sollte.«

»Und wie viel Zeit bleibt ihm demnach?«

»Das verrät er nicht. Als ich ihn gefragt habe, meinte er nur: ›Nicht genug.‹«

»Wir alle würden wahrscheinlich ein solches Schmuckstück tragen, Pater, würden wir wie er glauben, wir hätten nur ein einziges Leben.«

»*Pardonnez-moi* noch mal, meine Freunde«, unterbrach der Taxifahrer. »Ich nehm's zurück. Wir *werden* verfolgt.«

»Sie machen Witze«, sagte Domenika, während sie sich ein weiteres Mal umdrehte und nach hinten blickte. »Wer ist das? Die Polizei? Was sollten die von uns wollen?«

»Das ist nicht die Polizei, Freunde«, entgegnete der Taxifahrer. »Wollen Sie, dass ich sie abhänge?«

»Ja, ja, ja! Das ist ein Spaß!«, rief Parenti. Er spürte, dass auch Aldo ein ernstes Problem hinter ihnen witterte. Er war von seinem Platz am Rückfenster zurück in seine Tasche gesprungen und begann nun, leise zu knurren.

»Mit Sicherheit ist das *kein* Spaß«, entgegnete Domenika. Sie streckte den Hals, um noch einmal einen Blick nach hinten zu riskieren. »Wer in aller Welt sollte sich für uns interessieren?«

»Ich habe keine Ahnung«, antwortete Parenti. »In dieser Stadt mangelt es jedoch nicht an merkwürdigen Leuten, die wissen, dass wir hier sind und was wir hier machen. Einige nehmen Wetten an.«

Parenti starrte ebenfalls nach hinten, konnte aber immer noch nicht sehen, wer nur ein paar Meter hinter ihnen in dem Auto saß. Während er versuchte, die Gestalt hinter dem Lenkrad zu erkennen, wurde Domenika sichtlich nervös.

»Bringen Sie uns bitte nur sicher zurück ins Hotel. Mehr verlangen wir nicht«, drängte sie den Taxifahrer.

Es gab noch eine weitere Information, die der Priester über Bondurant in Erfahrung gebracht hatte. Diese

Neuigkeit war schwer zu vermitteln und weitaus beunruhigender als alles, was er davor erzählt hatte. In Gedanken hatte er mit sich gerungen, ob er es Domenika oder irgendeinem anderen verraten sollte, doch angesichts der Einblicke, die es seiner Gewissheit nach liefern würde, kam er zu dem Entschluss, dass er gar keine andere Wahl hatte. Pater Alfeo hatte es in einem verschlossenen Aktenschrank gefunden. Dieser stand in einem verborgenen privaten Leseraum der weitläufigen Archive des Vatikans, von dem nur wenige wussten, und noch weniger hatten die Erlaubnis, ihn zu betreten. Parenti blickte noch einmal nervös hinter sich, dann wandte er sich dem Taxifahrer zu.

»Wie lange, denken Sie, dauert es noch bis zum Hotel?«

»Der Verkehr ist heute übel, Pater«, gab der Fahrer zurück. »Noch mindestens zehn Minuten.«

»Na gut. Dann bringen wir es hinter uns«, sagte der Priester, während er sich zu Domenika wandte und sie ansah. Er holte tief Luft. »Meines Erachtens gibt es mildernde Umstände für Dr. Bondurants langjährigen Widerstand gegen den Glauben. Etwas, das dazu führen könnte, dass Sie ihn in einem, in einem …«

»In was, Pater?«

»In einem, nun, einem neuen Licht sehen. Einem anderen Licht.«

»Pater, es ist kein Geheimnis, warum er Atheist ist. Er hat Bücher über das Thema geschrieben.« Sie beobachtete weiter den Verkehr hinter ihnen, hatte aber ihren Verfolger aus den Augen verloren.

»Jaja, das hat er in der Tat«, sprach Parenti weiter. »Sein logisches Konstrukt, mit dem er als Atheist und als Skeptiker gegen die Existenz eines Gottes argumentiert, ist ganz klassischer Art. Evolution, Kosmologie und all das.

Er hat unsere Glaubenslehre wie einen Boxsack benutzt, nicht wahr?«

»Das ist mir nicht verborgen geblieben, Pater. Ich hatte das Pech, mich auf der Rednerbühne mit ihm zu kabbeln.«

»Davon habe ich gehört. Eins sollten Sie wissen, Domenika«, sagte Parenti, während er abermals aus dem Heckfenster blickte, um die Geschehnisse hinter ihnen im Auge zu behalten. »Ich glaube, dass es in seinem Innern eine Quelle seiner Wut gibt, vielleicht sogar Hass, auf die Kirche und auf unseren Glauben, was, um die Wahrheit zu sagen, berechtigt ist. Unaussprechliche Dinge. Sie erklären so vieles.« Der Taxifahrer lenkte den Wagen in eine breiter werdende Straße, wendete über zwei Fahrspuren hinweg und verlangsamte das Taxi bis zum Schritttempo, um die Entschlossenheit ihrer Verfolger zu testen. Er schüttelte den Kopf, als die schwarze Limousine seinem Beispiel folgte und erneut hinter ihnen auftauchte.

Parenti zögerte. Er hatte keine Ahnung, warum sie verfolgt wurden, und fragte sich, ob er das Thema beenden und es sich für einen anderen Zeitpunkt aufheben sollte. Allerdings wusste er nicht, wann er noch einmal die Gelegenheit dafür bekommen würde. Er überlegte sich, wie er erklären sollte, was er erfahren hatte, dann nahm er all seinen Mut zusammen, griff nach Domenikas Händen und nahm sie in seine.

»Es gibt Listen«, erklärte der Priester. Eine Welle der Übelkeit erfasste ihn plötzlich. Um sie zu unterdrücken, biss er sich auf die Unterlippe und sprach dann weiter: »Ein paar davon ziemlich alt, einige neu. Ich wusste bisher nichts von diesen Listen, aber offensichtlich beinhalten sie die Namen *der Betroffenen*. Pater Alfeo hat das bestätigt.« Parenti richtete seinen Blick nach unten und blieb vollkommen stumm, da ihm die Worte fehlten.

»Was meinen Sie mit ›Betroffenen‹, Pater?« Sie drückte seine Hände, um seine Aufmerksamkeit zurückzuerlangen.

»Es sind die Namen der Unschuldigen, die uns von gewissen Priestern und auch Nonnen über viele Jahre hinweg mitgeteilt wurden«, sagte Parenti. »Die Namen unzähliger Kinder, die von einigen aus der Priesterschaft missbraucht wurden. Namen, Namen, Namen, alle im Geheimen auf Listen vermerkt. Nach allem, was ich sagen kann, Domenika, sind es *Tausende*. Sie sind *nur* der Kirche bekannt, und zwar durch jene, die ihre schrecklichen Sünden gebeichtet haben.«

Domenika sah Parenti mit einer Traurigkeit an, wie er sie nie zuvor gesehen hatte. Tränen stiegen ihr in die Augen.

»Diese Leute, diese Monster«, fuhr Parenti fort, »wurden verpflichtet, die Namen ihrer Opfer zu dokumentieren, als sie sich nach und nach stellten, um Vergebung für ihre Taten zu erbitten. Die meisten dieser Geschichten sind Geständnisse auf dem Sterbebett. Diese Listen bedauernswerter Kinder und der schrecklichen Taten, die gegen sie verübt wurden, offenbaren die dunkelsten Geheimnisse der Kirche.«

Parenti beobachtete Domenika, während sie anscheinend über jedes seiner Worte nachdachte. Es war, als wäre seine Offenbarung in Form einer langen, Furcht einflößenden Schlange auf sie zugekrochen. Domenika löste ihre Hand aus denen des Priesters, wich zurück und sah ihn an, als würde sich eine weitere Offenbarung, bereit zum Angriff, vor ihr zusammenringeln.

»Pater Parenti, ich denke, ich weiß, was Sie gleich sagen werden«, meinte sie und ihre Hände zitterten. Genau im selben Moment hielt das Taxi vor ihrem Hotel.

Die Limousine, die jeder ihrer Bewegungen gefolgt war, fuhr neben sie und blieb dann ebenfalls stehen. Als sich ihr Taxifahrer aus dem Fenster beugte, um einen Blick ins Innere der mysteriösen, nur Zentimeter entfernten Limousine zu werfen, begann deren Motor plötzlich zu röhren und das Auto jagte davon.

»Ich bin mir nicht sicher, ob Sie das wissen, mein Kind«, gab der Priester zurück. Er hielt einen Augenblick inne, dann sagte er: »Ich habe mir bestätigen lassen, dass der jüngere Bruder unseres Freundes Dr. Bondurant auf dieser Liste steht.«

18

Turin, Italien
Juni 2014

Acht Tage waren seit Beginn seiner Untersuchung vergangen und Bondurant trieb sein Team dazu an, in rasender Geschwindigkeit Fortschritte zu machen. Er hatte keine andere Wahl. Denn er wusste, dass in den kommenden Tagen noch einige der kompliziertesten Arbeitsschritte vor ihnen lagen. Danach würden wochenlange akribische Analysen folgen. Mehr als 100 Wissenschaftler wären dann in fünf verschiedenen Laboren, die von Albuquerque bis Tokio verteilt waren, damit befasst, bevor ein Bericht ihrer Ergebnisse veröffentlicht werden konnte. Er war stolz auf die Anstrengungen, die sein Team unternommen hatte, seit die Reliquie vor gut einer Woche in die Universitätslabore überführt worden war. Aber sie hingen im Zeitplan zurück und die Emotionen begannen überzukochen.

Und genau wie Bondurant angenommen hatte, waren es die Fünf-Proben-Entfernungstests von Dr. Terry O'Neil und seinem Team, die den Kirchenvertretern bislang die größten Magenschmerzen bescherten. Genau genommen war wegen der Angelegenheit im Labor beinahe ein Faustkampf mit den ›vatikanischen Aasgeiern‹, wie Bondurant sie getauft hatte, entbrannt, und er war froh, dass sie diese Auseinandersetzung hinter sich hatten.

Der Eklat hatte eine Hintergrundgeschichte. Frühere wissenschaftliche Experimente an dem Grabtuch, die bis ins Jahr 1988 zurückreichten, hatten die permanente Entnahme einer winzigen Stoffprobe von der Größe eines Streichholzkopfs beinhaltet, zu dem erklärten Zweck, sie zu zerstören. Die Zerstörung der Probe war damals die Voraussetzung für eine Kohlenstoffdatierung gewesen, so wie auch für O'Neils gegenwärtiges Vorhaben. Aber keine andere Forschungsmethode, die die Wissenschaft zu bieten hatte, konnte das genaue Alter des Grabtuchs besser verifizieren als O'Neils Arbeit mit der Kohlenstoffdatierung.

Jedes Lebewesen basiert auf Kohlenstoff – ob Mensch, Tier oder Pflanze. Er ist der Baustein des Lebens. Wenn Organismen sterben und sich die Kohlenstoffverbindungen zersetzen, nimmt die Menge des sogenannten C14 ab. Dabei handelt es sich um radioaktive ^{14}C-Atome, deren Messung mithilfe der Radiokarbonmethode beziehungsweise Radiokohlenstoffdatierung möglich ist. Je älter der Kohlenstoff, desto weniger C14 ist nachweisbar. Eine Messung des verbliebenen Karbonanteils in einer dem Grabtuch entnommenen Leinenprobe würde somit das Alter des Materials bestimmen. Im Ergebnis wären jedoch die fünf Proben, mit deren Entnahme sich die Kirche einverstanden erklärt hatte, vollständig zerstört und könnten nie wieder ersetzt werden.

O'Neils Arbeit war von entscheidender Bedeutung. Die C14-Tests, mit denen vor 26 Jahren das Labor für DNA-Identifikation der *University of Arizona* sowie die *Eidgenössische Technische Hochschule* an Stoffproben des Grabtuchs befasst waren, hatten seinerzeit zu heftigen Kontroversen geführt. Die Schlussfolgerungen der Wissenschaftler waren zum viel diskutierten Streitgegenstand geworden. Alle Beteiligten hatten damals behauptet, dass der Ursprung des Grabtuchs mit 95-prozentiger

Wahrscheinlichkeit im Mittelalter lag, also nicht zu Lebzeiten von Jesus, und das Grabtuch damit eine Fälschung war. Was die Wissenschaftler bei ihrer Untersuchung nicht gewusst hatten, war der Umstand, dass sie Stoffproben aus einem Bereich des Grabtuchs entnommen hatten, bei dem es sich um einen mittelalterlichen Reparaturflicken handelte.

Bei dem über 2000 Jahre alten Relikt wurden im Laufe der Zeit viele Ausbesserungen vorgenommen. Bevor das Grabtuch in Turin ausgestellt wurde, war es in einer kleinen Kapelle in *Chambéry,* der Hauptstadt Savoyens, aufbewahrt worden. Dort wurde es im Jahre 1532 beinahe bei einem Brand zerstört, als geschmolzenes Silber auf den Stoff getropft war und symmetrische Löcher in die einzelnen Schichten des gefalteten Leintuchs gebrannt hatte. Nonnen hatten monatelang fieberhaft daran gearbeitet, den Schaden akribisch genau mit den in der Region verbreiteten Stoffen ihrer Zeit zu beheben. Mehr als 160 Jahre später wurden an genau diesen mittelalterlichen Flicken weitere Ausbesserungsarbeiten vorgenommen. Zwei Jahrhunderte danach wurden weitere Flicken in den Stoff eingenäht und erst im Jahre 2002 erfolgte eine komplette Restauration des Grabtuchs im Auftrag des Vatikans, bevor es dann öffentlich ausgestellt wurde. Dabei wurden Materialrückstände sowie mehr als zwei Dutzend alte Flicken entfernt.

Um die Fehler der Vergangenheit zu vermeiden, hatte O'Neil die schwierige Aufgabe, für die C14-Datierung dieses Mal dem Grabtuch fünf winzige Stoffproben in einem fünfeckigen Muster aus allen Bereichen des körperlichen Abbildes zu entnehmen. Ihre Auswahl wurde so getroffen, dass dabei die zahlreichen mittelalterlichen Flicken komplett ausgespart wurden. Strengstens untersagt war hingegen die Entnahme im Gesicht des Abbildes. O'Neil blieben für die Stoffproben damit nur Stellen aus anderen bedeutsamen Bereichen. Zu diesen zählten unter anderem das Schlüsselbein des Abbildes, direkt unterhalb des Halses, sowie zwei parallele Punkte im Brust- und Beinbereich. Die Größe der Proben, die aus dem Tuch geschnitten wurden, durfte nicht mehr als die dreifache Größe eines Streichholzkopfes beziehungsweise sechs Millimeter Durchmesser betragen. Auf diese Weise erhielt O'Neil eine kleine, aber ausreichende Menge Material für seine Tests. Somit konnte der Vatikan sicherstellen, dass das Abbild auf dem Grabtuch zwar ein weiteres Mal unwiederbringlich beschädigt, aber keine erkennbaren Schäden davontragen würde.

Der Faustkampf, der dabei um ein Haar entbrannt war und mit dem Bondurant bereits lange vor Beginn von O'Neils Arbeit gerechnet hatte, bezog sich auf die Probennahme in der Brustregion des Abbildes. O'Neil, Bondurant und Sehgal hatten diesen Bereich des Abbildes mit großem Interesse begutachtet, da es sich dabei um die Stelle handelte, an der Jesus am stärksten geblutet haben musste. Wie es das Johannesevangelium überlieferte, stieß ein römischer Soldat seine Lanze in Jesu Seite, während dieser am Kreuz hing, um sich seines Todes zu versichern. Während Bondurants eigene holografische Analyse bezüglich der konkreten Ursache dieser Wunde noch zu keinem verwertbaren Ergebnis gekommen war, ließ ein brauner Fleck in der Bauchregion des Abbildes auf dem Grabtuch die Anwesenheit von Blut stark vermuten. Material, das Blut enthielt, war für die Untersuchung besonders entscheidend. Denn bei diesem Material war relativ sicher, dass es auch ursprünglich zu dem Grabtuch gehört hatte, was es brauchbar für die C14-Datierung machte. Außerdem war es wichtig für die DNA-Tests, die Sehgal durchführen wollte, um die vielen kritischen Eigenschaften der Quelle des Fleckes zu bestimmen. War es tatsächlich Blut? War es menschlich? Was war die Blutgruppe? Ganz zu schweigen von der beispiellosen Fundgrube an Erkenntnissen, die Dr. Sehgals anschließende Analyse der Proben zutage fördern würde. Dazu gehörten das Geschlecht, Haar- und Augenfarbe, Körpermaße und erstaunlich genaue Gesichtszüge. Jeder Vertreter des Vatikans, der während O'Neils Probennahme anwesend war, widersprach der Entfernung jedes Stofffetzens, der einen uralten Blutstropfen von Jesus Christus enthalten könnte. Bondurant blieb jedoch standhaft und wies auf den Ermessensspielraum hin, der seinem Team in den Verhaltensvereinbarungen bezüglich des Fünf-Proben-Tests eingeräumt wurde. Nach einer langen Nacht und einem angespannten Telefonat mit dem Büro des Vatikans, bei dem Domenika den aufgebrachten Bondurant mit hilfreichen Einwürfen überraschte, konnten Bondurant und O'Neil schließlich erreichen, dass zwei der fünf Stoffproben aus dem Fleck des Grabtuchs entnommen werden durften. Vier der Proben wurden für O'Neils C14-Datierung benötigt und die fünfte war für Sehgals Labor in Indien bestimmt. Die Proben, die nun in fünf separaten Glasbehältern in einem schusssicheren Koffer aufbewahrt wurden, blieben ständig in Bondurants Nähe.

In einem ähnlichen, wenngleich weniger kontroversen Arbeitsschritt hatte Dr. Jean Boudreau bereits behutsam Material von der Größe einer halben Briefmarke aus der unteren linken Seite des Leinstoffs entnommen. Dieser heikle Vorgang der Materialentnahme war vom Vatikan genehmigt und mit Bondurant vereinbart worden. Obwohl die Probe winzig war, erforderte es eine

18-stündige Prozedur und feine Schnitte von der Art, wie man sie üblicherweise der Gehirnchirurgie zuordnete. Seit der erfolgreichen Entnahme arbeitete Boudreaus Team in seinem Pariser Labor bereits an den Vorbereitungen für die Untersuchung der winzigen Leinenprobe, welche vor Ort mit leistungsstarken Mikroskopen vergrößert wurde.

Ebenfalls abgeschlossen war die knifflige Arbeit von Dr. Lisa Montrose, die sich mit der Materialpigmentierungsanalyse des geisterhaften Abbildes auf dem Grabtuch befasste. Sie benötigte zwar nur mikroskopisch kleine Proben der Rückstände, die den menschenähnlichen Schatten auf dem Gewebe bildeten, doch die Komplexität ihrer Aufgabe bestand darin, diese winzigen Proben aus mindestens zwölf Bereichen des Grabtuchs zu entnehmen, ohne dabei die Vollkommenheit des Abbildes zu zerstören. Deshalb dauerte die akribische Probennahme, welche unter intensiver Beobachtung durch die Vertreter des Vatikans durchgeführt wurde, endlos erscheinende 36 Stunden. Glücklicherweise hatte Dr. Montroses Team die erforderliche Anzahl an Partikeln gewonnen, die von den Labors der *Duke University* benötigt wurden. Schon bald würden sie Erkenntnisse über den chemischen Prozess erlangen, durch den das Bild auf dem Grabtuch erzeugt worden war.

Allerdings hinkten sie immer mehr ihrem Zeitplan hinterher und Bondurant wurde langsam ungeduldig.

»Hör zu, Harry, uns bleiben nur noch drei Stunden, bevor wir die Anlage abbauen müssen«, drängte Bondurant. »Lessel wird um elf hier sein und mit der Bodenanalyse beginnen. Er braucht jeden Fleck in diesem Raum für seine eigenen Gerätschaften.«

»Jon, das weiß ich, das weiß ich«, rief Dr. Harry Sato auf seiner Sitzstange zurück, die sich in sechs Metern Höhe unterhalb der Decke befand. Das Grabtuch lag wie ein Phantom unter ihm in der Dunkelheit. Die Anspannung in seiner Stimme kam augenscheinlich von seiner gefährlich wackeligen Sitzhaltung. Er saß auf einem provisorischen Gerüst, das mit maßgefertigten Lampen und Linsen bestückt war und das Grabtuch unter ihm wie ein Vogelkäfig umgab. Seine computergenerierten Bilder würden den definitiven Beweis erbringen, ob das Bild Jesu auf dem Grabtuch natürlich entstanden oder von Menschenhand gemacht war. Aber er musste sich beeilen, was nicht gerade förderlich war.

»Die Beleuchtung muss perfekt sein, Jon, sonst ist das alles hier nur eine komplette Zeitverschwendung. Gib mir nur eine Minute, um noch ein paar Einstellungen vorzunehmen.«

Damit gab er seinem Assistenten ein Zeichen, der eine der insgesamt 20 Hauptkameras um weitere siebeneinhalb Zentimeter nach links verschob. Das übertragene Bild auf dem entsprechenden Monitor musste genau in das Fadenkreuz passen, in dessen Zentrum sich das Gesicht des Abbildes auf dem Grabtuch befand.

»Jack, schieb den anderen Scheinwerfer noch mehr nach rechts, dann haben wir es«, sagte Sato, während er seinem Assistenten nervös diverse Zeichen mit seiner freien Hand gab.

»Mein Rechts oder dein Rechts, Harry?«

Sein Assistent benutzte eine dünne Metallführung, um die kleine Halogenlampe über eine Stange des Gerüstes in Satos Richtung zu schieben.

»Nein, nein, Jack. Das andere Rechts. Hier!«

Kaum hatte sich Sato über den Mittelträger des Gerüstes gelehnt, um die winzige, knapp 230 Gramm schwere Halogenlampe näher an seine Sitzstange heranzuziehen, da passierte das Unglück. Sein Gewicht, das er auf die Querstange verlagert hatte, belastete zu sehr die Mitte des 360 Kilo schweren Gerüstes. Mit einem hässlichen metallischen Knacken begann die Konstruktion zu schwanken. Sato und sämtliche Traversen gerieten mit allen Kameras und Scheinwerfern in den freien Fall und sausten auf die meistverehrte religiöse Reliquie zu, die der Menschheit bekannt war.

»Pass auf!«, schrie Jack, der sich mit einer Hand am Gerüst nach vorn beugte, während er mit der anderen nach Sato griff. Er verpasste ihn um Haaresbreite und musste hilflos dabei zusehen, wie Satos Körper dem empfindlichen Grabtuch entgegenstürzte.

Bondurants Herz setzte für einen Schlag aus, während er fassungslos beobachtete, wie das Gerüst in sich zusammenkrachte und sich Sato auf seinem Weg nach unten in einem Drahtseil verfing.

Unglücklicherweise hatte sich Domenika genau diesen Moment ausgesucht, um für ihre abendliche Inspektion vorbeizuschauen. Als sie die Tür des Haupteingangs schwungvoll öffnete, stieß sie einen Schrei aus.

Während Sato von seiner sechs Meter hohen Sitzstange in die Richtung der heiligen Reliquie fiel, kam ihm das Gewirr aus Kabeln, Drähten, Kameras und Scheinwerfern sehr gelegen, von denen jedoch einige glühend heiß waren. Wie durch ein Wunder stoppte das wirre Durcheinander seinen Fall mit einem abrupten Ruck, anderthalb Meter über dem Mittelteil des Grabtuchs. Ängstlich starrte er auf das ihm zugewandte Abbild hinunter und stöhnte dann erleichtert. Doch plötzlich, mit einem weiteren heftigen Ruck, fiel er ein weiteres Stück Richtung Grabtuch, das jetzt nur noch etwa 30 Zentimeter von ihm entfernt war.

In all dem Chaos taumelte eine Halogenlampe ebenfalls nach unten. Sato sah, wie der etwa 250 Grad heiße Strahler auf das unbezahlbare Leintuch zuraste. Sollte er auf seinem Kurs bleiben, dann würde sich das Grabtuch durch die Hitze in Windeseile entzünden und für immer verloren sein. Sato zögerte nicht. Er streckte die Arme aus, packte den Scheinwerfer mit beiden Händen und schrie vor Schmerz, als sich das heiße Metall tief in seine Handflächen brannte.

Im Labor wurde es plötzlich still, als sich der widerliche Geruch von verbranntem Fleisch ausbreitete. Instinktiv sprang Bondurant auf einen der vier tragenden Eckpfeiler des Gerüsts zu und stemmte sich mit ganzer Kraft dagegen.

»Jon, was machen Sie da?«, rief Jack verzweifelt.

Bondurants Gesichtsausdruck blieb völlig gelassen. »Jack, Domenika, hören Sie mir zu. Gehen Sie zu dem anderen Pfeiler auf dieser Seite und drücken Sie ihn, so fest Sie können, Richtung Wand.«

»Das soll wohl ein Scherz sein«, schrie Domenika. »Damit bringen wir das Gerüst endgültig zum Einsturz. Das Grabtuch!«

»Das ist mein Ernst. Sie beide. Sofort! Das ist die einzige Chance«, rief Bondurant.

Jack war von seiner Leiter gesprungen und stemmte sich nun gemeinsam mit Domenika gegen die Unterseite des Stützpfeilers.

Bondurant brüllte eine weitere Anweisung und während alle drei das lädierte Gerüst zur Wand drückten und wieder losließen, um es in Schwingung zu versetzen, begannen Sato und das Gerätewirrwarr, in dem er sich verheddert hatte, vor und zurück zu schwingen wie ein Ball am Ende einer Schnur.

»Macht schon. Das klappt. Drücken, drücken, drücken!«, schrie Bondurant.

Gemeinsam legten sie sich ins Zeug, drückten zu dritt immer wieder mit aller Kraft gegen die vorderen Pfeiler. Das Gerüst schwankte bedrohlich hin und her, bis die Haltebolzen brutal aus den Stützen gerissen wurden, mit denen sie im Boden verankert waren. Ein Knarren drang Unheil verkündend durch den Raum, dann sprangen die drei instinktiv zur Seite. Das Gerüst taumelte nach vorn, weg von der Wand, bis es wie eine verwundete Spinne auf dem Laborboden zusammenbrach – anderthalb Meter vom Grabtuch entfernt.

Wie Bondurant es sich ausgerechnet hatte, pendelten Sato und das Gewirr aus Kameras und Lampen während ihres Falls nur wenige Zentimeter über dem Grabtuch und verfehlten es beim Sturz um Haaresbreite. Sato stöhnte, als er auf den Boden knallte und einen Wimpernschlag später das Bewusstsein verlor. Währenddessen lag das Grabtuch unbehelligt und völlig intakt vor ihnen auf dem Untersuchungstisch.

»Domenika?«, flüsterte Bondurant, während er sich erschöpft auf den Boden sinken ließ. Er war überzeugt, dass der Höhepunkt seines Lebenswerkes gerade eben sein katastrophales Ende erreicht hatte. »Muss das unbedingt in Ihren Abendbericht?«

19

Mumbai, Indien
Juni 2014

Kishan drehte den gestohlenen Schlüssel im Schloss und ließ Ravis Bürotür langsam aufgehen. In dem unwahrscheinlichen Fall, dass ein Labortechniker oder ein Hausmeister noch spät in der Nacht irgendwo im Gebäude arbeitete, würde er sich verstecken müssen. Ihm war es verboten, sich nach Feierabend hier aufzuhalten. Sein Herz klopfte so sehr, dass er es schlagen hörte. Er blieb einen Moment lang still stehen und lauschte. Dann wandte er sich um und sah in alle Richtungen, bevor er eintrat. Er wollte sicherstellen, dass er nicht gesehen wurde. Die benachbarten Büros verfügten über Fenster in den Zwischenwänden, doch sie schienen verlassen zu sein. In Ravis Büro, das seit seiner Abreise nach Turin verdunkelt war, befand sich in der rechten unteren Schreibtischschublade eine kleine Metallschatulle. Darin war das Geld, das Kishan benötigte.

Er hatte diesen Einbruch schon etliche Male zuvor durchgeführt, aber immer vorsichtig genug, dass die kleinen Beträge, die er aus der Portokasse des Unternehmens stahl, keine Aufmerksamkeit erregten. In letzter Zeit war er jedoch öfter gekommen, weshalb durchaus die Möglichkeit bestand, damit einen Verdacht zu erregen. Katzenhaft kroch er im Dunkeln zum Schreibtisch seines Vaters und betete, dass Ravi so leichtsinnig wie immer gewesen war und die Schublade nicht abgeschlossen hatte. Das würde die Sache einfacher machen. Kishan langte nach dem Griff der unteren Schublade, zog daran und atmete erleichtert auf, als sie langsam herausglitt. *Jackpot!*

Vorsichtig stellte er die Schatulle auf Ravis Schreibtisch, öffnete den Verschluss und kniff die Augen zusammen, um im Zwielicht erkennen zu können, wie viel Geld sich darin befand. Er benötigte nur 1600 Rupien, etwas mehr als 20 Dollar, um den Mechaniker zu bezahlen, der seinen Roller repariert hatte, sowie den üblichen Betrag, der seiner Schwester Saanvi dabei half, über die Runden zu kommen. Nicht der Gesamtbetrag des Bargelds in der Schatulle war für Kishan ausschlaggebend, sondern die Größe der Scheine. Wenn er zu viel klaute, dann würde das auf einen offensichtlichen Diebstahl hinweisen, den sein Vater oder ein Buchhalter möglicherweise bemerkte. Das reichte, um im Labor lästige Ermittlungen in Gang zu setzen. Nur das zu nehmen, was sowohl ihm über die Runden half als auch seine Schwester unterstützte, hatte in der Vergangenheit gut geklappt. So hatte er zumindest bisher eine peinliche Verbrecherjagd, bei der er sicherlich zu den Hauptverdächtigen gehörte, vermieden.

Er blickte in die Schatulle, hob die ersten Scheine an den Ecken an und lächelte. Ganz oben lagen ein paar druckfrische 100-Rupien-Noten und darunter ein großer Tausenderstapel. Leise begann er, die 1600 Rupien, die er brauchte, abzuzählen, hielt jedoch bei der Hälfte inne. Im oberen Bereich des Stapels bemerkte er einen kleinen Zettel. Es sah aus wie eine Notiz. Nur mit Mühe konnte er die Schrift in der Dunkelheit erkennen, stellte aber beruhigt fest, dass es die Handschrift seines Vaters war, ungewöhnlich breit und kaum zu entziffern. Neugierig zog er die Notiz aus dem Banknotenstapel und hielt sie ins blaue Licht der Digitalanzeige einer kleinen Schreibtischuhr.

»Kishan«, lautete die Notiz, »du sollst nicht stehlen. Was du nimmst, musst du zurückgeben. Ich habe es gezählt und ich zähle auf dich. In Liebe, Ravi.«

Panisch drehte sich Kishan auf der Stelle um, als würde sein Vater direkt hinter ihm stehen. Schnell zählte er den Betrag ab, den er brauchte, steckte ihn in seine Jackentasche und spähte in jede dunkle Ecke des Zimmers. Er entdeckte niemanden, atmete entspannter und ließ sich in den Bürostuhl seines Vaters plumpsen. Wütend und beschämt trat er so fest gegen den Schreibtisch, dass das Schloss der mittleren Schublade, die immer verschlossen war, plötzlich aufschnappte. Überrascht beugte er sich darüber und zog die Lade langsam zu sich heran, um einen Blick auf den Schatz zu erhaschen, den Ravi unter Verschluss gehalten hatte, solange Kishan denken konnte. Er durchsuchte den Inhalt, fand darin aber nur eine wenig bemerkenswerte Sammlung Füller, Büroklammern, Gummibänder, ein paar Münzen und mehrere Notizblöcke. Gerade als er die Schublade schließen wollte, bemerkte er etwas Seltsames: In ihrer Längsseite leuchtete ein kleiner roter Knopf. Es war unmöglich, ihm zu widerstehen. Er drückte ihn.

Als Erstes hörte er, wie sich ein Schloss öffnete, dann folgte ein Geräusch wie von einer Münze, die auf den Boden fiel. Kishan nahm die Digitaluhr vom Schreibtisch, um mit dem blauen Licht der Anzeige besser sehen zu können. Ein kleiner Metallschlüssel lag direkt vor seinen Füßen. Er schaute zu der Schranktür auf der anderen Seite des Büros, von der er sicher war, dass nur sein Vater sie je geöffnet hatte. Es war lediglich ein einfacher Schlüssel, doch Kishan war sich sicher, damit die tiefsten Geheimnisse seines Vaters lüften zu können.

Niemand außer Ravi hatte Zugang zu dem Schrank. Ravis Sekretärin und die übrigen Mitarbeiter im Büro bezeichneten ihn als die ›verbotene Zone‹ oder den ›Bombenschutzraum‹. Einige hatten scherzhaft vermutet, dass sich die wahre Ruhestätte von Mahatma Gandhi darin befand. Andere meinten, er sei ein Tor zu den berühmten verlorenen Tempeln Indiens. Was immer sich in dem Schrank befand, Kishan war sich sicher, dass ihn die strengste aller Strafen erwartete, wenn er die ausdrückliche Anweisung seines Vaters, sich davon fernzuhalten, missachtete. Es war sogar denkbar, dass sein Vater ihn enterben würde. Schnell überschlug Kishan in Gedanken die Distanz zwischen Mumbai und Turin. Er wusste, dass sein Vater erst in ein paar Tagen zurückkehren wollte.

Seine Neugier gewann schließlich die Oberhand. Leise schlich er mit dem Schlüssel in der Hand durch das Büro und blieb vor der Schranktür stehen. Er holte tief Luft, bis der Moment der Unentschlossenheit vorüber war. Es war ausgeschlossen, dem Drang zu widerstehen, hier und jetzt herauszufinden, was sich hinter der geheimnisvollen Tür befand. Also steckte er den Schlüssel ins Schloss, holte ein weiteres Mal tief Luft und drehte den Schlüssel ganz behutsam nach rechts. Mit einem leisen Klicken sprang die Schranktür auf. Der Raum dahinter war tintenschwarz. Im Innern des Schranks tastete er nach einem Lichtschalter. Seine Finger fanden ihn, strichen darüber, aber Kishan schaltete das Licht nicht ein. Er befürchtete, doch noch entdeckt zu werden, wenn das Büro seines Vaters hell erleuchtet war. Deshalb trat er nun in den Schrank, schloss die Tür hinter sich und betätigte erst jetzt den Schalter.

Das Erste, was Kishan auffiel, als sich seine Augen an das Licht gewöhnt hatten, war die Größe des Raumes, den er soeben betreten hatte. Es war nicht einfach nur ein Schrank. Der fensterlose Raum lag zur Innenseite des Gebäudes und war trügerisch groß, beinahe so groß wie Ravis eigentliches Büro. Das Zweite, was Ravi auffiel, war der Altar.

Zwischen einer Reihe von Regalen lag ein schlichtes rotes Samtpolster– vermutlich um darauf niederzuknien – vor etwas, das man nur als einen Schrein bezeichnen konnte. In dessen Mitte befanden sich zwei große Kerzen und ein Foto von Papst Augustin, wie er Ravi im päpstlichen Büro des Vatikan seinen Segen übermittelte. Direkt neben dem Foto stand ein großes Schwarz-Weiß-Bild von Mutter Teresa, anscheinend in einem Krankenhaus, wo sie von Kindern umringt wurde.

An der Wand zu seiner Rechten erblickte Kishan eine große Sammlung gerahmter Fotos, von denen er keines einordnen konnte. Eins davon, das zerfleddert in einen billigen, abgenutzten Plastikrahmen eingefasst war, zeigte einen Mann und eine Frau, die einem kleinen Jungen, der zwischen ihnen stand, die Hände hielten. Kishan war sich nicht sicher, doch er glaubte, dass dies vielleicht das einzige Foto war, das Ravis Eltern zeigte, bevor sie so jung gestorben waren. Sie sahen beinahe selbst wie Kinder aus. Ein anderes Bild hatte er nie von ihnen gesehen.

In der Mitte der Wand, zu einem Quadrat angeordnet, befand sich eine weitere Fotosammlung, die Kishan ebenfalls nicht kannte. Dabei waren es Fotos von Reisen, die er und sein Vater über die Jahre gemacht hatten. Am besten gefiel ihm eines, das während ihrer Amerikareise aufgenommen worden war und sie beide während eines Spiels der Chicago Cubs auf ihren Stadionplätzen zeigte. Kishan und sein Vater stellten ein breites Lächeln zur Schau. Und auch jetzt lächelte Kishan, während er sich an all die Momente erinnerte, in denen die Bilder geknipst worden waren. Auf einem kleinen Tisch unter den Fotos lag ein Stapel mit seinen Schulzeugnissen. Die, von denen sein Vater offensichtlich fand, dass sie sicher aufbewahrt werden sollten.

An der gegenüberliegenden Wand hingen ein reich verziertes Diplom und eine 18-karätige Goldmedaille mit dem Bild von Alfred Nobel. Sein Vater hatte ihm den Preis einmal gezeigt, doch danach war er verschwunden. Jetzt war Kishan versucht, diese wertvolle Auszeichnung zu berühren, überlegte es sich aber anders und ließ sie unangetastet. Stattdessen drehte er sich wieder zur Tür, durch die er gekommen war, und keuchte.

Als er sich dem Anblick näherte, drehte sich ihm fast der Magen um. An der Wand neben der Tür empfing ihn eine Collage des Todes: In keiner erkennbaren Reihenfolge mit Reißnägeln festgesteckt hing dort eine Sammlung aus mindestens 100 Polaroid-Aufnahmen toter, verstümmelter Kinder. Er konnte sich kaum dazu überwinden, die Fotos anzusehen. Einigen der Kinder fehlten die Augen, andere befanden sich in unterschiedlichen Stadien der Verwesung, viele weitere waren unterernährt – offensichtlich verhungert. Kishan wandte sich angewidert ab. Niemand musste ihm sagen, wo diese Opfer gefunden worden waren. Er selbst war von Ravi aus dieser Welt gerettet worden. Diese toten Kinder waren das Produkt der Slums von Mumbai, der Armut von Kalkutta und der zahllosen anderen Städte und ländlichen Regionen Indiens, von Pradesh bis nach Westbengalen. Kishan versuchte, einen Grund dafür zu finden, warum sein Vater solch schreckliche Bilder sammeln und aufhängen sollte. Er hatte die Frustration seines Vaters immer gespürt. Während Sehgal es in dieser Welt zu etwas gebracht hatte und Kishan ein Leben im Elend erspart worden war, gab es so viele andere wie ihn, die aufgrund ihrer Armut einen sinnlosen Tod erfahren mussten. Kishan war davon überzeugt, dass Ravi die Fotos als schmerzhafte Erinnerung an die Arbeit aufbewahrte, die noch vor ihm lag.

Er wollte den verbotenen Raum so schnell wie möglich verlassen, doch zuerst wandte er sich dem einzigen Tisch im Zimmer zu. Schockiert sah er, dass dort eine Pistole lag. Sein Vater war ein leidenschaftlicher Schusswaffengegner und trotzdem lag dort eine Kanone.

Neben der Pistole befanden sich ein Stapel Bücher, ein paar Zeitschriften und Dutzende Broschüren. Kishan hob eines der Bücher auf, blätterte lose durch die Seiten, dann richtete er seine Aufmerksamkeit auf den Stapel mit den Zeitschriften und Artikeln, der daneben lag. Das war seltsam, dachte er. Er stopfte eine der Broschüren in seine Jackentasche und ging eilig zur Tür. Im Schrank knipste er das Licht aus, schloss die Tür und fragte sich, was seinen Vater nur geritten haben mochte, dass er eine Waffe besaß und sich für etwas so Merkwürdiges interessierte wie die Kirche der Demanianer.

20

Turin, Italien
Juni 2014

Bondurant war sicher, dass sie keine Zeit zu verlieren hatten. Einer seiner besten Freunde und einer der qualifiziertesten Wissenschaftler, die er kannte, lag wegen des Unfalls von letzter Nacht halb bewusstlos im Krankenhaus. Dennoch war es wichtig, die Bilder zu untersuchen, die Harry Sato vor dem Unfall, bei dem das Grabtuch beinahe zerstört worden war, zusammengetragen hatte. Sie waren eines der wenigen Puzzleteile, die Bondurant schnell zusammenfügen konnte, um eine wichtige Frage über das Grabtuch zu beantworten, ohne wochenlang auf Ergebnisse warten zu müssen.

Zu Bondurants Glück war die überwiegende Mehrheit der Beweise, die er von Satos Arbeit benötigte, von Satos Team bereits sauber auf einer Festplatte gespeichert worden, und das Laufwerk befand sich nun in einem Computer, auf den Bondurant zugreifen konnte. Für die Interpretation der Ergebnisse hätte Bondurant Sato lieber an seiner Seite gehabt, aber das war jetzt unmöglich. Er hatte sich von Sato eine Menge praktische Schulungen zur Auswertung solcher Aufnahmen geben lassen und fühlte sich daher in der Lage, selbst eine grobe Interpretation des Beweismaterials vorzunehmen.

Wie schon bei der holografischen Untersuchung des Grabtuches saß Domenika auch jetzt bei Bondurant im Untersuchungszimmer. Diesmal auf Einladung. Er wollte sie hier haben, damit sie die Beweise zur selben Zeit begutachten konnte wie er. Bondurant war sich außerordentlich sicher, dass Satos digitale Fotografien die Echtheit des Grabtuches infrage stellen könnten, und wenn das geschah, wollte er, dass Domenika es miterlebte.

Bondurant war von seinen eigenen Erkenntnissen, die er den holografischen Darstellungen des Grabtuches entnommen hatte, verwirrt. Es stand außer Frage, dass seine Untersuchung des geisterhaften Bildes, das einige Nächte zuvor dem Labortisch entstiegen war, in eine eindeutige Richtung wies: Bei dem Grabtuch von Turin konnte es sich tatsächlich um das Grabtuch eines Gekreuzigten handeln. Satos Erkenntnisse konnten nun dazu beitragen, diesen Befund zu bestätigen oder ihn zu widerlegen, und es war eine Sache von wenigen Minuten, die Wahrheit herauszufinden. Während Bondurant die riesigen Projektoren kalibrierte, die das hochauflösende Bild des Grabtuches auf eine riesige Leinwand projizieren sollten, die so groß wie die eines Kinos war, nahm Domenika vor dem Kontrollpult Platz. Bondurant drückte einen Knopf, und der Untersuchungsraum verfärbte sich schwarz. Nur die Steuertafel blieb als einzige schwache Lichtquelle. »Sind Sie sicher, dass diesmal alles eingesteckt ist?«, fragte Domenika kokett.

Bondurant zuckte zusammen.

»Ja«, sagte er etwas verlegen. Nachdem er die Tastatur ein paarmal angetippt hatte, wurde auf der überdimensionalen Leinwand das Abbild auf dem Grabtuch sichtbar.

»Dann ist es gut«, sagte Domenika. »Wie ich sehe, haben Sie sich entschieden, mit dem Antlitz unseres Erlösers zu beginnen.«

»Ja, genau«, sagte Bondurant. »Es ist das Gesicht auf der Reliquie, in dem so viele Christen das von Jesus Christus erkennen. Ich dachte, kommen wir doch gleich zum Kern der Sache.«

»Schön«, sagte Domenika. »Das Bild ist zweifellos scharf. Und groß. Ich habe das Antlitz unseres Herrn noch nie so detailliert gesehen.«

»Harrys Ausrüstung ist viele Millionen Dollar wert. Das Antlitz, wie Sie es nennen, war noch nie so klar und scharf zu erkennen wie jetzt«, kommentierte Bondurant. »Ich zentriere jetzt die rechte Wange, genau unter dem Auge, und werde sie tausendfach vergrößern.«

Er zoomte in die Gesichtsschatten des Abbildes hinein. Schwarze und weiße Linien, von denen die meisten in zufälliger Richtung verliefen, tauchten vor ihnen auf.

»Hm«, murmelte Bondurant.

»›Hm‹? Was bedeutet ›hm‹?«

»Es bedeutet ›hm‹«, erwiderte Bondurant. »Nur ›hm‹. Das haben Sie auch schon gesagt.«

»Ja, aber wenn ich ›hm‹ sage«, meinte Domenika, »bedeutet das normalerweise, dass ich überrascht bin. Was bedeutet ›hm‹ denn für Sie?«

»Das bedeutet, ich bin überrascht.«

Domenika schüttelte den Kopf.

»Wissen Sie, manchmal sind Sie einfach …«

»Versuchen wir es jetzt mit 10.000«, fiel ihr Bondurant ins Wort und tippte einen weiteren Befehl in die Tastatur.

Das Abbild zeigte dieselben Linien wie zuvor. Erst als Bondurant das Bild quer über den Monitor, von einer Stelle zur anderen bewegte, vergrößerten sich die einzelnen Linien. Sie wirkten zufällig und schienen keinem bestimmten Muster oder einer bestimmten Richtung zu folgen.

»Was zum …?«, flüsterte Bondurant erstaunt. Dann starrte er stumm auf die Leinwand.

»Jon, Sie treiben mich in den Wahnsinn«, rief Domenika. »Was bedeutet ›was zum ...‹? Ist das gut oder schlecht? Schlecht, nicht wahr?«

»Das hängt von Ihrer Sichtweise ab«, antwortete Bondurant. »Für mich ist es momentan schlecht. Für Sie ist es gut.«

»Wie meinen Sie das? Kommen Sie schon! Benehmen Sie sich wie ein Wissenschaftler! Was bedeutet das in wissenschaftlichen Begriffen?«

Bondurant bewegte den Cursor so, dass er einen möglichst großen Teil des Gesichtsbildes mit derselben hohen Auflösung wiedergeben konnte, bevor er antwortete.

»›Was zum ...‹ bedeutet, dass mein Verstand nicht fassen kann, was meine Augen klar und deutlich erkennen«, brummte Bondurant. »Ich habe etwas völlig anderes erwartet.«

»Was haben Sie erwartet?«, fragte Domenika.

»Eigentlich Pinselstriche. Es wurde immer wieder spekuliert, das berühmte Turiner Grabtuch sei in Wahrheit das Werk eines Künstlers mit viel Fantasie, einem Leintuch und einem feinen Pinsel. Das hier ist aber nicht das Werk eines Künstlers.«

»Woher wissen Sie das?«

»Das sind keine Pinselstriche«, erwiderte Bondurant. »Die Linien, aus denen sich das Bild, das wir hier sehen, zusammensetzt, weisen keinerlei Gleichmäßigkeit auf. Und es sind auch keine Muster, die von einer Maschine erzeugt wurden. Die Zufälligkeit, in der diese Linien verlaufen, ist einfach zu groß.«

»Was wollen Sie damit sagen, Jon?«

Bondurant reduzierte die Vergrößerung wieder auf das Hundertfache.

»Ich sage, dass mir die Beweise bisher verraten, dass

dieses Abbild auf natürliche Weise entstanden ist und nicht von Menschen gemacht wurde.«

Domenika zog ihren Stuhl so nah wie möglich an den von Bondurant heran und lächelte. Bondurant wiederholte dieselbe Prozedur, während sie ein Dutzend weiterer Bereiche des Grabtuches mit derselben Vergrößerungsfunktion begutachteten. Bei jedem kam er zum selben Ergebnis. Nichts wies darauf hin, dass auch nur ein Punkt auf dem Bild des Grabtuches durch mittelalterliches Kunsthandwerk oder modernere Techniken erschaffen worden war. Die Beweise dafür waren einfach nicht da.

Bondurant machte eine Pause und starrte auf die riesige Leinwand. Er konnte nicht glauben, was er gesehen hatte. Domenika griff nach der Computermaus, die er benutzt hatte, und klickte auf ein Symbol für einen Ordner, den Bondurant den ganzen Morgen ignoriert hatte. Bevor er auf den Monitor blicken konnte, um zu sehen, welchen Ordner sie anklickte, hatte sie die Datei bereits geöffnet. Es war ein Foto, und Bondurant konnte sehen, dass der Ordner, den sie geöffnet hatte, den Titel ›Für Bondurant, wie angefordert‹ trug. Er griff nach der Computermaus, aber Domenika hielt sie fest in ihrer Hand.

Auf dem Monitor war ein Foto von Domenika zu sehen. Sie befand sich in einem der Gärten außerhalb des Labors und sah aus, als würde sie regelrecht leuchten. Sie trug verblasste Jeans und ein lässiges weißes Baumwollhemd. Das Foto fing ihre auffallende Schönheit ein und war offensichtlich ohne ihr Wissen aufgenommen worden. Höchstwahrscheinlich mit einem Teleobjektiv aus der Ferne.

»Was zum …?«, fragte Domenika. Bondurant schaute zur Seite und erkannte, dass Domenika das Foto aufmerksam betrachtete. Sie lächelte nicht.

»Jetzt bin ich wohl an der Reihe«, sagte Bondurant. »Was bedeutet ›was zum …‹ für Sie?« Er konnte sich immer noch nicht dazu überwinden, ihr in die Augen zu sehen.

»Ich schätze, ›was zum …‹ bedeutet, dass Sie hätten fragen können, wenn Sie ein Foto von mir wollen, Jon.«

Bondurant nahm seinen Mut zusammen, um die einzige Frau anzusehen, die in der Lage zu sein schien, ihn komplett zu verwirren. Warum, war ihm ein Rätsel.

»Ich schätze, nun, ich schätze …«, stammelte Bondurant. »Vielleicht dachte ich, dass es unsere berufliche Beziehung beeinträchtigen könnte, wenn ich Sie um ein Foto bitte. Ich weiß nicht.« In diesem Moment fühlte er sich nicht älter als zwölf.

»Hm«, murmelte nun Domenika. Eine lange Pause entstand.

»Jetzt muss ich fragen«, sagte Bondurant, »was ›hm‹ für Sie bedeutet.«

»Es bedeutet wohl ›Ich mag Sie auch‹, Jon, unabhängig von unserer beruflichen Beziehung. Ich hoffe, Sie mögen das Foto. Vielleicht geben Sie mir irgendwann auch eins von Ihnen?«

Bondurant lächelte. Er konnte nicht fassen, dass Domenika ihn so leicht vom Haken gelassen hatte, und war dankbar dafür.

»Natürlich, in Liebe … Ich meine, ich meine, liebend gern. Sie wissen schon, was ich meine. Ich würde Ihnen sehr gern ein Foto von mir geben. Das wäre toll.«

»Jon«, sagte Domenika jetzt wieder ernst. »Was halten Sie von dem, was wir heute auf diesen Fotos gesehen haben? Auf denen *des Grabtuchs,* meine ich.«

»Wir müssen noch viel mehr Tests durchführen, Domenika. Sehr viel mehr«, antwortete Bondurant. »Ich habe es nicht für möglich gehalten, aber bisher deuten die Hinweise auf ein tatsächliches Grabtuch hin.«

»Hm«, sagte Domenika mit einem Lächeln im Gesicht.

»Hm«, sagte auch Bondurant, während er Domenikas Foto auf dem Bildschirm anstarrte. Sein Lächeln wurde so breit wie ihres.

21

Turin, Italien
Juni 2014

»Ich hasse Krankenhäuser. Ich hasse sie einfach«, brummte Bondurant, als er durch das grün getönte Glasfenster der Intensivstation der *Amedeo di Savoia*-Klinik in Turin blickte.

»Ich fühle mich schon krank, sobald ich nur durch die Tür gehe.«

Die lindgrünen Betonmauern, die sie umgaben, und die grellen Neonröhren über ihnen waren nur Bondurants erste Eindrücke. Der Geruch von Bleichmittel wehte durch die Hallen.

»Wollen Sie damit sagen, Krankenhäuser machen Sie krank?«, fragte Domenika.

»Ich erzähle Ihnen mal was über Krankenhäuser. Alles, was damit zu tun hat – die kranken Leute, die Gerüche, die Geräusche –, gibt mir das sichere Gefühl, dass etwas mit *mir* nicht stimmt und dass ich es nur noch nicht weiß«, entgegnete Bondurant. »Wann immer ich eines betrete, fange ich an zu glauben, dass ich Krebs habe, ohne es zu wissen, oder dass ein Herzinfarkt kurz bevorsteht.«

»Sie erinnern sich daran, dass Sie sterblich sind?«, fragte Domenika.

»Ja, genau.«

Sie sah zu Bondurants Handgelenk hinunter. »Wie Ihre Uhr.«

Schnell zog Bondurant den Ärmel der Jacke über seine Uhr. Woher wusste sie davon? »Nun, das ist etwas anders. Das …«

»Jon, Sie sind ein interessantes Studienobjekt«, stellte Domenika fest, während sie ihre Nase gegen das Glas drückte. Sie starrte Haruki Sato an, der in einem Bett auf der anderen Seite des Fensters lag.

Sie hatte ihn wieder beim Vornamen genannt. Bondurant gefiel das. Während ihr Blick aufmerksam auf seinen Freund gerichtet war, nutzte er die Gelegenheit, sie eingehend zu betrachten. Er hatte noch nicht herausgefunden, warum es ihn kümmerte, welchen Eindruck sie von ihm hatte oder welche Gefühle sie hegte, aber das tat es.

Zwei Tage waren vergangen und Domenika hatte den Vatikan noch nicht von dem Unfall in Kenntnis gesetzt, der ihr hochverehrtes Grabtuch um ein Haar zerstört hätte. *Ich kann den Startschuss geben – ich kann es auch wieder abblasen,* war der Refrain, den er seit der Katastrophe immer wieder in seinem Kopf hörte. Er war verblüfft darüber, dass sie in jener Nacht nicht in Rom angerufen und sowohl das Projekt als auch seinen Ruf auf der Stelle erledigt hatte. Auch wenn er befürchten musste, das Schicksal herauszufordern, ließ ihm seine Neugier wegen ihres plötzlichen Sinneswandels, ihm und seiner Arbeit gegenüber, keine Ruhe. Er musste einfach fragen.

»Domenika, verraten Sie mir etwas? Sie fühlen sich wegen Harry bestimmt mies. Das tun wir alle.«

»Natürlich«, sagte sie.

»Mir ist aber klar, dass Sie ihn nicht gut genug kennen, um ihm einen Gefallen zu tun, auch keinen kleinen. Ich weiß auch, dass ich, seit wir uns kennen, nicht gerade auf Ihrer Favoritenliste stehe. Es ist kein Geheimnis, dass Sie von Anfang an gegen diese Untersuchung waren. Deshalb verstehe ich nicht, warum Sie mir so etwas durchgehen lassen.«

»Sie meinen, warum ich weggesehen habe?«, fragte sie mit höher werdender Stimme.

»Nun, ich …«

»Sie meinen, warum ich meine eigene Karriere und meinen guten Ruf aufs Spiel setze, indem ich meine Pflicht, die Katholische Kirche zu schützen, ignoriere?«

»Ich meine doch nur, dass …«

»Besonders im Hinblick auf die Beinahezerstörung der heiligsten Reliquie unserer Kirche auf Erden?«

Sie versuchte nicht, ihre Wut zu verbergen, und Bondurant bereute es umgehend, dass er das Thema angeschnitten hatte. Im Geiste sah er, wie sie es sich auf der Stelle noch einmal anders überlegte.

Doch plötzlich wurde ihre Stimme sanfter. »Jon, sagen wir einfach, ich habe viel darüber nachgedacht. Unterm Strich denke ich, dass Ihnen die Kirche etwas schuldet. Mehr als nur etwas. Sie schuldet Ihnen sehr viel und …«

Sie hielt inne und Bondurant merkte, dass sie zögerte, weiterzusprechen.

»Sagen wir einfach, nichts zu tun, war das Richtige«, sagte sie schließlich.

Bondurant war verblüfft. Keines ihrer Worte ergab einen Sinn. Die Kirche schuldete ihm nichts und er blieb mit einem Rätsel zurück, das noch größer war als die Frage, warum sie den Vorfall nicht gemeldet hatte. Er entschied sich, es nicht darauf anzulegen. Das Wichtigste war, dass sich das Grabtuch in Sicherheit befand und er seine Arbeit dank ihr fortsetzen konnte. Es war ein unerwartetes Geschenk, das er nicht so schnell vergessen würde. Wenn er konnte, würde er sich irgendwann revanchieren. Jetzt konzentrierte er sich auf seinen Freund hinter der Glasscheibe.

»Wissen Sie, was mir für eine sehr lange Zeit Albträume bereiten wird?«, flüsterte Bondurant. »Harrys Anblick, wenn er wieder bei vollem Bewusstsein ist und erfährt, dass er beide Hände verlieren wird«, sagte er. »Er ist ein Erfinder. Seine Hände sind sein Leben. Das wird mich für immer verfolgen.«

Domenika verzog bei Satos Anblick das Gesicht. Regungslos driftete er immer wieder in einen medikamentenbedingten Schlaf. Bisher hatte er weder den Kopf gedreht noch seine Besucher hinter der Scheibe bemerkt. Beide Arme lagen schlaff neben ihm und waren bis zu den Ellbogen in Verbände gewickelt. Die Ärzte im *Amedeo di Savoia* hatten gehofft, dass sie in der Lage sein würden, Harrys Hände zu retten – oder zumindest Teile von dem, was davon übrig war, sodass er sie wenigstens noch ansatzweise benutzen konnte. Doch leider war die immense Hitze der Halogenlampe, die er heldenhaft unschädlich gemacht hatte, zu stark gewesen.

»Einige sind berufen, Jon«, sagte Domenika leise.

»Was bedeutet das?« Bondurant bereute seine Frage sofort. Es war nicht der Moment für eine weitere Predigt, die er nicht hören wollte.

»Es bedeutet, dass einige in den Dienst Gottes berufen werden, auf Wegen, die sie niemals erwarten. Dr. Sato hat sich geopfert, um das Abbild Jesu Christi, unseres Herrn, zu schützen. Mir fällt kaum eine höhere Berufung ein.«

»So ist das vielleicht in Ihrem Kopf, Domenika«, entgegnete Bondurant. »Ich weiß, woran Sie glauben wollen. Aber noch wissen wir nicht, wessen Abbild sich auf dem Grabtuch befindet. Nur dass es anscheinend nicht von Menschenhand erzeugt wurde.«

»Sie haben es selbst gesehen. Das Bild ist ein Wunder«, drängte sie.

Einen Moment lang sagte er nichts, dann: »Sagen Sie das Harry, der seine Kinder nie wieder an die Hand nehmen kann.«

»Oh, müssen wir wieder damit anfangen?«

Sie frustrierte ihn ohne Ende. Wie eine solch intelligente Frau so von einem Dogma ergriffen sein konnte, an das nicht einmal ein Kind glauben würde, war ihm ein Rätsel.

»Ich nehme an ...«

Domenika ließ ihn nicht ausreden. »Ich denke, wenn all das hier vorbei ist, klingen Sie anders, Doktor.«

Dass sie wieder dazu übergegangen war, ihn mit ›Doktor‹ anzusprechen anstatt mit seinem Vornamen, entging ihm nicht.

»Ich will damit sagen, Domenika, dass ...«

Bondurant hielt inne. Sato hatte langsam den Kopf gedreht und sie vor dem Fenster bemerkt. Seine Beine bewegten sich. Sato erkannte sie durch die Scheibe. Mit einer leichten Bewegung seiner Stirn und seiner Augen bedeutete er Bondurant, zu ihm ans Bett zu kommen.

Die Schilder, die Bondurant am Eingang zur Intensivstation empfangen hatten, waren nicht weniger deutlich:

DER ZUGANG FÜR PERSONEN, DIE NICHT
ZUM KRANKENHAUSPERSONAL GEHÖREN, IST
STRENG VERBOTEN.

Bondurant drehte sich zu Domenika um. »Stehen Sie Schmiere!«, flüsterte er.

»Was? Das soll wohl ein Scherz sein? Sie können da nicht reingehen«, sagte sie und packte ihn am Ärmel.

Bondurant drehte sich um und blickte den schwach beleuchteten Flur entlang, in dem lediglich ein paar leere Tragen und Rollstühle standen. An der hell erleuchteten Rezeption, die mindestens 30 Meter entfernt war, entdeckte er nur eine einzige Krankenschwester, die mit Papierkram beschäftigt war.

»Sch!«, flüsterte er und legte den Zeigefinger auf die Lippen.

Bevor sie weiterprotestieren konnte, befreite er sich aus ihrem Griff und schlüpfte flink durch die Tür.

Er näherte sich Satos Bett. Dieser bewegte die Augenbrauen, als wollte er ihn bitten, näher zu kommen. Bondurant sah, dass mehr als ein Dutzend Schläuche und Drähte mit seinem Körper verbunden waren.

»Jon«, flüsterte Sato heiser, während ihm Tränen in die Augen stiegen. »Es tut mir so leid.«

»Harry, bitte. Mir tut es leid. Ich habe dich erst in diese Lage gebracht. Das verzeihe ich mir nie. Nie!«

»Wie stark wurde die Reliquie beschädigt?«, fragte Sato, dem es schwerfiel zu sprechen.

Bondurant lächelte. »Kein einziger Kratzer. Du hast sie gerettet, Harry.«

»Ich habe aber selbst einige abbekommen, hm?« Sato zwang sich zu einem Lächeln und sah auf die Verbände hinunter, mit denen beide Hände umwickelt waren. »Ich dämmere hier seit ein paar Stunden vor mich hin, Jon. Bevor sie mich betäubt haben, sagten sie mir, dass es keine Möglichkeit gibt, sie zu retten. Aber der kleine Priester, der mit dem Buckel. Er sagte, er sieht das anders.«

»Pater Parenti? Er hat dich hier besucht?«

»Ja, hat sich wie du hier reingeschlichen.« Sato fiel es schwerer zu atmen. »Zuerst hat er mich zu Tode erschreckt. Ich dachte, er sei für die letzte Ölung gekommen.«

Bondurant lachte.

»Wir haben zusammen gebetet. Habe das noch nie gemacht. Er hatte ein altes Tuch dabei, das er mir eine Minute lang aufgelegt hat. Er sagte, dass es meine Hände und vielleicht sogar mich selbst rettet. Er bezeichnete es als ›Handauflegen‹. Wir haben beide darüber gelacht. Aber ich nehme jedes Heilmittel, das ich kriegen kann.«

Bondurant streckte die Hand aus und strich über Satos Stirn. Er schob eine Haarlocke zurück, die vor seine Augen gefallen war.

»Jon?«, flüsterte Sato. »Hör mir zu.«

Domenika klopfte leise gegen die Scheibe. Jon drehte sich um und sah ihren panischen Blick. Jemand näherte sich.

Bondurant kniete nieder, beugte sich vor und hielt sein Ohr an Satos Lippen, damit er sich beim Sprechen nicht anstrengen musste.

»Einige sind berufen«, wisperte Sato beinahe unhörbar.

Bondurant verharrte regungslos. Er traute seinen Ohren nicht. »Harry, was hast du gerade gesagt?«, fragte er, während er sich über ihn beugte, um Domenika die Sicht zu blockieren.

»Ich sagte ›einige sind berufen‹, Jon.« Sato schloss einen Moment lang die Augen, als wollte er Kraft sammeln, um noch für ein paar Augenblicke bei Bewusstsein zu bleiben.

»Als ich da so gehangen habe, da hatte ich bei all meiner Angst einen Moment völliger Klarheit. Eine Erleuchtung.«

»Du meinst, so wie einen dieser Das-ganze-Leben-zieht-an-deinen-Augen-vorbei-Momente?«, fragte Bondurant mitfühlend.

»Ja. Eins der Elektrokabel hat sich so fest um meinen Hals zusammengezogen, dass ich dachte, jetzt ist es vorbei, Jon. Verstehst du?«

Domenika klopfte fester an die Scheibe. Auf ihrem Gesicht zeichnete sich jetzt ein Ausdruck echter Dringlichkeit ab.

»Jon, ich habe gehört«, begann Sato und keuchte dabei, »dass in dem Moment, in dem fast alles vorbei ist, einige das Gesicht von Jesus sehen.«

»Ja, davon habe ich gehört«, erwiderte Bondurant mit beruhigender Stimme.

»Nun«, flüsterte Sato, während ihm der Schmerz das Atmen erschwerte. »Ich habe Jesus direkt ins Gesicht geblickt, Jon. Wortwörtlich. Er war keine Fußlänge von mir entfernt. Ich bin kein gläubiger Mensch, trotzdem habe ich darum gebetet, dass ich am Leben bleibe und meine Kinder wiedersehe. Und … Jon?« Sato begann, das Bewusstsein zu verlieren.

»Ja, Harry?«

Sato sah ein letztes Mal auf und versuchte, seinen Satz zu beenden, bevor er erneut dem Schlaf erlag.

»Das Grabtuch Jesu Christi ist echt.«

In diesem Moment stürmten zwei Pfleger in den Raum und befahlen Bondurant zu gehen.

»Was genau meinst du damit. Harry?«, rief Bondurant. »Ich habe deine Fotos gesehen. Ist das deine professionelle Einschätzung? Weißt du, was du da sagst?«

Sato antwortete nicht. Er war zurück in einen tiefen Morphium-Schlaf gefallen.

»Können Sie das Schild lesen? Können Sie das Schild lesen?«, schrie einer der Pfleger, während er Bondurant aus dem Zimmer zerrte und Richtung Fahrstuhl zog. »Sie auch, Miss. Hier entlang!«

Kaum hatten sie sich vom Aufzug und den Pflegern entfernt, die sie kurzerhand ins Erdgeschoss und Richtung Ausgang geschubst hatten, hielt Domenika Bondurant zurück. »Was sollte das denn? Was hat er gesagt?«, fragte Domenika, während ihre Augen vor Neugier größer wurden.

Bondurant zögerte, bevor er antwortete.

»Wussten Sie, dass Pater Parenti hier war?«

»Nein, das hat er mir nicht erzählt.«

Bondurant überlegte, was er als Nächstes über Satos letzte Worte sagen sollte. Er wagte nicht, sie Domenika gegenüber zu wiederholen. Wenn Sato, dem er als Wissenschaftler unbedingt vertraute, vage von merkwürdigen Eindrücken aus einem Drogentraum erzählte, dann war das eine Sache. Wenn aber Harry, sein lebenslanger Freund und ein bekannter Agnostiker, in Todesangst zum Christentum bekehrt wurde, dann war das etwas anderes und außerordentlich verwirrend.

»Harry?«, sagte er schließlich. »Er sagte, es tue ihm leid.« Das war alles, wozu Bondurant sich durchringen konnte. »Mehr hat er mir nicht gesagt. Alles andere, nun, da hat wohl das Morphium aus ihm gesprochen. Ganz bestimmt.«

22

Turin, Italien
Juni 2014

Als Bondurant den Pausenraum betrat, vier Zimmer neben dem Raum, in dem das Grabtuch sicher auf dem Untersuchungstisch lag, empfing ihn völlige Stille. Gewöhnlich war dies ein lebhafter Ort des Small Talks und der zwanglosen Gespräche, aber jetzt war es, abgesehen vom Summen der Snack- und Getränkeautomaten an der Wand, unheimlich ruhig. Was den Raum seltsam bedrückend machte, war die Tatsache, dass sich zwei der renommiertesten Wissenschaftler ihres Fachs an einem kleinen Tisch gegenübersaßen und sich wortlos anstarrten.

Bondurant gefiel der Anblick nicht, besonders nicht die offensichtliche Spannung zwischen den beiden Männern. Ihm gefiel es auch nicht, dass er aus seinem Nickerchen geweckt worden war, das er für seine einzige dreistündige Pause an diesem Abend geplant hatte.

»Ich habe gehört, dass ihr beide über die Proben sprechen wollt, die wir dem Grabtuch entnommen haben«, sagte Bondurant.

Es war vier Uhr morgens. Die Untersuchung des Grabtuchs würde nur noch drei weitere Tage dauern. Er gähnte, rieb sich die Augen und stellte einen Aktenkoffer aus Aluminium zwischen seinen beiden Kollegen auf den Tisch. Er enthielt die fünf kleinen Proben des Grabtuches, jede in einem eigenen, vakuumversiegelten Glasbehälter. Er öffnete die Aktentasche.

Sowohl O'Neil als auch Sehgal stürzten sich auf die versiegelten Proben wie Krebse, die einer heiß ersehnten Garnele nachstiegen. Durch das Schubsen und Drängen segelte der Aktenkoffer beinahe zu Boden. Bondurant schlug den Koffer zu und klemmte beinahe O'Neils und Sehgals Hände darin ein. Als er auf den Kofferdeckel drückte, hoben beide Kampfhähne beschwichtigend die Hände.

»Er hat angefangen«, rief O'Neil.

»Nein, *er* hat angefangen«, entgegnete Sehgal.

»Gentlemen, wenn Sie sich so verhalten, dann bleiben die Probenbehälter sicher im Koffer verstaut«, sagte Bondurant. »Tun Sie, was Sie wollen, aber die werden nicht rausgerissen.«

O'Neil und Sehgal untersuchten beide ihre Unterarme, um festzustellen, ob sie sich verletzt hatten.

»Was ist hier eigentlich los? Terry? Ravi?«, sagte Bondurant so ruhig, wie es ihm nach nur einer Stunde Schlaf möglich war.

»Ich sage dir, was los ist, Jon«, meinte O'Neil. Er war doppelt so groß wie Sehgal und diesem körperlich überlegen. Seine tosende Stimme sollte das beweisen.

»Dieser ›Bluthändler‹ hier versucht, unser gesamtes Versuchsprotokoll auf den Kopf zu stellen. Die ganze Zeit versichert er, dass er die DNA aus dem Grabtuch mit einem einzigen Blutstropfen bestimmen kann. Jetzt will er mehr. Er will das ganze Blut, das wir dem Grabtuch entnommen haben.«

Bondurant litt zwar unter Schlafmangel, war aber wach genug, um zu verstehen, welche Konsequenz sich aus O'Neils Worten ergab.

»Ravi, ist das wahr? Stellt Terry Ihren Standpunkt korrekt dar?« hakte Bondurant nach. »Sie haben immer versichert, dass Sie angesichts der molekularen Strukturen, mit denen Sie es zu tun haben, nur einen einzigen Klecks, viel weniger als einen Tropfen vom Blut der Testperson brauchen, um uns alle erforderlichen Informationen zu liefern. Was hat Ihre Meinung geändert?«

»Korrigieren Sie mich, wenn ich falschliege«, sagte O'Neil, »aber haben Sie nicht den Nobelpreis auf diesem Gebiet deshalb erworben, weil Sie herausgefunden haben, wie man DNA auf mikroskopischer Ebene dekontaminieren kann? Warum sollte Ihnen das jetzt Probleme bereiten?«

Bondurant starrte Sehgal mit einer gewissen Besorgnis an. Er glaubte nicht, dass er Sehgal jemals ›missverstanden‹ hatte. Und er war sicher, dass Sehgal behauptet hatte, ein einziger Blutstropfen aus dem Grabtuch reiche aus, um seine überaus bedeutsame DNA-Analyse durchzuführen, auf die sie alle zählten. Irgendetwas hatte Sehgals Meinung über die Blutmenge geändert, die er von dem Grabtuch benötigte, und Bondurant wollte herausfinden, was das war.

»Wir arbeiten hier auf dem neuesten Stand der Biologie und der Chemie, Dr. O'Neil, und es gibt immer wieder Faktoren, die wir bei unserer Arbeit berücksichtigen müssen. Ich habe von Anfang an gesagt, dass wir alles blutbefleckte Material brauchen, um die bestmöglichen Ergebnisse liefern zu können«, verteidigte sich Sehgal.

Das ist gelogen, dachte Bondurant. Als Sehgal gebeten wurde, sich dem Grabtuch-Team anzuschließen, hatte er gesagt, er brauche nur ein paar Blutmoleküle.

»Ravi«, sagte Bondurant, »Sie wissen, wenn wir Ihnen die einzigen beiden Blutproben abtreten, dann reduziert das die Anzahl der Proben, die uns bleiben, um die Tests zur Kohlenstoffdatierung durchzuführen, ja?«

»Das weiß ich«, murmelte Sehgal.

»Jon«, meldete sich O'Neil zu Wort. »Ravi hat vielleicht mittendrin seine Meinung geändert, aber ich sicherlich nicht. Ich habe von Anfang an gesagt, wenn du das Alter dieses Grabtuchs mit 95-prozentiger Wahrscheinlichkeit wissen willst, dann brauche ich alle vier der versprochenen Proben. Alles darunter wird das Alter des Grabtuchs infrage stellen. Das war's dann mit deinem Projekt. So einfach ist das.«

»Und wenn ich nicht die Blutproben bekomme, die ich brauche, dann war's das auch mit Ihrem Projekt«, fügte Sehgal hinzu.

»Wie meinen Sie das, Ravi?«, fragte Bondurant erstaunt. Lange würde er sich nicht mehr zusammenreißen können. Das Ganze geriet außer Kontrolle.

»Ich meine damit, dass ich aus dem Team raus bin«, kommentierte Sehgal und verschränkte die Arme.

»Also nehmen Sie Ihre Murmeln und Ihren Nobelpreis und gehen damit nach Hause, ja, Ravi?«, fragte O'Neil.

»Das kommt ungefähr hin«, antwortete Sehgal.

Bondurant konnte es sich nicht leisten, es so enden zu lassen, weshalb er nun sagte: »Ravi, lassen Sie uns nichts überstürzen, ja? Ich würde das gern überschlafen, für … Was? Eine Stunde? Ich leite dieses Projekt, und obwohl ich versucht bin, eine Münze zu werfen, muss ich entscheiden, was für den wissenschaftlichen Prozess und für das Ergebnis das Beste ist. Ravi, ich hoffe, Sie erweisen uns nicht den Bärendienst und gehen. Diese Drohung nehme ich nicht auf die leichte Schulter in Anbetracht dessen, welche Ehre es ist, Ihren klugen Kopf in diesem Team zu haben.«

Sehgal erhob sich wortlos und schüttelte O'Neil und Bondurant die Hände, bevor er den Pausenraum verließ.

»Und jetzt verrate mir, was das sollte«, bat O'Neil. »Ich erkenne eine Lockvogeltaktik, wenn ich sie sehe.«

»Terry, ich weiß, dass hier etwas nicht stimmt«, brummte Bondurant. »Mein Gefühl sagt mir, dass es für ihn eine einmalige Gelegenheit ist, auf dem Grabtuch quasi seinen Fußabdruck zu hinterlassen, doch ich frage mich allmählich, ob Ravi uns alles erzählt hat. Wenn er so gut ist, wie es dieser Nobelpreis nahelegt, dann braucht er nicht so viel Blut. Er führt etwas anderes im Schilde und ich muss herausfinden, was er vorhat.«

»Was willst du also unternehmen, Jon? Wie wirst du dich entscheiden?«

»Oh, ich entscheide zu meinen Gunsten, Terry«, erwiderte Bondurant. »Das war nie die Frage. Infrage steht jetzt allerdings, für wen Ravi noch arbeitet – und warum.«

23

Turin, Italien
Juni 2014

Sie warteten vor dem Krankenhaus im Dunkeln auf das Taxi, das er 20 Minuten zuvor gerufen hatte, aber es kam nicht. Es war ein lauer Sommerabend, die Sterne waren zu sehen und Bondurant rechnete aus, dass man bis zum Universitätslabor etwa eine halbe Stunde zu Fuß ging. Für ihn und Domenika lange genug, um die Köpfe freizubekommen. Der vor ihnen liegende Weg war gut beleuchtet und führte durch einen historischen und romantischen Teil der Stadt. Aber der ungeplante Spaziergang bot auch etwas, wozu Bondurant seit Tagen nicht gekommen war – eine Auszeit von dem Projekt, allein mit der aufregendsten Frau, die er je kennengelernt hatte.

Die Arbeiten der vergangenen Woche hatten ihn und sein gesamtes Forschungsteam körperlich ausgelaugt. Er verbrachte einen erschöpfenden 18-Stunden-Tag nach dem anderen damit, akribisch Dutzende von Tests zu organisieren, bei denen Tausende von Daten und Belegen aufgezeichnet wurden.

Dann musste er sich ständig mit einem halben Dutzend weltberühmter Wissenschaftler aus unterschiedlichen Fachbereichen auseinandersetzen, deren Egos so groß waren, wie es ihr Ruf vermuten ließ. Dazu kamen noch die dauerhafte Verstümmelung eines seiner besten Freunde und beinahe die vollständige Zerstörung der unbezahlbaren Reliquie, die zu bewahren in seiner

Verantwortung lag, sodass Bondurant kaum zur Ruhe gekommen war.

»Gehen wir noch mal auf Anfang, Jon«, sagte Domenika, während sie ihre hochhackigen Schuhe auszog und barfuß über den Kopfsteinweg eilte, um ihn einzuholen. »Bevor wir weitermachen, möchte ich mit Ihnen über etwas reden. Es hat nichts mit dem Grabtuch zu tun.«

Bondurant war im Moment bereit, über alles außer über die Arbeit zu reden. »Klar. Was haben Sie auf dem Herzen?« Er wechselte seinen Koffer, der die Proben des Grabtuchs enthielt, in die linke Hand. Mit der rechten zündete er sich eine Zigarette an und nahm einen langen, befriedigenden Zug.

»Entschuldigung?«, sagte sie und wedelte den Rauch zur Seite, der beim Laufen an ihnen vorbeizog. »Tut mir leid. Stört Sie das?« Er wollte höflich sein, war aber nicht erpicht darauf, für sie auf das Rauchen zu verzichten. Er musste sich entspannen und eine Zigarette würde dabei helfen.

»Sehr sogar«, entgegnete sie. Domenika nahm sanft sein Handgelenk und zeigte auf die von ihm entworfene Uhr, die Parenti so beeindruckt hatte. Sie versuchte einen flüchtigen Blick auf die Zahlen auf dem Ziffernblatt zu erhaschen, doch Bondurant zog sie schnell zurück. »Ich wette, Sie sind ein Mathe-Ass. Sie wissen bestimmt, dass Ihre Angewohnheit Jahre subtrahiert, nicht addiert, oder?«

»Verstehe, der gute Pater hat Sie also auch darüber in Kenntnis gesetzt«, brummte Bondurant. Er wusste, dass es für seine Angewohnheit keine Entschuldigung gab und dass ihn ein Argument für das Rauchen so weit bringen würde wie seine Liebe zum Scotch. Oft rauchte er nur deshalb, um die Leute auf Abstand zu halten, sodass er mit seinen Gedanken allein sein konnte. Doch dieser

Spaziergang war definitiv eine Ausnahme. Er nahm einen letzten befriedigenden Zug und schnippte die glühende Zigarette ohne Widerworte an den Straßenrand.

Die frühsommerliche Nachtluft war kalt, und während sie die alte, von Bäumen gesäumte Straße entlangschlenderten, bemerkte er, dass sie die Arme fröstelnd verschränkt hatte. Er zog sein neues Sakko aus und legte es ihr um die nackten Schultern. Als sich der warme Stoff über sie legte, lächelte sie und nickte dankbar. Der fast volle Mond erhellte ihren Weg und warf lange, schattenhafte Silhouetten vor ihnen auf die Straße. Sie bogen in die *Via Pianezza* ein. Diese Straße, auf der es tagsüber von Verkehr und Fußgängern nur so wimmelte, war nachts verlassen.

»Ich würde gern wissen«, sagte Domenika ausgelassen, während sie in einem Schaufenster, an dem sie vorbeikamen, ein Paar Schuhe betrachtete, »ob Sie Ihr wissenschaftliches Interesse zum Atheismus geführt hat oder ob ihr Atheismus Ihr wissenschaftliches Interesse weckte.«

Nicht das schon wieder, dachte er. In den letzten Tagen hatte er es genossen, sich im Labor mit ihr zu unterhalten. Sie hatte sich als viel klüger erwiesen, als er zugeben wollte, und besaß dazu noch einen scharfsinnigen Humor. Aber er hatte auch Angst vor einer weiteren Glaubensdebatte, die sie wieder zurück an den Anfang brachte. Er wusste, dass eine scheinbar unbedeutende Diskussion mit ihr über irgendein religiöses Thema sich schnell in eine heftige Auseinandersetzung verwandeln konnte. Eine weitere dieser Art wollte er um jeden Preis vermeiden.

»Das ist eine interessante Frage«, sagte er, während er seinen Koffer abstellte. Die winzigen Fragmente der Grabtuch-Proben waren gut darin gepolstert. Er bückte sich, um einen kleinen Stein vom Straßenrand aufzuheben.

»Aber zuerst möchte ich Ihnen eine Frage stellen. Ich halte gerade einen Stein in der Hand.«

»Jon, es war nur eine einfache Frage ...«

»Ja, und ich beantworte sie mit einer ebenfalls einfachen Frage. Halte ich einen Stein in der Hand oder nicht?«, beharrte er.

»Nun, ja. Natürlich. Das haben Sie gerade gesagt.«

»Und welchen Beweis haben Sie dafür, dass ich ihn tatsächlich in der Hand halte?«

»Die Tatsache, dass Sie es mir gesagt haben.« Spielerisch griff sie nach seiner Hand, um ihm den Stein zu entreißen, doch er war zu schnell für sie. Er versteckte die Hand hinter dem Rücken.

»Haben Sie gesehen, wie ich ihn aufgehoben habe?«

»Nein, aber ich habe gesehen, wie Sie sich gebückt haben. Deshalb gehe ich davon aus.«

»Okay, dann lassen Sie mich die Frage erneut stellen: Halte ich einen Stein in der Hand?«, beharrte er.

»Ja. Das haben Sie gesagt, deshalb glaube ich Ihnen.«

»Oh, verstehe. Sie *glauben* mir. Aber *wissen* Sie, dass ich ihn in der Hand halte?«

»Nein, das weiß ich nicht«, sagte sie jetzt fahrig. »Ich verlasse mich auf Sie. Ich glaube Ihnen. Ist das ein Fehler?«

Er konnte sehen, dass sie bereute, die Frage überhaupt gestellt zu haben.

»Und worauf wollen Sie hinaus?«

Bondurant spürte, wie sich ein weiterer hässlicher Streit zwischen ihnen anbahnte. Er hielt inne und sah hinauf zu den Sternen, die am Nachthimmel funkelten. Er dachte einen Moment lang nach, dann sah er sie an. »Was mich zur Wissenschaft gebracht hat und was zum Atheismus, ist eigentlich dasselbe, Domenika. Der Drang zu *wissen,* nicht zu glauben.«

Sie trat zurück und schwenkte die Hand Richtung Himmel, als würde sie eine imaginäre Linie darüber ziehen.

»Würden Sie zugeben, dass der Mensch nicht alles über das Universum wissen kann? Dass es Dinge gibt, die jenseits unseres Wissens oder unseres Verständnisses liegen?«

Er zuckte die Achseln.

»Dinge wie die Frage, woher wir kommen. Wir werden nie wissen …«

»Nein, das glaube ich nicht, Domenika. Ich weiß, woher wir gekommen sind. Wir sind alle nur stoffliche Fragmente. Überreste von Sternen, die vor Milliarden von Jahren explodiert sind.«

Domenika runzelte die Stirn, bückte sich und nahm selbst einen Stein in die Hand. Sie legte ihn in seine. »Oh, das *glauben* Sie. Aber wissen Sie es auch?«

Bondurant lachte und ließ einen langen Seufzer folgen. Sie war unbelehrbar. Er holte aus und warf den Stein auf ein Verkehrsschild an der vor ihnen liegenden Kreuzung. Er verfehlte es komplett.

»Domenika, erlauben Sie, dass ich Sie etwas frage?« Sie war die einzige Gläubige, die er je getroffen hatte, die es wert war, vor sich selbst gerettet zu werden. »Sie schreiben Ihrem Leben eine Bedeutung zu, basierend auf einer biblischen Geschichte, richtig? Eine Geschichte von vor langer Zeit. Sie ist beeindruckend, wundervoll und inspirierend, das gebe ich zu. Aber welchen Beweis haben Sie, abgesehen von einer Legende, mehrere Hundert Generationen alt, dass Ihre eigene Auferstehung auch nur im Entferntesten möglich ist? Ich weiß, dass Sie klüger sind. Erscheint es Ihnen richtig, Ihr ganzes Leben nach einer Art Voodoo auszurichten, an das andere geglaubt haben, die vor Tausenden von Jahren unter primitiven Bedingungen gelebt haben?«

Sie behielt die Ruhe und sie gingen weiter.

»Warum sind Sie hierhergekommen?«, antwortete sie mit einer Gegenfrage, als sie sich der *Via Pianezza* näherten, die in das blassgelbe Licht der bogenförmigen Straßenlampen getaucht war. Die alte Brücke spannte sich über den Po, der unter ihr lautstark dahinfloss. »Sie haben das Grabtuch jahrelang für eine Fälschung gehalten und jetzt *brauchen* Sie Gewissheit?«

»Nein. Ich *wusste,* dass es eine Fälschung ist. Darauf deuten alle Hinweise hin, die ich vor meiner Ankunft in Turin zusammengetragen habe.«

»Und nun?«

Er zögerte. Was er bisher gesehen hatte, war faszinierend, aber kein konkreter Beweis. In seinen schwächeren Momenten war er versucht zu glauben, aber seine rationale Seite wusste, dass er seiner wissenschaftlichen Ausbildung vertrauen musste.

»Ich halte mich an Beweise. Ich denke, das Grabtuch ist auf natürliche Weise entstanden. Gegenwärtig gibt es allerdings keinen Grund zu der Annahme, dass wir belegen können, ob das Grabtuch irgendetwas mit der historischen Person Jesus Christus zu tun hat. Sie und Ihre rückschrittliche Kirche sind es, die die Wahrheit wissen wollen, und ich werde sie bestätigen, auf welche Weise auch immer.«

»Verstehe«, sagte Domenika. »Würden Sie aber zugeben, dass die Wissenschaft vielleicht niemals in der Lage sein wird, das Göttliche zu erfassen?«

»Jetzt verlangen Sie also, dass ich an Wunder glaube?«, fragte er.

»Ich verlange, dass Sie in Erwägung ziehen, dass das Abbild auf dem Grabtuch, das Sie untersuchen, göttlichen

Ursprungs sein könnte. Dass es von jemandem gemacht wurde, der nicht nur menschlich ist, und dass es von einer Lebenskraft erschaffen wurde, die weder Sie noch die Wissenschaft verstehen können.«

»Und wo haben Sie diese Lebenskraft schon mal gesehen? Haben Sie einen Beweis dafür?«

»Das habe ich«, entgegnete sie. »Ich erkenne sie, wenn ich Violine spiele und alles um mich herum vergesse. Es ist Gottes Gnade, die durch mich den Bogen führt. Ich erkenne sie, wenn ich mir ein Meisterwerk ansehe und mich erstaunt frage, was wohl die Hand des Künstlers geführt hat. Ich habe sie in den großen Werken der Literatur gesehen und sogar in den Wundern Ihrer Maschinen und dem, was Sie als wissenschaftliche Errungenschaften bezeichnen.«

»Domenika, ich wollte es Ihnen ja eigentlich nicht sagen, aber …«

Wie aus dem Nichts traf etwas Hartes seinen Hinterkopf. Bondurant fiel auf die Knie. Der Schmerz blendete ihn und er brauchte einen Moment, um klar zu sehen. Er blutete. Ungläubig ertastete er eine Wunde am Hinterkopf. Was hatte ihn getroffen? Er war sich nicht sicher, aber er nahm die Aktentasche mit beiden Händen und rollte sich zur Seite, um einem weiteren Angriff auszuweichen. Auf dem Rücken liegend sah er einen Ziegelstein auf sich zusegeln, diesmal direkt auf seine linke Gesichtshälfte zu. Er schwang den gepanzerten Aktenkoffer in die Flugbahn und wehrte den Stein damit ab.

Er hörte Domenika um Hilfe rufen. Panisch drehte er sich um und versuchte aufzustehen. Ein weiterer Ziegelstein landete genau vor ihm. Keine drei Meter entfernt sah er eine schwarz gekleidete Gestalt mit einer Kapuze und einer roten Skimaske. Ihre Hände waren leer, ihr

Ziegelsteinvorrat aufgebraucht. Bondurant sprang auf und stolperte auf seinen Angreifer zu, den er um einiges überragte.

»Domenika, kommen Sie hinter mich«, rief Bondurant.

Sie ignorierte ihn und rannte auf ein abgebrochenes Ziegelsteinstück zu, das auf der Fahrbahn lag. Sie nahm es auf und schleuderte es, so fest sie konnte, in die Richtung der Kapuzengestalt. Sie verfehlte sie um einige Meter.

»Sie werfen wie ein Mädchen«, war das Einzige, was Bondurant einfiel, während er sich bereit machte, auf den Angreifer loszustürzen, der immer näher kam.

»Das wäre ein Fehler, Doktor«, sagte die Kapuzengestalt mit tiefer Stimme. Der Akzent war unverkennbar nahöstlich.

»Kenne ich Sie?«, fragte Bondurant. Seine Sicht war verschwommen und Blut tropfte ihm ins Genick, aber er war bereit zum Angriff.

»Geben Sie mir den Koffer«, rief der Kapuzenmann und zog einen langen Dolch unter der Kutte hervor. Die Klinge glänzte im Mondlicht. Bondurant trat einen Schritt zurück. Während er das tat, löste sich die katzenartige Gestalt aus ihrer Kampfhaltung und sprang auf Domenika zu.

Domenika schrie und versuchte, den Angreifer abzuwehren, doch der überwältigte sie, während er das Messer mit Leichtigkeit führte. Er packte sie von hinten und zerrte an ihren Haaren. Dann legte er ihr die blitzende Klinge an ihre ungeschützte Kehle.

»Geben Sie mir den Koffer!«, wiederholte der Angreifer seine Forderung.

»Tun Sie das nicht!«, warnte Bondurant.

»Sie wird sterben, Doktor, das verspreche ich Ihnen!«, schrie der Kapuzenmann. Um Bondurant zu provozieren, streichelte er Domenikas zarten Hals mit seinem Dolch.

Bondurant zögerte einen Moment lang, dann hielt er ihm widerwillig den Aktenkoffer hin. Er war nicht versessen darauf, ihn gegen Domenika einzutauschen. Ihm war klar, dass sich der wertvollste wissenschaftliche Beweis, den er je gefunden hatte, in diesem Koffer befand. Und wenn er ihn verlor, war seine Untersuchung beendet. Aber Domenika schwebte in ernster Gefahr, ihm blieb also keine andere Wahl.

»Er blufft, Jon. Tun Sie das nicht!«, rief Domenika. Barfuß grub sie die Fersen in den Bürgersteig und stemmte sich, so fest sie nur konnte, mit dem Rücken gegen den Angreifer.

»Ich schwöre Ihnen, dass ich sie töte«, warnte die Kapuzengestalt noch einmal.

»Nicht wenn ich es verhindern kann«, brummte Bondurant. Mit Wucht schleuderte er den Koffer direkt auf den Angreifer, der sein Messer fallen ließ, um danach zu greifen. Er riss die Hand hoch, um den Koffer zu fangen, wurde aber durch Domenikas Stoß gegen die Brust aus dem Gleichgewicht gebracht. Während er stolperte, entglitt ihm sein Fang. Der Aktenkoffer flog in hohem Bogen über seinen Kopf hinweg, segelte über das Brückengeländer und hinunter in den rauschenden Po.

»Sie Idiot!«, schrie die Gestalt. Mit dem Rücken zum Geländer streckte er den Hals, um hinter sich zu blicken und die Entfernung zum Wasser abzuschätzen. Dann ging er in die Hocke, sprang in einem perfekten akrobatischen Rückwärtssalto über das Geländer und stürzte hinab in die unter ihm liegende Dunkelheit.

»Jon, was haben Sie sich bloß dabei gedacht?«, rief Domenika. »Ihr ganzes Leben ist in diesem Koffer!«

»Pst!«, flüsterte er und lauschte konzentriert. »Eins … zwei … drei …«, zählte er laut.

Bei ›drei‹ hörten sie ein leises Platschen – das Geräusch, mit dem ihr Angreifer in die kalten Fluten unter ihnen eintauchte. Bondurant berechnete die Entfernung zum Wasser. Dann streifte er sich die Schuhe ab, kletterte auf das Brückengeländer, balancierte dort einen Moment und sah nach unten. »Das sind gut 40 Meter«, schätzte er, »45 habe ich schon mal geschafft. Rufen Sie die Polizei!«

Damit sprang er von der Brücke. In der kurzen Zeit, die ihm blieb, bevor er das Wasser erreichte, dachte er an die drei Dinge, die er ganz sicher wusste. Zum einen, dass der Koffer oben schwimmen würde. Dafür war er gemacht. Er beinhaltete die drei Beweisstücke, die für seine Nachforschungen am wichtigsten waren, und niemand – auch kein Fluss – würde sie ihm nehmen. Zweitens dass er, obwohl sein Kopf von dem Schlag schmerzte, bisher noch niemanden getroffen hatte, der in einer Strömung schneller schwamm als er. Und drittens dass er als College-Taucher wusste, wie man aus größerer Höhe ins Wasser eintauchte. Er hatte schon einige üble Sprünge erlebt. Traf er den Fluss nicht in der absolut perfekten Position, wäre es, als würde er auf Zement aufschlagen. Er winkelte die Knie leicht an, um den Aufprall besser zu absorbieren, und legte seine Arme seitlich an den Körper, um zu verhindern, dass sich seine Schultern verrenkten. Bondurant wusste jedoch auch, dass der Sturz ins Wasser heftig sein würde, ganz gleich, wie clever er es anstellte. In dem Moment, in dem er von dem Geländer gesprungen war, hatte er angefangen zu zählen.

»Eins … zwei … drei … *vier?*« Als er bei vier ankam, dachte er nur noch: *O nein!*

Er hatte sich verrechnet. In vier Sekunden war er 80 Meter unterwegs, nicht 40, wie er zuvor angenommen hatte. Mit einer brutalen Geschwindigkeit von 200 Kilometern pro Stunde durchbrach er die Wasseroberfläche. Der Schmerz und die Wucht, die er von den Füßen bis zur Hüfte absorbieren musste, reichten aus, um beinahe das Bewusstsein zu verlieren. Er sank etwa acht Meter in die Tiefen hinab, bis seine Füße den schlammigen Boden berührten. Mit ganzer Kraft stieß er sich vom Grund des Flusses ab und wusste auf der Stelle, dass er sich beim Aufprall die Achillessehnen verletzt hatte. Der Schmerz pochte nicht nur in seinen Füßen, das Ausmaß der übrigen Verletzungen blieb abzuwarten, dennoch schoss er wie ein Tornado in die Höhe und durchbrach die dunkle Wasseroberfläche. Sofort wurde er von der schnellen Strömung erfasst.

Im hellen Mondlicht entdeckte er die Gestalt eines Mannes, der in dem breiten Fluss trudelte und sich auf einen glänzenden Gegenstand zubewegte, der circa 30 Meter entfernt war. Bondurants Metallkoffer trieb flussabwärts – weg von dem Angreifer, der sich wie erwartet eine oder vielleicht sogar beide Schultern ausgerenkt hatte, als er Sekunden zuvor auf dem Wasser aufgeschlagen war.

Trotz seiner Verletzungen machte sich Bondurants Training gerade bezahlt. Er glitt mühelos durch das Wasser. Schnell holte er den Abstand zu seinen beiden Zielen auf. In 20 Sekunden würde er sie erreichen. Sein Adrenalin begann zu wirken, sodass er im Freistil weiterschwamm und dabei einen Vollsprint hinlegte. Er atmete schwer, schloss jedoch schnell auf und stürzte sich wie ein Hai mit voller Breitseite auf seinen Angreifer. Im Scherentritt strampelte er mit den Beinen und hechtete aus dem Wasser in die Luft, so hoch er nur konnte. Dabei riss er den Arm zurück und schlug mit ganzer Kraft auf das maskierte Gesicht des Mannes ein. Er war sicher, dass bereits sein erster Schlag einige Gesichtsknochen gebrochen hatte. Immer wieder schlug er in schneller Folge zu, prügelte mit der Faust auf den Angreifer ein, bis jeglicher Widerstand erstarb. Dann zog er den Mann in den Schwitzkasten. Den Fang in die Armbeuge geklemmt, machte sich Bondurant daran, ihn im Rettungsschwimmerstil zum 50 Meter entfernten Flussufer zu ziehen. Doch aufgrund der Last seines Gefangenen und des schnellen Stroms, der sie beide flussabwärts trug, hatte Bondurant bei aller Anstrengung wenig erreicht. In der Zwischenzeit hatte sich sein Koffer nur noch weiter aus seinem Blickfeld entfernt.

Während er den Angreifer schraubstockartig umklammerte, wusste Bondurant, dass es bei dem Grad seiner Erschöpfung schwer werden würde, das Flussufer zu erreichen. Aber er hatte keine andere Wahl. Also holte er tief Luft und zerrte den Mann in seiner Armbeuge auf die nächstgelegene Uferstelle zu. Der Angreifer schluckte Wasser, würgte und kämpfte erbittert um sein Leben.

Plötzlich und unerwartet erledigte sich Bondurants Arbeit von selbst. Ein großer Felsen tauchte direkt vor ihnen in der Mitte des Flusses auf. Von der Geschwindigkeit der schnellen Strömung getrieben, schlug der Kopf des Angreifers hart gegen den Stein und wurde auf der Stelle zerschmettert. Bondurant ließ ihn los und den leblosen Körper seines gesichtslosen Angreifers im Strom davontrudeln.

Er atmete einmal tief durch und schwamm dem Koffer in einer erbitterten Verfolgungsjagd hinterher. Nach einem minutenlangen Spurt holte er ihn schließlich ein. Keuchend packte er den stabilen Griff des Koffers, umklammerte ihn und machte sich auf den Weg zurück zum Ufer. Erst jetzt spürte er, mit welcher Kraft der reißende Fluss an seinem Körper zerrte. Seine Arme und

Beine fühlten sich taub an, während er die letzten Meter schwamm, sich an der Uferböschung hinaufzog, wegrutschte, sich wieder auf den schlammigen Hügel hinaufschleppte, der zur gut anderthalb Kilometer entfernten Brücke zurückführte. Seine Fersen fühlten sich an, als stünden sie in Flammen, aber die Sehnen waren wohl nur gezerrt statt gerissen. Dennoch würde das bloße Gehen für eine ganze Weile einer Folter gleichkommen.

Bondurant blieb stehen, um Atem zu holen. Dabei bemerkte er das Blaulicht mehrerer Polizeiautos, die gerade die Mitte der Brücke erreichten. Dort sah er auch eine einsame Gestalt, die vom Licht des Mondes umrahmt wurde. Es war Domenika, die in die Ungewissheit der vor ihr liegenden Dunkelheit blickte.

24

Turin, Italien
Juni 2014

Bondurant blickte starr auf den schmutzigen karierten Fliesenboden des Verhörzimmers der Turiner Zweigstelle der *Polizia Locale* und zitterte. Ein großer Deckenventilator blies kalte Luft über die Stelle, an der er mit Handschellen an einen im Boden verankerten Metalltisch gekettet war. Er war nicht in der Lage, sich von dem wegzudrehen, was sich wie ein von oben kommender arktischer Sturm anfühlte, obwohl er wusste, dass das Zittern seines Körpers ein Vorbote der Hypothermie war. Sein Abenteuer im Po, das zwei Stunden zurücklag, hatte ihn bis auf die Haut durchnässt. Die Pfütze aus Flusswasser, die unter seinen nackten Füßen hervorquoll, war im zähen Verlauf des sinnlosen Verhörs größer geworden.

»Hören Sie, ich friere mich hier zu Tode. Wenn Sie mir nur eine Decke oder so etwas geben würden, dann gestehe ich sogar die Sacco-und-Vanzetti-Morde, wenn Sie das möchten«, sagte Bondurant. Um seine Bitte zu unterstreichen, zog er mit den Handschellen fest an dem Metallring, mit dem diese am Tisch befestigt waren.

Nach weiteren Minuten sinnlosen Geplänkels betrat der oberste Polizeichef von Turin, Signor Botta, den Raum. Er bedeutete seinem stellvertretenden Inspektor, der Bondurant bisher verhört hatte, die Handschellen abzunehmen. Bondurant spürte, dass der Inspektor, Signor Vitali, nicht glücklich darüber war. Botta war aus dem

Nebenraum in die Verhörzelle geplatzt, als offensichtlich war, dass sein Stellvertreter versagt hatte. Sein Versuch, im Fall des Toten, den die Polizei soeben aus dem Fluss gefischt hatte, etwas Brauchbares aus Bondurant herauszubekommen, hatte zu nichts geführt. Von seinen Fesseln befreit ergriff Bondurant rasch die Gelegenheit, an das andere Ende des Tisches zu rutschen, weg von dem kalten Windkanal, unter dem er davor gefangen gewesen war. Ein weiterer Inspektor, diesmal eine Frau, kam ins Zimmer geeilt und hatte eine große Wolldecke dabei, die Bondurant sich nun eifrig um die Schultern legte. Vitali war sehr daran interessiert, seinem Vorgesetzten den einen nützlichen Informationshappen weiterzugeben, von dem er dachte, ihn aus Bondurant herausbekommen zu haben.

»Wir haben endlich ein paar Namen«, sagte Vitali. »Er hat gerade eben zwei genannt. Aus Turin sind sie mir nicht bekannt. Ein Signor Sacco und ein Signor Vanzetti.«

Bondurant biss sich auf die Zunge, um nicht laut zu lachen. Er sah, wie auch der Kommissar sein Bestes tat, sein Lachen zurückzuhalten.

»Vitali, gehen Sie jetzt«, forderte der Kommissar den jungen Mann auf. »Finden Sie alles, was Sie können, über diesen Sacco und diesen Vanzetti heraus. Dann melden Sie sich bei Signor Bianchi im Leichenschauhaus. Wir werden ihm bald einen Besuch abstatten müssen.«

Vitali schlüpfte eilig zur Tür hinaus, um seinen Auftrag zu erfüllen. Es war jetzt drei Uhr morgens und Bondurant war dankbar, dass jemand mit Köpfchen die Verantwortung übernommen hatte.

»Kommissar Botta, ich kenne mich in Geschichte aus«, meldete sich die junge Inspektorin zu Wort, die Bondurant seine Decke gebracht hatte. »Sacco und Vanzetti waren italienische Anarchisten, die vor fast 100 Jahren hingerichtet wurden. Sie haben bei einem Überfall in Amerika zwei Wachen getötet. Aber es gab einige Zweifel, was die wahren Mörder betrifft, glaube ich …«

»Sie bekommen einen goldenen Stern, Daniela«, sagte der Kommissar. »Mit dem Rest des Ermittlungsteams im Observationsraum habe ich eine Wette laufen. Wie lange wird es wohl dauern, bis mein ehrgeiziger Stellvertreter das allein herausfindet? Ich wette, mindestens einen Tag.«

Die junge Polizistin konnte nur lächeln und den Kopf schütteln.

»Signor Bondurant, mein Name ist Kommissar Botta. Wir …«

»Bevor wir anfangen«, unterbrach Bondurant, »wo ist Domenika? Geht es ihr gut?«

»Gesund und munter, zwei Türen weiter«, antwortete Botta. »Sie brauchen sich keine Sorgen um sie zu machen. Sie war sehr hilfreich. Wir haben mit dem Vatikan gesprochen. Wir wissen, wer Sie sind und was Sie hier machen. Worüber wir nichts wissen, ist Ihre Beziehung zu dem Toten, der unten im Leichenschauhaus liegt.«

»Es ist so, wie ich es Ihrem Stellvertreter bereits gesagt habe«, erwiderte Bondurant. »Ich kenne ihn wirklich nicht. Er hat versucht, wichtige Beweise für unser Projekt hier in Turin zu stehlen, und im nächsten Moment kämpfe ich im Fluss um meinen Aktenkoffer und um mein Leben.«

»Wir kennen den Inhalt Ihres Aktenkoffers, Signor Bondurant«, sagte Botta. »Was wir nicht verstehen können, ist, warum dieser Mann ein Interesse daran haben sollte, ihn zu stehlen. Diese Materialproben, die Sie herumtragen, stammen sicherlich von einer wichtigen Reliquie, haben aber keinen Wert, der über Ihren Verwendungszweck hinausgeht, stimmt das?«

»Das stimmt«, sagte Bondurant. »Das sind Materialschnipsel. Sie sind alle dafür vorgesehen, im Rahmen unserer Experimente zerstört zu werden. Vielleicht hat ein Antiquitätenhändler ein Interesse daran, aber im Allgemeinen sind das alles sanftmütige Typen. Ich habe noch nie gehört, dass einer einen Ninja-Krieger wie diesen angeheuert hat, der stiehlt, von Brücken springt und sein Leben riskiert – solche alltäglichen Dinge eben.«

»Aha. Dann verraten Sie mir mal eins, Signor Bondurant«, sagte Botta. »Ich habe Sie schon auf der anderen Seite der Wand gehört, aber ich will es noch einmal hören. Wie kam dieser ›Ninja-Krieger‹ zu Tode? Sie sagten, es war ein Unfall?«

»So könnte man es wohl nennen«, antwortete Bondurant. »Ein glücklicher Zufall. Wenn der Felsen nicht wie aus dem Nichts aufgetaucht wäre und ihn getötet hätte, dann hätte ich es zweifellos selbst getan. Vielleicht sollte ich das nicht sagen, aber es stimmt.«

»Vielleicht sollten Sie das nicht, aber ich verstehe schon, was Sie meinen. Sie haben diesen Mann als Letzter lebend gesehen. Das ist nicht gut für Sie, besonders in einer Stadt, wo es nur wenige Morde und noch weniger Verdächtige gibt.«

»Hat Ihr Rechtsmediziner die Leiche untersucht?«, fragte Bondurant.

»Natürlich.«

»Dann wissen Sie, dass der Verdächtige, den Sie suchen, dunkel ist, etwa vier Meter groß und ungefähr, hm, weiß nicht so recht, etwa zehn Tonnen schwer?«

»Sie meinen den Flussfelsen, von dem Sie sagten, dass ihm unser Ninja-Freund auf dem Weg den Po hinunter begegnet ist?«, hakte der Kommissar nach.

»Genau den.«

»Ja, zu Ihrem Glück haben unsere Taucher auf dem Felsvorsprung genügend Hautgewebe gefunden, das zu dem Opfer oder dem Verdächtigen oder wie immer wir ihn auch nennen wollen passt.«

»Dann ist es ja gut«, brummte Bondurant. Er stand staksig auf. Seine Fersen brannten wie Feuer. »Domenika und ich können jetzt gehen, richtig?«

»Ja«, sagte Botta. »Wir möchten aber, dass Sie noch einen Tag oder so in der Stadt bleiben, für den Fall, dass wir weitere Fragen haben. Da ist jedoch noch eine kleine Sache – eigentlich nur eine Formalität. Wir versuchen, die Identität Ihres Ninja-Freundes in Erfahrung zu bringen. Dafür müssen wir einen Ausflug in die Leichenhalle unternehmen.«

Bondurant wurde blass. Er wusste, dass der Anblick grausam sein würde und außerdem sinnlos.

»Sie meinen, ich soll mir die Leiche ansehen, um den Mann zu identifizieren?«, fragte er wenig erfreut.

»Jaja. Sonst kann ich Sie nicht freilassen«, entgegnete Botta. »So sind die Vorschriften und Sie müssen Ihr Bestes tun. Sie beide, Sie und Fräulein Jozef, fürchte ich. Sie haben ihn schließlich beide gesehen.«

Botta öffnete die Tür des Verhörzimmers und bedeutete Bondurant, ihm zu folgen. Domenika wartete nur wenige Schritte weiter in dem schwach beleuchteten Flur in Begleitung der jungen Polizistin, die ihm zuvor die Decke mitgebracht hatte. Sobald Domenika ihn sah, rannte sie zu ihm hinüber und schlang die Arme um seinen Hals. Bondurant war genauso froh, sie zu sehen. Sie sprachen nicht miteinander. Schließlich löste sich Domenika von ihm. Botta führte die anderen drei zum Aufzug am Ende des Flurs und drückte den Knopf mit einem Pfeil nach unten. Gerade als sich die Fahrstuhltür schloss, hörte

Bondurant schnelle Schritte, die in ihre Richtung kamen. Aus dem schwachen Licht der Halle trat Inspektor Vitali, Bottas Stellvertreter, und kam so schnell wie möglich in den Aufzug geeilt. Er schaffte es gerade noch atemlos durch die Tür, kurz bevor sie sich schloss.

»Ich glaube, wir haben eine Spur zu diesem Sacco«, sagte Vitali, bestrebt, seine Neuigkeit loszuwerden. »Er ist uns bekannt und könnte für den Fall wichtig sein. Wir sind uns nicht sicher. Aber ein Vanzetti ist nicht aufgetaucht.«

Bondurant merkte, dass Vitali heiß darauf war, seinen Chef zu beeindrucken, und ebenso eifrig, Bondurant zurück in den Verhörraum zu bringen.

»Ausgezeichnet«, sagte Botta, der kaum verhehlen konnte, wie peinlich ihm sein Stellvertreter war. »Dieser Vanzetti könnte der Schlüssel zu diesem Fall sein, da bin ich mir sicher.«

»Wovon in Gottes Namen reden Sie da?«, fragte Domenika. »Diese Männer haben vor 100 Jahren gelebt. Wie in aller Welt sollten sie …?«

»Es gab Entwicklungen, viele Entwicklungen«, warf Bondurant ein, bevor Botta das Wort ergreifen konnte. »Inspektor Vitali verfolgt in diesem Fall einen ganz besonderen Ansatz. Er ist vielversprechend.«

Bondurant beobachtete Vitalis Gesichtsverrenkungen, die sich in einem einzigen Moment von Begeisterung über Verwirrung bis hin zu Misstrauen wandelten.

Bevor Vitali mit seiner Theorie zu dem Fall fortfahren konnte, öffnete sich gnädig die Aufzugtür auf der Etage des städtischen Leichenschauhauses. Vor ihnen erstreckte sich ein langer, weißer steriler Raum mit mehreren Metalltischen, die im Boden verankert waren. Die Wand vor ihnen bestand aus unzähligen Edelstahlschubladen und

Bondurant nahm an, das sich hinter einer davon die gekühlten Überreste des mutmaßlichen Verdächtigen befanden. Die Gruppe wurde von einem Mann mit einer beginnenden Glatze begrüßt, der optisch zu seiner Aufgabe passte. Seine Brillengläser waren so dick, dass Bondurant sich fragte, wie er überhaupt etwas sehen konnte.

»Willkommen. Ich bin Dr. Vincenzo Bianchi und hier der zuständige Rechtsmediziner«, stellte der Mann sich vor. »Und Sie sind hier, um das Subjekt zu begutachten, das im Fluss ertrunken ist?«

»Das sind wir, Vincenzo«, erwiderte Botta. »Wir sind nur für eine einfache Identifikation hier. Wenn Sie uns einfach zeigen, wo wir die Leiche finden, wären wir dankbar.«

Dr. Bianchi schlenderte zu der langen Reihe der Schubladen mit den Leichen hinüber, die sich derzeit in seiner Obhut befanden. Bondurant bemerkte, dass der Gerichtsmediziner angesichts seiner schlechten Sehkraft die Schubladen, an denen sie vorbeigingen, mit der Hand abzählen musste. Als Bianchi die mit der Nummer 39 beschriftete Schublade erreichte, blieb er stehen. Ohne ein Wort zu sagen, drehte er sich um, zog fest an der Schublade und öffnete sie in einer schwungvollen, theatralischen Bewegung. Sie schoss heraus und klang wie ein Donnerschlag, als sie abrupt zum Stillstand kam. Mit der größtmöglichen Theatralik zog der Gerichtsmediziner das weiße Laken von dem Körper, der vor ihnen lag. Jeder Einzelne von ihnen, Kommissar Botta eingeschlossen, ließ ein Keuchen vernehmen.

Was sie da sahen, war die Leiche einer fettleibigen nackten Frau, die nach Bondurants Schätzung gut 180 Kilo wog. Sie war genau in der Mitte halbiert worden, vom Kopf bis zur Taille. Sowohl Domenika als auch Inspektor

Vitali wichen einige Schritte zurück. Vitali begann bei dem Anblick zu würgen. Kommissar Botta schüttelte einfach nur den Kopf, als wäre er nicht überrascht. Bondurant verzog angewidert das Gesicht. Er hatte schon öfter Leichen gesehen, aber keine, die so aussah. Dieser tote Körper machte den Eindruck, als wäre die Autopsie nur zum Teil durchgeführt worden.

Der Gerichtsmediziner, der sich der Leiche nun bis auf ein paar Zentimeter genähert hatte, kniff hinter seiner dicken Brille die Augen zusammen und bemerkte seinen Fehler.

»*Porca miseria!*«, schrie er laut auf, während er die Schublade zuschob und den gewaltigen Fleischberg in sein gekühltes Zuhause zurückschickte. »Mein Fehler. Mein Fehler. Hier ist das, was wir suchen«, murmelte er verlegen.

Mit deutlich weniger Theatralik als bei seinem ersten Versuch trat er einen Schritt zurück bis zur Schublade Nummer 40. Dieses Mal bemühte er sich, der Leiche mit mehr Respekt zu begegnen. Langsam zog er die Schublade auf und enthüllte gleichzeitig den vor ihnen liegenden Leichnam. Ein breites Lächeln erhellte sein Gesicht.

Sehr zur allgemeinen Verwunderung und Kommissar Bottas großer Bestürzung lag ein weiterer falscher Körper vor ihnen. Bondurant ballte die Fäuste und seine Wut über ihr Dilemma erreichte ihre Grenze. Das Leichen-Versteckspiel war vorbei.

»Na gut, das war's«, brummte Bondurant. Er schnappte sich das Verzeichnis, das der Rechtsmediziner benutzt hatte, um festzustellen, ob er die richtige Schublade allein finden konnte. Er starrte auf das Blatt, um den neuesten Eintrag auf der Seite zu finden, ausgehend von der Annahme, dass nach dem Verdächtigen, den sie suchten, keine weitere Leiche eingeliefert worden war. In diesem Moment bemerkte er den Fehler. Der Leichnam, den sie suchten, lag in Schublade 63, nicht in Schublade 39. Der Leichenbeschauer hatte das Verzeichnis auf dem Kopf stehend gelesen.

Bondurant führte die Gruppe zu Schublade 63 und nickte dem Kommissar zu, der sie langsam aufschob. Obwohl er wusste, dass sie diesmal die richtige Ruhestätte des Verdächtigen ausfindig gemacht hatten, hielt Bondurant das Ganze für eine komplette Zeitverschwendung. Weder er noch Domenika hatten einen nennenswerten Blick auf die maskierte Gestalt werfen können, weder auf der Brücke noch im Fluss. Wenn dies aber eine Formalität war, die sie aus dem Polizeigewahrsam entließ, dann würde er ihr gern nachkommen. Bondurant blieben nur noch zwei Tage, um seine Arbeit abzuschließen. Laut der Vereinbarung mit dem Vatikan, die er unterzeichnet hatte, war die vereinbarte Frist bald erreicht.

Als der Kommissar das Laken langsam vom Gesicht der Leiche zog, hatte sogar der abgehärtete Bondurant Schwierigkeiten, seine Augen auf das zu richten, was er da sah. Der halbe Schädel des Mannes fehlte.

»Ich erkenne ihn nicht wieder«, sagte Domenika. Sie wich Bondurant von der Seite und eilte zum Ausgang. Kommissar Botta, Inspektor Vitali und Dr. Bianchi starrten in Bondurants Gesicht, um nach irgendeinem Anzeichen Ausschau zu halten, dass er den Mann wiedererkannte.

»Es ist einfach nicht genug übrig, um jemanden zu identifizieren«, stellte Bondurant fest. »Es tut mir leid, dass ich Ihnen nicht weiterhelfen kann. Ich wünschte, ich könnte es.« Er wandte sich von dem blutigen Chaos ab und schloss die Augen.

Damit machte sich der Gerichtsmediziner daran, der Leiche das Laken über die Reste des Kopfes zu ziehen. Doch bevor er die Aufgabe beenden konnte, drehte sich Bondurant um und hielt seine Hand zurück.

»Was ist?«, fragte Botta. »Sie sagten selbst, Sie könnten das unmöglich identifizieren.«

Bondurant trat näher an den Leichnam heran. »Haben Sie sterile Handschuhe?«

Der Gerichtsmediziner zog ein Paar aus seinem Laborkittel und überreichte es ihm.

Bondurant bedeckte nur seine rechte Hand. Sein Interesse richtete sich auf den Halsbereich des Toten. Ein großer Hautfetzen, der zuvor zum Hals des Opfers gehört hatte, war umgeklappt und nicht mehr an seinem Platz. Er lag beinahe auf der Schulter der Leiche. Bondurant griff danach, zog an dem Fetzen, drehte ihn um und legte ihn wie ein Puzzlestück zurück an die Stelle, an die er einst gehört hatte. Der gesamte Hautfetzen, den Bondurant wieder eingesetzt hatte, war von getrocknetem Blut bedeckt.

»Ein Tuch und etwas Wasser?«, bat Bondurant den Gerichtsmediziner. Innerhalb einer Minute hatte er alles, was er benötigte. Mit einem nassen Tuch in der Hand schrubbte und wischte er über den Bereich auf der Haut, auf den es ihm ankam. Dabei wurde die blutverschmierte Haut sauber gewischt und offenbarte einen bemerkenswerten Hinweis.

Eine seltsame Tätowierung in Form eines Symbols, etwa so groß wie eine Münze, stach in schwarzer Tinte hervor.

Bondurant glaubte, dieses Symbol schon einmal irgendwo gesehen zu haben, konnte es aber nicht einordnen. Er speicherte es, so gut er konnte, in seinem Gedächtnis ab, dann wandte er sich zum Gehen.

»Kennen Sie dieses Symbol?«, fragte Botta. »Ich habe es noch nie gesehen.«

»Ich weiß nicht«, gab Bondurant ehrlich zurück. »Bevor ich sicher sein kann, muss ich einige Nachforschungen anstellen. Lassen Sie uns unsere Ergebnisse vergleichen.«

Bevor sie das Polizeihauptquartier verließen, rief Bondurant Parenti an und beschrieb ihm das ungewöhnliche Zeichen in der Hoffnung, der Priester könnte einen Anhaltspunkt liefern, wer so versessen darauf war, die Fragmente des Grabtuches zu stehlen. Bondurant hatte nach wie vor keine Ahnung, wer darauf aus war, seine Suche nach der Wahrheit des Grabtuchs aufzuhalten. Aber auch er war genauso entschlossen, dies herauszufinden.

25

Turin, Italien
Juni 2014

»Sie kommen spät«, tadelte Pater Parenti seine Gäste. Aldo, der unter einem Stuhl geschlummert hatte, rannte aufgeregt über den kunstvollen Marmorboden der Bibliothek, um sie zu begrüßen. Domenika beugte sich hinunter, hob den kleinen Burschen auf und streichelte seinen Kopf, während der Hund freudig mit dem Schwanz wedelte.

Parenti stand auf einem Holzstuhl am Ende eines langen lederüberzogenen Tisches im Hauptlesesaal der Königlichen Bibliothek von Turin. Er wurde von mehreren unsortierten Stapeln seltener alter Bücher überragt, die er in zehn Stunden hektischer Nachforschungen zusammengetragen hatte. Mehrere dieser Büchertürme waren ineinandergekippt. Die prachtvolle Bibliothek, die einer riesigen hölzernen Kathedrale mit historischen Büchern und Manuskripten glich und mit ihren hohen Buntglasfenstern mehrere Stockwerke in die Höhe ragte, war jetzt am Abend geschlossen und verlassen. Das antike und prachtvolle Gebäude war in Dunkelheit gehüllt, bis auf das Leuchten von vier kleinen Leselampen, die seltsame Schatten in den Raum warfen. Es diente Parenti als Büro, in dem er bis spät in die Nacht gearbeitet hatte. Die Bibliothek hatte ihm erlaubt, nach Schließung noch dortzubleiben, im Tausch gegen als Leihgabe zur Verfügung gestellte Manuskripte, die dem

Haus Savoyen abhandengekommen waren – Manuskripte, die der Vatikan seit Jahren hortete.

»Aus gutem Grund zu spät, Pater«, brummte Bondurant, während er sich am Tisch auf einen Stuhl fallen ließ.

Domenika nahm genau neben ihm Platz, Aldo noch immer auf dem Arm. Auch sie wirkte erschöpft.

»Das waren zwei Tage wie in der Hölle«, sagte Bondurant.

Das war nicht übertrieben. Die *Polizia Locale* hatte schließlich nachgegeben und sie unter dem Vorbehalt freigelassen, dass weitere Fragen auf sie zukommen würden. Wichtiger für Bondurant war, dass sie, nach der von Domenika arrangierten Fürsprache durch den Vatikan, mit seinem Aktenkoffer und allen intakten Artefakten aus der Vernehmung entlassen worden waren.

Als hätte es noch nicht gereicht, dass er wegen seiner Beteiligung am Tod des maskierten Fremden durch die Mangel gedreht worden war, hatte Bondurant den heutigen Vormittag mit einem bitteren, unerwarteten Streit zwischen Dr. O'Neil und Ravi Sehgal zugebracht. Es war um Sehgals plötzliche neue Forderungen für seine weitere Teilnahme an der Untersuchung gegangen. Als ihr Treffen beendet und der Streit vorbei war, hatte Bondurant als Projektleiter zugunsten von O'Neil entschieden. Aber sein Sieg hatte einen Preis. Er hatte sich von Sehgal erhofft, dass er den Ergebnissen des Projekts eine enorme zusätzliche wissenschaftliche Glaubwürdigkeit verlieh. Stattdessen hatte er ihn verärgert und vor den Kopf gestoßen.

»In Ordnung, Doktor«, sagte der Priester, während er eine zusammengerollte Zeitung in der Hand hielt, die er wie einen Dirigentenstab herumwedelte. Er stand vor den Bücherstapeln, die wie Orchestermusiker vor ihm aufgereiht waren. »Um nicht unsere Zeit zu verschwenden, sollten wir sicherstellen, dass ich Ihre Beschreibung der Tätowierung richtig verstanden habe. Sie waren am Telefon sehr kurz angebunden.«

»Jaja. Schießen Sie los«, brummte Bondurant, der kurz davor war, einzunicken.

»Na gut. Sie sagten, das Symbol, das Sie in Form einer Tätowierung gesehen haben, sei eine Art brezelförmiges Quadrat, mit einem nach rechts gerichteten Hakenkreuz. Richtig?«

»Das ist richtig«, erwiderte Bondurant, rieb seine blutunterlaufenen Augen und konzentrierte sich, so gut er konnte. »Eine andere Art der Beschreibung wäre: ein Hakenkreuz im Innern eines verschachtelten Würfels.«

Parenti zog einen Stift aus der Tasche und hielt ihn vor sich.

»Zeichnen Sie es für mich, Doktor. So gut Sie können.«

Domenika beugte sich vor und sah Bondurant über die Schulter. Aldo kletterte Bondurant auf den Schoß, der nun das Symbol skizzierte, das er nur wenige Sekunden lang gesehen hatte.

»Okay«, sagte er zuversichtlich. »So in der Art.«

Alle drei starrten konzentriert auf die Skizze, die er aus dem Gedächtnis gezeichnet hatte. Das Symbol war elegant und fragwürdig zugleich. Es schien eine unendliche Verbindung geometrischer Formen zu bilden, die in ihrem Kern das verstörende Bild eines Hakenkreuzes enthielten.

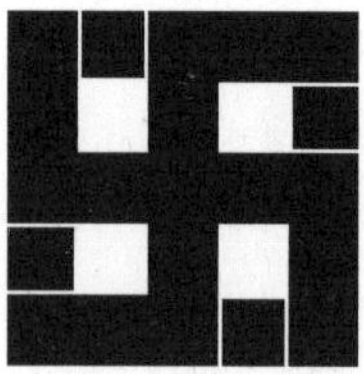

»Ja! Das ist es! Das ist es!«, rief Parenti. »Jetzt weiß ich, woran Sie denken, Doktor.«

»Woran denke ich denn, Pater?«, fragte Bondurant mit geschlossenen Augen.

»Sie denken an das Offensichtliche. Sie denken, es sei eine moderne Variante des berüchtigten Hakenkreuzes. Von der Art, wie sie von … Wie nennen Sie sie? Die …«

»Skinheads«, schlug Domenika vor, während sie ein Gähnen unterdrückte.

»Ja, die Skinheads. Nun, Doktor, da lägen Sie falsch.«

»Wer hat denn was von ›Skinheads‹ gesagt?«, protestierte Bondurant und sah zu Domenika hinüber. »Ich habe nichts von ›Skinheads‹ gesagt.«

»Oder vielleicht denken Sie, dass das Bild seine Wurzeln in den frühen 30er-Jahren hat?« Parenti deutete mit seinem Zeitungsstab auf einen Stapel Bücher über das Dritte Reich. »Ein früheres Symbol der Nazis oder der, der …«

»Gestapo!«, sagte Domenika.

»Ja, der Gestapo!« Parenti schlug zur Betonung mit seinem Taktstock auf den Tisch. »Aber erneut, Doktor, lägen Sie völlig falsch.«

»Ich läge völlig falsch, Pater?«, brummte Bondurant.

Parenti fuhr fort. »Haben Sie die anderen Bücher um Sie herum an diesem Tisch bemerkt, Doktor? Vielleicht haben Sie festgestellt, dass die meisten Bücher, die ich mir angesehen habe, nahelegen, dass die kulturelle Herkunft tatsächlich …«

»Ägypten!«, rief Domenika, während sie die Stapel ägyptologischer Bände anstarrte, die vor ihr lagen. »Und wieder wäre es töricht, das anzunehmen, Doktor«, sagte Parenti lachend. »Ziemlich nah am Rande der Idiotie.«

»Okay, okay«, sagte Bondurant. »Wie viele Versuche habe ich, bevor sie merkt, dass ich ein kompletter Idiot bin, Pater?«

Parenti machte es sichtlich Spaß, ihnen seinen Wissensvorsprung unter die Nase zu reiben.

»Eine letzte Frage, Doktor. Was halte ich in meiner Hand?«

»Oh, in dem Spiel ist er sehr gut, Pater«, bemerkte Domenika trocken.

Bondurant zögerte, da er mit einem Trick rechnete. Domenika antwortete lächelnd.

»Es ist eine …«

Schnell griff Bondurant zu ihr hinüber und legte Domenika die Hand auf den Mund.

»Nur eine Zeitung, Pater«, sagte er.

»Nah dran, Doktor«, entgegnete Parenti, während er die Zeitung vor ihnen auseinanderrollte. »Es ist die *New York Times* vom letzten Dienstag. Da sehe ich mir sinnloserweise den ganzen Tag die Symbole jeder altertümlichen Sekte der letzten 2000 Jahre an und wo finde ich es? Wo finde ich es? In der *New York Times* vom letzten Dienstag.«

Behutsam schlug Parenti den vorderen Teil auf und wandte sich Seite drei zu.

Bondurant traute seinen Augen nicht.

»*Unglaublich!*«, sagte er, während er auf eine Zeichnung starrte, die identisch mit dem Symbol war, das er gerade skizziert hatte.

»Was hast du denn, Jon?«, fragte Domenika.

»Ich hätte es herausfinden müssen. Ich hätte zwei und zwei zusammenzählen müssen.«

»Sie wissen also von diesen Leuten, Doktor?«, fragte Parenti.

»Ja. Sie sind im Bereich der Religionsforschung bekannt, nicht aber ihr Symbol. Und glauben Sie mir, diese Leute sind vollkommen durchgeknallt.«

Die Überschrift aus der *Times* befand sich über dem Falz auf Seite A-3 in breiten fett gedruckten Buchstaben:

DEMANIANER VERLEGEN ILLEGALE
KLON-EXPERIMENTE INS AUSLAND

Eilig überflog Bondurant den Artikel und legte seinen Finger auf den letzten Absatz. Er las ihn mehrmals, bevor er aufblickte. Sein Gesichtsausdruck wirkte beunruhigt.

»Was haben Sie, Jon? Kommen Sie schon! Was haben Sie?«, bettelte Domenika.

»Ein großes Problem«, sagte dieser, während er noch einmal auf den Artikel hinunterblickte.

»Domenika«, ließ Pater Parenti vernehmen. »Verstehen Sie nicht, dass diese Leute …«

»… verrückt sind«, unterbrach Bondurant entschieden, mit einem Hauch von Angst in der Stimme. »Ich meine, V-E-R-R-Ü-C-K-T!«

Domenika wirkte frustriert. »Tut mir leid. Ich verstehe nicht, warum.«

Bondurant lehnte sich auf seinem Stuhl zurück und schüttelte den Kopf.

»Die gute Nachricht ist, dass Dr. Laurent die Demanianer eventuell verlassen hat«, sagte er. »Die schlechte ist, dass niemand ihn finden kann.«

»Erklärung bitte, Jon«, bettelte Domenika erneut.

»Lange Geschichte«, brummte er. »Demanianismus ist eine Art ›Ufo-Religion‹ oder besser gesagt eine Sekte. Sie glaubt, dass das Leben auf der Erde das Werk von Außerirdischen ist. Sie sind Atheisten, aber nicht so wie ich. Sie glauben nicht an Gott, dafür an Außerirdische. Gegründet wurde die Sekte in den 60er-Jahren von einem Franzosen, der sich den Namen ›Déman‹ gab. Auf der ganzen Welt sind Zehntausende Demanianer verstreut.«

»Und was hat das mit uns zu tun?«, fragte sie.

»Es gibt da etwas über ihre Herkunft, das Sie wissen müssen«, sagte Bondurant, während er Aldo auf den Tisch setzte und von seinem Stuhl aufstand, um sich die Beine zu vertreten. »Demanianer glauben nicht nur, dass eine außerirdische Spezies – die ›Sevarin‹ – das Leben auf der Erde erschaffen hat, sondern auch, dass die heute existierenden Religionen das Werk von Propheten sind, die von den Sevarin entsandt wurden, um die Menschheit in ihrem Sinne zu schulen. Ihnen zufolge waren Moses, Buddha und sogar Ihr Jesus Christus solche Propheten. Geschickt, um uns zu schulen und uns alle in eine friedliche Zukunft zu führen.«

»*O bitte!*«, empörte sich Domenika.

»Ja, da stimme ich Ihnen zu. Aber – und dafür entschuldige ich mich bei Ihnen beiden – auch nicht verrückter als so ziemlich jede andere organisierte Religion, die ich erforscht habe.«

»Jetzt geht das wieder los«, meinte Domenika genervt. »Machen Sie sich schon mal auf was gefasst, Pater.«

»Nein, nein. Ich bleibe bei den Demanianern«, sagte Bondurant, der nervös um den Tisch herumtigerte, während der Hund ihm folgte. »Diese spezielle Religion weist alle üblichen Merkmale auf, wie man sie in der absurden Ursprungsgeschichte fast jeden Glaubens vorfindet. Ihr Gründer behauptet, in ein Raumschiff gebeamt worden zu sein, wo er an einer Art Abendmahl teilnahm, zusammen mit allen anderen, von Jesus über Buddha bis Mohammed. Wie viele Sekten sind sie zwar völlig absurd, aber sie gelten als harmlos und werden seit Jahrzehnten ignoriert.«

»Warum dann der besorgte Blick, Jon?«, fragte Domenika, während sie den Stapel mit den Büchern über das Dritte Reich von sich wegschob.

»Weil sie, wie es die Überschrift verrät, auch *die Klonenden* sind, Domenika«, sagte Bondurant und nahm den Zeitungsartikel in die Hand. »Darum geht es. Die Wurzel dieser Religion ist der Glaube an das ewige Leben.«

»Das ist nicht anders als beim Christentum, Jon«, warf Domenika ein.

»Ja, aber diese Leute glauben nicht so an die Auferstehung, wie Sie es tun. Sie glauben, dass der Menschheit ewiges Leben durch menschliches Klonen bestimmt ist. Fügen Sie dem noch ein wenig Nanotechnologie – die schnelle, gelenkte Selbstmontage zellenartiger ›Maschinen‹ – und die Übertragung der Persönlichkeit einer Person in einen Klon hinzu, und die Menschheit kann dazu befähigt werden, ewig zu leben. Wissenschaftliche Auferstehung. Für die Ewigkeit. Erinnern Sie sich an ihr Symbol? Es ist auch eine endlose Schleife.«

»Das verstehe ich nicht ganz. Wie ist das möglich?«, fragte sie erstaunt.

»Die Idee ist, dass man eine kleine DNA-Probe einer Person extrahiert, sobald sie die nötige Weisheit, die Persönlichkeit und die Erinnerungen entwickelt hat, die man gern für immer bewahren möchte. Dann wird die Probe konserviert. Am Todestag der Person entnehmen sie Zellen, um sie für den zukünftigen Klonprozess zu verwenden.«

»Aber das Klonen von Menschen ist unmöglich«, wandte Parenti ein.

»Da würden Ihnen einige widersprechen, Pater«, sagte Bondurant. »Die Menschheit hat das Klonen mehrerer

Tierarten perfektioniert, einige mit menschenähnlichen genetischen Veranlagungen. Die Liste ist lang und wird von Tag zu Tag länger. Von Fröschen über Katzen und Hunde bis hin zu Schweinen, Pferden und Schafen. Affen, Wölfe, Rinder und Rehe sind in den letzten Jahren hinzugekommen.«

»Aber alles Tiere«, entgegnete Parenti.

»Menschen könnten die Nächsten sein«, sagte Bondurant. »Sogar aus *früheren* Zeiten. Wissenschaftler haben menschliche Genomsequenzen repliziert, die bis zum Anbeginn zurückreichen. Genetisch gesehen gibt es kaum einen Unterschied zwischen einem Höhlenmenschen und einem heutigen Erdbewohner.«

»Es ist illegal. Das Klonen von Menschen muss illegal sein«, sagte Parenti mit Bestimmtheit.

»Nicht so ganz, Pater«, gab Bondurant zurück. »Experimente zum Klonen von Menschen mögen in vielen Ländern abgelehnt werden, aber die UNO konnte nie mehr als eine unverbindliche Resolution zu ihrem Verbot verabschieden.«

»Ich bin mir sicher, dass sich der Vatikan dagegen verwahrt hat«, warf Domenika ein und schaute Hilfe suchend zu Pater Parenti.

»Das hat er«, bestätigte stattdessen Bondurant ihren Einwand. »Aber seine Nachbarn sind ein echtes Problem. Es gibt dort keine Antiklongesetze, was die Region zu einem Anziehungspunkt für geheime Klonforschung gemacht hat. Und diese Demanianer waren in letzter Zeit ein echtes Problem. Ihr Ziel ist das Massenklonen von Menschen. Ihr Anführer ist Hans Meyer, ein deutscher Industrieller, der vor einigen Jahren behauptet hat, den ersten menschlichen Klon, eine Tochter namens ›Eva‹, erschaffen zu haben. Während die meisten an einen

Schwindel glauben, sind viele andere davon überzeugt, dass wir nahe an einem Punkt sind, an dem ein Durchbruch beim Klonen von Menschen bevorsteht.«

»Das ist alles interessant, Jon, aber was hat das damit zu tun, dass wir gestern Abend angegriffen wurden?«, fragte Domenika.

»Der Grund dafür ist wahrscheinlich derselbe wie der, aus dem wir neulich nur knapp mit dem Leben davongekommen sind«, sagte Parenti. »Unsere Taxifahrt zurück zum Hotel wurde zu einer Hochgeschwindigkeitsverfolgung. Das müssen die Demanianer gewesen sein, die uns verfolgt haben.«

»Hochgeschwindigkeitsverfolgung?«, hakte Bondurant nach. »Domenika, Sie haben nie etwas von einer Hochgeschwindigkeitsverfolgung erwähnt.«

»Vielleicht hat man auf Pater Parentis Seite des Taxis mehr Action erlebt als auf meiner«, sagte Domenika, während der Priester sich bemühte, seinen verlegenen Blick zu verbergen. »Aber jetzt weiß ich, warum wir verfolgt wurden. Und zweifellos müssen das diese Demanianer gewesen sein.«

»Jedenfalls«, fuhr Bondurant fort, »haben Meyer und diese Demanianer, so verrückt sie auch sein mögen, durchaus wichtige Unterstützer. Einige sind renommierte Wissenschaftler, die beim Aufbau und bei der Finanzierung eines Gentechnikunternehmens namens *GenenClone* geholfen haben. Das steht hier in dem Artikel. Es wird von Dr. François Laurent geleitet und ist dieselbe Firma, von der es hier heißt, sie sei in den Vereinigten Staaten gerade verboten worden. Meyer hat ein paar wilde Vorstellungen, die einem die Haare zu Berge stehen lassen.«

»Zum Beispiel?«, fragte Parenti.

»Zum Beispiel das Klonen von Adolf Hitler mit dem Ziel, ihn von den Toten auferstehen zu lassen, damit er in Nürnberg vor das Kriegsgericht gestellt werden kann. Klingt das nach einer guten Idee? Oder wie wäre es mit seinem Plan gegen Selbstmordattentäter im Nahen Osten: Er glaubt, dass wir diese Anschläge durch die bloße *Androhung* des Klonens verhindern können. Die Idee ist, dass diese Bombenleger, wissend, dass sie geklont und nach ihren selbstmörderischen Verbrechen zurück in ihr irdisches Leben geholt werden können, um dort bestraft zu werden, solche Angriffe als sinnlos ansehen werden.«

»Das ist doch lächerlich! Der Mann ist verrückt!«, rief Parenti.

»Ganz recht, Vater«, entgegnete Bondurant. »Und sein leitender Wissenschaftler, Laurent, ist auch so ein Prachtstück. Sein Interesse am Klonen von Menschen hat einen tragischen Hintergrund. Er ist ein Geburtshelfer und ein Experte für synthetische Biologie. Einer der Besten. Durch einen Unfall bei der Geburt hat er seinen Sohn verloren und sich geschworen, ihn zurückzubringen – koste es, was es wolle. Und jetzt das …«

»Das?«, fragte Domenika.

Bondurant blieb stehen, schnappte sich seinen schusssicheren Koffer und stellte ihn auf den Tisch. Aldo sprang schnüffelnd daneben, um ihn zu inspizieren. Bondurant gab an beiden Riegeln die Kombination ein und öffnete den Deckel. Im Inneren lagen vier kleine Glasfläschchen, alle ordentlich und einzeln gepolstert. Und jedes enthielt ein winziges Fragment des heiligen Grabtuches.

»Domenika«, sagte Bondurant mit großer Dringlichkeit, »wir müssen Ravi Sehgal kontaktieren, sobald er mit seiner Blutprobe in Indien landet. Wir müssen ihn warnen, damit er sie um jeden Preis beschützt.«

»Ravi? Warum Ravi?«, fragte sie.

»Glauben Sie an Jesus Christus, Domenika?«, fragte Bondurant ausgesprochen ernst.

»Ja, natürlich«, sagte sie. Er merkte, dass sie die Frage überraschte.

»Glauben Sie, dass er sein Blut für die ganze Menschheit vergossen hat?«

»Aus der Tiefe meines Herzens«, gab sie zurück.

Bondurant senkte seine Stimme zu einem Flüstern, streckte seine Hände aus und legte sie ihr auf die Schultern. Dabei sah er ihr direkt in die Augen.

»Domenika, ich glaube, dass diese Männer, Meyer und dieser Laurent, der vermisst wird, die Absicht haben, sich das zu beschaffen, was sie für das Blut Jesu Christi halten. So viel wie möglich davon.«

»Zum Zwecke …?« Domenika presste sich die Hände auf den Mund und hielt inne, bevor sie das Undenkbare aussprechen konnte. Er sah, dass ihre Beine schwach wurden und sie sich setzen musste.

»Das Klonen von …« Auch Parenti konnte sich nicht überwinden, es auszusprechen. Aldo sprang auf seinen Schoß, als wollte er Trost spenden.

»Na gut«, meinte Bondurant. »Dann sage ich es: eine ›Wiederkunft‹. Die wissenschaftlich hervorgerufene Wiederauferstehung von Jesus Christus persönlich.«

26

Turin, Italien
Juni 2014

»Hey, Schwesterchen. Ich habe dich hoffentlich nicht geweckt?«

In Turin war es zwei Uhr morgens und Domenikas Schwester rief aus New York an, wo es erst acht Uhr am Abend war. Wie immer hatte Joanna keinen Schimmer, wie spät es irgendwo auf der Welt war, außer an dem Ort, an dem sie sich gerade aufhielt.

»Nein, nein. Joanna, das ist in Ordnung«, sagte Domenika mit so viel Lebendigkeit, wie sie angesichts der Tatsache, dass sie gerade aus einem unruhigen Schlaf geweckt worden war, aufbringen konnte. Die dicken Vorhänge des Hotelzimmers waren fest zugezogen und das einzige Licht stammte von dem Display ihres Handys. Ein grünes Leuchten in der Dunkelheit.

»Nika« – nur ihre Schwester nannte sie so – »ich gehe heute mit diesem Footballspieler von den *Giants* aus. Du weißt schon, der Schnuckelige. Der das Foto von seinem Hintern von meinem Telefon aus verschickt hat – den ich an Tisch 50 getroffen habe?«

»Jaja«, raunte Domenika müde, die nun sicher war, dass der Anruf bis zum Tagesanbruch hätte warten können. Dem absurden Foto, das Domenika letzte Woche erhalten hatte, war eine Minute später eine Textnachricht gefolgt, in der sie gebeten worden war, alles stehen und liegen zu lassen und am Wochenende nach

New York zu fliegen, um einen seiner Mannschaftskollegen zu treffen.

»Er hat einen Freund, Nika«, sagte Joanna. Sie klang beschwipst. »Er will dich kennenlernen. Ich habe ihm gesagt, dass wir Zwillinge sind. Das sind wir ja auch fast, nicht wahr?«

»Sag ihm, Nika hat hier schon mit einem anderen Amerikaner alle Hände voll zu tun.«

»Ja, ja, ja, ja! Verrat's mir! Wie behandelt dich dein amerikanischer Freund? Der Neugierige.«

»*Freund?* Wer hat gesagt, dass er mein Freund ist?«, protestierte Domenika. »Es ist rein beruflich.«

»Nika, hör auf. Ich bin's. Als wir uns das letzte Mal unterhalten haben, hast du ständig von deinem Date mit ihm geredet.«

Domenika seufzte. »Ich sagte auch nicht ›Date‹ oder ›neugierig‹.«

»Es klang aber nach einem Date.«

»Joanna, es war *kein* Date. Es war ein Mittagessen. Und da sind wir drüber.«

»Er ist über dich drüber? So schnell? Er ist *wirklich* neugierig.«

»Nein, ich meinte doch, dass …« Domenika hielt inne. Vor einer Woche hätte sie sich nicht vorstellen können, Bondurant einem anderen gegenüber zu verteidigen. Aber seitdem war so viel passiert und sie hatte so vieles erfahren, das den Mann, den sie früher einmal gehasst hatte, in gewisser Weise erklärte. »Ich wollte damit sagen, dass er kompliziert ist, Jo. Er ist ein wundervolles Rätsel und in seinem Innern geht vieles drunter und drüber. Er ist ein Einzelgänger, der sich vor dem Alleinsein fürchtet, weißt du?«

»Klingt für mich wie ein Fall für den Psychiater.«

»Vielleicht ist er das auch. Er ist aber intelligent und charmant und warmherzig. Das Traurige ist nur, dass wir in Glaubensfragen in nichts einer Meinung sind.«

»Wer hat mir immer gesagt, dass Gegensätze sich anziehen, Nika?«

»Nein, ich meine es ernst. Wir sind in nichts einer Meinung. Zumindest nicht bei den wichtigen Dingen.«

»Ach, darüber würde ich mir nicht zu viele Sorgen machen. Er klingt wie Papa.«

Gut beobachtet, dachte Domenika. Erst recht aus 6000 Kilometern Entfernung.

»Papa würde diesen Mann lieben, Schwesterchen«, sagte Domenika. »Genau bis zu dem Moment, wenn er sagt, es gebe keinen Gott. Keinen Jesus Christus.«

»*Oh,* das ist nicht gut, Nika. Attraktiv?«

»Glaubst du mir, wenn ich sage hinreißend? Und …« Sie hielt erneut inne, überrascht darüber, dass sie Bondurant gerade auf diese Weise beschrieben hatte.

»Worauf wartest du dann? Hab etwas Spaß!«

»Oh, Spaß haben wir allerdings. Vor zwei Abenden war er bereit, seine Karriere von einer Brücke zu werfen, um mein Leben zu retten. Und ein paar Abende davor hat er jemand anders gerettet.« Sie wusste, dass ihre Schwester mit all dem nicht wirklich etwas anzufangen wusste, doch die Geschichte war zu lang, um sie zu erzählen.

»Großartig – klingt nach einem Beschützer«, sagte Joanna. »Wie war noch mal sein Name? Hast du ihn schon mal gegoogelt?«

»Wozu sollte ich das tun?« Sie hatte es, aber das war lange her. Vor ihrer Debatte in Cambridge, die inzwischen mindestens 1000 Jahre zurückzuliegen schien.

»Jetzt aber ernsthaft. Wie heißt er?«

»Bondurant. Jon Bondurant. Dr. Jon Bondurant.«

»Okay, bleib kurz dran.« Joanna stellte sie auf laut. »Nein, Joanna, wirklich. Tu das nicht!«

Fast eine Minute verging. Sie schloss die Augen, zog die Decke bis an ihr Kinn und fragte sich erneut, warum sie sich die Mühe gemacht hatte, ans Telefon zu gehen.

»Wow! Ist dir klar, wie viele Treffer man für deinen Doktor-Freund bekommt, Nika?«

»Kann ich nicht behaupten.« Domenika versuchte, so desinteressiert wie möglich zu klingen.

»1.386.200.«

»Hmmmmm. Keine Überraschung«, erklärte sie nun. »Er ist ein bekannter Autor. Du siehst wahrscheinlich, dass die meisten Beiträge …«

»Religion. Religionswissenschaft. Vergleichende Religion. Und so geht es immer weiter. Sagtest du nicht, er sei nicht religiös? Das ist das Einzige, was ihn interessiert.«

»Nein, ich sagte, er glaubt nicht an Jesus Christus.«

»Nun, er glaubt jedenfalls an seine Lehren. Er ist ein Heiliger, so wie du«, stellte Joanna fest.

»Wie meinst du das?« Domenika stand auf und setzte sich, noch immer schläfrig, auf den Rand ihres Bettes.

»Ich meine, hier steht ›Bondurants Spenden führen die örtliche Wohltätigkeitsliste an‹. Es ist aus einer Zeitung namens ›*Star Democrat*‹. Er hat über eine Million Dollar aus dem Verkauf seiner Bücher an lokale Wohltätigkeitsorganisationen gespendet. Sieht aus, als hätte er eine Schwäche für missbrauchte Kinder. Es gibt außerdem ein Zentrum, das er für sie gegründet hat.«

Ein Ziehen ging durch Domenikas Magen. Dasselbe wie vor einigen Tagen, als sie durch Parenti von Bondurants Vergangenheit erfahren hatte. Sie wollte mit jemandem sprechen, um ihre Seele zu beruhigen, egal mit wem. Doch das war nichts, was sie mit jemandem teilen konnte.

»Nun, was ich gesagt habe, war«, meinte Domenika leise, »dass er nicht an Jesus glaubt. Ich sagte nicht, dass er nicht an seine Lehren glaubt.« *Kam das richtig rüber?*, fragte sie sich.

»Wie du meinst«, sagte ihre Schwester, bereit, das Thema fallen zu lassen. »Ich glaube, du magst einen Kerl, der lieber handelt, statt nur zu reden.«

»Ich weiß, ich weiß. Hey, hör zu …«

»Nein, du hörst zu, Nika«, sagte ihre Schwester. »Tu mir einen Gefallen, ja? Es wird nicht leicht, aber es lohnt sich. Versprochen.«

»Worum geht es? Was für einen Gefallen?«

»Du fliegst in ein paar Tagen nach Rom zurück, ja? Das hat Mama gesagt.«

»Ja, unsere Arbeit hier ist beendet«, gab Domenika zurück.

»Perfekt«, sagte Joanna. »Nimm seine Anrufe nicht entgegen, wenn du wieder zu Hause bist. Warte ab, wie sehr er dich wirklich will. Bring ihn dazu, dass er zu dir kommt.«

»Nimm seine Anrufe nicht entgegen? Du verstehst das alles völlig falsch, Joanna. Ich rechne mit gar keinem.«

»Mein sechster Sinn sagt mir etwas anderes, Nika. Denk dran, geh nicht ans Telefon. Du musst diesen Typen erst auf die Probe stellen. Bring ihn dazu, dass er zu dir kommt. Vertrau mir, er will dich dann umso mehr.«

Summmmm.

»Muss aufhören, Nika. Er steht unten. Halte dir diesen Doktor warm, aber mach es ihm nicht zu leicht. Sieht aus, als hättest du einen von den Guten erwischt. Hab dich lieb.«

Bevor Domenika protestieren konnte, hatte ihre Schwester schon aufgehängt.

Jetzt war Domenika hellwach und wusste, dass sie stundenlang kein Auge zutun würde. Sie stand von ihrem Bett auf, ging mit ihrem Handy als Taschenlampe zum Schreibtisch, wo ihr Laptop lag, und schaltete ihn ein.

27

Turin, Italien
Juni 2014

Domenika saß Bondurant in einem malerischen Straßenrestaurant unweit des Turiner Doms gegenüber. Ihr Tisch stand neben einem der zahlreichen hohen, in voller weißer Blüte stehenden Jasminsträucher, die einen schweren Parfümduft auf der grünen Terrakotta-Terrasse verströmten. Die Lichter der Stadt hatten gerade erst zu glitzern begonnen, während der Tag langsam in die Nacht überging. Die Alpen in der Ferne, die in Purpur und Orange gehüllt waren, schienen an den Horizont gemalt worden zu sein, um die perfekte Szenerie einzurahmen. Die Kulisse war atemberaubend. Domenika fühlte sich, als könnte sie hier den ganzen Abend verbringen.

»Sie wissen, dass Sie das nicht tun müssen, Jon«, sagte sie jetzt. Ihr Mahl war beendet und der Kellner hatte gerade das Geschirr abgeräumt. »Das ist Ihr letzter Abend in Turin. Ich bin mir sicher, Sie haben vor Ihrem Abflug Besseres zu tun.«

In Wahrheit war Domenika begeistert darüber, dass Bondurant den Mut aufgebracht hatte, sie zum Essen einzuladen, bevor sie am nächsten Morgen ihrer getrennten Wege gingen. Sie wusste allerdings auch, dass er ein Trampel war, wenn es um zwischenmenschliche Beziehungen ging. Sie hatte deshalb keine Ahnung, ob sie abseits der vorliegenden Angelegenheiten, die das Grabtuch betrafen, noch einmal von ihm hören würde.

»Hier«, sagte Bondurant, während er Domenika ein weiteres Glas Barolo aus einer Karaffe einschenkte. Die dritte an diesem Abend.

»Lassen Sie uns noch einmal anstoßen. Diesmal auf Ihren Erfolg«, sagte er.

»Erfolg? In welcher Hinsicht? Weil wir bewiesen haben, im Besitz des Grabtuchs Christi zu sein?«

»Sicher, wenn Sie das wollen.«

Domenika hielt einen Moment lang inne, um darüber nachzudenken. Sie bemerkte auch, dass der vorzügliche Wein, den sie genossen, sie benommen machte. Ein Gefühl, das sie seit einer Ewigkeit nicht gehabt hatte.

»Mir kommt es so vor, als würde das Ihr ganzes Leben auf den Kopf stellen, Jon«, sagte sie. »Bestimmt haben Sie das nicht wirklich so gemeint.«

»Domenika, ganz unabhängig davon, wohin uns die Beweise auf dem Grabtuch führen, kann ich Ihnen versichern, dass mein Leben bereits durch Sie auf den Kopf gestellt wurde«, entgegnete er.

Domenika errötete nur. Sie hatte nie erwartet, dass er so offen sein würde.

»In vino veritas«, sagte Bondurant. »Ich weiß, dass ich das Ihnen nicht übersetzen muss.«

»Im Wein liegt die Wahrheit«, übersetzte Domenika dennoch. Sie stießen ein weiteres Mal an, dann machte sich Bondurant daran, ihre Gläser erneut zu füllen.

»Am Ende zählt nur die Wahrheit, stimmt's?«, fragte er.

»Ich traue meinen Ohren kaum«, entgegnete Domenika. »Für Sie steht hier doch alles auf dem Spiel. Ihr guter Ruf. Ihre Glaubwürdigkeit. Sie tun so, als nähmen Sie das auf die leichte Schulter.«

»Nicht wirklich«, erwiderte Bondurant. »Was wir hier herausfinden werden, ist mir sehr wichtig. Ich denke immer noch, dass ich recht behalte in dem, was ich über das Grabtuch gesagt habe. Aber das ist nicht wie bei Ihrem Glauben, Domenika. Wenn ich falschliege, ist das kein Weltuntergang.«

»Ich verstehe«, sagte Domenika. »Mein Leben baut auf dem Glauben auf. Wenn ich an meinem Glauben zweifle oder meinen Glauben verliere, dann habe ich nichts mehr, wofür es sich einzustehen oder zu leben lohnt. Ist es das?«

Bondurant nickte. »Für mich ist das etwas anders. Mein Fundament ist die Wahrheit und ich gehe dorthin, wohin sie mich führt. Wenn ich aber die Wahrheit verleugne oder sie ignoriere, dann bin auch ich verloren.«

Domenika nahm einen großen Schluck Wein. Dann griff sie nach ihrer Handtasche, zog einen Umschlag heraus und reichte ihn Bondurant über den Tisch.

»Was ist das?«, wollte er wissen.

»Nur etwas, von dem ich dachte, dass Sie es vielleicht mit nach Hause nehmen möchten«, antwortete Domenika und sah dabei zu, wie er den Umschlag öffnete.

Bondurants Augen weiteten sich, als er ein Foto herauszog. Bondurant hatte das Bild davor noch nie gesehen. Ein Fotograf des Vatikans musste es in den letzten beiden Wochen während einer Pause gemacht haben. Es zeigte Bondurant und Domenika in einem ungezwungenen Moment zwischen zwei Arbeitssitzungen. Beide lächelten. Domenika merkte, dass Bondurant sich freute.

»Ich weiß nicht, was ich sagen soll, Domenika.«

»Dann sagen Sie nichts«, meinte sie. »Sie haben ja schon eins von mir. Ich dachte, vielleicht wollen Sie noch eins von uns beiden.«

»Genau so würde ich mich gern an uns erinnern, Domenika.«

»An uns erinnern? Dabei wollen Sie es also belassen? Dass wir uns aneinander erinnern?«

»Nein, nein, nein. Ich meinte damit, dass …«

Domenika unterbrach ihn, indem sie einen Finger an ihre Lippen hielt. Dann rutschte sie mit ihrem Stuhl neben ihn und legte ihre Hände in seine.

Und dann, ganz entgegen ihrem professionellen Urteilsvermögen, küsste sie ihn.

28

Turin, Italien
Juni 2014

»Komm! Komm mit in die Kirche!« Domenika bewegte spielerisch die Hand vor Bondurants Augen hin und her, als würde sie versuchen, ihn zu hypnotisieren.

Sie nahm ihn bei der Hand und zog ihn die zerschlissene Marmortreppe des *Duomo di Torino,* des Turiner Doms, hinunter, in den das Grabtuch sicher zurückgekehrt war, nachdem Bondurants Team seine Arbeit beendet hatte. Es würde Wochen dauern, bis alle Ergebnisse analysiert waren, aber ihre Arbeit in Turin war getan. Es war ein Uhr morgens und Bondurant, der sicher war, dass die beleuchtete Kathedrale für mehrere Stunden geschlossen hatte, lachte über ihr sinnloses Vorhaben. Die Piazza vor der berühmten Kathedrale war menschenleer, nur die Schatten der Bäume wiegten sich im Schein der Straßenlaternen.

»Du bist fest entschlossen, mich auf irgendeine Weise ins Licht zu ziehen, mein Engel«, antwortete er und ließ zögernd ihre Hand los, während er sich auf die alten Stufen vor der verlassenen Piazza setzte. Nur ein paar Tauben, die einige Stufen unter ihnen eifrig an einem Brotstück pickten, leisteten ihnen zu so später Stunde Gesellschaft. Turin schlief tief und fest. Domenika probierte die Messinggriffe an den riesigen hinteren Holztüren der Kathedrale, fand sie jedoch fest verschlossen vor. Dann klopfte sie allen Ernstes daran und sandte ein lautes Echo über die Piazza.

»Pst! Ruhe! Wir haben schon eine Nacht bei der Polizei verbracht«, bat er.

Sie war offensichtlich betrunken und er nicht weit davon entfernt. Da die Arbeit an der Untersuchung beendet war, stand es ihm frei, sich über das Verbot hinwegzusetzen. Sein erster Scotch seit zwei Wochen hatte das erwünschte Resultat erzielt. Bondurant fühlte sich high. Die knapp drei Flaschen Wein, die sie gemeinsam zum Essen getrunken hatten, wirkten auch bei Domenika und hatten sie lockerer gemacht. Sie gab am Kirchentor auf und setzte sich neben ihn. Dann lehnte sie sich auf den glatten Stufen zurück, die nach der heißen Sommersonne des Tages noch immer warm waren.

Bondurant folgte ihrem Blick zu den Sternen hinauf, vorbei an der imposanten Spitze der Kathedrale. In seinem Kopf drehte es sich, weshalb er den Blick senkte und stattdessen Domenikas lange, athletisch geformte Beine betrachtete, die sie neben ihm ausgestreckt hatte.

»Du hast mich einen Engel genannt. Das ist albern. Du glaubst nicht an Engel«, sagte sie und schaute weiter hinauf zum Himmel. Sie gab einen lauten Hickser von sich und kicherte leise. »So viel zu deinem Engel«, murmelte sie.

»Ich meinte ›Engel‹ in einem anderen Sinn, Domenika. So wie auf der fünften Ebene.«

»Was meinst du damit?«, fragte sie und drehte sich neugierig zu ihm um. Sie lallte ein wenig, was er süß fand.

»Ist das wieder eine Geschichte aus einem deiner dummen Bücher?«

Er fragte sich, ob es klug war, es ihr zu erklären, während beide weit davon entfernt waren, klar zu denken, zumal sie sich wahrscheinlich an kaum etwas erinnern würde. Aber der Hauch ihres Parfüms, das nach

Orangenblüten roch, und der Geruch von Wein in ihrem Atem bildeten eine berauschende Mischung.

»Vielleicht sollte ich damit jetzt besser nicht anfangen«, sagte er und wandte sich ab, um ebenfalls wieder in die Sterne zu blicken. »Ein andermal vielleicht, wenn wir …«

Schluckauf. Sie lachte leise über sich selbst und hielt sich die Hände vor den Mund. Zum ersten Mal fiel ihm auf, wie klein und zart sie waren.

»Nein, bitte! Bitte, Jon! Erzähl mir von deinen Engeln«, sagte sie, während sie ihre hochhackigen Schuhe abstreifte. Einer von ihnen kullerte ein paar Stufen nach unten und jagte die Tauben in die Flucht.

»Die letzte Frau, bei der ich den Fehler gemacht habe, es ihr erklären zu wollen, hat mir so sehr eine geklebt, dass ich es noch Stunden später gespürt habe«, brummte er. »Ihr gefiel nicht, wo auf der Skala ich sie eingeordnet habe.«

»Ich habe schon seit Stunden keinem Mann mehr eine geklebt, vielleicht sogar seit Tagen«, kommentierte sie schmollend. »Jetzt hast du mich neugierig gemacht.«

»Denke aber daran, dass du darauf bestanden hast«, warnte er, als er sich neben ihr zurücklehnte, nah genug, um die Wärme ihrer nackten Schultern zu spüren. Sie wich keinen Zentimeter zurück. Die Sterne über ihm schienen davonzutreiben.

Schluckauf. »Der Unterricht kann beginnen, Professor.«

»In ästhetischer Hinsicht können alle Frauen auf einer Schönheitsskala von eins bis fünf eingestuft werden«, begann er.

»*Alle* Frauen?«, fragte sie verträumt.

»Nun, nicht alle. Nach meiner Einschätzung gibt es viele, die nicht einmal die erste Stufe erreichen. An diesem Punkt der Geschichte kannst du mir gern eine kleben. Das ist deine Gelegenheit.«

»Ich bin ganz Ohr«, sagte sie, gähnte und rieb ihre gebräunten nackten Füße aneinander.

»Na gut. Dann pass gut auf. Die erste Stufe, die erste Sprosse auf der Leiter, lautet ›süß‹. Du weißt, was süß ist. Jeder weiß das.«

»Tu ich das?«

»Na klar. Ein süßes Mädchen war wahrscheinlich burschikos, als sie jung war. Ihre Haare sind fast immer kurz. Die Augen sind ihr markantes Merkmal. Nicht viel Make-up. Immer zierlich. Sie ist das Mädchen, bei dem du es nicht erwarten kannst, es deiner Familie vorzustellen. Ihr stehen Baseballkappen gut. Sie ist klug, lustig. Mag Sport. Sie ist ein Kumpeltyp. Deine beste Freundin oder deine Brüder sind alle in sie verknallt, geben es aber nicht zu. Sie ist hinreißend und deine Mutter will, dass du sie heiratest, bevor sie dir abhandenkommt.«

»›Süß‹ gefällt mir. Sprich weiter!« *Schluckauf.*

»Das geht allen Mädchen so. ›Süß‹ ist keine Bedrohung für andere Frauen. Klassisch, Typ Audrey Hepburn.«

»Die liebe ich.«

»Die nächste Stufe auf der Skala lautet ›hübsch‹. Hübsch hat meist langes, glänzendes Haar. Sie weiß ziemlich gut, wie man sich anzieht. Sie kennt sich mit Klamotten aus. Sie beherrscht die Kunst des Schminkens. Sie ist gut gebaut. Du magst es, wenn sie neben dir steht, weil sie dich irgendwie besser aussehen lässt. Sie ist sanft. Sie sieht in jedem Licht gut aus, ohne sich zu bemühen. Sie ist fotogen. Sieht auf Fotos nie schlecht aus. Wenn du sie siehst, drehst du dich um. Wenn sie seit fünf Minuten weg ist, denkst du noch immer an sie. Modern, Typ Angelina Jolie.«

»Bist du sicher, dass es noch *drei* weitere Stufen gibt?«, fragte Domenika.

»Warte nur. Die dritte Stufe auf der Schönheitsskala lautet ›wunderschön‹. Das ist ein großer Schritt nach vorn. Gleich mehrere Sprossen die Leiter hoch. Sie sieht atemberaubend aus, rund um die Uhr. Sie könnte einen Jutesack tragen und trotzdem überall für Aufsehen sorgen. Sie könnte in deinem Bett völlig verkatert aufwachen, in ihrem eigenen Erbrochenen geschlafen haben und *immer noch* umwerfend aussehen. Wenn diese Frau ein Zimmer betritt, dann siehst du nicht einfach nur hin. Du starrst sie an. Alle starren sie an. Das ist zwanghaft. Und Frauen sehen sie genauso an wie Männer. Magazin-Schönheit. Typ Sophia Loren. Ein ›Covergirl‹.«

»So eine kenne ich«, sagte Domenika wehmütig. »Was könnte schöner sein als das?« *Schluckauf.*

»Dann gibt es die vierte Stufe. Sie lautet ›umwerfend‹. Zwischen ›wunderschön‹ und ›umwerfend‹ gibt es eine feine, kaum wahrnehmbare Linie, aber sie ist da. Und es geht dabei allein um Sex. Umwerfend ist wunderschön mit einem erstklassigen Sexappeal. Es ist eine Art von Schönheit, die dich zu schlimmen Dingen verleitet. Typ Marilyn Monroe. Umwerfend sagt ›Ich habe es. Komm und hol es dir!‹. Schönheit ist etwas, das man sich ansehen will. Umwerfend ist etwas, mit dem du etwas anstellen willst.«

Domenika drehte sich auf die Seite, sodass sie ihm direkt gegenüberlag. Keine acht Zentimeter trennten sie voneinander. Sie schloss die Augen.

»Und die fünfte Stufe?«, flüsterte sie.

»Ist für eine Handvoll Frauen reserviert. Aus gutem Grund. Stufe fünf lautet ›engelsgleich‹. Und wie das Wort schon andeutet, ist das eine Frau, die aussieht, als wäre sie nicht von dieser Welt. Perfekt. Unberührbar. Sie betritt ein Zimmer und es wird still. Sie raubt einem die Luft. Die

Zeit bleibt stehen. Schönheit, so atemberaubend traurig, weil sie so selten ist, als wäre sie vom Aussterben bedroht. Sie ist eine Mahnung. Alles in diesem Leben, auch die Schönheit, ist endlich. Deshalb werden Statuen geformt, um sie zu erhalten. Sie kann nicht berührt oder geliebt werden. Zumindest von keinem Sterblichen. Jemand wie Prinzessin Grace. Grace Kelly. Das ist ›engelsgleich‹.«

Er wandte sich Domenika zu. Sie sah aus, als würde sie schlafen. Er nutzte diesen Moment, um ihr Gesicht mindestens eine Minute lang zu betrachten.

Schluckauf.

»Deshalb hast du mich einen Engel genannt, Jon?«, fragte sie und öffnete die Augen. »Ich bin kein Engel.«

»Doch, das bist du«, sagte er und drehte sich um. Bei dem, was er sagen wollte, konnte er sie nicht direkt ansehen. Er brachte den Mut auf, sich zum ersten Mal einer Frau gegenüber verletzbar zu zeigen. »Du raubst mir jedes Mal den Atem, wenn ich dich sehe.« *Da! Ich habe es gesagt, was auch immer geschieht,* dachte er stolz.

Damit beugte sich Domenika vor, zog ihn zu sich heran und küsste ihn sehnsuchtsvoll. Sanfter und inniger, als er es für möglich gehalten hätte. Ihre Körper berührten einander zum ersten Mal, ihre Finger bewegten sich zaghaft an seinem Hemd hinunter bis zur Taille. Er schloss beim Küssen immer die Augen, hielt sie aber einen Moment lang offen, als wollte er sich vergewissern, dass dies hier wirklich geschah. Sie fühlte sich in seinen Armen so klein an.

»Jon, du hast gesagt, sie können nicht berührt oder besessen oder geliebt werden«, raunte sie ihm ins Ohr, nah genug, dass er beim Flüstern ihre Lippen spürte.

Er küsste sie noch einmal und streichelte ihre Wange. Dann drehte er sich wieder von ihr weg, bevor er antwortete, wieder unfähig, sie dabei anzusehen.

»Das habe ich wohl gesagt, oder?«, meinte er. »Ich kann nur sagen, dass du mich umgeworfen hast und dass ich manchmal nur den Gedanken an dich liebe.«

»Oje. Ich wollte schon immer, dass jemand den *Gedanken* an mich liebt«, sagte sie und kicherte dann.

»So habe ich das nicht gemeint. Es ist nur so, dass ich noch nie so nah dran war, das Loch zu füllen, wie mit dir.«

»Jetzt bist du einfach nur anzüglich.«

Er grinste über seine Formulierung. »So habe ich das nicht gemeint. Ich meinte das Loch in meinem Innern. Wenn du in der Nähe bist, ist es nicht ganz so dunkel. Ich weiß nicht, wie du es anstellst, aber irgendwie hast du mich verhext.«

Sie verlagerte ihre Hüfte, legte ihr Bein über seins und zog ihn fest zu sich heran.

Alkoholisiert oder nicht, Bondurant konnte nicht vergessen, wo sie sich gerade befanden. Domenika war jedoch beschwipst genug, dass sie ihn in seinem Annäherungsversuch zu ermutigen schien. Bondurant verfügte über kein Expertenwissen darüber, welchen Platz einvernehmlicher Sex zweier Erwachsener zu Füßen einer Kathedrale in der Sündenhierarchie des katholischen Glaubens einnahm. Er ging jedoch davon aus, dass es weit oben auf der Liste der Todsünden stand. Jene, die nach ehrlicher Reue und einer Beichte einem Priester gegenüber verlangten.

Bondurant wollte nicht dafür verantwortlich sein, dass Domenika einen Beichtstuhl aufsuchen musste, um Vergebung für etwas zu ersuchen, von dem er wusste, dass sie es unter normalen Umständen nie tun würde. Er löste sich aus ihrer Umarmung und stand auf. Dann reichte er ihr die Hand, und während sie zunächst versuchte, ihn wieder zu sich nach unten zu ziehen, gab sie schließlich nach, stand auf und schlang ihren Arm um seine Taille, während sie die Stufen der Kathedrale hinabstiegen.

Auf dem Weg zu ihrem Hotel, das nur noch ein paar Minuten entfernt lag, waren beide so still wie die Nacht. Während sie gingen, sprachen sie nicht. Bondurant wusste nicht, was Domenika dachte, während sie so vor sich hin schlenderten, aber während er sie zurück zu ihrem Hotel führte, kämpfte er in seinen eigenen Gedanken mit einem Dilemma. Er wollte nichts anderes, als die Nacht mit ihr zu verbringen, wenn sie wirklich mit ihm zusammen sein wollte. Aber die Frage, wie viel ihrer plötzlichen Zuneigung dem Herzen und nicht dem Wein entsprang, spielte eine große Rolle für ihn, und das konnte er selbst nicht so ganz glauben. Er hatte in der Vergangenheit unzählige ähnliche Situationen mit Frauen erlebt und nicht einmal gezögert, sie auszunutzen. Doch jetzt, als er sich zum ersten Mal Hals über Kopf in eine Frau verliebte, hatte er keine Ahnung, wie sein nächster Schritt aussehen sollte.

Im Hotel stolperten sie gemeinsam aus dem Fahrstuhl. Er sah dabei zu, wie sie in ihrer Handtasche nach dem Zimmerschlüssel kramte. Offensichtlich hatte Domenika vergessen, wie man die Karte durchzog, damit sich die Tür öffnete. Bondurant griff danach und nahm ihr die Schlüsselkarte ab. Nachdem er es ein paarmal versucht hatte, blinkte das kleine Lämpchen an der Schließvorrichtung auf und die Tür öffnete sich.

Bevor er am Eingang stehen bleiben konnte, nahm ihn Domenika an der Hand und führte ihn durch das schwach beleuchtete Zimmer direkt zu ihrem Bett. Bondurant entspannte sich, legte seinen Kopf auf eines der Kissen und sah Domenika an, die nur wenige Zentimeter entfernt zu ihm hinabsah. Sie lächelte ihn an und streichelte sanft seine Wange. Er drehte sich auf die Seite und gab ihr zu verstehen, sie solle sich neben ihn legen. Als er nach ihren Armen griff, stieß sie seine sanft beiseite. Als wollte sie einen Moment lang nachdenken, setzte sie sich auf die Bettkante. Dann erhob sie sich wieder und ging ins Bad. Bondurant schloss die Augen und stellte sich vor, was wohl als Nächstes kommen würde.

Als Domenika aus dem Bad kam, ging sie zum Bett und schaltete die Nachttischlampe aus. Bondurant konnte im schwachen Schein der Uhr neben ihnen erkennen, dass sie nur ein T-Shirt trug. Sie schob sich unter die Decke und forderte Bondurant auf, dasselbe zu tun. Sie beugte sich zu ihm hinüber, küsste ihn sanft und brach schließlich das Schweigen, das seit ihrer Umarmung vor der Kirche herrschte.

»Ich habe drei Geheimnisse. Möchtest du sie gern hören?«

»Ist mir egal. Erzähl mir von mir aus hundert«, flüsterte Bondurant. Er liebte den Klang ihrer Stimme, besonders im Dunkeln.

»Dann hör gut zu. Das erste kannst du vergessen, okay? Mit dem zweiten musst du leben. Das musst du versprechen. Und das dritte – nun, beim dritten liegt es an dir, es zu ändern, wenn du das willst«, sagte sie, rieb ihre Nase sanft an seiner und gab ihm dann einen Kuss.

»Wie lautet das erste?«

»Mein Schluckauf ist weg. Ich glaube, ich bin ihn losgeworden, als wir uns vor der Kathedrale das erste Mal geküsst haben.« Er lachte und sie nahm behutsam seine Hand.

»Okay. Das kann ich also vergessen. Wie lautet das zweite?«, fragte er, während er seine Finger in ihren verschränkte.

»Dass ich mich in dich verliebe und dich gleichzeitig nicht ausstehen kann. Ergibt das einen Sinn, Jon?«

»Domenika ...«

»Nein, bitte, Jon. Du musst jetzt nichts sagen. Lass es«, bat sie und drückte seine Hand an ihre Wange. »Wie gesagt, es ist etwas, womit du leben musst.«

Bondurant wandte sich von ihr ab und fühlte sich schuldig, dass er angesichts dessen, was sie gesagt hatte, vor der Kathedrale ihr gegenüber nicht verbindlicher gewesen war. Er nahm den Mut zusammen, sie anzusehen, diesmal direkt in die Augen. Und da spürte er, wie ihn eine plötzliche Angst überkam.

»Domenika, ich glaube nicht, dass ich das dritte Geheimnis wissen will.«

»Es ist zu spät. Ich habe mich entschieden«, sagte Domenika. Sie nahm seine Hand von ihrer Wange und schob sie langsam ihren freiliegenden Oberschenkel hinauf, sodass seine Finger sanft über den Bereich zwischen ihren Beinen wanderten. Dann legte sie den Kopf auf sein Kissen und schloss die Augen.

»Das dritte ist, dass ich Jungfrau bin«, flüsterte sie leise. »Das schwöre ich dir. Und, wie schon gesagt, du kannst das heute Abend ändern.«

29

Rom, Italien
Juni 2014

Piiep, piiep, piiep … Piiep, piiep, piiep … Piiep, piiep, piiep …

Domenika musste nicht einmal auf ihr Telefon sehen. Sie wusste, wessen Name auf dem Display stand. Nachdem sie drei Tage lang die Anrufe von Bondurant aus den Vereinigten Staaten ignoriert hatte, war sie der Meinung gewesen, er würde die Botschaft verstehen und sie in Ruhe lassen. Aber das tat er nicht.

Piiep, piiep, piiep … Piiep, piiep, piiep … Piiep, piiep, piiep …

Bondurant hatte sie mindestens fünfmal täglich angerufen, aber Domenika konnte sich nicht dazu durchringen, seinen Anruf entgegenzunehmen. Jedenfalls jetzt noch nicht.

Da war dieses alberne Versprechen, ihn auf die Probe zu stellen, das sie ihrer Schwester gegeben hatte.

War Bondurant so verliebt, dass er die weite Reise nach Rom antreten würde, um ihr Herz im Sturm zu erobern? *Wahrscheinlich nicht,* dachte sie. Er hatte Tage damit vergeudet, sie anzurufen, während er schon längst im Flugzeug hätte hierherfliegen können. Wichtiger war jedoch, was in ihren letzten gemeinsamen Stunden passiert war. Er war einfach gegangen. Hatte nicht einmal gewartet, um sich zu verabschieden oder Danke zu sagen. Keine Abschiedsworte. War einfach nur aufgestanden und gegangen, und das nach dem, was sie getan hatten. Sie wusste, dass Bondurant ein Profi war, wenn es um One-Night-Stands ging, wenn man es denn so nennen konnte. Sie aber war es eindeutig nicht. Sie war nicht bereit, ihm gegenüberzutreten, nachdem er sie so behandelt hatte. So wie er sie benutzt hatte.

Piiep, piiep, piiep … Piiep, piiep, piiep … Piiep, piiep, piiep …

In den vergangenen Tagen hatte sie ihr Telefon einfach ausgeschaltet, um das ständige Piepen zu unterbinden.

Piiep, piiep, piiep … Piiep, piiep, piiep … Piiep, piiep, piiep …

Sie griff hinüber und schaltete es aus. Sie hatte diesem Mann nichts mehr zu sagen.

30

St. Michaels, Maryland
Juli 2014

Bondurant saß an diesem Samstagmorgen ein paar Minuten vor neun Uhr allein im Telekonferenz-Center des *Enlightenment Institute.* Der für den Mittsommer typische Meeresdunst legte sich über die Küste der Chesapeake Bay und hüllte das viktorianische Haus des Instituts am Ende des Perry Cabin Drive in einen sanften Nebel.

Sieht aus wie am D-Day, dachte Bondurant. Er hatte noch nicht gefrühstückt, aber genug Kaffee gekocht, um den Morgen zu überstehen. Sein einladender Duft zog durch beinahe jedes Zimmer im ersten Stock. Auch durch das, in dem er sich gerade befand. Er wandte sich von dem riesigen, zur Bucht gelegenen Fenster ab und starrte auf eine Reihe von Flachbildschirmen, die vor ihm eine Videowand bildeten.

Die Bildschirme waren vom Boden bis zur Decke angebracht. Während sich die Teilnehmer der Videokonferenz einloggten, leuchteten die Monitore nacheinander auf. Er hatte arrangiert, dass sich sein Team, das aus der ganzen Welt stammte – zum Teil aus so weit entfernten Ländern wie Indien und Japan –, in die Konferenz einklinken konnte.

Vom Dock seines Wohnmobils aus war er in der Früh schwimmen gegangen in dem Versuch, sich zu entspannen, aber er war noch immer so nervös wie seit Tagen. Vor ihm lag ein Stapel vertraulicher Berichte, verfasst von der Handvoll Wissenschaftler, die zwei Wochen zuvor in Turin an seiner Seite gearbeitet hatten.

Er gähnte und rieb sich die Augen. Seit über einer Woche fiel es ihm schwer, einzuschlafen, und die Gründe nahmen von Stunde zu Stunde zu. Da war zum einen natürlich der Vatikan. Er hatte ihn sehr unter Druck gesetzt, endlich zu veröffentlichen. Vermutlich würden nur wenige wissenschaftliche Studien in seinem Leben ein solches Interesse auf sich ziehen wie das Ergebnis seiner Untersuchung. Angesichts dessen, was auf dem Spiel stand, fand Bondurant, wirkte der Vatikan relativ gelassen. Dennoch drängte er ihn dazu, bald zu seiner Schlussfolgerung zu kommen. Dann gab es noch die nationalen und internationalen Medien, die ihn wochenlang verfolgt hatten in der Hoffnung, auf undichte Stellen zu stoßen, die einen Hinweis darauf gaben, ob das Grabtuch nun echt war oder nicht.

TV-Trucks hatten sich vor dem Institut und in der Nähe seines Wohnwagens versteckt, der eine wunderbare Aussicht auf den Fluss bot. Beim geringsten Anzeichen einer eventuell bevorstehenden Ankündigung brachen sie in hektische Betriebsamkeit aus. Redakteure von mehreren New Yorker Verlagen wetteiferten um Buchverträge mit ihm. Und damit nicht genug, war da noch das verblüffende, geheime und widersprüchliche Beweisstück, das Sehgal geliefert hatte und das die Erkenntnisse des übrigen Teams in ihrer Gesamtheit auf den Kopf stellte. Die Konferenzschaltung an diesem Samstagmorgen verfolgte den Zweck, Licht ins Dunkel zu bringen.

Und dann war da natürlich noch Domenika. Sie hatte keinen der vorläufigen Berichte gesehen, die Bondurants Expertenteam ausgetauscht hatte, dennoch hatte er sie auf die Anruferliste der Videokonferenz gesetzt. Und sie hatte die Rückmeldung gegeben, daran teilzunehmen. Seine persönlichen Anrufe seit Turin hatte sie zwar ignoriert, trotzdem war es wichtig, die Richtung, in die ihre Schlussfolgerungen gingen, offiziell bekannt zu geben. Vor allem angesichts der merkwürdigen Neuigkeit, die Sehgal vorgebracht hatte. Bondurant nahm an, dass sie überzeugt war, das Ergebnis würde im Sinne des Vatikans ausfallen. Deshalb wollte Domenika nicht auf die Druckfassung des Berichts warten, bevor sie sich an die Arbeit machen und eine Strategie für die Veröffentlichung der frohen Botschaft über die Erkenntnisse seines Teams entwickeln würde. Das war ein Problem. Er hatte die Befürchtung, dass sie vor den eigentlichen Beweisen, von denen sie nicht alle gesehen hatte, an die Öffentlichkeit ging.

Aber seine Gedanken an Domenika an diesem Morgen drehten sich nur zum Teil um altertümliche Reliquien und Presseerklärungen der Kirche. Stattdessen hatten sie sehr viel mit seinen Gefühlen zu tun, die er hatte, seit er nur Wochen zuvor so leise aus ihrem Turiner Hotelzimmer geschlichen war. Er fand, dass die Ironie nicht zu übersehen war. Er sehnte sich nun nach der Frau, die er bei ihrer ersten Begegnung beleidigt hatte. Was würde er darum geben, sie noch einmal persönlich zu sehen, damit er ihr die Wahrheit über seine Gefühle sagen konnte! Und die Wahrheit war, dass er sich in sie verliebt hatte. Seit ihrem letzten gemeinsamen Abend hatte er sich jeden Tag selbst geohrfeigt, weil er ihr das nicht offen gesagt hatte.

Ich weiß nicht. Ich liebe nur den Gedanken an dich, glaubte er sich zu erinnern, gesagt zu haben.

Ist das dein Ernst?, fragte er sich, während er sich selbst immer wieder von Neuem deswegen verspottete. *Hast du das wirklich gesagt?* Er schüttelte sich jedes Mal, wenn er sich daran erinnerte, was er zu ihr gesagt und was er ungesagt gelassen hatte. Keine andere Frau hatte jemals solche Gefühle in ihm geweckt.

Bong.

Das Signal, dass der erste Teilnehmer zur Videokonferenz erschienen war, ertönte. Die automatische Sprachausgabe stellte den ersten Anrufer vor.

»Zur Konferenz hinzugekommen: Domenika Jozef.«

Und da war sie, auf Bildschirm 3, zugeschaltet aus Rom, mit einem Strahlen im Gesicht. Es war das erste Mal, dass Bondurant mit ihr sprach oder sie sah, seit er Turin verlassen hatte.

»Gott, ich vermisse dich«, sagte er jetzt, ohne es zu wollen. Er konnte nicht anders.

»O Jon.« Sie lächelte. In ihrer Wohnung in Rom war es Nachmittag und er konnte die zerklüftete Skyline der Stadt hinter ihr im Fenster erkennen.

Sie wirkte ein wenig ängstlich, was, wie Bondurant annahm, wohl daran lag, dass sie seine Anrufe ignoriert hatte. »Was ist mit dem Aschenbecher auf deinem Schreibtisch? Er ist leer.«

Bondurant grinste breit. »Ich habe nicht mehr geraucht, seit du mich in jener Nach in Turin darum gebeten hast, damit aufzuhören.« Er sah auf seine Uhr. Sie hatte zehn Jahre hinzugefügt, blinkte jetzt: 21:08. Er hatte das Gefühl, diesen Umstand ihr zu verdanken.

»Und der Scotch?«, fragte Domenika.

»Da habe ich die Grenze gezogen.« Er streckte langsam die Hand aus und schob die Flasche Macallan auf seinem Schreibtisch mehrere Zentimeter aus dem Blickfeld der Kamera.

»Nun, dann habe ich dir ja *etwas* Gutes gebracht.« Er merkte, dass es ihr gefiel, eine solch große Wirkung auf ihn auszuüben.

»Domenika, ich weiß, dass du bestimmt viel zu tun hast, weil du mich nicht zurückgerufen hast, aber es ist mir wirklich wichtig, dass du mir nur eine Minute zuhörst«, sagte Bondurant. Er hatte das, was er ihr sagen wollte, tagelang geprobt und konnte kaum erwarten, es herauszulassen.

Domenika sah für ein paar Sekunden vom Monitor weg, als wollte sie dem, was er als Nächstes sagen würde, ausweichen.

»Es gibt da etwas, das ich dir seit Turin sagen wollte. Etwas, das du wissen *musst*. Ich weiß, dass ich lächerlich wirke, wenn ich das während einer Videokonferenz sage, aber …«

»Jon«, unterbrach ihn Domenika, »ich wollte auch mit dir über etwas reden, aber ich glaube nicht, dass ich bereit dafür war. Jedenfalls nicht bis jetzt. Deshalb bin ich dir aus dem Weg gegangen. Aber jetzt ist vielleicht auch nicht der richtige Zeitpunkt.«

»Doch, Domenika«, sagte Bondurant. »Bitte! Was ist es?«

»Es geht um unsere letzte gemeinsame Nacht. Aber ich … ich … ich will ein solch sensibles Gespräch nicht auf die falsche Art angehen. Es ist sehr – nun, es ist mir sehr wichtig.«

Domenika wirkte unsicher, während sie sprach, und Bondurant konnte aus ihrer Stimme echte Angst heraushören. Er beschloss, sein eigenes Unbehagen über das, was er sagen wollte, für den Moment zu vergessen, um ihr zuzuhören.

»Was ist los, Domenika?«, fragte er so sanft wie möglich, weil er merkte, dass sie versuchte, den Mut aufzubringen, etwas offensichtlich Wichtiges zu sagen.

»Du kannst mit mir über alles reden.«

»Na gut«, flüsterte sie. »Dann mal los. Es geht um unsere letzte gemeinsame Nacht im Hotel.«

Er wusste sofort, was sie mit diesem Gespräch bezweckte, da er es zuvor schon mit vielen ähnlichen Telefonaten zu tun gehabt hatte. Bei diesem musste er sich allerdings keine komplizierten Erklärungen aus den Fingern saugen.

»Nun, als ich am Morgen aufgewacht bin, warst du nicht da«, sagte Domenika. »Irgendwie habe ich damit schon gerechnet. Vieles aus dieser Nacht erscheint mir noch immer ziemlich verschwommen. Auch der Morgen danach. Als ich aufgewacht bin, warst du weg und schon auf dem Heimflug, sodass wir nicht mehr persönlich miteinander reden konnten. Ich meine, haben wir … ähm – Jon, hat sich schon jemand anderes in dieses Telefonat eingeloggt?«, fragte sie leise.

»Nein, nein. Wir sind allein«, sagte Bondurant ruhig, jedoch war ihm durchaus klar, dass ihnen wenig Zeit blieb, bevor der Rest des Teams sich in die Videokonferenz zuschaltete und die Gelegenheit, seine Gefühle auszudrücken, vorbei war. Auch er hatte genug auf der Seele, das er bei ihr loswerden wollte.

»Bist du sicher?«, fragte sie.

Bong.

»Zur Konferenz hinzugekommen«, sagte die Roboterstimme. »Dr. Terry O'Neil.«

O'Neil erschien auf einem anderen Monitor und nahm fast den gesamten Bildschirm ein.

»Wirklich? Ausgerechnet jetzt, Terry!«, brummte Bondurant. »Was, Jon?«, fragte O'Neil. »Haben wir jetzt nicht den Termin für unser Telefonat?«

»Nichts, nichts. Alles gut, Terry«, sagte Bondurant. »Wir haben hier nur gerade ein paar technische Probleme zu lösen. Wie geht es dir?«

»Ausgezeichnet. Du hast dem Entwurf, den ich dir letzte Nacht geschickt habe, bestimmt entnommen, dass ich ein paar sehr interessante Neuigkeiten für dich parat habe, nicht wahr?« Die Aufregung, mit der O'Neil sprach, war ungewöhnlich für ihn.

»Ja, ich habe deinen Bericht gesehen, Terry. Es ist wirklich unglaublich. Aber ich kann das Thema nicht wirklich vertiefen, solange die anderen nicht die Gelegenheit hatten, sich einzuklinken.« Bondurant sah auf den anderen Monitor und konnte erkennen, dass Domenika ein Lächeln auf den Lippen hatte und erfreut über das war, was sie bisher gehört hatte. In den folgenden fünf Minuten tauchte ein Gesicht nach dem anderen auf der Videowand auf, als sich Bondurants Team aus 13 verschiedenen Zeitzonen zuschaltete. O'Neil, der die Kohlenstoffdatierung des Grabtuches durchgeführt hatte, war aus London zugeschaltet. Ravi Sehgal erschien aus Mumbai und machte sich Notizen, während er auf den Beginn der Videokonferenz wartete. Er war bereit, seine Erkenntnisse über die DNA und die Blutgruppe mitzuteilen. Jean Boudreau war von Paris aus in der Leitung, um über die Herkunft des Stoffs der Reliquie zu sprechen. Michael Lessel rief aus der University of New Mexico an. Sein Labor hatte die Arbeiten zur Bodenpartikelanalyse durchgeführt. Lisa Montrose von der Duke University stand mit ihren Daten über die Materialpigmentierung in den Startlöchern. Und schließlich war da noch Harry Sato, der von Japan aus sendete, wo es gerade 22 Uhr war.

»Lassen Sie mich Ihnen zunächst meinen Dank dafür aussprechen, dass Sie meinem Aufruf gefolgt sind. Besonders denen, die zu einer ungewöhnlichen Zeit anrufen«, begann Bondurant. »Ich möchte mit einer Zusammenfassung der meines Erachtens wichtigsten

Ergebnisse Ihrer einzelnen Berichte beginnen. Und wenn Sie mir gestatten, möchte ich mich dabei auf einen Bereich konzentrieren, in dem einige der Daten eine sehr widersprüchliche und auch etwas beunruhigende Geschichte erzählen, die von dem Trend abweicht, den die übrigen nahelegen. Ich wünschte, die Wissenschaft wäre ein weniger chaotischer Prozess, aber niemand hat je behauptet, Forschungsergebnisse seien immer sauber und ordentlich. Ich fürchte, das trifft auch in höchstem Maße auf diese Untersuchung zu.«

Bondurant sah einen Moment lang zu Domenikas Monitor und beobachtete, wie seine Worte bei ihr für einen fragenden Blick sorgten. Die anderen Teilnehmer, die Ravi Sehgals erstaunliche Schlussfolgerungen überprüft hatten, begleiteten Bondurants Einschätzung zur Lage der Untersuchung mit zustimmendem Nicken. Domenika, die keine Einsicht in die verschiedenen Entwürfe der beteiligten Wissenschaftler hatte, sollte von Bondurant erst dann einen Abschlussbericht für die Kirche erhalten, wenn dieser wirklich abgeschlossen war. Sie wusste daher nichts von den Widersprüchen, auf die er sich bezog.

»Hinsichtlich der kritischen Indikatoren für Alter und geografische Herkunft des Grabtuches scheint es eine einheitliche Übereinstimmung zu geben«, führte Bondurant weiter aus. »Und das Ergebnis ist … Nun, wie soll ich sagen? Erstaunlich. Ich muss gestehen, dass ich es vor dem heutigen Tag nie geglaubt hätte, aber die Daten sprechen für sich, und wie jedermann bin ich bereit, meine Meinung zu ändern, wenn es sein muss. Jean, Sie berichten, dass alles, was Sie dem Stoffmuster entnehmen konnten, ins erste Jahrhundert nach Christus und in den Nahen Osten deutet. Ist das korrekt?«

»Daran besteht kein Zweifel, Jon«, sagte Boudreau, während er seine Brille abnahm, um sich die Augen zu reiben. »Die Probe, die wir dem Grabtuch entnommen haben, ist ein Fadenmuster, das charakteristisch für die Region Palästinas im ersten Jahrhundert ist. Ich habe mindestens ein Dutzend weiterer Materialproben in meinem Labor, bei denen diese Herkunft bekannt ist, und da ist keine Verwechslung möglich. Das Leinen des Grabtuches entspricht dem biblischen Zeitabschnitt und gehört geografisch in die Region des östlichen Mittelmeerraums, so wie behauptet. Wir haben keine Web- oder Näharbeiten entdeckt, die auf die Arbeit von Kunsthandwerkern außerhalb dieser Region oder des fraglichen Zeitraums hindeuten würden.«

Bondurant sah noch einmal zu Bildschirm Nummer 3 hinüber und beobachtete Domenika dabei, wie sie aufmerksam zuhörte und sich Notizen machte. Sie war sichtlich erfreut über das, was sie da gehört hatte.

»Okay, der Stoff ist also authentisch für die damalige Zeit. Ich muss noch einmal betonen, dass ich fassungslos bin. Das an sich ist schon eine echte Neuigkeit. Dr. Lessel, Sie berichten ebenfalls, dass die 15 verschiedenen Bodenproben und anderen Mineralien, die Sie dem Grabtuch entnommen haben, typisch für die Region um Jerusalem sind. Ist das richtig?«

»Das ist richtig. Lassen Sie mich zunächst klarstellen, wovon wir sehr wenig gefunden haben, was vielleicht noch wichtiger ist«, erläuterte Lessel. »Nur etwa fünf Prozent der Feinstaubpartikel, die wir auf der Reliquie gefunden haben, sind spezifisch für Weltregionen außerhalb ihres identifizierten Herkunftsortes, nämlich den europäischen Kontinent, wo die Reliquie jahrhundertelang aufbewahrt wurde. Das stimmt mit dem überein, was man erwarten würde.«

»Also«, bemerkte Bondurant, während er mit seinem Bleistift auf den Tisch trommelte, »gibt es keine Beweise dafür, dass der Stoff irgendeine Art Grabstaub enthält, die hinreichend nahelegen würden, dass er europäischen Ursprungs ist oder aus einer anderen Region außerhalb des Nahen Ostens stammt?«

»Keine. Und auf der anderen Seite gibt es reichlich Beweise für das Vorhandensein von Travertin-Aragonit-Kalkstein, der, wie Sie wissen, in den antiken Gräbern Jerusalems weitverbreitet ist. Die chemische Zusammensetzung stimmt exakt überein. Darüber hinaus ist die überwiegende Mehrheit der alten Pollenproben, die wir dem Stoff entnommen haben, ebenfalls charakteristisch für die Gegend um Jerusalem.«

»Okay«, sagte Bondurand und nickte zustimmend. »Weiter geht es mit Terry O'Neils C14-Datierung. Leg los, Terry! Die Ergebnisse sind verblüffend, nicht wahr?«

»Ja, Jon, das sind sie«, sagte O'Neil und lehnte sich in seinem Stuhl zurück. »Nicht ganz das, was wir angesichts vorheriger Ergebnisse erwartet haben. Wie du weißt, haben wir bei den Tests mehrere Proben zerlegt und erwartet, das Alter des Artefakts auf etwa 800 oder vielleicht 1000 Jahre bestimmen zu können. Aber das haben wir ganz und gar nicht bestätigt gefunden. Die Analyse deutet wiederholt und sehr eindeutig auf ein Objekt hin, das – und denken Sie dran, dass dies keine exakte Wissenschaft ist – zwischen 1900 und 2100 Jahre alt ist. Wir sind uns zu 95 Prozent sicher, dass es in diesen 200-jährigen Zeitraum fällt.«

»Ungefähr das biblische Zeitalter von Jesus«, kommentierte Domenika zufrieden.

»Das stimmt«, sagte O'Neil. »Dieses Verfahren liefert nie ein völlig präzises Ergebnis, wie etwa das genaue

Jahrzehnt ihrer Herkunft, aber ich kann Ihnen garantieren, dass dies keine mittelalterliche Reliquie ist. Sie ist grob 2000 Jahre alt.«

Domenika lächelte breit in die Kamera und blickte Bondurant unmittelbar an. Er wandte seinen Blick von ihrem Monitor ab, um sich zu konzentrieren.

»Dr. Montrose«, sagte er nun, »Ihre Untersuchung ist ebenso faszinierend.«

»Um die Wahrheit zu sagen, Jon, habe ich von Beginn an erwartet, herauszufinden, dass dieses sepiafarbene Bild zu gut ist, um wahr zu sein. Dass es von einem mittelalterlichen Pinsel oder Werkzeug aufgetragen wurde und dass eine einfache chemische Verbindung, die als Farbe verwendet wurde, relativ leicht zu identifizieren wäre.«

»Nicht ganz das, was Sie gefunden haben, nicht wahr?«, fragte Bondurant.

»Ganz im Gegenteil«, antwortete Montrose. »Wir haben keinerlei Beweise dafür gefunden. Außerdem haben wir entdeckt, dass das Bild auf dem Grabtuch wirklich keinem Wunder entspringt. Was wir auf dem Tuch sehen – was sein menschliches Abbild formt –, sind genau die Rückstände, die man in den ersten Stunden der Verwesung nach dem Tod eines Körpers auf einem Leinenstoff wie diesem erwartet.«

»Zum Beispiel?«, fragte Bondurant weiter.

»Zum Beispiel Hautrückstände, die durch den chemischen Abbau zellulärer Enzyme im menschlichen Körper entstehen. Wir nennen es Autolyse.«

»Autolyse?«, fragte Domenika.

»Ja. Die mikroskopisch kleinen Partikel, die wir entnehmen konnten, stammen aus der Entgasung dieser Enzyme von einer Leiche. Unter ihnen fanden wir auch verschiedene organische Säuren – Propionsäure und

Milchsäure, um nur zwei zu nennen –, die entstehen, wenn die Leiche von Stufe eins zu Stufe zwei des Zersetzungsprozesses übergeht. Nichts Ungewöhnliches, Jon.«

»Dr. Sato, mein Freund«, sagte Bondurant. »Auch Ihren Bericht habe ich hier.«

»Ja, Jon«, meldete sich Sato zu Wort. »Wie Sie wissen, konnte meine digitale Bildanalyse aus verschiedenen Gründen, die sich unserem Einfluss entziehen, zu keinem Ergebnis führen. Aber ich möchte Ihnen allen für Ihre Genesungswünsche und Unterstützung danken, besonders Ihnen, Pater Parenti.«

»Leider kann er nicht bei uns sein, Dr. Sato«, bemerkte Domenika. »Aber ich werde ihm Ihre freundlichen Worte ausrichten.«

»Ja, bitte tun Sie das. Es ist tatsächlich ein Wunder.« Sato hielt seine Hände vor die Kamera, um lediglich kleine Narben auf beiden Handflächen zu offenbaren. Bondurant lehnte sich in seinem Stuhl zurück. Er konnte nicht glauben, was er da sah. Das konnte nicht stimmen. Diese Heilung war unerklärlich angesichts dessen, wie stark verbrannt und entstellt sie noch wenige Wochen zuvor gewesen waren.

Domenika wirkte schockiert. Schnell bekreuzigte sie sich, in der festen Überzeugung, es habe sich ein Wunder ereignet.

»Sehen Sie die Stigmata?«, scherzte Sato. Er hielt beide Hände dicht vor die Kamera, damit jeder in der Schaltung die kleinen Wunden in der Mitte seiner Handflächen sehen konnte. In seinem Fleisch befanden sich kleine Einkerbungen, die den Verletzungen ähnelten, wie sie seinerzeit bei Kreuzigungen üblich waren.

»Jon, Sie haben mir das Leben gerettet und ich schwöre, der kleine Priester hat mir die Hände gerettet.

Dafür bin ich dankbar«, sagte er. »Dank der Arbeit, die wir abschließen konnten, und der Bilder, die den Festplatten-Crash im Zusammenhang mit dem Unfall überlebt haben, kann ich jedenfalls berichten, dass es keine für mich erkennbaren Beweise dafür gibt, dass das Bild auf dem Grabtuch auf unnatürliche Weise, also durch einen künstlichen Prozess erzwungen oder herbeigeführt wurde. Keinen einzigen. Tatsächlich haben wir vergeblich versucht, auf irgendeinem Material denselben Effekt zu reproduzieren, wie er auf dem Leinen zu sehen ist.«

Bondurant versuchte den Schock und die Verwirrung abzuschütteln, die ihn übermannt hatten. Satos nahezu unversehrte Hände waren ein Rätsel.

»In Ordnung«, brummte Bondurant und versuchte, sich zu konzentrieren. »Jetzt bin ich dran. Kommen wir zum eigentlichen Bild auf dem Grabtuch und sprechen wir kurz über die anatomische Forensik. Ich möchte es für Sie so zusammenfassen: Ich weiß nicht, ob das Bild auf diesem Grabtuch das eines Menschen namens Jesus Christus, des sogenannten Erlösers der Menschheit, ist. Ich glaube nicht, dass irgendjemand qualifiziert dazu ist, dies heute oder irgendwann sonst zu behaupten.«

Domenika verdrehte die Augen.

»Aber«, fuhr Bondurant fort, »mein Interesse galt der Frage, ob das auf dem Grabtuch dargestellte Bild in jeglicher Hinsicht den Proportionen eines Menschen entspricht und ob sich die Narben durch die angebliche Folter, wie sie durch die biblischen Geschichten überliefert wurde, als glaubwürdig erweisen. Im Grunde ging es mir darum, herauszufinden, ob das Bild irgendwelche Unregelmäßigkeiten aufweist, die den Eindruck vermitteln, es sei in anatomischer Hinsicht verformt oder nicht maßstabsgetreu.«

»Und?«, fragte Domenika.

»Ich kann ohne jeden Zweifel feststellen, dass es keine derartigen Unregelmäßigkeiten gibt. Ich konnte keinerlei Fehler oder Verzerrungen in der Darstellung der wichtigen Gliedmaßen, der Größe des Kopfes, der Hände, der Finger, der Hüfte und des Schienbeins feststellen. Jeder Aspekt des Subjekts, jede Wunde steht im exakten Verhältnis zu den natürlichen menschlichen Merkmalen und Ursachen.«

»Des was?«, fragte Domenika.

»Des *Subjekts*«, betonte Bondurant, während er ihrem Bild auf dem Monitor auswich. »Das Subjekt wurde in der Tat schwer geschlagen. An Füßen, Händen, Gesicht und Stirn konnten Wunden nachgewiesen werden. Unter einem Auge befindet sich eine auffällige Schwellung und aus der Kopfhaut wurden anscheinend größere Haarbüschel gerissen. Das Muster des Blutflusses an Händen, Füßen und Brustkorb stimmt forensisch mit dem eines Körpers nach der Folter der Kreuzigung überein. Das steht alles in meinem Bericht.«

Domenika lächelte breit.

»Na gut«, fuhr Bondurant fort, bestrebt, zum besorgniserregenden Teil zu kommen. »Ich bin mir nicht sicher, wie viele von Ihnen die Gelegenheit hatten, Dr. Sehgals Arbeit zu begutachten, die erst vor wenigen Tagen fertiggestellt wurde – die DNA-Analyse der Blutprobe, die dem Abbild entnommen wurde. Neben der Kohlenstoffdatierung kenne ich keine andere Beweisführung, die das Potenzial hat, ein größeres Licht auf den Untersuchungsgegenstand zu werfen. Dr. Sehgal?«

»Danke, Jon. Es ist mir ein Vergnügen, mich in die Debatte einzuschalten«, sagte Sehgal. »Mir ist klar, dass ich eigentlich nur ein einziges, wenn auch wichtiges Teil eines größeren Puzzles besitze. Daran werde ich erinnert, während ich mir die außergewöhnlichen Forschungsergebnisse meiner verehrten Kollegen anhöre, die heute zugeschaltet sind. Die DNA-Analyse, die wir an einer einzelnen Blutprobe durchgeführt haben, bringt mich jedoch zu dem Schluss, dass das Artefakt ungeachtet der erdrückenden Beweislast, die Sie zusammengetragen haben und die auf eine uralte Herkunft in biblischen Zeiten hindeutet, in Wahrheit eine Fälschung ist.«

Bondurant beobachtete, wie Domenika von ihrem Stuhl aufstand, die Arme verschränkte und ungläubig den Kopf schüttelte.

O'Neil ergriff als Erster das Wort. »Ravi, ich hatte noch nicht die Gelegenheit, mir Ihre Schlussfolgerungen durchzulesen. Welche Beweise haben Sie, die das nahelegen?«

»Einfach ausgedrückt, Dr. O'Neil«, erklärte Sehgal nüchtern, »handelt es sich bei der Probe, die wir dem Grabtuch entnommen haben, tatsächlich um Blut. Daran besteht kein Zweifel. Wir haben das Häm aus den vorhandenen roten Blutkörperchen in die einzelnen Bestandteile Porphyrin, Bilirubin und Albumin umgewandelt. Die mikrochemischen Tests auf blutbezogene Proteine waren allesamt positiv. Das nachgewiesene Eisenoxid ist ein natürlicher Rückstand von Hämoglobin. Es ist also tatsächlich Blut. Allerdings Blut tierischer Herkunft.«

Dr. Montrose meldete sich zu Wort. »Was meinen Sie mit tierischer Herkunft?«, fragte sie skeptisch. »Sie haben sich gerade nicht deutlicher geäußert als in Ihrem Bericht.«

»Inzwischen sind wir zu einer Entscheidung gekommen. Es ist eine Ziege. Das Blut auf dem berühmten Grabtuch von Turin ist das einer Ziege«, erklärte Sehgal in einem emotionslosen Tonfall.

»Eine Ziege?«, schrie Domenika. »Wenn Sie glauben, dass in dem heiligen Grabtuch unseres Erlösers ein Ziegenkadaver eingewickelt war, dann sind Sie verrückt, Doktor!«

»Wie ich zu Beginn dieses Telefonats sagte«, unterbrach Bondurant in dem Versuch, Domenika zu beruhigen und sie davon abzuhalten, einen Nobelpreisträger fortgesetzt zu beleidigen, »ist Wissenschaft ein schwieriges Unterfangen. In Anbetracht aller anderen Beweise muss ich sagen, Ravi, dass ich es auch nicht glauben konnte, als ich diesen Befund in Ihrem Bericht gelesen habe.«

»Daten sind Daten. Gene sind Gene, Jon«, antwortete Sehgal trocken und ignorierte Domenikas Beleidigung. »Da wir wissen, was die Schlussfolgerungen aus diesem Projekt vielen Menschen bedeuten, haben wir bei unserer Analyse besondere Sorgfalt walten lassen. Das Blut ist zwar alt, aber relativ gesehen ist es nicht stark fragmentiert oder verseucht. Wir haben über ein Dutzend Testdurchläufe an der Probe vollzogen und waren ohne größere Schwierigkeiten in der Lage, eine saubere DNA-Struktur zu amplifizieren. Wir sind uns 100-prozentig sicher, dass das Blut auf dem Grabtuch exakt mit der DNA eines Ziegenbocks übereinstimmt. Genauer gesagt, ein Ziegenbock aus der alten Bezoar-Rasse, die in den Bergen Kleinasiens und des Nahen Ostens verbreitet ist.«

»Ernsthaft, Dr. Sehgal?«, rief Dr. Montrose aus.

»So wie ein Herzinfarkt, Doktor«, antwortete Sehgal. »Ich kann nicht für Ihre Fachbereiche sprechen. Und ich bin in keiner Weise eine Autorität für religiöse Reliquien, Jon. Es tut mir leid, dass ich die Fakten so darlegen muss, wie sie sind. Miss Jozef, ich weiß, wie wichtig Ihnen das ist, und wenn Sie meine Ergebnisse persönlich überprüfen möchten, dann bitte ich Sie eindringlich, hierherzukommen. Ich bin sicher, die Kirche wird das verlangen. Aber ich gehe davon aus, dass sich die Erkenntnislage geändert hat. Was Wissenschaftler bisher als eine Fälschung aus dem Mittelalter angesehen haben, ist einfach eine Fälschung aus einer viel früheren Zeit.«

»Ravi, sind Sie absolut sicher?«, fragte Bondurant nachdrücklich, denn für ihn stand einiges auf dem Spiel. Sehgals überzeugtes Fazit, das Grabtuch sei eine Fälschung, fügte sich perfekt in die Deutung, die Bondurant jahrelang öffentlich vertreten hatte, und die Entlarvung falscher Reliquien wie dieser war für ihn der Normalfall. Bondurants berühmte Zweifel würden sich wieder einmal als richtig erweisen. Er konnte jedoch nicht genau sagen, warum etwas an dem von Sehgal gelieferten Puzzleteil schwer zu glauben schien.

»Die Beweise finden sich in meinem Bericht«, sagte Sehgal. »So enttäuscht viele, mich eingeschlossen, sein werden, kann ich mir schwer vorstellen, dass ein Mensch – und in diesem Fall der vermeintliche Leib Christi –, wie ein Ziegenbock bluten würde und nicht wie der Erlöser, der er doch war.«

TEIL 3

31

St. Michaels, Maryland
Juli 2014

Bondurant wachte auf, als er den beißenden Geruch von brennendem Gummi roch. Müde zog er sich die Wolldecke wieder über den Kopf und schrieb es einem bösen Traum mit Spezialeffekten zu. Es war drei Uhr morgens und sein einziges Interesse bestand darin, das Licht der Straßenlampe abzuschirmen, das in seinen silbernen *Airstream*-Trailer am Ufer des Miles River, außerhalb von St. Michaels, schien.

Er brauchte Schlaf. Die letzten 48 Stunden fielen unter die bisher schlimmsten Tage seines Lebens. Begonnen hatte alles zwei Tage zuvor mit einem nächtlichen Anruf von Steve Rohl, einem Wissenschaftsreporter der *New York Times*. Nach Rohls Schätzung stand er zehn Minuten vor seinem Abgabetermin, und, wie Bondurant sich erinnerte, war gleich zum Punkt gekommen.

»Jon Bondurant?«

»Ja?«, hatte Bondurant geantwortet und dabei sein drittes Glas Scotch an diesem Abend auf dem Küchentisch abgestellt. Vergeblich schlug er nach einer Motte, die den Weg in seinen Trailer gefunden hatte.

»Hier ist Steve Rohl von der *New York Times*. Ich hoffe, ich störe Sie nicht. Wir arbeiten an einer Geschichte, die mit Ihrer Untersuchung des Grabtuchs von Turin zu tun hat. Haben Sie einen Moment Zeit?«

»Steve, ich weiß nicht, woher Sie meine Handynummer haben«, hatte Bondurant irritiert erwidert und die Eingangstür geöffnet, um die Motte nach draußen zu scheuchen. Weder Rohl noch das Insekt waren ihm als Besucher willkommen gewesen. Er war die beiden Stufen zu den ›vorderen 40‹ hinuntergegangen, jener kleinen Grasfläche, die seinen Vorgarten darstellte. Von Norden her hatte eine warme Brise geweht und von dort, wo Atlantik und Chesapeake Bay sich kreuzten, Salz- und Süßwasser aufeinandertrafen, die vertraute Geruchsmischung mitgebracht.

»Aber wie ich es schon allen anderen Pressevertretern gesagt habe, ist mein Bericht noch unvollständig. Wenn er fertig ist, werden wir uns mit dem Vatikan auf eine Veröffentlichung einigen. Wenn Sie wollen, kann ich Sie auf die Liste setzen lassen, damit Sie das Gutachten bekommen.«

»Ja, das wäre toll. Danke«, sagte Rohl. »Ich rufe allerdings an, weil wir eine Kopie Ihres Berichtentwurfs erhalten haben und heute Abend eine Story über Ihre Forschungsergebnisse bringen wollen.«

»Das soll wohl ein Scherz sein?« Er hatte sich in einen der Plastikgartenstühle auf dem Rasen gesetzt und sein Bestes getan, nicht panisch zu klingen.

»Nein, Dr. Bondurant, leider nicht. Ich habe das Dokument gerade vor mir und ich rufe an, um zu erfahren, ob Sie die Schlussfolgerung Ihres Berichts, das Grabtuch sei keine echte religiöse Reliquie, kommentieren wollen.«

»Ausgeschlossen, dass Sie diesen Bericht haben, Steve«, hatte Bondurant gebrummt, war von seinem Stuhl aufgestanden und in seinem winzigen Vorgarten herumgelaufen.

»Von welcher Seite soll ich zitieren, Doktor?«

»Seite drei«, hatte Bondurant spontan gesagt und einen Bluff des Journalisten vermutet.

»Seite drei. Kurzzusammenfassung. Absatz vier. ›Ungeachtet der Radiokarbondatierung, die das Artefakt im ersten Jahrhundert nach Christus verortet, weckt der Nachweis von Ziegenblut in einer Materialprobe aus einem Bereich der Reliquie, das bisher für menschliches Blut gehalten wurde, ernsthafte Zweifel an der oft zitierten Theorie, das Objekt sei das Grabtuch eines Mannes gewesen, der als Jesus Christus bekannt ist.‹«

Bondurant war verblüfft stehen geblieben.

»Würden Sie diese Schlussfolgerung kommentieren, Dr. Bondurant? Ich gehe davon aus, dass Sie das geschrieben haben.«

»Würden Sie mir sagen, wer Ihnen den Berichtsentwurf zugespielt hat?«, hatte Bondurant gefragt und versucht, seine Gelassenheit wiederzuerlangen.

»Ich fürchte, das kann ich nicht. Ich habe einen Abgabetermin und nur wenige Minuten Zeit. Vor einer Veröffentlichung würden wir wirklich gern Ihren Kommentar zu dieser Geschichte einholen, gesetzt den Fall, der Bericht ist von Ihnen.«

»*Es ist nur ein blöder Entwurf,* Steve!«, hatte Bondurant geschrien, seinen Gartenstuhl gepackt und ihn zum knapp 18 Meter entfernten Fluss geschleudert.

»Doktor, ich weiß, dass Sie nicht wollen, dass ich das von Ihnen zitiere.«

Versuche ihn zu bestechen, hatte Bondurant verzweifelt gedacht, während er immer noch um Fassung rang.

»Ich bitte Sie – eigentlich flehe ich Sie an, Steve – Ihre Geschichte erst dann einzureichen, wenn unser Bericht fertig ist und der Vatikan die Gelegenheit hatte, sich mit ihm zu befassen und darauf zu regieren. Es ist möglich, dass es noch zu Änderungen bei unseren Ergebnissen kommt. Wenn Sie also zu diesem Zeitpunkt berichten, wäre das ein echtes Problem für Sie. Ich könnte Ihnen ein Exklusivinterview geben, sobald wir ihn veröffentlichen.«

»Ich fürchte, das kann ich nicht. Sind Sie sicher, dass Sie keinen Kommentar abgeben wollen?«

»Warten Sie kurz.« Bondurant hielt einen Moment lang inne. Er musste nachdenken. Seine Augen konzentrierten sich auf den dünnen Lichtstreifen des Mondes, der leidenschaftslos seine Bahn über den Fluss in seine Richtung zog. Bondurant wusste, dass sein Zitat weltweit zu lesen sein würde. »Sind Sie bereit?«, fragte er schließlich.

»Ja, nur zu.«

»Okay, hier kommt es: ›Domenika, es tut mir leid.‹«

»Verzeihung, Doktor?«

»Vergessen Sie es, Steve. Nicht so wichtig. Schönen Tag noch.«

Bondurant hatte das Gespräch beendet, indem er sein Handy über das Ufer in den Fluss warf, wo seinen Gartenstuhl vor wenigen Sekunden dasselbe Schicksal ereilt hatte. Er war in seinen Trailer gegangen und hatte 20 Minuten lang Wache vor seinem Computer gehalten, bis Rohls Artikel erschien. Es waren die längsten 20 Minuten seines Lebens.

Die Schlagzeile lautete:

HEILIGES GRABTUCH VON TURIN
NICHT MEHR HEILIG
VERERHTE RELIQUIE IST EINE FÄLSCHUNG

Großer Ärger, hatte Bondurant in dieser Nacht prophezeit.

Er war hin- und hergerissen gewesen, hatte er selbst doch bereits angefangen zu glauben, dass es echt war, wollte es sogar glauben. Und natürlich hatte er an Sehgals Beweggründen gezweifelt. Aber angesichts der Beweise, die dieser dem Team vorgelegt hatte, konnte er seiner Schlussfolgerung nicht widersprechen. Sehgal war die weltweit führende Autorität zum Thema DNA. Glaubte man dem, was er in seinem Bericht so überzeugend darstellte, was Bondurant widerstrebend tat, dann war es eine todsichere Sache, das Grabtuch als Fälschung zu bezeichnen. Aber niemand, absolut niemand, war auf die Schlagzeile vorbereitet, und die Kirche wollte definitiv nicht, dass irgendwelche Neuigkeiten auf diese Art und Weise bekannt wurden.

Was folgte, war ein Mediengewitter. Binnen einer Stunde waren die großen Nachrichtenagenturen auf der ganzen Welt dem Beispiel der *Times* gefolgt und berichteten, die moderne Wissenschaft habe die jahrzehntelange Debatte beendet: Das Grabtuch von Turin sei in Wahrheit ein altertümlicher Schwindel.

Innerhalb von zwei Stunden hatten fast alle großen Fernsehnachrichten von *CNN* bis *Al Jazeera* gemeldet, das Rätsel des Turiner Grabtuches sei gelöst: Die kostbarste Reliquie der Katholischen Kirche sei ein Betrug, wahrscheinlich das Werk eines antiken Künstlers, der zu Lebzeiten nach Anerkennung suchte.

Innerhalb von fünf Stunden hatte der Vatikan, der von dem Datenleck überrascht wurde, eine Erklärung herausgegeben, in der er seine Empörung über die unautorisierte Veröffentlichung des Berichts zum Ausdruck brachte. Er verurteilte die Ergebnisse des Berichts als unzutreffend und unvollständig und versprach die Veröffentlichung eines eigenen Berichts zu einem Zeitpunkt seiner Wahl, der bisher unveröffentlichtes historisches Material enthalten sollte, das Bondurants Schlussfolgerungen widerlegen würde.

Innerhalb von zwölf Stunden waren Medienvertreter aus der ganzen Welt, die Bondurant um Stellungnahme gebeten hatten, mit ihren Nachrichtenwagen auf dem Weg in die winzige Stadt St. Michaels, in der über Nacht die Satellitenschüsseln wie riesige Pilze aus dem Boden schossen.

Innerhalb von 15 Stunden hatte Bondurant widerstrebend ein neues Handy als Ersatz für jenes gekauft, das er in den Fluss geworfen hatte. Und von allen Anrufen erhielt er als ersten den, den er am meisten fürchtete. Kaum hatte er den Elektronikladen verlassen, der sich in einem winzigen Einkaufszentrum unweit seines Trailers befand, klingelte sein Telefon.

»Jon, du bist ein Verräter!« Domenikas ohrenbetäubende Stimme, die in das Telefon schrie, war nicht zu verwechseln gewesen. Sie hatte unkontrolliert geschluchzt, als sie sagte: »Ich weiß nicht, warum ich dir vertraut habe. Ich weiß nicht, warum ich dir jemals vertraut habe.«

»Domenika, lass mich das bitte erklären«, hatte Bondurant versucht, sich zu rechtfertigen. »Bitte glaube mir, dass es das Letzte war, was ich wollte. Jemand aus dem Team – keine Ahnung, wer – hat den Bericht wohl durchsickern lassen. Ich habe nichts damit zu tun.«

Er war in Panik geraten und sah in diesem Moment keine Chance, dass er irgendeinen Teil ihrer frischen Beziehung während eines Ferngespräches hätte retten können. Ihm war klar gewesen, dass alles, was er sagte, nur defensiv und schuldbewusst klang. Und doch war er fest entschlossen, sie von seiner Unschuld zu überzeugen.

»Ich schwöre bei meinem Leben, dass ich die Wahrheit sage.«

»Würdest du auch auf deinen Job schwören?«, hatte Domenika gefragt. Sie war wütender, als er sie jemals zuvor gehört hatte. »Würdest du auf deine Karriere schwören?«

»Natürlich würde ich das, Domenika.«

»Toll. Wenigstens hast du noch eine. Meine ist nämlich beendet. Ich wurde gefeuert, Jon. Vom Kardinal höchstpersönlich. Die ganze Sache ist dem Vatikan komplett um die Ohren geflogen und jetzt sind sie außer sich.«

»Domenika, es tut mir so leid. Dass sie dir die Schuld geben, ist total lächerlich.«

»Ich habe sie vor dir gewarnt«, hatte sie am Rande der Hysterie geschrien. »Das habe ich. Aber sie haben darauf beharrt, dass diese lächerliche Studie der richtige Weg sei. Obwohl wir handfeste Beweise haben, um Sehgal und deinen Bericht zu widerlegen. Oh, die können nicht behaupten, ich hätte sie nicht gewarnt.«

»Sie gewarnt? Was meinst du mit ›sie gewarnt‹?«

»Vergiss es. Nicht wichtig.« Ihre Stimme war leiser geworden. »Bist du zufrieden? Ich nehme an, du hast genau das bekommen, was du die ganze Zeit wolltest.«

»Domenika«, hatte Bondurant verzweifelt gesagt und dabei gedacht: *Was ich die ganze Zeit wollte, das bist du!*

Aber es war zu spät. Sie hatte aufgelegt und war weg, bevor er die Worte aussprechen konnte. Innerhalb von 24 Stunden hatte er einen beglaubigten Brief aus dem Büro von Wilson und O'Brien erhalten, den Rechtsanwälten in Washington, D.C., die den Heiligen Stuhl in Rom repräsentierten. In dem Schreiben wurde festgestellt, Bondurant habe gegen seine

»… Vereinbarung verstoßen, der Kirche alle Forschungsergebnisse und alle Dokumente im Zusammenhang mit der Untersuchung vor Veröffentlichung mitzuteilen, sowie gegen

Klausel 32, die eine vorherige Absprache mit dem Vatikan in Bezug auf sämtliche damit zusammenhängenden öffentlichen Bekanntmachungen erfordert.«

In seinem Schreiben verlangte der Vatikan die sofortige Auslieferung allen Materials, das von Bondurants Team im Rahmen der Untersuchung gesammelt worden war.

Innerhalb von 30 Stunden fand ein gewaltiger Shitstorm, zum Teil mit Todesdrohungen versehen, seinen Weg in die Twitter- und E-Mail-Accounts des *Enlightenment Institute*. Die Botschaften kamen erst tröpfchenweise, dann in Sturzbächen und endeten erst, als die Server des Zentrums zusammenbrachen, weil sie als offensichtliche Vergeltungsmaßnahme für seine Forschungsergebnisse gehackt worden waren. Nachdem er mehr als 40 Stunden am Stück in seinem Büro verbracht und sich durch die ›Bescherung‹ gewühlt hatte, war er zu seinem Wohnwagen am Miles River zurückgekehrt, wo er dem Trubel entfliehen konnte und hoffentlich in Ruhe gelassen wurde.

An jenem Abend, an dem er das zweite Mal in seinem Trailer aus dem Tiefschlaf erwachte, waren weitere 20 Minuten vergangen. Ihm war heiß, seine Haut war schweißnass. Was er zuvor schlaftrunken als Spezialeffekt eines Traums abgetan hatte, war in Wahrheit ein regelrechtes Inferno, das im Begriff war, seinen Trailer in einen Scheiterhaufen zu verwandeln.

Bondurant schoss aus seinem Bett. Die Reifen unter seinem *Airstream* mussten in den Flammen bereits geplatzt sein, denn der Trailer war in einer 20-Grad-Neigung gekippt. Er griff an die Wand neben seinem Bett, um das Gleichgewicht zu behalten, und verbrannte sich dabei die Hand an dem glühend heißen Fensterrahmen aus Aluminium. Anderthalb Meter hohe Flammen leckten an der Außenseite des Trailers entlang und ließen den Innenraum orange leuchten.

Obwohl die Flammen noch nicht ins Innere vorgedrungen waren, quoll dichter Rauch durch die Fugen des Trailers. Es war unerträglich heiß und er brauchte Luft.

Das nächstgelegene Fenster in seinem Schlafzimmer, das durch die Hitze von einem Ende zum anderen mit Rissen überzogen war, konnte er als Notausgang nicht gebrauchen. Es war zu schmal. Außerdem würde er nur eine gewaltige Rauchgasexplosion und damit seinen sicheren Tod verursachen, wenn er es des wertvollen Sauerstoffs wegen einschlug. Er spürte, wie die Haare auf seinen Armen angesengt wurden. Panisch griff er nach einer Decke von seinem Bett und wickelte seinen Körper, so gut er konnte, darin ein. Im Dunkeln tastete er sich blind, auf Händen und Knien, einen Weg durch den dichten Rauch. Irgendwann fand er endlich die einzige Tür am gegenüberliegenden Ende des Trailers, die nach draußen führte. Das Feuer loderte nun auch im Innern des Wohnwagens.

Die Türklinke glühte in einem heißen Rot. Er konnte sie unmöglich berühren. Aber das spielte keine Rolle. Die einzige Chance zur Flucht bestand darin, mit voller Wucht durch den Eingang zu jagen und so den Flammen zu entkommen, die gierig an den Wänden des Trailers leckten. Über ihm an der Decke bildeten sich Blasen an der Kunststoffverkleidung und er wusste, dass ihm keine Zeit mehr blieb. Mit einem gewaltigen Stoß warf er sich gegen die Tür. Als er mit der Schulter dagegenprallte, wurde sein

Körper jedoch nach hinten zurückgeschleudert wie ein Außenfeldspieler beim Football, der auf eine Mittelfeldwand getroffen war. Die Tür bewegte sich keinen Zentimeter. Zwei weitere Male gab er alles, aber es war sinnlos. Sie musste festgeschmolzen sein.

Jetzt wird es Zeit für Panik, dachte er.

Wahrscheinlich blieb ihm weniger als eine Minute bis zur Einäscherung. Er hoffte jetzt nur noch, dass es schnell ging.

Erneut sank er auf die Knie und kroch, in seine glimmende Decke gehüllt, zurück ins Schlafzimmer. Auf seinem Weg dorthin drehte er sich instinktiv nach links und robbte in das winzige Badezimmer. Er knallte die Tür hinter sich zu, hechtete in die kleine Duschkabine und tastete in der Dunkelheit nach dem Wasserhahn. Doch statt eines angenehm lindernden Strahls kam aus dem Duschkopf nur das grausame Geräusch von heißer, zischender Luft. Der Tank war offenbar den Flammen zum Opfer gefallen. *Das hätte ich wissen müssen,* dachte er wütend. *Ich kann nicht klar denken.*

Er musste sich beruhigen. Deshalb setzte er sich aufrecht in die Duschkabine und sah auf seine Uhr. Die Zeiger leuchteten im Dunkeln. 22:04 Uhr. Er lachte und stellte fest, dass er, wenn die Anzeige stimmte, nur noch dreißig Sekunden zu leben hätte. Er schloss die Augen, entspannte sich und versuchte, sich aus dem Schrecken des Augenblicks zu lösen. *Woran denkt man, wenn es zu Ende geht?,* fragte er sich und dachte an seinen Vater, der ein sauberes weißes Hemd trug und seine Hand hielt, als sie an seinem achten Geburtstag – dem einzigen, an den er sich erinnern konnte – die Straße überquerten, um sich ein Eis zu holen. Er dachte an die Zeit, als er von einem verrückten Gewitter erwischt wurde, während er per Anhalter zur Vorlesung nach Stanford gefahren war. Eine Stunde lang hatte er unter einer Überführung gestanden und den Regen gerochen. Und er dachte an Domenika und wie sie bei ihrer ersten Begegnung ausgesehen hatte.

Er öffnete die Augen und zog sich zur Toilette, die sich auf Augenhöhe befand. Er tauchte sein Gesicht in das warme Wasser am Boden der Schüssel. *Was für eine würdelose Art zu sterben,* dachte er resigniert. Er fühlte, wie sich der dünne Boden unter seinem Gewicht bog, wie er es schon seit Jahren tat, und er fragte sich, warum er nie dazu gekommen war, ihn zu reparieren. Und dann hatte er eine Idee. Er schlang seine Arme um die Toilettenschüssel, nahm dahinter die Hände zusammen, und zog sie mit aller Kraft nach oben. Zuerst hörte er ein leises Knirschen, dann ein weiteres und schließlich ein lautes Knacken, als sich der Boden der Toilette von der vergammelten Verkleidung darunter losriss. Er wuchtete die Toilette beiseite und schaute auf seine Rettung hinunter: ein etwa 75 Zentimeter breites Loch, durch das er grünes Gras erblickte. Wie von Sinnen riss er die Verkleidung und Kunststoffrohre zur Seite und zwängte sich durch das Loch. Kopfüber rutschte er auf den Boden unter dem Airstream. Dann drehte er sich auf den Rücken und rollte in einer schnellen Bewegung wie ein Fass durch die dicke Flammenwand an der Südseite des Trailers und hinaus in die Sicherheit seines Gartens. Als er aufstand und keuchend rückwärtsstolperte, brach die Decke des Trailers mit einem entsetzlichen Zischen ein und auch das Innere des Wohnwagens wurde nun vom Flammenmeer überwältigt.

Bevor er auf die Straße rannte, um Hilfe zu holen, sah er etwas, woran er sich für den Rest seines Lebens erinnern würde. Zwei glühende Aluminiumträger ragten fest wie eine Barriere an der brennenden Eingangstür seines Trailers. Sie bildeten ein Kreuz.

32

Rom, Italien
August 2014

Es dauerte mehrere Tage, bis Bondurant sein Leben halbwegs in Ordnung gebracht hatte, während er sich parallel auf seine Reise nach Rom vorbereitete, um Domenika zu treffen. All seine Habseligkeiten blieben in einer Ruine zurück, die einst sein glänzender *Airstream*-Trailer gewesen war. Seine wiederholten Anrufe bei Domenika waren unbeantwortet geblieben, genau wie damals nach seiner Rückkehr aus Turin.

Bondurant hatte keine Geduld mehr für dieses Spiel und entschied sich, ein One-Way-Ticket nach Rom zu kaufen, um Domenika zu besuchen, ganz gleich ob sie seine Anrufe beantwortete oder nicht. Bondurant hatte mehr Socken in seinem Koffer als Ideen im Kopf, wie er Domenika dabei helfen konnte, ihren Job im Vatikan zurückzubekommen. Aber er wollte alles tun, was nötig war, um zu beweisen, dass er für sie da war.

»Schön, Sie hier zu treffen, Pater«, sagte Bondurant ehrlich erfreut, Parenti nach mehreren Wochen wiederzusehen. Er drückte die Hände des kleinen Priesters und beugte sich hinunter, um ihn unbeholfen zu umarmen. »Sind Sie sicher, dass das ihr Gebäude ist?«

»Ziemlich sicher. Ich habe sie hier schon getroffen«, sagte der Priester und sah sich dabei nervös um.

»Gibt es ein Problem, Pater?«

Bondurant drehte sich in der belebten Straße nach

etwas um, das so eigenartig war, dass es Parentis Aufmerksamkeit erregt hatte. Sie befanden sich in dem malerischen Viertel *Navona* in Rom, südlich des Vatikans. Es war kalt für die Jahreszeit und eine frische Brise wehte den Geruch von gerösteten Haselnüssen heran, die an diversen Ständen ein Stück weiter verkauft wurden.

»Mein Freund, es gäbe große Probleme, wenn man mich mit Ihnen sehen würde. Barsantis Spione sind überall«, sagte der Priester, während er Aldos Kopf zurück in seine Tasche drückte. Er warf ihm einen dramatischeren Blick zu, als Bondurant es für gerechtfertigt hielt. »Ich muss Ihnen nicht sagen, dass Sie im gesamten Umfeld des Vatikans als *Persona non grata* gelten, Doktor.«

»Da muss ich widersprechen, Pater. Ich gelte in der gesamten christlichen Welt als *Persona non grata.*«

»Wir tragen alle unser Kreuz, nicht wahr, Dr. Bondurant?«, sagte Parenti mit finsterem Blick. »Meins sind die Touristentoiletten des Petersdoms.«

»Wie meinen Sie das?«

»Barsanti hat mir die Aufgabe des Toilettenwärters im Petersdom zugewiesen. Das war keine Beförderung, Doktor, so viel kann ich Ihnen versichern. Riechen Sie nicht den Urin an mir?« Parenti schüttelte sich angewidert.

»Das tut mir sehr leid.«

»Domenika hatte noch weniger Glück. Sie wissen bestimmt, dass sie entlassen wurde.«

»Das hat sie mir erzählt. Ja. Aber der Vatikan ist verrückt, Pater. Sie hatte nichts mit meinen Schlussfolgerungen zu tun, und das wissen die auch«, erwiderte Bondurant.

»Hat sie es Ihnen denn nicht gesagt?«, fragte der Priester.

»Was gesagt?«

»Sie wurde nicht wegen Ihrer Schlussfolgerungen entlassen, Doktor. Darauf hatte sie keinen Einfluss. Man erfuhr von ihrem Versäumnis, Ihren Unfall zu melden, der beinahe das Grabtuch zerstört hätte. Das wurde ihr zum Verhängnis.«

Bondurant sackte unter der Last dieser Neuigkeit ein Stück in sich zusammen. Ihm taten so viele Dinge leid, die seit jenem denkwürdigen Abend geschehen waren, an dem sein Bericht zu dem Grabtuch der Presse zugespielt worden war. Er fragte sich, ob es Sehgal war, der den Bericht weitergegeben hatte, und was möglicherweise seine Motivation dafür sein konnte. Der Vatikan war völlig unvorbereitet erwischt worden und es gab jede Menge gegenseitiger Schuldzuweisungen. Alles war im Eimer. Als wäre eine Bombe explodiert, die die Welt auf den Kopf gestellt hatte.

Er war gezwungen gewesen, sich vom *Enlightenment Institute* beurlauben zu lassen. Sein Direktorium war der Meinung, dass seine Anwesenheit eine Ablenkung darstellte und dass es besser wäre, zu warten, bis sich die Dinge beruhigt hatten. *Was für eine Untertreibung*, dachte er. Bondurant war in der christlichen Welt noch mehr zum internationalen Paria geworden als zuvor, was seine Anwesenheit auf dem unbewachten Gelände zu einem Sicherheitsrisiko für alle machte, die dort arbeiteten. Das Institut hatte in einem einzigen Monat bereits drei Bombendrohungen erhalten.

Es tat ihm auch leid, dass er seinen gemütlichen silbernen *Airstream*-Trailer in erstklassiger Lage nahe dem Chesapeake verloren hatte. Die Verwaltung des ruhigen Wohnwagenparks, der einst sein Zuhause gewesen war, weigerte sich aus Angst vor einer weiteren Racheaktion, seinen Mietvertrag zu verlängern. Die Nachbarn fühlten sich nicht mehr sicher und wollten ihn raus haben.

Vor allem tat ihm aber Domenika leid. Sie musste von allen am meisten leiden. Sein einziges Glück war, dass Parenti seine ständigen Anrufe beantwortet und ihr geheimes Treffen in Rom arrangiert hatte. Nachdem seine Beurlaubung vom Institut offiziell geworden war, hatte er sich das One-Way-Ticket nach Rom gekauft. 24 Stunden später stand er vor Domenikas Wohnhaus, ohne einen Plan, dafür mit ausreichend Kleidung für ein paar Tage, aber ohne eine Ahnung, was er ihr sagen würde, wenn er sie fand. Er nahm jeden Tag, wie er kam, manchmal sogar jede Stunde.

»Okay, welches ist denn nun ihre Wohnung?«, fragte Bondurant, während er zu dem großen Gebäude vor ihnen blickte.

»Weiß der Himmel, Doktor. Sie an diese Stelle hier zu bringen, war das Beste, was ich tun konnte.«

»Soll das ein Scherz sein, Pater?«, fragte Bondurant enttäuscht. »In dem Gebäude gibt es bestimmt 100 Wohnungen.«

»Kommen Sie mit«, sagte der Priester. Er bestand darauf, dass sie die Straße und damit den Präsentierteller verließen.

Sie stiegen eine lange Treppe hinauf, die zum Eingang des Gebäudes führte, und wurden dort von einem massigen Portier in Empfang genommen, der wie eine Statue dastand, während er den Zugang zu der großen Glastür hinter sich blockierte.

»Pater, wie kann ich Ihnen helfen?«, tönte der rundliche Mann und schnippte seinen Zigarettenstummel die Treppe hinunter, auf den Friedhof zu den anderen, die er dort bereits beigesetzt hatte. »Was haben Sie hier zu tun?«

»Wir suchen eine Frau«, sagte Bondurant, während er sich ihm vorsichtig näherte.

»Tun wir das nicht alle?«, knurrte der Portier.

»Nein, mein Sohn«, ging Pater Parenti schnell dazwischen. »Ich bin hier, um das Sakrament der letzten Ölung zu spenden. Und ich bin in ziemlicher Eile, wenn Sie verstehen, was ich meine.«

Der Portier trat mit einem nun unheilvollen Gesichtsausdruck sofort einen Schritt zurück.

»Und Sie sind?«, fragte der Portier und nickte zu Bondurant. Dann griff er nach der Zigarettenschachtel in seiner Hemdtasche.

»Ich bin …«, setzte Bondurant an, während er Parenti anstarrte. Er hielt lange genug inne, damit der Priester seine Scharade fortsetzen konnte.

»Er ist dafür verantwortlich, den Körper zu präparieren, wenn der Moment gekommen ist, mein Sohn«, reagierte Parenti spontan und zeigte auf Bondurants Koffer. »Wenn Sie nun so freundlich wären, ich habe mein Adressbuch verlegt und brauche die Nummer ihrer Wohnung. Schnell, wenn möglich. Sie heißt …«

»Domenika Jozef«, sagte Bondurant, der in das Schauspiel einstimmte.

»Domenika Jozef? Domenika Jozef? Das ist unmöglich. Sind Sie absolut sicher, Pater?«, fragte der Portier, zündete sich eine Zigarette an und sah die beiden an, als hätten sie ihn gerade bestohlen.

Ich bin 4000 Meilen geflogen, um sie zu sehen, dachte Bondurant. *Und so soll es nun enden? Letzte Ölung? Wie in aller Welt kommt Parenti darauf?* Ein beunruhigender Gedanke schoss ihm durchs Gehirn: *Sie könnte vor ein paar Minuten auf dem Weg nach draußen an dem Portier vorbeigetanzt sein.*

»Sir, es tut uns schrecklich leid«, sagte Bondurant nun laut, während er seinen Koffer nahm und sich bereit zum Gehen machte. »Es ist nur so, dass …«

»Es tut mir auch leid«, gab der Portier mit einem verwirrten Blick zurück. »Ich arbeite seit sechs Monaten in dieser Schicht und habe Miss Jozef seit über zwei Wochen nicht gesehen.«

»Verzeihung, Sir?«, fragte der Priester, während er mit einem dringlichen Ausdruck in den Augen zu ihm hinaufblickte. »Sie siecht hier ans Bett gefesselt dahin. Sie sollte ihrem Schöpfer nicht allein gegenübertreten. Mit dieser Last wollen Sie nicht leben, oder?«

»Ein solch reizendes Mädchen«, sagte der Portier und starrte nachdenklich zur Straße hinaus.

»Die Wohnungsnummer, Sir?«, drängte Parenti.

»Sechs-drei-sechs, Pater. Vielleicht sollte ich mit Ihnen kommen. Sie werden Hilfe benötigen. Wirklich, solch ein hübsches Mädchen.«

»*Lebbra,* mein Sohn, *Lebbra*«, sagte der Priester bedauernd und schüttelte den Kopf.

»Wenn das so ist, Pater«, sagte der Portier und trat schnell zur Seite, als sei das seine Pflicht. »Ich muss die Tür bewachen. Gott wäre mit Ihnen.« Er streckte die Hand aus und drückte einige Ziffern auf dem Tastenfeld des Eingangs. Ein lautes Summen gab zu erkennen, dass die Tür sich öffnete.

Sie betraten die Lobby und gingen auf direktem Weg zu einem kleinen Aufzug. Als sie ihn betreten hatten, drückte Bondurant den Knopf für den sechsten Stock. Kaum hatte sich die Tür geschlossen, wandte er sich zu Parenti um.

»Letzte Ölung? Ernsthaft? Sie hätten damit erreichen können, dass wir die Treppe hinuntergeworfen werden.«

»Es war das Beste, was ich unter den gegebenen Umständen tun konnte, Doktor.«

»Hören Sie mal, Sie sind doch Priester. Wo steht, dass Sie so lügen dürfen?«

»Sie sind doch der weltberühmte Religionsexperte.«

»Na gut. Und was bitte ist *›lebbra‹?*«

»Ich glaube, Sie kennen es als Lepra«, erklärte Parenti lächelnd, während sich die Aufzugtür in der sechsten Etage öffnete. Der kleine Priester holte Aldo aus seiner Manteltasche und setzte ihn auf den Boden. Sofort jagte der Hund den langen, schwach beleuchteten Gang hinunter, als würde er Domenikas Geruch wittern.

Sie liefen den Gang entlang und stoppten vor Wohnung Nummer 636. Genau dort, wo der Hund saß und wartete. Ohne zu zögern, drückte Parenti seinen Finger auf die Klingel. Ein melodiöser Ton war in der Wohnung zu hören.

»Sind Sie verrückt, Pater?«, protestierte Bondurant laut flüsternd, während er seine Hand packte und von der Tür zurücktrat. »Sehen Sie nicht, dass ich noch nicht so weit bin? Ich brauche noch eine Minute. Was soll ich denn sagen?«

»Lächerlich, Doktor. Sie wissen doch, was Sie sagen wollen.« Parenti streckte schnell die Hand aus und drückte noch einmal auf den Klingelknopf. »Sie sagen, was in amerikanischen Filmen *immer* gesagt wird. Sie sagen ›Ich liebe dich‹. Sie sagt dann, dass sie Sie ebenfalls liebt. Dann küssen Sie sich. Fünf, vielleicht zehn Sekunden lang. Und das war's dann. Dafür sind Sie doch hier, oder nicht? Ganz einfach.«

Bondurants Herz raste. Er glaubte allmählich, dass seine spontane Reise ein großer Fehler war. Schlimmer noch, unangekündigt vor ihrer Tür aufzutauchen, nachdem wochenlang Funkstille geherrscht hatte, würde ganz gewiss eine Katastrophe heraufbeschwören. Das wusste er einfach.

Nach fast einer Minute kam noch immer keine Antwort. Kein Geräusch drang aus dem Innern. Bondurant erkannte die Gelegenheit zur Flucht. Er nahm seinen Koffer und ging Richtung Aufzug zurück. Er hatte keine Ahnung, wohin er gehen oder was er als Nächstes unternehmen würde, aber er brauchte ein wenig Zeit und etwas Schlaf, um sich zu sammeln, bevor er ihr gegenübertrat.

»Einen Moment nur, Doktor«, rief Parenti. »Erstaunlich! Die Tür ist nicht verschlossen!«

Das soll wohl ein Witz sein, dachte Bondurant. »Pater, wagen Sie es nicht, reinzugehen«, rief er vom Ende des Ganges. Aber es war zu spät. Der Hund war bereits in die Wohnung gesprungen und der Priester, der halb in der Tür stand, gab Bondurant hektisch das Zeichen, er solle schnell zurückkommen.

Alle drei standen im Eingangsfoyer von Domenikas Wohnung, so leise wie verängstigte Vögel, die schlau den Weg hineingefunden, aber keinen Schimmer hatten, was sie als Nächstes tun sollten. Unschlüssig sahen sie sich in der kleinen blitzsauberen Wohnung um und die Art der Stille verriet, dass keine Menschenseele zu Hause war. Bondurant dachte noch einmal, was für ein großer Fehler es war, so penetrant in ihre Privatsphäre einzudringen, sie zu verletzen. Gleichzeitig war er fasziniert, als er von dem Nest umgeben war, das sie sich geschaffen hatte. Gefüllt mit den Kunstwerken, Büchern und Erinnerungsstücken, die sie offensichtlich in Ehren hielt. Und der Geruch. Er schloss für einen Moment die Augen und stellte sie sich hier vor, wie sie ihn zum ersten Mal in ihrer privaten Welt willkommen hieß.

Auf einem kleinen Beistelltisch neben der Couch an dem großen Erkerfenster entdeckte er mehrere gerahmte Fotos. Um nachzusehen, welche Bilder für Domenika so wertvoll waren, dass sie sie aufbewahrte, ging er langsam hinüber und beugte sich neugierig heran. Auf einem war ein älteres Paar zu sehen, das sich auf einer Parkbank entspannte. Wahrscheinlich ihre Eltern. Ein anderes zeigte Domenika, die an einem schneereichen Tag eingemummt zusammen mit einer Frau im Central Park stand, die ihre Schwester sein musste.

Und dann stachen ihm zwei weitere Bilder ins Auge. Eins zeigte sie und das gesamte Forschungsteam der Grabtuch-Untersuchung in Turin. Er war überrascht, dass sie gerade dieses aufbewahrt hatte, nach allem, was schiefgegangen war. Das zweite Foto war jedoch eine echte Überraschung. Es war das gleiche, das Domenika ihm bei ihrem Abschiedsessen gegeben hatte und das sie beide bei einem beiläufigen Gespräch neben dem Grabtuch zeigte. Bondurant konnte nicht fassen, dass sie selbst eine Kopie behalten hatte. Er nahm das gerahmte Foto in die Hand und stand regungslos und mit einem Kloß im Hals da.

»Sie müssen Jon Bondurant sein«, sagte eine schläfrige Stimme an der Schlafzimmertür, die vom Wohnzimmer abging.

Bondurant erschrak so sehr, dass er den Rahmen auf den Teppich fallen ließ, wodurch sich das Glas aus der Fassung löste. Eine auffallend schöne Frau, fast zwei Meter groß, stand oben ohne, nur mit einem lila Stringtanga bekleidet, in der Tür. Einen Moment lang hielt Bondurant die Frau für Domenika selbst. Lässig stand sie in der Tür zum Schlafzimmer. Ihre Figur war perfekt. Brünette Haare fielen ihr über die Schultern. Sie nahm sich die Zeit, ihn selbstbewusst von Kopf bis Fuß zu begutachten.

»Nettes Bild, hm?« Gähnend deutete sie auf das Foto, das er fallen gelassen hatte. »Sie sagte, Sie seien schnuckelig. Sie hatte recht.«

»Ich bin ein … Ich bin ein …« Bondurant stotterte, während er sich bückte, um das Foto aufzuheben. »Sie müssen ihre Schwester Joanna sein.«

»Sie laufen doch jetzt nicht weg und verstecken sich vor mir? Nika sagte, Sie seien schüchtern.«

Bondurant wurde puterrot. Domenika hatte offensichtlich geplaudert.

»Alles in Ordnung«, brummte er.

»Und wer sind Ihre Freunde, dieser reizende Priester und sein kleiner Wunderhund?«, fragte Joanna und zeigte mit einem Nicken auf Parenti und Aldo.

Beide standen wie erstarrt da, die Augen auf den halb nackten Körper gerichtet, den sie zur Schau stellte. Parentis Kiefer stand sperrangelweit offen.

»Das ist ein Freund von mir und auch von Domenika. Pater Parenti. Pater Parenti, begrüßen Sie Domenikas Schwester Joanna.«

Der Hund sprang vor Aufregung herum, aber Parenti war immer noch sprachlos.

»Wer hat jetzt ein Schüchternheitsproblem?«, fragte Bondurant amüsiert.

»Ja, von Ihnen habe ich auch gehört«, gab Joanna zurück, während sie nach einer Bluse griff, die über der Schranktür im Flur hing. Sie zog sie sich lässig über und bedeckte endlich ihre Blöße. Bondurant erkannte, dass die Bluse Domenika gehörte, und sie passte Joanna perfekt.

»Hören Sie, Joanna, es tut mir wirklich leid, dass wir hier so reingeplatzt sind«, entschuldigte sich Bondurant.

»Reingeplatzt? Eingebrochen, würde ich sagen!« Joanna lächelte und glitt anmutig auf Bondurant zu.

»Ich bin die ganze Nacht geflogen, um hier zu sein, Joanna«, stammelte dieser. »Seit drei Wochen versuche ich, Domenika zu erreichen. Ich muss sie einfach sehen.«

»Da sind wir schon zwei, Doktor. »Ich bin erst letzte Nacht aus New York angekommen.«

»Der Portier unten sagt auch, dass er sie eine Weile nicht gesehen hat«, bemerkte Parenti, der endlich die Sprache wiedergefunden hatte. »Ist sie vielleicht nach Hause zu Ihren Eltern gefahren?«

»Meine Eltern in Krakau haben auch nichts von ihr gehört. Sie sind krank vor Sorge. Es ist gar nicht Nikas Art, einfach so zu verschwinden. Deshalb bin ich hier.«

»Gibt es denn irgendeine Spur von ihr?«, fragte Bondurant und sah sich im Zimmer um.

»Ich habe Mitteilungen gefunden, die unter der Tür durchgeschoben waren. In einer heißt es, dass die Hausverwaltung ihre Post aufbewahrt hat, sie ab jetzt aber zurückschicken wird. Und auf einer anderen steht, dass sie mit der Monatsmiete in Verzug ist. Es gibt aber noch etwas. Was wissen Sie beide über Indien?«

»Indien?«, fragte Bondurant erstaunt. »Wie kommen Sie denn auf Indien?«

»Da war das hier«, sagte sie und drehte sich zum Schreibtisch hinter ihr. Sie faltete die Kopie eines Flugreiseplans auseinander und hielt ihn beiden Männern entgegen. »Ein One-Way-Ticket nach Mumbai. Jetstar Asia. Vor zehn Tagen.«

Bondurant sah sich das Reisedokument einen Moment lang an.

»Ich hätte es wissen müssen! Ich hatte eine Ahnung, dass sie vielleicht dorthin geflogen ist«, sagte er. Domenikas einzige Verbindung zu Indien, die ihm einfiel, war Sehgal. War sie dorthin gereist, um ihren Streit über seine Forschungsergebnisse bezüglich der Ziegenbock-DNA beizulegen? Ihr Job stand auf dem Spiel. Da machte das Sinn. Und Bondurant erinnerte sich daran, dass Sehgal sie während der Videokonferenz dazu aufgefordert hatte, nach Mumbai zu kommen, um seine Ergebnisse zu widerlegen. Allerdings war sie keine Wissenschaftlerin, und den ganzen Weg bis nach Indien zu fliegen war wohl etwas übertrieben, nur um ihm die Leviten zu lesen.

Bondurants Magen krampfte sich zusammen. Er war verliebt, aber er kannte Domenika erst seit einigen Wochen. War es möglich, dass Sehgal sie aus einem anderen Grund überredet hatte, nach Indien zu kommen? Er hatte durch die Gerüchteküche erfahren, dass Sehgal ein Auge auf Domenika geworfen, und sogar damit geprahlt hatte, dass sie ihm anvertraut habe, noch Jungfrau zu sein. Aber Bondurant wollte sich nicht einmal ansatzweise der Vorstellung hingeben, dass die beiden zusammen waren.

»Ist sie schwanger, Jon? Darf ich Sie Jon nennen?«, fragte Joanna, während sie sich seinem Gesicht bis auf ein paar Zentimeter näherte. Sie sah ihm direkt in die Augen, auf dieselbe Art, wie es Domenika tat.

Bondurant starrte sie ungläubig an. »Schwanger? Wieso sagen Sie etwas so Absurdes?«

»Jon, wir sind Schwestern. Wir reden miteinander«, entgegnete Joanna ruhig. »Nein, sie hat mir nicht erzählt, dass sie schwanger ist. Aber dass Sie beide zusammen waren. Sie hat außerdem gesagt, dass sie völlig betrunken war und dass das, was auch immer passiert ist, *ohne einen Schutz* von ihrer Seite geschah. Ich dachte, sie hätte gesagt, Sie seien intelligent.«

»Das kann nicht wahr sein«, brummte Bondurant, während er sich wieder von Joanna abwandte und aus dem Fenster starrte.

»Sie erzählte es mir am Tag ihrer Rückkehr nach Rom«, fuhr Joanna fort. »Und ich kann mir keinen anderen

Grund vorstellen, warum sie einfach so verschwindet – ein paar Wochen nachdem Sie mit Ihnen geschlafen hat. Vielleicht wollte sie so weit weg wie möglich.«

Bondurant konnte nicht glauben, was er gerade gehört hatte.

»Jon, wenn sie schwanger ist, gibt es angesichts ihres Glaubens keine Kraft auf Erden, die sie daran hindern könnte, dieses Kind zu bekommen, das können Sie mir glauben«, bemerkte Joanna. »Und was meinen Vater angeht … Nun, sagen wir einfach, Indien ist nicht weit genug entfernt, um sich vor ihm zu verstecken, sollte sie unverheiratet schwanger sein.«

Bondurant drehte sich zu Joanna um, ohne etwas zu sagen. Er hatte sich nie hilfloser oder verwirrter gefühlt. Seufzend ließ er seinen Kopf eine lange Minute hängen, als würde er auf dem Boden eine Lösung finden.

»Sie sollten eigentlich das Genie sein, Doktor«, sagte Joanna, während sie an seinem Kragen zupfte, ihn damit aus seiner Trance riss und nun erwartungsvoll ansah. Ihre Ähnlichkeit mit Domenika in Bezug auf Aussehen und Haltung war unheimlich.

»Was werden Sie jetzt tun?«

33

Mumbai, Indien
August 2014

»Wer war am Telefon, Mann?«, sang Kishan aus seiner hell beleuchteten Arbeitsnische bei *Sehgal Labors* in Downtown Mumbai. Mumbai war eine Stadt, in der während seiner gesamten Kindheit riesige Baukräne wie Unkraut in die Höhe geschossen waren. Kishan hatte den Überblick über die Anzahl der Hochhäuser verloren, die er sah, wenn er aus seinem Fenster zum Horizont blickte, wo einst das alte Bombay gelegen hatte. *Sehgal Labs* war ein bescheidenes, aber modernes, sechsstöckiges Gebäude, das zentral in der belebten Hightech-Zone der Stadt lag. Sein Arbeitsplatz, der mit Nachschlagewerken, Motorradhelmen, einem Mountainbike mit platten Reifen und einem großen Stapel *Maxim*-Magazine übersät war, sah aus wie ein Katastrophengebiet.

»Das war der Boss-Mann, Ravi«, rief sein Freund Danvir jubelnd zurück. »Er steht auf dem *Eastern Expressway* im Stau und ist frühestens in einer Stunde zurück.«

»Du bist mein Mann, du bist mein Mann«, rief Kishan erfreut über ihr Glück. In einer Stadt, in der Autobahnen nicht mehr schnell genug gebaut werden konnten, um den Bedürfnissen gerecht zu werden, waren Staus ein rund um die Uhr anzutreffendes Phänomen. Er griff nach der Boom-Box, die wackelig auf einem riesigen Ordnerstapel stand, der unsortiert liegen gelassen worden war, und drehte die Lautstärke hoch. ›In Da Club‹ von *50 Cent* begann zu wummern.

»Um 13:30 Uhr kommt ein Mann hierher«, brüllte Danvir über den Lärm und die hohe Trennwand hinweg, die ihre Nischen teilte. »Du sollst ihn zum Lagerhaus bringen.«

»Wie heißt er? Wer ist es?«

»Das weiß ich nicht. Hat er nicht gesagt. *We gon' party like it's yo' birthday.*«

»Wie er heißt, habe ich gefragt«, schrie Kishan und warf einen Softball über die Trennwand in Danvirs Richtung.

»Wie gesagt, hat der *Man* nicht verraten. Er sagte nur, dass du den Mann treffen, ihn ins Lagerhaus bringen und ihn in Ruhe lassen sollst. In dieser Reihenfolge.«

»Dann lass mich dir eine Frage stellen, Mr. Danvir«, rief Kishan zurück, während er die Lautstärke etwas leiser drehte. »Wie soll ich den Mann ins Lagerhaus lassen, wenn ich keine Schlüsselkarte habe? Verrate mir das mal. Der Boss-*Man* hat den Code vor einem Monat geändert, nachdem die neue Ausrüstung geliefert wurde. Ich wiederhole: ›Ich … habe … keine … Schlüsselkarte …‹«

Danvir warf den Ball in einem perfekten Bogen über die Trennwand zurück, der zwischen halb vollen Bechern und geöffneten Limo-Dosen auf Kishans Schreibtisch landete.

»Er hat gesagt ›zeige ihm das Lager‹, Kishan. Er hat nicht gesagt ›kauf ihm ein Lager‹ oder ›bau ihm ein Lager‹. Vielleicht hat der *Man* seinen eigenen Schlüssel. Was weiß denn ich? Ich weiß nur, dass Ravi den Nobelpreis gewonnen hat, deshalb bekommt er, was er will.«

»Ja, Bruder, das tut er. Seit das Preisgeld gekommen ist, steht das Lager voll mit allem, was er will.« Kishan trank einen Schluck kalten Kaffee und schüttelte sich angewidert. »Hast du das ganze Zeug gesehen, das letzten Monat in diesen Kisten kam? Eine neue Zentrifuge? Ein inverses Stereomikroskop? Ein Brutkasten? Ein Gefrierschrank? Eine Sicherheitswerkbank? Was plant er, darin zu züchten?«

»Ich dachte, er hätte dich angewiesen, die Kisten nicht zu öffnen«, mahnte Danvir.

»Er hat gesagt ›nicht öffnen‹. Er hat nicht gesagt ›nicht öffnen und wieder schließen‹.« Der Ball flog ein weiteres Mal über die Trennwand und landete gefahrlos neben ihm.

»Du bist der *Man.*«

»Hey, willst du etwas Merkwürdiges sehen, *dawg?*«, rief Kishan.

»Bist du wieder auf dieser Schmuddelseite?«

»Nein, nein, komm her. Ich zerbreche mir schon den ganzen Morgen den Kopf darüber. Es ergibt keinen Sinn. Ganz und gar nicht«, murmelte Kishan. Er klang verwirrt.

»Ich schleppe meinen Hintern nicht wegen einer Pornoseite rüber«, warnte Danvir.

»Nein, ernsthaft. Komm rüber und sieh dir das an.« Kishan hatte den *Hindu Black Slang* komplett eingestellt und Danvir wusste aus Erfahrung, dass das hieß, es war ihm ernst.

»Wann verkaufst du Landkarten, damit die Leute hier drin deinen Schreibtisch finden können?«, fragte er und trat die Einwegteller und Kaffeebecher zur Seite, die neben dem Mülleimer auf dem Boden verstreut lagen – das Ergebnis von einem Dutzend danebengegangener Würfe.

»Okay, sieh dir das an!«, sagte Kishan. Er rollte seinen Stuhl näher an den Computer heran. »Heute Morgen habe ich mir das S-Laufwerk angesehen und dabei einen Ordner gefunden, der …«

»Du machst Witze, oder? Wir dürfen nicht auf das S-Laufwerk zugreifen. Ravi hat es streng verboten.«

»Ja, ich weiß. Er ist aber nicht hier und ich kann den Ordner für die Stromatolithen nicht finden, nach denen wir gestern den ganzen Tag gesucht haben.«

Danvir beugte sich über die Trennwand und suchte nach irgendeinem Lebenszeichen, um sicherzugehen, dass sie niemand belauschte. Im letzten Jahr hatte ein Virus die Computer des Labors infiziert und Ravis Anweisungen bezüglich des eingeschränkten Zugriffs auf das S-Laufwerk galten unumstößlich. Für einen Verstoß konnte man gefeuert werden.

»Okay, worum geht's?«, fragte er jetzt, während er sich neben Kishan niederkniete.

Vor ihnen auf Kishans Schreibtisch, inmitten von Dokumentenstapeln, waren zwei große Flachbildschirme angeordnet. Kishan bewegte mehrere Ordnersymbole mühelos zwischen den Bildschirmen hin und her.

»Na gut. Zuerst mal finde ich die Stromatolithen-Datei immer noch nicht. Sie ist nicht da.«

»Ja – und?« Danvir begann, nervös auf den Tisch zu klopfen.

»Sieh dir das an! In Ravis Alpha-Ordner unter ›S‹ gibt es eine verschlüsselte Zip-Datei. Sie hat keine Bezeichnung, als würde jemand nicht wollen, dass man nach ihr suchen kann, was merkwürdig ist. Darin befinden sich aber jede Menge Ordner, alle mit der Bezeichnung ›Grabtuch‹. Sieh her!«

»Was meinst du mit verschlüsselt, Kishan? Wie hast du sie denn geöffnet, wenn du kein Passwort hast?«

»Mein Vater hat vielleicht den Nobelpreis gewonnen,

aber sein Passwort ist sein Geburtsdatum.« Kishan warf seinen leeren Kaffeebecher zum Mülleimer, verfehlte ihn aber um einige Zentimeter. »Ich liebe ihn, aber so klug ist er auch wieder nicht.«

»Okay, was ist also merkwürdig?«, fragte Danvir, der jetzt genauso neugierig wie nervös war.

»Sieh mal. Hier ist eine ganze Reihe von DNA-Diagrammen mit der Bezeichnung ›Grabtuchproben‹. Und sieh hier: Alle – es sind 16 – stammen aus wiederholten Untersuchungen, die einer einzigen Quelle entnommen wurden – einer Blutprobe. Siehst du? Sie sind alle identisch.«

»Ja und? 16 Untersuchungen derselben Quelle liefern immer 16 identische Ergebnisse.«

»Mmh. Und jetzt sieh dir die Blutgruppe an«, meinte Kishan.

»›NI‹. Was ist das?«, fragte Danvir, während er sich nach hinten beugte und an der Reihe der Arbeitsnischen entlangsah, um sich noch einmal zu versichern, dass sie allein waren. »So etwas gibt es nicht.«

»Genau. Das ist Ravis Kürzel für ›unidentifizierbar‹. Lass mich dir eine andere Frage stellen. Liest du manchmal die Zeitung oder siehst fern? Ich weiß, dass du fernsiehst.«

»Jeden Tag.«

»Okay, warum schreit dieses Diagramm dann nicht ›bääääääh‹?«

»Was meinst du mit ›bääääääh‹?«

»Bääääääh«, sagte Kishan mit tiefer, gutturaler Stimme. »Wie eine Ziege.«

»Das ist ein Schaf, du Idiot.«

»Schaf, Ziege – die klingen alle gleich, wenn sie die Klappe aufmachen«, wehrte sich Kishan.

»Ich versteh's nicht«, sagte Danvir und machte sich auf einen weiteren von Kishans besserwisserischen Vorträgen gefasst.

»Okay, lass es mich so ausdrücken. Wie machen Schweine?«

»Grunz.«

»Und Kühe?«

»Muh.«

»Okay. Wie machen Ziegen mit nicht identifizierbarem Blut?«

Danvir neigte kurz den Kopf und dachte darüber nach. Seine Augen wurden größer. »Gar nichts«, sagte er und schlug auf den Tisch. »Eine Fangfrage. Es ist nicht möglich. Ziegen haben nur drei verschiedene Blutgruppen. Keine Ausreißer. Die Typenreihe lautet …«

»Z-1, Z-2 und Z-1/Z-2«, kam ihm Kishan mit der Antwort zuvor.

Kishan bewegte seinen Cursor und öffnete einen weiteren Ordner aus dem zentralen Datenarchiv des Labors mit einem Doppelklick. Dieser trug die Bezeichnung ›Tierarten‹ und befand sich rechts auf dem Monitor. Eine gewaltige Liste erschien. Er scrollte die alphabetische Übersicht bis zu dem Wort ›Ziegen‹ hinunter. Beim Doppelklick auf den Link erschien eine Liste mit mehr als 300 verschiedenen Ziegenarten. Er scrollte wieder hinunter und hielt seinen Cursor bei ›Ziege, Bezoar‹ an. Dann zog er die DNA-Tabelle für eine Bezoar-Ziege rüber und doppelklickte, sodass sie auf dem Monitor vor ihnen aufklappte. Dann platzierte er sie neben der Tabelle mit der Aufschrift ›Grabtuchprobe‹.

»So, ich habe dich doch gefragt«, murmelte Kishan, während er sich vorsichtig vorbeugte, um die beiden Tabellen zu vergleichen, »ob du fernsiehst.«

»Wowwwwwwwww!«, rief Danvir.

»Ja. Wieso erzählt mein Paps im Fernsehen allen, dass die Probe aus dem Grabtuch von einem Ziegenbock stammt?«, fragte Kishan nun völlig verwirrt. Er lehnte sich in seinem Stuhl zurück und legte einen Fuß auf den Schreibtisch. »Es gibt keine Übereinstimmung mit der Blutgruppe einer Ziege – nicht einmal annähernd. Eine ›unidentifizierte‹, die menschlich aussieht, aber wer weiß das schon? Die andere, eindeutig ein Tier, dieser alte Ziegenbock. Und vergleiche mal ihre Spektren. Nicht einmal ähnlich. Du findest keine zwei DNA-Profile, die unterschiedlicher sind als diese.«

Die beiden saßen wie gelähmt davor und betrachteten die Unterschiede der nebeneinander geöffneten DNA-Tabellen, ohne ein Wort zu sagen. Danvir stand auf und sah noch einmal um die Ecke der Nische, um sicherzugehen, dass niemand in der Nähe war. Die Büros waren zur Mittagszeit immer verlassen.

Dann brach er als Erster das Schweigen: »Kishan, bist du sicher, dass die Charts, die du für das Grabtuch angefertigt hast, echt sind? Kann es sein, dass du einen Fehler gemacht hast?«

»Ausgeschlossen. Sieh her: Es gibt hier ein ganzes Inventar an Grabtuchdateien. Wirklich umfangreich. Alle in Ravis Unterordnern und alle mit einem Passwort geschützt. ›Grabtuch Sammelschema‹, ›Grabtuch Hintergrund‹, ›Grabtuch Recherche‹, ›Grabtuch Blutproben‹ …«

»Das ergibt keinen Sinn«, bemerkte Danvir und kratzte sich nachdenklich am Kopf. Er war verwirrt.

Bssssssssssssssssss.

Der Türsummer am Eingang des Büros ertönte und ließ beide zusammenzucken. Er brachte Danvir dazu, wie eine verängstigte Katze aus Kishans Arbeitsnische zu springen.

Hastig setzte er sich wieder an seinen eigenen Schreibtisch und senkte den Kopf, um beschäftigt auszusehen.

»Kishan, schließ die Datei und geh zum Eingang. Das muss Ravis Gast sein.«

»Warum gehst *du* nicht hoch, *dawg?*«, fragte Kishan, jetzt offensichtlich mit dem Rätsel beschäftigt und wieder ganz in seinem Groove.

»Er hat gesagt du, *Man*«, gab Danvir zurück. »Er hat gesagt, du sollst den Mann ins Lager bringen.«

Kishan stand langsam auf, nahm einen leeren Kaffeebecher und schleuderte ihn wie einen Football in Danvirs Richtung, der ihn meisterhaft fing wie schon hundertmal zuvor. Kishan ging nach rechts und schlenderte einen der Gänge zwischen den zahlreichen Arbeitsnischen hinunter zur Vorderseite des Büros. Danvir spähte über die Wand und beobachtete ihn dabei.

Als er an der Rezeption ankam, zog Kishan seinen Ausweis aus der Tasche und hielt ihn beiläufig an die elektronische Tastatur. Danvir hörte das bekannte Klicken, mit dem das Magnetschloss sich öffnete. Kishan zog die Tür auf. Vor ihm stand ein tadellos gekleideter Mann mittleren Alters in einem grauen Anzug, mit einem Koffer in der Hand.

»Was geht, *Man?*«, begrüßte Kishan den Fremden.

»Ich glaube, Dr. Sehgal erwartet mich«, sagte der Mann mit einem französischen Akzent. »Ich heiße Dr. François Laurent.«

34

Mumbai, Indien
August 2014

Kishan stemmte das Fenster auf und glitt mühelos hindurch, wie er es schon ein Dutzend Mal zuvor getan hatte. Draußen hatte die Temperatur schwülwarme 43 Grad erreicht. Im Inneren der industrieähnlichen Lagerhalle herrschte hingegen eine angenehme Kühle. Er kniete sich auf den grauen Zementboden der Halle und spähte vorsichtig hinter einem Stapel großer Kartons hervor, die er am Vortag bewusst dort platziert hatte. Sein Plan war es, zu lauschen, ein Rätsel zu lösen. Was er sah, übertraf alles, was er sich vorgestellt hatte.

Kishan erspähte einen Krankenwagen, der vor der hinteren Lagerhaustür im Leerlauf wartete. Eine Frau, die anscheinend bewusstlos war, wurde von zwei Pflegern auf einer Trage aus dem Fahrzeug gerollt. Gestärkte weiße Laken bedeckten die Frau. Ihre Arme waren auf dem oberen Laken gefaltet und offenbarten mehrere Infusionsschläuche. Diese führten zu Infusionsbeuteln, die über ihr hingen. Ein Mann in einem blassblauen Arztkittel folgte der Trage mit einer kleinen Sackkarre, auf der zwei Edelstahlgasflaschen, eine weiße und eine blaue, standen. Das Gesicht der Frau wurde von einer Sauerstoffmaske verdeckt, die mit den Schläuchen neben ihr verbunden war.

Um die Patientin hatte sich eine Gruppe versammelt. Diese war von einem Halbkreis aus Tischen umgeben, auf denen eine Auswahl an Laborausrüstung und eine

Vielzahl an Krankenhauszubehör lag. Einige der Gesichter waren Kishan bekannt, andere wiederum nicht.

An einem Ende der Trage stand Ravi, der so nervös wirkte, wie Kishan ihn noch nie gesehen hatte. Er ging hin und her, während die weiß gekleideten Pfleger Ausrüstungsgegenstände an ihren Platz brachten. Ravi hielt kurz inne und blickte direkt zu dem Kistenstapel, der Kishan als Versteck diente. Kishans Herz machte vor Angst einen Sprung. War er bereits entdeckt worden?

Er rief sich ins Gedächtnis, dass Ravi ihn unmöglich sehen konnte. Am Tag zuvor hatten er und Danvir das Versteck getestet und festgestellt, dass es perfekt konstruiert war. Es bestand nicht einmal entfernt die Gefahr, entdeckt zu werden. Allerdings stand viel auf dem Spiel. Falls er wie eine versteckte Ratte entdeckt wurde, bedeutete es das Ende seiner Anstellung bei *Sehgal Labs* oder, noch schlimmer, das Ende seiner Beziehung zu seinem Vater. Doch zum Glück wandte Ravi seinen Blick von Kishans Ecke ab und richtete seine Aufmerksamkeit auf die Patientin.

Kishan kontrollierte seine Atmung und begann, die anderen zu identifizieren. Dr. Laurent stand mittig vor der Patientin. Er erkannte ihn wieder, weil er ihn vor einer Woche zum Lagerhaus gebracht hatte. Laurent hatte sich mit ›vertraulicher‹ Arbeit in dem Labor vergraben, das für alle tabu war. Nun trug er einen hellgrünen Krankenhauskittel und sterile OP-Handschuhe, die bis unter die Ellenbogen reichten.

Neben Laurent sah Kishan die Gestalt eines Mannes, den er nur als grotesk bezeichnen konnte. Er trug einen dunkelblauen Anzug und einen seltsamen Filzhut, wie ihn Kishan in alten amerikanischen Filmen gesehen hatte. Er hatte eine Knollennase und einen puterroten Teint, der einen scharfen Kontrast zu seinem gestärkten weißen Hemd bildete. In seiner Linken hielt er ein kleines Gerät von der Größe einer Brotdose, das mit einem Kabel in seiner Rechten verbunden war.

Kishan wartete beinahe eine Stunde in seinem Versteck, um zu sehen, welche geheimen Ereignisse sich ihm offenbarten. Er war ausgesprochen gespannt, woran Laurent seit seiner Ankunft im Geheimen gearbeitet hatte. Erst als er mitbekam, dass sein Vater alle Termine abgesagt hatte, zwei davon sehr wichtig, wusste Kishan, dass der Moment gekommen war und sich das Geheimnis um dieses stetig wachsende mobile Krankenhaus endlich lüften würde.

Laurent ergriff als Erster das Wort. »Ist die Patientin vollständig betäubt?«, fragte er und ging auf die Trage zu.

»Ja«, gab einer der Krankenwärter zurück. »Komplett ausgeknipst.«

»Ist das Ihre *Jungfrau,* Dr. Sehgal?«, fragte die hässliche Gestalt mithilfe eines Mikrofons, das an die Maschine angeschlossen war, die seine albtraumhafte Stimme verstärkte. Der Klang versetzte Kishan einen solchen Schreck, dass er beinahe laut geschrien hätte.

»Wie ich versprochen habe«, sagte Ravi. »Wir haben es mit vielen anderen versucht und sind gescheitert. Die meisten von ihnen viel jünger. Gewiss aber keine von ihnen so fromm.«

»Für mich sieht sie gut aus«, bemerkte Laurent. »Die Vitalfunktionen sind ausgezeichnet. Auch sonst bei guter Gesundheit? Keine Abnormitäten?«

»Keine«, gab Ravi zurück.

»Sieht aus wie Anfang 30. Perfekte Kandidatin«, fügte Laurent hinzu, während er ihr kurz die Maske vom Gesicht zog.

»Gelobt sei der Herr«, flüsterte Ravi.

Kishan beugte sich näher an die Kartons heran, hinter denen er geduckt stand, und streckte den Hals, um den bestmöglichen Blick zu bekommen. Er beobachtete, wie Laurent das obere Laken vollständig zurückzog, um die Frau, die ein Krankenhaushemd trug, freizulegen. Ihre Brust hob und senkte sich langsam mit jedem Atemzug. Ansonsten zeigte sie keine Regung. Laurent schob ihr das Hemd bis über die Hüfte.

»Helfen Sie mir, sie hier auf das untere Ende der Trage zu legen«, sagte er zu den Krankenwärtern. Innerhalb weniger Sekunden hatten sie den leblosen Körper der Frau behutsam an ihren Platz am Ende des Bettes geschoben. Ihre Waden baumelten nun über die Kante. Laurent zog seine Chirurgenmaske vors Gesicht.

»Was würde ich dafür geben, selbst etwas von diesem Leckerbissen abzubekommen«, gurgelte der Fremde in die Maschine in seiner Hand. Er trat einen Schritt vor, klemmte sich das Mikrofon unter den Arm und streichelte mit der freien Hand den Oberschenkel der Frau.

»Nehmen Sie Ihre dreckigen Hände von ihr, Sie Schwein!«, rief Ravi, packte den Mann am Handgelenk und zerrte ihn von der Frau weg.

Auch Laurent war nicht darüber erfreut, was sein Blick deutlich verriet. »Ich will, dass Sie beide zurücktreten«, sagte er. Dann nickte er den beiden Krankenwärtern zu. Er setzte sich auf den kleinen Hocker, der vor dem Bett stand, und bezog zwischen ihren Beinen Position. »Jemand soll sich bitte die Zeit merken.«

Kishan sah weiter fasziniert zu.

»Vorsichtig«, warnte Ravi. »Das ist die Letzte, die wir haben.«

»Dann mal los«, sagte Laurent.

»Dies ist der Tag, den der Herr gemacht hat«, verkündete Ravi.

»Ganz einfach. Na bitte.«

»Wir wollen jubeln und uns an ihm freuen«, rief Ravi.

»So. Erledigt«, kommentierte Laurent gefasst.

Erstaunt über das, was er gerade gesehen hatte, setzte sich Kishan auf den Boden hinter dem Kistenstapel. Dabei löste sich sein Handy aus dem Holster am Gürtel, während er mit dem Rücken nach hinten an die Wand rutschte. Als er sah, wie das Telefon zu Boden fiel, war es bereits zu spät. Seine Hand schoss vor, um das Telefon zu fangen, verfehlte es aber. Das Geräusch beim Aufprall auf den Boden war keineswegs laut, aber für Kishan hätte es genauso gut die Explosion einer Atombombe sein können.

Da hatten sie ihn auch schon bemerkt.

35

Mumbai, Indien
August 2014

Es gab nur eines, wovor Kishan größere Angst hatte als vor seinem Vater, wenn er wütend war, und das war Höhe. Und deshalb war er außer sich vor Panik, als Ravi ihn am Genick auf das Dach von *Sehgal Labors* schleppte. Es war menschenleer und weit genug von allem entfernt, wo andere Mitarbeiter ihn hätten hören können. Das würde ihm einige Peinlichkeiten ersparen. Trotzdem war es sechs Stockwerke hoch und sowohl sein Schwindelgefühl als auch die Vorahnung der zu erwartenden Schimpftirade seines Vaters sorgten dafür, dass sich ihm der Kopf drehte. Ravi hatte Kishan seine Fehler bisher vergeben, aber diesmal wusste er, dass er in großen Schwierigkeiten steckte. Doch auch sein Vater hatte einiges zu erklären angesichts dessen, was er soeben unten in der Lagerhalle gesehen hatte.

Kishan hatte seinen Vater noch nie so wütend erlebt. In dem Moment, in dem sie das Treppenhaus verließen, schubste ihn Ravi von hinten und stieß ihn in das Meer aus Kies auf dem Dach, das sich in der glühenden Nachmittagssonne erhitzt hatte. So schnell er nur konnte, stemmte sich Kishan wieder auf die Beine, nur um erneut mit einem kräftigen Stoß, der ihn rückwärts zur Dachkante stolpern ließ, zu Boden geschlagen zu werden.

»Du bist wahnsinnig, alter Mann!«, schrie Kishan. »Willst du mich runterstoßen?«

»Genau das sollte ich tun, du Gangster!«, schrie Ravi zurück. Sein Gesicht war wutverzerrt, so wie Kishan es noch nie zuvor bei ihm gesehen hatte. Sein Vater bückte sich, hob eine Handvoll der heißen Steine auf und warf sie, so fest er nur konnte, auf seinen Sohn. Die meisten verpassten ihr Ziel, aber mehrere prasselten gegen Kishans nackte Beine und brachten ihn dazu, vor Schmerzen einen Tanz aufzuführen.

»Was hast du denn von mir erwartet?«, schrie jetzt auch Kishan, während er versuchte, stehen zu bleiben und nicht weiter rückwärts auf die Dachkante zuzustolpern. Er wurde fast ohnmächtig von den Gefühlen des Augenblicks und der drückenden Hitze, die längst die 43-Grad-Marke überschritten hatte. »Seit du diesen dämlichen Preis gewonnen hast, stimmt mit dir etwas nicht«, brüllte er wütend. »Er ist dir zu Kopf gestiegen.«

»Mit mir stimmt etwas nicht?«, entgegnete Ravi nicht weniger wütend. »Wer ist denn nicht in der Lage, sich um seine eigenen Angelegenheiten zu kümmern? Ich habe dich angefleht, dich vom Lagerhaus fernzuhalten.«

»Was hast du erwartet? Du verheimlichst mir Dinge und spielst verrückt – und erwartest, dass ich das ignoriere?«

»Nichts von dem, was du da unten gesehen hast, ist verrückt«, sagte Ravi. »Es gibt dafür einen guten Grund, aber du kannst das nicht verstehen.«

»Ich meine nicht nur das, was du mit dieser Frau da unten gemacht hast«, erwiderte Kishan. »Das ist nur das Neueste. Ich rede von deinen Lügen.«

»Ich habe dich nie angelogen, Kishan. Niemals!« Ravi hatte sich Kishan genähert und ihm die Hand auf die Schulter gelegt, als wollte er Ruhe zwischen ihnen einkehren lassen. Kishan schüttelte ihn ab und wich gefährlich weit von seinem Vater weg und an die Dachkante heran.

»Vielleicht nicht mich«, sagte Kishan. »Das weiß ich nicht. Aber sag das deinem Freund, diesem Dr. Bondurant, und allen anderen, die du mit dieser lächerlichen Ziegenblut-Geschichte reingelegt hast.«

Wütend trat er einige Kiesel vom Dach.

»Genug!«, schrie Ravi. »Ich lasse nicht zu, dass ein fauler Waisenjunge, den ich wohlgemerkt aufgenommen habe und der nicht weiß, wovon er spricht, meine Motive oder die Qualität meiner Arbeit anzweifelt.«

»Ach ja?«, schrie Kishan verletzt zurück. »Hast du in letzter Zeit dein Passwort gewechselt? Man muss kein Nobelpreisträger sein, um Ziegenblut von dem eines Menschen zu unterscheiden. Aber was weiß ich schon? Ich bin nur ein fauler Waisenjunge.«

Kishan erkannte, dass Ravi unter den Beleidigungen litt, die sie beide bereuen würden.

»Mein wunderbarer Sohn, hör mir zu. Ich liebe dich«, sagte Ravi. »Das werde ich immer. Aber für das, was du gesehen hast, gibt es Gründe, die deine Verständnisfähigkeit übersteigen. Du musst mir vertrauen, dass sich hinter all dem etwas Gutes verbirgt. Was ich während meiner Arbeit für diesen Preis gelernt habe, wird allen Unglücklichen auf der Welt Segen bringen.« Ravi versuchte noch einmal, seinem Sohn die Hand auf die Schulter zu legen, doch Kishan wies ihn erneut zurück. Er war verletzt und wütend und spürte, wie ihm Tränen in die Augen traten. Deshalb konzentrierte er sich auf den Horizont des Zentrums von Mumbai. Er konnte seinem Vater nicht ins Gesicht sehen. Noch nie hatte er sich so nah und gleichzeitig so entfremdet von ihm gefühlt. Er wollte ihm glauben. Auf einmal wollte er das, was er wusste, gar nicht mehr wissen. Er wollte, dass alles entspannt war und dass es wieder so wurde, wie es gewesen war. Aber von all dem, was er in den letzten Wochen gesehen oder gehört hatte, waren es die Fotos, die er nicht vergessen konnte. Die merkwürdigen und schrecklichen Bilder der armen Kinder im Geheimschrank seines Vaters verfolgten ihn seit Tagen. Er musste wissen, wer sie waren.

»Warum hänge ich nicht an dieser Wand?«, fragte Kishan, während er sich die Tränen aus dem Gesicht wischte und den Mut zusammennahm, Ravi wieder anzusehen. »Warum ich nicht?«

»Wie meinst du das, Kishan?«

»Ich will wissen, warum ich gerettet wurde und die anderen nicht.« Er schmiegte sich an seinen Vater wie ein Kind, das umarmt werden wollte, und Ravi umarmte ihn. Sekundenlang hielten sie einander fest umschlungen.

»Die anderen?«, fragte Ravi.

»An der Wand. Die Fotos an deiner Wand. Jeden Abend, wenn ich ins Bett gehe, sehe ich in jedem von ihnen mein eigenes Gesicht.«

»Wovon redest du, Kishan?«

»Von dem Raum in deinem Büro«, sagte er überraschend gelassen. »Wo du deine Fotos aufbewahrst. Die toten Kinder. Und diese Pistole. Und ich weiß nicht, warum …«

Ravi riss sich aus ihrer Umarmung, schubste Kishan ein weiteres Mal zurück und stieß ihn damit gefährlich nahe an die Dachkante. Als Kishan ins Stolpern geriet und auf die Knie fiel, packte er Ravis Beine und schleuderte Ravi ebenfalls von den Füßen. Die Dachkante war jetzt nur noch wenige Zentimeter entfernt.

Ravi stürzte auf seinen Sohn, begann mit ihm zu ringen, rollte orientierungslos mit Kishan über den Kies, der schmerzhaft in ihre Haut stach, noch näher an die Dachkante heran. Weniger als einen Meter vom Abgrund entfernt, tauschten beide einen erschöpften, nutzlosen Hieb nach dem anderen aus.

Kishan wusste schon bald, dass seine Kraft aufgebraucht war. Er schützte sein Gesicht mit den Händen, krümmte sich unter den Schlägen und wollte nur noch, dass der Kampf endete. Sein Kopf hing mit dem Gesicht nach unten über die Dachkante, und alles, was er noch sehen konnte, war der Übelkeit erregende Anblick des Parkplatzes, der dort unten darauf wartete, ihn willkommen zu heißen.

»Du Idiot! Ich habe es dir gesagt, oder nicht?«, schrie Ravi zwischen seinen Atemzügen. Er schlug ein weiteres Mal zu. »Ich habe dir gesagt, dass du dich von diesem Raum fernhalten sollst.«

Kishan schützte weiter sein Gesicht und blieb vor Angst regungslos liegen.

»Was wirst du als Nächstes tun?«, fragte er kraftlos.

»Was ich als Nächstes tun werde, *dawg?*«, brüllte Ravi, »Ich werde die Kinder retten. Mehr Kinder wie dich. Unzählige mehr. Vorausgesetzt, dass du dich einfach um deine eigenen Angelegenheiten kümmerst und mich machen lässt.«

Kishan merkte, dass auch Ravi erschöpft war, denn in seinen Schlägen lag keinerlei Kraft.

»Was ich tun werde, *dawg?*«, sagte Ravi atemlos. »Ich werde das Versprechen einlösen, das ich meinem Vater gegeben habe. Ich werde dieser elenden Welt durch die Geburt des Jesuskindes helfen. Das ist alles. Ich will nur Gutes tun.«

Kishan hörte seinen Vater bei jedem sinnlosen Schlag schluchzen. Aus dem Augenwinkel beobachtete er, wie

Ravi nachgab und sich keuchend neben ihn kauerte. Er spürte, wie sein Vater ihm mit den Fingern sanft durch die Haare strich, als wollte er ihn beruhigen.

»Kishan, mein Sohn …«

Aber es war zu spät. Kishan wusste, dass er keine andere Gelegenheit mehr bekommen würde, sich zu befreien. Er nahm seine ganze Energie zusammen und schoss kerzengerade in die Höhe, um von der Berührung seines Vaters und vom Rand des Daches loszukommen. So schnell er konnte, rannte er über den losen Kies und zu der nur zehn Meter entfernten Treppenhaustür. Er blieb dabei nur einmal stehen, um sich umzudrehen und einen letzten Blick auf einen leeren Mann zu werfen – den Vater, den er nie mehr wiedersehen würde.

36

Indien
August 2014

»Wissen Sie, wenn ich es nicht besser wüsste, würde ich denken, dass ich für dumm verkauft werde.«

»Ich glaube, wenn Sie es besser wüssten, dann würden Sie den Kopf einziehen. Und zwar sehr schnell!«

Bondurant drehte sich in der anbrechenden Dunkelheit abrupt um, sah den sich nähernden Tunnel und zog den Kopf in weniger als einer Sekunde ein. Die Tunneldecke verpasste es um ein paar Zentimeter, ihn zu enthaupten.

Wäre sein neuer Begleiter mit den 92 Tunneln, die der Mandovi-Expresszug von Madgaon nach Mumbai durchquerte, weniger vertraut gewesen, so war sich Bondurant sicher, hätte er schon viele Kilometer zuvor seinen Tod gefunden. Zahlreiche Flüge nach Mumbai vom südlichen Ende des Landes, der von Bondurant eingeschlossen, waren, soweit er wusste, wegen ›Software-Problemen‹ gecancelt worden. Deshalb befand sich Bondurant mit dem Zug auf dem Weg in die gewaltige Stadt, wo möglicherweise Domenika oder Sehgal oder beide zu finden waren.

Samar Chandrasekar, seit mehreren Stunden sein Begleiter, hatte sich aus denselben Gründen wie Bondurant und Dutzende andere dafür entschieden, den Weg nach Mumbai auf dem Dach des Northbound Express zurückzulegen, der zum Glück nicht schneller als 20 Stundenkilometer fuhr. In den Waggons unter ihnen waren keine Plätze mehr frei und in den Gängen des gesamten Zuges gab es keinen Quadratzentimeter, auf dem man stehen konnte. Das und die leichte Brise auf dem Dach des Zuges machten die 15-stündige Fahrt um erträgliche zwölf Grad kühler als die knapp 40, die die Insassen des Zuges zu braten drohten. In den heißen Waggons versuchte ein Querschnitt der Menschheit, zusammen mit einer Auswahl bunter Habseligkeiten, von einem Babylamm bis hin zu Kisten mit eisgekühlten Wassermelonen, die Hitze des frühen Abends einfach nur zu überleben.

»Danke, Samar«, sagte Bondurant.

»Gern geschehen. Der nächste Tunnel kommt in ein paar Minuten.«

Samar Chandrasekar, für Bondurant ein Fremder, schien über ein enzyklopädisches Wissen in Bezug auf jeden Tunnel und jedes Hindernis auf der langen Fahrt von Madgaon nach Mumbai zu verfügen. Außerdem sprach er ein hervorragendes Englisch und war, soweit Bondurant sagen konnte, ein guter Zuhörer. Neben diesen nützlichen Eigenschaften war Samar einfach eine angenehme Gesellschaft bei dem, was sich hoffentlich nicht als fruchtloses Unterfangen herausstellte und von dem Flugplan ausgelöst worden war, den sie vor zwei Tagen in Domenikas Wohnung in Rom gefunden hatten.

Obwohl Bondurants Hauptziel darin bestand, Domenika ausfindig zu machen, war er zu der Ansicht gekommen, dass auch bei der Suche nach Sehgal die Zeit drängte. Er wollte die Wahrheit herausfinden und dabei vielleicht seinen eigenen Ruf retten. Obwohl Bondurants Bericht nicht offiziell veröffentlicht, sondern durchgesickert war, hatte er den Mythos des Grabtuchs widerlegt. Bondurants

Ruf als einer der mutigsten und erfolgreichsten forensischen Anthropologen der Welt war absolut unversehrt. Obwohl sich die Katholische Kirche in Aufruhr befand, hatte er einen beruflichen Erfolg erzielt, der seine kühnsten Träume überstieg.

Und doch gefiel Bondurant etwas ganz Grundlegendes an Sehgals Forschungsergebnissen bezüglich des berühmten Grabtuchs nicht. Und dieses Gefühl ließ ihn nicht nur nicht los – es war sogar stärker geworden, je mehr Zeit vergangen war.

Begonnen hatten seine Zweifel an jenem Morgen Anfang Juni, als er zwischen Sehgal und O'Neil wegen der Aufteilung der Proben aus dem Grabtuch hatte schlichten müssen. Bondurant wusste, dass Sehgal nicht ganz ehrlich darüber gewesen war, warum er das gesamte Blut brauchte, das sie während der Untersuchung entnommen hatten. Seine Sorge, dass irgendetwas nicht stimmte, nahm schnell zu, nachdem die Ergebnisse durchgesickert waren. Ein Teil von Domenikas letzten Worten, die sie ihm in ihrem Wutanfall gesagt hatte, handelte davon, dass sie ›handfeste Beweise‹ besaß, dass Sehgal falschlag. Wenn Sehgal Forschungsergebnisse hatte, die im Gegensatz zu dem standen, was er dem Rest des Teams und damit der Welt berichtet hatte, und die relevante Ergebnisse grundlegend verändern würden, dann war es wichtig, diese Informationen sofort zu veröffentlichen. Kein Wissenschaftler, egal wie renommiert, würde wissentlich zulassen, dass falsche Informationen über ein umstrittenes Forschungsprojekt bestehen blieben, und es war Bondurants Pflicht, sicherzustellen, dass dieser Bericht über jede Kritik erhaben war.

Was Sehgals Aufenthaltsort in Mumbai anging, hatte Bondurant die Adresse: Sehgal Labs, 22484 Lady

Jamshetjee Road, Mumbai. Er war schon einmal dort gewesen, als er nach Indien gereist war, um Sehgal dazu zu überreden, sein Team zu verstärken. Dieses Mal hatte er weder eine Einladung von Sehgal noch das Gefühl, dass er eine solche benötigte. Wie Domenika war auch Sehgal auf Tauchstation gegangen, seit der Grabtuchreport durchgesickert war. Und nun war er unauffindbar. Bondurant hatte versucht, ihn telefonisch, per E-Mail und per SMS zu erreichen, damit er ihm half, die Auswirkungen des Berichts zu bewältigen, hatte aber kein Glück gehabt.

»Noch mal den Kopf einziehen, Doktor«, rief Chandrasekar, als der nächste Tunnel auf sie zukam.

Schnell zog Bondurant den Kopf ein und blieb so, bis sie den kurzen Tunnel durchquert hatten und der Nachthimmel wieder über ihnen auftauchte, an dem die ersten Sterne leuchteten. Bondurant sah sich in der Dunkelheit um, die um sie herum angebrochen war. Seine Lider waren schwer. Er sehnte sich nach einem erholsamen Schlaf. Aber er wusste, dass die vor ihm liegende Reise große Wachsamkeit erfordern würde. Er bettete den Kopf auf seinen Koffer und sinnierte über das, was er in den vagen Umrissen einer Holzbrücke erkannte, die sie gerade überquerten. Aus Bondurants Blickwinkel erschien ihm die wacklige Brücke wie das Sinnbild einer langen und tückischen Reise, die viele steile und gefährliche Schluchten bereithielt.

Als Bondurant auf dem Dach des Mandovi Express erwachte, war sein Begleiter verschwunden. So wie die vielen anderen, die ihre Mitfahrgelegenheit bereits verlassen hatten. Nur er war mit einem Geschenk des freundlichen Fremden zurückgeblieben. Eine kleine Tüte mit Früchten stand neben ihm. Ein grelles Licht auf dem betonierten Bahnsteig, der sich in die Unendlichkeit zu erstrecken schien, verkündete unmissverständlich, wo er sich befand: ›Mumbai Central‹ stand dort zu lesen.

Es war 21 Uhr, zu spät für den Versuch, Sehgal in seinem Büro ausfindig zu machen, das, wie Bondurant annahm, schon lange geschlossen hatte. Er nahm sich ein Taxi und bat den Fahrer, ihn in ein anständiges Hotel in der Nähe der *Special Economic Zone* zu fahren, wo sich, wie er wusste, Sehgals Hauptquartier befand. Als sein Taxi 20 Minuten später über die Sant Savtamali Road zu einem drei Meilen entfernten *Holiday Inn* fuhr, entdeckte Bondurant ein Stück weiter ein modernes sechsstöckiges Gebäude neben der Autobahn, das unter dem Nachthimmel hell beleuchtet war. Es kam ihm bekannt vor. Erst als sie parallel an das Gebäude herangefahren waren, konnte Bondurant das Schild mit der Aufschrift ›Sehgal Labs‹ im obersten Stockwerk erkennen.

»So spät noch bei der Arbeit?«, murmelte Bondurant.

»Verzeihung?«, sagte der Taxifahrer.

»Oh, nichts. Nur eine Beobachtung«, sagte Bondurant. »Ich sage Ihnen was. Wie wäre es, wenn wir hier wenden und zu dem Parkplatz des Gebäudes zu Ihrer Rechten fahren?«

»Sehr gern, Sir«, sagte der Taxifahrer. »Dr. Sehgal, ein Name, der verehrt wird. Er ist hier unser Held. Tausendmal gesegnet sei sein Name.«

»Jaja«, brummte Bondurant. »Sie meinen bestimmt, weil er mit dem Nobelpreis geehrt wurde.«

»Natürlich, ja.« Der Taxifahrer hatte ein wenig Mühe mit seinem Lenkrad, um ein vollständiges Wendemanöver zu vollziehen. Stotternd schaltete der Wagen in den ersten Gang und fuhr weiter, als sie sich wieder auf einer geraden Strecke befanden. »Er hat Indien große Ehre gebracht. Große Ehre für Mumbai. Große Ehre für unser Volk.«

»Das hat er allerdings«, gab Bondurant zurück. »Würde mein Freund einfach mal ans Telefon gehen oder mit einer SMS antworten, wäre er auch *mein* Held.«

»Sie kennen diesen Mann, Dr. Ravi Sehgal?«, fragte der Taxifahrer, als er seinen Wagen auf den Parkplatz des Labors zwang und zum Stehen brachte. »Gelobt sei auch Ihr Name, Sir.«

Bondurant lehnte sich aus dem Fenster und überprüfte alle Etagen. Fast alle Räume waren hell erleuchtet, allerdings war es die sechste Etage, wo er deutliche Aktivität erkennen konnte. Da die Fenster getönte Scheiben hatten, war es schwierig, die Personen im Konferenzraum zu zählen, ganz zu schweigen davon, die Identität jeder Person zu bestimmen, die Bondurant von unten beobachtete. Er hatte jedoch keinen Zweifel, dass er unerwartet auf ein wichtiges nächtliches Treffen gestoßen war, das sich bei seiner Suche nach Sehgal als hilfreich erweisen konnte. Trotzdem würde er die Hilfe seines Taxifahrers benötigen.

»Wie würde es Ihnen gefallen, heute Abend zusätzliche 1000 Rupien zu verdienen?«, fragte Bondurant.

»Das würde mir sehr gefallen.«

»Okay, gut. Ich brauche Sie als meinen Beobachter«, erklärte Bondurant. »Ich drücke jetzt die Ruftaste hier am Eingang. Leider kann ich unsere Freunde im obersten Stockwerk des Gebäudes nicht sehen, aber Sie können es von dort drüben. Sie müssen mir sagen, was passiert, wenn ich mit meinen Freunden da drin rede. Würden Sie das tun?«

»Mit 1000 Rupien in den Fingern würde ich das liebend gern tun«, erwiderte der Taxifahrer.

Bondurant gab ihm das Entgelt.

»Nicht vergessen, Sie müssen mir genau das zurufen, was Sie an meiner Stelle sehen. Haben Sie das verstanden?«

»Bestens.« Der Taxifahrer stand keine zwei Schritte von Bondurant entfernt, brüllte aber aus Leibeskräften: »HIER SIND SECHS, NEIN, SIEBEN LEUTE IN EINEM KONFERENZRAUM IM SECHSTEN STOCK.«

Bondurant war einen Moment lang schockiert darüber, wie viele Dezibel sein Partner erreichen konnte.

»Ich denke, das wird gehen«, stellte Bondurant zufrieden fest und joggte die etwa sechs Meter bis zu der Ruftaste am Vordereingang des Labors.

»Okay«, rief Bondurant. »Ich drücke jetzt die Sprechtaste. Was sehen Sie?«

»ICH SEHE ZWEI, VIELLEICHT DREI LEUTE, DIE NACH DEM TELEFON AUF DEM KONFERENZTISCH GREIFEN!«

»Danke«, sagte Bondurant. Es klingelte mehrere Male. Dann nahm jemand den Anruf entgegen.

»*Sehgal Labs*, guten Abend. Ich nehme an, dass Sie von unten anrufen. Wir haben für heute geschlossen. Wie kann ich Ihnen helfen?«

»EINER VON IHNEN, DER KLEINE DICKE, IST ANS TELEFON GEGANGEN!«

»Danke«, sagte Bondurant, nachdem er die Sprechtaste wieder gedrückt hatte. »Mir ist klar, dass Sie geschlossen haben. Aber ich versuche, jemanden zu erreichen, und es ist sehr wichtig.«

»Ja und wer wäre das?«, fragte die Stimme am anderen Ende der Leitung.

»Dr. Ravi Sehgal.«

»Und darf ich fragen, wer für Dr. Sehgal hier ist?«

»Hier ist Dr. Jon Bondurant. Ich versuche schon seit einiger Zeit, ihn zu erreichen.«

»ALLE HABEN AUFGEHÖRT, SICH ZU BEWEGEN. SIE SEHEN AUS WIE ERSTARRTE MENSCHEN!«

»Entschuldigung, könnten Sie den Namen wiederholen?«, fragte die Stimme im sechsten Stock.

»Dr. Jon Bondurant. Ich stehe unten. Ich bin den weiten Weg aus Rom gekommen, um ihn zu sehen.«

»Verstehe. Bleiben Sie bitte kurz dran«, sagte die Stimme.

»ALLE LICHTER IM SECHSTEN STOCK SIND GERADE AUSGEGANGEN. DIE SEHEN ALLE AUS WIE SCHATTENMARIONETTEN!«, rief der Taxifahrer.

»Es tut mir leid, Dr. Bondurant, aber Dr. Sehgal befindet sich momentan außer Landes. Es tut uns sehr leid, dass Sie ihn verpasst haben.«

»EINE DER SCHATTENMARIONETTEN RENNT SEHR SCHNELL AUS DEM ZIMMER!«

»Verstehe«, sagte Bondurant. »Wissen Sie, wann Dr. Sehgal nach Indien zurückkehrt?«

»Tut mir leid, darüber bin ich nicht informiert«, sagte die Stimme. »Wir haben für heute Abend geschlossen.«

»ALLE LICHTER IM GANZEN GEBÄUDE GEHEN AUS UND DIE SCHATTENMARIONETTEN SIND VERSCHWUNDEN!«

»Wenn ich vielleicht einfach eine Nachricht hinterlassen könnte«, sagte Bondurant. »Ich würde gern …«

Die Leitung war unterbrochen.

»ICH HÖRE, WIE EIN AUTO GESTARTET WIRD!«, rief der Taxifahrer.

Aus den zuschlagenden Autotüren und den lauten Rufen aus der Tiefgarage war zu schließen, dass gleich ein Auto hochkommen würde. Bondurant rannte von der Vordertür des Gebäudes zu seinem Taxi.

»ICH WETTE, EIN E-KLASSE MERCEDES«, rief der Taxifahrer.

Wie auf ein Stichwort raste ein schwarzer Mercedes der E-Klasse mit Getöse die Garagenrampe hinauf, katapultierte sich hoch in die Luft und schoss nur wenige Meter an ihnen vorbei.

»Gut gemacht! Und jetzt folgen Sie dem Auto!«, rief Bondurant, während er sich auf den Vordersitz des Taxis warf.

Als sie vom Parkplatz auf die Straße krochen, merkte Bondurant schnell, dass etwas nicht stimmte. Die roten Rücklichter des Mercedes auf der Straße vor ihnen schrumpften zu kleinen Punkten zusammen.

»MEIN AUTO FÄHRT NICHT SCHNELLER ALS 50! MEIN AUTO WIRD NICHT SCHNELLER ALS 50!«, rief der Taxifahrer. Der Motor des Taxis kreischte entsetzlich auf, als wollte es sich an die Verfolgung machen, aber seine Räder wollten tragischerweise nicht mitspielen.

Bondurant konnte nur noch das Gesicht in den Händen vergraben. Er wusste, dass er Sehgal für länger als nur für eine Nacht verloren hatte. Es war möglich, dass er ihn für immer verloren hatte. Er streckte die Hand aus, um den Taxifahrer zu trösten, der sichtlich betroffen darüber war, dass sein Taxi die Verfolgungsjagd nicht aufnehmen konnte.

»Machen Sie sich keine Vorwürfe. Wir kommen wieder«, sagte Bondurant. »Für den Moment erweisen wir Ihrem Helden Ehre und Respekt.«

37

St. Michaels, Maryland
Februar 2015

Bondurant gab nicht gern auf, wusste aber, dass er sich nun in einer Sackgasse befand. Es war bereits Februar und in den Monaten, die seit seiner Indienreise vergangen waren, hatte er weder von Domenika noch von Sehgal eine Spur gefunden, abgesehen von der Flucht des Nobelpreisträgers in jener Nacht. Bondurant wusste schon nicht mehr, wie vielen Hinweisen er bei seinem Versuch, Domenika aufzuspüren, nachgegangen war. Seine Beurlaubung vom Institut war vorbei, doch die Suche nach ihr war zu einem frustrierenden Vollzeitjob geworden.

Sie war einfach verschwunden. Für die Polizei in Rom blieb ihr Schicksal ein Rätsel, da sie weder dort noch sonst irgendwo in Italien eine Spur von ihr gefunden hatte. Bondurant hatte sich mit ihrer Schwester Joanna dafür eingesetzt, Domenika auf die Vermisstenliste von Interpol setzen zu lassen. Das hatte dafür gesorgt, dass ihr Profil an alle großen Strafverfolgungsbehörden in über 150 Ländern ging. Doch seit ihrem Verschwinden vor fast sieben Monaten war sie kein einziges Mal gesichtet worden. Eine der Organisationen, die er während einer Reise nach Genf um Hilfe ersucht hatte, war das *Internationale Komitee vom Roten Kreuz*. Die hatten versucht, sie über ihre globale Suchfunktion ausfindig zu machen, aber auch das hatte zu keinem Ergebnis geführt.

Er wandte sich an die sozialen Medien, erstellte die

Facebook-Seite »Findet Domenika«, wo er Fotos von ihr postete und die Besucher der Seite dazu aufforderte, bei der Suche nach ihr zu helfen. Das Geheimnis um die schöne Vermisste erregte die Aufmerksamkeit von Tausenden, die auf seiner Seite posteten. Über 10.000 ›Freunde‹, von San Francisco bis Kairo, likten seine Beiträge, doch ihre Kommentare stellten sich als nutzlos heraus.

Der Flugreiseplan, den Domenikas Schwester letzten Sommer in ihrer Wohnung gefunden hatte, war anfangs seine heißeste Spur gewesen, die sich aber sehr bald abkühlte. Interpol hatte Wochen gebraucht, um zu bestätigen, dass Domenika tatsächlich an Bord des *Jetstar Asia*-Flugs 1009 zum Chhatrapati Shivaji International Airport in Mumbai gegangen war. Die indische Einwanderungsbehörde hatte bestätigt, dass sie mit einem Touristenvisum eingereist war, trotzdem fehlte jede Spur von ihr. Obwohl in Mumbai mehr als 13 Millionen Menschen lebten, war er überzeugt, dass sie angesichts ihres markanten europäischen Aussehens auffallen würde. Mumbais Polizei, mit ihren mehr als 40.000 Polizisten, fand jedoch keine Spur von ihr. Sie überprüften jedes Hotel, jedes Krankenhaus und jedes Leichenschauhaus der Stadt, aber Domenika blieb unauffindbar. Bondurant gegenüber behaupteten die Behörden nach seiner Indienreise, dass sie lediglich in Mumbai *gelandet* sei. Indien war ein großes Land mit über einer Milliarde Menschen. Sie warnten ihn davor, dass es möglich war, sein Leben lang zu suchen und niemals fündig zu werden.

Dann, spät an einem Abend im Februar, als Bondurant in seinem Büro saß und die neuesten nutzlosen Beiträge auf der ›Findet Domenika‹-Seite überflog, kam er zu dem Entschluss, dass es an der Zeit war, sie zu löschen. Die

Idee war von Anfang an weit hergeholt gewesen und die überwiegende Mehrheit der dort geposteten Beiträge war sinnlos, einige sogar beängstigend. Die meisten, die sich die Handvoll Fotos von Domenika angesehen hatten, waren Männer, die sie nur kennenlernen wollten, sollte sie gefunden werden. Neben diesen einsamen Herzen stammten die meisten anderen Beiträge von Leuten, die selbst Fotos oder Informationen über eine geliebte Person, nach der sie suchten, posteten. Er empfand das ganze Vorgehen als tragisch und erschöpfend.

Aber gerade als er kurz davor war, die Seite an diesem Abend im Institut zu löschen, erreichte ihn eine seltsame Nachricht. Sie stammte von *ibcnudawg,* ein merkwürdiger Username, den Bondurant noch nie zuvor gesehen hatte. Der Textbereich war leer, aber in der Betreffzeile stand in Fettschrift eine Frage:

WANN IST EINE ZIEGE KEINE ZIEGE?

Es war die Erwähnung des Wortes ›Ziege‹, die Bondurant zögern ließ, die Nachricht als Spam abzutun. Schnell tippte Bondurant eine Antwort:

ICH GEBE AUF. WANN IST EINE ZIEGE KEINE ZIEGE?

Er rechnete nicht mit einer Antwort, doch sie folgte innerhalb von Sekunden:

WENN SIE AUF EIN GRABTUCH BLUTET.
RUFEN SIE MICH AN + 91 22 226 20735.

Bondurant hatte auf seiner Seite schon viele merkwürdige Nachrichten gesehen, doch diese hatte seine ungeteilte Aufmerksamkeit.

Schnell tippte er die internationale Vorwahl ›91 22‹ in das Suchfeld, um das Herkunftsland der geposteten Telefonnummer zu finden.

MUMBAI, INNENSTADT

Bondurants Herz übersprang einen Schlag. Sofort griff er nach dem Telefon auf seinem Schreibtisch und wählte die Nummer. Die geschlagenen sieben Freizeichen, die vergingen, bis endlich jemand antwortete, kamen ihm wie eine Ewigkeit vor.

»Was geht, Bruder?«, antwortete die männliche Stimme salopp.

»Verzeihung?«, sagte Bondurant, der von der Begrüßung überrascht wurde.

»Ich sagte: Was geht, Bruder?«, wiederholte die Stimme.

»Tut mir leid, ich habe wohl die falsche Nummer gewählt. Entschuldigung«, sagte Bondurant aufgebracht. Er hatte Wichtigeres zu tun, als sich mit Streichen herumzuschlagen.

»Die Nummer ist nicht falsch, *Man*«, kam die Antwort zurück. »Was geht?«

»Wer ist da?«, drängte Bondurant.

In der Stimme des Mannes schwang ein besorgter Unterton mit. »Kann ich Ihnen nicht sagen, Doc. Aber eins kann ich Ihnen sagen. Hier gehen seit ein paar Monaten Dinge vor sich, von denen Sie wissen sollten. Und noch etwas. Bei dem hier machen Sie sich gleich in die Hosen. Haben Sie das kapiert?«

»Reden Sie weiter!« Bondurant legte seinen müden

Kopf auf den Schreibtisch und drückte den Knopf für die Lautsprechfunktion. »Was habe ich schon zu verlieren?«

»Nur Ihren guten Ruf, Doc«, sagte die Stimme zuversichtlich.

»Wie meinen Sie das? Wer ist da?«

»Wie schon gesagt, Doc, das kann ich Ihnen nicht sagen. Passen Sie auf. Ich habe gerade auf Senden gedrückt.«

Bondurant nahm den Kopf vom Schreibtisch und beobachtete aufmerksam seinen E-Mail-Eingang. Innerhalb weniger Sekunden poppte eine Nachricht auf.

»Okay, habe sie.« Bondurant rieb sich die Augen und starrte auf den Bildschirm.

»Öffnen Sie den ersten Anhang, *Man*«, sagte die Stimme am anderen Ende der Leitung.

»Okay, ich sehe ihn mir gerade an. Sieht aus wie … wie ein …«

»Ein DNA-Verbund, Doc. Klar, Bruder, die lesen Sie im Schlaf. Aber lassen Sie es mich zusammenfassen. Was Sie da sehen, ist DNA, männlich, Herkunft aus dem Mittelmeerraum. Ungefähr 2000 Jahre alt.«

»Ja, na und?« Bondurant fragte sich, worauf der geheimnisvolle Unbekannte hinauswollte und ob es sich lohnte, noch ein paar Sekunden in der Leitung zu bleiben, um ihn bei Laune zu halten. »Was ist an dieser Probe so besonders und wo haben Sie sie her?«

»Kann ich Ihnen nicht sagen, Bruder. Ich arbeite dort nicht mehr. Habe meinen Job verloren. Aber eins sage ich Ihnen, Doc: Ich habe meine Quellen. Hören Sie einfach zu. Klar, das ist ein *menschliches* DNA-Profil, aber mit einer Anomalie, die ich noch nie gesehen habe. Und ich habe schon alles gesehen. Verstehen Sie?«

»Ja, ich verstehe. Ich verstehe, was Sie meinen«, sagte Bondurant. Es war zwar ein menschliches Profil, doch der

Aufbau war irgendwie ungewöhnlich. »Aber was hat das mit mir zu tun? Ich habe Laborassistenten, die Ihnen zu den Geschäftszeiten dabei helfen können.«

»Nun, sind Sie bereit für die B-O-M-B-E?«, flüsterte der Mann.

»Bomben Sie los«, brummte Bondurant. Das Verhalten des Mannes trieb ihn in den Wahnsinn.

»Das ist die DNA – die menschliche DNA – direkt von Ihrem Grabtuch«, sagte der Mann.

»Jetzt«, entgegnete Bondurant, während er wütend den Kopf vom Schreibtisch nahm, »reden Sie Blödsinn.«

»Dachte mir schon, dass Sie das sagen, Doc«, entgegnete der Mann zuversichtlich. »Und deshalb habe ich Ihnen das hier geschickt!«

»Und was ist das?«, fragte Bondurant deutlich genervt.

»Der nächste Anhang, den Sie auf Ihrem Monitor öffnen. Ankunft …«

»Jetzt«, sagte Bondurant. »Ich hab's. Warten Sie eine Sekunde.« Bondurant klickte zweimal darauf und fand eine völlig neue und andersartige DNA-Verbindung als die, die ihm Sekunden zuvor geschickt worden war.

»Okay. Dann halten Sie mich bei Laune: Was ist das?«, fragte Bondurant, während er das zweite DNA-Profil anstarrte, welches sich von dem ersten radikal unterschied.

»Bäääääh. Das ist eine Ziege«, flüsterte die Stimme.

»Und was wollen Sie damit sagen?«, fragte Bondurant, der allmählich nervös wurde, aber entschlossen war, das geheimnisvolle Spiel bis zum Ende mitzuspielen.

»Ich will damit sagen, dass ich den Beweis habe, Doc. Das ist Ziegen-DNA, aber nicht von Ihrem Grabtuch. Auf dem Grabtuch gibt es keine Ziegen-DNA. Ich bin ein Idiot, dass ich Sie nicht schon vor Monaten ausfindig gemacht habe, um Ihnen das zu sagen. Und Sie sind ein Idiot, weil Sie der Welt die ganze Zeit eine Lüge aufgetischt haben. Das Grabtuch ist keine Fälschung, Doc. Sie sind reingelegt worden, *Man*.«

»Das ist doch verrückt«, sagte Bondurant.

»Woahawhoooooeeee«, rief die fremde Stimme. »Hier ist der Schwarze Mann und er versichert dir, dass auf dem Grabtuch kein Ziegenblut ist«, flüsterte er, jetzt noch tiefer.

»Aha«, brummte Bondurant misstrauisch, bereit, den Anruf sofort zu beenden. »Ich glaube, ich werde gerade reingelegt.«

»Ja, ich dachte mir schon, dass Sie das sagen, Doc. Glauben Sie mir eben nicht. Dann lassen Sie mich Ihnen noch eine Frage stellen. Was steht da am unteren Rand der beiden Tabellen in meinem Besitz? Warum lesen Sie es mir nicht vor, Bruder?«

Bondurant blickte zum unteren Teil der beiden Anhänge. Er starrte auf die identischen Wasserzeichen beider Grafiken, und was dort zu sehen war, ließ sein Herz einen weiteren Schlag aussetzen:

EIGENTUM VON SEHGAL LABORATORIES,
MUMBAI, INDIEN

»Wer sind Sie und wo haben Sie das her?«, wollte Bondurant wissen, der nun besorgt war, dass die Dokumente möglicherweise wirklich echt waren. Er griff nach dem Papierkorb, aus Sorge, sich gleich übergeben zu müssen. Wenn das, was der Mann da andeutete, stimmte, dann würde das erhebliche Konsequenzen nach sich ziehen.

»Kann ich Ihnen nicht sagen, Doc. Will keinen Ärger. Will auch keine Medaille. Das hat mich schon zu lange belastet. Mich interessiert die Wahrheit, und ich will, dass sie bekannt wird. Wie Dr. King sagte: ›Die Wahrheit macht dich frei‹«, verkündete die Stimme.

»Das ist aus der Bibel, aus dem Johannesevangelium«, korrigierte ihn Bondurant. Magensäure schoss seine Speiseröhre empor, als er ungläubig auf die DNA-Tabellen starrte. Die Tabelle mit der Bezeichnung ›Grabtuch‹ trug das Datum vom 20. Juni vergangenen Jahres. Exakt die Zeit seiner Forschungsarbeit in Turin.

»Na okay, *Man*«, sagte die Stimme. »Wie Spike Lee sagte: ›Tu das Richtige‹. Da bin ich mir *sicher,* dass das Spike Lee war, und ich *weiß,* dass ich genau das tun werde.«

»Und was ist das Richtige?«, wollte Bondurant wissen. Er heftete seinen Blick auf die unterschiedlichen DNA-Profile. Sie waren nicht miteinander zu verwechseln. Er konnte noch immer nicht glauben, was er direkt vor Augen hatte.

»Sagen Sie es der Welt. Sagen Sie es der Welt, Doc. Sie müssen die Sache richtigstellen. Und Sie oder jemand anders muss herkommen, bevor es zu spät ist«, bat der Mann am anderen Ende der Leitung. Bondurant merkte, dass die Verzweiflung in seiner Stimme echt war.

»Zu spät wofür?«, fragte er deshalb.

»Zu spät, um es zu stoppen! Stoppen, was immer sie mit dieser Frau vorhaben, an der sie herumexperimentieren. Mann, wer weiß, was mit ihr passiert ist!«

»Ich komme nicht mit. Wovon reden Sie da?«

»Ich rede von diesem *Darth Vader*-Typen mit dem Schlauch im Hals. Ich rede von dem verrückten Franzosen«, schluchzte die Stimme. »Ich muss Schluss machen, Doc.«

»Warten Sie bitte! Welche Frau? Haben Sie Franzose gesagt?« Bondurant schrie in das Telefon. Doch bevor er eine Antwort bekam, war die Leitung tot. Es gab kein Freizeichen, deshalb wusste er, dass eine Leitung noch immer offen war. Irgendjemand anders hatte den Anruf abgehört.

»Hallo? Hallo? Haben Sie Franzose gesagt? Haben Sie Franzose gesagt?«, schrie Bondurant noch einmal in den Hörer.

Dann hörte er ein weiteres Klicken, wenige Sekunden später, gefolgt von dem Freizeichen – ein sicheres Indiz dafür, dass das Telefon des anderen Mannes abgehört wurde. Er bewegte sich einige Sekunden lang nicht und versuchte zu verstehen, was die seltsame Stimme gesagt hatte. Und dann erbrach Bondurant jeden Bissen seines Essens direkt in den Papierkorb, den er sich zwischen die Knie geklemmt hatte. Als er von dem Malheur aufblickte, stand einer seiner Forschungsassistenten an der Bürotür und verzog das Gesicht. Widerwillig hielt er ihm einen rosa Zettel entgegen.

»Entschuldigen Sie, Dr. Bondurant«, brachte der Praktikant heraus. Ein Ausdruck von Übelkeit zeichnete sich auf seinem Gesicht ab. »Ein Dr. Terry O'Neil aus Oxford ist am Apparat.«

»Ich bin gerade sehr beschäftigt«, stöhnte Bondurant. »Könnten Sie ihm sagen, dass ich ihn zurückrufe?«

»Doktor«, beharrte der Assistent entschuldigend. Er hielt ihm den Zettel entgegen, wandte sich aber von dem ekligen Anblick ab, damit er fortfahren konnte. »Er sagt, es geht um Leben und Tod.«

38

Oxford, England
März 2015

Bondurant warf die Tabelle auf den Tisch und schaute schweigend aus dem Fenster des vornehmen eichengetäfelten Büros. Die Kirchtürme der *Christ Church* in Oxford waren hinter dem üppigen grünen Rasen kaum zu erkennen. Der Frühling nahte. Nebel gesellte sich zu dem Nieselregen, der bereits am Morgen eingesetzt hatte. Es war ein grauer Nachmittag, und so wie bei Bondurants Stimmung gab es auch am Horizont keine Anzeichen einer Besserung.

Ein kleines, aber heimeliges Feuer brannte knackend und knisternd ein paar Meter von O'Neils Schreibtisch entfernt. Bondurant brach die unangenehme Stille zwischen ihnen.

»Terry, wie lange kenne ich dich nun schon? 15 Jahre? Und in all der Zeit dachte ich, ich könnte dir vertrauen.«

»Vielleicht tust du dich schwer mit dem Vertrauen, Jon«, gab O'Neil zurück. »Du vertraust den falschen Leuten. Ich bin nicht dein Problem. Sonst hätte ich dich nie angerufen.«

»Also hätte ich Ravi besser nicht vertraut?«, erwiderte Bondurant rechtfertigend. »Wann hast du zuletzt einem Nobelpreisträger misstraut?«

»Siehst du? Das ist dein Problem. Nur weil ein Kerl einen Preis gewinnt, denkst du, er kann übers Wasser gehen.«

»Einen Preis? Machst du Witze? Wir reden hier über den *Nobelpreis.*«

»Nobel, nobel!«, raunte O'Neil sarkastisch. Dann warf er sich vor Bondurant auf den Boden, als würde er beten. »Wen interessiert das, Jon? Das ist nur ein Haufen alter Knacker in Norwegen, die sich in einem Zimmer einschließen, bis sie glauben, jemanden gefunden zu haben, dessen Exkremente nicht stinken. Wen interessiert das schon?«

Bondurant war schon seit einigen Tagen wütend auf O'Neil und nicht in der Lage, dieses Gefühl einfach abzuschütteln. Ihm drehte sich der Kopf seit O'Neils Anruf, in dem er gestanden hatte, was er über das Grabtuch wusste. O'Neil, der während ihrer Experimente im vorangegangenen Sommer lautstark behauptet hatte, dass er *vier* Proben benötigte, um die von Bondurant verlangte Genauigkeit bei der Kohlenstoffdatierung zu erzielen, war von Beginn an unaufrichtig gewesen. Er hatte nur drei gebraucht. Und tatsächlich hatte er auch nur drei *benutzt.* Das, was er heimlich mit der vierten Probe – die mit dem kostbaren Blut vom Grabtuch darauf – getan hatte, führte zu den verblüffenden Ergebnissen in der Tabelle, die zwischen ihnen auf dem Tisch lag.

»Okay«, sagte Bondurant, der sich damit abfand, seine Wut erst einmal hinter sich zu lassen. »Lass uns das noch mal durchgehen. Wie bist du darauf gekommen, die vierte Probe auf DNA zu untersuchen?«

»Ich habe Ravi von Anfang an misstraut, Jon. Ich kann dir nicht genau sagen, warum. Es war einfach so. Du hast ihm auch nicht getraut. Vielleicht lag es an dem ganzen Hype, von dem ich gelesen habe, nachdem er den Preis gewonnen hat – wie er die Welt retten würde und das alles. Als wäre er eine Art Messias. Zusammen hatten wir quasi zwei Blutstropfen von dem Grabtuch, und es kam für mich nicht infrage, ihm beide zu überlassen.«

»Deshalb hast du darauf bestanden, dass du für deinen eigenen Test vier Proben brauchst?«

»Ja, aber kurz nach Turin, während unserer Videokonferenz, als Ravi anfing, von Ziegenblut und so weiter zu faseln, bin ich für das Tutanchamun-Projekt, an dem ich gearbeitet habe, erst mal von der Bildfläche verschwunden«, sagte O'Neil. »Ein paar Hundert Kilometer außerhalb von Kairo, mit zwei Kamelen und ohne funktionstüchtiges Satellitentelefon. Ich habe eine ganze Weile nicht mehr daran gedacht. Wir hatten alle Hände voll zu tun.«

»Gut. Und dann?«

»Letzte Woche hatten wir ein Paar da, das mit einem funktionierenden Satellitentelefon aus Cambridge gekommen war. In meinem Labor habe ich Serge erreicht und ihn gebeten, an der vierten Probe unverzüglich einen DNA-Test durchzuführen. Kaum hatte ich die Resultate, kam ich nach Hause und habe dich angerufen.«

»Verstehe.«

»Um ehrlich zu sein, Jon, hätte ich das Grabtuch auch mit zwei Proben datieren können. Aber die dritte war zur Sicherheit, um sie, für den Fall, dass die Ergebnisse jemals angezweifelt würden, in der Hinterhand zu behalten. Die vierte, die mit dem Blut … Nun, wie ich schon am Telefon sagte. Hier sind die Ergebnisse. Du kannst sie selbst prüfen.«

Beide starrten auf die DNA-Ergebnisse, die O'Neil vom *Molecular Anthropology Laboratory* in Oxford, einem der renommiertesten DNA-Labore der Welt, erhalten hatte. Wie bereits am Telefon erklärte O'Neil jetzt noch einmal, dass er das Labor gebeten hatte, ihm eine komplette genetische Aufschlüsselung des in der vierten, zurückgehaltenen Probe gefundenen Blutes zu erstellen. Zu Bondurants Pech hatte O'Neils Neugierde erst dann ihren Höhepunkt erreicht, als es zu spät war. Auf der Grundlage von Sehgals Ergebnissen hatte Bondurant bereits den Abschlussbericht veröffentlicht, mit dem er der Welt verkündete, das Grabtuch sei eine Fälschung. Die Tabelle, die sie jetzt betrachteten, war dieselbe, die O'Neil Bondurant nach ihrem Telefonat geschickt hatte.

»Wie ich dir schon vor ein paar Tagen gesagt habe«, meinte O'Neil, »habe ich das DNA-Profil des Blutes von drei Wissenschaftlern unabhängig voneinander untersuchen lassen. Alle drei sind hier in Oxford auf ihrem Gebiet hoch angesehen und alle haben dieselbe Technik wie Sehgal angewandt. Und keiner, kein Einziger wohlgemerkt, wird dir erzählen, dass dieses Blut von einer Ziege stammt. Sie berichten von einer Anomalie in der menschlichen DNA, die sie noch nie gesehen haben. Aber sie wissen mit Sicherheit, dass man Ravi darin nicht trauen kann.«

»Danke, Terry«, sagte Bondurant sarkastisch und schnippte seinen Zigarettenstummel in den Kamin. »Und jetzt verrate mir etwas, das ich noch nicht weiß.«

»Du hast mir immer noch nicht verraten, wie du schon vor unserem Telefonat zu diesem Schluss gekommen bist«, sagte O'Neil schmollend. »Du hast mir die Überraschung kaputt gemacht.«

»Zufall. Ich weiß nicht. Aber kurz bevor du mich erreicht hast, habe ich mit einem äußerst seltsamen Typen telefoniert, der wegen derselben Sache angerufen hat«, erwiderte Bondurant.

»Mit wem? Große Geister denken gleich«, fragte O'Neil erstaunt.

»Das weiß ich nicht. Er wollte es nicht verraten. Dieser ›große Geist‹ war allerdings ein nervöses Wrack. Er sagte, dass ihn sein Gewissen plagt und dass er die Wahrheit verbreiten muss. Ich bin sicher, dass es jemand aus Ravis Labor sein muss. Jemand, der ihm nahesteht. Er hat mir Ravis DNA-Aufbau geschickt. Jedenfalls wusste ich nicht, was ich davon halten sollte. Ich war nicht sicher, ob ich ihm glauben sollte. Und dann riefst du mich an und verkündetest dieselbe Botschaft.«

Bondurant atmete tief durch. Er musste sich sammeln.

»Okay, hör zu. Es geht hier nicht um dich. Es geht auch nicht um mich. Zu gegebener Zeit werde ich dafür, dass ich die falsche Schlussfolgerung veröffentlicht habe, alle bitteren Pillen schlucken, die man nur schlucken kann. Ich werde unseren Bericht komplett zurückziehen müssen. Jemand wird mich verklagen, wahrscheinlich die Kirche. Die Leute werden unseren Bericht verbrennen, und das sollten sie auch.«

»Du hast recht.«

»Terry, ich werde vieles überdenken müssen, nicht zuletzt, dass die Kirche recht hatte. Ich kann selbst nicht glauben, dass ich das sage, aber *dieses Grabtuch ist echt!*«

Bondurant senkte den Kopf. Zum ersten Mal in seiner Karriere fühlte er sich hilflos und in die Ecke gedrängt. Ein Leben der stoischen Ungläubigkeit in Bezug auf den Glauben und die Spiritualität war plötzlich durch die Erkenntnis geplatzt, dass er in vielen Dingen falschgelegen haben könnte.

Hatte Domenika irgendwie recht? Gab es eine Dimension außer Reichweite der Wissenschaft? Einen Ort, von dem er sich geweigert hatte, einzugestehen, dass er existierte? Einen Ort, den man tatsächlich als göttlich bezeichnen könnte?

O'Neil stand auf und schenkte jedem von ihnen aus der Karaffe, die neben ihnen auf einer Anrichte stand, einen Scotch ein.

»Jon«, sagte er, während er ein volles Glas vor ihn auf den Tisch schob, »ab und zu passieren auf dieser Welt Dinge, die für uns unvorstellbar sind. Vielleicht gehört das hier ganz einfach dazu.«

»Jetzt klingst du wie Domenika«, sagte Bondurant mit heiserer Stimme. »Genau dasselbe würde sie sagen.«

»Reizendes Mädchen, Jon. Was ist mit ihr passiert?«

Bondurant wandte sich wieder dem Fenster zu. »Das weiß ich nicht. Ich habe unter jedem Stein nachgesehen.« Er bemerkte die Erschöpfung in seiner Stimme. Beide starrten in die Glut des Kamins und tranken schweigend ihre Drinks, bis Bondurant die Stille brach.

»Hör zu, Terry«, sagte er mit neuer Kraft. »Es gibt noch ein anderes Problem. Und ich bin mir nicht sicher, wie ich das deuten soll.« Er zog eine weitere Tabelle aus seiner Tasche und schob sie O'Neil über den Tisch.

»Was haben wir denn da?«, fragte dieser neugierig.

»Das sind Ravis Ergebnisse. Die wahren Ergebnisse, die er über das Grabtuch erworben hat. Sie wurden mir letzte Woche von diesem Kerl aus seinem Labor geschickt. Sieh sie dir genau an.«

O'Neil setzte seine Brille auf und legte die Tabelle genau neben seine eigene, die im Labor von Oxford erstellt worden war. Er betrachtete beide mehr als eine geschlagene Minute lang aufmerksam. Je mehr er sie anstarrte, desto verwunderter schien er. Er vertauschte ihre Plätze auf dem Tisch. Er hielt sie zusammen, eine über die andere, dann in das Licht, das durch das Fenster fiel, um ihre Unterschiede zu erkennen. Er sah Bondurant verwirrt an.

»Die beiden haben keinerlei Gemeinsamkeiten. Nicht einmal annähernd«, sagte er. »Wo ist da der Witz?«

»Terry, dieselbe Frage stelle ich mir, seit du mir nach unserem Anruf deine Kopie der DNA-Ergebnisse geschickt hast.«

»Was zum Teufel?«, sagte O'Neil verwirrt.

Bondurant schob die beiden Tabellen wieder zusammen, legte sie nebeneinander. »Bist du vollkommen sicher, dass die Blutprobe, die du hier in Oxford getestet hast, dieselbe ist, die von dem Grabtuch stammt? Kannst du das absolut bestätigen?«

»Ich würde mein Leben darauf verwetten, Jon«, sagte O'Neil feierlich.

»Dann«, sagte Bondurant und kippte schnell den Rest seines Scotchs hinunter, »beweisen es die Ergebnisse. Die DNA-Verbindungen hier weisen keine Gemeinsamkeiten auf. Auf dem Grabtuch Jesu befindet sich Blut aus *zwei unterschiedlichen* Quellen. Ohne Bezug zueinander. Verstehst du, Terry? *Kein Bezug.* Und glaube mir, keine der beiden ist eine Ziege.«

»Aber das ist unmöglich.«

»Ich fange an zu glauben, dass alles möglich ist«, sagte Bondurant, während er seine Dokumente einsammelte und aufstand, um zu gehen. »Was hast du mit der übrigen Blutprobe gemacht, die du hattest, Terry?«

»Ich habe sie natürlich zerstört. Das Letzte, was ich wollte, war, mein Labor in eine Art Touristenfalle zu verwandeln, wenn bekannt wird, dass sie sich hier befindet.«

»Sehr gut. Du hast das Richtige getan. Leider glaube ich nicht, dass ich dasselbe über Sehgal behaupten kann«, brummte Bondurant, während er nach seiner Jacke griff und zur Tür ging. »Es passt alles zusammen. Er hat seine Fachkenntnis eingebracht. Er hat einen Teil seiner

Blutprobe für einen anderen Zweck aufbewahrt. Seine höhere Berufung, könnte man sagen.«

»Jon, wohin, in Gottes Namen, gehst du?«, rief O'Neil.

»In Gottes Namen? Nach Indien, Terry. Zurück nach Indien.«

39

Mumbai, Indien
März 2015

Kishan drückte den Bremshebel durch und raste auf die rote Ampel in der Mutton Street zu. Die belebte Avenue schnitt wie eine gezackte Messerklinge durch die Marktstände entlang des Colaba Causeway in Mumbai. Das Motorrad stieß eine dünne weiße Rauchfahne und ein ersticktes Stöhnen aus, als wollte es wegen der Belastung, mit der er den Motor beanspruchte, um Gnade bitten.

Ihr Name war Chanda. Er wollte sie beeindrucken. Sie hatte ihn verwundert angesehen, als er ihr an der Tür ihrer Familienvilla einen Helm in die Hand drückte. Irgendwie hatte sie wohl erwartet, dass er zu ihrem ersten Date mit dem Auto kam. Ein Jahr lang hatte er gespart, um dieses alte Motorrad zu kaufen, zunächst brauchte er einen neuen Job und dann waren viele weitere Gehaltsschecks nötig, bevor ein Auto in Reichweite kam.

Kishan hatte Chanda an diesem warmen Abend genau da, wo er sie haben wollte. Sie saß dicht hinter ihm auf seinem Bike, die Arme eng um seine Taille geschlungen, so wie er es sich erträumte, seit er sie zum ersten Mal gesehen hatte. Nach Monaten des Zögerns und des Abwartens hatte er endlich den Mut gefunden, sie im Restaurant ihrer Eltern anzusprechen. Sie arbeitete in dem Lokal, das sich von seiner Wohnung aus ein paar Häuser weiter befand. Er hatte lange gezögert, sie zu fragen, ob sie mit ihm ausging. Sie war auffallend süß, mit großen, ausdrucksstarken Augen und langen glänzenden Haaren, die sie stets zu einem Pferdeschwanz zusammengebunden hatte, und er musste all seinen Mut aufbringen, um ihr gegenüberzutreten. Aber sie hatte Ja gesagt und nun wollten sie den alten ›Diebesmarkt‹ *Chor Bazaar* erkunden, der mit Geschäften und Cafés übersät war. Wie Perlen an tausend Schnüren lagen sie entlang der engen Gassen verstreut. Er lächelte breit. Die Wärme ihres Körpers drang durch seine Jacke und er war überzeugt, nie mit einem hübscheren Mädchen zusammen gewesen zu sein.

Als er sich durch den stockenden Verkehr und auf die vor ihm liegende, stark befahrene Kreuzung schlängelte, ging dort nichts mehr voran. Er schaltete den Motor ab, ließ frustriert die Arme sinken und blickte in den Seitenspiegel, um die hinter ihm liegende Szene zu überblicken. Dabei entdeckte er etwas Ungewöhnliches. Etwa 30 Meter hinter ihm kroch langsam etwas heran, das wie eine Autokolonne aussah, bestehend aus zwei dunkel glänzenden Land Rover, umgeben von mehreren dazu passenden Motorrädern. Die Fahrer trugen identische schwarze Uniformen. Der Versuch der kleinen Autokolonne, die anderen zur Seite zu drängen und so das Fahrzeugmeer zu teilen, sorgte für einen Missklang aus Hupen und Schreien, der laut genug war, den Lärm des ohnehin schon chaotischen Basars zu übertönen.

Wer saß in den teuren Autos, die so nah hinter ihm waren? Kishan starrte konzentriert in den Spiegel, um einen Blick auf die VIPs zu erhaschen. Doch die Windschutzscheiben der SUVs waren getönt, sodass man nicht hineinsehen konnte. Als sich die Land Rover seinem Heck bis auf einen halben Meter näherten, zischte die Motorradeskorte wie ein Schwarm Wespen vor und umkreiste seinen Roller. Auf den Jacken der Fahrer erkannte er ein seltsames Abzeichen, das er noch nie zuvor gesehen hatte. Er versuchte Platz zu machen und schob seinen Roller langsam entlang der geparkten Autos an den bevölkerten Bürgersteig. Ein Fahrer aus der Eskorte, der wie die anderen eine rote Strickmaske unter seinem offenen Helm trug, drängelte sich mit seinem glänzenden Motorrad zwischen Kishan und die parkenden Autos, was diesen daran hinderte, sich weiter zu entfernen. Die teuren Motorräder hatten seinen kleinen Roller in die Mangel genommen, die seltsamen Fahrer ließen die Motoren in einem donnernden Getöse röhren. Es war unmöglich, darüber hinaus noch irgendetwas anderes zu hören.

Als Kishan nach links blickte, um einen Fluchtweg zu suchen, erkannte er, dass es zu spät war. Der vordere Land Rover fuhr direkt neben ihn und hielt an. Die Heckscheibe des Autos glitt herunter und enthüllte die Profile zweier Männer, die in der Dunkelheit des Innenraums kaum zu sehen waren. Durch das Getöse der schreienden Maschinen drang eine Stimme, die er kaum verstehen konnte.

»Lass den Roller und das Mädchen und steige ins Auto!«, befahl sie. Kishans Verabredung umklammerte ängstlich seine Schultern. Die Stimme aus dem Wageninneren kam ihm entfernt vertraut vor, aber das sie umgebende Getöse war so laut, dass er sich nicht sicher sein konnte. *Wer auch immer diese Leute sind, es muss ein Irrtum sein,* dachte er. Endlich fand er eine kleine Lücke hinter dem Auto vor ihm und drängte mit seinem Roller einige Meter vor, um sich aus dem Sichtbereich des Land Rover zu bringen. Er wollte keinen Ärger. Aber der düstere Geländewagen fand neben ihm ebenfalls eine Lücke und tat es ihm gleich. Die Stimme aus dem Wageninneren rief wieder, diesmal mit größerer Dringlichkeit.

»Ich sagte, lass den Roller fallen und schick das Mädchen weg, Kishan!«, verlangte die Stimme. »Ich bitte dich nicht noch einmal.«

Als er seinen Namen hörte, begann Kishans Puls zu rasen. Sie wussten genau, wen sie suchten. Er sah auf seinen Lenker hinunter und dachte darüber nach, den Motor zu starten und irgendwie abzuhauen. Andererseits konnte er versuchen, mit denen, die im Auto saßen, zu reden. Seine linke Hand drückte den Bremshebel, der Daumen seiner rechten ruhte auf dem Startknopf. Er zögerte und streckte den Hals, um nach irgendeiner Lücke im Verkehr zu suchen. Im selben Moment streckte der Fahrer des riesigen Motorrads neben ihm seinen ledergestiefelten Fuß aus und trat Kishan hart ins Knie. Ein heftiger Schmerz durchzuckte sein Bein. Er hatte Mühe, seinen Roller aufrecht zu halten. Seine verängstigte Passagierin fing an, ihm auf den Rücken zu hämmern und ihn anzuschreien, er solle doch etwas tun, irgendetwas. Als Kishan erkannte, dass sein lang ersehntes Date vorbei sein sollte, bevor es begonnen hatte, verwandelte sich seine Angst augenblicklich in Wut. Sein erster Abend mit der wunderschönen Chanda war höchstwahrscheinlich auch sein letzter.

Eine schmale Lücke, vielleicht 60 Zentimeter breit, öffnete sich plötzlich vor ihm im Verkehr. Für ein größeres Motorrad oder den Land Rover war sie viel zu eng. Er rammte seinen Daumen auf den Startknopf und gab kräftig Gas. Sein Roller reagierte sofort und schoss durch die Lücke, wobei seine Seitenspiegel scharf über die Flanken der Fahrzeuge links und rechts schrammten. Er hörte das Dröhnen von Hupen und das gewaltige Röhren der Kolonne, die jetzt hinter ihm festsaß. Schnell ließ er seine Blicke kreisen, um nach irgendeiner sich bietenden Lücke in dem vor ihm liegenden Kreisverkehr zu suchen. Es war ein verstopftes Chaos aus Fahrzeugen, Karren und Menschen, das sich in einem Dutzend verschiedener Richtungen kreuzte. Rechts von ihm sah Kishan einen Transporter, der eine *Galis,* eine enge Gasse voller Straßenhändler und Essensstände, blockierte. Hektisch knallte seine Faust auf die Hupe, benutzte sie wie eine Sirene und fuhr mit immer größer werdendem Tempo die enge Gasse hinunter. Geschickt wich er einem Fußgänger nach dem anderen nur um Haaresbreite aus. Einige schrien panisch und sprangen zur Seite. Die Gasse wurde noch schmaler und mündete in eine Fußgängerzone, doch Kishan jagte mit Vollgas hinein. Wütende Schreie hallten durch die Häuserschlucht, während die Passanten aufgeregt zu den Markthändlern sprangen, die Teppiche, Glaswaren und Kupfertöpfe feilboten. Alle versuchten, sich aus der Bahn seines rasenden Rollers zu bringen.

Am Ende der Gasse fuhren sie in die Ambalal-Doshi-Road, unweit des luxuriösen *Tadsch Mahal*-Hotels. Von seinen Verfolgern fehlte jede Spur. So schnell er konnte, fuhr Kishan nach Westen, in die Richtung der Universität von Mumbai. Diesen Campus kannte er gut. Dort konnten sie innehalten, sich verstecken und er konnte sich orientieren. Der Griff, mit dem sich seine Verabredung an seine Jacke klammerte, hatte sich etwas gelockert, und auch er entspannte sich ein wenig. Vielleicht, so dachte er, war dieses Date doch noch zu retten.

Während sie den Hügel hinunter in Richtung Mahatma-Gandhi-Road fuhren, grübelte er immer wieder darüber nach, wer seine Verfolger sein könnten. Wie war es möglich, dass sie sich überhaupt für ihn interessierten? In Gedanken hatte er die Liste der möglichen Antworten bereits abgehakt. Er war mit seiner Miete, seinen Schulkrediten und seinen Nebenkosten im Rückstand, aber nicht viel. Er hatte seine Strafzettel bezahlt. Er hatte eine geringe Spielschuld, aber weniger als 5000 Rupien, was etwa 100 Dollar entsprach. Hier in Indien war das viel Geld, aber sicherlich nicht genug, um die Mühen einer solchen Verfolgungsjagd zu rechtfertigen.

Und dann blitzte ganz plötzlich eine Idee durch seinen Kopf. Als er beim *Elphinstone College* um die Ecke bog, begannen seine Gedanken zu rasen. Es ging um das Grabtuch. Natürlich! Das musste es sein. Es war das einzige Geheimnis, von dem er wusste, und das einzige, wofür er sich in letzter Zeit aus der Versenkung gewagt hatte. Aber was hätte er tun sollen? Die Lüge für immer auf sich beruhen lassen?

Während er auf das Universitätsgelände fuhr, fiel sein Blick jenseits der Kricketfelder auf einen Tumult. Angst machte sich in ihm breit. Er beschleunigte entlang des zentralen Fußweges der Spielfelder, auf dem Autos nichts zu suchen hatten. Doch die Sicherheit war ein Trugschluss. Parallel zu ihm befanden sich seine Verfolger. Die Motorradkolonne wirbelte eine riesige Staubwolke auf. Sie hatten ihn entdeckt und kamen mit hoher Geschwindigkeit in seine Richtung. Seine Verabredung packte ihn wieder an den Schultern und stieß einen Schrei aus. »Bring mich nach Hause, Kishan! Bitte bring mich nach Hause!«, flehte sie.

Er gab heftig Gas, zu heftig, und würgte den Motor seines Rollers ab. Der Motorradschwarm war nur noch ein paar Hundert Meter entfernt und kam schnell näher. Er geriet in Panik und drückte mehrmals auf den Aus-Schalter anstelle des Startknopfes, bevor er seinen Fehler bemerkte. Die Batterie seines Rollers, die den Motor immer wieder zur Umdrehung gebracht hatte, ohne ihn dabei zu starten, wurde mit jedem Versuch schwächer.

Mit beiden Beinen schob er seinen Roller, so fest er konnte, das vor ihnen liegende abschüssige Stück Straße hinunter, startete den Motor und gab Gas. Sein Bike stotterte, klickte gnädigerweise in den Gang und kroch vorwärts. Mit seinen Verfolgern nun direkt hinter ihm, manövrierte er seinen Roller Richtung *Convocation Hall*, das größte Theater auf dem Campus. Er hoffte, dass gerade eine Veranstaltung stattfand, bei der sich Hunderte von Menschen versammelt hatten und ihm die Menge einen gewissen Schutz bot.

Die Halle war jedoch verlassen, mit Ausnahme einiger Autos, die aus dem benachbarten mehrstöckigen Parkhaus kamen. Es lag direkt neben einer zweiten, noch im Bau befindlichen Doppelgarage, in deren oberstem Stockwerk mehrere Arbeiter gerade dabei waren, Stahl zu zerspanen. Kishans Verfolger waren ihm nun dicht auf den Fersen. Links und rechts von ihm erhoben sich die hohen Wände der umliegenden Gebäude. Der einzige Fluchtweg lag direkt vor ihm, Richtung Parkhaus. Wenn es im ersten Stock eine Tür gab, gerade breit genug, damit sein Roller durchpasste, dann hatte er vielleicht doch noch die Chance, zu entkommen. Der Motor seines Rollers stand kurz vor der Überhitzung, jaulte auf, als er in die schwach beleuchtete Garageneinfahrt jagte, die zum Glück menschenleer war. Im Scheinwerferlicht suchte er das untere Stockwerk nach irgendeiner Lücke oder einer Tür ab, die einen Durchgang bieten könnte, entdeckte aber nichts dergleichen.

Da er keine andere Wahl hatte, begann er mit dem schwindelerregenden, wendekreisförmigen Aufstieg über die Garagenauffahrt zu den oberen Ebenen. Ebene Zwei.

Ebene Drei. Ebene Vier. Ihm war klar, dass sie jetzt hoch genug waren, um in der Falle zu sitzen. Er hörte ein lautes Brummen und wusste, dass sich seine Verfolger nur wenige Meter hinter ihnen befanden.

Die Reifen der Geländewagen quietschten mit jeder scharfen Kurve die Auffahrt hinauf und befanden sich jetzt nur noch etwa 30 Meter hinter ihnen. Eine Flucht war aussichtslos, aber er erinnerte sich an die Handvoll Arbeiter, die er auf dem im Bau befindlichen Parkhaus nebenan gesehen hatte. Vielleicht war es möglich, sich in der oberen Etage, im Freien, einen Schutz darin zu suchen, dass die Bauarbeiter alles, was als Nächstes geschah, bezeugen konnten. Er erreichte die Dachterrasse, jagte mit seinem Roller ins Sonnenlicht hinaus – und im selben Moment, als er in den schwindelerregenden Höhen ankam, setzte seine Akrophobie ein. Er hatte einen Fehler gemacht. Ein paar der Arbeiter auf dem angrenzenden Dach waren damit beschäftigt, Stahl zu schleifen, einige von ihnen hielten in ihrer Arbeit inne, um die Ansammlung aus Motorrädern und Geländewagen zu beobachten, die das Paar auf dem Roller verfolgte, das geradewegs auf sie zusteuerte.

Zwölf Meter trennten die beiden sechsstöckigen Garagen voneinander. Während Kishans Roller immer schneller auf das gegenüberliegende Dach zuraste, winkten er und seine Verabredung verzweifelt um Hilfe.

Vor ihnen entdeckte Kishan eine große Holzplanke, die als provisorische Fußgängerbrücke von einer Garage zur anderen diente. Obwohl sie kein Geländer besaß und nur gut einen Meter breit war, sah sie stabil genug aus. Wenn es ihm gelang, seinen Roller in der Mitte der Planke zu halten, konnte er in Sekundenschnelle auf das angrenzende Dach und damit in Sicherheit rasen.

Sein Vorteil gegenüber den schweren Motorrädern und Geländewagen, aber auch ein Hochseilakt, so viel stand fest. Und er würde lieber durchs Feuer gehen, als sich in so riskanter Höhe zu bewegen. Ihm war jedoch klar, dass es kein gutes Ende nehmen würde, wenn er auch nur einen Moment lang zögerte.

Im Fahren richtete er sein Vorderrad Richtung Rampe, jagte den Motor hoch, raste auf das schmale Brett zu und versuchte, nicht nach unten zu blicken. Seine Verabredung presste die Arme um seine Taille und klammerte sich panisch daran fest. Nach einem Drittel des Weges war ihm klar, dass das robuste Brett ihr Gewicht tragen würde. Aber was er nicht sah, während er vorwärtsraste, waren die Bauarbeiter, die ihm hektisch zuwinkten. Er würde nie erfahren, dass der provisorische Steg, den sie gerade überquerten, schon seit Monaten nicht mehr benutzt worden war. Das Ende des Brettes, auf das er jetzt zuraste, reichte nur knapp einen Zentimeter bis auf das gegenüberliegende Dach. Kaum hatte sein Roller die Mitte der Brücke erreicht, bog sich das Brett unter ihrem Gewicht gnadenlos durch und löste sich vom Gebäuderand. In einem bizarren Moment erkannte Kishan, dass der Fluchtweg seitlich wegrutschte, sein Roller, er und das schönste Mädchen, das er niemals kennenlernen würde, nach unten fielen und in einen Haufen Bauschutt stürzten, der sechs Etagen tiefer auf sie wartete.

Die Arbeiter eilten zum Rand des Daches und schauten entsetzt nach unten. Die Biker brachen ihre Verfolgung sofort ab und flohen in die entgegengesetzte Richtung, zur Abwärtsrampe des Parkhauses.

Sanitäter transportierten die Leichen von Kishan und seiner Verabredung schließlich ab. Chanda war sofort gestorben, ihr Kopf und ihr Helm waren beim Aufprall völlig zerschmettert worden. Ein langes Stahlrohr hatte sich in Kishans Brust gebohrt. Wie es schien, hatte er nach dem Sturz noch einige Minuten gelebt. Im Sterben musste er seine Hand nach ihrer ausgestreckt haben, denn er hielt sie noch immer.

40

Außerhalb von Mumbai, Indien
März 2015

Domenika erwachte im Dunkeln, umringt von den Barmherzigen Schwestern, die neben ihrem Bett Nachtwache hielten. Mit stillem Ernst blickten sie auf sie herab, so wie sie es seit Monaten taten. Ihre Gesichter, die von ihrer traditionellen weiß-blauen Ordenstracht halb verdeckt wurden, leuchteten schwach im Licht der Kerzen, die sie hielten. Domenikas Blick huschte auf eine Uhr, die auf einem Nachttisch stand. Es war fünf Uhr morgens. Eine Stunde vor Sonnenaufgang. Als sie mühsam versuchte, sich von der Seite auf den Rücken zu rollen, um eine bequemere Position einzunehmen, streckten sie ihr ihre helfenden Hände entgegen. Ihre Schwangerschaft war weit fortgeschritten und sie war erleichtert, dass die Zeit der Entbindung endlich nahte.

Auf Anweisung ihres Arztes hatte sie während der gesamten Schwangerschaft strenge Bettruhe eingehalten und sich nicht mehr aus dem kleinen Zimmer in dem stillen Kloster gewagt, seit die Ambulanz sie im vergangenen Herbst dorthin gebracht hatte. Sie durfte sich nicht bewegen, abgesehen von vorsichtigen Ausflügen über den Flur zur Toilette. Doch Domenika hatte sich nie an diese Einschränkungen gewöhnt, die sie zur Sicherheit ihres Babys auf sich nehmen musste, auch wenn sie die Gründe für die außergewöhnlichen Maßnahmen, die ihr Arzt Dr. Laurence angeordnet hatte, durchaus verstand.

Er hatte ihr erklärt, wie ernst ihr Zustand war. *Placenta previa,* eine abnormale Positionierung der Plazenta in der Gebärmutter, war relativ selten, aber für einen signifikanten Prozentsatz der Fehlgeburten und Totgeburten verantwortlich und setzte sowohl sie als auch das Baby einem hohen Risiko aus. Wäre ihr Zustand unbemerkt geblieben, hätte das Risiko einer schweren Blutung bestanden, was wiederum zu einem Blutverlust geführt hätte, der ihr Leben gefährdet und das Kind der ernsten Gefahr eines Sauerstoffmangels ausgesetzt hätte. Ihr wurde gesagt, dass die geringste falsche Bewegung umgehend zu einer Fehlgeburt führen konnte.

Und so lag sie hier. Die Isolationshaft war ein kleiner Preis für ein gesundes Neugeborenes. Doch ungeachtet der bemerkenswerten Fürsorge durch die überaus aufmerksamen Schwestern während ihres Aufenthalts in dem schlichten Kloster sowie der aufmunternden Besuche von Dr. Laurence, seinen Krankenschwestern und Dr. Sehgal war es die Einsamkeit, die am meisten schmerzte.

Als strenge Katholikin hatte sie sich in ihren Zwanzigern aufgespart, weil es die Kirche so lehrte und weil es einfach richtig war. Als sie 30 wurde, blieb ihr Gelübde bestehen, aber ihr Widerwille, sich einem Mann zu schenken, beruhte mehr auf ihrem Versprechen an sich selbst, den Richtigen zu finden. Jemanden für ein ganzes Leben. Und für Domenika, die bei ihrer Arbeit von guten und anständigen Männern umgeben war, die durch ihr Priestertum das Zölibat abgelegt hatten, gab es nur wenige ›Richtige‹, und das in großen Abständen.

Ihre Schwangerschaft, obwohl offensichtlich ungeplant, hätte eigentlich eines der freudigsten Ereignisse ihres Lebens sein sollen. Stattdessen war sie allein, ohne eine Person, mit der sie das Wunder der Schwangerschaft und der Geburt teilen konnte. Sie hatte sich immer vorgestellt, dass ihre Mutter und ihre Schwester über die Veränderungen ihres Körpers kichern würden. Sie hatte davon geträumt, sich gemeinsam Namen auszusuchen und eine Babyausstattung zu kaufen.

Ihre Tagträume beinhalteten die grummelige Aufregung ihres Vaters, während die Vorbereitungen für sein Enkelkind liefen. Nie hatte sie sich vorgestellt, in der Gesellschaft von Fremden in Einzelhaft dieses Wunder zu erleben. Die ständige Angst, das Baby zu verlieren, begleitete sie jeden Moment. Während sie sich nach Bewegung und nach Spaziergängen durch die Stadt sehnte, waren die Nonnen ausgesprochen aufmerksam. Eigentlich fühlte sie sich mehr wie eine Gefangene als eine Patientin.

Das Kloster, das mehrere Kilometer außerhalb von Mumbai lag, folgte strengen Regeln und einer primitiven Lebensweise. Es gab keinen Internetzugang, kein Telefon oder Handy und auch kein Fernsehen. Sie musste auf altmodische Briefe zurückgreifen und auf Dr. Sehgals freundliches Angebot eingehen, ihre handgeschriebenen Nachrichten für sie zu verschicken. Es war die einzige Möglichkeit, ihren Eltern gegenüber ihr Herz auszuschütten und für die ungewollte Schwangerschaft um Verzeihung zu bitten. Domenika wusste, dass sie enttäuscht sein würden, aber ihr war nie in den Sinn gekommen, dass sie ihre Nachrichten mit völligem Schweigen beantworten würden. Sie war sich sicher, dass ihr Vater ihr nie verzeihen würde. Und ihre Mutter hatte aus Zorn über die Umstände ihrer Schwangerschaft wohl endgültig mit ihr gebrochen. Das Schweigen ihrer Schwester, obwohl es eine Enttäuschung war, kam nicht überraschend. In den letzten drei Jahren hatte Joanna ihre Adressen wie ihre

Kleidung gewechselt, und es war unwahrscheinlich, dass Domenikas Briefe sie jemals erreichten.

All diese Enttäuschungen waren das eine. Aber ein wirklicher Schock für ihre Seele war die ausbleibende Reaktion von Bondurant. Daran gab sie nur sich selbst die Schuld. Von allen Männern hatte sich Domenika ausgerechnet diesen verkorksten Amerikaner ausgesucht, um ihr Gelübde zu brechen. Die Definition eines Serien-Monogamisten. Was hatte sie erwartet? Bevor bei ihr die Reue eingesetzt hatte, war er schon lange verschwunden gewesen.

Trotzdem schrieb sie ihm. Es war ein langer, herzlicher Brief, in dem sie ihm von der Schwangerschaft erzählte und ihm ihre tiefe und ewige Liebe gestand.

Ich weiß, dass du das nicht wolltest, aber ich übernehme die volle Verantwortung für das Baby. Ich bitte dich um nichts, sondern biete dir nur die Möglichkeit, an unser beider Leben teilzuhaben. Unsere Tochter oder unser Sohn wird dich kennen und lieben, wenn es dein Wunsch ist. Wenn es nach mir geht, werden wir eine Familie sein, hatte sie ihm geschrieben und dabei die Schmerzen ertragen, ihre Gefühle so offen preiszugeben, und die Gewissheit, ihr Herz einer möglichen Zurückweisung durch einen Mann seines Rufs auszusetzen. Einen Mann, den sie erst seit einigen Wochen kannte. Aber das war egal. Sie liebte ihn und sie war überzeugt, dass er sie ebenfalls liebte, auch wenn er es noch nicht wusste.

Die letzten Worte, die sie ihm im vergangenen Sommer am Telefon gesagt hatte, waren hart gewesen, und nun wünschte sie sich, sie könnte sie zurücknehmen. Obwohl ihre beiden kurzen gemeinsamen Wochen bewiesen hatten, dass sie wenig gemein hatten, war sie seit Turin nicht in der Lage, ihn aus ihren Gedanken zu vertreiben.

Sie hätte keinem Mann begegnen können, der in einem größeren Widerspruch zu ihren eigenen Überzeugungen stand. Ihm fehlte die Fähigkeit zu glauben, und er hatte offensichtlich kein Interesse daran, sie zu finden. Immerhin war er *Amerikaner* und trug, wohin er auch ging, stets ein unverdientes Selbstbewusstsein mit sich herum. Es zerrieb sie. Ein ›Verrückter‹, wie ihre Schwester behauptet hatte? Nein, aber anfällig für Neurosen? Unbedingt. Manchmal emotional blockiert? Auf jeden Fall.

In der Regel war er der quadratische Stöpsel und sie das runde Loch. Doch seltsamerweise hatte sie, obwohl sie an jenem Abend zu viel Wein getrunken hatte und sich kaum an die intimen Momente mit Bondurant in diesem Hotelzimmer in Turin erinnern konnte, ausgerechnet *ihn* als ihren ersten Mann auserwählt. Trotz all seiner Fehler war sie der Meinung gewesen, dass er sich von jedem anderen Mann, den sie je getroffen hatte, deutlich unterschied. Er war klug und forderte sie auf Schritt und Tritt zum Nachdenken heraus. Er war freundlich, ehrlich, großzügig und besaß den Mut, zu seinen Überzeugungen zu stehen. Er hatte den Charakter eines Mannes, zeigte aber manchmal die Verwundbarkeit eines Kindes. Seine Anziehung auf sie war so groß, dass sie sich ein Flugticket nach Baltimore gekauft hatte, um ihn eine Woche, nachdem sie sich in Turin verabschiedet hatten, zu überraschen. Erst in letzter Minute hatte sie sich nicht in der Lage gesehen, das Flugzeug zu besteigen, aus Angst davor, wie dumm sie wirken würde, wenn sie um die halbe Welt flog, um ihn zu verfolgen. Jetzt bereute sie es, zu Hause geblieben zu sein.

Und bald war er der Vater ihres Kindes. Sie war stolz darauf und fragte sich, was ihm das bedeutete und warum er ihren Brief ignorierte, in dem sie ihn gebeten hatte, zu kommen. Auch wenn ihre kurze gemeinsame Zeit nur von geringer Dauer gewesen war, wusste sie, dass er sehr von ihr angetan war, aber sie wusste auch, dass ein solches Gefühl noch weit davon entfernt war, Vater werden zu wollen. Trotzdem hatte sie gehofft, dass er seine Verantwortung verstehen würde, egal ob sie jemals zusammen sein würden oder nicht. Sie fragte sich, ob sie ihn falsch eingeschätzt hatte, so wie sie Ravi Sehgal falsch eingeschätzt hatte.

Sie war in Indien bei dem Nobelpreisträger zu Gast gewesen. Ravi hatte sie nach der katastrophalen Telefonkonferenz in Rom angerufen und sie eingeladen, um seine Ergebnisse zu erläutern. Er wollte Wiedergutmachung leisten. Obwohl sie nur sehr wenig über DNA wusste, war sie sich sicher, dass die Forschungsergebnisse zu dem Grabtuch, die er Monate zuvor bekannt gegeben hatte, falsch sein mussten. Der Vatikan hielt mit dem Edikt den Beweis seiner Echtheit in Händen, dennoch hatte er eine gewaltige Lüge verbreitet, indem er bestritten hatte, dass das Grabtuch echt war. Er musste einen Grund dafür haben, sich eine solche Lüge auszudenken. Um eine Erklärung einzufordern, war sie seiner Einladung nach Mumbai gefolgt und mit dem Wissen dorthin gereist, dass sie ihren früheren Job in Rom vielleicht zurückbekommen konnte, wenn es ihr gelang, das Chaos wieder in Ordnung und die Wahrheit ans Licht zu bringen.

In Sehgals elegantem Haus am Stadtrand hatte sie die Wahrheit herausgefunden. Es habe einen schrecklichen Fehler gegeben, hatte er gesagt. Einen, für den er sich seinen Kollegen gegenüber schämte. Seine Erklärung war kompliziert. Laut Sehgal war die Blutprobe vom Grabtuch durch den Fehler eines Labortechnikers verunreinigt und erst wenige Tage nach der Telefonkonferenz, bei der die Ergebnisse des Teams besprochen wurden, entdeckt worden. Sehgal, besorgt um seinen Ruf, war ratlos gewesen. Er hatte sich entschuldigt und ihr versprochen, dass er bereit sei, seine Tests erneut durchzuführen, die Aufzeichnungen zu korrigieren und seine Ergebnisse Bondurant zur Verfügung zu stellen. Bei einer beruhigenden Tasse Tee hatte er sie gebeten, Verständnis zu zeigen.

Es stellte sich heraus, dass ihre Begegnung mit Sehgal ihre letzte bewusste Erinnerung war, bevor sie im kleinen Kloster der Barmherzigen Schwestern erwachte. Ihr wurde erzählt, sie sei auf Sehgals Wohnzimmercouch ohnmächtig und in die Notaufnahme zur Beobachtung gebracht worden, wo Ärzte die bemerkenswerte Entdeckung gemacht hatten, dass sie schwanger war. Angesichts ihrer bei der Routineuntersuchung im Krankenhaus entdeckten Risikofaktoren hatte die behandelnde Ärztin sofortige Bettruhe angeordnet. Und Sehgal hatte seine enge Beziehung zu den Schwestern des Klosters genutzt, um die notwendigen Vorkehrungen zu treffen, damit sich Domenika dort in der christlichen Obhut erholen konnte. Das alles hatte sie erfahren, als sie aufgewacht war.

Bald schon sollte sie so viel mehr erfahren.

41

Rom, Italien
März 2015

Weit nach Mitternacht hämmerte Bondurant an Parentis Wohnungstür. Als der Priester ihm schließlich öffnete, stürmte er verzweifelt durch die Tür.

»Wo ist Ihre Toilette?«, rief er dabei.

»Gleich hier«, sagte Parenti. Er wirkte etwas orientierungslos, sein amerikanischer Freund hatte ihn gerade geweckt. Verwirrt deutete er auf die Tür hinter sich.

Bondurant ging in das kleine Badezimmer und schlug die Tür zu.

»Das ist alles?«, fragte Parenti, während er sich den Schlaf aus den Augen rieb. »Ich habe Sie seit Monaten nicht gesehen. Und jetzt tauchen Sie hier unangekündigt mitten in der Nacht auf. Kein ›Hallo‹, kein ›Wie geht's‹?«

»Hallo! Wie geht's?«, ächzte Bondurant hinter der Badezimmertür.

Der Priester schob den Kopf in den leeren Hausflur hinaus. »Keine Verfolger?«, fragte er besorgt.

»Nein, nur mein Magen«, gab Bondurant zurück. »Ich bin gerade gelandet. Und eines schwöre ich Ihnen: Ich werde nie wieder indisch essen, solange ich lebe.«

»Verstehe«, murmelte der Priester.

»Ich brauche nur eine Minute. Sie retten mir gerade das Leben, Pater.«

Parenti setzte sich auf sein Bett und rieb sich die Augen. Die Minuten vergingen, dann kam Bondurant aus dem

Badezimmer. Er sah blass aus. Müde zog er den einzigen Stuhl in der Wohnung zum Bett heran und nahm gegenüber vom Priester Platz.

»Warum haben Sie nicht angerufen und gesagt, dass Sie kommen?«, fragte Parenti.

»Weil Sie kein Telefon haben«, entgegnete Bondurant. Er sah sich in der kleinen, spärlich möblierten Wohnung um. Sie ähnelte mehr einer Gefängniszelle als einem Zuhause. Er merkte, dass der Priester immer noch schlaftrunken war. Bondurant hatte knapp zwölf Stunden im Flugzeug gesessen, um mit ihm zu sprechen.

»Das stimmt. Telefon habe ich leider nicht«, bestätigte Parenti lächelnd, legte sich wieder ins Bett und griff nach der Decke. »Ich wünsche Ihnen eine gute Nacht.«

Bondurant trat an die Seite des Bettes heran, um den Priester aufzuscheuchen und zu verhindern, dass er wieder einschlief. Er entdeckte Aldo in seinem Käfig auf dem Boden neben dem Bett, griff nach unten, öffnete den Riegel und stellte den Hund auf die Bettdecke. Aldo sprang sofort zu Parenti und leckte fröhlich dessen Wange.

»Pater?«, fragte Bondurant. Er zögerte einen Moment und sah zur Toilette, aus Angst, dass er gleich einen weiteren Ausflug dorthin unternehmen musste. Er atmete tief ein, um seinen Magen einen weiteren Moment lang zur Ruhe kommen zu lassen. »Es tut mir leid, dass ich Sie wecken musste, aber dafür gibt es einen guten Grund. Wir müssen reden.«

Der Priester drehte sich langsam auf die Seite und stopfte sich ein Kissen unter den Arm. Er wiegte den Hund in seiner Armbeuge und sah zu Bondurant auf. »Fahren Sie fort.«

»Zuerst, haben Sie etwas von Domenika gehört? Irgendetwas?«, fragte Bondurant.

»Kein Wort.«

»Ich auch nicht. Aber ich bin mir sicher, dass sie gerade in ernsten Schwierigkeiten steckt. In den letzten beiden Wochen habe ich in Mumbai jeden Stein umgedreht und noch immer findet sich nirgends ein Hinweis auf sie.«

Der Priester runzelte die Stirn. »Als Sie aus Rom abgereist sind, um nach ihr zu suchen, dachten wir, dass ihr Ziel vielleicht Mumbai gewesen wäre, aber es gab keinen Hinweis auf Schwierigkeiten. Warum denken Sie, dass sie jetzt in welchen steckt?«

»Weil Sehgal ebenfalls vermisst wird«, brummte Bondurant. »Und wenn wahr ist, was mir einer von Sehgals Leuten am Telefon erzählt hat, dann ist es möglich, dass es etwas mit ihr zu tun hat.«

»Mit ihr zu tun? Wie meinen Sie das?«

»Ich denke da an Klonversuche, Pater.«

Parenti setzte sich kerzengerade auf und seine Augen weiteten sich. Er war nun vollkommen wach.

»Sie meinen, sie macht gemeinsame Sache mit diesen Wahnsinnigen, diesen Klon-Leuten mit den Tätowierungen? Und Sehgal auch?«

»Sehgal hat etwas, das er für das Blut Christi hält. Er hat darum gekämpft, so viel wie möglich davon zu bekommen. Das wissen wir. Er hat über die Herkunft des Blutes gelogen. Und er hat die Mittel, um die DNA wiederherzustellen«, stellte Bondurant fest. »Wenn er sich mit Laurent und den Demanianern eingelassen hat, stehen sie möglicherweise kurz vor einem Klonversuch. Ich bin mir dessen nicht sicher und ich weiß, dass es nur eine vage Vermutung ist, aber wenn er Domenika als Gefangene oder vielleicht sogar als Freiwillige hat, dann schließt sich der Kreis.«

»Wie meinen Sie das?«, fragte Parenti.

»Dass er dann seine Jungfrau Maria gefunden hat«, gab Bondurant ausdruckslos zurück. Er wollte nicht glauben, was er gerade gesagt hatte, vor allem nicht das über Domenikas mögliche Komplizenschaft. Aber er hatte genug von der endlosen Suche nach ihr und war frustriert. Seit zwei Tagen hatte er nicht geschlafen.

»Was Domenika angeht, irren Sie sich. Nie würde sie sich auf eine solche Sache einlassen. Niemals!«, entgegnete Parenti.

»Sie haben recht. Zumindest hoffe ich das. Aber sie macht es einem schrecklich schwer, sie zu finden. Viel zu schwer. Als würde sie sich verstecken«, brummte Bondurant. Er war nie frustrierter gewesen, und so wichtig ihm Domenika auch war, umso enttäuschter war er mittlerweile von ihr, weil sie ohne ein Wort verschwunden war. »Sie verschwindet. Sie erzählt niemandem davon. Und sie ergreift gegen den Vatikan Partei für mich, als der verhindern will, dass dem Grabtuch Proben entnommen werden. Es würde mich nicht wundern, wenn sie und Sehgal …«

»Unsinn, Doktor. Sie brauchen etwas Ruhe.«

»Und da ist auch schon das nächste Problem, Pater«, sagte Bondurant. »Ein großes.«

»Größer als der Versuch, den Sohn Gottes zu klonen? Mit Domenikas möglicher Beteiligung? Stellen Sie mich auf die Probe.«

»Okay, werde ich tun«, erwiderte Bondurant. »Es ist eine lange Geschichte, aber ich habe herausgefunden, dass das Blut auf dem Grabtuch zweierlei Ursprungs ist. Das ist bestätigt. Diese Demanianer und Sehgal, die haben keine Ahnung, was sie da zu klonen versuchen.«

»Sind Sie sicher?«

»Absolut. Die spielen russisches Roulette mit einem Blutstropfen. Der Sohn Gottes? *Son of Sam?* Ich versichere Ihnen, die wissen es nicht.«

Parenti schloss umgehend die Augen und legte sich die Hände auf die Ohren. »LA-LA-LA-LA. LA-LA-LA-LA«, sang er.

»Was tun Sie da?«, wollte Bondurant wissen.

»Ich will es nicht hören. Ich will es nicht hören«, entgegnete der Priester. »Wenn ich mich jetzt hinlege, wieder einschlafe und morgen aufwache, dann sind Sie verschwunden und das hier war nur ein Traum.«

»Ich wünschte, es wäre so«, gab Bondurant leise zurück.

Parenti schloss die Augen, verschränkte die Arme und dachte nach.

»Ich weiß von einem Buch«, sagte der Priester plötzlich.

»Ja?«

»Es befindet sich in den Archiven des Vatikans. Es ist ein besonderes Buch. Ich habe es bisher noch nicht genauer studiert, aber ich glaube zu wissen, wo es aufbewahrt wird. Wenn wir es finden, wird es das Rätsel lüften.«

»Wie meinen Sie das?«, fragte Bondurant.

»Es wird offenbaren, ob neben dem Grabtuch noch andere echte Reliquien existieren, die möglicherweise das Blut Christi enthalten. Auf diese Weise können Sie die Quellen des Blutes miteinander vergleichen, Doktor.«

Bondurant schüttelte ungläubig den Kopf. »Zunächst einmal gibt es kein derartiges Buch. Das würde ich wissen.«

»Manchmal sind Sie schwer zu ertragen«, murmelte der Priester. »Kein Wunder, dass Domenika eine Weile gebraucht hat, sich in Sie zu verlieben.«

»Pater, selbst wenn ich glauben würde, dass …«

»*Glauben* Sie mir, Doktor. *Glauben* Sie mir. Für unser aller Wohl, glauben Sie mir: Es gibt ein solches Buch! Sie haben ein Rätsel zu lösen, nicht wahr? Ein Grabtuch. Aber mit dem Blut von zwei Personen darauf. Welches ist das von Christus, welches nicht?«

»Sie wollen, dass ich die DNA aus dem Grabtuch mit einer anderen Reliquie vergleiche, die möglicherweise in einem Buch genannt wird und *möglicherweise* das Blut Christi aufweist? Ist es das?«

»Ganz genau. Sie müssen das tun. Wie sonst wollen Sie die Herkunft der DNA herausfinden, die diese lächerlichen Demanianer wiederzuerwecken versuchen? Sie haben keine andere Wahl.«

»Ganz im Gegenteil«, sagte Bondurant und stand von seinem Stuhl auf. »Keine sinnlosen Bemühungen mehr.«

»Wo gehen Sie hin?«, fragte Parenti.

»Ich suche mir ein Hotel. Hoffentlich fühle ich mich morgen besser und kann dann klarer über einen Plan nachdenken.« Als Bondurant sich zur Tür umdrehte, sprang Parenti aus dem Bett, packte seinen amerikanischen Freund am Ärmel und zog ihn zurück. Bondurant war überrascht, plötzlich Verzweiflung im Blick des Priesters zu erkennen.

»Bondurant, ich muss ein Geständnis ablegen«, sagte dieser kaum hörbar.

»Hier? Jetzt?«

»Sie sind der Einzige, dem ich es anvertrauen kann.«

»Ich denke, Sie reden mit dem Falschen, Pater. Soll das nicht eigentlich umgekehrt ablaufen? Der Priester hört dem Sünder zu.«

»Normalerweise schon. Aber zu dieser späten Stunde muss ich mit Ihnen vorliebnehmen.« Der Priester atmete tief ein und Bondurant merkte, dass es ein ernstes Problem gab.

»Sie müssen wissen, dass sich etwas in meinem Besitz befindet, das ich mir vor langer Zeit angeeignet – Verzeihung – gestohlen habe.« Parenti schlurfte zu einer kleinen Kommode und griff nach der oberen Schublade. Er förderte eine kleine Plastiktüte zutage, öffnete sie, zog ein zerschlissenes Tuch heraus und setzte sich wieder auf sein Bett. Das Tuch breitete er sorgfältig auf seinem Schoß aus.

Bondurant sah ihn neugierig an. »Was ist das?«

»Sie müssen mir bei einem kurzen Sakrament helfen. Ich bin mir sicher, dass Sie schon davon gehört haben. Es ist das der ›Krankensalbung‹. Ganz einfach.«

»Pater, Sie sehen sehr gesund aus«, stellte Bondurant fest. »Und abgesehen davon muss es doch tausend Priester geben, die ...«

»Gesund?«, unterbrach der Priester. Plötzlich war da ein Ansatz von Traurigkeit in seiner Stimme. Mit etwas Mühe schaffte er es, vom Bett wieder aufzustehen, und als er sich schließlich wieder sortiert hatte, drehte er sich um, damit Bondurant einen Blick auf sein krummes Profil werfen konnte. Bondurant konnte sehen, dass der Priester stärker gebeugt war, als er es in Erinnerung hatte. Parenti schien starke Schmerzen zu haben. Erst jetzt bemerkte Bondurant, wie schwer dem Priester das Atmen fiel.

»Ich werde alt, Doktor. Das werden wir alle. Aber dieses Rückgrat, mit dem ich gesegnet bin, nun, es scheint sich mit jedem Tag stärker zu verkrümmen. In Rom gibt es einen Arzt, der meint, dass sich bei diesem Tempo der Deformation meine Atmung sehr bald einstellen wird und ich das Jahr nicht überlebe.«

»Verstehe«, sagte Bondurant tonlos. Er war von der Nachricht über den Zustand seines Freundes erschüttert und seine Gedanken überschlugen sich. Wie sollte er ihm nur helfen? »In den Vereinigten Staaten gibt es bestimmt Spezialisten, die Ihnen helfen können. Ich finde einen.«

»Ich fürchte, mein Zustand übersteigt längst die ärztlichen Möglichkeiten«, sagte Parenti. Er klang resigniert. Erschöpft setzte er sich wieder aufs Bett und griff nach Bondurants Hand. Als dieser sie ihm reichte, legte Parenti das zerschlissene Tuch auf seine Handfläche. »Sie halten das Schweißtuch in Ihrer Hand – *das Schweißtuch der Veronika,* Doktor. Dadurch werde ich geheilt.«

Bondurant schloss die Augen, schüttelte den Kopf und warf das zerschlissene Tuch aufs Bett. »Ich habe genug von Reliquien, Pater.«

»Sie müssen mir helfen. Bitte!«, bat der Priester. Bondurant bemerkte, dass Parenti den Tränen nahe war.

»Ich kann es nicht allein, sosehr ich es auch versuche. Ich habe mich darauf gelegt, darauf geschlafen, mich darauf gewälzt. Es bringt nichts. Ich bin überzeugt, dass es allein nicht geht.«

»Pater, wenn es wirklich das Schweißtuch der Veronika wäre, dann …«

»Ich weiß, was Sie denken. Ich habe es bereits überprüft. Leider weist es keinerlei Blutspuren auf. Aber ich weiß, dass das Tuch ein Geschenk der Heilung von einem zum anderen leistet. Und ich kann niemand sonst damit betrauen.«

»Sie glauben also, dass der Fetzen, den Sie da entdeckt haben, tatsächlich jene sagenumwobenen Kräfte besitzt, über die seit Jahrhunderten gesprochen wird?«, fragte Bondurant. Er bedauerte den verzweifelten Priester. Natürlich wollte er ihm helfen, aber Parenti erkannte hoffentlich, wie töricht das war. Er hob das Tuch vom Bett auf und betrachtete das verschmierte Abbild.

»Es ist keine Legende«, beharrte Parenti.

Bondurant riss sich zusammen. »Ja. Und jetzt erzählen Sie mir gleich, dass Sie gesehen haben, wie es Wunder vollbringt, nicht wahr?«

»Ja. Ich habe bereits jemanden von den Toten zurückgeholt«, beharrte er.

»Wen?«, fragte Bondurant skeptisch.

»Aldo«, sagte Parenti und zeigte auf den Hund, der neben ihm auf einem Kissen saß und sie aufmerksam beobachtete.

»Genug, Pater«, entgegnete Bondurant und legte das Tuch zurück aufs Bett. »Wir machen uns morgen früh daran, einen Arzt für Sie zu finden, der eine zweite Meinung abgeben kann.«

»Wie erklären Sie sich die Sache mit den Händen Ihres Freundes Dr. Sato?«, fragte Parenti plötzlich.

Bondurant sah überrascht auf. Er erinnerte sich, dass Parenti sich in Turin auf den Weg ins Krankenhaus gemacht hatte, um Sato zu besuchen, aber er hatte nicht weiter darüber nachgedacht. Dennoch, Sato hatte dem Priester für seine Güte gedankt. Und die Heilung seiner Hände war in jeglicher Hinsicht außergewöhnlich.

»Ich habe gesehen, wie das Tuch seine Wunder an Aldo gewirkt hat, einem armen kleinen Tier«, flüsterte Parenti, »aber ob es bei einem Menschen funktionieren würde – das stand auf einem anderen Blatt. Doch das tat es ganz eindeutig.«

Bondurant starrte das Tuch noch einmal an und begutachtete es genau. *Instabil und in der Tat uralt,* dachte er. Und, was unglaublich war, das auf dem Tuch dargestellte Abbild ähnelte, als er es noch etwas länger anstarrte, auf unheimliche Weise einigen Bereichen des Gesichts, das er auf dem Grabtuch gesehen hatte. Er hob den Blick, sah den bedauernswerten Priester in starken Schmerzen und kam zu der Entscheidung, dass er keine andere Wahl hatte, als ihn aufzumuntern, bevor er heute Nacht ging.

»Na gut, was soll ich für Sie tun?«, fragte er entschlossen.

Parenti lächelte glücklich. »Mir helfen, mein Nachthemd auszuziehen, wenn das geht. Ich muss Sie aber warnen. Der Anblick ist nichts für Zartbesaitete.«

Der Priester knöpfte sein Hemd auf und hob die Hände, so gut er konnte, in die Luft, während Bondurant das Hemd über die Schultern wegzog. Parenti hatte recht. Bondurant war nicht im Entferntesten auf den Anblick des grotesken Buckels vorbereitet, der die komplette obere Hälfte von Parentis Rücken entstellte. Der Buckel war mit dicken blauen Adern übersät, die seinen Kern ernährten, während er den Priester scheinbar bei lebendigem Leib auffraß.

»Kein einladender Anblick, ich weiß«, kommentierte Parenti mit schiefem Blick.

Bondurant wandte sich einen Moment lang ab, um Zeit zu gewinnen, damit er die Nerven sammeln konnte, um fortzufahren. Er versuchte, so zu tun, als wäre alles in Ordnung, fürchtete aber, dass der Priester es besser wusste.

»Sie müssen ihn nicht berühren«, sagte Parenti, »nur mit dem Tuch darüberstreichen, während ich bete.«

Bondurant griff hastig nach dem Tuch, um das seltsame Ritual so schnell wie möglich hinter sich zu bringen.

»Ich tue das ein einziges Mal für Sie, Pater«, brummte Bondurant. »Aber kein zweites. Außerdem schlage ich Ihnen eine Abmachung vor. Wenn das funktioniert, dann konvertiere ich. Wie wäre das? Und wenn nicht, dann lassen Sie mich einen Spezialisten für Sie finden. Abgemacht?«

»Abgemacht«, sagte Parenti. »Und jetzt fangen Sie an zu reiben.«

Bondurant legte das Tuch vorsichtig auf Parentis parasitären Buckel und schloss die Augen, unfähig, die seltsame Aufgabe, die er da ausführte, mitanzusehen. Mit jedem Streich spürte er die bebenden Stöße von Parentis deformierter Wirbelsäule. Sie war von ebenso deformierten Muskelsträngen umgeben, die sich anstrengen mussten, um seinen Rücken davor zu bewahren, ganz nachzugeben. Er hörte aufmerksam zu und hörte, wie sich die Atmung des Priesters langsam entspannte, doch nachdem er eine Minute gerieben hatte, gab er auf und zog das Tuch von der sinnlosen Aufgabe ab.

»Was tun Sie? Was tun Sie? Machen Sie weiter!«, drängte Parenti.

»Pater, ich fürchte, dass das nichts bringt. Abgemacht ist abgemacht.«

»Die Abmachung war, dass …«

Parenti geriet sofort außer Atem und war nicht in der Lage, seine Worte zu beenden. Seine Augen traten aus den Höhlen, färbten sich blassgelb und aus seiner Lunge kam ein langes, entsetzliches Pfeifen.

»Pater, geht es Ihnen gut? Geht es Ihnen gut?«, rief Bondurant, während er einen Schritt zurücktrat, um den Priester zu begutachten. Er hatte Angst, dass Parenti bereits dabei war, zu ersticken.

Der Priester, der nicht imstande war zu antworten, verzerrte das Gesicht und offenbarte damit eine Art von Schmerz, die Bondurant nie zuvor erlebt hatte. Aus dem Rückenbereich des Priesters kam ein lautes, ohrenbetäubendes Knacken, dem ein weiteres folgte, und dann noch eins. Parenti schrie und wand sich in seiner Qual. Er hob den Kopf zur Decke und richtete sich unter Mühen gerade auf. Dabei hallte das Geräusch von krachenden und knackenden Knochen durch das Zimmer.

Bondurant trat entsetzt einen weiteren Schritt zurück und stolperte dabei über den Stuhl. Er fiel rückwärts zu Boden, neben den Miniaturhund, der nun wie ein Wolf heulte. Staunend beobachtete Bondurant, wie der Priester in einem heftigen Anfall unkontrolliert zitterte. Dann begannen sich auf wundersame Weise seine Wirbelsäule und seine Schultern zu begradigen und der Buckel auf seinem Rücken verschwand langsam.

»Das kann nicht wahr sein. Das kann nicht wahr sein«, rief Bondurant immer wieder.

Langsam erhob sich der Priester, Stück für Stück, bis er kerzengerade stand. Bondurant wusste, dass der kleine Priester das nicht getan hatte, seit er ein Kind war. Der Schmerz in Parentis Gesicht verwandelte sich langsam in einen Ausdruck purer Freude. Bondurant konnte seinen Augen noch immer nicht trauen. Aldo sprang Parenti freudig auf die Arme und leckte sein Gesicht.

»Nun, abgemacht ist abgemacht, Dr. Bondurant«, sagte Parenti und strahlte, während er einen langen, tiefen Atemzug nahm, wie seit so vielen Jahren nicht mehr.

Sprachlos blickte Bondurant vom Boden zu Parenti hinauf.

»Stellen Sie sich das vor«, sagte der Priester und lachte. »Sie konvertieren! Zwei Wunder an einem einzigen Tag.«

42

Rom, Italien
März 2015

Bondurant war im Laufe der Jahre in Hunderten von Gotteshäusern gewesen, um religiöse Reliquien zu studieren, aber kein einziges hatte er betreten, um Gott zu suchen. Der heutige Tag war anders.

Trotz seiner Erschöpfung hatte er die Nacht zuvor nicht geschlafen. Das Adrenalin, das durch seine Adern floss, seit er wenige Stunden zuvor Zeuge von Parentis wundersamer Heilung geworden war, in Verbindung mit dem halben Liter Scotch, den er gekippt hatte, um seine Nerven zu beruhigen, verwandelte seinen Kopf in einen Brummkreisel. Der Morgengottesdienst war zu Ende, als er ankam, weshalb er jetzt ganz allein in der dunklen Eckkapelle der *Basilika Santa Maria Maggiore* im Zentrum von Rom saß. In der spektakulären Kirche gab es biblische Mosaiken aus dem fünften Jahrhundert, die die Jungfrau Maria priesen. Über ihm ragte die sagenumwobene vergoldete Domdecke empor, die Columbus aus der Neuen Welt mitgebracht hatte.

Bondurants Atmung ging flach und seine Brust und sein Magen schmerzten aufgrund einer Furcht, die er nie zuvor verspürt hatte. Er schwitzte sprichwörtlich Blut und Wasser. Seine müden Augen konzentrierten sich auf die lebensgroße Marienstatue, die über dem Kapellenaltar in der kleinen Nische, in der er saß, aufgestellt war. Angesichts der erschreckenden Ereignisse der vergangenen

Nacht und seines derzeitigen labilen Zustandes erwartete er beinahe, dass die Marmor-Madonna zum Leben erwachen und ein Gespräch mit ihm beginnen würde. Für eine lange, erschreckende Minute glaubte er sogar zu sehen, wie ihre Lippen zitterten und sich bewegten, als würde sie sprechen. Er wusste, dass diese Halluzination aus seiner völligen Erschöpfung und seinem unruhigen Zustand resultierte, aber nach den wundersamen Ereignissen von letzter Nacht war alles möglich.

Er war sich absolut sicher, dass es keine wissenschaftliche oder medizinische Erklärung für das gab, was er gesehen hatte. Parentis Heilung entsprach der Definition eines Wunders. Etwas, das er sein ganzes Leben lang für unmöglich gehalten hatte. Der Schleier, über den er sich in all den Jahren lustig gemacht, den er als wertlosen religiösen Plunder angesehen hatte, besaß Eigenschaften, die auf irgendeine Weise den Gesetzen der Physik, der Biologie, der Physiologie, der Chemie und mindestens einem halben Dutzend anderer Wissenschaften trotzten. Parentis Transformation hatte sich direkt vor seinen Augen vollzogen und er war sich sicher, dass es keine irdische Erklärung für das gab, was den lange verformten Leib des Priesters wiederhergestellt hatte.

Doch Bondurant war nicht zur Kapelle gekommen, weil er Antworten erwartete. Der Besuch eines Krankenhauses, in dem sein dumpf pochender Schmerz im Kopf und in der Brust behandelt wurde, wäre sinnvoller gewesen. Aber seine Instinkte sagten ihm, dass eine Kirche für den Anfang ein guter Ort war. Oder für einen Neuanfang. Sein Verstand hielt eine Liste erschreckender Fragen bereit, über die er nachdenken konnte. Er glaubte noch immer an eine Welt, in der Wahrheit und Fälschung existierten. Er wusste aus tiefster Überzeugung, dass die meisten, von Menschen erfundenen religiösen Dogmen nur deshalb existierten, um die Menschheit in einem selbst gewählten Gefängnis zu versklaven. Und doch *hatte* er ein Wunder gesehen. Wie war es möglich, dass das meiste von dem, was er über viele Jahre gelernt oder sogar gelehrt hatte, vollkommen falsch sein konnte? Wenn ein Wunder, das die Gesetze der Wissenschaft außer Kraft setzte, existieren konnte, war dann auch an früheren, angeblich wundersamen Ereignissen der Vergangenheit etwas Wahres dran? Und was bedeutete das für die Zukunft? Wenn es in dieser Welt irgendeine unsichtbare Kraft oder Energie gab, die jenseits der Gesetze des uns bekannten Universums agierte, worum handelte es sich dann bei dieser Kraft und wo war sie zu Hause? War dies definitionsgemäß das Werk einer höheren Macht?

Von all den religiösen Lehren über Wunder und den Glauben, an die er sich erinnern konnte, waren es vor allem Domenikas Worte, die ihm jetzt einfielen. *Sind Sie bereit, anzuerkennen, dass die Wissenschaft möglicherweise nie in der Lage sein wird, das Göttliche zu erfassen?*, hatte sie ihn gefragt. Erstaunlicherweise glaubte er nun, dass die Antwort Ja lautete. Traurigerweise war sie jedoch nicht hier, um das Mysterium, das er gesehen hatte, oder die Wirkung, die es in seiner Seele hinterlassen hatte, mitzuerleben.

Während er darüber nachdachte, wie es möglich war, dass seine bloße Identität und der Großteil seines Lebenswerkes innerhalb eines Moments auf den Kopf gestellt wurden, fühlte er sich plötzlich von einer Welle aus Faszination und Verzweiflung überwältigt. Er hatte keine Wahl. Er wusste nicht, was er sonst hätte tun sollen. Deshalb legte er sich die Hände aufs Gesicht und begann, leise zu weinen.

Der Versuch, in dieser neuen Welt einen Sinn zu erkennen, entzog ihm auch noch das letzte bisschen Kraft, das ihm geblieben war. Sein Körper verwehrte ihm schon seit Tagen einen friedlichen Schlaf, aber nun übermannte ihn das Bedürfnis, sich endlich auszuruhen.

Ein Geräusch in der Nähe schreckte ihn plötzlich auf und veranlasste ihn dazu, aufzublicken. Genau vor ihm stand ein junger Messdiener, noch ein Kind. Sein Gesicht war ein Sinnbild der Unschuld. Es ähnelte dem von Bondurants jüngerem Bruder. In den Händen hielt der Junge ein Tablett mit glänzenden Weihkerzen, umgeben von rubinroten Gläsern. Der Junge hatte behutsam damit begonnen, jedes der Gläser auf einem metallenen Altarständer anzubringen, um die bereits verbrauchten Kerzen, die im Laufe der Zeit erloschen waren, zu ersetzen. Vor dem Jungen standen noch über 100 hell brennende Kerzen, die hier zweifellos von Gläubigen zu Ehren einer anderen bedürftigen Seele oder wegen eines Wunsches dort aufgestellt worden waren. Bondurant starrte in das Gesicht des Jungen, das in dem warmen Schein der Kerzen leuchtete, und konnte erkennen, dass er sich mit stiller Verzagtheit bewegte. Der Junge erfüllte seine Aufgabe langsam und bedächtig, als würde die leichteste Bewegung die Flamme einer Weihkerze und damit jemandes heiliges Vorhaben stören.

»Was tust du da?«, fragte Bondurant, während er sich die Tränen aus dem Gesicht wischte. *Das ist es,* dachte er. Er brauchte jemand zum Reden, egal wen.

Das erschrockene Kind drehte sich schnell zu Bondurants Silhouette in der Dunkelheit um und ließ beinahe sein Tablett fallen. Tapfer erholte er sich von dem Schrecken. »Ich diene dem Herrn«, flüsterte der Junge atemlos. »Es tut mir leid, wenn ich Ihr Gebet gestört habe.«

»Ich fürchte, ich habe vergessen, wie man betet«, sagte Bondurant. »Es ist lange her.«

»Oh, es ist einfach, Jon«, gab der Junge ernst zurück. »Sie falten einfach so Ihre Hände.« Er stellte sein Tablett ab und machte es vor. »Dann schließen Sie die Augen und sprechen zu Gott. Er hört Sie. Es reicht, wenn Sie flüstern.«

»Ich habe nicht mehr versucht, mit ihm zu reden, seit ich ein Junge war und es großen Ärger gab«, erwiderte Bondurant leise. »Ich fürchte, er hat nicht zugehört.«

»Und wie alt sind Sie jetzt, wenn ich fragen darf?«

»40 Jahre, mein Freund.«

Der Junge hielt einen Moment lang inne. »Das ist eine lange Zeit. Hier, ich zünde eine von denen nur für Sie an. Ich bin sicher, dass es hilft.«

Der Junge nahm eine frische Kerze von seinem Tablett, drehte sie auf die Seite und hielt den Docht über die Flamme einer anderen. Als sie sich entzündet hatte, stellte er sie in die Mitte des Ständers vor ihm, drehte sich um und lächelte Bondurant an. Dieser erwiderte das Lächeln und sagte »danke«, während er sich zurücklehnte und seinen Körper zum ersten Mal seit Tagen entspannte. »Das ist sehr nett.« Innerhalb weniger Sekunden sank Bondurant in einen tiefen, tranceähnlichen Schlaf. Schon bald zog es ihn in einen lebhaften Traum.

In seinem Traum sah er auf seine Uhr. Sie zeigte nur Nullen und Bondurant fühlte sich augenblicklich von der schrecklichen Angst umzingelt, dass sein Tod bevorstand.

»Meine Zeit ist abgelaufen«, flüsterte er zu dem jungen Messdiener, der durch die Schatten seines Traums kaum zu erkennen war.

»*Sieh noch mal hin*«, hörte er den Jungen murmeln.

Während er das tat, sah Bondurant, dass die Ziffern auf seiner Uhr anfingen, sich unkontrolliert zu drehen, und zügellos in die Unendlichkeit vorstießen.

»Akzeptiere Gottes Mysterium, Jon«, hörte er den Jungen flüstern. *»Es ist in dir. Wenn du an seine Auferstehung glaubst, wirst auch du niemals sterben.«*

»Ein weiteres Wunder?«, fragte Bondurant, während der Junge aus seinem Blickfeld verschwand.

»Ja«, gab der Junge zurück. *»Für dich und die gesamte Menschheit.«*

Als Bondurant aus seinem Traum erwachte, war der Junge, der seinen Namen gekannt hatte, verschwunden. Vor ihm lag ein gewaltiges Meer aus brennenden Kerzen, das die gesamte Kapelle in leuchtenden Gelb- und Weißtönen erstrahlen ließ. Zum ersten Mal in seinem Leben wusste Bondurant, dass er ins Licht gekommen war.

43

Rom, Italien
März 2015

Der Frühling in Rom war ungewöhnlich warm. Der Gestank des Müllcontainers, der in der heißen italienischen Sonne brutzelte und in dem Bondurant sich schon den ganzen Tag über versteckt hielt, war so stechend, dass ihm keine andere Wahl blieb, als seine Verhaftung zu riskieren. Keuchend wälzte er sich auf den Rücken und stemmte sich gegen den übel riechenden Müllberg, auf dem er lag. Mit beiden Beinen stieß er den schweren Deckel des Containers auf und schnappte gierig nach Frischluft. Der Metalldeckel seines schmuddeligen Verstecks schepperte beim Öffnen so laut gegen die Seite, dass Bondurant sicher war, dass sich gleich jeder Wächter des Vatikans dazu veranlasst sah, in seine Richtung zu laufen. Doch es war ihm egal. Der Geruch dieser fauligen Mischung aus verrottetem Essen und schmutzigen Windeln, der ihn umgab, war so widerlich, dass er es keine Sekunde mehr aushielt.

Parenti hatte Bondurant angewiesen, bis zur Schließung der Tore um 18 Uhr unbemerkt auf dem Gelände des Vatikans zu warten. Er hatte Bondurant gebeten, sich in der kleinen Gasse vor den Toiletten im Erdgeschoss des Petersdoms in dieser Mülltonne zu verstecken. Da Parenti sechs Monate lang hier als Toilettenwärter geschuftet hatte, konnte er Bondurant versichern, dass die Container selten benutzt wurden. Bondurant notierte sich im Geiste,

Parenti noch einmal den Ausdruck ›selten benutzt‹ zu erklären, sobald sie wieder vereint waren.

Hinter den Mülltonnen ging er in die Hocke und sah sich nach Hinweisen um, ob jemand in seine Richtung kam. Erstaunlicherweise tauchte niemand auf. In diesem Moment bemerkte er, dass über ihm ein großes Fenster langsam geöffnet wurde, geführt von zwei kindlichen Händen, die kräftig gegen das Gewicht drückten.

Zuerst erschien Aldos kleines Gesicht am Fensterbrett. Schnell schützten seine Pfoten die winzige Schnauze vor dem beißenden Geruch, dann hörte Bondurant eine vertraute Stimme.

»Ausgezeichnet. Sie kommen rechtzeitig«, flüsterte Parenti. »Schnell! Hinauf! Hinauf! Bevor man Sie sieht!«

Bondurant kletterte in den offenen Müllcontainer zurück, suchte Halt auf dem Rand und sprang, um den etwa 30 Zentimeter hohen Sims zu erreichen. Mühsam zog er seinen Körper so weit hinauf, dass er sich in das geöffnete Fenster beugen konnte. Seine Beine baumelten in der Luft, während er nur zweieinhalb Zentimeter von Parentis missmutigem Gesicht entfernt war.

»Sie riechen wie der Tod«, empfing ihn der Priester.

»Finden Sie?«, fragte Bondurant, während er sich durch das Fenster hievte, auf den Füßen aufkam und misstrauisch zu dem Container hinuntersah, der über mehrere Stunden sein erbärmliches Versteck gewesen war.

Wieder aufrecht stehend, sah er Parenti an und merkte aufgrund seines Lächelns, dass er seine neu gewonnene Größe genoss. Obwohl der kleine Priester immer noch klein war, bestenfalls anderthalb Meter, strahlte er ein Gefühl von Erhabenheit aus, wie Bondurant es noch nie bei ihm gesehen hatte. Bondurant, der ebenfalls verwandelt war, seit er Parentis wundersamer Heilung beigewohnt hatte, zweifelte mittlerweile an seiner vehementen Weigerung, die Pläne des Priesters in Erwägung zu ziehen, nach einer zweiten Quelle des wahren Blutes Christi zu suchen.

»Sie müssen die hier anziehen, Doktor«, sagte der Priester mit leiser Stimme, während er Kleidungsstücke aus einem kleinen Stoffbeutel zog, den er in der Hand hielt. »Die helfen Ihnen, sich zu tarnen, falls wir, Gott behüte, entdeckt werden.« In seinen ausgestreckten Händen hielt er eine Priestersoutane mit einem goldenen Kreuz auf der Vorderseite.

»Das soll wohl ein Scherz sein, Pater«, beschwerte sich Bondurant.

»Behelligen Sie mich nicht mit Nichtigkeiten, mein Sohn«, flüsterte der Priester und warf ihm die Robe entgegen. »Wir haben heute Abend etwas zu erledigen und dürfen dabei nicht entdeckt werden.« Parenti hob Aldo auf, schob ihn in seine Tasche, wandte sich von Bondurant ab und ging Richtung Tür.

Bondurant zog sich widerwillig die Robe über und knöpfte sie von unten nach oben zu. Sie reichte bis zum Boden und passte perfekt. Seufzend wandte er sich dem Spiegel zu und sah sich selbst, gekleidet wie ein Priester, bereit für die Messe, und lachte leise. Er fragte sich, was Domenika jetzt von ihm denken würde.

»Kommen Sie, kommen Sie«, wisperte Parenti, »wir haben keine Zeit zu verlieren.«

Der Weg aus dem ersten Stock des Petersdoms bis in die vatikanische Bibliothek erforderte es, einen langen, verzweigten und unbeschilderten Pfad zu meistern. Nur wenige fanden den Weg aus dem Gedächtnis, wie Parenti ihm erzählt hatte, doch der Priester war der Meinung, den verwirrenden Ausflug durch dunkle Gänge und versteckte

Treppen hinauf schon tausendmal gemacht zu haben. Er nahm Bondurant am Ärmel und zog ihn mit sich in eine nahe gelegene Nische, bevor sie sich an den Aufstieg machten. Darin befand sich die erste von vielen uralten Türen, die sie auf ihrem Weg durch das verzweigte Labyrinth aus Korridoren, das das verborgene Nervenzentrum der heiligen Stadt bildete, aufschließen oder aufbrechen würden. Sie stiegen mehrere schmale Treppen hinauf, öffneten vorsichtig eine Tür nach der anderen und krochen wie Mäuse durch die dunklen und verlassenen Gänge. Parenti hatte Bondurant gewarnt, dass es zu einer Katastrophe käme, würden sie entdeckt werden. Der Priester hatte die Erlaubnis zum Betreten der Bibliothek verloren, als ihm sein Amt als Sekretär im Vorjahr unehrenhaft entzogen worden war. Ohne die ausdrückliche Erlaubnis des Papstes war der Zutritt streng verboten. Im geheimsten Heiligtum des Vatikans erwischt zu werden und dabei ausgerechnet einem ›Judas‹, einem Wissenschaftler, der das Vertrauen des Vatikans missbraucht hatte, zu helfen, war in seinem Falle definitiv ein Grund für eine unverzügliche Entlassung aus dem Priesteramt.

Sie stiegen immer höher, bis sie das Ende einer langen Treppe am Fuße des Turms erreichten, in dem die alte Bibliothek untergebracht war. Das marmorne Foyer, das nach Schließung von der Schweizergarde verlassen wurde, beherbergte zwei riesige verschnörkelte Holztüren mit einem einzigen großen Schlüsselloch. Parenti suchte in seiner Tasche nach dem abgenutzten eisernen Schlüssel, den er trotz der Ermahnungen und Drohungen seitens Pater Barsantis nie zurückgegeben hatte. Seit Jahrhunderten hatte dieser Schlüssel die Türen der Geheimbibliothek verlässlich verschlossen. Aldo nutzte die Lücke, die ihm der Priester beim Öffnen der Tasche gelassen hatte, sprang und landete sanft neben ihnen auf dem Boden. Als Parenti den schweren Schlüssel drehte, hallte mehrfach ein lautes Knacken durch den marmornen Eingangsbereich und die massive Tür schwang knarrend auf. Die Bibliothek lag in völliger Dunkelheit, abgesehen von dem schwachen blauen Schein aus den Kirchenfenstern, die das Licht absorbierten, das von der Kuppel des Petersdoms reflektiert wurde. Aldo, entschlossen, einen uralten Schlupfwinkel zu betreten, schoss ins Innere.

»Das ist ein Problem«, sagte Parenti, kaum war Aldo verschwunden.

»Wie meinen Sie das?«, fragte Bondurant. »Ich habe Sie noch nie ohne Ihren Hund gesehen. Er muss diese Regalreihen so gut kennen wie Sie.«

»Vielleicht«, flüsterte der Priester. »Aber beim letzten Mal, als ich ihn nur für einen kurzen Moment aus den Augen verloren hatte, war er danach tot.«

»Vor ein paar Stunden hätte ich noch an Ihrem Verstand gezweifelt«, sagte Bondurant kopfschüttelnd. »Jetzt glaube ich Ihnen alles.«

Langsam schob sich Bondurant mit ausgestreckten Armen durch den Eingang, um sich den Weg durch die Dunkelheit zu ertasten. Er konnte die Hände nicht vor Augen sehen.

»Hier drin etwas zu erkennen ist unmöglich, Pater«, brummte er.

»Machen Sie sich keine Sorgen. Ich könnte das mit verbundenen Augen«, gab Parenti zurück.

Der Priester trat mehrere Schritte in die Schwärze hinein und stolperte über einen kleinen hölzernen Bücherwagen, der von der Dunkelheit verborgen war. Ein lauter Knall war zu hören.

»Porco diavolo!«, flüsterte Parenti.

Bondurant und Parenti hielten beide einen Moment lang den Atem an und lauschten auf irgendein Lebenszeichen in ihrer Nähe. Rasch zog Parenti eine große Taschenlampe aus seiner Tasche, knipste sie an und warf damit einen grellen Lichtstrahl durch den Raum.

»So viel zum Thema Augenverbinden«, sagte Bondurant trocken.

Er folgte dem Priester durch scheinbar endlose Gänge, die sich in der Dunkelheit durch die weltweit prächtigste Büchersammlung wanden. Die ganze Zeit über hörte er den Hund, der wie ein Touristenführer vor ihnen herumhüpfte und den Weg offensichtlich kannte. Während Bondurant nur das sah, was Parentis Taschenlampe direkt vor ihnen beleuchtete, wurde ihm klar, dass er viel zu schnell eines der größten Wunder der Welt durchschritt. Der Priester schien zu wissen, wohin sie gehen mussten, und nach mehreren Minuten in behutsamem Tempo erreichten sie einen kleinen Durchgang zwischen zwei gewaltigen Regalreihen, in dem ein Lesetisch und mehrere Stühle standen.

»Warten Sie hier! Bewegen Sie sich nicht!«, flüsterte Parenti. »Ich brauche vielleicht einen Moment, um das Buch zu finden.«

Bondurant setzte sich in völliger Dunkelheit neben den Hund, während er dabei zusah, wie sich das hüpfende Licht der Taschenlampe an einem mehrere Reihen von ihnen entfernten Regal vorbeibewegte. Ein paar Minuten später kehrte der Priester mit entschlossenem Blick und einem großen Buch unter dem Arm zurück.

Bondurant spähte zu dem gewaltigen Folianten, den Parenti da hielt. Er sah, dass er uralt war, mehr konnte er in der Dunkelheit jedoch nicht erkennen.

Der Priester senkte die Stimme zu einem Flüstern. »Seit unserem letzten Treffen habe ich jedes veröffentlichte

Wort und jedes Interview mit unserem Ravi gelesen. Ich bin überzeugt, dass Sie recht haben. Er will die Menschheit vom Elend erlösen und hat sich Hilfe suchend an dieses Monster Meyer und seine Demanianer gewandt. Ich bin nur ein bescheidener Priester, aber selbst ich weiß, dass Gott nicht durch den Menschen erschaffen werden kann.«

»Witzig«, sagte Bondurant. »Ich war mein ganzes Leben lang in dem Glauben, dass der Mensch nicht von Gott erschaffen wurde, sondern Gott in der Tat durch den Menschen. Niemals hätte ich mir allerdings vorstellen können, dass ich beim Versuch, das zu beweisen, zu einem Opfer eines absurden Experiments werden würde.«

Die beiden saßen schweigend da und sahen einander im Licht der Taschenlampe an, die Parenti zwischen sie auf den Tisch gestellt hatte.

»Sind Sie bereit für meine Geschichte, Doktor? Würden Sie gern meinen Plan hören?«, fragte Parenti und brach damit das Schweigen.

»Ich bin gekommen, wie Sie es wollten, nicht wahr?«

»Ja, das sind Sie. Und wenn ich fertig bin, werden Sie froh darüber sein. Aber zuerst muss ich Sie bitten, bei Ihrem Leben zu schwören, dass Sie niemandem, keiner Menschenseele, verraten werden, was ich Ihnen sogleich erzähle.«

»Das verspreche ich Ihnen«, flüsterte Bondurant, während er sich vorbeugte, um aufmerksam zuzuhören.

»Nun gut. Dann hören Sie mir zu. In meinen Händen halte ich ein Buch, das nur sehr wenigen bekannt ist. In seiner Wichtigkeit kommt es gleich nach einem anderen Buch, das ich vor vielen Monaten hier in der Bibliothek gefunden und über das zu sprechen ich heute Abend keine Befugnis habe. Eines Tages werde ich es. Es befindet sich in den sicheren Händen unseres Heiligen Vaters und interessanterweise hat uns seine Entdeckung zu Ihnen geführt.«

»Ich kann Ihnen nicht folgen, Pater.«

»Das macht nichts. Dieses Buch, das ich jetzt in meinen Händen halte, wird das Buch sein, welches für uns heute Abend von Nutzen ist. Wie ich weiß, sind Sie mit religiösen Reliquien, sowohl realen als auch erfundenen, vertraut. Richtig?«

»Sie sind ein zentraler Aspekt meines Lebenswerkes, Pater.«

»Dann wird es Sie interessieren, dass es sich bei dem Buch in meiner Hand um eine Art Katalog handelt. Einen Katalog zahlreicher christlicher Reliquien, die über Jahrhunderte hinweg von Sonderermittlern der Kirche in päpstlichem Auftrag untersucht wurden. Sie würden diese Sonderermittler vielleicht als Inquisitoren bezeichnen. Eine Wahrheits-Armee. Viele Jahre lang waren sie auf der Suche nach der Wahrheit. Sie hatten nur eine Aufgabe: die Echtheit unserer heiligsten Reliquien zu beurteilen.«

»Ist das hier dasselbe Buch, das Sie letzte Nacht erwähnt haben?«, fragte Bondurant.

»In der Tat«, fuhr der Priester fort. »Mit Absicht gibt es nur eine Handvoll Kirchenvertreter, die von dem Buch und seinem Inhalt wissen. Das Buch offenbart, dass es in der gesamten christlichen Welt viele, viele Reliquien gibt, die von Millionen von Gläubigen verehrt werden, für uns aber nicht von Interesse sind. Sie sind Erfindungen. Plunder. Sie gehören auf die Flohmärkte von *Porta Portese* hier in Rom.«

»Zu diesem Thema habe ich Bücher geschrieben«, bemerkte Bondurant.

Parenti blätterte mit seinem kleinen Daumen durch mindestens 100 Seiten, die Listen solcher Beispiele enthielten, dann nahm er das Buch, um Bondurant im Licht der Taschenlampe eine Seite zu zeigen. Bondurant griff nach dem großen Folianten, um diesen genauer unter die Lupe zu nehmen, doch der Priester stieß seine Hand mit dem Ellenbogen beiseite.

»Aber es gibt einige sehr wenige, die ohne den Hauch eines Zweifels authentisch sind. Diese sind nur hier aufgeführt. Für jene, die glauben, bewegen die bloße Existenz dieser Objekte und die Bedeutung, die sie beinhalten, ihre Seele. Sie sind göttlich.«

Parenti machte eine lange Pause und blickte Bondurant aufmerksam an. Dann blätterte er zu einer Seite vor, die er markiert hatte, als er das Buch zum ersten Mal aus dem Regal geborgen hatte.

»Laut diesem Buch existiert eine wahre Reliquie, die vielleicht das Blut Jesu Christi enthält. Übrigens hat uns Ihre Arbeit an dem Grabtuch eine weitere bestätigt.«

Bondurant hörte aufmerksam zu, schüttelte aber den Kopf. »Und wo finde ich diese ›wahre Reliquie‹? Die Kirche war in der Vergangenheit nicht gerade freigiebig damit und ich bin mir sicher, dass ich die eine Person auf Erden bin, mit der sie momentan keine solche Reliquien teilen würde.«

»Sehr wahr. Und deshalb werden wir sie stehlen müssen, Doktor.«

»Sind Sie wirklich ein Priester oder tragen Sie nur den Kragen?«, fragte Bondurant verblüfft. »*Du sollst nicht stehlen,* oder irre ich mich?«

»Ja, *und du sollst dir von nichts ein Abbild machen, das im Himmel ist,* Sir. Keine falschen Götter«, gab Parenti zurück. »Lassen Sie es mich anders ausdrücken: kein Klonen.«

Das Licht der Taschenlampe, die er auf dem Lesetisch abgestellt hatte, begann zu flackern und drohte sie beide in völliger Schwärze festzusetzen. Sie mussten schon bald den Rückweg zum Eingang der Bücherei antreten. Parenti stand auf, schob das Buch in seine Tasche und machte sich eilig zum Gehen bereit. Kaum hatte er das getan, war in der Ferne das schwache Geräusch von Schritten zu hören. Jemand kam in ihre Richtung. Aldo, der das Geräusch hörte, begann zu bellen, zu springen und im Kreis um Parenti herumzulaufen in dem verzweifelten Versuch, in seine Tasche zurückzuspringen. Der Priester wirkte erstaunt, da er den Hund zum ersten Mal bellen hörte. Er hatte ihn für stumm gehalten.

»Können Sie ihn nicht zum Schweigen bringen?«, zischte Bondurant, während die winzige Kreatur weiterkläffte. »Er wird uns verraten.«

»Ich fürchte, dafür ist es zu spät«, sagte der Priester. »Ich glaube, ich erkenne das Geräusch dieser Schuhe, und wenn ich recht habe, dann gnade uns Gott.«

»Weglaufen oder verstecken, Pater?«, fragte Bondurant. »Was sollen wir machen?« Das Geräusch der Schritte kam gefährlich nahe.

»Er kennt diese Regale so gut wie ich. Wir haben keine Wahl«, flüsterte der Priester. Bondurant merkte, dass er gerade ihren Fluchtweg berechnete. »Folgen Sie mir und dann rennen, rennen, rennen Sie!«, rief der Priester.

Damit machte sich Parenti daran, sich, so schnell ihn seine kurzen Beine trugen, einen Weg durch das verwirrende Labyrinth aus Regalen zu bahnen. Bondurant und Aldo, der bei jedem Schritt bellte, folgten dicht dahinter. Bondurant konnte Parenti in der vor ihm liegenden Dunkelheit kaum sehen, aber anhand des gelegentlichen Flackerns des schwächer werdenden Lichts der sterbenden Taschenlampe konnte er erkennen, wo er war. Parenti bemühte sich, schnell zu sein, bewegte sich aber zu langsam und Bondurant konnte hören, wie die Schritte aufholten.

Sie hasteten lange Korridore entlang, bogen nach rechts und nach links, dann noch einmal nach rechts und rechts und links und wieder links. Bondurant war sich sicher, dass sie im Kreis gelaufen waren, und hoffte, dass sich der Priester nicht verirrt hatte. Als er dann in die schwach beleuchtete Ferne spähte, merkte er, dass sie endlich auf einem der Hauptgänge herausgekommen waren. An seinem Ende befand sich ein schwaches Licht. Bondurant nahm an, dass es der Eingang war, lief schneller und trieb dabei Parenti und den Hund an. Als er den Vordereingang allein erreichte, drehte er sich um und erkannte die schwache Silhouette einer großen schlanken Gestalt, die zu Parenti und dem Hund aufholte und jetzt nur noch ein paar Meter hinter ihnen war.

»*Gobbo!*«, brüllte die Gestalt. »Dafür braten Sie in der Hölle!«

Parenti, völlig außer Atem, musste sich anstrengen, um die letzten Schritte bis zur Tür zu schaffen. Sein Verfolger, der ihm dicht auf den Fersen war, stürzte sich auf den kleinen Priester, geriet dabei ins Stolpern und kam nur wenige Schritte hinter ihm rutschend zum Stehen. Sein Sturz gab Parenti die Möglichkeit, zu Bondurant aufzuholen, der es bis zum Fuße der ersten langen Marmortreppe unterhalb des Bibliothekflurs geschafft hatte. Doch ihr Verfolger fing sich schnell, stand jetzt über ihnen im Licht des Foyers und schaute finster aus dem Bibliotheksflur auf sie herab. Seine Brust hob und senkte sich vor Erschöpfung.

»Keinen Schritt weiter!«, sagte Barsanti. »Ich habe im Handumdrehen die Wachen auf Sie gehetzt.«

Da Bondurant so weit gekommen war, stand fest, dass er in einem Wettlauf entkommen konnte, aber er hatte keine Ahnung, wie er den Weg aus dem Labyrinth finden sollte, das sie dort unten durch Dutzende von Gängen und Türen geführt hatte. Er war fest entschlossen, Parenti zu packen und ihn auf der Flucht als Führer zu tragen. Doch Parenti, der um sein Leben fürchtete, ignorierte Barsantis Befehl als Erster. Er machte einen Satz auf die zweite Treppe zu.

Außer sich vor Wut sprang die geisterhafte Gestalt auf die erste marmorne Stufe. Mit offensichtlicher Leichtigkeit rannte er die Treppe hinunter und schloss dabei mit seinen langen Beinen mühelos zu ihnen auf. Was er jedoch nicht bemerkt hatte, als er den rechten Fuß aufsetzte, um mit einem gewaltigen Satz die Treppe hinunterzuspringen, war der kleine Hund, der sich plötzlich an seinem Knöchel befand. Aldo vergrub seine winzigen, aber messerscharfen Zähne tief in seiner Haut. Mitten im Sprung zog Barsanti seinen Fuß weg, verlor das Gleichgewicht und landete hart auf dem anderen Fuß. Sein Knöchel brach auf der Stelle mit einem lauten Knacken, während er schreiend auf der Treppe zusammenbrach. Vor dort aus polterte er auf dem Rücken liegend die übrigen Marmorstufen hinunter. Nach Parentis Zählung waren es genau 20. Der kleine Priester sah dabei zu, wie Barsantis kahl werdender Kopf die Bekanntschaft jeder einzelnen von ihnen machte. Bewusstlos blieb Barsanti am Fuße der Treppe liegen. Beim Sturz hatte er sich wahrscheinlich das Genick gebrochen.

Bondurant, gefolgt von Parenti, jagte fünf weitere Treppenläufe nach unten und blieb an ihrem Ende kurz stehen, um nach Hinweisen auf weitere Verfolger zu lauschen. Als er keine vernahm, hielten sie einen weiteren Moment lang inne, um zu Atem zu kommen.

»Wer immer das war, muss tot sein«, flüsterte Bondurant, während er die Treppe hinaufschaute. »Haben Sie gesehen, wie sein Kopf auf den Treppenabsatz geprallt ist?«

»Das ist Barsanti, der Präfekt«, bemerkte Parenti tonlos. »Machen Sie sich um ihn keine Sorgen. Der Teufel selbst könnte ihn nicht töten.«

»Präfekt oder nicht«, sagte Bondurant. »Wenn wir die Mauern des Vatikans hinter uns gelassen haben, rufen wir unter eins-eins-zwei die Polizei an.« Er holte tief Luft und fragte: »Was ist nun mit dieser Reliquie? Die, von der Sie sagten, sie enthalte das wahre Blut Christi. Was ist sie? Wo ist sie? Auf der ganzen Welt gibt es Hunderte, die sichere Fälschungen sind.«

»Nach allem, was ich diesem Buch entnommen habe, ist sie in Brügge zu finden.«

»Brügge? In Belgien?«

»Ja. In der Heilig-Blut-Basilika. Kennen Sie sie?«

»Natürlich. Natürlich. Die Legende ist sehr bekannt. Josef von Arimathäa wischt nach der Kreuzigung den Leib Christi ab. Das blutbefleckte Tuch ist in einer Ampulle verstaut, die niemals geöffnet wurde. Sie ruht in der Blutkapelle, und das schon seit 1000 Jahren. Da gibt es nur ein Problem, Pater.«

»Und das wäre?«

»Sie sagten ›stehlen‹. Sie kann nicht gestohlen werden. Sie wird in einem verschlossenen Tabernakel der Kirche unter ständiger Beobachtung aufbewahrt. Sie ist eine der bestbewachten Reliquien des Christentums.«

»Alles richtig. Aber etwas haben Sie vergessen.«

»Und das wäre?«

»Einmal im Jahr, Anfang Frühling, wird sie aus dem Tabernakel geholt und vom Bischof von Brügge in einer

Prozession durch die Straßen dieser schönen Stadt getragen. Das ist die Heilig-Blut-Prozession. Eine wirklich farbenfrohe Veranstaltung; ich wollte sie schon immer mal besuchen. Es gibt Kostüme und Schauspieler, Feierlichkeiten und Trubel. Keine Situation wäre besser geeignet, die Ampulle zu stehlen. Meinen Sie nicht?«

»Das ist aber ganz schön aberwitzig«, sagte Bondurant. »Wenn ich mich recht erinnere, dann ist der Tag der Prozession …«

»Morgen, Doktor. Heute Abend beeilen wir uns, nach Brügge zu kommen.«

44

Mumbai, Indien
März 2015

Sehgal schlug so fest mit der Faust auf den schweren eisernen Labortisch, dass am anderen Ende die Zentrifuge umkippte. Er war so wütend auf Laurent, dass er ihn hätte umbringen können. Gleichzeitig war er so bedrückt wegen dem, was gestern passiert war, dass er mit dem Gedanken spielte, sich selbst zu töten.

»Das hätte *nicht* sein müssen, Laurent!«, brüllte er. »Der Junge war für mich wie ein Sohn. Ich habe ihn von der Straße geholt. Ich habe ihn großgezogen. Er war ein guter Junge, *mein* Junge. Und dann, einfach so, tot? Innerhalb eines Augenblicks! Und das arme Mädchen ebenso? Sie und Meyer werden dafür in der Hölle braten. Wir alle werden dafür in der Hölle braten. Und das sollten wir auch.«

Seit er am gestrigen Abend die entsetzliche Nachricht vom Tod Kishans und dem seiner jungen Begleiterin erhalten hatte, fühlte sich Sehgal von Kopf bis Fuß taub. Seine Beine waren so schwach, dass sie unter ihm einknickten. Er hatte nicht geschlafen. Es war, als wäre ihm die einst strahlende Lebenskraft, die Kishan gewesen war, entrissen worden, sodass er mit einer Leere in seinem Innern zurückblieb.

»Ravi, es war zwar Meyers Idee, aber uns trifft daran keine Schuld. Es war ein Unfall und das weißt du«, versuchte Laurent, sich zu rechtfertigen.

Sehgals Hände begannen zu zittern. Er wusste, dass keine Erklärung seine Trauer lindern oder die Leiche wieder zum Leben erwecken würde, die er gerade im Leichenschauhaus identifiziert hatte.

»Wir sollten ihm nur eine Lektion erteilen, ihn ein wenig erschrecken, um ihn zum Schweigen zu bringen«, sagte Laurent.

Sehgal merkte, dass Laurent noch immer versuchte, sich selbst davon zu überzeugen, dass seine Worte wahr waren.

Laurent versuchte es noch einmal: »Wer hätte wissen können, dass er wie ein Narr vor uns fliehen würde?«

Sehgal griff nach einer Schere, um ein Band für die Kartons abzuschneiden, die sie gerade packten. Einen Moment lang stellte er sich vor, wie er sie Laurent mitten ins Herz stieß und dabei langsam drehte. Und sobald er Meyer gefunden hatte, käme der als Nächster dran. Er wusste aber auch, dass ihm sein Körper durch diesen Schmerz etwas mitteilen wollte: dass ihn genauso viel Schuld traf wie Laurent, Meyer und die anderen. Wenn er zurückblickte, wünschte er sich, er könnte jedes bedauernswerte Wort, das er Kishan bei ihrer letzten Begegnung vor einigen Monaten auf dem Dach entgegengeschleudert hatte, zurücknehmen.

»Sagen Sie, was Sie wollen, Laurent. Ich gebe mir selbst die Schuld daran. Wir haben zwei junge unschuldige Menschen getötet, und glauben Sie mir, dafür schmoren wir in der Hölle.«

»Hätten wir ihn denn einfach so herumlaufen lassen sollen, mit allem, was er weiß? Hätten wir ihm nicht folgen sollen?«

»Sie hätten ihn in Ruhe lassen können.«

»Nachdem wir gehört haben, wie er Bondurant zu Hilfe gerufen hat?«, fragte Laurent. »Außerdem hat er ihm die

Dokumente geschickt. Wer weiß, wem er sonst noch davon erzählt hat!«

Sehgal entgegnete nichts.

»Ich weiß, es ist schrecklich«, brach Laurent das Schweigen. »Auch ich habe einen Sohn bei einem Unfall verloren. Ihr Junge musste aber gestoppt werden, bevor er das ganze Projekt zum Stillstand bringt. Wir sind nur wenige Wochen vom Ruhm entfernt. Das haben Sie selbst gesagt.«

Laurent richtete seine Aufmerksamkeit auf die Waage, die er in die große Holzkiste gepackt hatte. Das Labor, das sie acht Monate zuvor im Lagerhaus eingerichtet hatten, wurde nun nicht mehr benötigt. Jetzt brauchte es nur noch eine weitere Stunde für den Abbau, dann waren die Arbeiten abgeschlossen.

»Außerdem, Ravi«, fuhr Laurent fort, »haben Meyers Männer vor der Ankunft der Polizei DNA aus Kishans Überresten geborgen. Wir können ihn zurückholen, das verspreche ich Ihnen.«

Sehgal hörte auf, den Karton mit den Reagenzien zu beladen, die er besorgt hatte. Er war nicht in der Stimmung, getröstet zu werden.

»Um ihn noch einmal aufzuziehen, diesmal als Säugling in Windeln? Ich denke, nicht«, erwiderte er. »Es würde zwölf Jahre dauern, bis Kishan der Junge wäre, als den ich ihn kennengelernt habe.« Sehgals Gedanken wanderten zurück zu dem Tag, an dem er ihn gefunden hatte, grinsend und glücklich auf einem Müllberg stehend, einen einzigen Schuh zum Verkauf in der Hand.

»Für mich und Jacqueline war das kein Thema«, sagte Laurent tröstend. »Unser Philippe war erst wenige Minuten alt, als wir ihn verloren haben. Jetzt ist er fast zwei. So ein Kind haben Sie noch nie gesehen.«

»Was würde es mich denn kosten, Kishan wiederzusehen?«, fragte Sehgal.

»Welchen Preis setzt man dafür an, sein eigenes Kind zurückzubringen, Ravi? Spielt das eine Rolle? Ich habe nicht mehr mitgezählt. Wir haben über 1000 Zelltransfers durchgeführt, bevor es geklappt hat. Millionen und Abermillionen Dollar. Die Hürden waren enorm. Aber dabei haben wir durch meinen Sohn so einiges gelernt, was uns unsagbar bei Ihrem Jesuskind geholfen hat, das bald geboren wird.«

»Ja, das Jesuskind«, sagte Sehgal nachdenklich. In all dem Chaos hatte er beinahe vergessen, worum es bei seiner Mission eigentlich ging. Die Aussicht, eine junge Seele zum Leben zu erwecken, die die Macht besaß, das Leid von so vielen zu lindern, war der einzige Lichtblick in seinem Leben. »Was ist für ihn der Preis?«

Beide hörten auf zu packen. Laurent sah ihn an.

»Sie haben es mir doch selbst gesagt. ›Welchen Preis hat unser aller Erlösung?‹, das haben Sie gesagt. Und ich sage Ihnen: Es brauchte über 2000 Versuche mit der DNA, die Sie besorgt haben. Glauben Sie mir, das Geld aus Ihrem berühmten Preis würde Meyers Kosten nicht einmal ansatzweise decken.«

Nur beim Klang von Meyers Namen drehte sich Sehgal schon der Magen um.

»Ironisch, nicht wahr?«, sagte Laurent. »Sie perfektionieren eine Methode, um alte Gene wiederauferstehen zu lassen, und die Welt dankt es Ihnen mit Ruhm. Ich perfektioniere eine Methode, um Jesus Christus wiederauferstehen zu lassen, und bin auf der Flucht. Stellen Sie sich das vor.«

Laurents Handy klingelte dreimal hintereinander. Sehgal hoffte, dass es der Anruf war, den sie erwarteten.

Laurent hörte ein paar Sekunden lang zu, dann nickte er.

»Danke«, sagte er. »Ich komme sofort.«

Sehgal sah ihn besorgt an. Wenn dies der Moment war, dann musste er zunächst noch einmal nach Hause, um seine Sachen zu holen.

»Nein. Ihre Domenika ist noch nicht in den Wehen, aber sie fühlt sich nicht ganz wohl«, sagte Laurent und legte Sehgal die Hände auf die Schultern. »Geduld, Ravi. Es dauert nicht mehr lange.«

Sehgal legte die Schere hin und dachte über die vergebene Verheißung des Sohnes nach, den er für immer verloren hatte. Sein einziger Trost bestand nun in der Aussicht auf einen anderen, sehr besonderen Sohn, den zu erschaffen sein Schicksal war.

45

Brügge, Belgien
März 2015

Als ihr Zug langsam in Brügge, dem am besten erhaltenen und schönsten mittelalterlichen Städtchen Nordeuropas einfuhr, waren sie spät dran. In Rom hatten sie an diesem Morgen den frühesten Flieger genommen und die Zeit damit verbracht, ihren Plan, den sie vergangene Nacht geschmiedet hatten, noch einmal durchzugehen. Bondurant, üblicherweise ein Optimist, hatte versucht, gegen das Gefühl der Aussichtslosigkeit anzukämpfen, das ihn im letzten Teil ihrer Reise überkommen hatte. In der vergangenen Nacht hatte er wenig geschlafen, da er in Gedanken einen Alternativplan nach dem anderen durchexerziert hatte. Bis zum Morgengrauen hatte er jedoch alle verworfen und entschieden, dass Parentis Plan, obwohl er absurd klang, vielleicht ihre einzige realistische Chance war, die heilige Reliquie, die angeblich das wahre Blut Jesu Christi enthielt, zu stehlen.

Eilig machten sie sich von der Toilette neben dem Bahnsteig im Bahnhof von Brügge auf den Weg Richtung Mariastraat, der Straße, die zum Stadtzentrum und zur Heilig-Blut-Basilika führte. Als sie in einen wunderschönen sonnigen Tag hinaustraten, war der erste Schritt ihres Plans abgeschlossen. Am Abend zuvor hatten sie die Priestergewänder angezogen, die Parenti während ihrer Flucht von der zentralen Sakristei des Vatikans ›geliehen‹ hatte. Ihre hellblauen Gewänder trugen das unverkennbare Emblem zweier gekreuzter Schlüssel des heiligen Petrus – das Wappen des Heiligen Stuhls, das nur von besonders honorigen Personen getragen werden durfte. Als sie sich quer durch die mittelalterliche Stadt bewegten, eilten sie über schmale, von Bäumen gesäumte Gehwege und über mehrere Fußgängerbrücken, die sich wie Schwanenhälse über die malerischen Kanäle wölbten. Brügge war die bezauberndste alte Kanalstadt Europas.

In der Ferne hörten sie den Lärm der Parade, die berühmte Heilig-Blut-Prozession, die bereits in vollem Gange war. Seit 1291 wurde jedes Jahr im Frühling die Reliquie, welche laut Kirche ein Tuch enthielt, das mit dem Blut Christi getränkt war, aus der Basilika am Burgplatz geholt und in einer feierlichen Prozession durch die Brügger Innenstadt getragen. Da sie normalerweise in dem prachtvollen silbernen Tabernakel unter einem lebensgroßen Porträt des gekreuzigten Christus aufbewahrt war, wurde ihr Erscheinen von den Zehntausenden Pilgern, die an den kopfsteingepflasterten Straßen standen, mit Spannung erwartet. Das Fläschchen aus Bergkristall mit dem blutbefleckten Tuch darin war eigentlich ein byzantinischer Parfümflakon aus dem elften Jahrhundert. Der Hals war in Gold eingefasst und von einem mit Wachs versiegelten Stopfen verschlossen. Im zwölften Jahrhundert war er aus Konstantinopel gekommen als ein Geschenk an den Grafen von Flandern zur Anerkennung seiner Dienste während des Zweiten Kreuzzuges. Zum Schutz saß die Flasche in einem goldenen Zylinder, der mit einer Kappe in Form eines Engels verschlossen war. Der Umzug selbst, den der hochgewachsene Bischof von Brügge traditionell auf einer über drei Kilometer langen Strecke abhielt, war fantastisch. Mehr als 1000 Einwohner der Stadt gingen zu Fuß oder fuhren auf Wagen hinter dem Bischof her. Viele von ihnen waren verkleidet und stellten Szenen aus der Bibel nach oder trugen mittelalterliche Gewänder, um der Übergabe der heiligen Reliquie an Brügge vor einigen Jahrhunderten zu gedenken.

Bondurant nahm an, dass ihnen noch etwa eine halbe Stunde blieb, bevor die Parade bei der Basilika endete, wo sie auch begonnen hatte. Bis dahin war es zu spät. Wenn die Ampulle erst in ihren Tabernakel auf dem alten Marmoraltar in der oberen Kapelle zurückgebracht wurde, stand sie unter Bewachung und war damit unerreichbar. Ihm wurde bewusst, dass er es mit Parenti, so tapfer er sich auch mit seinen kurzen Beinen um Schnelligkeit bemühte, niemals rechtzeitig zur Prozession schaffen würde. Bondurant griff nach unten und hob den überraschten Priester zusammen mit dem Hund, der in seiner Tasche schlief, in die Höhe. Er verdoppelte sein Tempo und überwand relativ schnell den größten Teil der Strecke. In vollem Sprint bogen sie um eine Ecke und gelangten in die Philipstockstraat, die Hauptverkehrsader der Prozession. Dort schlossen sie sich der karnevalesken Prozession an, nur ein paar Hundert Meter von der Stelle entfernt, zu der Bischof van de Basil die fröhlich feiernde Menge geleitete. Bondurant bahnte sich einen Weg durch kostümierte Theatertruppen und quetschte sich an Festwagen vorbei, die die Arche Noah, Mose und die Zehn Gebote sowie die Teilung des Roten Meeres darstellten. Da er in ein vatikanisches Gewand gekleidet war, half die Kostümierung dabei, das Meer von Schauspielern und diversen Polizisten zu teilen, die während der Prozession für Ordnung sorgten. Alle, denen sie begegneten, hielten Bondurant und Parenti für Angehörige des offiziellen Komitees, das seinen Platz an der Spitze der Prozession hatte. Bondurant arbeitete sich bis auf wenige Meter an den Bischof heran, der von einer Gruppe aus Messdienern umgeben war, die in hellem Rot und Weiß gekleidet waren. Dann nahm er sich Parenti von den Schultern und setzte ihn sanft auf der gepflasterten Straße ab.

Er war wegen ihres nächsten Schrittes nervös, aber einen anderen Plan hatten sie nicht.

»Sie sind sicher, absolut sicher, dass die Reliquie echt ist?«, rief Bondurant durch den Lärm der Feiernden. »Andernfalls riskieren wir unsere Freiheit für nichts.«

»Haben Sie schon gelernt, wie man betet, mein Sohn?«, fragte Parenti. »Wenn nicht, wäre jetzt der richtige Zeitpunkt.«

Parenti griff in die kleine Tasche, die er mit sich trug, und schob sich schnell einen winzigen rasierklingenartigen Gegenstand in den Ärmel seines Gewandes. In seiner anderen Hand hielt er vor aller Augen einen großen weißen Umschlag. Souverän trat er vor und durchbrach den Kreis der Messdiener, die den Bischof umringten. Dann fing er an, neben der hoch aufragenden Gestalt entlangzuspringen, um so mit den langen Schritten des Geistlichen mitzuhalten. Bondurant folgte ihm außerhalb des Kreises.

»Könnte ich Euch vielleicht kurz sprechen, Bischof van de Basil?«, rief Parenti.

Der Bischof, ein bärtiger Riese mit dem Körperumfang einer großen Eiche, der mit allen zeremoniellen Insignien behangen war und eine Mitra auf dem Kopf trug, blickte erschrocken nach unten. Während der Heilig-Blut-Prozession neben ihm herzugehen war eine Vorrangstellung, die nur durch besondere Einladung der Kirche vergeben wurde. Er sah den kleinen Priester herablassend an wie eine Katze, die einen Tritt verdiente. Unterdessen behielt er sein Tempo bei und hielt die heilige Ampulle mit beiden Händen gen Himmel, während die Schaulustigen auf beiden Seiten der Straße applaudierten.

»Sie sind ...?«, rief der Bischof durch den Lärm der Menge.

»Ich bin Pater Antonio Barsanti und habe eine Nachricht für Euch.«

Parenti zeigte den ernstesten Blick, den er aufbieten konnte.

Bondurant erschauderte und schloss für eine Sekunde die Augen.

»Ja und ich bin Seine Eminenz Hans van de Basil, Bischof von Brügge. Ich trage das Blut Jesu Christi. Ich muss Euch bitten, beiseitezutreten«, rief der Bischof ganz eindeutig verärgert.

Bondurant erkannte sein Stichwort.

»Hört mich an!«, schrie er, so laut er konnte, um unter den Musikern und den Feiernden in der Nähe gehört zu werden. Er trat direkt vor den Bischof und stellte sich ihm in den Weg. Dann breitete er seine Arme weit aus, um das strahlend weiße und goldene Emblem des Vatikans zu enthüllen. Ein Symbol, das nur wenige auf ihren Gewändern trugen. »Wir sind hier auf Befehl von Papst Augustinus und man wird uns anhören!«

Der Bischof wirkte schockiert und blieb wie angewurzelt stehen. Dadurch pflanzte sich eine gewaltige Kettenreaktion durch die kilometerlange Prozession hinter ihnen fort. Dutzende von Rollwagen, Marschkapellen und Hunderte überraschte Schauspieler wurden unerwartet zum Stehen gebracht. Eine unheimliche Stille erfasste die Menge, die die Spitze der Prozession umringte.

»Sprecht!«, rief der Bischof mit donnernder Stimme, damit die Menge ihn hören konnte.

»Ich trage hier einen Brief des Heiligen Vaters zu diesem feierlichen und freudigen Anlass der Heilig-Blut-Prozession«, rief Parenti. Er sah zu Bondurant hinüber, wie um noch mehr Mut zu sammeln, als er ohnehin schon aufbrachte. »Er bedarf eurer Kenntnisnahme, bevor dieses bescheidene Ereignis sein Ende findet.« Damit hielt der kleine Priester dem Bischof den großen, kunstvollen Umschlag entgegen.

Der Bischof wirkte überrascht und beeindruckt zugleich. »Darf ich den Brief entgegennehmen, Pater Barsanti?«, fragte er.

»Ihr dürft. Und für den Moment sollte ich euch von der Bürde befreien, die Ihr den ganzen Vormittag mit euch getragen habt.« Damit streckte der Priester dreist die Hand nach der heiligen Ampulle aus, um einen Austausch gegen die päpstliche Nachricht zu erzwingen. Der Bischof zögerte, den vorübergehenden Austausch auszuführen, aber als er das goldene Siegel des Pontifex sah, das deutlich auf dem Umschlag prangte, senkte er seine massigen Arme und legte die antike Ampulle Parenti vorsichtig in die Hand.

»Passt darauf auf«, sagte der Bischof und sah dabei zu einigen der größeren Messdiener. Sorgfältig öffnete er den Umschlag und löste die Lasche behutsam aus dem Wachssiegel, als wollte er ihn für die Nachwelt erhalten.

Bondurant, der jetzt fast eine Minute lang den Atem angehalten hatte, sah über sie hinweg und staunte über die völlige Stille der riesigen Menge, die von jeder ihrer Bewegungen fasziniert war. Dann beobachtete er, wie sich die kleinen Hände des Priesters langsam in sein Gewand zurückzogen und die Ampulle kurzzeitig außer Sichtweite nahmen, während der Bischof einen ersten vollständigen Blick auf den päpstlichen Brief bekam. Der Bischof las

Auszüge des Kommuniqués laut vor, während Parenti an der Ampulle in seinem Ärmel herumfummelte.

»… Mit großer Vorfreude … unsere jahrelange Suche … Eure Bemühungen in Belgien … freue ich mich, Euch in die heilige Stadt einzuladen … im Dienste seines Namens … Der Heilige Vater, Augustinus III.«

Durch den dicken roten Bart des Bischofs erschien ein breites Lächeln. Breit genug, um auch Parenti ein Lächeln ins Gesicht zu zaubern. Er griff nach dem kleinen Priester, hob ihn wie eine Puppe von den Füßen und umschlang ihn in einer freudig ungestümen Umarmung. Bondurant hatte das Gefühl, dass er sowohl Parenti als auch den kleinen Hund in dessen Tasche gerade zu Tode quetschte. Doch der Bischof setzte Parenti wieder ab, warf die Hände gen Himmel und verkündete der neugierigen Menge: »Auf Einladung des Heiligen Vaters bin ich nach Rom berufen.« Die Schaulustigen, die sie umgaben und offenbar verwirrt, aber glücklich waren, an diesem freudigen Moment teilzuhaben, brachen in lauten Jubel über das Glück des Bischofs aus und machten sich daran, ihm zur Seite zu eilen. Parenti streckte dem Bischof noch einmal seine Hand entgegen, diesmal um die heilige Ampulle zurückzugeben. Er trat vor und übergab sie feierlich.

»Gott zum Gruß, Eure Eminenz, und Friede sei mit Euch«, rief der kleine Priester, während er beiseitetrat und den Weg freigab, damit der Bischof die letzten Schritte der fröhlichen Prozession fortsetzen konnte.

Parenti bahnte sich seinen Weg aus der Menge der Ministranten und Zuschauer, die den Bischof beglückwünschten, und ging auf Bondurant zu. Als der Bischof voranschritt und die Parade weiterging, ließen sich Bondurant und Parenti so unauffällig wie möglich durch die jubelnde Menge treiben und schlichen dann in eine Seitenstraße, die von den Feiernden wegführte. Als sie um die erste Ecke bogen und sich zweifelsfrei außer Sichtweite der Feier befanden, duckten sie sich in eine kleine Gasse.

Parenti war überschwänglich. »Wir sollten diese Gewänder besser loswerden«, sagte er erfreut, während er seines auszog, auf eine kleine Brücke zusteuerte und die Soutane ins Wasser des darunterliegenden Kanals warf. »Dieser aufgeblasene Bär. Zu glauben, der Vatikan würde ihn einberufen.«

Behutsam reichte er das kleine Stück des blutbefleckten Tuches, das er dem Fläschchen entnommen hatte, weiter. Bondurant konnte erkennen, dass Parenti nur ein winziges Fragment des antiken Tuches abgeschnitten und den Großteil der Original-Reliquie intakt gelassen hatte, damit der Bischof und die Kirche es behalten konnten und darüber hinaus keinen Verdacht schöpften. Parenti drückte den kleinen Stofffetzen Bondurant in die Hand und sah ihn todernst an.

»Sie halten hier ein Wunder in Händen. Es enthält das Blut Jesu Christi, mein Sohn«, sagte er mit einem besonderen Nachdruck in der Stimme. »Und jetzt laufen Sie. Laufen Sie wie der Teufel!«

46

Mumbai, Indien
März 2015

Aus dem Augenwinkel sah Sehgal, wie Bondurant auf ihn zukam, aber es war zu spät. Bondurants abrupte Attacke traf ihn unvorbereitet und donnerte ihn auf die Einfahrt, noch bevor er bei seinem Auto ankam. Der Tipp, wo Sehgal, der berühmte Held seines Landes, lebte, hatte sich als verlässlich erwiesen. Bondurant hatte ihn von seinem alten Kumpel dem Taxifahrer bekommen. Für weitere 1000 Rupien hatte ihn der Fahrer sogar dorthin gefahren, wo Sehgal zu Hause war. Sehgals Schulter schmerzte vom harten Aufprall auf dem Boden, aber keiner, Bondurant eingeschlossen, würde ihn davon abhalten, der zweiten Auferstehung und dem Anbruch einer neuen Welt beizuwohnen, die in wenigen Stunden stattfinden würden.

Das Adrenalin schoss durch seinen Körper, während er sich schnell auf die Beine stemmte, weg von Bondurant, und dann die Flucht ergriff in der Hoffnung, dass er ihn auf dem wenige Meter von seinem Haus entfernten Canyon-Pfad abschütteln konnte. Danach würde er sich überlegen, wie er das Kloster der Barmherzigen Schwestern erreichen konnte, um bei der Geburt des Jesuskindes dabei zu sein.

Sehgal konnte nicht klar denken. Nach ein paar Hundert Metern auf dem Fußpfad, Bondurant im schnellen Sprint nur wenige Schritte hinter ihm, begann er müde zu werden. Als sie an einer scharfen Kurve ankamen, sorgte ein weiterer Sprung Bondurants dafür, dass beide einen steilen Abhang hinabrollten. Sehgal packte Bondurant mit beiden Händen am Kragen seiner Jacke, während er abwechselnd Himmel und Boden immer wieder durch sein Blickfeld kreiseln sah. Der Weg nach unten war mit unzähligen schmerzhaften Felsen und Ästen gepflastert. Ineinander verkeilt landeten sie am Fuße des Berghangs und donnerten wie ein menschlicher Felsbrocken in ein trockenes Bachbett am Grund der Schlucht. Hier fielen sie voneinander ab wie ein Stein, der in zwei Teile zerbrach. Völlig verausgabt blieben sie mehrere Meter voneinander entfernt liegen und starrten sich ausdruckslos an.

»Sie sind ein Lügner, Ravi!«, schrie Bondurant.

Sehgal entdeckte lediglich eine kleine Blutspur an Bondurants Mundwinkel, ansonsten sah er unversehrt aus. Das galt nicht für Sehgal, der sich mit schmerzverzerrtem Gesicht das rechte Bein hielt, das wahrscheinlich gebrochen war. »Wenn Sie über meinen Bericht zu dem Grabtuch reden, mein Freund, dann bestreite ich das nicht. Es tut mir leid. Es ging nicht anders.«

»Und ob, Sie Lügner!«, brüllte Bondurant wütend. Er griff nach einem großen Stein und wollte ihn nach Sehgal werfen, war aber offensichtlich zu erschöpft, um ihn aus seiner Bauchlage heraus aufzuheben. »Sie sind Wissenschaftler. Sie sind dazu verpflichtet, nach der Wahrheit zu suchen.«

»Jon, ich schwöre Ihnen, ich wollte nichts Böses«, sagte Sehgal und stöhnte, als er merkte, dass die Verletzung an seinem Bein schwer war und der stechende Schmerz in seiner Seite darauf hindeutete, dass er sich womöglich auch ein paar Rippen gebrochen hatte. »Ich musste für Ablenkung sorgen. Und Sie waren von Anfang an darauf gefasst, zu glauben, dass die Reliquie eine Fälschung ist. Ich habe Ihnen nur geliefert, was Sie ohnehin hören wollten.«

Er stemmte sich hoch, lehnte seinen Rücken gegen einen Baumstamm und versuchte tief einzuatmen, um die Schmerzen zu lindern. Gegenüber von ihm hockte Bondurant, der selbst Mühe hatte, aufrecht zu sitzen.

»Nein, das haben Sie nicht. Lasten Sie das nicht mir an«, wandte Bondurant ein. »Ich war bereit, dorthin zu gehen, wo die Beweise mich hinführen. Sie haben offensichtlich zugestimmt, an dem Projekt teilzunehmen, weil Sie von Anfang an nur das Blut wollten. Und jetzt haben Sie die wahnwitzige Idee, es zu … zu …«

»Was, Jon? Was?«

»Christus damit von den Toten auferstehen zu lassen. Sie und dieser Wahnsinnige namens Meyer.«

Sehgal befürchtete, dass Bondurant mehr von dem Puzzle zusammengesetzt hatte als vermutet. Er dachte einen Moment nach, lehnte seinen Kopf gegen den Baumstamm hinter sich und starrte in den wolkenlosen Himmel. Er ärgerte sich über die Situation, in der er sich befand, und bemitleidete sich selbst. *Er* gab der Welt das großartige Geschenk einer zweiten Auferstehung, was so jemand wie Bondurant, ein Ungläubiger, niemals verstehen würde. *Er* war derjenige, der seinen einzigen Sohn wenige Wochen zuvor verloren hatte. *Er* war derjenige, der sich mit Bondurant anlegen musste, einem selbstgerechten Helden, der nun eindeutig im Weg stand. Er beschloss, Bondurant zu überzeugen.

»Was ist so verrückt an dem Wunsch, dass der lebendige Christus wieder unter uns weilt? Haben Sie sich in letzter Zeit einmal umgeschaut? Haben Sie die Spirale des Elends gesehen, die uns alle mit sich reißt? Ich habe es.

Und ich schwor, meine Fähigkeiten zu nutzen, um etwas dagegen zu unternehmen.«

»Ravi«, sagte Bondurant mit finsterem Blick, »verschonen Sie mich. Ich kann mir schwer vorstellen, dass Sie es für möglich halten, das Leben eines Menschen, der vor 2000 Jahren gelebt hat, wiederherzustellen, sodass derselbe Mann die Welt heute irgendwie verändern kann. Das ist lächerlich.«

»Sie nennen es lächerlich«, entgegnete Sehgal und schüttelte den Kopf. »Ich nenne es wundersam. Gott selbst hat in der Bibel das Klonen von Menschen befürwortet.«

»Sie verlieren den Verstand, Ravi. Bestimmt haben Sie sich beim Sturz den Hügel hinunter den Kopf angeschlagen«, sagte Bondurant.

»Eva aus Adams Rippe. Steht alles in der Genesis.«

»Oh, ich bitte Sie! Wem machen Sie etwas vor?«

»Wem machen *wir* etwas vor?«, sagte Sehgal. »Sie waren Ihr ganzes Leben lang Atheist, Jon. Und ich? Ich wurde durch die Hand Christi gerettet, bevor Sie geboren wurden. Einigen wir uns also einfach darauf, dass wir uns uneins sind. Wir kopieren nur das, was die Natur bereits erschaffen hat.«

»Sagen Sie mir nur eins«, rief Bondurant. »Sagen Sie mir, dass Sie und Laurent bei Ihrem Versuch in eine Sackgasse geraten sind. Den Gangster, den Sie in Turin geschickt haben und der noch mehr von dem Blut erbeuten wollte, habe ich aufgehalten. Sagen Sie mir, dass es nicht gereicht hat. Sagen Sie mir, dass ich nicht zu spät komme.«

Sehgal biss die Zähne zusammen, als eine weitere Schmerzwelle durch sein gebrochenes Bein schoss. Doch dann gelang es ihm, ein Siegerlächeln zu zeigen.

»Es ist *vollbracht,* Jon. Es ist *vollbracht*«, brüllte er überschwänglich. »Es stellte sich heraus, dass sich die benötigte Menge Blut in den Proben befand, die ich mitgenommen habe. Es ist nur eine Frage von Stunden, bis das Jesuskind auf die Welt kommt. Ich war gerade auf dem Weg zur Geburt. Da wollte ich hin, bevor Sie mich überfallen haben.«

Sehgal beobachtete, wie Bondurant bei dieser Nachricht das Gesicht verzog und die Augen schloss. »Eine Lüge führt zu einer anderen, Ravi«, erwiderte Bondurant gelassen und rieb sich die Schulter. »Vielleicht konnten Sie die DNA aus dem Blut, das Ihnen zur Verfügung stand, wiederherstellen. Das ist Ihr Beruf. Aber Laurent? Er ist …«

»Sie haben recht, er ist kein Genie«, unterbrach Sehgal. »Das musste er aber auch gar nicht sein. Wie sich herausgestellt hat, geht es nur um Zahlen. Um große Zahlen. Die DNA, ein Bündel Stammzellen, um sie in Gang zu setzen, viele enukleierte Eier und viele Anläufe. Und diese Demanianer, Gott schütze sie, waren bei den Jungfrauen und den Eiern gern behilflich. Ich bin überzeugt, dass sie vom Teufel geleitet werden, trotzdem haben sie der Welt einen göttlichen Dienst erwiesen.«

»Und wo soll dieses Wunderkind geboren werden?«, fragte Bondurant. »Wo steht die Krippe?«

»Nicht weit von hier. In einem Kloster ganz in der Nähe«, sagte Sehgal triumphierend, während er versuchte, aufzustehen und auf einem Bein zu hüpfen. Es hatte keinen Sinn, weshalb er sich stöhnend fallen ließ, unfähig, den Schmerz zu ertragen. »Ich kann Sie hinbringen, wenn Sie mir helfen. Allein schaffe ich es offensichtlich nicht.« Er hatte nicht die Absicht, Bondurant zu der Geburt zu führen, würde aber alles versprechen, um nicht einsam in dieser Schlucht zu sterben.

»Und die Mutter?«, fragte Bondurant misstrauisch.

»Wem kommt die Rolle der Jungfrau Maria zu?« Der Sarkasmus in seiner Stimme war unverkennbar.

Sehgal rutschte keuchend an den Baumstamm zurück und wich Bondurants Blick aus. Die Frage verriet ihm, dass Bondurant viele der Puzzleteile tatsächlich zusammengesetzt hatte, wenngleich nicht alle. Es herrschte langes Schweigen, während er überlegte, wie er darauf reagieren sollte. Nervös griff er nach dem Gegenstand in seiner Jackentasche, bereit, ihn bei Bedarf hervorzuziehen.

»Los, sagen Sie schon: Wer ist die Mutter?«, wiederholte Bondurant seine Frage.

Sehgal schwieg trotzig und weigerte sich, zu antworten. Er *wusste,* dass sie ihre Beziehung zu Jon nie ganz vollzogen hatte, auch wenn sie das glaubte. Der Beweis war während des In-vitro-Verfahrens erbracht worden. Er wandte sich von Bondurant ab.

»Ravi!« Bondurants Stimme klang jetzt fordernd. »Wenn Sie aus dieser Schlucht rauswollen, dann …« Doch er stoppte mitten im Satz und eine Blässe breitete sich langsam auf seinem Gesicht aus. Sehgal hatte eine glänzende Pistole gezogen und richtete sie genau auf ihn.

»Ich habe sie ursprünglich zum Schutz gekauft und mich gefragt, ob ich sie jemals brauchen werde«, sagte Sehgal. »Heute tue ich das vielleicht.«

»Schutz wovor?«, fragte Bondurant.

»Vor Leuten wie Ihnen, sollten sie es jemals herausfinden«, entgegnete Sehgal. Er hielt inne, um seinen Mut für das zusammenzunehmen, was er als Nächstes sagen würde. »Zuerst möchte ich Sie wissen lassen, dass es ihr gut geht.«

»Wer? Der Mutter?«

»Ja, der Mutter.« Sehgal umklammerte die Pistole. »Domenika.«

In der Erwartung, Bondurants Wut könnte ihm die Kraft für einen Angriff geben, legte Sehgal seinen Finger auf den Abzug, streckte beide Arme aus und richtete die Waffe direkt auf Bondurants Brust. Er wollte nicht danebenschießen. Aber das war auch nicht nötig. Bondurant sackte gegen den Felsen hinter sich und starrte ausdruckslos geradeaus.

»Sie erzählen mir, dass Domenika die Mutter ist? Habe ich richtig gehört?«, fragte Bondurant und erwartete, das Schlimmste bestätigt zu bekommen.

»Sie kennen sie, Jon. Können Sie sich vorstellen, jemanden zu finden, der gottesfürchtiger ist? Sie war in jeder Hinsicht perfekt. Und das wusste sie.«

»Sie hat sich *freiwillig* zur Verfügung gestellt?«, fragte Bondurant. »Sie war die ganze Zeit dabei?«

»Ja, natürlich«, antwortete Sehgal. »Vor ihr haben wir Dutzende Jungfrauen ausprobiert. Keine von ihnen wurde schwanger.«

Bondurant wirkte angeschlagen.

»Ich habe fast ein Jahr lang krank vor Sorge die Welt nach ihr durchkämmt. Und sie hat sich hier bei *Ihnen* versteckt?«, schrie er. »Wofür? Um die *Muttergottes* zu spielen?« Bondurant zitterte angesichts der Bewahrheitung einer Überlegung, die einst nur ein wilder Verdacht gewesen war. »Wer steckt noch mit drin?«

»Jon, Sie müssen verstehen. Wir brauchten eine Jungfrau. Aber ebenso eine wahrhaft gottesfürchtige. Sehen Sie …«

»Nein, *Sie* verstehen nicht, Ravi. Sie, Meyer, Laurent, Domenika. Sie alle sind wahnsinnig! Einfach nur wahnsinnig. Haben Sie auch nur einen Moment daran gedacht, dass es keinen Beweis dafür gibt, dass die DNA, die Sie wiederaufbereitet haben, vom Blut Jesu Christi stammt?«

Sehgal stieß ein widerwärtiges Lachen aus. »Oh, ich verstehe, Jon. Jetzt werden *Sie mir* erzählen, dass es vom Blut einer Ziege stammt. Und schon sind wir wieder da, wo wir angefangen haben.«

»Nein, Ravi, Sie Idiot!«, brüllte Bondurant kopfschüttelnd. »Ich sage Ihnen, dass das Blut auf dem Grabtuch von mindestens zwei Quellen stammt, was die Chance, dass Ihr Wunderkind ein Klon von Jesus Christus ist, um ein Vielfaches verringert.«

Die Behauptung war grotesk, aber sie erschütterte Sehgal. Er wurde still und richtete den Lauf der Waffe direkt auf Bondurants Kopf.

»Jetzt sind Sie es, der lügt, Jon«, zischte er, wütend genug, um zu schießen.

»Ich wünschte, es wäre so, Ravi. Die andere Blutprobe, die ich Ihnen für O'Neil vorenthalten habe. Erinnern Sie sich?«

»Ja. Sie war für seine Tests. Aber er hat sie längst für die Kohlenstoffdatierung zerstört.«

»Nicht ganz.«

»Was meinen Sie mit ›nicht ganz‹?«

»Ich meine, dass er genauso gut lügt wie Sie. Es stellte sich heraus, dass er sie nie benötigt hat. Er hat Ihnen nur nicht vertraut. Er hat sie benutzt, um später eigene DNA-Tests daran durchzuführen. Und, Ravi«, sagte Bondurant, während er angespannt auf den Pistolenlauf starrte, der direkt auf sein Gesicht zeigte, »wenn das meine letzten Worte sind, können Sie sie glauben. Ich habe die DNA-Profile von Ihrer Probe und …«

»Das weiß ich«, sagte Sehgal und zuckte zusammen, als ihm der Anblick von Kishans zerschmettertem Körper im Leichenschauhaus in den Sinn kam.

»Und ich habe die von O'Neil.«

»Und?«

»Sie stimmen nicht überein. Haben Sie mich verstanden? Keine Übereinstimmung. Sie haben den Nobelpreis gewonnen. Ich weiß, dass Sie schlau genug sind, um zu verstehen, was das bedeutet, Ravi.«

Sehgal starrte ihn verwirrt an und ließ die Waffe zur Seite sinken. In diesem Moment vibrierte Bondurants Handy zweimal und gab damit zu erkennen, dass eine SMS angekommen war. Er zog das Telefon aus der Jackentasche und starrte auf die Nachricht. Dann schüttelte er langsam den Kopf und warf Sehgal das Telefon zu, damit er es selbst lesen konnte.

> JON: TESTS ABGESCHLOSSEN. VÖLLIGE ÜBEREINSTIMMUNG. UNSERE PROBE IDENTISCH ZU DER, DIE SIE AUS BRÜGGE ›GEBORGT‹ HABEN. GLÜCKWUNSCH! SIE SIND DER STOLZE BESITZER DES WAHREN BLUTES JESU CHRISTI. RAVI SPIELT MIT DEM FEUER. VATER, VERGIB IHM, DENN ER WEISS NICHT, WAS ER KLONT. :-)

Sehgal las die Nachricht mehrere Male. Ein Gefühl der Furcht überkam ihn, kurz darauf war er vor Angst wie gelähmt.

»Was haben Sie in Brügge ›geborgt‹, Jon?«, fragte er neugierig.

»Das ist eine lange Geschichte, Ravi. Aber wenn einer der weltgrößten Religionsskeptiker – das bin ich – Ihnen erzählt, dass er das Blut einer Person namens Jesus Christus in Händen gehalten hat, dann können Sie mir glauben, dass er ein Tuch mit dem Blut von Jesus Christus in Händen gehalten hat. Und, Ravi, *wir wissen jetzt, dass Sie das nicht haben.*«

»Jon, ich weiß nicht, was ich sagen soll«, war die einzige Antwort, die Sehgal hervorbrachte.

Beide saßen schweigend da, während Sehgal den Schrecken seiner eigenen Gedanken daran, was er getan hatte, überlassen war. Und nach einer Weile begann er zu frösteln und zu begreifen, dass er einen schrecklichen Fehler begangen hatte.

»Ravi, wo ist Domenika?«

»Domenika? Sie ist ganz in der Nähe«, gab er abwesend zurück. Seine Stimme klang leise und verzweifelt. Wenn das Kind erst geboren war, würde Domenika als nutzlos angesehen werden. Schlimmer noch, sie wusste zu viel, genau wie die Barmherzigen Schwestern im Kloster, die ebenfalls entsorgt werden mussten. »Wie ich Meyer kenne, schwebt sie in großer Gefahr. Ich bin sicher, dass er nur das Kind will, sie ist nach der Geburt für ihn nutzlos.«

»Na gut. Keine weiteren Lügen, Ravi. Keine Geheimnisse mehr. Was haben Sie mit ihr gemacht?«, wollte Bondurant wissen.

Sehgal war von Schuldgefühlen überwältigt. Wegen der Lügen, die er erzählt hatte. Wegen dem, was er Domenika angetan hatte, und wegen der Gefahr, in der sie nun schwebte. Und schließlich wegen des Schicksals der unbekannten Seele des Grabtuchs, die in Kürze wiedergeboren wurde.

»Sie befindet sich im Kloster der Barmherzigen Schwestern, knapp zwei Kilometer von hier.«

Sehgal machte eine lange Pause. Es war ihm nicht möglich aufzublicken, so sehr war er von seinen Schuldgefühlen überwältigt.

»Sie ist unschuldig, Jon. Wir haben sie eingelullt. Wir haben sie reingelegt. Wir haben sie unter Drogen gesetzt.« Sehgal begann zu schluchzen. »Gott, vergib mir, wir haben sie in vitro vergewaltigt. Von Beginn an hat sie geglaubt, das Kind sei ihr eigenes, von einem anderen Mann. Wir haben sie die ganze Zeit in dem Glauben gelassen.« Sehgal legte sich eine Hand auf die Augen.

Bondurant stemmte sich auf die Beine und blieb bewegungslos wie eine Statue vor Sehgal stehen. »In der Hölle gibt es einen Ort für Sie. Das wissen Sie, Ravi, nicht wahr?«

Sehgal öffnete den Mund, wollte antworten, blieb jedoch sprachlos. Bondurant sah dabei zu, wie Ravi sich mehrere Male um eine Antwort bemühte, es aber nicht schaffte, als hätte ihm die Brise, die begonnen hatte, durch die Schlucht zu wehen, die Worte geraubt. Dann, ganz plötzlich, beobachtete er, wie sich Sehgal kerzengerade aufsetzte und erneut die Waffe hob. In einer schnellen Bewegung steckte er sich den Lauf in den Mund, lehnte seinen Kopf nach hinten und zog den Abzug. Ein einzelner lauter Schuss hallte durch die Schlucht und tötete ihn auf der Stelle.

47

Außerhalb von Mumbai
März 2015

Bondurant spähte im schwachen Licht der Abenddämmerung hinter einer Ecke der rückseitigen Klostermauer hervor und wartete ungeduldig darauf, dass die Nacht hereinbrach.

Er hatte Sehgals Auto aus seiner Einfahrt gestohlen und es auf einem Schotterweg geparkt, knapp außer Sichtweite des Gotteshauses. Nur die Dunkelheit würde ihm den nötigen Schutz bieten, die etwa 20 Meter zu überwinden, die ihn von dem zweistöckigen Bauwerk trennten. Dort hoffte er, Domenika lebend zu finden. Eine kleine Fahrzeugkolonne aus dunklen Mercedes-Limousinen parkte Stoßstange an Stoßstange neben dem Kloster, und genau dahinter befand sich als letzter in der Reihe ein Pick-up-Truck.

Eine Welle der Übelkeit überkam Bondurant, während er geduckt hinter seiner Ecke hervorlugte. Von seinem Beobachtungspunkt aus zählte er fünf schwarze Leichensäcke mit geschlossenen Reißverschlüssen, die wie Baumstämme längs neben dem Truck übereinandergestapelt lagen. Zwei große Männer hievten einen sechsten Sack über die geöffnete Heckklappe auf die Ladefläche des Pick-up. Die Wachleute waren alle schwarz gekleidet und hatten automatische Waffen über ihren Schultern hängen.

Im Innern des Klosters war es fast völlig dunkel, mit Ausnahme eines Fensters im Erdgeschoss, hinter dem ein Licht brannte. Bondurant erkannte die Profile zweier Männer, die sich an einem Tisch gegenübersaßen. Er konnte sie nicht hören, sah aber, dass sie sich stark bewegten, wie bei einem hitzigen Streit. Auf dem Tisch zwischen ihnen entdeckte Bondurant eine Schachtel von der Größe eines Radios, an welcher einer der Männer kontinuierlich herumhantierte. Neben den beiden Männern stand ein weiterer, der genauso dunkel gekleidet und stark bewaffnet schien wie die beiden Wachmänner, die die Leichensäcke in den Truck verluden.

Bondurant wusste, wenn er es schaffte, unbemerkt ins Kloster zu gelangen und Domenika ausfindig zu machen, war die Hälfte seiner Arbeit getan. Ihre Chancen würden sich dramatisch erhöhen, wenn er eine Flucht, ob im Auto oder zu Fuß, vermeiden konnte. Das musste er. Er war allein, zahlenmäßig und waffentechnisch weit unterlegen und die Leichensäcke waren ein sicherer Hinweis darauf, dass sie sterben würden, wenn er versagte. Bondurant war nur mit der blutverschmierten Pistole bewaffnet, die er vor einer Stunde Sehgal aus den Händen gerissen hatte, sowie einem langen Tranchiermesser aus Sehgals Küche. Nervös schaute er auf seine Uhr. Die Zeit wurde langsam knapp.

Sein Plan war es, den Konvoi in der Einfahrt zu sabotieren, um eine Verfolgung zu verhindern, sollten er und Domenika lebend hier herauskommen. Die Fahrzeugkolonne parkte zwischen einer hohen Mauer und dem Kloster. Wenn es ihm irgendwie gelang, den Wagen an der Spitze fahruntüchtig zu machen, dann war die komplette Fahrzeugreihe außer Gefecht gesetzt. Auf Händen und Knien bewegte er sich durch das dichte Buschwerk einer Heckenreihe, die sich an der gesamten Klostereinfahrt entlangzog. Er kroch weiter bis zu der Stelle, an der sich der vordere Wagen befand, und schaute sich um. Die Wachen, die er zuvor beobachtet hatte, waren wieder ins Gebäude gegangen und die Einfahrt war menschenleer. Er musste sich beeilen und unter die Motorhaube des vorderen Wagens gelangen. Obwohl er nicht besonders viel Ahnung von Autos hatte, hoffte er, im spärlichen Schein einer altersschwachen Laterne in der Einfahrt das Verteilerkabel zu finden und es mit dem Tranchiermesser aus Sehgals Küche zu kappen. Lautlos schlich er durch die nun endlich hereingebrochene Nacht.

Er wusste, dass der Verschlusshebel für die Motorhaube nur von innen erreichbar war. Langsam zog er am Griff der Fahrertür und atmete erleichtert auf, als sie sich öffnete. Schnell schlüpfte er in den Mercedes und beugte sich unter das Lenkrad, um den Hebel für die Motorhaube zu finden. Erschrocken hielt er inne, sein Herz setzte beinahe aus. Er hörte ein Atmen. Auf dem Beifahrersitz, nur ein paar Zentimeter entfernt, saß ein gewichtiges Problem. Ein weiterer Wachmann, ein Hüne mit einem gewaltigen Doppelkinn, das wie ein Kissen auf seiner Brust lag, schlief tief und fest neben ihm.

Bondurant wusste, dass es jetzt kein Zurück mehr gab. Langsam zog er das Tranchiermesser aus seiner Jackentasche und schloss seine rechte Hand um den Griff. Die Spitze des Messers hielt er direkt über den schwabbeligen Hals des Wachmanns und griff mit der Linken nach unten, um nach dem Hebel für die Motorhaube zu tasten. Sollte das Geräusch des Hebels den Wachmann aufwecken, war er bereit, dem Mann die lange Stahlklinge in die Luftröhre zu stoßen, noch bevor er einen Schrei ausstoßen konnte. Bondurant hielt einen Moment lang inne, um einen Blick auf die Augen des Mannes zu werfen, die noch immer geschlossen waren. Dann zog er so langsam, wie er konnte, an dem Hebel. Ein leises *Plopp* war zu hören, mit dem sich die Motorhaube öffnete. Auf Bondurant wirkte das Geräusch wie Donnerhall, laut genug, um sowohl den Wachmann als auch die halbe Welt zu wecken. Er hatte keine andere Wahl. Blitzschnell drehte er sich um, umfasste den Griff des Messers mit beiden Händen und richtete es auf die Kehle des Wachmanns, bereit, die Klinge so tief wie möglich darin zu versenken.

Der Wachmann rührte sich, drehte sich langsam in Bondurants Richtung und öffnete schlaftrunken die Augen. Bondurant wich zurück und bereitete sich darauf vor, sich mit jedem Gramm seines Körpergewichts auf das Messer zu lehnen und es in die Speiseröhre des Wachmanns zu stoßen. Er nahm an, dass die Klinge gerade lang genug war, um den gewaltigen Kopf des Mannes an die lederne Kopfstütze dahinter zu nageln. Aber so schnell die Augen des Mannes kurz aufgeblinzelt hatten, so schnell schlossen sie sich wieder. Bondurant hielt für eine gefühlte Ewigkeit den Atem an und wartete darauf, dass der Wachmann aufwachte. Das nächste Geräusch, das Bondurant von dem Mann zu hören bekam, war ein willkommenes gutturales Schnarchen.

Bondurants Herz raste. Leise glitt er vom Vordersitz des Wagens herunter durch die Tür auf der Fahrerseite, ließ sie einen Spaltbreit geöffnet und bewegte sich geduckt bis zur Vorderseite des Fahrzeugs. Behutsam öffnete er die Motorhaube zur Hälfte und strengte seine Augen an, um in dem schwachen Licht der Laterne den Motorenverteiler zu finden. Es war sinnlos. Der Motorraum war in Dunkelheit gehüllt und Bondurant hatte keine Ahnung, welches Kabel er kappen sollte. Entschlossen griff er in den Motorraum und schnitt hektisch so viele Kabel durch, wie er finden konnte, in der Hoffnung, irgendetwas zu durchtrennen, das bedeutsam genug war, um den Wagen am Start zu hindern. Dann drehte er sich um und schlüpfte in die Heckenreihe zurück.

Im Schutz der Dunkelheit umrundete er das Gebäude und entdeckte dort ein weiteres Fenster im unteren Stockwerk, das hell erleuchtet war. Etwas von dem Licht fiel in jeden der angrenzenden Räume. Er schlüpfte aus der Heckenreihe und rannte über eine schmale Rasenfläche bis unter das beleuchtete Fenster. Als er hineinsah, konnte er erkennen, dass es sich um ein Badezimmer handelte, in dem sich niemand aufhielt. Er spähte durch das Fenster daneben und sah einen schwachen orangen Schimmer. Er schaute genauer hin und erkannte einen Brutkasten mit einem winzigen Säugling darin, der fest in eine Decke gewickelt war und sich nicht rührte. Neben dem Brutkasten befanden sich auf einem Gestell mehrere blinkende Überwachungsvorrichtungen und in der Ecke des Zimmers bemerkte Bondurant im Dunkeln die Silhouette einer Person, die in einem Schaukelstuhl saß, der dem Brutkasten zugewandt war. Bondurant beugte sich noch näher an das Fenster und stellte fest, dass er einen weiteren Wachmann gefunden hatte, der während der Arbeit schlief. Auch dieser Wachmann wirkte so breit wie eine Wand. Bondurant duckte sich instinktiv, konnte der Neugier aber nicht widerstehen und warf einen weiteren Blick auf das friedlich daliegende Kind, das auf wundersame Weise aus dem Grabtuch geklont worden war.

Er hatte keine Zeit zu verlieren. Domenika, wenn sie noch lebte, musste sich in unmittelbarer Nähe befinden. Leise schlich er zu dem Fenster des Raumes auf der anderen Seite des Badezimmers und richtete seinen Blick in das dahinterliegende Zwielicht. Vor einem großen Erkerfenster an der gegenüberliegenden Wand konnte er den schwachen Umriss eines Bettes erkennen. Auf dem Bett lag ein Körper. Ob tot oder lebendig, konnte er nicht einschätzen.

Er blinzelte nervös und suchte den Fensterrahmen und das Glas nach irgendwelchen Hinweisen auf Drähte oder Magnete ab, die auf eine Alarmanlage hindeuteten. Er konnte keine entdecken und drückte gegen das Fenster. Es bewegte sich nicht. Angestrengt suchte er weiter und fand einen Messinghaken in der Mitte des Fensterbrettes, der augenscheinlich nur einen Schubs benötigte, damit er aus seinem Ringverschluss rutschte. Er atmete tief durch, versuchte sich zu konzentrieren und steckte die schmale Klinge des Tranchiermessers zwischen Fensterbrett und Rahmen. Hektisch reckte er den Hals, um besser sehen zu können, und führte die Spitze der Klinge an den Haken heran. Er drehte die Klinge in die richtige Position, und mit einer leichten Drehung des Griffs brach der Haken aus seiner Halterung.

Erleichtert schob er das hohe Fenster auf und stemmte sich auf das Fensterbrett, auf dem er keine zwei Sekunden später rittlings saß und sich langsam zum Inneren des Zimmers drehte. Fast eine Minute lang saß er so still wie eine Statue im Dunkeln und lauschte auf ein Geräusch von irgendjemandem, der ihn möglicherweise entdeckt hatte. Er hörte nichts. Vorsichtig rutschte er vom Fensterbrett hinunter, huschte zur Tür und blockierte mit der Lehne eines Stuhls die Klinke. Dann lief er lautlos zum Bett.

Eine Frau lag bewegungslos da, ihr Gesicht war von ihm abgewandt und wurde von ihrem Haar verdeckt. In der Dunkelheit konnte er nicht erkennen, ob es Domenika war. Bondurant schnappte sich eines der Kissen vom Bett. Ob es Domenika war oder nicht – wenn die Frau noch lebte, würde es einen Tumult geben. Er würde das Geräusch ihres Aufschreis dämpfen müssen. Das Kissen in der einen Hand griff er mit der anderen nach unten und umfasste sanft die Schulter der Frau, um sie auf den Rücken zu drehen. Behutsam strich er ihr das Haar aus dem Gesicht und wusste, dass es Domenika war. Als sie anfing sich zu bewegen, beugte er sich über sie und erstickte ihren Schrei mit einem Kuss.

»Domenika, sag jetzt kein Wort«, flüsterte Bondurant, nachdem er sich von ihr gelöst und eine Ecke des Kissens sanft auf ihre Lippen gedrückt hatte. Ihre Augen weiteten sich, während sie ihr Kinn gegen das Kissen presste. Ihm wurde klar, dass sie Angst hatte. »Ich nehme es weg, wenn du bei deinem Leben versprichst, still zu sein. Wirst du das für mich tun?«

Sie verneinte mit einem Kopfschütteln.

»Ich meine es ernst, Domenika. Wir werden beide sterben, wenn du schreist.«

Schließlich nickte sie und er zog das Kissen langsam zurück, unsicher, ob sie ihr Versprechen halten würde. Dann stemmte sie sich in eine sitzende Position und starrte ihn stumm an, als würde sie einen Geist sehen.

»Was war los mit dir? Wo warst du die ganze Zeit?«, flüsterte sie. »Warum hast du meine Briefe nicht beantwortet?«

»Briefe? Welche Briefe?«

»Und wo ist Christopher?«, fragte sie und sah sich panisch um. Ihre Stimme wurde lauter. »Wo ist unser Sohn?«

Bondurant, verblüfft über ihre ersten Worte, die sie nach fast einem Jahr an ihn richtete, wich zurück. Was sie sagte, ergab keinen Sinn. Wahrscheinlich hatte sie ihr Bewusstsein noch nicht vollständig wiedererlangt.

»Wie meinst du das, *unser* Sohn?«, wollte er wissen. Ihm fielen Sehgals letzte Worte ein und er versuchte sich die Wahrheit zusammenzureimen. »Domenika, hast du dieses Kind freiwillig bekommen?«

»Natürlich«, sagte sie schwach, aber aufgebracht. »Wir hätten in Turin vorsichtiger sein sollen, ich weiß. Aber er gehört jetzt uns und, Jon, solch ein Kind hast du noch nie gesehen.«

»Und du bist sicher, dass *ich* der Vater bin?«, fragte er verwirrt.

Ihre Reaktion auf seine Frage folgte prompt. Sie schwang ihren Arm in einem hohen Bogen und ohrfeigte ihn mit genügend Kraft, um ihn vom Bett zu schlagen. Er nahm den Schmerz in seiner Wange erst wahr, als sie noch einmal ausholte, um ihm einen weiteren Schlag zu verpassen. Er streckte die Hand aus und stoppte ihren Arm mitten in der Bewegung.

»Wie kannst du es wagen, so etwas zu fragen? Es spielt keine Rolle, ob du etwas mit ihm zu tun haben willst oder nicht, er ist unser Sohn. Wie kannst du es wagen?«, schrie sie laut genug, um sie zu verraten, und bemühte sich, ihren Arm seinem Griff zu entziehen. Sie schien tatsächlich überzeugt davon zu sein, die Wahrheit zu sagen. Er wusste aber auch, dass sie, wenn er mit ihr nicht in den nächsten Sekunden floh, beide sterben würden.

»Wir haben keine Zeit, zu streiten«, flüsterte er. »Außerdem ist es zu schwer zu erklären. Aber das Kind ist nicht unseres. Du wurdest reingelegt, damit du es austrägst. Und wenn wir nicht gleich von hier abhauen, dann werden wir beide sterben.«

»Ich gehe hier nicht weg ohne unser Baby!«, schrie sie.

»Es ist nicht unseres, Domenika!«, beharrte Bondurant. Entschlossen packte er sie am Arm und zerrte sie vom

Bett. Er hörte, wie ein paar Türen weiter ein Aufruhr entstand, und ihm wurde klar, dass sie entdeckt worden waren. Domenika setzte sich immer noch zur Wehr, sie konnte den rechten Arm losreißen und schwang ihre kleine Faust. Unumwunden schlug sie ihm mitten ins Gesicht. Schmerz schoss ihm in die Schläfen und er war sicher, dass sie ihm die Nase gebrochen hatte.

Er hörte Stimmen und Schritte, die den Gang entlang in ihre Richtung hasteten. Wenn sie lebend hier herauskommen wollten, blieb ihm keine andere Wahl.

»Domenika, ich liebe dich«, sagte er.

Dann schlug er sie mit einem schnellen Faustschlag seitlich gegen den Kopf bewusstlos. Er warf sich ihren schlaffen Körper über die Schulter und sah sich hektisch nach dem geeignetsten Ausgang um. Das letzte Geräusch, das er in dem Zimmer vernahm, war ein ohrenbetäubendes Hämmern, mit dem ihre Kidnapper versuchten, durch die verbarrikadierte Tür zu gelangen. Mit Domenika auf der Schulter würde er es nie schaffen, aus dem Fenster zu klettern, durch das er gekommen war. Panisch schaute er auf das große Erkerfenster neben dem Bett, beugte sich vornüber und rannte los. Mit voller Wucht durchbrach seine freie Schulter das alte Fensterglas und zerschmetterte es in tausend Teile.

Blutverschmiert taumelte er über den Rasen und versuchte, sich zu orientieren. Domenikas Fäuste trommelten auf seinen Rücken. Sie befanden sich jetzt bereits auf der Rückseite des Klosters, der Weg bis zu seinem Auto war nicht weit. Wenn er die schützende Hecke erreichte, könnten sie es schaffen. Doch mit dem Adrenalin, das jetzt durch seinen Körper floss, und der panischen Mutter auf seiner Schulter zögerte Bondurant, als er Domenika weinen hörte. Er *musste* es tun. Ihm war klar, dass er nie wieder so nah an das Klonkind herankommen würde, und er hatte keine andere Wahl als zu versuchen, es ebenfalls zu retten. Ohne zu zögern, umrundete er ein weiteres Mal das Gebäude, setzte Domenika vor dem Fenster ab, in dem der Brutkasten stand. Mit dem Griff seiner Pistole schlug er das Fenster des Kinderzimmers ein und verteilte die Glassplitter im ganzen Raum. Nur ein klaffendes Loch lag jetzt noch zwischen ihm und dem Brutkasten.

Das Kind schlief wie durch ein Wunder noch immer in seinem Bettchen und der Hüne von einem Mann, der vorher hier gesessen hatte, um es zu bewachen, war fort. Bondurant drückte sich durch die zerbrochene Fensterscheibe und fügte sich beim Einstieg einen schmerzhaften Schnitt in der Seite zu. Hinter ihm stöhnte es. Er konnte erkennen, dass Domenika ihm gefolgt war und sich ebenfalls geschnitten hatte. An ihren nackten Beinen bildeten sich kleine Blutströpfchen.

Er drehte sich zurück zum Brutkasten und erkannte sein nächstes Problem.

Er hatte nur zwei Hände, dabei war klar, dass er drei brauchte. Die einzige Möglichkeit, sich den Säugling in solch einer Eile zu schnappen, bestand entweder darin, die Waffe loszuwerden, die seinen ultimativen Schutz darstellte, oder Domenika, die er nicht zurücklassen konnte. Er verlor kostbare Zeit, als er die Pistole ungeschickt wieder in seine Jacke stecken wollte, nur um sie zu verlieren, sodass sie in der Dunkelheit auf den Boden fiel. Bondurant hörte, wie seine Verfolger sich polternd ihren Weg durch das benachbarte Schlafzimmer bahnten. Ihm war klar, dass das Kinderzimmer als Nächstes dran war. Schnell öffnete er den Deckel des Brutkastens, packte das straff eingewickelte Kind und wiegte es sanft in seiner Armbeuge. Dann schnappte er sich Domenika und …

Bevor ihm ein sauberer Abgang aus dem Fenster gelang, schoss ein stechender Schmerz durch seinen Oberschenkel.

»Nein!«, dröhnte eine tiefe Stimme in der Dunkelheit. »Geben Sie mir den Jungen! Danach schneide ich Sie in Stücke.«

Bondurant drehte sich zu seinem Angreifer um und erblickte den riesigen Koloss, der vorhin in dem Schaukelstuhl gesessen hatte. Aus dem Augenwinkel sah er außerdem einen hölzernen Griff, der für gewöhnlich zu einem langen Jagdmesser gehörte, dessen blutige Klinge tief in seinem Oberschenkel steckte.

Bondurant schrie bei dem unglaublichen Schmerz, der sich anfühlte, als wäre ein Blitz durch ihn hindurchgeschossen. Panisch beobachtete er, wie das kleine Bündel aus seinem zitternden Arm rutschte.

»Ja, Jesus Christus. Das sagen *die* zumindest«, meinte der riesenhafte Mann. »Ich weiß es nicht.« Zentimeter bevor das Klonkind auf dem Boden aufkam, hatte die gewaltige Hand des Angreifers das Baby aufgefangen. »Ich denke, wir behalten das Mädchen auch, hmmm?«, sagte er und zerrte Domenika von Bondurants Schulter.

Als der Koloss langsam zurücktrat, um seinen Preis zu sichern und das Kind wieder in den Brutkasten zu legen, sackte Bondurant über dem Fensterbrett zusammen. Während sein Herz raste, brachte sein Körper kaum noch den Willen auf, seinen Plan zu Ende zu bringen. Er sah nur einen Ausweg. Mit aller Kraft, die er noch aufbringen konnte, zog er die Klinge des Jagdmessers aus seinem Oberschenkel. Sein Angreifer hatte sich umgedreht, um das Baby in den Brutkasten zu legen. Bondurant nutzte die Gelegenheit, nahm Anlauf und rammte das Jagdmesser mitten in den Rücken seines Gegners. Die Klinge verschwand nur halb darin, als hätte sie sich in Stein gebohrt. Ein lautes Gebrüll folgte, als hätte Bondurant einen Bären wütend gemacht.

Ihm blieb keine Zeit. Sein Verfolger grunzte und schwang seine gigantischen Arme hinter seinen Rücken, um an die Klinge zu gelangen und sie herauszuziehen. Bondurant wusste, wenn er mit Domenika lebend fliehen wollte, dann durfte er nur sie mitnehmen. Stöhnend vor Schmerz packte er die völlig apathische Domenika und verschwand mit ihr durch das zerbrochene Fenster. Gerade noch rechtzeitig, um dem Ansturm weiterer Wachmänner zu entfliehen, die wie Linebacker bei einem Blitzangriff in den Raum pflügten. Kaum war er draußen, sah Bondurant nicht mehr zurück.

Er humpelte über den Rasen und schaffte es bis zu dem Schotterweg, bevor seine Verfolger am anderen Ende des Klosters durch die Tür stürmten. Seine Kräfte waren längst aufgebraucht und doch schaffte er es, Sehgals Auto zu erreichen. Keuchend riss er die Beifahrertür auf, legte Domenika auf den Sitz und schleppte sich hinter das Lenkrad. Er trat aufs Gas und jagte die Straße hinunter.

48

Rom, Italien
April 2015

Das Erste, was Domenika sah, als sie erwachte, war Bondurant. Er hatte sich über ihr Krankenhausbett gebeugt und sah ihr direkt in die Augen. Sie hatte keine Ahnung, wo sie war oder warum sie sich so betäubt fühlte. Er beobachtete sie dabei, wie sie sich zu konzentrieren versuchte und sich verzweifelt bemühte, wieder ganz zu Bewusstsein zu kommen. Bondurant, der von seiner Nachtwache an ihrem Bett erschöpft war, wartete besorgt darauf, dass die Wirkung des starken Beruhigungsmittels nachließ. Von Mumbai bis zur Papstsuite im Gemelli Hospital in Rom war es eine lange Reise gewesen. Der Arzt an Bord des Charterjets hatte Domenika betäubt gehalten. Sie war fast 24 Stunden bewusstlos gewesen.

Bondurant lächelte sie an und streichelte über ihr Gesicht, das einige Schnittwunden aufwies, die sie sich bei ihrer Flucht zugezogen hatte. Auch sein Gesicht zeigte deutliche Spuren, die jedoch auf den Schlag zurückzuführen waren, den sie ihm auf die Nase verpasst hatte. Seine linke Hand, beide Arme und sein rechter Oberschenkel waren in dicke Verbände gehüllt. Die Wunden würden heilen.

»Du hast mich geschlagen«, sagte Domenika und tastete nach der Beule an ihrem Kopf.

»Du hast mich zuerst geschlagen«, erwiderte Bondurant. Er lächelte und goss Wasser aus einem Krug in ein Glas, das er ihr reichte. Sie trank hastig ein paar Schlucke und beobachtete ihn dabei vorsichtig.

»Du hast mich wirklich geschlagen«, sagte sie, während sie die Seite ihres Kopfes rieb und aufzustehen versuchte. Ihm war klar, dass sie keine Ahnung hatte, wo sie gerade war.

»Domenika, hör mir bitte zu! Der Arzt hat gesagt, dass du dich, bis das Medikament nachlässt, noch ein paar Stunden schwach und ein wenig benebelt fühlen wirst. Es gibt viel zu sagen, aber du musst mir vertrauen. Was ich dir jetzt gleich sage, erfordert, dass du deine Zweifel ausschaltest. Und es wird schwer zu akzeptieren sein. Fühlst du dich klar genug dafür?«

»Ja, ich denke, schon«, sagte sie noch immer desorientiert, aber er konnte erkennen, dass ihre Augen sich zu fokussieren begannen. »Wo bin ich?«

»Rom«, entgegnete Bondurant. »Unserem Freund Parenti war es möglich, den Papst zu informieren, nachdem ich ihn endlich von Mumbai aus erreicht habe. Er hat ihm unsere Geschichte erzählt. Der Vatikan war es auch, der uns hierhergebracht hat.«

»Der Papst? Warum in aller Welt? Ich bin in Rom?« Sie legte beide Hände auf den Kopf, während sie sich bemühte, seine Worte zu verstehen. Dann weiteten sich ihre Augen.

»Christopher! Wo ist er? Sag mir, dass er hier ist! Sag mir, dass wir ihn nicht verloren haben! Jon, hol ihn bitte her!«

Bondurant erschauderte. Er wusste, dass er ihr eine Antwort geben musste, und er hatte sich auf diesen Moment vorbereitet. Er wusste aber auch, dass die Geschichte sie umhauen und sie all dessen berauben würde, was ihr wichtig erschien. Aber er hatte keine andere Wahl. Behutsam nahm er ihre Hände, beugte sich vor und sah ihr direkt in die Augen.

»Er ist in Sicherheit«, sagte er in der Hoffnung, dass es stimmte. »Ich habe das vergangene Jahr meines Lebens damit verbracht, nach dir und nach der Wahrheit über die Herkunft des Blutes auf dem Grabtuch zu suchen. Dein Instinkt war richtig – wir hätten von Anfang an auf dich hören sollen. Sehgal hat gelogen. O'Neil und Pater Parenti haben dabei geholfen, die Wahrheit ans Licht zu bringen. Wir haben herausgefunden, dass sich auf dem Grabtuch zwei verschiedene DNA-Quellen menschlichen Blutes befinden. Keiner hat geahnt, dass Sehgal mit den Demanianern zusammengearbeitet hat in dem wahnsinnigen Versuch, eine zweite Auferstehung Christi herbeizuführen. Er hat uns alle getäuscht.«

Domenika unterbrach ihn. »Jon, hör bitte auf.«

Bondurant sah dabei zu, wie sie versuchte, sich aus dem Bett zu stemmen.

»Das sind interessante Geschichten, aber ich will jetzt unseren Sohn sehen.«

Über ein Dutzend Kabel und Schläuche, mit denen ihr Körper an diverse Maschinen angeschlossen war, setzten ihrer Suche ein Ende.

»Woran kannst du dich nach deiner Ankunft in Indien erinnern?«, fragte Bondurant.

»Ravi hat mich gebeten, zu kommen. Er sagte, es sei alles ein Fehler gewesen. Es gab ein Problem mit den Ergebnissen aus seinem Labor und er würde sie berichtigen. Ich hatte keine andere Wahl, als seiner Einladung zu folgen«, sagte sie.

Bondurant schüttelte den Kopf.

»Domenika, was ist nur in dich gefahren, dass du dort bei ihm geblieben bist?«

»Ich bin zu ihm nach Hause gefahren. Er sagte, ein Assistent habe bei den Tests einen Fehler gemacht. Er versprach mir, dass er ihn berichtigen würde. Wir tranken Tee und dann bin ich ohnmächtig geworden. Als Nächstes weiß ich nur noch, dass ich bei den Barmherzigen Schwestern im Kloster war. Man sagte mir, dass ich schwanger sei. Bitte, Jon, wenn du mich liebst, dann hole jetzt bitte unser Baby her!«

Die Puzzleteile begannen für Bondurant schnell Form anzunehmen. Er verstand jetzt, was Sehgal ihm mit seinen letzten Worten hatte sagen wollen.

»Domenika, du bist nicht ohnmächtig geworden. Du wurdest unter Drogen gesetzt«, sagte er. »Sehgal hat es mir selbst gesagt. Du wurdest kurz darauf schwanger, aber …«

»Was aber?«, fragte Domenika.

»Aber das Kind war nicht unseres. Das war nicht möglich.«

»Jon, was willst du damit sagen? Natürlich ist es unseres. Du bist der Einzige, mit dem ich … Es ist von dir.«

Bondurant schloss die Augen.

»Domenika, sosehr ich in jener Nacht mit dir schlafen wollte, brachte ich es nicht fertig. Ich wollte nicht zulassen, dass es auf diese Weise passiert. Nicht in deinem Zustand. Ich wollte nicht, dass wir es bereuen. Es tut mir so leid, aber ich bin absolut sicher, dass du in dieser Nacht nicht schwanger geworden bist.«

Domenika sah Bondurant ungläubig an. Sie ließ seine Hände los und sagte minutenlang nichts, starrte nur ausdruckslos an die weiße Krankenhauswand. Dann zog sie die Knie an die Brust und wickelte das Laken um ihren Körper, als würde sie Schutz suchen wollen. Bondurant war besorgt darüber, wie blass sie geworden war.

»Willst du damit sagen, dass ich schwanger war, weil ich im Schlaf vergewaltigt wurde?«, fragte sie und schüttelte dabei immer wieder den Kopf. »Dass ich das Kind *eines anderen* ausgetragen habe?«

Bondurant bemerkte, dass sie am ganzen Leib zitterte. Es schmerzte ihn, sie so zu sehen. »Nicht irgendein Kind. Nach allem, was Sehgal mir gegenüber gestanden hat, hast du das Kind des Grabtuchs geboren.« Er senkte den Blick, unfähig, ihr ins Gesicht zu sehen.

Domenikas Körper wurde von Krämpfen erfasst und sie sah aus, als würde sie sich gleich übergeben. Aber sie war so schwach und ausgetrocknet, dass sie nur kraftlos in ihr Kissen würgte, während die Krämpfe ihren Körper durchschüttelten.

»Und Ravi ist tot?«, fragte sie keuchend.

»Ja. Er hat sich erschossen. Aber nicht ohne mir vorher zu sagen, wo ich dich finde.«

»Und meine Komplikationen? Das war auch gelogen?«, fragte sie und vergrub ihr Gesicht in dem Kissen.

»Welche Komplikationen?«

»Jon, glaubst du wirklich, ich wäre freiwillig in Indien geblieben, eine Million Kilometer von meiner Familie entfernt, von dir, von allem, was mir vertraut ist, als ich erfahren habe, dass ich schwanger bin?« Der Ausdruck von Zorn, der sich in ihre Stimme schlich, ermutigte ihn. An ihren Augen erkannte er, dass auch sie begonnen hatte, die Puzzleteile zusammenzufügen.

»Warum hast du dich nicht gemeldet? Ich habe verzweifelt versucht, dich zu finden«, sagte er.

»Ich habe es versucht. Aber ich wurde zweimal belogen. Zweimal«, sagte sie und ihre Stimme wurde leiser. Bondurant erkannte, dass sie völlig erschöpft war.

»Wie meinst du das?«, fragte er dennoch.

»Als ich in dem Kloster aufgewacht bin, waren da die Barmherzigen Schwestern. Sie waren wunderbar und haben sich so freundlich um mich gekümmert. Ravi war immer in der Nähe. Und dann war da noch Dr. Laurence.«

»Doktor wer?«

»Dr. Lau…« Sie hielt inne. »O mein Gott!«, rief sie. »Er war es, nicht wahr? Unter einem anderen Namen.« Tränen stiegen ihr in die Augen. Bondurant versuchte wieder ihre Hände zu nehmen, aber sie schob ihn weg.

»Jon, ich war ans Bett gefesselt. Der Arzt sagte mir, ich könne mich nicht bewegen. Keinen Zentimeter. Er sagte, ich hätte eine *Placenta previa* und das Leben meines Babys hänge von meiner völligen Bewegungslosigkeit ab«, erklärte sie aufgebracht. »Deshalb bin ich geblieben, bis du mich fortgebracht hast.«

»Aber warum erhielt ich nie auch nur eine Nachricht von dir?«, fragte Bondurant.

»Jon, das war ein Kloster. Es war wie eine Reise zurück ins Mittelalter. Es gab keine Telefone, kein Fernsehen, Computer, Radio, Besucher oder irgendeinen Kontakt zur Außenwelt. Nichts. Die einzige Möglichkeit, dich zu kontaktieren, waren meine Briefe. Und du hast keinen einzigen beantwortet. Nie hast du …« Sie verstummte mitten im Satz. »Du hast sie nie bekommen, stimmt's?«

»Ich wäre sofort gekommen«, sagte Bondurant. Er konnte sich nicht ansatzweise vorstellen, welchen Schock sie empfand. Ihm war klar, dass es lange dauern würde, bevor sie sich mit dem, was sie soeben erfahren hatte, arrangieren konnte. Er suchte in seinem Herzen nach etwas – irgendetwas –, das er ihr sagen konnte, aber die einzigen Worte, die herauskamen, waren jene, die zu sagen er gefühlt sein ganzes Leben gewartet hatte: »Ich liebe dich, Domenika.«

Sie sah ihn an, zog ihn am Kragen zu sich heran und weinte, als er die Arme um sie legte. So hielt er sie lange Zeit. Schließlich schien sie sich ausgeweint zu haben. Irgendwann seufzte sie, setzte sich auf und wischte sich die Tränen aus den Augen. Dann drehte sie sich zu ihm um, legte ihre Hände auf sein Gesicht, schaute ihn an und sagte: »Jon, ich bin völlig hoffnungslos in dich verliebt.«

In diesem Moment schwang ihre Zimmertür auf und jemand stolperte mit einem riesigen Rosenstrauß herein. Das Gesteck war so groß, dass sie nur die Beine des Besuchers hinter den Stielen erkennen konnten. Der Geschenkträger verlor fast das Gleichgewicht, fand dann aber den Weg zu dem Nachttisch und stellte die riesige Vase darauf ab. Parenti blickte hinter dem Strauß Rosen hervor und sah, dass sie sich in den Armen lagen.

»Sehen Sie?«, sagte er zu Bondurant. »Wie ich es Ihnen gesagt habe. Man findet das alles in amerikanischen Filmen. Sie sagen ›Ich liebe dich‹. Sie küsst Sie. Und das war's.«

»Noch habe ich ihn nicht geküsst, Pater«, sagte Domenika und lächelte jetzt zum ersten Mal. »Außerdem habe ich …« Sie hielt inne und es war offensichtlich, dass sie ihren Augen nicht traute. »Gott im Himmel, Sie wurden geheilt! Sie sind bestimmt …«

»1,52 groß«, erwiderte Parenti strahlend.

»Es war ein Wunder«, sagte Bondurant. »Ich war dabei und habe es gesehen.«

»Korrigiere: Sie waren dabei und haben geholfen«, sagte Parenti. Er kam herüber, stellte sich aufrecht vor sie hin und umarmte Domenika. Sie zog ihn näher an sich heran und hielt ihn fest wie den alten Freund, der er war.

»Jon Bondurant glaubt an Wunder?«, fragte sie. »Das ist selbst schon ein Wunder.« Sie hielt beide Männer in den Armen. »Erzählt mir davon. Ich will euch nie wieder loslassen.«

»Das ist eine lange Geschichte, Engelchen«, sagte Bondurant. Auch er lächelte und konnte sich nicht erinnern, in seinem Leben schon einmal glücklicher gewesen zu sein. »Als du weg warst, ist etwas Unglaubliches passiert und das hat mein Leben für immer verändert.«

»Erzähl mir davon, erzähl!«, bat sie. »Aber bitte, Jon. Wo ist mein Baby? Wo ist es?«

»Es ist ein langer Flug bis nach Baltimore«, sagte Bondurant. »Ich erzähle es dir unterwegs. Jetzt solltest du dich erst einmal ausruhen.«

Domenika begann wieder zu weinen und gab ihm einen Kuss. Er spürte, dass sie sich in seinen Armen sicher fühlte. Er wusste jedoch auch, dass sie, bevor sie das Kind retten und in ihre Arme legen konnten, die Hölle durchleben würde.

»Baltimore? Ich liebe Abenteuer«, sagte Parenti. »Habe ich noch Zeit, meine Sachen zu packen?«

»Wir brechen morgen auf«, sagte Bondurant. »Haben Sie irgendwelche Neuigkeiten?«

»Natürlich. Das habe ich ja fast vergessen. Wir haben das Kloster durchsucht, so wie Sie es wollten. Es ist verlassen. Die Schwestern sind verschwunden. Meyer und Laurent sind unauffindbar. Und das Kind ist ebenfalls verschwunden.«

»Jon«, sagte Domenika, während sie fest seine Hand drückte. Ein Ausdruck der Besorgnis legte sich auf ihr Gesicht. »Mein Kind ist verschwunden? Jon, ich muss wissen, wessen Kind ich ausgetragen habe. Wessen Kind kam zur Welt?«

Bondurant zögerte, bevor er reagierte. Er wünschte so sehr, er hätte eine Antwort. »Ich weiß es nicht. Aber eines weiß ich ganz sicher«, sagte er. »Die DNA war einzigartig, vielleicht sogar übernatürlich. Aber sie stammte nicht vom Blut Jesu Christi.«

Ein beunruhigter Blick legte sich auf Parentis Gesicht. Er wandte sich von ihnen ab, als wollte er dem Gespräch aus dem Weg gehen.

»Pater, wissen Sie etwas, das wir nicht wissen?«, fragte Domenika.

Parenti ging zur Tür und wollte gehen, wusste aber, dass er ihr eine Antwort geben musste. Er drehte sich um und sagte: »Nein, das tue ich nicht.« Er sah sie mit besorgtem Blick an und fügte hinzu: »Aber ich weiß, dass Jesus nicht das einzige übernatürliche Wesen in der Bibel war. Und – Gott stehe uns bei – nicht alle von ihnen waren göttlicher Natur.«

DANKSAGUNGEN

Mehrere Freunde von mir haben hervorragende Bücher geschrieben, die wochenlang auf den Bestsellerlisten standen. Mir ist aufgefallen, dass die Danksagungsseiten ihrer Bücher fast immer mit einem Dankeschön an ihre Leser beginnen, und in diesem Punkt halte ich es nicht anders. Danke dafür, dass Sie meinen ersten Roman *The Shroud Conspiracy* gekauft haben.

Ich denke, das Buch ist Ihre Zeit wert. Ich möchte Beth Adams, leitende Lektorin bei Howard Books, danken, dass sie dafür gesorgt hat. Sie hatte die Weitsicht und den Mut, mein Manuskript aus einem Haufen unverlangter Einsendungen zu ziehen, es abzustauben und mit mir daran zu arbeiten, es zu verbessern, damit auch andere die Möglichkeit bekommen, an mich zu glauben. Mein großer Dank gilt auch Scott Lamb, meinem Agenten. Scott, ein Ruhepol im Sturm, tat für mich in drei Wochen das, was anderen in drei Jahren nicht gelungen wäre. Er ist ein Risikoträger, der diesem Buch Leben eingehaucht hat. Es gab andere, die mich von Beginn an angestupst, gedrängt, komplimentiert, beraten und mich dazu gebracht haben, das Buch zu beginnen, weiterzuschreiben und fertigzustellen. Ich danke meinen Helden Peggy Noonan für die fast tägliche Inspiration; Dorothea Halliday für die exzellente und frühe Bearbeitung; Laura Hillenbrand für die kostenlose Bearbeitung; Giovanni Navarria für seine vielen hilfreichen Lektüren; Mark Levin für seine Ratschläge und sein Fachwissen; Scott Edwards für seine ganze wertvolle Zeit und für sein Marketing-Genie; Gary Sinise dafür, sich unermüdlich jedes Problem anzuhören; Craig Shirley für seine Einblicke und für seine Erfahrung; Linda Bond für ihr Interesse und ihre Ermutigung. Und Christian Pinkston, meinem hervorragenden Presseagenten, für seine unbezahlbaren Mühen über einen so langen Zeitraum. Einige der oben Genannten verweigerten mir bis zur Vollendung dieses Romans Schlaf oder Essen und Trinken. Schande über sie. Ich werde ihre Güte so schnell nicht vergessen.

Und vor allem möchte ich hier auch würdigen, dass ich schreibe, um jene zu unterstützen, die ich liebe. Einige haben während der Ausübung meines Handwerks ganz besondere Opfer gebracht. An dieser Stelle danke ich der Liebe meines Lebens – meiner Frau Marcella. Sie unterstützt mich als Schriftsteller und auch sonst wie kein anderer. Das hat sie schon immer. Das wird sie auch immer. Mit ihrer Unterstützung und der meiner bemerkenswerten Kinder – Rock, Max und Jordana – wurde die *Shroud Conspiracy* Wirklichkeit. Ich hoffe, Sie haben es so gern gelesen, wie es mir Freude gemacht hat, es zu schreiben.

http://johnheubusch.com

JOHN HEUBUSCH wurde 1958 geboren. Nach vielen Stationen in leitenden Positionen von privaten und staatlichen Unternehmen veröffentlichte er 2017 den überaus erfolgreichen Verschwörungsthriller THE SHROUD CONSPIRACY (dt. als DAS BLUT DES MESSIAS). Die Fortsetzung wird 2018 von Simon and Schuster unter dem Titel THE SECOND COMING veröffentlicht.
John ist verheiratet mit Marcella Navarria. Sie leben mit ihren Kinder in Kalifornien.

Infos, Leseprobe & eBook:
www.Festa-Verlag.de

MITCH RAPP – DER HELD AUS DEM HOLLYWOOD-BLOCKBUSTER MIT DYLAN O'BRIEN UND MICHAEL KEATON.

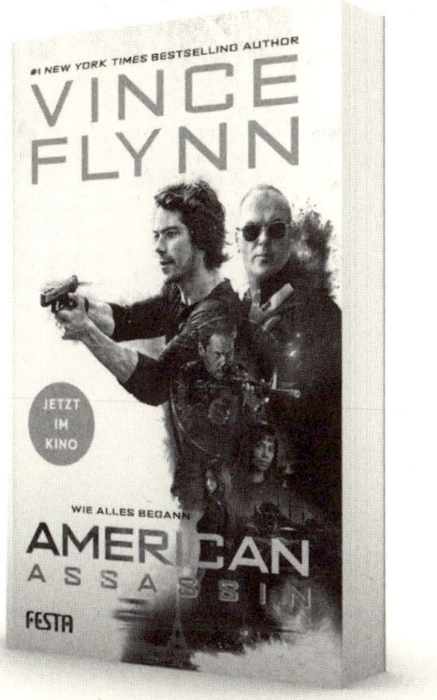

ISBN: 978-3-86552-582-6

Im Dezember 1988 kommen beim Lockerbie-Bombenanschlag alle 259 Passagiere einer Boeing 747 ums Leben, darunter auch Mary, die Verlobte des US-Collegestudenten Mitch Rapp.
Ein Jahr nach ihrem Tod wird Mitch von der CIA rekrutiert und schließt sich dem geheimen Orion-Team an, das gegen den weltweiten Terror in den Kampf zieht. An Krisenherden in Europa, im Nahen Osten und Asien bewältigt er den Verlust seiner großen Liebe und sucht nach einem neuen Sinn für sein Leben.

Vince Flynn wird von Lesern und Kritikern als Meister des modernen Polit-Thrillers gefeiert.
American Assassin – Der Auftakt zu einer globalen Bestseller-Reihe.

Infos, Leseprobe & eBook:

www.Festa-Verlag.de

Zuletzt erschienen in der Reihe FESTA ACTION:

Brad Taylor: *All Necessary Force – Todeszone USA*
Brad Thor: *Die Löwen von Luzern*
Tom Young: *Der Sturm des Mullahs*
Dalton Fury: *Orden für die Toten*
Vince Flynn: *Kill Shot – In die Enge getrieben*
Simon Gervais: *The Thin Black Line – Wir werden töten*
Scott McEwen mit Thomas Koloniar: *Sniper Elite – Vernichtet Amerika*
Matthew FitzSimmons: *The Short Drop – Ein bitterer Tod*
Brad Taylor: *Von Feinden umzingelt*
Tom Young: *Stummer Feind*
Stephen Hunter: *Der 47. Samurai*
Dalton Fury: *Auf zum Angriff*
Matthew Betley: *Overwatch – Jagd auf Logan West*
Marc Cameron: *Akt des Terrors*
Brad Thor: *Der Pfad des Mörders*
Ben Coes: *Auge um Auge*
Vince Flynn: *Pursuit of Honor – Codex der Ehre*
Matthew Reilly: *Der Große Zoo von China*
Vince Flynn: *Transfer of Power – Der Angriff*
Mark Greaney: *The Gray Man – Unter Beschuss*
John Gilstrap: *Keine Gnade*
Joshua Hood: *Clear by Fire – Suchen & vernichten*
Matthew Reilly: *Das Turnier*
Scott McEwen mit Thomas Koloniar: *Sniper Elite – Der Wolf*
Vince Flynn: *The Last Man – Die Exekution*
Vince Flynn: *Survivor – Die Abrechnung*
Matthew Betley: *Treueschwur*
Scott McEwen mit Thomas Koloniar: *Sniper Elite – Geisterschütze*
Ben Coes: *Ein Tag zum Töten*
John D. Heubusch: *Das Blut des Messias*